HEYNE BÜCHER

STEPHEN LEATHER

DER CHINESE

Deutsche Erstausgabe

Roman

Aus dem Englischen übersetzt
von Thomas Hag

WILHELM HEYNE VERLAG
MÜNCHEN

HEYNE ALLGEMEINE REIHE
Nr. 01/8784

Titel der Originalausgabe
THE CHINAMAN

Redaktion: Werner Heilmann

Printed in Germany 1993
Umschlagillustration: Chris Moore
Umschlaggestaltung: Atelier Ingrid Schütz, München
Satz: Prechtl, Passau
Druck und Bindung: Ebner Ulm

ISBN 3-453-06423-2

Für Nuala

Das Mädchen und die alte Frau, die zusammen durch das Modegeschäft streiften, gaben ein seltsames Paar ab. Das Mädchen war schön, sehr schön. Ihr glänzendes schwarzes Haar hing in glatten Wellen über den Rücken, und während sie an den Ständern mit Kleidern und Blusen vorbeischlenderte, schimmerte es wie eine Ölschicht auf dem Meer. Sie war groß und schlank, trug enge grüne Cordhosen, Cowboystiefel und eine Bomberjacke aus braunem Leder mit hochgeschlagenem Kragen. Sie bewegte sich wie ein Mannequin, gewandt und bedacht, so als sei sie daran gewöhnt, angestarrt zu werden. Die Männer, deren Blicke ihr folgten, konnten aus ihren asiatischen Zügen lediglich erahnen, aus welchem Land sie stammte. Es hätte Thailand, China oder Korea sein können — aber woher sie auch kam, sie war wunderschön, und das war das einzige, was die Männer interessierte. Ihre Wangenknochen waren ausgeprägt und hoch, ihre Haut hatte die Farbe von Tee mit Milch. Die Augen waren groß und oval, und ihre Lippen schienen zu einem ständigen Schmollen geschürzt. Ab und zu erweckte ein Kleidungsstück ihr Interesse; dann nahm sie eine Bluse oder ein Kleid vom Ständer, hielt es hoch und zuckte unzufrieden mit den Schultern, bevor sie es wieder zurückhängte. Ihre Finger waren lang und apart, die Nägel sorgfältig in einem dunklen Rot lackiert.

Neben dem Mädchen ging eine verschrumpelte alte Frau, einen Kopf kleiner und eine Generation älter. Ihr Gesicht war von Falten durchzogen und von Pockennarben gezeichnet, die Haut sah aus wie Sämischleder, das zu lange in der Sonne gelegen hatte. Graues, kurz geschnittenes stumpfes Haar umrahmte den Kopf. Ihr Blick war leer, und sie zeigte kein Interesse für das, was um sie herum vorging. Als das Mädchen ihre Meinung zu einem Kleidungsstück hören wollte, sah sie nur kurz hin und schüttelte den Kopf, bevor sich ihr Blick wieder auf den Boden senkte. Sie trug einen dicken Wollmantel und einen verschlissenen Schal. Trotz der Hitze, die im Laden herrschte, vergrub sie ihre Hände tief in den Taschen des Mantels.

Es war ein Samstag im Januar, und draußen war es bitter kalt. Schmutzig-grauer Schneematsch türmte sich an den Bordsteinen, und der Atem der Passanten verwandelte sich in weiße Dunstfahnen. Das Mädchen blickte hinweg über einen Ständer mit Mänteln aus Kunstpelz, an dem ein Schild einen 30prozentigen Preisnachlaß versprach, durch das schlierige Fenster. Sie zitterte, ohne zu wissen warum. So lange sie sich erinnern konnte, lebte sie in London, und im Gegensatz zu ihrer Mutter hatte sie sich gut an das englische Klima gewöhnt. Aber jetzt schauderte auch sie, ob vor Kälte oder vor einem plötzlich aufkommenden Gefühl der Furcht, wußte sie nicht.

Sie nahm einen Mantel und hielt ihn prüfend an sich. Ein Mann mittleren Alters in einem hellbraunen Trenchcoat, der mit einer Einkaufstüte voller Pakete vor den Umkleidekabinen wartete, lächelte ihr bewundernd zu. Sie ignorierte ihn und betrachtete eingehend den Mantel. Die alte Frau schnaubte verächtlich und ging weiter. Das Mädchen warf einen Blick auf das Preisschild und mußte offensichtlich feststellen, daß sie sich das Kleidungsstück trotz des ermäßigten Preises gar nicht leisten konnte.

Erneut sah sie aus dem großen Fenster hinaus, auf die andere Straßenseite hinüber, wo sich die Menschenmassen in ein Kaufhaus drängten. Sie wäre ihnen gerne gefolgt, um sich an der Jagd auf Sonderangebote zu beteiligen, aber sie sah, daß die alte Frau müde war und es eilig hatte, nach Hause zu kommen. Die Heimfahrt würde noch über eine Stunde dauern. Unentschlossen hängte sie den Mantel wieder zurück.

Ein großes, schwarz-rotes Motorrad schlängelte sich durch den Verkehr und parkte auf den doppelten gelben Linien im Halteverbot vor dem Haupteingang des Warenhauses. Die Maschine war brandneu und glänzte metallisch. Nur die Reifen waren verschmutzt. Auf der Gepäckbox auf dem

Rücksitz stand der Name eines Kurierdienstes. Das Mädchen beobachtete den Fahrer, der von seinem Motorrad stieg wie ein Reiter von seinem Pferd. Er trug eine schwarze Ledermontur und einen weißen Schutzhelm mit getöntem Visier. An seinem Gürtel baumelte ein Walkie-Talkie in einer Ledertasche, und am linken Revers seiner Jacke war ein schwarzes Empfangsgerät befestigt. Der Fahrer schaltete das Warnlicht ein, und die bernsteinfarbenen Blitze spiegelten sich auf der nassen Straße wider. Er sah sich um, so als suche er den Bürgersteig nach Verkehrspolizisten ab, und ging dann über die Straße auf die Boutique zu. Vor dem Eingang blieb er stehen, um einem Trio kichernder Schulmädchen den Vortritt zu lassen, und folgte ihnen dann nach. Als er an der Asiatin vorbeiging, musterte er sie von oben bis unten. Sie wandte den Kopf und schaute ihm hinterher. Bei jedem Schritt knirschte seine Lederkleidung. Der Fahrer trug nichts bei sich, und das Mädchen nahm an, daß er etwas abholen sollte — aber er ging einfach durch den Laden, vorbei an der Kasse, und gelangte durch die Glastüren am anderen Ende des an einer Ecke gelegenen Geschäftes auf die Seitenstraße.

Das Mädchen runzelte die Stirn und sah erneut aus dem Fenster. Das Warnlicht des Motorrades blinkte immer noch. Die Falten auf ihrer Stirn wurden tiefer, aber in diesem Augenblick explodierten auch schon die 25 Pfund Semtex-Sprengstoff in der Gepäckbox in einem blendend weißen Lichtblitz. Die Fensterscheibe der Boutique zersprang in Tausende winziger Glasdolche. Im letzten Moment versuchte sie, sich schützend vor ihre Mutter zu werfen — doch die alte Frau und das Mädchen starben gemeinsam im Glashagel.

Das Telefon in der Nachrichtenagentur des Presseverbandes klingelte im selben Moment, als der erste Krankenwagen mit Blaulicht und heulender Sirene vor dem Kaufhaus hielt. Der Reporter, der den Anruf entgegengenommen hatte, erzählte den Polizisten später, daß es sich bei dem Anrufer um einen Mann, schwer zu sagen ob alt oder jung, mit irischem Akzent gehandelt habe, der ein Codewort nannte, das die Polizei als authentisch identifizierte. Der Hinweis kam also nicht von einem Schwindler. Der Anrufer teilte mit, daß in Knightsbridge eine Bombe hochgegangen sei und daß sich die Provisional Irish Republican Army, die IRA, als dafür verantwortlich bezeichnete. Der Reporter hatte den Anruf nicht mitgeschnitten, er war noch neu in seinem Job, und niemand hatte ihm genaue Anweisungen gegeben. Die Verbindung brach ab, und er ging mit seinem Notizbuch zum Nachrichtenredakteur, der ihn anwies, sich bei der Polizei zu erkundigen, ob es wirklich eine Explosion gegeben habe. Drei Minuten später liefen die Schlagzeilen über das Telegraphennetz: IRA-BOMBE EXPLODIERT VOR LONDONER KAUFHAUS – MINDESTENS FÜNF TOTE.

Als die Worte auf dem Monitor des Nachrichtenredakteurs der *Sunday World* erschienen, hatte dieser schon den Anruf einer Privatperson erhalten, die sich für den Hinweis eine kleine Belohnung erhoffte. Er teilte zwei Reporter ein, um die Polizei und ihre Kontaktpersonen bei der *Sinn Fein* anzurufen, während er selbst versuchte, die freien Mitarbeiter der Zeitung in Belfast zu erreichen.

Es war 18 Uhr 30, der Schnittpunkt, an dem es die Tagesschicht langsam in die Pubs zog, während die Nachtreporter eintrafen. Die Fotoredaktion hatte zwei freie Mitarbeiter und ein Redaktionsmitglied an die Unglücksstelle beordert, aber vom Büro der Zeitung in den Docklands bis Knightbridge brauchte man mindestens eine halbe Stunde.

Mit jeder neuen Information, die via PA und Reuters über das Telegraphennetz kam, erhöhte sich die Zahl der Opfer.

»O Gott, jetzt sprechen sie schon von zwölf Toten«, sagte Jon Simpson, der Nachrichtenredakteur. Hinter ihm standen der Redakteur vom Dienst und der Redaktionsleiter und lasen mit.

»Als Aufmacher?« fragte der Redakteur vom Dienst, der keinen Zweifel hegte, daß die Antwort ja lauten würde.

Bei der Nachmittagskonferenz hatten sich die Schlagzeilen von Seite eins noch mit den Drogenproblemen eines Rockstars aus den Sechzigern beschäftigt.

»Wir müssen uns verdammt ranhalten, wenn wir es bis zur ersten Ausgabe noch schaffen wollen«, sagte der Redaktionsleiter. »Wir brauchen Seite eins, zwei und drei vollständig. Ich will alle Fotos zuerst sehen. Die Story über das Parlament verschieben wir ein paar Tage, und der Artikel über Nahrungsmittelkontrolle wird auf Eis gelegt. Das heißt, nein, wir kippen ihn ganz. Und den Rocktypen heben wir uns als Schlagzeile für nächste Woche auf, immerhin ist es eine Exklusivstory.« Der Redakteur vom Dienst eilte an seinen Bildschirm zurück, um den Seitenplan umzuändern, und rief dem Bildredakteur zu, er solle alle Fotos so schnell wie möglich herschaffen.

»Du hast noch zwei Stunden bis zur Erstausgabe, Jon. Setz alle Leute darauf an.« Er ging zur Bildredaktion hinüber, während Simpson zum Telefonhörer griff.

»Wo ist Woody?« rief er seinem Assistenten zu, der sich durch die Meldung der PA arbeitete.

»Was glaubst du?« rief er mit vielsagendem Blick zurück.

»Dieses versoffene Schwein«, murmelte Simpson verächtlich und wählte die Nummer des King's Head, der nur ein paar Schritte von der Redaktion entfernt lag.

Als das Telefon hinter der Bar zu klingeln begann, trank Ian Wood gerade seinen zweiten doppelten Bell's und versuchte, einen Blick in die Bluse der Barfrau zu werfen. Als sie bemerkte, wo er hinsah, drohte sie ihm mit einem Handtuch und lachte. »Laß dich dabei bloß nicht von Sandy erwischen«, warnte sie ihn kokett.

»Dein Mann ist ein viel zu guter Wirt, als daß er seine Stammkunden vergraulen würde«, sagte er und stellte das leere Glas ab.

»Noch einen?« fragte sie und hob den Hörer ab. Sie lauschte, legte die Hand auf die Muschel, und fragte leise: »Bist du da?«

Ebenso leise fragte er zurück. »Wer ist dran?«

»Das Büro«, antwortete sie, und erst jetzt fiel ihnen auf, daß sie wahrscheinlich wie zwei Goldfische wirkten, die nach Luft schnappten. Er nickte, und sie reichte ihm den Hörer, bevor sie einen neuen Whisky einschenkte.

»Woody, hast du Lust auf eine Doppelschicht?« fragte Simpson.

Woody betrachtete den doppelten Whisky in seinem Glas, fuhr sich mit der Zunge über die Lippen, zögerte aber nur ganz kurz, bevor er zusagte. Er war freier Journalist und brauchte das Geld. Wenn er Redaktionsmitglied gewesen wäre, hätte er dem Nachrichtenredakteur gesagt, wohin er sich scheren könne, aber es war schon sehr lange her, daß jemand Woody fest angestellt hatte.

»Was liegt an?« fragte er.

»IRA-Bombe in Knightsbridge. Und zwar ein ziemliches Kaliber.«

»O Gott. Wie viele Tote?«

»Sie sprechen von zwölf, nein, schon dreizehn, aber sie zählen noch. Fahr raus und sieh dich um. Du mußt mit den Fotografen sprechen, die brauchen ihre Bildunterschriften.« Woody hörte, wie Simpson nach ihren Namen fragte. »Dave Wilson ist von der Redaktion da, rede mit ihm.«

»Ich bin schon unterwegs«, sagte Woody und legte auf.

Er nahm das Glas vom Tresen und leerte es in einem Zug.

»Schon los, Woody?« fragte die Barfrau erstaunt.

»Die Pflicht ruft, Darling«, entgegnete er. »Kannst du mir einen Scheck einlösen?«

»Fünfzig?« fragte sie.

»Fünfzig wäre fantastisch. Du rettest mir das Leben. Wenn dein Mann jemals . . .«

Sie winkte lachend ab und zählte die Scheine, während Woody ihr den Scheck reichte.

»Bis später«, sagte er und ging über den schwach beleuchteten Flur durch die Eingangstür des Pubs auf die Straße hinaus. Er wandte sich nach rechts und lief die kurze Strecke bis zur Hauptstraße, wo er ein Taxi heranwinkte, das in Richtung City fuhr.

Der Fahrer blickte über die Schulter, als Woody ihm gesagt hatte, wo er hinwollte. »Wir kommen nicht mal in die Nähe, Chef«, sagte er zu ihm. »Da ist 'ne Bombe hochgegangen.«

»Ja, ja, ich weiß«, sagte Woody. »Ich bin Reporter.«

»Na gut«, meinte der Taxifahrer und fuhr los. »Für welche Zeitung arbeiten Sie denn?«

»Sunday World«, antwortete Woody.

»Ach?« sagte der Cabbie. »Dann ist wohl eine der Sexbomben von Seite drei explodiert, was?« Sein tiefes Gelächter dröhnte durch das Taxi.

Lange bevor sie Knightsbridge erreicht hatten, kam der Verkehr zum Stillstand, und obwohl der Fahrer versuchte, über Seitenstraßen vorwärtszukommen, waren sie bald hoffnungslos eingekeilt.

»Besser geht es nicht«, meinte der Cabbie entschuldigend. Man merkte, daß er sich in seinem beruflichen Stolz verletzt fühlte.

»Kein Problem«, sagte Woody und stieg aus. »Dann muß ich eben laufen.« Er reichte dem Fahrer eine Zehn-Pfund-Note durch das Fenster. »Stimmt so. Aber ich brauche 'ne Quittung.«

»Die sparen wohl bei den Spesen, was?«

»Allerdings, da haben Sie recht.«

Der Fahrer unterschrieb die Quittung und reichte sie Woody. Plötzlich schien ihm noch etwas einzufallen, und er riß einige Blankoquittungen von seinem Block und reichte sie dem Reporter. »Hier«, sagte er. »Die können Sie selbst ausfüllen.«

»Sie sind ein Wohltäter«, dankte Woody ihm und schob die Formulare in die Innentasche seines Regenmantels.

Langsam begann er, in die Richtung zu laufen, aus der das Geheul der Sirenen kam. Seine Schuhsohlen klatschten auf den nassen Bürgersteig, die Schöße seines Regenmantels flatterten hinter ihm her. Trotz der Kälte geriet er schnell ins Schwitzen; Ian Wood war nicht gerade fit. Er schleppte ein paar Kilo zuviel mit sich herum, aber daran lag es nicht. Ihm fehlte einfach die Kondition, da er sich seit seiner Schulzeit von jeder sportlichen Tätigkeit ferngehalten hatte.

Das Gelände um das Kaufhaus war von der Polizei abgesperrt worden, und als er sich unter der Barriere hindurchducken wollte, trat ihm ein bulliger Sergeant in den Weg. Woody holte seine gelbe Pressekarte von der Metropolitan

Police hervor, und nachdem der Schutzmann sie begutachtet hatte, winkte er ihn durch.

Es war eine Szene wie aus der Hölle. Rauchende, zischende Autowracks lagen über die Straße verstreut. Mehrere Polizeifahrzeuge standen mit geöffneten Türen, rauschenden Funkanlagen und Warnlichtern zwischen den Trümmern. Seitlich parkten zwei Löschwagen, aber die Schläuche hingen aufgerollt in ihren Halterungen. Es hatte zwar eine Vielzahl kleinerer Brände gegeben, die Feuerwehrleute hatte sie jedoch mit Feuerlöschern unter Kontrolle gebracht. Als Woody auf den Einsatzleiter der Polizei zuging, setzte sich gerade einer der sechs Krankenwagen mit heulender Sirene in Bewegung. Woody spürte etwas Weiches unter seinem Schuh und sah hinunter. Er stand auf einer Hand, der kleinen Hand eines Mädchens. Die Haut war weiß und glatt, die Nägel abgekaut. An der Hand befand sich auch ein Unterarm, aber das war es auch; dort wo der Ellbogen hätte sein müssen, endete alles in einem blutigen Brei. Woodys Magen rebellierte, entsetzt riß er seinen Fuß hoch.

Er taumelte ein paar Schritte zurück und stieß gegen einen Polizisten, der einen dunkelblauen Overall, schwarze Gummistiefel und feste schwarze Gummihandschuhe trug, die fast bis zu den Schultern reichten. Der Polizist ging an ihm vorbei, hob den abgetrennten Arm auf und steckte ihn in die Plastiktüte, die er in der Hand hielt. Als er sich aufrichtete, sah Woody, daß der Polizist eine weiße Chirurgenmaske über dem Gesicht trug, und als er das blonde Haar bemerkte, erkannte er, daß dies kein männlicher Polizist war, sondern eine junge Frau, vielleicht Mitte Zwanzig. Tränen strömten über ihr Gesicht. Sie drehte sich um, und nach ein paar Schritten hob sie wieder etwas auf. Dieses Mal war es ein Schuh, aus dem ein zersplitterter Knochen in einem grünen Strumpf ragte. Woody überlief ein Schauer. Es gab noch viele andere Polizisten in den gleichen Overalls, die der gleichen grausigen Arbeit nachgingen wie ihre Kollegin. Schlagartig wurde Woody klar, warum das Zählen der Toten so lange dauerte. Es war schon über eine Stunde her, seit die Bombe detoniert war, und noch immer sammelten sie Leichenteile ein! Sanitäter eilten mit Tragbahren an ihm vorbei, auf denen schreiende oder stöhnende Opfer lagen; anderen hatte man bereits eine Decke über das Gesicht gezogen. Die Polizisten in den blutbefleckten Overalls arbeiteten langsamer; sie wußten, daß es wichtiger war, genau zu sein, als sich zu beeilen. Ihre Aufgabe war es nicht mehr, Leben zu retten — sie sammelten Beweismaterial.

Woody blickte sich um und erfaßte das Ausmaß der Verwüstung. Alle Fensterscheiben des Warenhauses waren zertrümmert, so wie die der Läden auf der anderen Straßenseite. Das Mauerwerk war von Splittern zernarbt und geschwärzt. Zwischen Bürgersteig und Straße lag ein kaum noch identifizierbares Motorrad; der hintere Teil der Maschine bildete nur noch einen Klumpen geschmolzenes, verfärbtes Metall. Zwei Männer mittleren Alters in weißen Overalls untersuchten das Wrack.

Noch immer strömten unter Schock stehende Kunden und Verkäufer aus dem Warenhaus. Uniformierte Beamte in gelben, reflektierenden Jacken drängten sie zum Weitergehen, während ein Inspektor über ein Megaphon bekanntgab, daß sich noch eine weitere Bombe ganz in der Nähe befinden könne; die Leute sollten sich doch bitte fernhalten. Woody war klar, daß die Warnung nur dazu diente, die Gaffer wegzuscheuchen. Zwei Bomben hätten für die Bombenleger doppeltes Risiko bedeutet, und außerdem setzte die IRA niemals zwei Sprengsätze gegen zivile Ziele ein; das geschah nur bei Anschlägen auf die Sicherheitskräfte in Nord-Irland. Wenn es wirklich einen Hinweis auf eine zweite Bombe gegeben hätte, würde ein Sprengkommando die ganze Gegend kontrollieren, und die Ambulanz wäre so schnell wie möglich abgezogen worden.

Eine Handvoll Spürhunde mit ihren Hundeführern suchte die Straße ab. Woody sah, daß im Warenhaus noch mehr Hunde mit wedelndem Schwanz die Nase auf den Boden preßten; sie immerhin waren froh, arbeiten zu dürfen. Einer der Hunde auf der Straße, ein langhaariger Retriever, sprang vor und hielt etwas im Maul. Sein Halter fuhr ihn scharf an und versetzte ihm einen leichten Tritt in die Flanke. Das Tier ließ fallen, was es aufgelesen hatte: es war ein Arm. Fluchend riß der Polizist seinen Hund weg. Das Tier duckte sich, ohne die Augen von der Beute abzuwenden.

Woody ging zum Einsatzleiter und zwei Inspektoren hinüber, die schon von einem ganzen Rudel von Reportern und Fotografen belagert wurden. Er kannte viele Gesichter, denn hierher hatten alle ihre Leute entsandt — sowohl die Boulevardblätter als auch die seriösen Zeitungen. Der Nachrichtenredakteur, der keinen Reporter geschickt hatte, durfte mit einer ordentlichen Tracht Prügel von oben rechnen. Die älteren Journalisten trugen in Kurzschrift die Statements der Polizei in kleine Notizbücher ein, während die jüngeren den Polizisten Kassettenrecorder entgegenstreckten. Hinter den Reportern versuchten zwei Filmteams vergeblich, ein paar gute Aufnahmen für das Fernsehen zu bekommen. Woody hörte das Sirren und Klicken eines Kameraantriebs und sah Dave Wilkins, der seine Nikon auf einen im Rinnstein liegenden Torso gerichtet hatte.

»Das werden sie nicht nehmen«, sagte Woody zu ihm. »Zu viel Blut.«

»Ach ja?« meinte der Fotograf lediglich.

Woody wandte sich wieder dem Einsatzleiter zu, der seine Version der Ereignisse verkündete. Eine Bombe auf dem Motorrad, keine Vorwarnung, die Straßen und Geschäfte voller Menschen. Keine Ahnung, wie viele letztlich tot waren. Mindestens 15. Ja, es bestehe mit großer Sicherheit eine Verbindung zu der aktuellen Welle der IRA-Anschläge in London, vier bis jetzt. Korrektur, fünf mit diesem. Ja, die IRA hatte sich verantwortlich erklärt.

»Und das, meine Herren«, sagte er und hob seinen behandschuhten Arm, »ist alles, was ich Ihnen im Moment sagen kann. Wenn sie sich jetzt bitte hinter die Absperrung zurückbegeben würden, damit meine Männer mit ihrer Arbeit fortfahren können. Am späten Abend findet im Yard eine ausführliche Pressekonferenz statt.« Höflich bahnte er sich einen Weg zwischen den Journalisten hindurch, und sie machten ihm bereitwillig Platz. Sie wußten, daß der Kommissar alles gesagt hatte, was er sagen konnte; es hatte keinen Sinn, ihn zu bedrängen. Außerdem verfügten sie alle über Polizeikontakte, die erheblich ergiebiger sein würden. Woody ging auf die dem Kaufhaus gegenüberliegende Straßenseite und notierte sich die Namen der Geschäfte. Unter seinen Schuhsohlen knirschte Glas. Er trat zur Seite, um zwei Sanitäter vorbeizulassen, die mit einer Bahre aus der Boutique kamen. Sie trugen ein Mädchen. Ihre Lederjacke und ihre grüne Hose hingen in blutdurchtränkten Streifen an ihr herab. Nur an ihrem langen schwarzen Haar sah er, daß es sich um eine Frau handeln mußte. Von ihrem Gesicht war nichts mehr zu erkennen, nur noch Fleischfetzen, die an weißen Knochen hingen. Woodys Magen rebellierte erneut. Er hatte schon so manches Unglück gesehen. Öfter, als er sich erinnern konnte, aber ein solches Schlachtfeld hatte er noch nicht erlebt. Die Straße roch nach Tod, nach Blut und Rauch und nach verbranntem Fleisch. Er bemühte sich, seine Gefühle im Zaum zu halten, weil er wußte, daß er hier einen Job zu erledigen hatte. Für die Reporter war es schwieriger, dachte er verdrossen. Die Fotografen hatten es einfacher. Sie betrachteten alles durch die Linsen ihrer Kameras und schufen so eine Distanz zwischen sich und der Realität. Aber Reporter mußten vor Ort das Geschehen in sich aufnehmen, bevor sie darüber schreiben konnten. Sie mußten sich dem Entsetzen, dem Schmerz und der Trauer öffnen. Manchmal war es beinahe nicht zu ertragen. Beinahe.

Er ging auf einen Krankenwagen zu und notierte sich ein paar kurze Bemerkungen von zwei erschöpften Sanitätern. Dann folgte er einer Frau in einem Pelzmantel, die er aus dem Kaufhaus kommen sah, schlüpfte unter der Barriere hindurch und sprach sie an. Ihr Augenzeugenbericht war erschütternd, und sie hatte nichts dagegen, ihren Namen und ihre Adresse anzugeben. Woody sah ihre glasigen Augen und erkannte, daß sie unter Schock stand. Sanft hielt er ihren Arm, während sie sprach, und führte sie dann zu Wilkins. Er trat etwas zur Seite, und Wilkins machte eine Portraitaufnahme von der Frau.

»Hast du alles, was du brauchst?« fragte Woody den Fotografen.

»Ja«, antwortete Wilkins. »Ich fahre jetzt zurück. Die Freien können den Rest machen. Kommst du mit?«

»Nein, ich geb' die Story übers Telefon durch, das spart Zeit. Ich treff dich dann in der Redaktion.« Woody suchte nach einer Telefonzelle, wenn auch recht halbherzig; er wußte, daß er in Knightsbridge so schnell keine finden würde. Schließlich ging er in ein kleines italienisches Bistro.

»Könnte ich mal das Telefon benutzen?« fragte er einen Kellner, und als der in gebrochenem Englisch zu protestieren begann, griff Woody in seine Brieftasche und steckte ihm einen Zehn-Pfund-Schein zu. Der Protest verstummte, und kurze Zeit später war Woody mit der Redaktion verbunden und diktierte seine Story einer Schreibkraft, direkt aus dem Notizbuch. Als er fertig war, ließ er sich mit dem Redaktionstisch verbinden, um sicherzugehen, daß Simpson an seiner Arbeit nichts auszusetzen hatte.

»Ich hab's hier, Woody«, meldete sich der Redakteur. »Liest sich großartig.«

»Okay, ich gehe noch mal zurück, vielleicht kriege ich noch was anderes. Ich melde mich dann.« Er hängte auf, bevor Simpson ihn in die Redaktion beordern konnte. Bevor er ging, ließ er sich vom Kellner eine Quittung geben.

Etwas weiter die Straße hinauf fand er einen Pub. Dankbar stellte er sich an die Bar und bestellte einen doppelten Bell's. Erst als ihm auffiel, wie der Whisky in seinem Glas schwappte, wurde ihm klar, wie sehr seine Hände zitterten.

Das Geräusch der Klingel überraschte alle, obwohl sie darauf gefaßt waren. Die drei Männer hatten in der Wohnung gesessen, Tee getrunken und auf den Fernseher gestarrt. Sie waren leger gekleidet — weite Pullover, verwaschene Jeans, abgewetzte Sportschuhe — und sahen aus wie Soziologiestudenten, die die Pause zwischen zwei Vorlesungen überbrücken mußten. Einer der drei rauchte unentwegt, und der runde Kristallaschenbecher, der neben seinem Sessel auf dem Boden stand, quoll über von Kippen. Jetzt drückte er die Zigarette aus, die er in der Hand gehalten hatte, erhob sich und ging in die Diele. Neben der Tür war eine Telefonanlage mit einem kleinen Schwarz-Weiß-Monitor angebracht. Er drückte eine viereckige Plastiktaste, und der Bildschirm erwachte flackernd zum Leben.

»Willkommen daheim«, sagte er zu der Gestalt, die unten vor dem Haus wartete. Er drückte eine zweite Taste, und die Eingangstür vier Stockwerke tiefer öffnete sich. Er wartete, bis der andere den Lift betreten hatte, und ging dann wieder ins Wohnzimmer. »Er ist es«, sagte er, aber sie wußten, daß es niemand sonst sein konnte, weil keiner ihren Aufenthaltsort kannte — und wenn doch, dann wäre der Besuch nicht durch die Eingangstür gekommen, sondern durch die Fenster, und hätte Blendgranaten und Maschinenpistolen dabeigehabt.

Im Fernsehen lief gerade eine amerikanische Comedy-Show. Konservengelächter erfüllte den Raum. Durch die vom Boden bis zur Decke reichenden Schiebefenster auf der anderen Seite des Raumes sah der Mann, wie sich auf der Themse eine Schleppbarkasse damit abmühte, einen plumpen Kahn hinter sich her zu ziehen.

Er ging in die Diele zurück und öffnete die Tür in dem Moment, als der Lift mit einem sanften Ruck zum Stehen kam. Der Mann, der die Kabinentür öffnete, war Anfang Zwanzig. Er trug graue Flanellhosen und einen blauen Blazer über einem weißen Rollkragenpullover, hatte dunkelbraunes gelocktes Haar, fast schwarze Augen und grinste breit. »Habt ihr es schon gesehen?« fragte er, noch bevor der andere dazu gekommen war, die Tür hinter ihnen zu schließen. »Habt ihr es verdammt nochmal gesehen?«

»Beruhige dich, O'Reilly«, sagte der Mann, der ihn hereingelassen hatte.

O'Reilly drehte sich um. Seine Wangen waren flammend rot. »Beruhigen? Mann, du hättest dabei sein sollen. Du hättest mich sehen sollen. Es war so verdammt fantastisch!« Er wandte seinen Blick dem Fernseher zu. »Haben sie es schon gebracht? Wie viele haben wir erwischt?«

»Fünfzehn bis jetzt«, antwortete der Mann, der auf dem ledernen Chesterfield-Sofa saß, das sich genau gegenüber dem pseudoantiken Videomöbel befand, auf dem der Fernseher stand. »Das hast du gut gemacht, O'Reilly.« Er war der älteste der Gruppe, wenn er auch die Dreißig kaum überschritten hatte. Obwohl er den ausgeprägtesten irischen Dialekt sprach, war er eher ein nordischer Typ mit seinem blonden Haar, den durchdringenden blauen Augen und der hellen Haut. Auch sein Name deutete kaum auf irische Herkunft hin, aber Denis Fisher war gebürtiger Belfaster und hatte schon oft für die Sache der IRA getötet. »Was ist mit dem Helm und der Ledermontur?« fragte er O'Reilly.

»Im Kofferraum des Wagens. Wie du gesagt hast. Es war ganz leicht.«

»Nicht leicht«, sagte Fisher. »Gut geplant.«

»Was auch immer«, meinte O'Reilly. »Ich habe mir jedenfalls einen Drink verdient.« Er ging in die weiß-blau gekachelte Küche und öffnete den Kühlschrank. »Will sonst jemand auch was?« rief er, aber niemand reagierte. O'Reilly nahm sich eine kalte Dose Carlsberg und öffnete sie, während er wieder ins Wohnzimmer zurückkam. Er zog einen der Holzstühle unter dem ovalen Eßtisch hervor und setzte sich umgekehrt darauf, die Arme auf die Rückenlehne gestützt.

»Und was jetzt?« fragte er grinsend.

»Genau«, meinte der Mann, der die Tür geöffnet hatte und jetzt auf einem mit Blumen bedruckten Sofa neben einem großen Bücherregal aus Holz saß. Er hieß McCormick. »Was machen wir als nächstes?«

Fisher lächelte. »Ihr seid so verdammt ungeduldig.« Er wandte sich an den Mann, der auf dem Stuhl beim Fenster saß, der, den sie »den Bombenmacher« nannten. »Das hängt ganz davon ab, was uns McDermot zu bieten hat.« Der Bombenmacher grinste.

In diesem Augenblick wurde die Comedy-Show von einer Sondermeldung unterbrochen. Ein ernster Mann mit dem Aussehen eines Filmstars berichtete, daß bei einem Bombenanschlag 16 Menschen ums Leben gekommen seien und daß die IRA sich verantwortlich erklärt habe. Dann sah man einen Reporter in einem weißen Regenmantel, der unter einer Straßenlaterne in Knightsbridge stand. Er berichtete, daß die Polizei davon ausgehe, daß die Bombe in dem Gepäckbehälter eines Motorrades gezündet worden sei, und zwar durch einen Zeitzünder.

O'Reilly boxte in die Luft, und das Grinsen des Bombenmachers wurde noch breiter.

Das Polizeiauto fuhr langsam die Clapham Road hinunter. Constable Simon Edgington schmerzte schon die Hand, so oft hatte er hin und her schalten müssen. Lautlos verfluchte er den dichten Verkehr, in dem die Wagen Stoßstange an Stoßstange vorwärtskrochen. Es nützte nicht einmal etwas, die Sirene anzustellen, weil die anderen Fahrzeuge gar nicht genug Platz hatten, um zur Seite zu fahren.

»Es wird immer schlimmer«, stöhnte er.

»Wie bitte?« Seine Kollegin, eine blonde Polizistin namens Susan Griffin, sah ihn an. Sie war direkt von der Universität zur Metropolitan Police gekommen. Eine von den Überfliegern, hatte ein Sergeant Edgington anvertraut und ihm gleichzeitig den guten Rat gegeben, es erst gar nicht bei ihr zu versuchen. Den letzten Constable, dessen Hand während eines hastigen Schaltens in einen anderen Gang zufällig auf ihrem Knie gelandet war, hatte sie sofort gemeldet.

»Der Verkehr«, sagte Edgington. »Bei diesem Tempo brauchen wir die ganze Nacht.«

Susan Griffin blickte auf die Liste an ihrem schwarzen Klemmbrett. »Wir haben nur noch eine Adresse«, sagte sie. »Einen Chinesen oder so etwas. Mein Gott, wahrscheinlich kann ich noch nicht mal die Namen richtig aussprechen. Nuug-jen Guan Fong und Nuug-jen Coy Trin. Klingt das einigermaßen richtig?« Die Namen auf der Liste lauteten Nguyen Xuan Phoung und Nguyen Kieu Trinh.

»Hört sich an wie eine Krankheit«, meinte Edgington lachend.

Sie bedachte ihn mit einem frostigen Blick. »Zum Witzemachen taugt das Ganze eigentlich nicht, oder, Simon?«

Edgington wurde rot. Griffin war ein Jahr jünger als er, aber sie führte sich bereits auf, als hätte sie schon ihre Sergeant-Streifen. Die Sache war ihm vor allem deshalb peinlich, weil er genau wußte, daß sie recht hatte. Über so etwas machte man keine Witze. Er wollte ihr erklären, daß er nur nervös sei, daß er etwas von der Anspannung abschütteln wolle, die ihm Magenschmerzen verursacht hatte. Er wollte ihr sagen, daß er bei seinem Dienstantritt vor drei Jahren nie damit gerechnet hatte, daß er einmal an die Türen fremder Leute klopfen mußte, um ihnen mitzuteilen, daß ihre Verwandten oder Freunde in Knightsbridge von einer Terroristenbombe in Stücke gerissen worden waren. Er hätte sich gerne verteidigt, aber er wußte, daß er dann nur wie ein Schwächling wirken würde und konzentrierte sich statt dessen aufs Fahren.

Sie hatten drei Adressen bekommen, alle südlich des Flusses. Zuerst waren sie bei einem Ehepaar in Lambeth gewesen, einem Lehrer und seiner Frau. Ihr nicht mal zwanzigjähriger Sohn hatte auf dem Beifahrersitz eines alten Mini gesessen, als die Bombe auf dem Motorrad etwa 20 Meter entfernt explodiert war. Teile des Drahtes, mit dem der Sprengsatz umwickelt gewesen war, schlugen durch die Windschutzscheibe und zerfetzten ihm Gesicht und Kehle. Die Eltern hatten in den Abendnachrichten von dem Anschlag gehört, und bevor Griffin überhaupt etwas sagen konnte, waren der Frau die Beine weggeknickt, und ihr Mann hatte ihr auf einen Stuhl in der engen Küche geholfen. Edgington war froh darüber, daß seine Partnerin das Reden übernahm, er hatte zuviel Angst davor, daß seine Stimme zittern würde. Zur Polizei war er gegangen, um Verbrecher zu fangen und nicht, um als eine Art Todesbote aufzutreten. Und die Kollegin hatte alles so verdammt gut im Griff gehabt, hatte die beiden auf das Sofa gesetzt, hatte ihnen einen Tee mit viel Zucker gemacht und die Tochter angerufen, die sofort kommen und sich um ihre Eltern kümmern wollte. Bis das Mädchen kam, hatte sie bei ihnen auf dem Sofa gesessen. Dann mußten sie die Familie mit ihrem Schmerz allein lassen. Edgington hatte derweil neben der Küchentür gestanden und sich nutzlos gefühlt, aber Susan Griffin hatte keinen Ton gesagt, als sie wieder im Wagen saßen.

Die nächste Adresse war eine kleine Wohnung in Stockwell. Hier wartete kein Verwandter, sondern der Freund eines getöteten Mädchens. Als die Polizistin ihm die Mitteilung gemacht hatte, brach er in Tränen aus und schlang die Arme um sie. Sie wollten bald heiraten, schluchzte er. Seine Freundin war schwanger. Griffin hielt ihn fest, bis die Tränen langsam versiegten, und setzte ihn auf einen Stuhl. Dann erkundigte sie sich, ob es jemanden gäbe, den sie anrufen solle, einen Freund oder einen Verwandten. »Mußte sie leiden?« fragte er. »Nein«, log sie ihn an. Ein Sergeant hatte ihnen gesagt, daß das Mädchen schreiend auf dem Bürgersteig gestorben war. Die Explosion hatte ihr beide Beine abgerissen. »Nein, sie mußte nicht leiden«, sagte sie ohne zu zögern.

Er wischte sich mit dem Handrücken die Tränen aus dem Gesicht, und Griffin reichte ihm ein Taschentuch, während Edgington die Mutter des jungen Mannes anrief. Sie sagte, daß sie in einer Viertelstunde kommen würde, und Edgington und Griffin waren der Meinung, daß er solange allein bleiben könne. Als sie die Wohnung verließen, saß er über eine Teetasse gebeugt, die er mit beiden Händen umklammerte.

»Es muß gleich hier links sein«, wies sie ihn an.

Der Verkehr schleppte sich weiter, bis sie schließlich in die Straße einbogen. »Nummer 62«, sagte sie, bevor er fragen konnte.

Er fuhr langsam und zählte die Hausnummern ab. »Sind Sie sicher?« fragte er.

Sie überprüfte den Computerausdruck auf dem Klemmbrett und nickte. »Hier steht es so.«

Er hielt an, und beide betrachteten das Haus Nr. 62. Es war ein chinesischer Schnellimbiß, auf dessen ausladende Fensterfront goldene und schwarze Buchstaben gemalt waren. Darüber hing ein Schild: »Double Happiness — Chinesische Gerichte zum Mitnehmen.« Drinnen warteten zwei Kunden vor der brusthohen Bestelltheke.

»Das ist es«, sagte Edgington und stieg mit ihr aus. Erst an der Eingangstür blieb sie stehen und ging vor ihm hinein.

Hinter der Theke stand ein älterer Asiate und rief etwas durch eine Anreiche in einer Sprache, die sie nicht verstanden. Dann stellte er zwei Plastiktüten mit Schalen voll chinesischer Gerichte vor einen der Kunden und kassierte. Aus der Küche ertönte ein lauter Schrei, und der Mann steckte seinen Kopf erneut durch die Anreiche, wobei er mit den Armen rudernd erneut etwas plapperte. Als er sich wieder umdrehte, lächelte er Edgington und Griffin an.

»Was kann ich für Sie tun?« fragte er. Er war klein, und seine Schultern reichten kaum über die Theke. Sein Gesicht war faltig, aber die Haut wirkte trotzdem noch straff, auch unter dem Kinn, und die Wangenknochen standen deutlich vor. Schwer zu sagen, wie alt er genau war. Vielleicht hatte er ein hartes Leben geführt und war in den Vierzigern, oder es handelte sich um einen gut erhaltenen Sechzigjährigen. Susan Griffin fiel die Traurigkeit in seinen Augen auf. Diese Augen, dessen war sie sich sicher, hatten schon viel Leid gesehen.

»Sie sind Mr. Nuug-jen?« fragte sie, und er nickte behende, korrigierte dann aber ihre Aussprache. Nju-jen würde es heißen, sagte er. Der andere Kunde, der noch an der Theke stand, hörte dem Gespräch interessiert zu und starrte die Polizistin ungeniert an, bis Edgington ihm einen Blick zuwarf, der den Mann veranlaßte, sich lieber der Speisekarte zuzuwenden, die an der Wand hing.

»Können wir uns irgendwo unterhalten?« fragte Griffin den alten Mann.

»Ich bin sehr beschäftigt«, antwortete er. »Kein Personal. Sie kommen später — vielleicht.« Hinter der Durchreiche klopfte es, und er ging hinüber und ergriff eine Tüte mit Speisen, die er dem Kunden reichte. »Kommen Sie wieder«, verabschiedete er ihn.

»Ich fürchte, wir müssen Ihnen etwas Unangenehmes mitteilen.« Sie sah auf ihr Klemmbrett. Mein Gott, wie sprach man nur diese Namen aus? »Mr. Nguyen, kennen Sie eine Xuan Phoung oder eine Kieu Trinh?« Da beide Namen mit Nguyen begannen, nahm sie an, daß dies der Familienname war und daß es sich bei dem, was danach kam, um die Eigennamen handelte.

Der Mann runzelte die Stirn. Ein neuer Kunde kam herein und stellte sich hinter Edgington. Susan versuchte erneut, die Namen auszusprechen, aber der Mann zeigte keine Reaktion, bis sie ihm den Ausdruck vor die Augen hielt und auf die beiden Namen deutete. Jetzt nickte er skeptisch. »Meine Frau«, sagte er. »Und meine Tochter.«

»Es tut mir leid, aber es hat einen Unfall gegeben«, sagte die Polizistin. »Können wir irgendwo in Ruhe mit Ihnen sprechen?«

Der Mann hob beunruhigt die Arme. »Was ist passiert?« fragte er erschrocken.

»Mr. Nguyen, bitte, es wäre besser für Sie, wenn wir uns irgendwo unterhalten könnten.«

»Kein Personal«, sagte er. »Meine Frau ist nicht in der Küche, bei soviel Arbeit. Was ist passiert?« Er sprach jedes Wort sorgfältig aus, mit einem beinahe amerikanischen Akzent, als koste es ihn Mühe, einen Satz zu formen. Aber es schien ihm nicht schwerzufallen, zu verstehen, was sie sagte.

»Mr. Nguyen, Ihre Frau und Ihre Tochter sind tot. Es tut mir sehr leid.«

Er sah sie fassungslos an. Seine Mundwinkel sackten herab, und die Hände glitten von der Theke. Er versuchte etwas zu sagen, hielt aber inne und schüttelte den Kopf. Edgington sprach den Kunden an und brachte eine Entschuldigung hervor, ohne überhaupt zu wissen, wofür. Er spürte, wie sich seine Wangen röteten.

»Haben Sie mich verstanden, Mr. Nguyen?« fragte Susan Griffin.

»Was ist passiert?« fragte der alte Mann.

»Können wir irgendwo reden?« wiederholte sie. Sie wollte ihm nichts von der Bombe erzählen, solange sie an der Theke eines Schnellimbisses stand.

»Wir können nach hinten gehen«, stammelte er. Er rief etwas durch die Anreiche, und als er eine weiß gestrichene Tür öffnete, kam ein kahler, rundlicher Asiate mit hochgekrempelten Ärmeln und einer fettigen Schürze aus der Küche. Er ignorierte Nguyen und sah den Kunden feindselig an. »Was willst du?« bellte er.

Nguyen führte sie durch einen gekachelten Flur, eine Treppe hinauf und durch eine Tür mit einem Perlenvorhang. Sie standen in einem kleinen Zimmer mit schwerer Brokattapete und einem verblichenen Teppich mit rotem Muster. Das Mobiliar war aus dunklem Rosenholz gearbeitet, ein viereckiger Tisch mit geschnitzten Beinen und vier Stühle mit geraden Rückenlehnen, ohne Kissen. Auf einem dieser Stühle stand ein kleiner rot und golden bemalter Schrein, vor dem ein Räucherstäbchen glimmte und die Luft mit einem abstoßend süßlichen Duft erfüllte.

In einer Ecke neben einem kleinen Fenster befand sich ein halbrunder Tisch, auf dem einige gerahmte Fotografien aufgestellt waren, die Nguyen mit einer alten Frau und einem jungen Mädchen zeigten. Edgington trat an den Tisch und betrachtete die Fotos genauer, während sich seine Kollegin zu dem alten Mann setzte. Einige der Bilder zeigten das Mädchen allein. Offenbar war sie der Mittelpunkt der Familie gewesen. Auf den neuesten Bildern war sie vielleicht sechzehn oder siebzehn und sah ganz und gar bezaubernd aus, mit langem schwarzem Haar und vollkommenen Gesichtszügen. Sie hätte ohne weiteres ein Mannequin sein können. Es gab auch ein paar Fotos, auf denen sie ihre Schuluniform trug, und selbst darin wirkte sie attraktiv. Die alte Frau mußte ihre Mutter sein, auch wenn man kaum eine physische Ähnlichkeit feststellen konnte. Das Mädchen war groß und hielt sich aufrecht, die Frau war klein und gebückt. Die Haut der Tochter war glatt und frisch, die der Mutter dunkel und welk. Die Augen des Mädchens blitzten lebhaft, die der Frau schienen fast erloschen. Während er die Fotos betrachtete, hörte er, wie Susan von dem Bombenanschlag berichtete. Edgington rechnete nach — wenn die Frau das Kind mit zwanzig bekommen hatte, dann mußte sie unter vierzig sein, und selbst wenn sie schon dreißig gewesen sein sollte, konnte sie trotzdem höchstens fünfzig sein — und doch sah sie so viel älter aus. Auf einem der Bilder, dem größten der Sammlung, saß das Mädchen auf einem Stuhl, und die Eltern standen hinter ihm. Nguyen lächelte stolz und hatte seine Hand beschützend auf die Schulter der

Tochter gelegt. Er und seine Frau wirkten eher wie die Großeltern. Noch etwas fiel ihm auf. Es gab keine Bilder von dem Mädchen als Säugling oder als kleines Kind. Auf keinem der Fotos war sie jünger als sieben oder acht. Seltsam.

»Bitte«, sagte der alte Mann hinter ihm, und als Edgington sich umdrehte, streckte er die Hände aus. »Bitte, das Bild.«

Edgington nahm das große, gerahmte Foto vom Tisch und reichte es ihm. Er sagte nichts, weil er nicht wußte, was er sagen sollte.

Der alte Mann wiegte das Bild in seinen Armen und drückte es dann an die Brust. Er weinte nicht und gab auch sonst keinen Laut von sich, aber sein Schmerz war tief und schwer zu ertragen.

»Wer hat das meiner Familie angetan?« fragte er schließlich.

»Die IRA«, antwortete Edgington. Es waren die ersten Worte, die er seit Betreten des Raumes gesagt hatte, und seine Stimme klang belegt. Er räusperte sich. Susan Griffin blickte auf, offenbar überrascht, daß er etwas gesagt hatte. »Die IRA hat sich verantwortlich erklärt«, fügte Edgington hinzu.

»IRA.« Nguyen sprach jeden Buchstaben so langsam aus, als höre er ihn zum ersten Mal. »Was ist IRA?«

Edgington sah zu Susan hinüber, die verblüfft schien. War das sein Ernst? Er setzte sich neben den alten Mann.

»Terroristen«, sagte er leise.

»Was wollen sie, diese Terroristen?«

Edgington war auf die Direktheit der Frage nicht gefaßt und blickte hilfesuchend zu Griffin hinüber. Sie schüttelte den Kopf. Der alte Mann brauchte Mitgefühl und ein Beruhigungsmittel, keine politischen Erläuterungen. Er wandte sich ihr zu. »Was wollen sie?« fragte er ein zweites Mal.

»Sie wollen den Abzug der britischen Truppen aus Irland«, antwortete sie zögernd.

»Wie kann das durch den Mord an meiner Familie erreicht werden?«

Sie zuckte mit den Schultern. »Gibt es jemanden, den ich für sie kommen lassen könnte?« fragte sie. »Leben Verwandte von Ihnen in der Nähe?«

»Ich habe keine Verwandten«, entgegnete er ruhig. »Jetzt habe ich auch keine Familie mehr. Ich bin allein. Diese IRA, werden Sie die fangen?«

»Ja«, antwortete sie und blickte ihm ins Gesicht.

»Und werden sie bestraft werden?«

»Ja.« Das Lügen fiel ihr heute leicht.

»Gut«, sagte der alte Mann und nickte, so als seien damit alle Probleme gelöst.

Die zweite Auflage kam gerade aus der Druckerei, als Woody endlich ins Büro zurückkam. Ohne den Regenmantel auszuziehen, ließ er sich auf seinen Stuhl fallen. Er hatte etwas auf dem Mantel verschüttet, und als er seinen Kopf auf die Brust fallen ließ, konnte er es riechen: Whisky. »Was für eine Verschwendung«, murmelte er.

Der Journalist am Schreibtisch neben ihm steckte seinen Kopf hinter einer Topfpflanze hervor und sagte: »Simpson ist hinter dir her, Woody.« Während er die schlechte Nachricht weitergab, klang in seiner Stimme mehr als nur eine Spur sadistischer Schadenfreude mit. Wie Woody war auch er ein freier Journalist, und jedesmal, wenn einer von den Freien gefeuert wurde, gab es für die anderen mehr zu tun.

»Danke«, sagte Woody. Er wollte sich um keinen Preis anmerken lassen, wie unwohl ihm war. Er brauchte die Arbeit, weiß Gott, er brauchte sie. In den letzten zwölf Monaten war er von den meisten der Londoner Tageszeitungen auf die schwarze Liste gesetzt worden. Es fiel ihm immer schwerer, eine Schicht zu überstehen, ohne etwas zu trinken, und das kam in der modernen High-Tech Pressewelt nicht mehr gut an. Früher, in den Zeiten, als Reporter noch wie Reporter aussahen, waren die Straßen voller Originale gewesen — Männer und Frauen, die ein paar Drinks vertragen konnten und die danach noch besser schrieben und denen gnädig verziehen wurde, wenn man sie spät abends fand, unter ihrem Schreibtisch schlafend. Der Chefredakteur ließ sie dann einfach mit dem Redaktionsauto nach Hause bringen. Schlugen sie wirklich einmal über die Stränge, wurde ihnen eine gerechte Bestrafung zuteil, ein unangenehmer Beobachterposten im strömenden Regen, oder man schickte sie zu einem Verkehrsunfall, mitten in der Nacht und Gottweiß-wo. Diese Maßnahmen waren eher erzieherisch als böswillig gewesen. Aber heute war alles anders. Heutzutage schienen die meisten Journalisten direkt von der Universität zu kommen. Sie schauten ernsthaft drein, redeten wie Börsenmakler und hatten Milchgesichter. Nur die wenigsten beherrschten Kurzschrift, dachte Woody verbittert, und es war ein alltägliches Bild geworden, sie an ihre Kassettenrecorder gekettet zu sehen, aufgeregt atmend, während sie ihre Bänder transkribierten. Woody erinnerte sich an das Fegefeuer, das er durchlitten hatte, bevor er die verlangten 100 Worte pro Minute in seinem zittrigen Steno aufs Papier gebracht hatte, und an den Rest der Scheiße, den er ertragen mußte, bevor die Fleet Street seine Heimat wurde. Jetzt waren die Redaktionen mit Kindern besetzt, die nichts stärkeres als ein sprudelndes Wässerchen tranken, wenn es einem gelungen war, sie mit Gewalt in einen Pub zu zerren. Ian Wood war zweiundvierzig, aber manchmal fühlte er sich, als ginge er auf die Achtzig zu.

»Woody!« ertönte eine Stimme vom anderen Ende des Raumes. »Wo zum Teufel hast du gesteckt?«

Woody erkannte schnell, daß die Frage rein rhetorischer Natur war, da ihr sofort ein Schwall von Beleidigungen folgte. Er wuchtete sich aus dem Stuhl und ging auf die Quelle des Krachs zu, in der Hoffnung, so den Lautstärkepegel und damit den Peinlichkeitsfaktor senken zu können. Simpson saß in seinem Chefsessel, die Füße in den sündhaft teuren Schuhen auf dem Schreibtisch. Der Nachrichtenredakteur gab zweimal soviel für sein Schuhwerk aus, wie die Zeitung den Freien für eine Acht-Stunden-Schicht zahlte. Das sorgfältig polierte Leder glänzte im Licht der Leuchtstoffröhren an der Decke, und unwillkürlich mußte Woody auf seine eigenen völlig durchnäßten braunen Treter blicken. Woody setzte zu einer Erklärung an, aber Simpson schnitt ihm das Wort ab und sagte, daß er schon seit Stunden hätte zurück sein müssen, daß er sich aus dem Gebäude scheren und nie mehr wiederkommen solle, daß er sowieso viel zu oft bei der Arbeit blau sei und daß es für ihn bei dieser Zeitung keinen einzigen Auftrag mehr geben würde. Woody spürte, wie die Mitarbeiter in der Nachrichtenredaktion ihn anstarrten, und ohne hinzusehen wußte er, daß mehr als die Hälfte der Voyeure sein Unbehagen grinsend genossen. Seine Wangen röteten sich. Jetzt konnte er nichts mehr machen, er mußte warten, bis Simpson sich wieder beruhigte, und das konnte dauern, bis die Hölle zugefroren war — oder noch etwas länger. Vor allem aber hatte Woody Angst vor dem Weg zur Tür, er fürchtete die Blicke seiner Kollegen. Verlegen öffnete er den Mund, um noch etwas zu sagen, aber Simpson winkte ab und drehte sich um.

Ein paar Sekunden blieb Woody leicht schwankend stehen, aber dann ging er langsam und mit dem letzten Rest Energie, den er noch besaß, erhobenen Kopfes durch den Redaktionsraum. Seine Augen waren auf die violette Tür geheftet, die zum Treppenhaus führte, auf die Straße hinaus, in den Pub. Außer einem doppelten Bell's gab es jetzt nur noch eines für ihn: diesen Raum mit dem letzten bißchen Würde zu verlassen, das ihm noch geblieben war. Fast hätte er es geschafft. Aber er übersah den vollen Papierkorb, stolperte darüber und taumelte gegen die Tür. Mühsam drückte er dagegen, doch sie bewegte sich keinen Zentimeter; also drückte er fester, bis er das Schild sah, auf dem »Ziehen« stand. Als er endlich auf den Flur hinauswankte, folgte ihm grausames Gelächter.

Er machte sich auf den Weg zu seinem Refugium, dem King's Head, aber dann fiel ihm ein, daß bei seinem momentanen Glück wahrscheinlich nur Perrier schlürfende Kollegen dort auf ihn warteten, und so ging er weiter zum Coach and Horses. Dort würde man zwar keine Schecks für ihn einlösen, nicht, seit der letzte bei der Bank geplatzt war, aber zumindest konnte ihn dort niemand auslachen.

Es begann wieder zu regnen. Woody schlug den Kragen seines Mantels hoch, zog seinen Kopf zwischen die Schultern und duckte sich an der Häuserfront entlang, bis er den Pub erreicht hatte. Drinnen ging es ziemlich geschäftig zu, da die Sperrstunde nahte, aber Woody wußte, daß sich der

Wirt wenig um die Schankgesetze kümmerte und daß es noch Stunden dauern würde, bevor der letzte Gast verschwand. Er zog seinen Mantel aus und schüttelte den Regen ab, bevor er ihn neben dem Glücksspielautomaten aufhängte.

»Abend, Woody«, begrüßte ihn der Barmann, ein junger Mann, an dessen Namen der Reporter sich nicht erinnern konnte. »Wie üblich?«

Woody nickte und bekam einen doppelten Bell's eingeschenkt. Eine Frau, die neben ihm auf einem Barhocker saß, betrachtete zunächst die Bell's-Flasche und dann Woody. Sie schüttelte sich. »Sie sollten mal einen richtigen Whisky probieren«, meinte sie. An ihrer Seite saß ein Mann in einer braunen Lederjacke. Beide hatten Gläser mit einer bernsteinfarbenen Flüssigkeit vor sich. Woody ergriff sein Glas und prostete ihnen zu.

»Dieser hier ist gut genug für mich«, sagte er und leerte sein Glas in einem Zug.

»Und jetzt hätte ich gerne das, was die Herrschaften da trinken, und für die beiden auch noch zwei.« Woody überschlug kurz, wieviel noch in seiner Brieftasche war. Dann probierte er den zehn Jahre alten Scotch mit einem Namen, den er noch nie gehört hatte – jedenfalls schmeckte er voll und weich und erwärmte ihn. Er begann ein freundliches Gespräch mit dem Paar, sie plauderten über das Wetter, die Docklands, die Regierung, nur nicht über das, was er an diesem Abend gesehen hatte.

Sie fragten ihn nach seinem Beruf, und er sagte, er sei Journalist. Sie hieß Maggie, er Ross, er verkaufte Faxgeräte, sie arbeitete bei einer Versicherungsgesellschaft.

Während der Pegel der Whiskyflasche sank, wurde Woody immer gesprächiger. Er sprach davon, wie unglücklich er in seinem Job sei, und daß er Pläne für ein neues Leben in Los Angeles habe. Ein alter Freund von ihm war vor ein paar Jahren nach L.A. gegangen und hatte eine Presseagentur gegründet, die sich auf Artikel über Showstars und kuriose Geschichten für die Boulevardzeitungen spezialisiert hatte. Seit langem drängte er Woody, rüberzukommen und bei ihm einzusteigen.

»Wissen Sie, ich glaube, ich werde es machen«, sagte Woody, und die beiden nickten zustimmend. Maggie gab eine weitere Runde aus. Etwas später stand der Mann auf, klopfte Woody auf die Schulter und sagte, er müsse jetzt gehen. Er küßte Maggie auf die Wange, recht brüderlich, wie Woody fand, und verschwand. Woody war verblüfft, er hatte angenommen, sie wären verheiratet oder zumindest miteinander liiert, aber Maggie lachte nur, »nein, nein«, sagte sie, »nur Freunde«. Er setzte sich auf den Barhocker, den Ross geräumt hatte, auch wenn er es eigentlich vorzog, im Stehen zu trinken. Maggie gefiel ihm sehr gut. Sie hatte schulterlanges rotes Haar, graue Augen und Sommersprossen wie ein Teenager, auch wenn er sie auf Anfang Dreißig schätzte. Sie sprach mit einem leicht schottischen Akzent, lachte viel und erzählte Witze, die selbst Woody etwas unanständig fand.

»Ist es Ihnen ernst mit L.A.?« fragte sie, und Woody antwortete, ja, das sei es ihm. Sie sagte, daß ein Freund von ihr dort wohne und daß sie ihn avisieren könne, wenn er wirklich rüberginge. Sogar nach seiner Telefonnummer erkundigte sie sich, und er gab sie ihr. Irgendwann wollte sie dann gehen. Woody bot sich an, sie nach Hause zu bringen, aber sie lehnte ab und dankte ihm, es sei nur um die Ecke. Woody zuckte mit den Schultern und sagte ihr Auf Wiedersehen. Er fragte sich, wie sie wohl auf einen brüderlichen Kuß auf die Wange reagieren würde, kam jedoch zu keiner positiven Antwort. Nachdem sie gegangen war, trank er seinen Whisky aus und verließ den Pub, auf der Suche nach einem Taxi. Zehn Minuten später war er wieder zurück und nahm seinen Regenmantel vom Haken. Wirklich, dies war nicht sein Abend.

Sergeant Fletcher seufzte lautlos, als er sah, daß der Chinese langsam auf seinen Schreibtisch zukam. Er vertiefte sich in seine Schreibarbeit und wünschte von ganzem Herzen, daß der Mann wieder verschwinden würde. Nguyen Ngoc Minh räusperte sich leise. Sergeant Fletcher ignorierte ihn. Nguyen räusperte sich erneut, diesmal lauter. Der Polizist wußte, daß er die Sache in Angriff nehmen mußte, blickte auf und tat überrascht.

»Ah, Mr. Nguyen«, sagte er. »Was kann ich für Sie tun?« Er umklammerte seinen Kugelschreiber etwas fester.

»Sergeant Fletcher, gibt es etwas Neues über die Bombe?« fragte Nguyen langsam. Mit gesenktem Kopf und über dem Bauch gefalteten Händen stand er vor dem Schreibtisch. Er trug die gleichen Sachen, die er bei seinen vier vorherigen Besuchen auf der Polizeiwache getragen hatte, braune Wollhosen, ein blau-grünes Flanellhemd und einen dicken, wattierten Mantel mit Kapuze. Seine dunkelbraunen Stiefel waren alt und ausgetreten, und wenn Sergeant Fletcher es nicht besser gewußt hätte, dann wäre er wohl der Meinung gewesen, daß der Mann ein Obdachloser sei, der eine warme Zelle für die Nacht suchte.

Der Polizist schüttelte bedächtig den Kopf. »Leider nicht, Mr. Nguyen. Aber wir tun unser Möglichstes, glauben Sie mir.«

Die Augen des Chinesen verrieten, daß er den Worten des Polizisten keineswegs glaubte, aber er lächelte höflich, wobei sich tiefe Furchen auf seinem Gesicht abzeichneten. Es war ein einschmeichelndes Lächeln, ein unterwürfiger Blick, bei dem sich Fletcher aus irgendeinem Grund schuldig fühlte.

»Wissen Sie, wer die Bombe gezündet hat?« fragte Nguyen.

»Wie es in der Zeitung stand, die IRA hat die Verantwortung übernommen.«

»Und wissen Sie, wer bei der IRA verantwortlich ist?«

»Nein, Mr. Nguyen, das wissen wir nicht.« Sergeant Fletcher mußte sich beherrschen, den Chinesen nicht anzuschreien, und das war schwer, verdammt schwer, denn jedesmal, wenn der Mann kam und sich vor seinen Schreibtisch stellte, dann richtete er die gleichen Fragen an ihn, stets mit dem gleichen unterwürfigen Lächeln. Ihm war klar, daß der Mann am Boden zerstört war, er hatte seine Frau und seine Tochter verloren, und, weiß Gott, Fletcher hätte ihm gerne geholfen, aber er konnte nichts für ihn tun. Gar nichts.

»Wie lange wird es dauern, Sergeant Fletcher?« fragte Nguyen geduldig.

Der Polizist schüttelte traurig den Kopf. »Ich wünschte, ich wüßte es«, sagte er.

»Die Polizeifrau, die vorige Woche bei mir war, hat gesagt, daß die Männer gefaßt werden.«

»Da bin auch ich mir ganz sicher.«

»Sie sagte, daß sie bestraft werden.«

Diese dumme Kuh. Fletcher wünschte, sie hätte den Mund gehalten und dem Chinesen keine Hoffnungen gemacht. Er nahm sich vor, herauszufinden wer sie war und ihr ordentlich die Meinung zu sagen.

Nguyen rieb seine Hände gegeneinander, als würde er sie waschen. »Wann wird das sein, Sergeant Fletcher?« Sein Lächeln breitete sich aus, und seine Lippen spannten sich über den gelblichen Zähnen.

Dieses Lächeln verriet Nervosität, erkannte Fletcher. Der Polizist legte seine Handflächen auf den Schreibtisch. »Ich weiß es nicht. Ich weiß es beim besten Willen nicht.«

»Ich bin sicher, daß Sie und ihre Männer ihr Bestes tun. Ich weiß, daß sie die Männer fangen wollen, die meine Familie getötet haben. Aber ich frage mich . . .« Er ließ den Satz unbeendet und sah Fletcher in die Augen.

»Ja?« sagte der Sergeant.

»Ich frage mich, ob noch andere Polizisten den Fall bearbeiten. Wie sagt man — Spezialisten? Polizisten, die Terroristen jagen, und die IRA.«

Plötzlich war es Fletcher, als habe sich der Himmel geöffnet und einen Sonnenstrahl herabgesandt. Er sah einen Weg, wie er den Chinesen ein für alle Mal loswerden konnte.

»Es gibt diese Polizisten, Mr. Nguyen. Es handelt sich um die Anti-Terror-Truppe.«

»Und wo finde ich diese Anti-Terror-Truppe?«

Fletcher merkte, daß er geradezu strahlte. »Bleiben Sie, wo Sie sind, Mr. Nguyen. Ich gehe nur eben und schreibe Ihnen die Adresse und die Telefonnummer auf.«

Elliott Jephcott bog mit seinem weißen Rover von der Hauptstraße ab und fuhr in eine kleine, kopfsteingepflasterte Seitenstraße. Er schaltete das Radio ab und schaute auf seine

Armbanduhr. Es war kurz nach halb neun, und vor elf brauchte er nicht im Gericht zu sein. Also hatte er noch genügend Zeit. Er überprüfte im Rückspiegel seine Frisur, griff dann in das Handschuhfach, wo er eine kleine Dose Atemspray deponiert hatte, und sprühte sich damit zweimal kurz in den Rachen. Als er die kleine Dose wieder zurücklegte, bemerkte er, daß ein Straßenfeger, der das Pflaster mit einem langstieligen Besen bearbeitete, ihn beobachtet hatte. Jephcott errötete wie ein Schuljunge, den man mit einem unanständigen Magazin erwischt hat, und war im nächsten Augenblick wütend auf sich selbst. Ein Richter beim Hohen Gerichtshof, der sich unter den neugierigen Blicken eines schmutzigen Straßenkehrers unwohl fühlte? Lächerlicher Gedanke. Er sperrte den Rover ab und ging auf Ericas kleines Haus zu. Gerade als er den bronzenen Türklopfer betätigen wollte, machte sie ihm auf.

»Ich habe deinen Wagen gehört«, sagte sie. Sie sah hinreißend aus, ihr blondes Haar war sorgfältig so arrangiert, daß es den Eindruck erweckte, als käme sie gerade aus dem Bett. Geschmeidig trat sie zur Seite, um ihn hereinzulassen, und er roch ihr Parfüm. Er hatte es ihr letzten Monat geschenkt, und es gefiel ihm, daß sie es heute für ihn aufgetragen hatte. Sie trug eine violette Bluse mit einem hohen Kragen und Taschen auf beiden Seiten, und einen wadenlangen Rock mit Blumenmuster in den Farben Grün, Violett und Rosa. Um die Taille hatte sie einen violetten Ledergürtel geschlungen. Am linken Handgelenk trug sie ein schweres Goldarmband und um den Knöchel ihres linken Fußes eine dünne Goldkette. Die Juwelen hatte er ihr auch gekauft, genau wie den Alfa Romeo, der vor dem Haus parkte. Der Wagen war das Geschenk zu ihrem einundzwanzigsten Geburtstag gewesen, und sie hatte ihn sich ganz gewiß verdient.

Sie schloß die Tür und half ihm, sein Sakko auszuziehen. Dann hängte sie es über einen Bügel und brachte es in den Kleiderschrank neben der Haustür.

»Wieviel Zeit hast du?« fragte sie. Er wußte, daß sie nicht nörgelte, so wie es seine Frau tat, wenn sie die gleiche Frage stellte, sie wollte einfach nur wissen, wieviel Zeit sie füreinander hatten, damit sie dementsprechend planen konnte. Er drehte sich um, lächelte und legte ihr die Arme um die Hüften.

»Nicht genug«, sagte er und küßte sie.

Als ihre Lippen sich trafen, öffnete sie den Mund, und er spürte ihre weiche Zunge und hörte ihr Stöhnen. Sie nahm ihn bei der Hand und führte ihn nach oben. »Dann laß uns keine Minute vergeuden«, sagte sie.

Draußen auf der Straße arbeitete sich der Straßenkehrer sorgfältig vorwärts. Er fegte den Abfall und den Staub zu ordentlichen kleinen Häufchen zusammen, bevor er sie mit seiner Schaufel in den Plastiksack auf seinem Karren beförderte. Leise pfiff er vor sich hin, während sein Atem weiße Wolken in der kalten Morgenluft formte. Der Kragen seiner Arbeitsjacke war hochgeschlagen, und er trug dicke Wollhandschuhe. Seine blaue Wollmütze hatte auch schon bessere Tage gesehen. Er warf einen Blick zurück auf den Teil der Straße, den er schon gekehrt hatte, und nickte zufrieden. Dann legte er die Schaufel auf den Karren und schob ihn weiter das Kopfsteinpflaster hinauf, bis er neben dem Rover stehenblieb. Aus den Augenwinkeln sah er, wie im ersten Stock die Vorhänge zugezogen wurden.

Langsam und bedächtig begann er, um den Wagen herum zu fegen, immer noch pfeifend. Zwischen Karren und Wagen kniete er sich hin, um den Plastiksack zurechtzurücken. Dabei holte er mit einem schnellen Griff einen Metallbehälter von der Größe einer Pralinenschachtel aus dem Karren hervor und schob ihn unauffällig an der Fahrerseite unter das Auto. Der Behälter war mit zwei starken Magneten versehen, die sich trotz des Unterbodenschutzes und einer Dreckkruste an das Metall hefteten. An der Seite des Behälters war ein kleiner Schalter angebracht, den er betätigte, bevor er seine Hand zurückzog.

In der Metallbox befanden sich zwei Batterien, ein schwarzer Kunststoffwecker, eine kleine Aluminiumröhre, ein Gewirr verschiedenfarbiger Drähte und zwei Pfund hellbraunen Semtex-Sprengstoffes, in den ein Zünder eingelassen war. Während der Straßenkehrer mit der Schaufel sorgfältig eine Zigarettenschachtel und ein Häufchen Dreck in seinen Müllsack beförderte, tickten die Sekunden auf dem Wecker dahin. Doch der Mann hatte es nicht eilig. Der Wecker war auf fünf Minuten eingestellt, aber auch wenn diese Zeit abgelaufen war, würde die Bombe noch nicht explodieren. Die Uhr aktivierte lediglich den Stromkreis für einen zweiten Quecksilber-Kippschalter, der als Bewegungssensor diente. Diese Konstruktion verhinderte, daß die Bombe versehentlich gezündet wurde. Das Ganze war ein Meisterstück des Bombenmachers, und dabei recht simpel.

Der Straßenkehrer verließ die Seitenstraße, als die fünf Minuten um waren. Er stellte seinen Karren 300 Meter weiter ab und ließ auch seine Mütze, die Arbeitsjacke und die Handschuhe zurück. Fisher hatte alles bis auf das kleinste Detail genau geplant. O'Reilly ging weiter, bis er ein Taxi sah. Er winkte es heran und ließ sich zur Victoria Station fahren, wo er eine halbe Stunde wartete, bevor er mit einem anderen Taxi zurück nach Wapping fuhr.

Die Vordertür des kleinen Hauses in Chelsea öffnete sich in dem Augenblick, als das Taxi in die Wapping High Street einbog.

Ericas Haar sah noch immer aus, als sei sie gerade dem Bett entstiegen, aber der Lippenstift war verschwunden, und als Jephcott sie küßte, roch er nicht mehr ihr Parfüm, sondern Sex. Die teuren Kleider waren von einem weißen Morgenmantel aus Seide abgelöst worden. Noch etwas, das er ihr gekauft hatte.

»Morgen?–« hauchte sie und preßte sich an ihn.

»Nein, mein Schatz, das geht leider nicht«, antwortete er. »Ich rufe dich an.« Über ihre Schulter hinweg sah er auf seine Uhr. Kein Grund zur Eile. Er küßte sie noch einmal und machte sich von ihr los. Nach einem letzten Kuß schloß sie hinter ihm die Tür, und er rückte seine Krawatte zurecht, während er auf den Wagen zuging, die Fahrertür des Rover aufschloß und sich hineinsetzte. Dann betrachtete er sich im Rückspiegel und strich sich die Haare glatt, bevor er erneut zu seinem Atemspray griff. Er drehte den Zündschlüssel, und der Rover sprang sofort an. Im gleichen Augenblick, als sich die Räder in Bewegung setzten, explodierte die Bombe, zerfetzte den Boden des Wagens und riß Elliot Jephcott in einem Blitz aus Feuer und berstendem Metall beide Beine ab.

Detective Chief Inspektor Richard Bromley stopfte sich gerade seine Bruyerepfeife mit Tabak aus einem mürben Lederbeutel, als das Telefon auf seinem Schreibtisch klingelte.

»Hier ist der Empfang, Sir. Er ist wieder da.«

Bromley stöhnte leise. »Sagen Sie ihm, ich sei beschäftigt.«

»Das habe ich bereits getan, Sir. Er sagt, er will warten.«

»Sagen Sie ihm, daß ich ihn anrufe, wenn es Neuigkeiten gibt.«

»Das habe ich auch schon getan, Sir.«

Bromley stöhnte erneut. Dieses Gespräch hatte er in den letzten drei Wochen mindestens ein Dutzendmal geführt, und jedesmal hatte er gehofft, daß Nguyen anders reagieren, daß er endlich aufgeben und nach Hause gehen würde. Es hatte mit Anrufen im Büro begonnen, aber irgendwann mußte jemand erwähnt haben, daß Bromley den Fall bearbeitete. Nguyen begann, ihn zweimal am Tag anzurufen, das erste Mal um Punkt neun und das zweite Mal um fünf Uhr abends. Jedesmal fragte er höflich und zuvorkommend nach Detective Chief Inspector Bromley. Nachdem er das erste Mal mit Nguyen gesprochen hatte, tat er Bromley leid, und als der alte Mann ihn fragte, wie weit er mit den Ermittlungen vorangekommen sei, gab er sich Mühe, so optimistisch wie möglich zu wirken. Das war ein Fehler gewesen, wie er jetzt wußte. Er hätte ihm keine falschen Hoffnungen machen dürfen. Nguyen hatte geschildert, was mit seiner Frau und seiner Tochter geschehen war, ruhig und scheinbar emotionslos, und er hatte Bromley auch gesagt, daß die Männer, die dafür verantwortlich waren, gefaßt werden müßten. Bromley hatte geantwortet, daß er und seine Leute das Möglichste täten, um das zu erreichen. Nguyen hatte ihm gedankt und Bromley gebeten, ihn anzurufen, wenn die Männer gefaßt wären. Er hatte das Wort »ergreifen« benutzt, wobei er jede Silbe einzeln betonte, als würde er es zum ersten Mal aussprechen. Fünf Sekunden nach dem Telefongespräch hatte der Inspektor den seltsamen Mann mit dem unbeholfenen Englisch schon wieder vergessen. Er war genauso höflich wie zuvor, nannte ihn immer noch »Detective Chief Inspector Bromley« und wurde nie laut. Er wiederholte lediglich seine Fragen. Gab es Neuigkeiten? Kannten sie die Namen der Männer, die die Bombe gezündet hatten? Würde die Polizei sie bald »ergreifen«? Wann? Er hörte sich Bromleys Antworten an, die schon etwas weniger optimistisch klangen, wiederholte, wie wichtig es sei, daß man die Männer fange, dankte ihm und legte auf. Am nächsten Tag rief er wieder an; und am Tag danach. Schließlich nahm Bromley seine Anrufe nicht mehr entgegen und beschloß, ihn zu vergessen.

Drei Tage nach dem letzten Anruf wurde ihm mitgeteilt, daß jemand am Empfang auf ihn warte. Es war nicht ungewöhnlich, daß Leute bei New Scotland Yard auftauchten und jemanden sprechen wollten. Oft verfügten sie über Informationen, die für die Anti-Terror-Einheit wichtig sein konnten. Aber es überraschte ihn, daß der Mann seinen Namen genannt hatte; die meisten seiner Informanten vermieden es, dem Gebäude näher als einen Kilometer zu kommen. Doch es war kein Informant, es war Nguyen. Bromley wies den Mann am Empfang an, ihn fortzuschicken, aber Nguyen setzte sich auf eines der harten grauen Sofas und wartete. Er wartete, bis das Hauptbüro Dienstschluß hatte. Dann ging er, nur um am nächsten Morgen wiederzukommen. So hielt er seinen Wachtposten über eine Woche besetzt, ohne jemals Ärger zu machen oder irgend etwas zu tun, aufgrund dessen man ihn aus dem Gebäude hätte entfernen können. Er wartete nur. Die Sturheit des Mannes hatte Bromley beeindruckt, aber sie hatte ihn auch in Wut versetzt. Mehrere Male hatte er am Empfang vorbeigehen müssen, während der alte Mann dort saß, und hatte einen flüchtigen Blick auf die schmächtige Gestalt des Asiaten geworfen, der die Hände im Schoß gefaltet und den Kopf gesenkt hielt, wie ein Mönch beim Gebet. Einmal hatte er aufgeblickt, als Bromley gerade vorbeiging, und der Polizist biß auf seinen Pfeifenstiel und versuchte, in eine andere Richtung zu schauen, aber Nguyen mußte den Ausdruck des schlechten Gewissens auf seinem Gesicht bemerkt haben. Er rief ihm hinterher, aber Bromley sah sich nicht um und suchte Zuflucht im Aufzug.

Jetzt drückte Bromley mit dem Daumen den Tabak in seiner Pfeife fest. Es war nicht so, daß er sich davor fürchtete, mit Nguyen zu reden, es war nur so, daß er ihm nichts zu sagen hatte. Insgesamt hatte es sechs Bombenanschläge mit 32 Toten gegeben, und für jeden Anschlag hatte die IRA die Verantwortung übernommen. Es handelte sich um verschiedene Bombentypen, auch wenn jedesmal Semtex benutzt worden war. Man nahm an, daß es sich um ein und dieselbe IRA-Kampfeinheit handelte, die sich die meiste Zeit über in London aufhielt, aber das war auch schon alles. Seit der Bombenterror vor zehn Wochen begonnen hatte, waren sie kaum einen Schritt weiter gekommen. Das hatte Bromley bei einem der ersten Gespräche mit Nguyen auch zugegeben. Vielleicht brauchte der alte Mann Zuspruch, oder einen Psychiater? Bromley hielt den Telefonhörer zwischen Ohr und Schulter geklemmt, während er die Pfeife anzündete und ein paar Züge tat, bis der Tabak zu glühen begann. Die Pfeife und den Tabak hatte ihm sein fünfzehnjähriger Sohn zum Geburtstag geschenkt, von dem Geld, das er sich nebenbei mit Zeitungsaustragen verdiente.

»Sie war erst sechzehn«, hatte Nguyen von seiner Tochter gesagt. Bromley fragte sich, wie es ihm ginge, wenn Chris getötet worden wäre. Der Gedanke machte ihm das Herz schwer, und fast hörte er sich selber zu, als er dem Mann am Empfang mitteilte, daß er herunterkommen und mit Nguyen sprechen würde.

»Sie kommen herunter, Sir?« fragte der Mann, der kaum glauben konnte, was er gehört hatte. Bromley legte wortlos auf.

Nguyen stand neben dem Empfangstisch und ging auf Bromley zu, sobald sich die Aufzugstür öffnete.

»Detective Chief Inspector Bromley, es ist sehr schön, daß sie mit mir sprechen wollen.« Kein Wort über die vielen Male, da der Beamte sich geweigert hatte, ihn auch nur zur

Kenntnis zu nehmen. Bromley kam sich plötzlich schäbig vor. Er fragte den Mann hinter dem Schreibtisch, ob eines der Gesprächszimmer frei wäre und erhielt eine positive Antwort. Bromley führte Nguyen durch zwei weiße Doppeltüren einen Flur entlang in einen kleinen, viereckigen Raum, in dem ein Tisch und zwei orangefarbene Kunststoffstühle standen. Er deutete auf den Stuhl bei der Tür, aber der alte Mann wartete, bis Bromley sich gesetzt hatte, bevor er selbst Platz nahm. Bromley sog an seiner Pfeife und betrachtete ihn durch eine Tabakwolke.

Nguyen lächelte beflissen, wie ein zuvorkommender Hausdiener. Seine Kleidung war sauber, aber zerknittert, so als habe er darin geschlafen, und sein Haar war zu lang und ungekämmt. Die Hände, mit denen er die Tischkante umklammerte, sahen faltig aus, aber die Fingernägel waren sorgfältig gepflegt. Nach 20 Jahren im Polizeidienst hatte Bromley ein Gespür dafür entwickelt, die Leute auf den ersten Blick einzuschätzen, aber bei Nguyen wußte er nicht, woran er war. Vielleicht aufgrund der asiatischen Züge? Einige Dinge waren jedoch klar. Nguyen war nicht reich, aber er sah aus, als sei er an harte Arbeit gewöhnt und auch daran, die Dinge selbst in die Hand zu nehmen. Der Polizist sah aber auch die Aura des Leids, die ihn umgab; sie war zu offensichtlich. Nguyens Englisch war einigermaßen gut, auch wenn er sich offenbar Mühe geben mußte, die richtigen Worte zu finden. Sein Akzent klang manchmal amerikanisch. Er schien ehrlich und offen und sah Bromley ins Gesicht, während er darauf wartete, daß der Polizist etwas sagte.

Bromley nahm die Pfeife aus dem Mund und fuhr sich mit der linken Hand durch seinen kurzgeschnittenen Bart. »Mr. Nguyen, glauben Sie mir, wir tun unser Bestes, um die Leute zu finden, die Ihre Frau und Ihre Tochter getötet haben. Alles was getan werden kann, wird getan, das müssen Sie mir glauben. Aber es hat keinen Sinn, jeden Tag hier zu warten. Wenn es etwas gibt, das wir Ihnen mitteilen wollen, dann rufen wir Sie an oder schicken Ihnen einen Brief. Verstehen Sie, was ich meine?«

Der alte Mann nickte zweimal mit dem Kopf. Sein Lächeln wurde breiter. Einige seiner Backenzähne fehlten, und an einem der Eckzähne war ein Stück ausgeschlagen.

Bromley fuhr mit den Ausführungen fort, die er sich zurechtgelegt hatte, als er mit dem Aufzug nach unten gefahren war. »Die Männer sind Mitglieder der IRA. Wir glauben, daß sie sich in London aufhalten; wahrscheinlich ziehen sie ständig um, vielleicht wohnen sie in gemieteten Appartements oder in billigen Pensionen. Sie benutzen sicherlich falsche Namen und verhalten sich sehr unauffällig. Was ich damit sagen will, Mr. Nguyen, ist folgendes: Es wird sehr schwierig werden, sie zu finden. Verstehen Sie mich?«

Nguyen nickte erneut.

»Es kann sogar sein, daß wir sie niemals finden. Das ist eine Möglichkeit, mit der Sie sich abfinden müssen. Manchmal startet die IRA eine Bombenserie; dann ändert sich das politische Klima, und die Anschläge hören auf. Wenn das geschieht, werden wir die Männer wohl nie fassen. Aber zumindest hört dann das Töten auf. Haben Sie das verstanden?«

Nguyen nickte. »Aber das darf nicht sein«, sagte er leise.

»Es ist so«, entgegnete Bromley.

»Das kann ich nicht akzeptieren, Detective Chief Inspector Bromley«, meinte der alte Mann, noch immer lächelnd, so als fürchte er, den Polizisten zu beleidigen. »Sie müssen diese Männer fangen.«

»Wenn es irgendwie möglich ist, werden wir es tun, Mr. Nguyen. Das kann ich Ihnen versprechen. Aber wenn es nicht geht . . .« Er zuckte mit den Schultern und steckte wieder die Pfeife in den Mund.

»Diese Männer in London. Sie tun dies, weil man es ihnen befohlen hat, ja?«

»Wir halten sie für Mitglieder der IRA, so ist es.«

»Aber diese IRA ist keine geheime Organisation. Sie wissen, wer zu ihr gehört und wo sie sind?«

»Ja«, antwortete Bromley zögernd. Er wußte nicht, worauf der Mann hinauswollte.

»Warum können Sie dann nicht jemanden ergreifen, der in

der IRA ist und ihn dazu bringen, Ihnen mitzuteilen, wer die Mörder sind?«

Bromley lächelte voller Verständnis. Er wußte, daß es in der Royal Ulster Constabulary und selbst in seiner Einheit eine Menge Männer gab, die nur allzu gerne genau das getan hätten: IRA-Mitglieder von der Straße zu holen und sie in eine unterirdische Zelle zu bringen, wo man Elektroden an ihren Geschlechtsteilen anbringen und jede gewünschte Information aus ihnen herauspressen könnte. Und es gab noch andere, die eine Politik des gezielten Todesschusses offiziell oder inoffiziell guthießen. So könnte man sie wegfegen, ohne sich um solche Nettigkeiten wie Beweismaterial, Gerichtsverfahren und Zeugenaussagen kümmern zu müssen.

»Das ist nicht die Art und Weise, wie wir in diesem Land vorgehen«, sagte Bromley schließlich.

»Was ich nicht verstehe ist, warum die Regierung der IRA erlaubt zu sein«, sagte Nguyen.

»Was zu sein?« fragte Bromley verwirrt.

»Zu existieren, zu sein«, erläuterte Nguyen. »Warum verhaftet die Regierung nicht jeden, der in der IRA ist und sperrt ihn ein? Dann gibt es keine Morde mehr. Und dann finden sie vielleicht die, die meine Familie getötet haben.«

Bromley hob beschwichtigend die Arme. »Die Wirklichkeit ist nicht so einfach, Mr. Nguyen. Es ist eine Frage der Politik, nicht der Polizei. Sie sollten mit Ihrem PA sprechen.«

»PA?« wiederholte Nguyen verwundert.

»Mit Ihrem Parlamentsabgeordneten«, erklärte der Polizist. »Vielleicht kann er Ihnen helfen?« Dann stand er auf. »Mr. Nguyen — leider kann ich sonst nichts mehr für sie tun. Ich möchte Ihnen nicht wehtun, aber Sie sollten nicht mehr hierher kommen. Es tut mir sehr leid um Ihre Familie, aber Ihre Besuche helfen niemandem. Es macht für uns alles nur noch schwieriger. Verstehen Sie das?«

Nguyen schob langsam seinen Stuhl nach hinten und erhob sich. Immer noch lächelnd stand er vor Bromley. »Ich verstehe, Detective Chief Inspector Bromley. Und ich danke Ihnen, daß Sie mit mir gesprochen haben.« Er streckte seine

Hand aus, und Bromley schüttelte sie. Der Griff der kleinen, faltigen Finger war erstaunlich fest, so als befänden sich Stahlgelenke unter der alten Haut. Nguyen drehte sich um, ging hinaus und ließ Bromley mit seiner Pfeife allein.

Auf dem Fußballfeld ging es ordentlich zur Sache. Nicht, daß es mehr zu gewinnen gab als nur ein Spiel, aber das Team der Army haßte nichts so sehr wie eine Niederlage. Dabei lagen sie jetzt, da es noch zehn Minuten bis zur Halbzeit waren, bereits mit zwei Toren hinten. Ihre Gegner, das örtliche Polizeiteam, waren ihnen, was Technik und Taktik betraf, überlegen, aber die Männer von der Army konnten kämpfen. Der Schiedsrichter sah auf seine Uhr und bekam so nicht ganz mit, wie der Ausputzer der Polizei durch einen Ellbogenstoß zwischen die Rippen auf den Rasen befördert wurde, aber er hörte den Fluch des Polizisten und pfiff. Die Zuschauer johlten, während der Schiedsrichter sein Notizbuch aus der Hosentasche zerrte.

Die Anhänger der beiden Teams standen sich auf den Seiten des Platzes gegenüber. Fans der Polizisten, in der Hauptsache loyale Freundinnen und gelangweilte Ehefrauen, waren mit dem Rücken zum Woolwich Common gruppiert, gegenüber der Stadium Road. Die Anhänger der Army, meistens Soldaten, die an diesem Sonntagmorgen nichts Besseres vorhatten, drängten sich auf der anderen Seite. O'Reilly stand bei den Polizistenfrauen und beobachtete den Schiedsrichter durch die Linse seiner Pentax. Die Wangen des Mannes röteten sich, während er den Soldaten ermahnte, der mit den Armen ruderte und seine Unschuld beteuerte. O'Reilly bewegte die Kamera nach links und hatte das Queen Elizabeth-Militärhospital im Sucher. Dann sah er das Straßenschild. Shrapnel Close. Er mußte lächeln; welche Ironie.

Der Schiedsrichter pfiff das Spiel wieder an, und O'Reilly ging langsam an der Seitenlinie entlang. Ab und zu blieb er stehen, um ein Foto zu schießen. Von der Schulter hing ihm eine schwarze Kameratasche. An der Eckfahne türmten sich die Sporttaschen und Handtücher der Spieler, und daneben standen zwei große Plastiktüten mit Orangen. Plötzlich brandete Beifall auf. Ein großer, bulliger Stürmer der Army hatte den Ball ins Tor gedroschen, und als seine Mitspieler auf ihn zurannten, um ihm zu gratulieren, stellte O'Reilly seine Kameratasche neben den Sporttaschen ab. Dann ging er wieder an der Linie entlang und machte weitere Aufnahmen. Schließlich sah er auf die Uhr. Noch drei Minuten. Ein roter Renault kam die Repository Road herunter, bog in die Stadium Road ein und hielt an der Kreuzung zum Shrapnel Close. O'Reilly wußte, daß er die Aufmerksamkeit auf sich lenken würde, wenn er während des Spiels hinter dem Tor entlang ging, und so blieb er, wo er war, bis der Pfiff des Schiedsrichters die erste Halbzeit beendete. Die Spieler rannten über den Platz auf die Eckfahne zu. Jetzt erst schlenderte er zu dem Wagen. McCormick öffnete ihm die Beifahrertür, und er stieg ein. Sie sahen zu den Fußballspielern hinüber, die sich um die Plastiktüten drängten und sich mit Orangen versorgten.

»Jetzt?« fragte McCormick nervös und fuhr sich mit der Zunge über die Lippen.

»Nein. Fisher hat gesagt, wir sollen warten, bis wir an der Shooters Hill Road sind«, antwortete O'Reilly.

»Dann los.« McCormick startete den Wagen und fuhr bis zur Hauptkreuzung, wo er blinkte und abbog. Nach etwa 50 Metern steuerte er den Renault an den Straßenrand. O'Reilly nickte, öffnete das Handschuhfach und holte ein kleines Walkie-Talkie hervor. Es war ein Icom IC2 Sender mit Empfänger, ein Handmodell. Sein Gegenstück befand sich in der Kameratasche, wenn auch leicht verändert. Der Bombenmacher hatte einen Relaisschalter am Lautsprecheranschluß befestigt, der mit einem zweiten Geräteteil verbunden war, das eine 1,5 Volt-Batterie und einen Zünder enthielt. Der Zünder war in 25 Pfund Semtex-Sprengstoff eingebettet, der in einer Hülle aus drei-Zoll-Nägeln steckte. Die Bombe hatte keinen Zeitzünder, weil sie von O'Reilly mit dem Walkie-Talkie aus sicherer Entfernung zur Explosion gebracht werden sollte.

O'Reilly bemerkte den gierigen Blick in McCormicks Augen. Er sah aus wie ein Hund, der um einen Knochen bettelt. O'Reilly reichte ihm das Gerät. McCormick hielt es ehrfürchtig in den Händen, so als handele es sich um eine geweihte Ikone.

»Bist du sicher?« fragte er.

»Mach' es«, entgegnete O'Reilly.

McCormick stellte den Kontrollschalter auf »Sender« und hielt das Gerät vor den Mund. »Peng«, sagte er, und dann sahen sie den Lichtblitz, dem unmittelbar das Donnern der Explosion folgte. Sie spürten die Erschütterung durch die Autositze.

»Los, verschwinden wir«, sagte O'Reilly.

Sie fuhren bereits auf der A 102 in Richtung Blackwall Tunnel, als die ersten Ärzte und Sanitäter in ihren weißen Kitteln auf den blutdurchtränkten Rasen eilten.

Sir John Brownlow wurde langsam ungehalten, und so beeilte sich Ellen, ihm eine frische Tasse Kaffee zu brühen, die sie anschließend auf seinen Schreibtisch stellte. Er lächelte ihr dankbar zu, aber sie bemerkte dennoch den Unmut in seinen Augen. Ellen Howard war seit drei Jahren persönliche Assistentin des Abgeordneten, und sie hatte langsam den Punkt erreicht, wo sie an seinem Gesicht ablesen konnte, woran er dachte. Heute trug er seine professionelle, mitfühlende Maske, aber sie merkte, daß er sich alles andere als wohlfühlte. Er haßte die regelmäßigen Termine in seinem Wahlkreis. Dann standen die Wähler Schlange, um ihm ihre Probleme aufzutischen oder ihn zu bitten, ihr Leben in Ordnung zu bringen. Die Treffen im örtlichen Parteibüro waren noch erträglich, dort brauchte er lediglich den treuen Parteimitgliedern auf die Schultern zu klopfen, aber wenn er draußen war, begann der Leidensweg. Ellen wußte, worin das Problem bestand, auch wenn sie niemals gewagt hätte, es Sir John offen ins Gesicht zu sagen. Es war einfach so, daß ihm das Schicksal der kleinen Leute völlig egal war, er hätte mit ihren Sorgen und Nöten am liebsten gar nichts zu tun gehabt. Andrerseits wußte er nur allzu gut, wie dünn seine Mehrheit bei der letzten Wahl gewesen war; anschließend hatte er sich mit der Tatsache trösten müssen, daß es Stimmen brachte, wenn man sich deutlich sichtbar um die Probleme seiner Wähler kümmerte. Daß er seine Sprechstunde in einer örtlichen Behörde abhielt, erleichterte die Sache etwas, weil er dort die Leute schnell an andere weiterdelegieren konnte. »Mein Teflon-Tag«, nannte er es. Die Hauptsache war, daß nichts an einem haften blieb und daß die Leute mit der Überzeugung nach Hause gingen, ihr Abgeordneter habe sein Bestes getan und verdiene ihre Stimme.

Die Frau mittleren Alters, die ihm jetzt in einem dicken Tweedmantel und mit einem Hut aus künstlichem Pelz auf dem Kopf gegenübersaß, hatte ein Haus gekauft und sich dabei über beide Ohren verschuldet. Ihr Sohn hatte sie bei den Zahlungen unterstützt, bis er nach einem Streit das Haus verlassen hatte. Jetzt drohte die Wohnungsgesellschaft ihr damit, sie auf die Straße zu setzen. Konnte Sir John ihr helfen, ein neues Haus zu finden, wenn sie das alte verkaufen würde? Der Abgeordnete lächelte verständnisvoll und sagte, daß es Leute bei der Behörde gäbe, die sie bei ihren Verhandlungen mit der Wohnungsgesellschaft unterstützen und erreichen könnten, daß die Zahlungen eingefroren oder verringert würden. Er wandte sich an Ellen und stellte ihr die Frau vor. Dann erhob er sich, um ihr die Hand zu schütteln, und klopfte ihr auf die Schulter, während er sie zur Tür hinausschob. Ellen führte sie den Flur entlang in ein anderes Zimmer und überließ sie der Obhut eines städtischen Beraters. Wieder ein guter Teflon Tag, dachte sie. Auf den Stühlen im Flur warteten noch sechs Leute vor dem Büro, das der Abgeordnete für diesen Tag in Beschlag genommen hatte. Ein altes Ehepaar, ein junger Mann in Jeans und Motorradjacke, der aussah, als könne er Ärger machen, zwei Hausfrauen und ein Chinese in einem blauen Dufflecoat. Er hielt ein Stück Papier in der Hand und murmelte vor sich hin, so als wolle er einen Text auswendig lernen. Als sie an ihm vorbeiging, glaubte sie die Worte »gewählter Vertreter« verstanden zu haben.

»Der Nächste bitte«, sagte sie, und der alte Mann erhob

sich und half seiner Frau vom Stuhl. Sir John begrüßte beide mit ausgestreckten Armen und einem herzlichen Lächeln.

Ellen setzte sich hinter ihren eigenen Schreibtisch, der in rechtem Winkel links von seinem stand, sah zu und lernte. Sie hegte die Hoffnung, ihm eines Tages ins Unterhaus folgen zu können. Schließlich hatte sie einen Abschluß in Politikwissenschaft und war Vorsitzende der Studentenvertretung ihrer Universität gewesen, aber was sie jetzt dringend brauchte, war harte politische Erfahrung. Sir John Brownlow verschaffte ihr diese Erfahrungen, auch wenn es bedeutete, daß sie manchmal eine verirrte Hand auf ihrem Hintern oder ein paar zweideutige Bemerkungen ertragen mußte. Bis jetzt war es ihr immerhin gelungen, seine Annäherungsversuche abzublocken, ohne ihn zu beleidigen, und seit sie eine gute Freundin und Vertraute seiner Ehefrau geworden und mit seinen Kindern ein paar Mal im Kino gewesen war, hatten sich seine chauvinistischen Bemerkungen deutlich verringert.

Ellen wußte, was sie wollte und wie sie es bekommen konnte. Auf keinen Fall wollte sie ihre Fahrkarte ins Parlament dadurch erkaufen, daß sie sich auf den Rücken legte und dem Ehrenwerten Mitglied des Unterhauses freie Hand zwischen ihren Beinen ließ.

Sir John beschäftigte sich eine halbe Stunde mit dem Ehepaar, bevor Ellen sie zur Tür brachte und den nächsten Bittsteller aufrief. Der Asiate blickte auf, sah, daß alle anderen ihn anstarrten und erhob sich. »Ich glaube, ich bin dran«, sagte er leise.

Sie fragte ihn nach seinem Namen, und er folgte ihr ins Büro. Sir John stand schon bereit, ihm die Hand zu schütteln, und Ellen bemerkte, wie sich für einen winzigen Moment seine Augen zusammenzogen. Doch dann blitzten die Zähne auf, und er zeigte jenes strahlende Lächeln, das man vor den Wahlen auf den Plakaten sehen konnte. Eines mußte man Sir John lassen: er war ein Profi.

»Mr. Nguyen«, begrüßte er den alten Mann. Er schüttelte ihm die Hand und wartete, bis Nguyen sich gesetzt hatte, bevor er wieder hinter seinem Schreibtisch Platz nahm.

»Wie kann ich Ihnen helfen, Mr. Nguyen?« fragte er und stützte sein Kinn auf die wohlmanikürten Hände.

Ruhig berichtete Nguyen, was mit seiner Frau und seiner Tochter geschehen war, er sprach von der Bombe und den Unterredungen, die er mit der Polizei und der Anti-Terror-Abteilung gehabt hatte.

»Es ist nun über drei Monate her, daß meine Familie umgekommen ist«, sagte er, »und die Verantwortlichen dafür sind noch immer nicht gefaßt.«

Sir John nickte verständnisvoll. »Aber was kann ich für Sie tun?«

»Ich habe Ihnen schon oft geschrieben, Sir John. Sehr oft.«

Der Abgeordnete schielte zu Ellen hinüber, die eilig zustimmte. Sie erinnerte sich nun an diese Briefe — eine sorgfältige Handschrift, jedes Wort in Großbuchstaben. Natürlich hatte sie mitfühlende Antworten verfaßt, die nichts versprachen, und Sir John hatte sie unterschrieben, ohne eine Zeile gelesen zu haben.

»Ich bat Sie, dabei zu helfen, diese Männer ihrer gerechten Strafe zuzuführen«, fuhr Nguyen fort. »Detective Chief Inspector Bromley meinte, daß die Festnahme dieser Männer eine politische Angelegenheit sei.«

»Detective Chief Inspector Bromley?«

»Er ist ein Polizist, der Terroristen jagt. Aber er hat mir gesagt, daß er niemanden in der IRA zwingen könne, ihm zu verraten, wer meine Familie getötet hat.«

»Ich fürchte, daß er in diesem Fall recht hat«, meinte Sir John. »Es gibt viele, die glauben, daß die Polizei und die Armee mehr Befugnisse erhalten sollten, aber letzten Endes sind wir nun mal eine Demokratie. Wir können niemanden foltern oder ins Gefängnis werfen, bloß weil er uns nicht die Informationen gibt, die wir brauchen.« Er sah Nguyen teilnehmend an, aber Ellen wußte, daß ihn trotz seiner bewegten Worte die Sache nicht im geringsten interessierte.

»Aber könnte die Regierung nicht die Gesetze ändern, damit so etwas getan werden kann? Damit die Polizei Mitglieder der IRA zwingen kann, ihr Wissen preiszugeben?«

»Theoretisch schon, aber so weit wird es nicht kommen.

Ich fürchte, Sie müssen diese Angelegenheit der Polizei überlassen, Mr. Nguyen. Ich bin sicher, sie tut ihr Bestes.«

Nguyen lächelte unsicher. »Ich möchte, daß Sie das Gesetz ändern, Sir John.«

Der Abgeordnete schnaubte verächtlich. »Nun mal langsam, Mr. Nguyen. Wie kommen Sie überhaupt darauf, daß ich das könnte?«

»Weil Sie mein . . .«, der alte Mann schien fast über die Worte zu stolpern, bevor er den Satz beenden konnte, ». . . mein gewählter Vertreter sind.« Offensichtlich erfüllte es ihn mit Stolz, daß er sich an die Bezeichnung erinnert hatte. »Sie sind mein Abgeordneter. Ich möchte, daß Sie das Gesetz ändern, damit die Mörder meiner Familie ihre gerechte Strafe erhalten.«

»Sie haben eine merkwürdige Vorstellung von den Möglichkeiten eines Abgeordneten, Mr. Nguyen. Ich kann keine Gesetze ändern, nur weil Sie der Meinung sind, daß etwas nicht gerecht ist.«

Nguyen ließ den Kopf hängen und murmelte etwas vor sich hin.

»Wie bitte?« Sir John beugte sich vor.

Nguyen sah auf. In seinen Augen standen Tränen, und Ellen fühlte mit dem alten Mann.

»Was soll ich tun?« fragte er den Abgeordneten. »Meine Familie ist tot. Was soll ich tun?«

Sir John lehnte sich in seinen Sessel zurück und verschränkte die Arme über der Brust. Ellen kannte diese abwehrende Haltung nur zu gut. Aber hier gab es wirklich nichts, was er oder sonst jemand tun konnte. Die IRA stellte ein unüberwindliches Problem dar. Selbst wenn man die Männer, die hinter der letzten Serie von Bombenanschlägen steckten, erwischen würde, ginge alles so weiter wie bisher, es käme nur eine neue Kampfeinheit zum Einsatz. Das Morden würde nie aufhören, nicht, bis die Engländer aus Nord-Irland abzogen. Und das war mehr als unwahrscheinlich.

»Wie lange sind Sie schon in diesem Land, Mr. Nguyen?« fragte Sir John.

»Ich bin seit 1982 britischer Staatsbürger. Eine lange Zeit.«

Er griff in die Tasche seines Dufflecoats und holte einen Paß hervor, noch den alten, dunkelblauen mit der goldenen Krone. Er hielt ihn dem Abgeordneten entgegen, aber der schien nicht die Absicht zu haben, sich den Paß näher anzusehen, sondern hielt die Arme weiterhin verschränkt. Nguyen steckte den Paß wieder ein.

»Kamen Sie aus Hongkong?« fragte Sir John. Ellen wußte, warum er so zurückhaltend war. Er war einer der Abgeordneten gewesen, von denen die Regierung aufs heftigste kritisiert worden war, weil sie den Angehörigen der Mittelschicht der Kolonie britische Pässe angeboten hatte.

»Haben Sie keine Verwandten mehr in Hongkong? Können Sie nicht dorthin zurückkehren?«

Der alte Mann sah überrascht auf. »Hongkong? Was soll ich dort?«

Sir John schien gleichermaßen verblüfft. »Ich dachte, Sie kommen von da«, sagte er. »Sie haben doch sicher noch Verwandte dort?«

»Ich bin kein Hongkong-Chinese«, klärte Nguyen ihn auf. »Ich bin Vietnamese. Ich komme aus Vietnam.«

Jetzt erst wurde Sir John sein Fehler klar, und er seufzte hörbar. Ellen wußte, daß er sich noch vehementer dagegen ausgesprochen hatte, den vietnamesischen Boat People in Großbritannien Zuflucht zu gewähren. Wie oft hatte sie ihm schon zuhören müssen, wenn er bei Reden den Unterschied zwischen politischen und Wirtschafts-Flüchtlingen erklärt und betont hatte, daß sein Land nicht allen, die auf einen besseren Lebensstandard hofften, eine Heimat bieten könne.

»Nord oder Süd?« fragte er nun.

Nguyen lächelte. »Heute gibt es kein Nord oder Süd mehr. Nur noch Vietnam.«

»Ich meine, als sie flohen«, beharrte der Abgeordnete. »Woher kamen Sie damals?«

Nguyen zuckte mit den Schultern. »Aus beiden Teilen, aus dem Norden und dem Süden.«

»Und warum sind Sie nach England gekommen?«

»Weil ich in Vietnam nicht mehr leben konnte. Weil die

Kommunisten mich und meine Familie verfolgten. Ich habe während des Krieges den Amerikanern geholfen. Nachdem die Amerikaner fort waren, hat man mich ins Gefängnis gesteckt. Deshalb flohen wir schließlich. Nach England.«

»Warum England?«

»Weil wir hier frei sein konnten.«

Der Abgeordnete nickte. »Verstehen Sie jetzt, Mr. Nguyen? Sie können deshalb bei uns ein freier Mensch sein und in ihrem Heimatland nicht, weil unsere Gesetze für jeden gelten. Niemand steht über dem Gesetz, und niemandem wird der Schutz durch das Gesetz verwehrt. Das macht eine Demokratie aus. Und deshalb sind auch Sie in erster Linie hierher gekommen — um frei zu sein. Sie können nicht verlangen, daß man die Gesetze ändert, um die Rechte anderer einzuschränken.«

»Auch nicht, wenn diese anderen meine Familie getötet haben?«

»Sie müssen der Polizei vertrauen, die macht ihre Arbeit schon richtig. Glauben Sie an unser System, Mr. Nguyen.« Sir John legte seine Hände auf den Tisch und richtete sich auf. Nguyen hob den Kopf, und zum ersten Mal erschien auf seinem Gesicht ein entschlossener, fast arroganter Ausdruck. Aber als er sich erhob, wurde er wieder zu dem alten gebeugten Mann, der keine Familie mehr hatte. Sir John begleitete ihn schulterklopfend bis zur Tür und auf den Flur hinaus. Dann eilte er in sein Büro zurück.

»Mein Gott, Ellen, diese Leute! Sie kommen zu uns, wir geben ihnen Wohnungen, wir geben ihnen Geld, und sie wollen immer noch mehr. Wenn sie dieses Land, so wie es ist, nicht mögen, warum verschwinden sie nicht, verdammt nochmal, und gehen dorthin zurück, wo sie hergekommen sind?«

»Der arme Mann hat sich von dem Schock noch nicht erholt«, sagte Ellen. »Seine ganze Familie wurde ausgelöscht. Wie würden Sie sich fühlen?«

»Das ist vier Monate her, Ellen. Und seitdem hat es zwei oder sogar drei neue Bombenanschläge gegeben. Und wieviel neue Opfer? Trotzdem hat man bis jetzt nicht gehört, daß ihre Angehörigen fordern, daß wir die IRA-Mitglieder auf offener Straße entführen und ihnen die Fingernägel herausreißen.«

»Nun, so hat er es nicht gesagt, Sir John. Er hat . . .«

»Unsinn!« schnaubte der Abgeordnete. »Genau das wollte er. Können Sie sich vorstellen, wie die Presse reagieren würde, wenn sie der Meinung wäre, daß wir auch nur mit dem Gedanken daran spielten? Das Geschrei wäre groß: ›Diktatur‹ und ›Verletzung der Menschenrechte‹ und was sonst noch alles. Erinnern Sie sich noch an Gibraltar? Über die Menschenleben, die gerettet wurden, als die SAS die Zündung der Autobombe verhinderte, hat die Presse geschrieben. Die haben sich nur dafür interessiert, daß die IRA-Leute erschossen wurden, während sie auf dem Boden lagen. Erinnern Sie sich noch an die Aufregung um die *Belgrano*?«

Ellen schwieg. Sie wußte nur allzu gut, daß es wenig Sinn hatte, sich mit ihrem Boss zu streiten. Sie war hier, um von ihm zu lernen, nicht, um ihn sich zum Feind zu machen. Also verzog sie ihren Mund zu einem Lächeln und strich sich eine Haarsträhne aus dem Gesicht. »Ich hole den Nächsten herein«, sagte sie und lächelte immer noch liebenswürdig, während sie sich fragte, wer diesen Rassisten nur gewählt hatte. Ihr wurde klar, daß sie wirklich noch eine Menge lernen mußte.

Jon Simpson nahm den Anruf des uniformierten Wachmanns am Empfang entgegen. »Hier ist ein Kerl, der mit einem Reporter sprechen will«, meldete er barsch.

»Weswegen?« fragte Simpson.

»Keine Ahnung«, antwortete der Wachmann.

»Dann seien Sie doch so nett und fragen ihn«, stöhnte Simpson. Die Wachmänner wurden nicht für ihre intellektuellen Fähigkeiten bezahlt, sondern für ihren Bizeps, aber manchmal wünschte er sich schon, daß sie wenigstens etwas schlauer wären. Es entstand eine Pause, bevor die lakonische Stimme des Mannes wieder ertönte.

»Er sagt, wegen der Bomben.«

Simpson fühlte, wie sich seine Nackenhaare aufrichteten. Die Serie von Bombenanschlägen dauerte nun fast schon vier Monate an, und die Polizei schien mit ihren Ermittlungen so weit zu sein wie am ersten Tag. Vielleicht hielt dieser unbekannte Leser den Schlüssel zur Lösung des Problems in seinen Händen? Es war erstaunlich, wie viele dieser Leute zu einer Zeitung gingen, anstatt sich direkt an die Polizei zu wenden. Andererseits war es vielleicht doch nicht so verblüffend — schließlich bezahlten die meisten Blätter gutes Geld für Informationen. Der Nachrichtenredakteur sah sich nach einem unbeschäftigten Kollegen um, und sein Blick blieb auf Woody haften, der den Daily Star las und mit einer Büroklammer aus Plastik in den Zähnen stocherte. Es hatte Woody Wochen flehentlicher Anrufe gekostet, bevor Simpson sich bereiterklärt hatte, ihn wieder in den Schichtdienst zu nehmen, und das nur, nachdem er versprochen hatte, während der Arbeit nicht zu trinken. Oder jedenfalls ein gewisses Quantum nicht zu überschreiten. Wenn man glaubte, daß Woody ganz auf das Trinken verzichten würde, glaubte man an das Unmögliche. Aber er war eben trotz allem ein verdammt guter Journalist.

»Woody!« rief er.

Woody fuhr hoch und eilte sofort mit Notizbuch und Kugelschreiber zu Simpsons Schreibtisch. »Unten steht ein Kunde. Hat irgendwas mit den Bomben zu tun. Schau doch mal, was er will, okay?«

Woody nickte und begab sich zum Aufzug. Der Mann, der unten auf ihn wartete, war ein Asiate in einem blauen Dufflecoat mit schwarzen Knopfleisten, verwaschenen Jeans und schmutzigen Trainingsschuhen. Er trug eine Plastiktüte, putzte sich mit einem zerknüllten Taschentuch die Nase und steckte es in seine Manteltasche, bevor er den Arm ausstreckte, um Woody die Hand zu schütteln. Der Reporter tat so, als habe er die Geste nicht bemerkt und schob den alten Mann zu einer Couchgruppe am anderen Ende der Empfangshalle. Plastiktüten waren ein schlechtes Zeichen, dachte er und sah zu, wie sich der Mann auf eines der Sofas setzte, direkt neben eine große, ausladende Topfpflanze mit herabhängenden Blättern. Leute, die mit Plastiktüten in Zeitungsredaktionen auftauchten, zogen oft die seltsamsten Dinge daraus hervor. Während seiner zwanzig Jahre als Journalist hatte Woody schon fast alles gesehen. Da gab es die Paranoiker, die eine endlose Liste mit Autokennzeichen hervorholten, von Wagen oder Taxis, die ihnen angeblich folgten; oder Beschreibungen von Leuten, die in ihren Träumen auftauchten; oder Listen von Abgeordneten, die in Wirklichkeit Außerirdische waren und von einer Basis auf der anderen Seite des Mondes aus operierten. Dann gab es die Leute, die sich von einem großen, internationalen Industrieunternehmen betrogen glaubten und die fotokopierte Korrespondenz der letzten zehn Jahre als Beweis gleich mitgebracht hatten. Andere Wirrköpfe schwafelten davon, daß sie ein oscarverdächtiges Filmdrehbuch geschrieben hatten, dessen Idee ihnen von einem berühmten Hollywoodregisseur gestohlen worden war; natürlich zogen sie gleich ihre eigene Version aus der Plastiktüte.

»Was kann ich für Sie tun?« fragte Woody beklommen.

»Mein Name ist Nguyen Ngoc Minh«, sagte der Mann, und Woody kritzelte das, was er davon verstanden hatte, in sein Notizbuch, mehr ein Reflex. Es sah nicht so aus, als sei hier eine gute Story drin, und es war ihm zu mühsam, den Mann zu bitten, seinen Namen zu buchstabieren.

Der alte Mann griff in seine Plastiktüte und holte ein Foto hervor, das er Woody reichte. Ein Familienfoto: der Mann selbst, eine alte Frau und ein hübsches junges Mädchen. Woody sah den Asiaten fragend an.

»Meine Frau«, sagte Nguyen. »Meine Frau und meine Tochter. Sie wurden in diesem Jahr ermordet.«

»Das tut mir leid«, sagte Woody. Er tat so, als mache er sich Notizen, aber nur, um dem Mann nicht in die Augen sehen zu müssen. Diese braunen Augen waren wie Magnete, die ihn in die Seele des Mannes hineinzuziehen drohten, und mehr als einmal mußte er sich von diesem Blick losreißen. Es waren traurige Augen, wie die eines Hundes, den man schon oft getreten hatte, der aber immer noch hoffte, daß seine Treue eines Tages belohnt würde.

»Sie wurden im Januar von IRA-Bombenlegern getötet«, fuhr Nguyen fort. Er griff erneut in die Tüte und holte ein Bündel von Zeitungsausschnitten hervor, die er vor Woody auf dem niedrigen Tisch ausbreitete. Woody erkannte die Titelseite der *Sunday World* und die Fotos, die sie im Innenteil gebracht hatten. Am unteren Rand der Seite stand eine Liste der Reporter und Fotografen, die von dem Anschlag berichtet hatten. Der Aufmacher und ein großer Teil des Artikels selbst stammte von Woody, aber sein Name fehlte. Simpson hatte darauf bestanden, als Teil seiner Strafe.

»Ich erinnere mich«, sagte Woody.

»Seitdem hat es noch mehr Anschläge gegeben«, sagte Nguyen und deutete auf die anderen Ausschnitte. Der Richter, der vor dem Haus seiner Geliebten in die Luft gejagt worden war; die Bombe an der U-Bahnstation Bank; der Polizeiwagen, der in Fulham getroffen worden war; der Anschlag in der Pause des Fußballspiels in Woolwich. Gute Stories, dachte Woody unwillkürlich. Er wartete darauf, daß der alte Mann fortfuhr.

Nguyen erzählte ihm von dem Besuch der Polizei, von den Verprechungen, daß man die Täter bald fassen würde. Er berichtete, was man ihm später auf der Polizeiwache gesagt hatte, was ihm von der Anti-Terror-Abteilung mitgeteilt worden war, und schließlich sprach er von seiner Unterhaltung mit Sir John Brownlow. »Alle sagen mir, ich soll warten und die Polizei ihre Arbeit machen lassen.«

Woody nickte zögernd und wußte nicht recht, was er dem Mann antworten sollte. Er hatte aufgehört, in seinem Notizbuch herumzukritzeln und studierte die Zeitungsausschnitte, während Nguyen seine Geschichte erzählte.

»Jetzt möchte ich etwas tun«, sagte Nguyen. »Ich möchte Geld für die Namen der Männer anbieten, die die Bomben gelegt haben. Eine Belohnung.«

Woody sah ihn skeptisch an. »Ich glaube kaum, daß irgendeine Zeitung bereit wäre, eine solche Belohnung auszusetzen«, meinte er. Ganz sicher nicht. Genausogut hätte man sich in eine Badewanne voller Schlangen setzen können. Klar, bei einer Kindesentführung gab es Belohnungen, man zahlte natürlich auch Geld für das Amateurmodell, das einige Details ihrer Affäre mit einem bekannten Geschäftsmann oder einem einigermaßen bekannten Popstar preisgab, aber er konnte sich lebhaft vorstellen, wie die Reaktion darauf ausfallen würde, bei der Jagd auf die IRA-Mörder eine Belohnung anzubieten. Damit würde sich die Zeitung mitten in die Schußlinie begeben.

Aber Nguyen wedelte mit den Armen und schüttelte den Kopf.

»Nein, nein, Sie verstehen mich nicht«, sagte er. »Die Belohnung soll nicht von der Zeitung kommen. Sie kommt von mir. Ich habe Geld.« Er hob die Einkaufstüte vom Boden auf und leerte ihren Inhalt auf dem Tisch aus. Geld — bündelweise, ordentlich nach Fünf-, Zehn- und Zwanzig-Pfund-Noten sortiert. Jedes Päckchen war mit dicken Gummibändern umwickelt. Woody fuhr mit der Hand durch den Haufen, nahm ein Bündel heraus und blätterte die Scheine durch. Sie sahen echt aus.

Nguyen konnte seine Gedanken lesen. »Das Geld ist echt«, sagte er. »Es sind 11 000 Pfund. Mein ganzes Geld, alles, was ich habe.«

Woody bemerkte, daß der Wachmann mit offenem Mund auf den Geldhaufen starrte. Er nahm einige der Bündel und steckte sie wieder in die Tüte. Der alte Mann half ihm dabei.

»Sie sollten soviel Bargeld nicht mit sich herumtragen«, sagte Woody mit gedämpfter Stimme. »Warum liegt es nicht auf einer Bank?«

Nguyen zuckte mit den Schultern. »Ich traue den Banken nicht. Als die Amerikaner Vietnam verließen, hatten viele Leute Geld auf der Bank. Aber man hat es Ihnen nicht mehr wiedergegeben. Man hat es gestohlen. Ich achte lieber selbst auf mein Geld. Ich möchte, daß die Zeitung mein Geld als Belohnung anbietet. Ist das möglich?«

Woody schob die Tüte über den Tisch. »Es tut mir leid, nein. Meine Zeitung würde so etwas nicht tun. Und ich glaube nicht, daß irgendeine andere Zeitung es tun würde.«

Der alte Mann verzog bei Woodys Worten schmerzvoll das Gesicht, und der Reporter fühlte sich, als hätte er dem Chinesen gerade eine Ohrfeige verpaßt. Er erhob sich und wartete, bis Nguyen ebenfalls aufstand. Mit der linken Hand umklammerte der Chinese den Griff seiner Tüte. Die rechte bot er Woody an, und diesmal schüttelte er sie. Der alte Mann tat ihm zutiefst leid, es tat ihm leid, was er durchgemacht hatte, und es tat ihm leid, daß man nichts für ihn tun konnte. »Geben Sie mir doch Ihre Telefonnummer«, hörte er sich sagen. »Wenn mir etwas einfallen sollte, rufe ich Sie an.«

Nguyen lächelte dankbar und nannte Woody die Nummer. Er wiederholte die Zahlen langsam und achtete darauf, daß Woody sie richtig aufschrieb. Der Reporter wußte nicht einmal genau warum, aber er wollte diesem Mann plötzlich helfen, wollte ihm wenigstens durch eine Geste zeigen, daß er mit ihm fühlte und auf sein Leid nicht nur mit höflichen Floskeln reagierte. Er schrieb seine Privatnummer in das Notizbuch, riß die Seite heraus und reichte sie Nguyen. »Hier«, sagte er. »Rufen Sie mich an, wenn . . .«, er zögerte. Wie konnte er den Satz beenden, da es doch nichts Greifbares gab, das er anzubieten hatte? Nguyen verbeugte sich, dankte Woody und verabschiedete sich. Woody brachte ihn zum Ausgang und sah ihm nach, wie er die Straße hinunterging, ein kleiner Man in einem Dufflecoat und mit 11 000 Pfund in einer Plastiktüte. »Und ich dachte, ich hätte schon alles gesehen«, murmelte er.

O'Reilly stieg die Stufen zum Haupteingang der Polizeistation hinauf. Vor der Tür drehte er sich etwas zur Seite, so daß er sie mit der Schulter aufstoßen konnte. Er trug einen großen Pappkarton in beiden Händen. Die Schrift an der Seite verriet, daß der Karton einen japanischen Videorecorder enthielt. Eine Frau mit einem Kinderwagen, in dem ein weinender Säugling strampelte, hielt ihm schließlich die Tür auf, und er lächelte sie schüchtern an.

Er ging auf die Theke zu und stellte den Karton vor einem dicklichen Polizisten in Uniform ab, der ihn gelangweilt betrachtete.

»Wie kann ich Ihnen helfen, Sir?« fragte der Polizist ohne allzu großen Enthusiasmus.

»Das hier habe ich heute morgen in meinem Garten gefunden«, sagte O'Reilly und deutete auf den Karton. »Ein Videorecorder.«

»Ach ja?« meinte der Polizist. Er bog die oberen Klappen des Kartons auseinander und warf einen Blick hinein. Ein schwarzer Videorecorder, noch in der durchsichtigen Kunststoffumhüllung, komplett mit Bedienungsanleitung und einer nicht ausgefüllten Garantiekarte.

»Und Sie haben keine Ahnung, wie das Ding in Ihren Garten gekommen ist?« fragte der Beamte. O'Reilly schüttelte den Kopf.

»Scheint ganz neu zu sein«, meinte er. »Ehrlich gesagt, ich hätte ihn ja behalten, aber meine Frau war dagegen. Sicher gehört er jemandem, hat sie gesagt, und vielleicht gibt es ja eine kleine Belohnung. ›Bring ihn zur Polizei‹, hat sie gesagt, und, naja, hier bin ich.« O'Reilly grinste dümmlich. Er trug eine Hornbrille mit dicken Gläsern, eine Schirmmütze und eine Schafslederjacke. Eine bessere Tarnung benötigte er nicht, denn auch wenn sie den Videorecorder später mit der Explosion in Verbindung brachten, würde sich dieser Polizist an nichts anderes mehr erinnern können als an eine Mütze und eine Brille. Die meisten Leute hatten ein lausiges Gedächtnis, was Gesichter betraf, und selbst die neuesten, computergesteuerten Phantombildschirme halfen ihrer Erinnerung kaum auf die Sprünge.

»Ausgesprochen selbstlos, Sir«, meinte der Polizist. »Nennen Sie mir doch bitte Ihren Namen und Ihre Adresse.«

O'Reilly gab einen falschen Namen und eine falsche Adresse in Battersea an und berichtete noch einmal detailliert, wie er den Videorecorder gefunden hatte. Der Beamte schrieb gewissenhaft mit.

»Gut, Sir, das ist alles. Wenn niemand Anspruch auf das Gerät erhebt, melden wir uns bei Ihnen.« O'Reilly bedankte sich und ging hinaus. Draußen kam er wieder an der Frau vorbei, die neben dem Kinderwagen kniete und ihrem Baby mit einem Papiertaschentuch das Gesicht abwischte. Sie sah lächelnd zu ihm auf, und er zwinkerte ihr zu. »Süßer Fratz«, sagte er im Vorübergehen.

Der Polizist hob ächzend den Karton hoch und trug ihn aus dem Büro, die Treppen hinunter über einen weißgekachelten Flur in einen fensterlosen Lagerraum. In einem der grauen Stahlregale fand er noch einen freien Platz, neben einem Köderset für Angler und einem Packen Regenschirme. Der Raum war mit verlorenen und vergessenen Dingen vollgestopft, die alle darauf warteten, in einem der städtischen Fundbüros zu landen. Als der Polizist wieder an seinem Schreibtisch saß, hatte er den Videorecorder und den Mann, der ihn abgegeben hatte, schon vergessen.

Die Bombe ähnelte in ihrer Machart derjenigen, die sie vor dem Kaufhaus in Knightsbridge gezündet hatten. Der Bombenmacher hatte das Innenleben des Videorecorders fast völlig entfernt und durch 20 Pfund Semtex-Sprengstoff ersetzt. In dieser Bombe befanden sich allerdings keine Nägel und Schrauben, da sie keine Menschen verstümmeln, sondern ein Gebäude zerstören sollte. Zünder und Timer waren jedoch die gleichen wie in der Knightsbridge-Bombe. Der Bombenmacher hatte noch zwei kleine Zugaben eingebaut, falls die Bombe aus irgendeinem Grund nicht zünden sollte. Jeder Versuch, den Außendeckel zu öffnen, würde die Bombe explodieren lassen, ebenso wie der Versuch, den vermeintlichen Videorecorder an das Stromnetz anzuschließen. Nur für den Fall, daß irgendein langfingeriger Ordnungshüter auf die Idee kommen sollte, den Recorder in sein Auto zu schaffen und mit nach Hause zu nehmen. Der Bombenmacher hatte keine allzu hohe Meinung von Polizisten, egal ob sie in Belfast oder London arbeiteten.

O'Reilly hatte die Bombe um vier Uhr abgeliefert; eine Stunde später sollte sie explodieren, genau zu dem Zeitpunkt, wenn der Schichtwechsel stattfand. Er war schon längst in der Wohnung in Wapping, als der Timer klickte und den Kreislauf schloß, der die Bombe in einem weißen Blitz detonieren ließ. Die Wucht der Explosion brachte die vorderen und die hinteren Mauern der Polizeiwache zum Einstürzen, die beiden oberen Stockwerke gaben nach und begruben Dutzende von Männern und Frauen unter einer Lawine von Steinen, Holz und dichtem Staub.

Woody las gerade die Morgenzeitungen, als das Telefon klingelte. Wie immer hatte er mit den Boulevard-Blättern begonnen; auf seinem Schreibtisch lagen ausgebreitet Ausgaben der *Sun* und des *Daily Mirror.* Beide brachten Fotos von den Ruinen der Polizeiwache. Die Sun hatte die besseren, aber dafür konnte der Mirror mit spannenderen Augenzeugenberichten aufwarten. Während er den Hörer abnahm, griff Woody nach der *Today.*

»Mr. Wood?« fragte eine Stimme, die er nicht kannte.

»Ja?«

»Hier ist Nguyen Ngoc Minh. Ich war vor drei Tagen in Ihrem Büro.«

»Ich erinnere mich«, sagte Woody. Der Chinese. Rasch blätterte er den *Today* durch. Mehr oder weniger die gleichen Bilder wie in der *Sun,* sowie eine Konstruktionszeichnung einer Bombe, fast eine Art Aufforderung und Do-it-yourself-Plan für Bombenamateure. »Und diese hier hab' ich zuletzt gebastelt«, dachte Woody und lächelte schief. »Was kann ich für Sie tun?«

»Sie haben gehört, was geschehen ist?«

»Der Bombenanschlag?«

»Diese Leute müssen aufgehalten werden, Mr. Wood.« Woody hörte dem alten Mann nur halb zu, er wußte bereits jetzt, wie das Gespräch sich entwickeln würde. Könnte die Zeitung nicht Druck auf die Polizei ausüben? Die Armee? Die Regierung? Woody wollte dem alten Mann nicht weh tun, aber er war auch nicht der Kummerkasten Onkel der Zeitung. Jedenfalls nicht für das Gehalt eines freien Mitarbeiters. Er spielte mit dem Gedanken, dem Chinesen die Nummer von *Today* zu geben und suchte das Impressum der Zeitung.

»Mr. Wood?«

»Ja?«

»Sie sagten, daß Sie mir helfen würden.«

»Nun . . .«, begann Woody zögernd, während er fieberhaft nach der Telefonnummer suchte.

»Ich möchte mit jemandem von der IRA sprechen. Kennen Sie einen, der mit mir sprechen würde?«

Woody hörte auf, die Seiten durchzublättern.

»Was haben Sie vor?« fragte er skeptisch. Vielleicht war hier eine Story drin?

»Ich möchte mit jemandem von der IRA sprechen, das ist alles.«

»Ich glaube nicht, daß Ihnen dadurch geholfen wäre, wirklich nicht. Der Schuß könnte sogar nach hinten losgehen.«

»Nach hinten losgehen? Ich verstehe nicht.«

»Diese Männer sind gefährlich. Wenn sie glauben, daß Sie eine Bedrohung für sie darstellen oder auch nur ein bißchen Ärger machen könnten, dann werden sie nicht zögern, Ihnen etwas anzutun.«

»Ich will doch nur mit ihnen reden.«

Woody seufzte. »Na schön. Also zunächst einmal: Mit der IRA selbst dürfen Sie gar nicht sprechen. Sie versuchen es besser bei der Sinn Fein, dem politischen Flügel der Organisation. Die Sprecher von Sinn Fein sind bekannt.«

»Können Sie mir ein paar Namen nennen und mir sagen, wie ich sie erreichen kann?«

Woodys Blick fiel auf ein Foto, das zerborstene Mauerwerk, zersplitterte Glas und verbogenes Metall zeigte. Warum, zum Teufel, eigentlich nicht? dachte er.

»Ich muß Sie zurückrufen, geben Sie mir Ihre Nummer.«

»Die habe ich Ihnen schon gegeben.«

»Ich weiß, aber heute habe ich ein anderes Notizbuch dabei.«

Nguyen nannte ihm langsam die Ziffern, und Woody versprach, ihn später zurückzurufen. Zunächst dachte er daran, im Archiv nachzusehen, aber dann entschied er sich dafür, einen seiner Informanten in Belfast anzurufen. Warum nicht alles gleich aus erster Hand erfahren? Zur Abwechslung war der Mann, den er anrief — Pat Quigley — tatsächlich in seinem Büro, nüchtern und hilfsbereit, eine höchst ungewöhnliche Kombination glücklicher Umstände, die Woody voll ausnutzte. Er bekam drei Namen, Kurzbiographien, Adressen und Telefonnummern, über die man Kontakt aufnehmen konnte. Als Zugabe erzählte Quigley ihm noch einen üblen Witz über zwei Nonnen und ein Stück

Seife, aus dem Woody schloß, daß der Mann kein Katholik sein konnte.

Als Woody den Chinesen anrief, meldete sich eine gutturale Stimme am Telefon: »Double Happiness — Chinesische Gerichte zum Mitnehmen.«

»Hier ist Ian Wood«, sagte er, und ihm fiel ein, daß er überhaupt nicht mehr wußte, wie der Chinese hieß. In sein Notizbuch hatte er lediglich »Chinese« geschrieben.

»Double Happiness«, wiederholte die Stimme.

Woody verfluchte sich leise, aber dann hörte er im Hintergrund eine zweite Stimme, und der Hörer wurde weitergereicht.

»Mr. Wood?« sagte Nguyen.

»Ich habe die Informationen, die Sie wollten«, sagte Woody. Er las vor, was er notiert hatte, buchstabierte die einzelnen Namen sorgfältig und wiederholte auch die Telefonnummern so oft, bis er sicher war, daß der Chinese sie richtig aufgeschrieben hatte.

»Vielen Dank, Mr. Wood. Ich werde Sie nicht mehr belästigen.« Der alte Mann legte auf, noch bevor Woody ihn nach seinem Namen fragen konnte. Hier war vielleicht wirklich eine Story drin. »Verzweifelter Vater appelliert an IRA-Killer« oder »Bomben-Mission eines gebrochenen Vaters.« Etwas in dieser Richtung. Gut für die Sonntagsausgabe. Woody wollte gerade noch einmal die Nummer des Chinesen wählen, als ihm jemand vom anderen Ende des Büros etwas zurief.

»Woody! Ein Anruf für dich. Auf welchem Apparat bist du?«

»4553!« rief er zurück und wartete, bis der Anruf durchgestellt wurde.

»Woody?« sagte eine weiche Frauenstimme mit einem leichten schottischen Akzent.

»Am Apparat«, antwortete er und griff nach einem Kugelschreiber.

»Hier ist Maggie.« Maggie? Vergeblich bemühte sich Woody, den Namen und die Stimme mit einem Gesicht zu verbinden. »Wie geht's Ihnen?« fragte die Frau.

»Mir? Oh, danke, prima, prima.« Er schloß die Augen und schlug sich mit der Hand gegen die Stirn, als könne er so seinem Gedächtnis auf die Sprünge helfen.

»Sie erinnern sich doch noch?« fragte sie argwöhnisch.

»Natürlich erinnere ich mich.« Verzweifelt blätterte Woody durch das Fotoalbum in seinem Kopf, auf der Suche nach Maggies Bild.

»Im Coach and Horses«, half sie nach.

Maggie! Das Mädchen mit dem roten Haar und den grauen Augen und dem etwas derben Humor. Jetzt fiel ihm wieder ein, wie sehr ihm dieser Abend mit ihr gefallen hatte, auch wenn er sich ums Verrecken nicht mehr daran erinnern konnte, worüber sie überhaupt gesprochen hatten. Aber sie hatte ihm ein paar anzügliche Witze erzählt, das wußte er noch. Ob ihr wohl der mit den Nonnen und der Seife gefallen würde? Wahrscheinlich nicht.

»Klar, ich weiß. Wie geht es Ihnen?« Er versuchte, sich an den Namen des Mannes zu erinnern, der damals bei ihr gewesen war. Todd? Rob? Ross? Irgendwo tanzte der Name an den äußeren Grenzen seines Gedächtnisses, nah, aber nicht erreichbar. Der größte Teil des Abends war nur noch ein einziges großes Loch, und daran war sicherlich der zugegeben erstklassige Malzwhisky schuld. Vage konnte er sich daran erinnern, daß die Flasche im Pub hinterher fast leer gewesen war. Hatte er Maggie geküßt? Er wußte es nicht mehr. Aber da war noch etwas anderes gewesen, etwas sehr, sehr Trauriges. Woodys Blick fiel wieder auf die Fotos in der Sun, und plötzlich flutete die Erinnerung über ihn hinweg, als sei ein Damm gebrochen. Es war der Tag des Bombenanschlags in Knightsbridge gewesen. Er hatte die grauenvoller Bilder jenes Tages verdrängt, die Bilder, die so schrecklich waren, daß man sie nicht in der Zeitung abdrucken konnte, die verzerrten Leiber, die abgerissenen Glieder, das Blut, der Retriever mit der triefenden Beute im Maul. Er hatte nicht mehr an diesen Tag denken wollen, aber Maggie hatte auch dazugehört, und die Erinnerung an sie ließ alles wieder deutlich werden. Er holte tief Luft, versuchte, einen klaren Kopf zu bekommen.

»Mir geht's auch gut. Ist das nicht ein herrlicher Tag heute?«

»Tatsächlich? Davon kriegen wir hier nichts mit. Die Jalousien sind ständig heruntergelassen, damit wir die Computerbildschirme benutzen können.« Das war zumindest der Grund, den die Geschäftsleitung nannte, aber Woody glaubte, daß man nur verhindern wollte, daß die Reporter tagträumend aus dem Fenster starrten.

»Nun, glauben Sie's mir, die Sonne scheint, und die Vögel singen. Aber ich wollte Sie eigentlich fragen, ob Sie nicht Lust haben, sich diese Woche mit mir auf einen Drink zu treffen?«

»Sicher, das wäre großartig. Wie wär's morgen abend?«

Sie war einverstanden und verabredete sich mit ihm in demselben Pub wie beim ersten Mal.

»Woody, ist alles in Ordnung?« fragte sie. »Sie klingen ein bißchen abwesend.«

»Oh, ich mußte nur gerade an etwas ziemlich Unangenehmes denken, das ist alles. Nichts, worüber man sich sorgen sollte. Morgen geht's mir wieder besser.«

Nachdem er den Hörer aufgelegt hatte, stützte Woody den Kopf in die Hände und schloß die Augen, aber es gelang ihm nicht, die Bilder von Tod und Zerstörung zu vertreiben. Er brauchte was zu trinken. Dringend.

Der Konferenzraum war im Namen des Belfast Overseas Investors Club gebucht worden, aber die zwölf Männer, die an dem langen Mahagonitisch saßen, interessierten sich nicht allzu sehr für überseeische Investitionen. Der Mann, der am oberen Ende des Tisches stand, hätte in seinem grauen Tweedsakko und den schwarzen Flanellhosen, mit dem leicht ergrauten Haar und den geröteten Wangen vielleicht noch als ein etwas exzentrischer Buchhalter aus der Provinz durchgehen können. Er war Mitte fünfzig, und seine Figur erinnerte an die eines ehemaligen Rugbyspielers, der mit der Zeit etwas aus dem Leim gegangen war. Liam Hennessy hatte tatsächlich einmal Rugby gespielt. Aber nachdem er seine Karriere als Nationalspieler beendet hatte, war er einer der politischen Berater der Sinn Fein geworden. Tatsächlich war Liam Hennessy — verheiratet und zwei Kinder — einer der mächtigsten Männer innerhalb der republikanischen Bewegung.

Die elf Männer, die ihm zuhörten, waren allesamt hohe Funktionäre der Provisional IRA, die man kurzfristig in einem Hotel in Belfast zusammengerufen hatte. Auf dem Konferenztisch standen Karaffen mit Eiswasser und Gläser, aber noch war keines angerührt worden. Alle Männer hielten ihre Notizblöcke und Kugelschreiber bereit.

Hennessy stand mit verschränkten Armen vor ihnen; er sprach mit einem weichen irischen Akzent. Zunächst dankte er den Männern für ihr Erscheinen, auch wenn sich niemand hätte leisten können, eine Einladung von Liam Hennessy zu ignorieren. Die Gruppe traf sich regelmäßig, stets an verschiedenen Orten und unter anderen Namen, damit die Sicherheitskräfte nicht auf die Idee kamen zu lauschen. Für gewöhnlich sprach man über die Finanzen, über politische Strategien oder organisatorische Fragen, aber die heutige Versammlung stand unter einem anderen Zeichen. Alle hatten die Fernsehberichte über den Bombenanschlag auf die Polizeiwache im Süden Londons gesehen, die Bilder der Sanitäter und Feuerwehrmänner, die mit bloßen Händen die Trümmer beiseite räumten, und sie hatten gehört, daß die IRA die Verantwortung für das Attentat übernommen hatte.

Links neben Hennessy stand ein großer Fernseher mit flachem Bildschirm auf einem mattschwarzen Rack, darunter ein Videorecorder. Er nahm eine Videokassette vom Tisch und schob sie in den Recorder. Der Bildschirm flackerte auf und zeigte dann BBC-Aufnahmen von dem Bombenanschlag in Knightsbridge. Danach folgten Berichte über die Bombe von Woolwich, die Explosion in der U-Bahn-Station Bank und die Autobomben, die Richter, Polizisten und Armee-Offiziere verwundet oder getötet hatten. Als auf dem Bildschirm wieder schwarz-weißes Flackern zu sehen war, beugte sich Hennessy vor und schaltete den Apparat aus.

»Das sollte aufhören«, sagte er leise. Hennessy war nicht der Mann, der herumbrüllen oder mit der Faust auf den

Tisch hämmern mußte, um seinen Zorn zu zeigen. »Noch nie in der Geschichte unserer Sache waren wir näher an einer politischen Lösung wie heute. Seht euch Südafrika an. Dort verhandelt die Regierung mit dem ANC. Das wäre vor ein paar Jahren noch undenkbar gewesen. Dabei waren die terroristischen Aktionen des ANC weitaus brutaler als alles, was die IRA je getan hat. Jetzt, da die Amerikaner ihre Truppen aus Europa abziehen und sich der Osten Europas öffnet, wird es der britischen Regierung immer schwerer fallen, ihre bewaffnete Präsenz in Nord-Irland zu rechtfertigen. Diese Regierung wird müde, sowohl politisch als auch ökonomisch, und jetzt ist die Zeit gekommen, diesen Krieg an der Wahlurne und in der Lobby von Westminster zu gewinnen.«

Einige der Männer am Tisch begannen, ungehalten zu murmeln, und Hennessy hob seine Hand, um sie zum Schweigen zu bringen. »Ich sage ja gar nicht, daß wir den Kampf aufgeben oder unseren Druck verringern sollten. Was ich meine, ist folgendes: Es kann uns nur Nachteile bringen, wenn wir den Konflikt nach England tragen. Wir haben das in der Vergangenheit zwar schon öfter getan, aber die politische Reaktion — und auch die Reaktion der Öffentlichkeit — hat uns mehr geschadet als genützt. Deshalb ist das, was gerade in England vor sich geht, so gefährlich für unsere Sache.«

Die meisten Männer nickten zustimmend, aber Hennessy entging nicht, daß einige noch immer nicht überzeugt waren.

»Wir können unseren politischen Kampf nicht gewinnen, indem wir Gewalt in die englischen Städte tragen. Das muß aufhören! Aber das ist nicht unser Hauptproblem. Wer in Gottes Namen steckt hinter diesen Anschlägen?« Er blickte die Männer an, die unisono den Kopf schüttelten. In den vergangenen vier Monaten hatten sich Hennessy und die anderen hochrangigen Sinn Fein-Funktionäre mit allen leitenden IRA-Offizieren aus Belfast und Dublin getroffen, um herauszufinden, welche Gruppe für die Bombenanschläge verantwortlich war. Als sie dann hörten, daß niemand die Attentate sanktioniert hatte, waren sie völlig verblüfft — alle hatten angenommen, daß die Aktionen von oben angeordnet worden waren. Es schien undenkbar, daß eine solch wirkungsvolle und technisch komplizierte Serie von außerhalb der Organisation gesteuert wurde. Die Bomben waren nach dem Muster der IRA gebaut und enthielten den gleichen Sprengstoff, den auch die IRA benutzte. Jedesmal, wenn sich die Bombenleger für ein Attentat verantwortlich erklärten, benutzten sie das aktuelle Codeword der IRA, aber nach allem, was Hennessy wußte, hatte niemand innerhalb der IRA sie zu ihren Taten ermächtigt. Es sei denn, einer der Männer am Tisch log.

Er ließ seinen Blick über ihre Gesichter gleiten. Die meisten waren zwischen fünfzig und sechzig, harte Männer, die seinem Blick nicht auswichen. Fast jeder von ihnen hatte schon getötet, und die anderen hatten zumindest Attentate befohlen oder geplant. Dennoch hätten sie auf einen Außenstehenden nicht viel bedrohlicher gewirkt als eine Gruppe von Taubenzüchtern, die ihre jährliche Versammlung vorbereitete.

»Nach umfangreichen Ermittlungen sind wir zu dem Schluß gekommen, daß wir es hier mit einer Gruppe von Abtrünnigen zu tun haben, die bis vor kurzem noch für die Organisation gearbeitet haben muß und jetzt auf eigene Faust handelt«, sagte Hennessy. Einige Männer sahen ihn skeptisch an.

»Die Tatsache, daß sie die neuesten Codewörter kennen, läßt darauf schließen, daß sie immer noch Verbindungen zu uns haben, und zwar nach ganz oben. Und die Art und Weise, wie ihre Bomben funktionieren, deutet auf eine IRA-Ausbildung hin. Vielleicht haben sie sogar eines der libyschen Trainingscamps besucht.«

Einer der Teilnehmer, ein älterer Mann mit weißem Haar, dessen Wangen von den längst verflossenen Jahren als Bauer eine rosige Färbung angenommen hatten, knackte unter dem Tisch mit den Knöcheln, um Henessys Aufmerksamkeit zu erlangen. »Wenn das stimmt, Liam, dann sollte es nicht allzu schwer sein, diese Leute ausfindig zu machen.«

Hennessy nickt. »Theoretisch schon, Patrick. Aber es bedeutet verdammt viel Laufarbeit. Wir müssen mit allen in der Organisation sprechen, die Bomben bauen können. Wir müssen wissen, was sie machen, ob sie das Land verlassen oder ob sie andere ausgebildet haben. Vergeßt nicht, daß es sich um mehrere Männer handeln muß. Alle sind unbekannt. Kurz gesagt, meine Herren, wir müssen praktisch jedes Mitglied der Organisation befragen.«

Patrick Sewell lehnte sich zurück und knackte erneut mit den Knöcheln. »Wir könnten auf einige Ablehnung stoßen, Liam. Schließlich begrüßen viele unserer jungen Leute das, was in London geschieht. Die Bombenserie hat auch ihre Befürworter. Und du weißt – so lange ist es noch nicht her, daß du selbst dafür warst, den Kampf in England auszufechten.«

Hennessy beugte sich vor und legte die Hände flach auf den hochglanzpolierten Tisch. »Mir ist durchaus bekannt, daß es Hitzköpfe innerhalb der Bewegung gibt, die es liebend gern sähen, daß wir Polizeiwachen in die Luft sprengen, aber auch sie müssen lernen, daß es eine Zeit für Gewalt und eine Zeit für Verhandlungen gibt«, sagte er.

Sewell grinste. »Und wenn sie nicht mitziehen?«

»Dann, lieber Patrick, hast du die Erlaubnis, ihnen ihre verdammten Kniescheiben zu durchlöchern.«

Auch Hennessy grinste, und schließlich brach die ganze Gruppe in lautes Gelächter aus. Die beiden Männer waren enge Freunde, sie kannten sich schon lange und hatten viel zusammen erlebt. Beide besaßen den gleichen knochentrockenen Humor, und es machte ihnen immer wieder Spaß, sich gegenseitig auf den Arm zu nehmen.

Hennessy wartete, bis das Gelächter sich gelegt hatte, und fuhr dann fort: »Es gibt noch eine zweite Spur, der wir nachgehen müssen«, sagte er. »Wer immer hinter den Anschlägen steckt, er scheint einen ziemlichen Vorrat an Sprengstoff und Ausrüsung zu besitzen. Ich will, daß jedes Waffenarsenal überprüft wird, hier und auf dem Festland. Und mit Überprüfen meine ich nicht bloß nachzählen. Jeder Posten muß verifiziert werden, und dann werden die Verstecke geändert. Vielleicht haben sie Zugang zu mehreren unserer

Waffenlager gehabt und überall nur eine kleine Menge an Material entwendet. Ihr versteht, was ich meine? Ein paar Pfund Semtex hier, einen Zünder da und einen Sender dort. Vielleicht fällt es ja niemandem auf.«

Ein dürrer, kantiger Mann mit einer getönten Brille und zurückgekämmtem ergrautem Haar hob die Hand. Es war Hugh McGrath, dessen Hauptjob darin bestand, die Verbindung mit den Libyern aufrechtzuerhalten, die der Organisation eine Menge Geld und Ausrüstungsgegenstände zukommen ließen. Hennessy nickte.

»Liam, das kann nicht dein Ernst sein. Diese Lager sind nur dann sinnvoll, wenn sie erst im Notfall benutzt werden. Nähern wir uns ihnen nur oder verlegen sie sogar, erregen wir eine Menge Aufmerksamkeit«, sagte McGrath.

Hennessy nahm die Hände vom Tisch und richtete sich wieder auf. Er hatte Verständnis für diese Bedenken. McGrath hatte den Import eines großen Teils der militärischen Ausrüstung der IRA geleitet und wußte nur allzu gut, was diese Sache an harten Devisen und an Menschenleben gekostet hatte.

»Wir werden vorsichtig sein, Hugh. Verdammt vorsichtig. Aber nur, wenn wir unsere gesamten Waffenlager minutiös überprüfen, werden wir herausfinden, wer hinter diesen Anschlägen steckt. Ich gebe zu, es ist ein Risiko, aber ein kalkulierbares. Und wir müssen es eingehen.«

»Wenn du meinst«, murmelte McGrath, aber Hennessy war klar, daß er immer noch Zweifel hegte. Er beschloß, ihm nach Ende des Treffens ein paar emotionale Streicheleinheiten zukommen zu lassen.

»Von euch brauche ich also eine komplette Liste unserer gesamten militärischen Ausrüstung. Und ich meine damit jedes einzelne Lager, egal ob offiziell oder inoffiziell geführt. Ich weiß, daß wir alle gerne was für schwere Zeiten beiseite schaffen, aber die Liste muß unbedingt vollständig sein. Und zusammen mit dem Bestand jedes Lagers brauche ich die Namen der Männer, die wissen, wo es sich befindet.«

Aus Hennessys Zuhörerschaft waren einige Seufzer zu vernehmen.

»So eine Liste ist eine verdammt gefährliche Sache, Liam«, meldete sich Sewell. »Wenn die in die falschen Hände gelangt, kann das tödlich sein.«

»Ich weiß. Es wird nur eine einzige Ausfertigung geben, die nur ich allein besitze. Ich werde dafür sorgen, daß man die Lager überprüft, und ich werde auch dafür sorgen, daß verschiedene Teams dabei eingesetzt werden. Nur ich werde alle Orte kennen. Und die Männer, die die Lager überprüfen, werden nicht wissen, aus welchem Grund das geschieht. Wenn alles nach Plan läuft, weiß ich bald, wo etwas gestohlen worden ist, und wenn sich dann auf der Namensliste Querverweise finden lassen, dann werde ich in der Lage sein, die Verbindungen zu identifizieren. Und jetzt, wenn ihr nichts dagegen habt, sollten wir diese Liste aufstellen, so genau es nur geht. Sollte jemand einen Namen vergessen, kann er ihn später nachreichen, aber nur mir persönlich.«

Hennessy setzte sich wieder, und die Männer griffen nach ihren Kugelschreibern. Er wartete, bis sie mit dem Schreiben fertig waren. Es dauerte einige Minuten, bis auch der letzte seinen Stift wieder auf den Tisch gelegt hatte. Hennessy bat um die beschriebenen Blätter und stapelte sie sorgsam neben sich auf. Dann faltete er jedes Blatt dreimal und steckte die Listen in die Innentasche seines Sakkos. Er bat die Männer, die nächsten sechs Blätter ihrer Notizblöcke abzureißen, sammelte sie ein, zerknüllte sie und warf sie in einen Papierkorb. Mit seinem silbernen Feuerzeug setzte er die Blätter in Brand. Es war ihm klar, daß diese Aktion etwas theatralisch wirkte, aber sie bewies zumindest, daß er es mit der Geheimhaltung ernst meinte.

Am anderen Ende des Raumes stand ein Tisch mit einer gestärkten weißen Leinendecke, auf dem mehrere Flaschen mit Alkoholika, eine Auswahl an Mixgetränken, ein Eiswürfelbehälter und eine Reihe Kristallgläser standen. Hennessy schenkte jedem der Männer persönlich einen Drink ein, ohne ein einziges Mal nachfragen zu müssen, was der eine oder andere wollte. Dann standen sie in zwei Gruppen beieinander, tranken und unterhielten sich, meistens über Pferderennen und Fußball. Es gab ein ungeschriebenes Gesetz, wonach man das Geschäftliche nur am Tisch diskutierte. Hennessy ging als erster, nicht ohne jedem zuvor die Hand geschüttelt zu haben.

Auf dem Flur warteten seine beiden Leibwächter auf ihn, Jim Kavanagh und Christy Murphy, beides Männer mit breiten Schultern und wachsamen Augen. Selbst hier, auf heimischem Boden, waren sie in ständiger Alarmbereitschaft. Kavanagh ging voran, sechs Schritte vor Hennessy, während Murphy einen Schritt hinter seinem Boß folgte und dessen Rücken deckte. Am Aufzug drückte Kavanagh den Knopf. Als die Kabinentür sich öffnete, warf er einen vorsichtigen Blick hinein. Murphy und er traten zur Seite, um Hennessy hineinzulasen und plazierten sich dann gemeinsam vor ihren Boss. Die drei Männer bewegten sich so routiniert, als habe jemand ihre Schritte choreographiert, und in gewisser Weise traf das auch zu. Sie waren jetzt schon über zehn Jahre zusammen und hatten Situationen wie diese unzählige Male durchexerziert. Murphy und Kavanagh brauchten nicht einmal genau hinzusehen, um zu wissen, wo ihr Boss stand und wohin er gehen würde, wo die Gefahrenpunkte lagen und wie sie sich verhalten mußten, um immer zwischen Hennessy und einem potentiellen Angreifer zu stehen. Zweimal schon hatten sie ihm das Leben gerettet, und sie trugen ihre Narben mit Stolz. Murphys linke Schulter war nur noch ein Stück zerklüftetes Narbengewebe, dort wo ein Mantelgeschoß ihm einen ganzen Klumpen Fleisch weggerissen hatte. Glücklicherweise war der Knochen unverletzt geblieben. Kavanaghs Beine waren von den Brandnarben gezeichnet, die eine schlecht plazierte Autobombe hinterlassen hatte, die hochgegangen war, als er in den Wagen stieg, um seinen Boss abzuholen.

Der Wagen, den Hennessy jetzt benutzte, ein schwarzer Jaguar, wartete vor dem Hotel. Hinter dem Steuer saß der offizielle Chauffeur, ein kleiner, ernster Mann namens Jimmy McMahon. Hennessy wartete geduldig auf dem Bürgersteig, bis seine beiden Leibwächter sich umgesehen hatten. Dann gingen die drei Männer schnell auf den Wagen zu.

Sie schlängelten sich durch den Verkehr von Belfast, und dank McMahons geschickter Fahrweise waren sie in weniger als fünf Minuten bei Hennessys Büro am Donegall Square angelangt. Erst als Hennessy sicher hinter seinem Schreibtisch saß, ließ die Aufmerksamkeit der Leibwächter nach. Sie setzten sich jeder auf eines der beiden großen grünen Sofas, die im Empfang der Kanzlei standen, und warteten auf neue Anweisungen. Hennessys Sekretärin, eine gutgebaute Rothaarige, brachte ihnen Kaffee, bevor sie zweimal an Hennessys Tür klopfte und eintrat, ohne seine Aufforderung abzuwarten. Wie Murphy und Kavanagh kannte auch sie ihren Boss sehr gut. Er saß in einem ledernen Chefsessel und hatte die Augen gedankenverloren geschlossen. Auf dem wohlgeordneten Schreibtisch lagen aufgestapelt beschriftete Mappen mit Post, die nur noch auf seine Unterschrift wartete. Hennessy öffnete die Augen und lächelte.

»Ich erledige das gleich, Beth.«

Sie hob die Augenbrauen. »Wenn Sie sich nicht beeilen, geht die Post heute nicht mehr raus, Liam«, ermahnte sie ihn wie eine Lehrerin einen ungezogenen Schuljungen. Sie war gut fünfzehn Jahre jünger als Hennessy, aber sie wußte, daß der Anwalt manchmal einen Schubs brauchte, um alles pünktlich zu erledigen. Es war auch nicht ungewöhnlich, daß sie ihn mit seinem Vornamen ansprach. Nur wenn Klienten anwesend waren, verzichtete sie darauf.

Hennessy seufzte und zog einen goldenen Füllfederhalter aus seinem Sakko.

»Du bist wirklich eine strenge Aufseherin, Beth.« Während Hennessy die Briefe überflog und unterzeichnete, blieb sie vor dem Schreibtisch stehen, die Arme vor dem üppigen Busen verschränkt. Als er fertig war, nahm sie die Mappen mit einer schwungvollen Bewegung an sich und belohnte ihn mit einem Lächeln. Sie ist wirklich verdammt hübsch, dachte Hennessy zum wiederholten Male. Wenn er jünger wäre und ledig, wenn sie nicht eine stolze Mutter von Zwillingen wäre, wenn er nicht mit einer Frau verheiratet wäre, die er abgöttisch liebte . . . Mein Gott, es gab so viele »wenns«, daß es fast schon lächerlich war. Er grinste, und sie zwinkerte ihm mit ihren grünen Augen zu, als könne sie Gedanken lesen.

»Sonst noch was?« fragte er und steckte die Kappe auf seinen Federhalter.

»Mr. Armytage möchte, daß Sie ihn wegen seines Falles zurückrufen, und um vier Uhr haben Sie einen Termin mit Mr. Kerkshaw. Und dann hat noch ein Mann angerufen, der Sie sprechen wollte.«

»Ein Mann?«

»Ein Ausländer. Der Anruf kam aus London.« Sie sah, daß Hennessy lächelte und hob abwehrend die Hand. »Nein, nein, ich meine nicht, daß er Ausländer ist, nur weil er aus England angerufen hat. Er hatte einen fremdländischen Akzent, asiatisch. Vielleicht ein Chinese.«

»Und was wollte er, dieser Chinese?«

»Das wollte er mir nicht sagen. Er wollte nur mit Ihnen persönlich sprechen. Soll ich ihn durchstellen, wenn er nochmal anruft?«

»Von mir aus. Also gut, bringen Sie mir doch bitte Tom Armytages Akte. Er ist sicherlich nervös wegen morgen.«

Beth nickte und ging hinaus. Hennessy sah dem Schwung ihrer Hüften hinterher, bis sein Blick auf das Gesicht seiner Frau fiel, die ihn aus einem Kupferrahmen auf der rechten Seite seines Schreibtisches anlächelte, während sie ihre beiden Kinder im Teenageralter umarmte. »Ich habe nur geschaut, meine liebe Mary, nur geschaut. Das weißt du.«

Er fuhr zusammen, als sein Telefon klingelte. Beth teilte ihm mit, daß der Chinese am Apparat sei.

»Stellen Sie ihn durch«, sagte Hennessy, neugierig geworden.

Nguyen stellte sich vor und erklärte sein Anliegen. Er sprach mit einem weichen Tonfall und sehr langsam. Manchmal wurde er so leise, daß Hennessy ihn bitten mußte, seine Worte zu wiederholen. Als er endlich begriffen hatte, was der Anrufer von ihm wollte, war er völlig verblüfft. Es war kaum zu glauben, daß jemand so naiv sein konnte.

»Wie um alles in der Welt kommen Sie darauf, daß ich die Männer kenne, die Ihre Frau und Ihre Tochter getötet haben?«

Nguyen blieb beharrlich. Höflich, aber beharrlich. Es raschelte am anderen Ende der Leitung, so als lese er etwas von einem Papier ab. »Weil Sie ein politischer Berater der Sinn Fein sind, dem politischen Flügel der IRA.« Der Satz kam Nguyen so bestimmt und glatt über die Lippen, so ganz anders als seine vorher mühsam gewählten und seltsam klingenden Worte, daß Hennessy tatsächlich überzeugt war, daß Nguyen ihn abgelesen hatte, vielleicht von einem Zeitungsausschnitt.

»Ich berate Politiker, das stimmt in der Tat. Aber genau wie Sie verurteile ich Gewaltakte gegen unschuldige Bürger, sowohl in England als auch hier in Nordirland.« Hennessy bemerkte, wie schnell er in den Jargon verfiel, in dem er mit Journalisten oder Abgeordneten sprach. Die Worte kamen so fließend aus seinem Mund, als würde er sie ebenso wie der Chinese ablesen. »Sie sprechen mit dem falschen Mann.«

»Wenn das so ist, Mr. Hennessy, wer in der IRA würde mir die Namen dieser Männer nennen?«

Hennessy konnte diese Dummheit kaum fassen. »Mir fällt niemand ein, der Ihnen helfen könnte. Ich sollte noch hinzufügen, daß die Sorte Männer, von der Sie sprechen, es durchaus nicht freundlich aufnehmen würde, wenn man mit einer solchen Beschuldigung an sie herantritt.« Hennessy sprach die Drohung nicht offen aus. Wie immer bedachte er die Möglichkeit, daß die Sicherheitskräfte vielleicht sein Telefon angezapft hatten. »Ich schlage vor, daß Sie sich an die Polizei wenden. Ich bin sicher, daß Sie ihr Bestes tun wird, um die Verantwortlichen ausfindig zu machen. Ich weiß leider gar nichts.«

Nguyen schwieg einen Augenblick. Hennessy wollte gerade den Hörer auflegen, als er antwortete: »Es tut mir leid, aber ich glaube Ihnen nicht, Mr. Hennessy. Sie sind ihr Berater, Sie wissen, wer sie sind.«

Hennessy schnaubte zornig. »Ich habe Ihnen doch schon erklärt, daß ich Politiker berate und keine Terroristen. Das ist ein gewaltiger Unterschied.«

»Ich glaube, daß die Politik der IRA und der Terrorismus der IRA verschiedene Enden der gleichen Schlange sind«, sagte Nguyen. »Welches Ende man auch packt, man erwischt die Schlange.«

O nein, dachte Hennessy, jetzt kommt er mir auch noch mit fernöstlichen Weisheiten! »Wenn ich Ihren Vergleich aufgreifen darf, dann spielt es wohl doch eine nicht unerhebliche Rolle, welches Ende Sie greifen«, antwortete er. »Denn ein Ende könnte gefährlich werden.« Hennessy verspürte Genugtuung, weil er diesen Ball so gut zurückgespielt hatte. Es war das gleiche Gefühl, das ihn vor Gericht überkam, wenn es ihm gelang, die Argumente der gegnerischen Partei zu zerpflücken.

Aber Nguyen ließ sich nicht beirren. »Ich habe mich entschieden, Mr. Hennessy. Sie werden mir sagen, wer verantwortlich ist.«

Hennessy verlor die Geduld. »Sie verschwenden meine Zeit. Guten Tag.«

Er unterbrach die Verbindung und rief über die Gegensprechanlage Beth.

»Ja, Liam?«

»Wenn dieser Chinese noch einmal anruft, dann sagen Sie ihm, daß ich nicht zu erreichen bin. Ich will nie mehr mit diesem Mann sprechen. Nie mehr.«

Nguyen kniete vor dem roten Holzschrein und zündete mit einem alten Zippo-Feuerzeug ein Räucherstäbchen an. Er ließ die Kappe des silbernen Feuerzeugs wieder zurückschnappen, hielt es zwischen den Handflächen, rieb sie langsam gegeneinander und spürte das glatte Metall. Der süß duftende Rauch stieg nach oben und verteilte sich im Raum. Nguyen atmete den Duft ein. Er öffnete seine Hand und betrachtete das Feuerzeug, auf dem ein Emblem eingraviert war: ein Dolch mit kurzem Griff auf einem Zeichen in der Form einer Schwertklinge. Über dem Dolch befanden sich drei Blitze, und über dem Zeichen war ein Banner mit der Aufschrift »Luftlandetruppen« zu sehen. Nguyen besaß das Feuerzeug seit Jahren, und noch nie hatte es ihn im Stich gelassen. Seine Frau hatte es aus Vietnam mitgebracht und es ihm stolz überreicht, als sie sich in einem Flüchtlingslager in Hongkong wiedertrafen. Auch sie hatte ihn nie im Stich gelassen.

Er ließ das Feuerzeug wieder in seine Tasche gleiten, nahm eine hockende Haltung ein, schloß die Augen, faltete die Hände zum Gebet und leerte seinen Geist von allem, außer dem Bild seiner toten Frau und seiner drei toten Töchter. Als seine ersten beiden Mädchen gestorben waren, hatte er ihnen nicht helfen können, und als es ihm endlich möglich gewesen wäre, waren die Schuldigen über alle Berge. Damals hatte er nach Rache gedürstet, er wollte die Männer mit bloßen Händen in Stücke reißen, aber es gab nichts, das er tun konnte. Es war schon lange her, damals vor vielen Jahren auf dem Südchinesischen Meer, als für seine Töchter ein qualvoller Leidensweg begann. Er hatte zusehen müssen und erinnerte sich an ihre Schreie und ihre Hilferufe — und daran, daß damals etwas in ihm gestorben war. Der Hunger nach Rache war nie gestillt worden, ja er war vielleicht jetzt noch größer als je zuvor. Das einzige, was ihn im Zaume hielt, war das Wissen, alles Menschenmögliche getan zu haben. Aber diesmal würde er nicht zulassen, daß der Tod von Xuang Phoung und Kieu Trinh ungesühnt der Vergessenheit anheimfiel. Er würde es nicht zulassen, daß die Schuldigen ungestraft davonkamen. Das schwor er bei den Seelen seiner Familie. Fast eine ganze Stunde saß er bewegungslos da, und als er seine Augen wieder öffnete, waren sie feucht, auch wenn keine einzige Träne seine Wange hinunterrollte. Langsam erhob er sich. Seine Gelenke knackten, als er die Beine streckte. Er wußte nun, was er tun würde, aber es gab noch eine Reihe von Problemen, die er vorher lösen mußte. Nguyen nahm einen Stift und eines der leer gebliebenen Schulhefte aus der Schublade in der Küche, setzte sich an den Tisch und begann zu schreiben.

Es war dunkel, so dunkel, daß der Mann die Scheinwerfer des Wagens selbst aus einem Kilometer Entfernung sehen konnte. Sie bohrten einen Tunnel aus Licht in die Schwärze der Nacht. Er legte sich ins Gras und wartete darauf, daß der Wagen vorbeikam. Es war zwei Uhr nachts, und auf der

Verbindungsstraße zwischen der A 408 und der A 409 in der Nähe von Bushey Heath, nicht weit von der M 1, war kaum noch Verkehr. Der Mann lag auf dem Ackerboden, die Nase dicht über der taunassen Scholle. Er hörte, wie der Motor des Wagens lauter und wieder leiser wurde. Dann stand er auf, ergriff den Spaten und den Metalldetektor, der neben ihm gelegen hatte, und ging auf einen kleinen Bach zu, der durch die Felder floß. Er hatte sich den Platz gemerkt, und wenn er wirklich erwischt werden sollte, weil er auf fremdem Land herumlief, würde er erzählen, daß er nur ein Schatzsucher auf der Jagd nach ein paar vergrabenen Münzen wäre. Aber er hatte nicht vor, erwischt zu werden. Er hörte das Plätschern des Wassers, kurz bevor er den Bach erreichte, wandte sich dann nach links und folgte dem verschlungenen Wasserpfad bis zu einem kleinen Gehölz. Dort bahnte er sich einen Weg durch hüfthohes Gebüsch, bis er vor einer hochaufragenden Rotbuche stand. Eine der Wurzeln, dick wie ein Bein, kroch einige Meter über den steinigen Boden, bevor sie sich in die Erde grub, und ungefähr in der Mitte dieses Wurzelstrangs begann der Mann zu graben. Er war kräftig gebaut und sportlich, und wenn er auch nach einer halben Stunde schwer atmete, so hatte er doch bereits ein Loch von über einem Meter Tiefe und einem Meter Durchmesser ausgehoben. Nun stieß er den Spaten etwas vorsichtiger in die Erde, und nach kurzer Zeit traf der Spaten auf etwas, das metallisch klang. Er beugte sich hinab und grub ein langes dünnes Paket aus, das mit Plastik umhüllt war. Vorsichtig legte er es auf den Boden neben den Baum und begann es zu öffnen. Unter dem Plastik kam ein Sack zum Vorschein, der an einem Ende mit einem Stück Draht zusammengebunden war. Er löste den Draht und streifte den Sack herunter.

Vor ihm lagen drei Armalite-Schnellfeuergewehre und zwei Revolver sowie mehrere Schachteln Munition. Außerdem ein mit Plastik umwickeltes Paket, auf dem »Semtex« stand und eine Plastiktüte mit Zündern, die der Mann zu zählen begann. Seine Augen waren an die Dunkelheit gewöhnt, er sah genug, um den Inhalt des Verstecks zu überprüfen. Die Liste, die man ihm gezeigt hatte, war ihm gegenwärtig, und er wußte genau, was das Versteck enthalten mußte; jeden einzelnen Posten ging er nun im Geiste durch. Schließlich hatte er sich davon überzeugt, daß nicht ein Stück fehlte, packte alles wieder ein und legte die Gegenstände in das Loch zurück. Dann schaufelte er es wieder zu, stampfte darauf, um die Erde zu glätten, und kniete sich schließlich hin, um sorgfältig die Oberfläche glattzuwischen. Er brach einige Zweige und kleine Äste in der Nähe der Rotbuche ab und verstreute sie über die frisch umgegrabene Erde. Wer zufällig hier vorbeikam, würde wahrscheinlich nichts bemerken, und in ein oder zwei Tagen würde sowieso alles so aussehen wie zuvor. Die Chance, daß jemand dieses Versteck entdeckte, war äußerst gering. Aber deswegen hatte man diesen Platz ja auch ausgesucht.

Nguyen stieg die Treppen der U-Bahn-Station Charing Cross hinauf und ging in Richtung Strand. Als er den Laden, den er suchte, gefunden hatte, blieb er einen Moment lang vor dem Schaufenster stehen. Das Geschäft war bis zur Decke mit Camping-Ausrüstung vollgepackt, vom Kompaß über die Wasserflasche bis hin zu Anoraks, Schlafsäcken, Trockennahrung in Folienpäckchen, Erste-Hilfe-Kästen, einer großen Auswahl an Messern, ja sogar Armbrüsten und Kampfsportwaffen. Im Krieg war alles anders gewesen, dachte Nguyen, ganz anders. Damals bestand die Ausrüstung aus dem, was man sich irgendwie beschaffen konnte, was man einem gefallenen Kameraden abnahm oder dem Feind stahl. Und heute konnte er einfach in einen Laden gehen und alles kaufen, was er brauchte. Wenn sie vor 30 Jahren eine gute Ausrüstung gehabt hätten, dann wäre vielleicht all das Schreckliche nicht passiert und er und seine Familie würden in einem freien Vietnam leben. Aber dann schüttelte er den Kopf, so als wolle er diese Gedanken vertreiben. Es hatte keinen Sinn, in der Vergangenheit zu wühlen.

Er ging in den Laden und sah sich um. Ein junger Mann probierte einen olivgrünen Armeepullover mit aufgenähten

Schonern auf Schulter und Ellbogen an, wobei ihn seine Freundin bewundernd betrachtete. Ein Skinhead in einer glänzenden grünen Bomberjacke wog ein kleines Wurfmesser in der Hand und fuhr prüfend mit einem Finger über die Klinge. Ein Vater und sein Sohn begutachteten ein Zwei-Mann-Zelt, das einer der Verkäufer vor ihnen auf dem Boden ausgerollt hatte. Von Nguyen nahm niemand Notiz.

Der alte Mann ließ eine Tarnjacke von einem Ständer gleiten und betrachtete sie. Das Nylonmaterial raschelte beim Anfassen. Völlig ungeeignet, dachte Nguyen. Das hört man auf hundert Meter Entfernung. Außerdem waren die Klettverschlüsse aus Velcro, jenem Material, das beim Öffnen ein Geräusch erzeugte, als würde etwas reißen. Diese Jacke war ein Bluff, so wie das Messer, das der Skinhead prüfte. Ganz nett anzusehen, sicher, aber völlig unbrauchbar, wenn es ernst wurde. Auch von weitem erkannte Nguyen, daß das Messer viel zu leicht war, um damit werfen zu können. Es würde einfach von seinem Ziel abprallen. Er griff nach einer anderen Jacke von ähnlicher Farbe und Muster, diesem Mischmasch aus Hell- und Dunkelgrün, ähnlich wie die tigerfellgestreiften Kampfanzüge, die er im Dschungel getragen hatte. Die Jacke war aus einem weichen Baumwollmaterial, das wahrscheinlich nicht ganz wasserdicht war, dafür aber warm aussah. Nguyen probierte die Jacke an, aber die Ärmel hingen ihm fast über die Hände, obwohl er noch seine eigene Jacke darunter trug. Er öffnete die Jacke und suchte nach einem Etikett, das die Größe verriet: »Medium«. Offensichtlich »Medium« nach europäischem Maßstab, denn Nguyen war für einen Vietnamesen recht groß.

»Kann ich Ihnen helfen, Sir?« sprach ihn ein junger Verkäufer an.

Nguyen streckte die Arme aus. »Gibt es eine kleinere Größe?« fragte er. Der junge Mann lächelte und half ihm aus der Jacke. Er durchstöberte den Ständer, fand eine Jacke mit »Small« und hielt sie Nguyen vor die Schultern. Er nickte zuversichtlich und bat ihn, die Jacke anzuprobieren. Sie paßte.

»Eine Hose, bitte. In der gleichen Art«, sagte Nguyen, und

der Verkäufer brachte ihm sofort eine Hose aus dem weichen Baumwollstoff.

»Brauchen Sie sonst noch etwas, Sir?« fragte er. Nguyen nickte eifrig.

»O ja«, antwortete er. »Viele Dinge.«

Er suchte sich ein starkes Fernglas aus, das mit dickem grünem Gummi ummantelt war und bat darum, es ausprobieren zu dürfen. Der Verkäufer ging mit ihm vor die Ladentür, wo der alte Mann mit dem Fernglas die belebte Straße beobachtete.

»Ich nehme es«, sagte er und reichte es dem jungen Mann. Sie gingen wieder in den Laden zurück. Es gab noch viel zu besorgen. »Flaschen«, sagte er.

»Was für Flaschen?«

»Wasserflaschen«, antwortete Nguyen und deutete auf eine khakifarbene Feldflasche mit einem grünen Riemen, die vielleicht einen Viertelliter faßte.

»Zwei davon. Nein, drei.«

Der Verkäufer stapelte die Waren neben der Kasse. Er hatte das Gefühl, als ob dieser Kunde noch recht lange bleiben würde. An der Wand hinter der Kasse hingen einige Replika-Gewehre und -Revolver aus stumpfem Metall und poliertem Holz. Nguyen war verblüfft, wie echt sie aussahen. Wieso konnte so etwas in England verkauft werden? Einige Waffen erkannte er, einen 45er Colt, eine 22er Ruger, eine halbautomatische 9-Millimeter M9. Plötzlich begann sein Herz heftig zu schlagen. Das konnte doch nicht sein. Er stand vor einer AK-47, einer Automatik-Kalashnikov, perfekt nachgebaut bis ins letzte Detail, einschließlich des geschwungenen Magazins. Er streckte die Hand aus, um das Gewehr zu berühren, nur um noch einmal zu spüren, wie es sich anfühlte. Doch im letzten Moment, kurz bevor seine Finger auf das kalte Metall trafen, zog er die Hand zurück und schüttelte den Kopf. Er mußte die Erinnerungen vertreiben.

»Einen Kompaß«, sagte er, und der Verkäufer ging mit ihm zu einer gläsernen Vitrine, in der sich eine Auswahl an Kompassen und weitere Ausrüstung zum Kartenlesen befand. Nguyen deutete auf einige Gegenstände, und der Verkäufer holte sie aus der Vitrine, damit Nguyen sie näher begutachten konnte. Schließlich wählte er einen Kompaß aus. »Ein Messer«, sagte er.

Davon gab es hier mehr als genug, mehr als er jemals an einem Ort gesehen hatte. Es gab Taschenmesser mit allen möglichen Werkzeugen — Nagelfeilen, Schraubenschlüsseln, Scheren, Flaschenöffnern. Die meisten der Wurfmesser waren ebenso unbrauchbar wie das, mit dem der Skinhead gespielt hatte, aber es gab auch vernünftige, genau ausbalancierte schwere Messer. Wer sich auskannte, konnte damit aus zwanzig Metern Entfernung einen Menschen töten. Nguyen prüfte zwei der schweren Messer und er fühlte ihre Balance — sie waren perfekt.

»Kann ich sie ausprobieren?« fragte er den Verkäufer.

»Ausprobieren?«

Nguyen hielt die Messer hoch. »Kann ich sie werfen?«

»Hier?« fragte der junge Mann. »Um Himmels willen, nein, nein.« Er starrte Nguen entgeistert an.

»Das macht nichts«, meinte Nguyen und legte die Messer auf die tarnfarbene Hose. Es gab auch eine große Auswahl an Überlebensmessern mit großen scharfen Klingen, die an einer Seite gezackt waren. Die Griffe bestanden aus Holz und boten Platz für einen kleinen Kompaß, ein Stück Angelschnur und ein paar billige Angelhaken. Nguyen schnaubte verächtlich. Diese Messer waren ein Witz, keineswegs das, was er suchte. Er brauchte eine starke Klinge, eine, die er schärfen konnte, bis man damit Papier wie mit einer Rasierklinge schneiden konnte, und mit einer Einbuchtung, damit das Blut aus der Wunde lief, wenn man damit zugestoßen hatte. Ohne diese Einbuchtung würde der Saugeffekt es sehr viel schwerer machen, das Messer wieder aus der Wunde herauszuziehen. Die Spitze des Messers mußte so geformt sein, daß es nicht an den Rippen hängenblieb, sondern seinen tödlichen Weg bis zum Herz fortsetzen konnte. Der Griff mußte schwer und kompakt genug sein, damit die Klinge ruhig und gleichmäßig geführt werden konnte. Ein gutes Messer war wichtig, das eigene Überleben konnte davon abhängen. Auch die Wahl der richtigen Scheide war von größter Bedeutung. Man mußte das Messer schnell und lautlos ziehen können, und die Lederscheide sollte stark und belastbar sein. Nguyen nahm sich lange Zeit, um die angebotenen Messer zu prüfen, bevor er sich entschied. Schließlich wählte er eines der teuersten, aber es war auch eines der besten. Er suchte sich noch ein Schweizer Armeemesser aus, dies aber eher wegen der Werkzeuge als der Klinge.

Was sonst noch? Er sah sich im Laden um. Es gab noch vieles, was er gebrauchten konnte. Ein Zelt, einen Schlafsack. Eine leichte Decke aus Aluminiumfolie. Eine Klappaxt. Einen Rucksack. Einen Erste-Hilfe-Kasten. Nguyen spürte die Versuchung, aber er wußte auch, daß ein Zuviel an Ausrüstung schnell zur Falle werden konnte. Man wurde langsamer und widmete den Dingen bald mehr Zeit und Aufmerksamkeit als seinem eigentlichen Ziel: dem Kampf. Er erinnerte sich daran, wie er damals in den Dschungel gegangen war — nur mit einem Drillichanzug und Sandalen bekleidet, einer Wasserflasche, einem kleinen Sack mit gekochtem Reis auf dem Rücken und sonst nichts, außer seinem Gewehr und Munition. Er und seine Kameraden bewegten sich leichtfüßig und kamen schnell und lautlos voran. Wie hatten sie über die plumpen Amerikaner gelacht, die unter dem Gewicht ihrer schweren Rucksäcke schwitzten wie die Schweine. Man konnte sie schon kilometerweit hören, wenn sie sich geräuschvoll ihren Weg durch das Unterholz bahnten. Viele wurden getötet, noch bevor sie ihre kostbaren Rucksäcke zum ersten Mal öffnen konnten, aber sie lernten es nie.

»Brauchen Sie sonst noch etwas?« unterbrach der Verkäufer Nguyens Gedanken.

Der alte Mann ging auf ein Regal mit Wanderstiefeln zu, entschied sich aber dafür, keine zu kaufen. Das Paar, das er noch zu Hause hatte, war schon eingelaufen.

»Ich brauche einen kleinen Rucksack«, sagte er. Der Verkäufer zeigte ihm ein ausladendes, strahlend-blaues Nylonmodell auf einem Aluminiumrahmen mit gepolsterten Riemen. Nguyen sagte, es sei zu groß, und die Farbe gefiele ihm nicht. »Zu hell«, meinte er. Er deutete auf einen kleinen dunkelgrünen Rucksack von der Art, wie ihn Kinder vielleicht für ihre Schulbücher benutzten. Er war ohne Rahmen, und als Nguyen ihn überstreifte, lag er flach auf dem Rücken an. Nguyen zog die Riemen fest und ging ein paar Schritte auf und ab; der Rucksack fühlte sich bequem an und raschelte nicht beim Gehen. Kopfnickend reichte er ihn dem Verkäufer. »Dieser ist gut«, sagte er.

Der junge Mann verstaute Nguyens Käufe in großen Plastiktüten, während er die Preise in die Kasse tippte. Nguyen zahlte bar. Als er auf das Wechselgeld wartete, fiel sein Blick noch einmal auf die AK-47. So viele Erinnerungen, dachte er wehmütig.

Auf dem Weg zur U-Bahn-Station kam er an einem Fotogeschäft vorbei. Er ging hinein und fragte nach Blitzlichtern.

»Blitzlichter?« fragte der Mann hinter der Theke. »Die werden heutzutage nicht mehr viel verlangt. Die meisten Kameras haben einen eingebauten Blitz.« Er runzelte die Stirn und rieb sich das Kinn. »Aber irgendwo habe ich welche, ich habe sie kürzlich noch gesehen. Für welche Kamera sollen sie sein?«

Nguyen zuckte mit den Schultern. »Ich weiß nicht genau. Aber ich meine nicht die viereckigen, die man für die kleinen Fotoapparate benutzt. Ich brauche die einzelnen Birnen.«

»Ja, ich weiß, was sie meinen. Warten Sie einen Moment, ich schaue mal hinten nach.« Er verschwand hinter einer Tür, und Nguyen hörte, wie Kartons verrückt und Schubladen auf- und zugeschoben wurden.

»Sie haben Glück!« rief der Mann ihm zu. »Wieviele brauchen Sie?«

»Ein Dutzend!« rief Nguyen zurück.

Der Verkäufer kam mit zwei Kartons zurück und reichte sie über die Theke. »Ich kann allerdings nicht garantieren, ob sie noch funktionieren. Das sind ganz alte Bestände, ich weiß nicht, wie lange die hier schon gelegen haben.«

Nguyen untersuchte die Blitzlichtbirnen sorgfältig. Schließlich nickte er.

»Genau das Richtige«, sagte er.

Er bezahlte wieder in bar, steckte die Kartons in eine der Tüten und verließ das Geschäft.

»Wir brauchen mehr Sprengstoff«, sagte der Bombenmacher.

Fisher strich sich durchs Haar und seufzte. Er streckte die Beine aus und lehnte sich in das Ledersofa zurück.

»Wieviel ist noch übrig?« fragte er.

»Ein, zwei Kilo, mehr nicht. Zünder haben wir noch reichlich.«

Fisher lächelte. »Die nützen uns ja ungeheuer viel ohne das Zeug, das in die Luft fliegt«, meinte er. »Keine Bange, ich besorge uns neuen.«

McCormick kam aus der Küche und stellte vier große Tassen mit Kaffee auf den Tisch neben dem Sofa. O'Reilly erhob sich aus seinem Sessel und nahm sich eine Tasse. Er ging zum großen Fenster und blickte auf die Themse hinunter, während er trank. »Wird es nicht langsam Zeit für einen Ortswechsel?« fragte McCormick.

»Wieso?« fragte Fisher.

»Falls sie uns aufspüren. Wir sind jetzt schon ein paar Wochen hier. Es heißt doch immer, daß man nie zu lange an einem Ort bleiben soll.«

Fisher schüttelte den Kopf. »Genau das erwarten sie ja von uns. Sie überprüfen bestimmt alle kleinen Hotels und die Pensionen. Wenn wir zusammen irgendwo einziehen, fallen wir doch sofort auf. Und nach dem Anschlag in Knightsbridge hält jede Pensionswirtin in England nach Iren Ausschau. Was glaubst du, wie lange es dauern würde, bis man uns schnappt?«

»Wahrscheinlich hast du recht«, gab McCormick zögernd zu. »Es ist nur . . .«

»Überleg mal«, unterbrach ihn Fisher. »Diese Wohnung ist schon seit über einem Jahr gemietet. Der Mietvertrag ist langfristig, und das Geld wird vom Konto einer Scheinfirma überwiesen. Der Vermieter glaubt, er hätte seine Wohnung an eine Finanzierungsgesellschaft vermietet, die hier Manager aus den USA unterbringt, wenn sie nach London kommen. Dieser Ort ist perfekt.«

O'Reilly klopfte gegen die Fensterscheibe. »Und wenn die SAS an die Tür hämmert, klettern wir über den Balkon und springen in die Themse.«

»Wenn die SAS rauskriegt, daß wir hier sind, dann springen wir nirgendwo mehr hin«, entgegnete McCormick. »Diese Bastarde.«

»Niemand wird herausfinden, wo wir sind«, sagte Fisher. »Niemand. Nicht solange wir hierbleiben. Das viel wichtigere Problem ist momentan, mehr Semtex zu beschaffen.«

O'Reilly wandte sich vom Fenster ab, nippte an seinem Kaffee, setzte die Tasse ab und fragte lächelnd: »Soll ich es holen?«

Fisher nickte. »Heute nacht. Ich komme mit dir.«

»Ich schaff es auch allein.«

»Ich weiß. Aber diesmal ist es schwieriger, den Platz zu finden. Du brauchst mich.«

McCormick hustete. Er holte ein Taschentuch aus der Gesäßtasche seiner Jeans und schneuzte sich. »Ich glaube, ich kriege eine Erkältung«, meinte er, aber niemand zeigte besonderes Mitgefühl. Er untersuchte den Inhalt seines Taschentuchs und steckte es wieder zurück. »Und wenn wir das Zeug haben, was dann?« fragte er.

Fishers Augen glänzten. Er sah den Bombenmacher an. »Etwas Großes«, sagte er. »Etwas verdammt Großes . . .«

Nguyen nahm die U-Bahn nach Clapham. Als er wieder in seiner Imbißbude war, verstaute er seine Einkäufe in dem Schuppen im Hinterhof. Der Schuppen war einmal eine Garage gewesen, aber nun standen drei große Kühltruhen mit Fleisch und Gemüse darin; daneben lagen Säcke mit Reis und zahlreiche Flaschen Soya-Sauce. An der anderen Wand befanden sich ein großes Regal mit Werkzeugen und eine Werkbank. Nguyen stellte die Plastiktüten auf die Bank, schloß die Tür und ging durch das Geschäft zu seinem Lieferwagen, der vorne parkte. Er fuhr zu einem Baumarkt im Süden Londons und lud dort innerhalb einer Stunde einen großen Einkaufswagen voll. Er kaufte einige Stücke Abflußrohr aus Plastik. Isolierband, drei große Säcke mit Pflanzendünger, einen Lötkolben und mehrere Packungen Lötzinn, sowie eine Reihe anderer Werkzeuge. Wie immer bezahlte er bar. Auf dem Weg nach Hause hielt er an einer Tankstelle, tankte voll und kaufte drei große Flaschen mit Frostschutzmittel, drei Dosen Shell-Motoröl, ein halbes Dutzend Spraydosen mit weißer Farbe im Ton seines Lieferwagens, sowie eine Dose mit schwarzer Farbe.

Pham wusch Sojabohnensprossen in der Küchenspüle und grunzte zur Begrüßung, als Nguyen an ihm vorbeiging. Der Koch hatte sich entschlossen, das Restaurant zu kaufen und Nguyen auch schon in bar ausbezahlt. Die Bank hatte zugestimmt, ihm die Hypothek auf das Grundstück zu übertragen, und nach einer langen, aber fairen Diskussion über den Wert der Küchenausrüstung und den Inhalt der Kühltruhen hatte Nguyen 30 000 Pfund erhalten. Er fragte nicht, woher Pham soviel Geld hatte, aber er wußte, daß er Verwandte in Manchester besaß, die ihm wahrscheinlich unter die Arme gegriffen hatten. Er wollte das kulinarische Angebot auf vietnamesische Küche umstellen, aber Nguyen bezweifelte, daß dieser Entschluß zum Erfolg führen würde, so weit vom West End entfernt. Er und seine Frau hatten, als sie nach London gezogen waren, geglaubt, mit chinesischem Essen mehr Geld verdienen zu können, auch wenn sie selbst die chinesische Küche fade und langweilig fanden. Aber das war nun Phams Sache. Nguyen hatte versprochen, bis spätestens Ende der Woche zu verschwinden, aber er wußte, daß Pham ihn so schnell wie möglich loswerden wollte, damit er in die Wohnung über der Küche einziehen konnte.

Nachdem er seine Einkäufe in der Garage verstaut hatte, setzte er sich an den Küchentisch und strich die Dinge aus seiner Liste, die er bis jetzt gekauft hatte. Drei Posten waren noch offen: zwei Sorten Säure und Glyzerin. Wie man die Säuren aus anderen, unverdächtigen und leicht beschaffbaren Substanzen herstellen konnte, wußte er. Es war umständlich, wäre aber möglich gewesen. Glücklicherweise war dies jedoch England und nicht Vietnam; hier gab es genug Firmen, die Chemikalien an Privatleute verkauften, ohne Fragen zu stellen. Er schlug eine recht abgegriffene Ausgabe eines Händlerverzeichnisses auf und sah unter »Chemikalische Erzeugnisse« nach. Drei Anrufe später hatte er eine Firma gefunden, die ihm konzentrierte Säuren (für Gravuren, so hatte er behauptet) liefern konnte. Bei einer anderen Adresse bestellte er eine Gallone Glyzerin, die er selbst abholen wollte. Nguyen hielt es für ratsamer, nicht alle drei Chemikalien bei einem Lieferanten zu bestellen.

Fisher hielt den Wagen an. Er stellte den Motor ab, schaltete das Licht aus und wartete, bis die Dunkelheit ihn wie ein Leichentuch umhüllte. Während sich seine und O'Reillys Augen langsam an die Schwärze gewöhnten, hörten sie die klickenden Geräusche des sich abkühlenden Motors. Sie parkten am Ende einer einsamen Straße in der Nähe von Bexley Station, eine halbe Stunde Fahrzeit südöstlich vom Zentrum Londons entfernt. Beide Männer trugen schwarze Pullover, Jeans und schwarze Schuhe. Damit waren sie in der Dunkelheit nicht so schnell auszumachen, sahen aber auch nicht wie typische Einbrecher aus. Falls ihnen tatsächlich die Polizei über den Weg laufen würde, konnten sie sich als zwei Schwule ausgeben, die nur etwas ungestört sein wollten. Das war jedenfalls Fishers Idee gewesen, aber O'Reilly zeigte sich nicht allzu begeistert.

»He, ich verspreche dir auch, dich nicht zu küssen«, hatte Fisher gewitzelt.

O'Reilly hatte nervös gelacht.

»Zumindest nicht auf den Mund . . .« An O'Reillys Reaktion hatte Fisher gespürt, daß er hier einen wunden Punkt berührt hatte und ließ es dabei bewenden. Aber er legte O'Reillys Überreaktion in einem seiner geistigen Aktenordner ab. Möglicherweise eine Schwäche, die es in der Zukunft zu beachten galt. Fisher legte diese Akten über alle an, mit denen er zu tun hatte. Er merkte sich Stärken und Schwächen und kannte die Knöpfe, die er drücken mußte, um die gewünschten Reaktionen zu erhalten.

»Alles klar?« fragte er O'Reilly nun.

O'Reilly nickte. Sie stiegen aus, und Fisher ging voran. Vorsichtig kletterten sie über eine Steinmauer und liefen über eine taubedeckte Wiese. O'Reilly trat gegen etwas Hartes, das sich raschelnd zusammenrollte. Hinter sich hörte er ein Schnüffeln. Als er sich umdrehte, sah er ein kleines Tier durch das Gras huschen. Igel, erkannte er, Dutzende von Igeln, die sich zu kompakten, stacheligen Bällen zusammenrollten, wenn die Männer ihnen zu nahe kamen.

Sie gelangten an eine zweite Mauer, die größer war als die erste und stiegen hinüber. Jetzt standen sie auf einem Friedhof mit kurz geschnittenem Rasen und Kieswegen, zwischen denen Grabsteine standen, manche davon alte Steinkreuze, verwittert und brüchig, andere neu, aus glattem, kaltem Marmor. Links von ihnen erhob sich eine graue Kirche mit einem Glockenturm. In der Ferne bellte eine Füchsin, und ihr Ruf zog eine Kakophonie von Hundegeheul aus der nahegelegenen Wohnsiedlung nach sich. Die beiden Männer bückten sich und schlichen an der Mauer entlang, während Fisher versuchte, sich zu orientieren.

Schließlich deutete er auf einen steinernen Engel mit ausgebreiteten Flügeln. »Da lang«, flüsterte er, und O'Reilly folgte ihm über den Rasen, an dem Engel vorbei zwischen zwei hüfthohen Steinsärgen hindurch, die so aussahen, als würden darin Vampire während der Tagesstunden schlafen, geschützt vor dem Licht der Sonne. Sie gingen unter den herabhängenden Zweigen einer Trauerweide entlang und standen schließlich vor einem Halbkreis von fünf Grabsteinen, die wie die Finger einer Hand vor der Friedhofsmauer angelegt worden waren. Fisher trat gegen den mittleren.

»Hier ist es«, sagte er. »Hilf mir, den Stein hochzuhieven.«

Sie knieten sich hin, kratzten etwas Erde weg, um die Hände unter den Stein zu bekommen, und hoben ihn dann an. Stöhnend mühten sie sich ab, bis er mit einem feuchten, schmatzenden Geräusch aus der Erde kam. Sie hoben ihn weiter an, bis er senkrecht stand, und lehnten ihn an die Mauer. Der Geruch von feuchter, modriger Erde stieg O'Reilly in die Nase, und ihm blieb beinahe die Luft weg. Fisher grub mit den Händen in der Erde wie ein Hund, der einen Knochen sucht. Schon nach kurzer Zeit ertasteten seine Finger etwas, und er zog ein kunststoffumhülltes Paket hervor, das er O'Reilly reichte. In der Grube schimmerten noch zwei weitere Päckchen, von denen eines offenbar ein Gewehr enthielt, aber Fisher beachtete es gar nicht. Alles, was sie dieses Mal brauchten, war das Semtex. Sie öffneten das Paket und entnahmen die Hälfte der Sprengstoffpäckchen, sechs insgesamt. Die anderen wickelten sie wieder ein und gruben sie in die feuchte Erde, bevor sie den Grabstein in die alte Lage brachten. Jeder der Männer nahm drei Päckchen an sich. Vorsichtig schauten sie sich um, um sicher zu sein, daß niemand sie beobachtet hatte. Lautlos wie sie gekommen waren, verließen sie den Friedhof.

Nguyen fuhr seinen Renault-Lieferwagen hinter den Laden. Die Kühlerhaube glänzte im Schein der Morgensonne. Die beiden Holztore, die zum Hinterhof führten, wo sie früher die Lieferungen entladen und in die Kühltruhen gepackt hatten, waren schon geöffnet. Er parkte den Laster im Hof und stellte den Motor ab. Nach einem morgendlichen Bad hatte sich Nguyen einen alten Overall angezogen; jetzt streifte er sich ein paar Plastikhandschuhe über. Der Lieferwagen war weiß, drei Jahre alt und technisch einwandfrei. Da die Garage als Kühlraum benützt wurde, hatte er stets draußen gestanden, wovon ein paar Rostflecken und ein paar Beulen zeugten. Der Name des Take-Away-Restaurants und die Adresse waren auf beiden Seiten mit schwarzer Farbe aufgemalt. Nguyen hatte die Buchstaben selbst aufgetragen, langsam und sorgfältig. Das Ganze hatte damals Stunden gedauert, aber nun dauerte es nur wenige Minuten, bis er alles mit weißer Farbe übersprüht hatte. Er trug die Farbe so dünn wie möglich auf, damit sie nicht lief. Eine halbe Stunde später sprühte er eine zweite Schicht auf und dann noch eine dritte. Der Schriftzug war nun vollkommen verschwunden.

Während die dritte Schicht trocknete, schleppte Nguyen die Werkzeugkiste, die Flaschen und Säcke aus der Garage in den Wagen. Jedesmal, wenn er einen Gegenstand eingeladen hatte, hakte er ihn auf der Liste in seinem Heft ab, um sicherzugehen, daß er nichts vergessen hatte. Alles war da. Die Säuren, die Säcke mit Dünger, die Flaschen mit Frostschutzmittel und die Dosen mit Öl. Nein, er hatte nichts vergessen. Dann stemmte er mit einem Schraubenzieher die Dose mit schwarzer Farbe auf und begann mit einem brandneuen Künstlerpinsel einen Schriftzug auf den Wagen zu malen. Plötzlich überkam ihn das Gefühl, beobachtet zu werden. Er drehte sich um und schaute zum oberen Fenster hinauf. Ein Vorhang bewegte sich. Vielleicht war es Pham gewesen, der sich bestimmt wunderte, was er hier tat, vielleicht war es auch nur der Wind. Nguyen starrte zu dem Fenster hinauf, konnte aber nichts erkennen und wandte sich wieder seiner Malerarbeit zu.

Als der letzte Buchstabe fertig war, trat er einige Schritte zurück und bewunderte sein Werk. Fast so gut wie die Buchstaben, die er vor Jahren gemalt hatte, aber für diese hier hatte er nur halb so lange gebraucht. »Grüne Landschaftsgärtner« lautete die Aufschrift, darunter die Londoner Telefonnummer, die er in dem Händlerverzeichnis gefunden hatte. Die neu aufgetragene weiße Farbe unter dem Namen leuchtete auffällig, aber nach einigen Tagen Fahrt durch die Straßen würde man nichts mehr bemerken. Seine Nackenhaare richteten sich auf, und er fuhr erneut herum. Aber auch dieses Mal bewegten sich nur die Vorhänge, und niemand war zu sehen.

Er ging durch die Hintertür ins Haus, die Stufen hinauf. Sein Koffer war bereits gepackt, er hielt ihn schon in der Hand, stellte ihn jedoch aus einer plötzlichen Eingebung heraus noch einmal ab und kniete sich vor den Schrein, um zu beten. Mit seinem Zippo-Feuerzeug zündete er ein Räucherstäbchen an, schloß die Augen und sog den Weihrauchduft ein. Er bemühte sich, seinen Geist vollkommen zu leeren, sich so für die Prüfungen, die auf ihn zukamen, zu stärken.

Der Weihrauch füllte seine Lungen. Der schwere Duft erinnerte ihn an den Bauernhof seiner Eltern, an das Zimmer, in dem er vor so vielen Jahren geboren worden war. In welchem Jahr? War es wirklich schon so lange her? 1943, konnte das sein? Wo waren die Jahre geblieben, wie konnten sie ihm so schnell entgleiten? Er konnte sich noch genau an jeden Winkel des kleinen Familienhofes erinnern, der in der Nähe des Golfs von Tonkin in Nord-Vietnam gelegen hatte.

Nguyen schauderte und öffnete seine feuchten Augen. Er wischte mit dem Handrücken eine Träne weg. Es war Zeit zu verschwinden.

Er ging mit dem Koffer nach unten, ohne sich die Mühe zu machen, Pham auf Wiedersehen zu sagen, verstaute den Koffer im Lieferwagen, schloß die Türen und fuhr aus dem Hof hinaus auf die Straße, in Richtung Norden nach Stranraer in Schottland, von wo aus die Fähre ihn nach Nord-Irland bringen würde. In London hielt er noch einmal bei einem Garten-Center und erstand noch mehr Säcke mit Dünger und Torf, eine Auswahl an Zierpflanzen sowie einen Spaten und eine Forke.

Die Fahrt nach Stranraer war lang und ermüdend, aber Nguyen wußte, daß es nicht anders ging. Er brauchte die Ausrüstung und die Vorräte in seinem Lieferwagen, also kam Fliegen auf keinen Fall in Frage. Eigentlich hatte er die Fähre von Liverpool direkt nach Belfast nehmen wollen, mußte aber feststellen, daß der Fährbetrieb vor einigen Monaten eingestellt worden war. Die einzigen Autofähren gingen von Stranraer nach Larne im County Antrim, nördlich von Belfast, oder von Holyhead in Anglesey hinüber nach Dun Laoghire, südlich von Dublin. Beide Strecken bedeuteten Stunden hinter dem Lenkrad, aber er wollte vermeiden, den Weg über Süd-Irland und die Grenze zu nehmen. Es war besser, direkt nach Nord-Irland zu fahren, ohne sich um Zoll und Pässe kümmern zu müssen. So fuhr er die ganze Nacht durch und schlief am Morgen ein paar Stunden im Wagen, bevor er mit der Fähre übersetzte.

Als er in Larne ankam, sah er als erstes, wie zwei Männer in einem Ford Granada von vier Beamten in flaschengrünen Uniformen an die Seite gewunken wurden. Ihr Wagen wurde gründlich durchsucht, während ein Spürhund, ein großer Labrador, schnüffelnd umherlief und mit dem Schwanz wedelte. Nguyen würdigten die Polizisten jedoch kaum eines Blickes. Er wußte warum: dieses Mal war der Rassismus von Vorteil für ihn. Er war Asiate, der Kampf in Irland ging nur die Weißen an.

Vom südlichen Fährhafen fuhr er in die Innenstadt Belfasts. Es war schon spät am Abend, und er hatte noch keine Unterkunft. An einer Tankstelle hielt er, tankte den Wagen auf und kaufte sich eine Straßenkarte. Er fragte das junge Mädchen an der Kasse, ob sie irgendwelche Pensionen oder Hotels kennen würde, aber als sie ihm antwortete, verstand er kein Wort. Er fragte noch einmal, und sie wiederholte ihre Antwort, ganz langsam, als spräche sie mit einem Kind, aber ihr Akzent war so stark, daß Nguyen ihr nicht folgen konnte. Er lächelte, bezahlte das Benzin und die Karte und ging, nicht viel schlauer als zuvor. Langsam kam ihm zu Bewußtsein, daß er hier in einem fremden Land war.

Es gab noch andere Zeichen. Die Polizisten in ihren flaschengrünen Uniformen fuhren in schwer befestigten blaugrauen Land-Rovern herum, deren Seiten mit Metallplatten verstärkt waren. Überall sah man Soldaten, die Tarnuniformen und Helme trugen. Sie hielten Automatik-Gewehre in den Armen, die Läufe auf den Boden gerichtet. Die Armee benutzte offene Land-Rover, so waren die Männer auf dem Rücksitz zwar ungeschützt, konnten aber umso schneller reagieren. Eine vernünftige Überlegung, dachte Nguyen.

Er fuhr an einem Gebäude vorbei, das er zunächst für ein Gefängnis hielt, bis er das Schild las und feststellte, daß es sich um eine Polizeiwache handelte. Er war so erstaunt, daß er anhielt, um das Haus näher zu betrachten. So etwas hatte er noch nie gesehen, nicht einmal in Saigon. Die ganze Wache war von festem Maschendraht umzäunt und besaß sogar so etwas wie einen Geschützturm. Auf dem Zaun hatte man ein Gewirr aus Stacheldraht angebracht, und die Fenster waren fest verschlossen. Es war eine Festung. Nguyen hatte daran gedacht, einen Polizisten nach einer Pension zu fragen, aber so wie es aussah, war die Polizei in Nord-Irland wahrscheinlich nicht in der Stimmung, sich mit derlei Anfragen abzugeben. Sie war im Belagerungszustand. An jeder Ecke des Gebäudes stand ein Posten, und auf dem Dach erfaßten Überwachungskameras jede Bewegung.

Ein metallisches Klopfen gegen das Fenster der Beifahrertür ließ Nguyen zusammenfahren. Ein Gesicht unter einer Uniformmütze sah ihn mißtrauisch an. Noch einmal klopfte der Polizist mit dem Lauf seiner Pistole gegen das Fenster. Nguyen beugte sich zur Seite und kurbelte es hinunter.

»Kann ich Ihnen irgendwie helfen, Sir?« fragte der Beamte. Ein Kollege von ihm tauchte an der Fahrertür auf. Im Rückspiegel sah Nguyen zwei weitere Polizisten.

Er lächelte und wedelte mit der Karte. »Ich suche eine Unterkunft. Wissen Sie nicht etwas?«

Der Polizist schien beruhigt. Er steckte die Pistole wieder ins Halfter.

»Geben Sie mir mal die Karte«, sagte er. Nguyen schaltete das Innenlicht ein, und der Polizist zeigte mit einem Finger auf die linke untere Ecke der Karte. »Sehen Sie diese Straße hier, Wellington Park?«

Nguyen nickte.

»Dort gibt es mehrere Pensionen, ziemlich billig.« Er reichte Nguyen die Karte. »Am besten machen Sie sich gleich auf den Weg. Und parken Sie in Zukunft nicht mit einem Lieferwagen vor einer Polizeiwache. Wir sind da ein bißchen empfindlich, haben Sie verstanden?«

»Entschuldigen Sie«, sagte Nguyen. »Vielen Dank für Ihre Hilfe.«

Die Polizisten gingen aufeinander zu und sahen ihm nach, vier kräftige Gestalten in dunkelgrünen, kugelsicheren Jacken.

Nguyen folgte der Karte, bis er Wellington Park erreichte. Langsam fuhr er die Straße hinunter und schaute nach links und rechts. Schon bald sah er die erste Pension, aber auch das Schild im Fenster, auf dem »Besetzt« stand. Aber kurz darauf kam er an einem Haus vorbei, das »Zimmer frei« versprach. Nguyen hielt an.

Mittlerweile war es dunkel geworden. Im Licht der Straßenlaterne wirkte der Lieferwagen fast gelblich. Nguyen drückte auf den Klingelknopf und wartete. Die Haustür bestand aus Holz mit zwei schmalen länglichen Schlitzen aus gewelltem Milchglas. Er sah wie das Licht anging und eine schemenhafte Gestalt sich näherte. Die Tür öffnete sich, und eine übergewichtige ältere Frau mit kurzgeschnittenem grauem Haar und einer Brille mit Horngestell stand vor ihm. Sie trug ein blau-weißes Kleid mit Diamantmuster und eine weiße Schürze und trocknete sich die Hände mit einem roten Spültuch ab.

»Haben Sie ein Zimmer frei?« fragte Nguyen.

Sie sah ihn von oben bis unten an und versuchte, über seine Schulter den Lieferwagen zu begutachten. Verzweifelt bemühte sie sich, die Aufschrift zu entziffern.

»Für wie lange bräuchten Sie es denn?« fragte die Frau.

Auch ihren Akzent verstand Nguyen nur schwer, aber immerhin sprach sie langsam genug.

»Nur für zwei Nächte. Ein Zimmer mit Bad.«

Die alte Frau fuhr sich mit der Zunge über die Zähne und schüttelte den Kopf. »Zimmer mit Bad hab' ich nicht, aber ich habe eins mit Dusche und Toilette. Und einem kleinen Waschbecken. Es ist direkt unter dem Dach, sehr gemütlich.«

Als Nguyen sofort einwilligte, sah ihn die Frau mit einem Mal mißtrauisch an, aber dann zog er seine Brieftasche hervor und bot ihr an, im voraus und in bar zu bezahlen. Sofort hellte sich ihre Miene auf, und sie führte ihn hinein. Während sie die Treppe hinaufstiegen und die Geldscheine hinter der Schürze verschwanden, stellte sie sich als Mrs. McAllister vor. Er nannte seinen Namen, und sie bemühte sich vergeblich, ihn nachzusprechen. In dem kleinen Zimmer stand ein Einzelbett, ein alter Kleiderschrank, ein kleiner Tisch vor einem ovalen Spiegel und ein Nachttisch, auf dem eine Kupferlampe mit einem rosafarbenen Schirm thronte. Über dem Bett hing ein reichverziertes Kreuz und über dem kleinen Tisch ein Foto von John F. Kennedy in einem schwarzen Rahmen. Die Decke neigte sich zu einem Fenster hin, von dem aus man die Straße übersehen konnte. Eine Tür führte in ein winziges Badezimmer mit gekacheltem Boden, einer niedrigen Toilette mit schwarzem Plastiksitz, einer Duschkabine, einem kleinen Gasboiler an der Wand und einem Waschbecken. Es war perfekt.

Die beiden Piraten standen an der Bar und wippten mit den Füßen zum treibenden Rhythmus eines Songs, der Woody bekannt vorkam; sie tranken Orangensaft aus großen Gläsern. Einer der beiden war in den mittleren Jahren. Er trug einen grauen Bart und eine Augenklappe über einem Auge. Der andere war jünger, mit blondem gelocktem Haar und geröteten Wangen, aber ihre Kleidung war identisch, weite weiße Hemden, rote Halstücher, enge schwarze Kniehosen, weiße Kniestrümpfe und glänzende schwarze Schuhe mit großen Kupferschnallen.

»Piraten?« fragte Maggie, während sie Woody zur Bar folgte.

»Ja, sie gehören zu den Piratenschiffen«, sagte Woody, der sich zwischen zwei Börsenmaklern hindurchgequetscht hatte und nun versuchte, die Aufmerksamkeit der Bedienung auf sich zu lenken.

»Wohin auch sonst«, meinte Maggie stirnrunzelnd.

Woody deutete über ihren Kopf hinweg auf das große Fenster am anderen Ende der Bar. »Piratenschiffe als Touristenattraktion«, erklärte er. »Eine Art Kreuzung aus ›Madame Tussaud‹ und der ›Cutty Sark‹. Diese beiden Typen da sind in gewisser Weise Fremdenführer. Wenn man ihnen ein paar Dublonen in die Hand drückt, dann führen sie einen unter Deck und erzählen Schauergeschichten von der wilden See.« Die Barfrau hatte Woodys flehenden Blick bemerkt und kam zu ihm herüber. Sie schenkte ihm ein strahlendes Lächeln, das ein wenig gefror, als sie sah, daß er eine Frau dabei hatte. Woody schien auf alle Barfrauen anziehend zu wirken, obwohl er keine Ahnung hatte, warum. Er wußte, daß er ganz gut aussah, auch wenn er sich in letzter Zeit hatte gehen lassen. Es seien seine Augen, hatte ihm einmal eine alte Freundin erzählt. »Wenn ich in deine Augen sehe, bekomme ich schwache Knie, Woody. Du hast wirklich heiße Augen.« Woody war allerdings der Meinung, daß es gar nichts mit seinem Aussehen zu tun hatte. Er glaubte vielmehr, daß es daher rührte, daß er die Frauen zum Lachen bringen konnte. Manchmal lachten sie so lange, daß sie in seinem Bett lagen, bevor sie überhaupt merkten, was los war. Woody zwinkerte der Barfrau zu, bestellte zwei Drinks und brachte sie zu einem der leeren Tische nahe beim Fenster, wo sie einen Ausblick auf die Segelschiffe hatten.

»Meinst du, daß es echte sind?« fragte Maggie, als sie saßen.

»Wohl nicht. Man hat sie nur gebaut, um Gäste zum Tobacco Dock zu locken.«

Er prostete ihr zu, und sie lächelte. Jetzt war er froh, daß er mit ihr in Henry's Bar im Tobacco Dock gegangen war, weil man sich dort wenigstens in Ruhe hinsetzen konnte. Wenn er mit seinen Freunden unterwegs war, stand er gewöhnlich an der Bar, aber Maggie verlangte etwas mehr Komfort. Nein, das war nicht richtig, sie verlangte es nicht. Sie verdiente es.

»Woran denkst du?« fragte sie.

»Nur daran, wie hübsch du bist«, antwortete er.

»Oh, Ihr seid zu gütig, werter Herr«, lachte sie. »Aber ich finde, du siehst müde aus.«

»Ja, ich schlafe schlecht. Die Hitze ist schuld.«

Sie runzelte die Stirn. »So besonders heiß ist es doch gar nicht.«

»In meiner Wohnung schon«, sagte Woody. »Ich habe ein winziges Appartement in einem Haus mit ungefähr zwölf anderen Einzelzellen, und meines ist direkt neben dem Badezimmer. Der Vermieter hat einen Heiß-Wasser-Tank von der Größe einer Saturn-Rakete installieren lassen, und jetzt herrschen in meinem Raum fast ständig über zwanzig Grad. Ich muß sogar im Winter die Fenster offen lassen.«

Maggie lächelte ungläubig und schüttelte den Kopf. »Und warum ziehst du nicht um, du Dummkopf?«

Woody zuckte mit den Schultern. »Es ist billig.«

»Bist du knapp bei Kasse?«

Woody war dieser Teil des Gespräches äußerst peinlich, denn die Antwort auf Maggies Frage lautete ja, er war verdammt knapp bei Kasse. Irgendwie war das schon immer so gewesen, und es würde auch so bleiben, solange er keinen festen Job in einer Redaktion bekam. Die Schichten, die man ihm als freiem Journalisten zuteilte, waren selten, und er überzog ständig sein Konto bei der Bank, weil er bei all dem immer bereit sein mußte, eine Runde im Pub zu spendieren. Letzteres um den Nachrichtenredakteuren in den Arsch zu kriechen, damit sie ihn wieder von der schwarzen Liste strichen.

»Nein, nein, das Appartement liegt nur sehr günstig.« Aber nur, wenn man eine Stunde Busfahrt zur Arbeit als günstig empfand.

»Also ist L.A. noch im Gespräch?«

»Sicher, auf alle Fälle.«

Sie tranken und sahen einander eine Weile schweigend an. Woody sprach als erster.

»Jetzt bin ich sicher an der Reihe zu fragen, an was du denkst.«

Maggie sah etwas betreten drein. »Ich habe mich gefragt, warum du keinen besseren Job hast, warum du deine Zeit für ein Witzblatt wie die *Sunday World* verschwendest?«

Er holte tief Luft und erklärte ihr, daß er selbst bei der *World* keinen festen Job habe, daß er nur ein freier Mitarbeiter wäre und darauf warten müsse, daß man ihm eine Schicht zuteilte, die nicht einmal besonders gut bezahlt wurde, seit der Einfluß der Druck- und der Journalistengewerkschaften gebrochen war. Ihnen war es gegangen wie den Bergmännern und den Hafenarbeitern und all den anderen Berufsgruppen, die den Wert ihrer Arbeit nicht mehr verteidigen konnten. Maggie hörte aufmerksam zu und strich ihm sanft über die Schulter, um ihm zu zeigen, daß sie ihn verstand. Vielleicht sorgte sie sich sogar um ihn. Sie fragte ihn, warum ihn niemand fest einstellen wollte. Er hatte nicht die Absicht, darüber zu sprechen, aber sie bohrte weiter, sagte ihm, daß er doch offensichtlich sehr gut schreiben könne, sie hätte mehrere seiner Artikel gelesen und sie wüßte, wenn etwas gut sei, also was war passiert? Schließlich erzählte er ihr alles über seine Zeit bei einem der ganz großen

Blätter, seine Recherchen über eine bis in die höchsten Etagen reichende Korruption bei einer Polizeibehörde im Norden Englands, die Heimfahrt auf der Autobahn, das Blaulicht im Rückspiegel, die beiden schroffen Polizisten und die 200 Gramm Kokain, die sie unter dem Beifahrersitz seines Dienstwagens fanden.

»Sie haben dir ein Ei ins Nest gelegt?« fragte Maggie mit großen Augen.

»Ja. Ich kam zwar am Knast vorbei, aber meinen Job war ich los, und einige Jahre konnte ich überhaupt keine Arbeit als Journalist bekommen. Die Zeitungen mißtrauten mir, zum Teil, weil sie die Drogengeschichte glaubten. Aber Tatsache ist, daß die Bullen gezielt Gerüchte über mich verbreiteten. Aber ich habe durchgehalten. Hab' eine Weile im West Country gearbeitet. Langsam fingen einige der Überregionalen wieder an, meine Artikel anzunehmen, und jetzt habe ich zumindest wieder einen Fuß in der Tür. Und dabei kann ich mich wahrscheinlich noch glücklich schätzen.«

»Aber Woody, das ist furchtbar, eine entsetzliche Geschichte.«

»So ist das Leben, Maggie.«

Sie rang sich ein Lächeln ab. »Naja, so schlecht ist die *Sunday World* vielleicht auch nicht«, sagte sie. »Kommst du wenigstens viel rum?«

»O ja, ganz schön. Es gibt immer auch ein paar gute Seiten.«

»Und wie sieht es mit den politischen Sachen aus?«

»Mach ich auch. Das ist das Gute, wenn man für eine Sonntagszeitung arbeitet. Sie haben nur eine kleine Redaktion, also ist keiner auf ein Thema festgelegt. Ich meine, natürlich mache ich auch Showbusiness-Mist und anderes unsinniges Zeug, aber bei den großen Sachen helfe ich auch schon mal mit.«

»Woran arbeitest du im Moment?«

Woody hustete.

»Was hast du gesagt?« fragte sie.

Woody sah schuldbewußt auf. »Vampir-Katzen!« entgegnete er. Maggie prustete los.

Der Mann, der sich dem Friedhof näherte, war kleingewachsen, aber von kräftiger Statur, und selbst in der Dunkelheit sah man, daß dies niemand war, mit dem man sich anlegen sollte, jedenfalls nicht freiwillig. Er trug eine abgewetzte braune Lederjacke, dunkelbraune Cordhosen und hatte einen kleinen Sack dabei, der mit einem kurzen Stück Seil zusammengebunden war; in einer seiner Jackentaschen befanden sich eine Taschenlampe und ein halbes Dutzend Schlingen. Aber obwohl er in seiner Jugend öfter gewildert hatte, war er heute keineswegs auf Kaninchen aus. Die Schlingen waren nur eine Art Tarnung, falls er jemandem begegnen würde. Für den Fall, daß jemand ihm den Wilddieb nicht abnahm, trug er ein Klappmesser mit einer scharfen Klinge in der Gesäßtasche.

Irgendwo in der Dunkelheit hörte er einen Igel schnüffeln und fiepen, aber als er stehenblieb, um zu lauschen, vernahm er nichts weiter als die nächtlichen Geräusche der Natur und hoch über sich das Brummen eines Flugzeugs, dessen Lichter grün und rot aufblitzten.

Behende schwang sich der Mann über die Friedhofsmauer und landete fast lautlos in frisch umgegrabener Erde. Er stand nur wenige Zentimeter neben einem ausgehobenen Grab, einem gähnenden rechteckigen Loch, das bodenlos schien. Erleichtert atmete er aus. Ein, zwei Schritte weiter nach rechts, und er wäre in das Grab gestürzt, hätte sich vielleicht ein Bein gebrochen oder Schlimmeres. Das Glück der Iren, dachte er und lächelte. Er stieg den Erdhügel hinab und verwischte mit dem Sack seine Fußspuren, bevor er weiterging. Vorsichtig schlich er um die Kirche herum und ging zielstrebig auf die fünf Grabsteine zu.

Dort kniete er nieder und hob ächzend den Stein an, unter dem sich das Waffenlager befand. Er lehnte ihn vorsichtig gegen die Mauer. Dann hielt er inne und zählte stumm bis sechzig, wobei er intensiv lauschte, ob sich irgendwo etwas Ungewöhnliches tat. Selbst für einen Wilddieb wäre es sehr schwer zu erklären gewesen, aus welchen Gründen er Grabsteine gegen Friedhofsmauern lehnte, besonders wenn es sich um einen Grabstein handelte, unter dem Waffen der

IRA versteckt waren. Aber er hörte nichts, selbst die Igel waren verstummt.

Er grub mit seinen Händen in der Erde und zog gleich darauf vorsichtig drei kunststoffumwickelte Pakete aus dem Grab. Wenn es ihn überraschte, daß die Hälfte des Semtex-Sprengstoffes fehlte, so merkte man es ihm nicht an. Er wickelte die Pakete wieder ein, legte sie zurück, häufte Erde darüber und wuchtete den Grabstein auf das Versteck. Dann wischte er sich den Dreck von den Händen, sah sich prüfend um und ging über den Kiespfad zum Ausgang des Friedhofs.

Beth MacKinstry telefonierte gerade, als Nguyen das Büro betrat, sich vor ihren Schreibtisch stellte und wartete. Er trug den einzigen Anzug, den er besaß, ein graues Kleidungsstück, das an den Ellbogen bereits zu glänzen begann. Unter der Jacke hatte er ein weißes Hemd und einen blauen Pullover mit V-Ausschnitt an, auf dem drei weiße Skiläufer zu sehen waren. In den Händen hielt er eine weiße Plastiktüte, die er wie ein Baby an seine Brust preßte. Murphy saß auf dem Sofa und las eine Zeitung, während er mit einer Hand seine schmerzende Schulter massierte. Als Nguyen eingetreten war, hatte er aufgesehen, den alten Mann jedoch sofort als harmlos eingestuft und weitergelesen.

Beth beobachtete Nguyen mit einem leichten Stirnrunzeln, während sie sprach. Er lächelte und nickte ihr zu. Sie wandte ihren Blick ab und schaute nicht auf, bevor sie ihr Gespräch beendet hatte. Als sie den Hörer auflegte, kam Kavanagh aus Hennessys Büro und schloß leise die Tür hinter sich. Er würdigte Nguyen kaum eines Blickes und setzte sich neben Murphy.

»Ja?« fragte Beth.

»Ich würde gerne mit Mr. Liam Hennessy sprechen.«

»Und wie ist Ihr Name?« fragte sie.

»Nguyen Ngoc Minh«, antwortete er.

»Worum geht es denn?« Sie machte erst gar nicht den Versuch, seinen Namen auszusprechen.

»Das ist nicht einfach zu erklären«, entgegnete Nguyen.

Beth wollte schon den Knopf der Gegensprechanlage drücken, als sie plötzlich innehielt. »Sind Sie nicht der Mann, der letzte Woche angerufen hat?«

»Ich habe oft angerufen«, bestätigte Nguyen.

Beth zog die Hand zurück. »Es tut mir leid, aber Mr. Hennessy ist sehr beschäftigt. Er hat keine Zeit für Sie.«

»Ich muß mit ihm sprechen«, beharrte Nguyen.

»Er ist beschäftigt!« entgegnete Beth mit etwas lauterer Stimme. Ihre Wangen röteten sich.

Murphy und Kavanagh schauten auf. Die Sekretärin war normalerweise durch nichts zu erschüttern und verlor kaum einmal die Beherrschung. Nguyen schwieg und lächelte lediglich.

»Wenn Sie mir Ihre Telefonnummer hier lassen, rufe ich Sie an, sobald ich mit Mr. Hennessy einen Termin für sie ausmachen kann«, sagte Beth.

Nguyen schwieg noch immer.

»Bitte gehen Sie jetzt!« Murphy und Kavanagh erhoben sich und stellten sich neben Nguyen.

»Machen Sie lieber, was die Dame sagte«, meinte Murphy ruhig.

Nguyen sah ihn an, und der Ire erkannte, daß in seinen Augen nicht die Spur von Furcht lag. »Ich muß mit ihm sprechen«, erklärte er unbeeindruckt.

Kavanagh legte seine Hand auf Nguyens Schulter. »Was ist los mit ihm?« fragte er Beth.

»Er ruft ständig an und will mit Liam sprechen. Ein Nein scheint er nicht zu verstehen.«

»Also, Sie haben die Dame gehört, Mr. Hennessy will Sie nicht sehen«, sagte Kavanagh und schob Nguyen vom Schreibtisch weg. Einen kurzen Augenblick verlor Nguyen das Gleichgewicht und umklammerte die Plastiktüte fester, als habe er Angst, sie könne auf den Boden fallen.

»Was haben Sie denn da?« fragte Murphy, der sich fragte, ob der Mann nicht doch gefährlich sei. Es war zwar wenig wahrscheinlich, daß sich die Loyalisten eines Chinesen bedienen würden, um ein Attentat auf Hennessy auszuüben, aber in diesen Zeiten wußte man nie. Er griff nach der Tüte.

»Ich habe eingekauft«, sagte Nguyen.

»Dann wollen wir doch mal sehen, was Sie da so haben«, knurrte Kavanagh. Zunächst schien es, als wolle der alte Mann sich widersetzen, aber dann gaben die Muskeln seines sehnigen Körpers nach, und er reichte Kavanagh die Tüte. Der Leibwächter schaute hinein. Zwei Flaschen Zitronenlimonade, ein Laib Brot, eine Dose mit gebackenen Bohnen in Tomatensauce und eine braune Papiertüte mit neuen Kartoffeln. Als er sah, daß Kavanagh seine Inspektion beendet hatte, streckte Nguyen die Hand nach der Tüte aus, aber der Ire gab sie ihm nicht zurück.

»Taste ihn ab«, sagte er zu Murphy, der seine Hände routiniert über den Körper des alten Mannes gleiten ließ. Er ließ keine Stelle aus, an der man eine Waffe hätte verstecken können und hatte schnell das Schweizer Armeemesser in einer der Innentaschen der Anzugjacke gefunden. Ansonsten gab es nichts, was auch nur annähernd verdächtig gewesen wäre — eine Rolle Klebeband, eine Schachtel Streichhölzer, ein Stück Schnur, ein Schlüsselbund, eine Schachtel Zigaretten und eine Brieftasche. Ganz normaler Kleinkram, den jeder hätte dabeihaben können. »Er ist okay«, sagte Murphy zu Kavanagh, der Nguyen seine Tüte zurückgab.

»Gehen Sie«, sagte er. »Bevor wir Sie zum Gehen veranlassen.«

Nguyen schüttelte den Kopf. Kavanagh und Murphy packten ihn an den Armen und wollten ihn gerade aus dem Büro schleppen, als Hennessy die Tür seines Büros öffnete. Erstaunt runzelte er die Stirn, als er sah, was in seinem Vorzimmer vor sich ging.

»Es ist der Mann, der ständig angerufen hat«, erklärte Beth, bevor er etwas sagen konnte.

»Ah . . . der Chinese«, sagte Hennessy und ging auf Nguyen zu. »Sie sind weit gereist.«

Nguyen hielt die Plastiktüte eng an die Brust gepreßt. »Sie wollten am Telefon nicht mit mir sprechen«, sagte er.

»Raus«, bellte Murphy, aber Hennessy hob die Hand.

»Nein, Jungs, wenn er von so weit gekommen ist, kann ich auch mit ihm sprechen.«

»Der Mann hat ein Messer«, sagte Kavanagh.
»Ein Messer?«
»Ein Schweizer Armeemesser.«
»Dann nehmt es ihm ab. Seht ihn euch doch an, um Himmels willen. Wieviel Schaden kann er schon anrichten, wenn zwei so kräftige Kerle wie ihr in der Nähe seid. Jesus, Maria und Josef, jetzt laßt den armen Mann doch in Frieden.«
Kevenagh nahm Nguyen das Messer ab, während Murphy sich um die Einkaufstüte kümmerte.
»Sie bekommen sie wieder, wenn Sie gehen«, sagte Beth. Hennessy führte Nguyen in sein Büro, bat ihn in einen Ledersessel vor seinem Schreibtisch und schloß die Tür. Nguyen faltete die Hände im Schoß. Hennessy setzte sich hinter den Schreibtisch und beugte sich etwas vor, die Arme über der Schreibunterlage verschränkt. »Lassen Sie es mich gleich ganz klar sagen: Sie vergeuden Ihre Zeit.« Hennessy sprach jedes Wort klar und deutlich aus, so als spräche er mit einem besonders begriffsstutzigen Geschworenen, da er nicht wußte, wie gut der Chinese die englische Sprache beherrschte. »Ich kann verstehen, daß Sie aufgebracht und zornig sind, und ich kann Ihnen sogar nachfühlen, daß Sie Rache wollen für das, was Ihrer Familie zugestoßen ist — aber es gibt nichts, was ich für Sie tun könnte. Sie sollten auch wissen, daß es für Sie sehr gefährlich sein kann, wenn Sie in Belfast herumlaufen und nach diesen Dingen fragen.«
Er preßte seine Finger gegen die Schläfen, als wolle er einen Kopfschmerz lindern, und betrachtete Nguyen eindringlich. »Sehr gefährlich«, wiederholte er.
Nguyen nickte nachdenklich. »Ich verstehe. Aber auch wenn Sie nicht wissen, wer die Männer sind, könnten Sie es sicher herausfinden. Ich möchte, daß Sie es für mich herausfinden.«
Hennessy schüttelte fassungslos den Kopf. War dieser Mann so mutig oder war er nur dumm? Nguyen holte die Zigaretten und die Streichhölzer aus seiner Jacke.
»Darf ich rauchen?« fragte er Hennessy. Der Anwalt nickte, und Nguyen hielt ihm die geöffnete Schachtel entgegen.

Hennessy lehnte ab und sah zu, wie der Chinese eine Zigarette anzündete und tief inhalierte. Ihm fiel auf, wie ruhig die Hand des Chinesen war, so ruhig wie die regungslosen braunen Augen, die durch die Rauchschwaden hindurch geradewegs in seinen Kopf zu schauen schienen.

»Sie werden Ihre Meinung ändern«, stellte Nguyen ruhig fest.

»Nein«, entgegnete Hennessy.

Nguyen lächelte. Es war das Lächeln eines Mannes, der fest davon überzeugt ist, daß er recht hat. Er stand auf und verbeugte sich vor Hennessy, bevor er das Büro verließ. Murphy und Kavanagh warteten draußen auf ihn. Sie gaben ihm seine Tüte und das Taschenmesser zurück. Er dankte ihnen höflich, drehte sich dann zu Beth um und dankte auch ihr.

»Kann ich die Toilette benutzen?« fragte er, und sie deutete auf die große Glastür am Eingang des Vorzimmers, durch die er die Tür mit der Aufschrift »Herren« sehen konnte. Er dankte allen noch einmal und ging aus dem Büro. Leise schloß er die Tür und stand auf dem Flur. Dann betrat er die Toilette. Der Raum war klein, mit weißen Wänden und einem schwarzen Kachelfußboden. Es gab ein Waschbecken, ein Urinbecken und eine WC-Kabine. Über dem Waschbecken hing ein Spiegel, neben der Tür ein Papierhandtuchspender. Darunter stand ein großer Abfalleimer aus Stahl.

Nguyen betrat die Kabine und verriegelte die Tür. Die Zigarette legte er brennend in den Aschenbecher, der an der Wand angeschraubt war. Er klappte den schwarzen Toilettendeckel herunter und setzte sich. Vorsichtig stellte er die Tragetasche ab, nahm eine der Flaschen heraus und klemmte sie zwischen seine Knie. Die Flasche enthielt Frostschutzmittel. Er nahm die zweite Flasche, diejenige, in der sich konzentrierte Schwefelsäure befand, band die beiden Flaschen mit dem Klebeband zusammen und umwickelte sie so oft, bis er sicher war, daß das Band hielt. Schließlich nahm er das Stück Schnur und knotete es sorgfältig um die Flaschenhälse, damit es nicht abrutschen konnte. Jede für sich genommen war der Inhalt der Flaschen harmlos, aber zusammen ergab sich eine gefährliche Mischung. Er stellte die Flaschen auf den Boden und legte die Schnur auf seinen Oberschenkel, dann nahm er die Streichholzschachtel aus seiner Jacke und führte die Schnur durch die Schachtel hindurch. Er zog an der Schnur, um noch einmal zu prüfen, ob sie fest genug saß, griff nach den Flaschen und stand langsam auf. Der Wasserkasten des WCs hing ziemlich hoch, und Nguyen mußte auf den Klosettdeckel steigen, um mit einer Hand die Schnur an den Hebel zu binden, der das Spülsystem regulierte. Als alles fest verknotet war, ließ er die Flaschen vorsichtig los. Langsam drehte sich das Zweierpaket hoch über dem Kachelboden. Nguyen schraubte die Verschlüsse der Flaschen ab und steckte sie in seine Tasche. Dann nahm er die Zigarette, riß den Filter ab und schob das zerfranste Ende in die Streichholzschachtel, so daß die glühende Spitze etwa einen Zentimeter von den Streichholzköpfen entfernt war. Nun stieg Nguyen herab, nahm seine Tüte und verließ die Kabine. Bevor er ging, schob er den Riegel mit seinem Taschenmesser wieder zur Seite, so daß außen das Wort »besetzt« erschien.

Als er wieder auf den Flur trat, lächelte er Beth noch einmal zu. Es gab keinen Grund zur Eile, es würde noch mindestens zwei Minuten dauern, bis die Zigarette so weit abgebrannt war, daß sie die Streichhölzer entzündete. Langsam stieg er die Treppenstufen hinab und trat auf den Donegall Square hinaus. Hoch über ihm kreiste ein Hubschrauber am Himmel wie ein Raubvogel, der Beute sucht.

Die Sprechanlage auf Beths Schreibtisch summte. Hennessy bat sie in sein Büro. Vom Sofa aus bewunderten Murphy und Kavanagh ihren Hüftschwung, als sie zur Tür schritt.

»Also, ich würde gerne . . .« flüsterte Murphy, der genau wußte, was er zu hören bekäme, wenn Beth seine Bemerkung mitbekommen hätte.

»Wer nicht?« antwortete Kavanagh. »Aber ihr Mann würde dich glatt umbringen.«

Hennessy stand am Fenster und beobachtete, wie Nguyen mit seiner Tragetasche voller Lebensmittel die Straße hinunterging.

»Es tut mir leid, Liam«, entschuldigte sich Beth, noch bevor ihr Chef etwas sagen konnte. »Er hat mich überrascht, wird Sie aber nicht noch einmal stören.«

»Schon gut, Beth. Sagen Sie Murphy und Kavanagh, daß sie sich um ihn kümmern sollen, wenn er wieder auftaucht.« Hennessy sah, wie Nguyen die Straße überquerte und in einem Geschäft verschwand. »Ich glaube, dieser Mann wird uns noch Ärger machen«, murmelte er.

»Sei nicht albern, Liam«, ermahnte sie ihn, als sei er ein Kind. »Was kann jemand wie er schon tun?«

Das Donnern der Explosion ließ sie beide zusammenschrekken. Beth schlug die Hände gegen ihre Wangen, während sich Hennessy unwillkürlich vom Fenster wegduckte. Durch die offene Tür sahen sie, wie sich Murphy und Kavanagh zu Boden warfen. »Bleibt unten!« schrie Murphy ihnen zu.

»Was ist passiert?« rief Hennessy. Die beiden Leibwächter antworteten nicht; sie waren genauso ratlos wie er.

Beth hockte neben der Tür. Hennessy kroch zu ihr und legte seine Arme um sie.

Murphy und Kavanagh robbten über den Teppich, um nachzuschauen, wie es auf dem Flur aussah. Kavanagh stieß die Tür auf. Der Flur war leer. Dann tauchte ein bleicher junger Mann in einem Anzug mit Weste aus einem der Büros am anderen Ende des Korridors auf.

»Um Himmels willen, was ist passiert?« stieß er hervor. Kavanagh stand auf. Unter der Tür der Herrentoilette quoll beißender und stechender Rauch hervor. Als er vorsichtig die Tür öffnete, mußte er husten, und seine Augen begannen zu tränen. Dämpfe stiegen auf, und in diesem Moment schaltete sich die Sprinkleranlage ein. Kavanagh eilte ins Büro zurück. In der Ferne hörte er eine Polizeisirene, gleich darauf eine zweite. Er befahl Murphy die Tür zu bewachen, während er ins Büro zurückging und Beth und Hennessy wieder auf die Beine half.

Beth ließ sich in einen Sessel fallen und Hennessy ging zu seinem Barschrank hinüber und schenkte zwei irische Whiskys ein. Beth stürzte ihren hinunter, und er folgte ihrem Beispiel. Kavanagh bekam keinen angeboten; er war abstinent.

Kurz darauf stürmte ein halbes Dutzend grünuniformierter RUC-Beamter in kugelsicheren Westen über den Flur. Ein stiernackiger Sergeant befahl Hennessy, sich nicht vom Fleck zu rühren und ließ einen Constable bei ihnen. Die Toilette wurde abgesperrt. Zwei Männer in dunkelblauen Overalls gingen mit zwei großen schwarzen Koffern hinein. Das Telefon auf Beths Schreibtisch klingelte und ließ alle zusammenfahren. Sie fragte den Constable, ob sie abnehmen dürfe. Der Beamte nickte mit ausdruckslosem Gesicht. Die Männer von der RUC hatten für Hennessy und seine Partner nicht allzu viel übrig, und Hennessy wußte, daß es dem Constable wahrscheinlich besser gefallen hätte, wenn sie von der Explosion alle in Fetzen gerissen worden wären, als sie whiskytrinkend am Schreibtisch sitzen zu sehen. Während Beth sprach, tauchte ein CID-Beamter in einer Lederjacke auf. Er zeigte Hennessy kurz seine Karte und stellte sich als Inspektor Greig vor. Hinter ihm stand ein junger Sergeant in Zivil, ein großer, schlaksiger Mann mit einem kleinen struppigen Schnurrbart. Er hatte den gleichen Ist-mir-doch-scheißegal-Blick wie der Constable.

»Sieht so aus, als hätten Sie ein klein wenig Ärger gehabt, Mr. Hennessy«, sagte Greig. »Oder war einer Ihrer Jungs nur ein bißchen zu sorglos?«

Hennessy zuckte mit den Schultern. »So etwas passiert«, sagte er. »Kann ich Ihnen einen Whisky anbieten, Inspektor?«

Wie Hennessy vermutet hatte, lehnte Greig ab. »Ich nehme an, daß es reine Zeitverschwendung wäre, Sie zu fragen, ob Sie irgendeine Idee haben, wer das getan hat?« erkundigte sich der Inspektor mit einem schmallippigen Lächeln.

Kavanagh lachte kurz auf, aber Hennessy bedachte ihn mit einem strafenden Blick. Die Polizei im Büro zu haben, war schon schlimm genug, aber wenn sie die Beamten zu sehr verärgerten, würde man sie wahrscheinlich zur Befragung auf die Wache bringen, und Hennessy konnte weder Unannehmlichkeiten noch öffentliche Aufmerksamkeit gebrauchen.

»Auf alle Fälle sollten Sie sich in Zukunft vorsehen, Mr. Hennessy.«

»Was meinen Sie damit?«

»Es sieht so aus, als sollte die Explosion eine Art Warnung sein. Unsere Jungs aus dem Expertenteam sagen mir, daß es sich um eine selbstgebastelte Bombe handelt, obwohl ›Bombe‹ kaum das richtige Wort dafür ist. Sie schätzen, daß zwei Flaschen mit Chemikalien den Schaden verursacht haben.«

Murphy fielen die beiden Flaschen in der Tragetasche des Chinesen ein, aber er sagte nichts.

»Also doch ein Unfall?« fragte Hennessy.

Erneut lächelte Greig dünn. »Ich glaube kaum, daß die Flaschen sich selbst an den Wasserkasten gebunden haben«, sagte er. »Nein, es war eine einfache chemische Bombe, fast so wie die, die wir als Kinder gemacht haben. Schwefelsäure und Äthylen-Glykol — letzteres also ein Frostschutzmittel. Man bindet zwei Flaschen davon zusammen und läßt sie auf eine harte Oberfläche fallen. Peng! Haben Sie das als Kind nie ausprobiert, Mr. Hennessy? War ein Riesenspaß.« Am Gesicht des Anwalts konnte Greig die Antwort ablesen. »Nein? Wahrscheinlich haben wir verschiedene Schulen besucht, was? Aber egal, jedenfalls war die Explosion heftig genug, um den Raum zu demolieren, und wenn man drin gewesen wäre, hätte man auch nichts zu lachen gehabt. Aber einen ernsthaften Schaden am Gebäude kann man mit so etwas nicht anrichten. Es war eben keine ernstgemeinte Bombe, wenn Sie verstehen, was ich meine. Und deshalb glaube ich, daß es sich um eine Warnung handelt. Es hat wohl keinen Sinn, wenn ich Sie frage, ob Sie irgendwelche Feinde haben, Mr. Hennessy?« Greig schien es zu genießen, daß sich der Sinn-Fein-Berater sichtlich unwohl fühlte.

»Ich werde Sie auf jeden Fall informieren, wenn mir irgend etwas einfällt, Inspektor«, antwortete Hennessy.

»Ich weiß nicht, ob ich noch solange im Dienst bin.«

»Wahrscheinlich nicht«, sagte Hennessy.

»Darf ich Sie hinausbegleiten, Inspektor?« fragte Beth, die in der Antwort ihres Chefs ein sicheres Zeichen dafür erkannte, daß er langsam die Beherrschung verlor.

Greig zögerte, so als ließe er Hennessy nur ungern vom Haken, aber dann nickte er und folgte ihr auf den Flur hinaus. Sein Sergeant warf Murphy und Kavanagh noch einen kalten Blick zu, bevor er ging, aber die beiden Männer lächelten ihm nur freundlich zu. Sie waren schon lange über den Punkt hinaus, jemanden zu fürchten, der sie herausfordern wollte, sei es nun die Polizei, die Armee oder sonstwer. Greig ging in die Toilette, um noch einmal mit dem Expertenteam zu sprechen. Der Sergeant wollte etwas zu Beth sagen, aber sie drehte sich um und schlug ihm fast die Eingangstür vor der Nase zu.

Hennessy hatte ihr von der Tür seines Büros aus zugesehen und sich davon überzeugt, daß sie durchaus keinen Schock erlitten hatte. Sachte schloß er die Tür. Kavanagh und Murphy standen angespannt vor ihm. Sie fürchteten Hennessys scharfe Zunge weitaus mehr als tausend harte Blicke von minderjährigen Kriminalbeamten. Aber Hennessys Wut galt nicht ihnen.

»Ich will diesen Chinesen«, stieß er mit kaum gezügelter Wut hervor. »Ich will, daß man ihn findet und zu mir bringt.«

Das Telefon klingelte, und Hennessy nahm den Hörer ab.

»Liam, er ist dran!« sagte Beth. Sie war schlau genug, um zu wissen, daß ein Anruf des Chinesen in dieser Situation auf jeden Fall durchgestellt werden mußte.

»Gib ihn mir, Beth. Alles in Ordnung?«

»Mir geht's gut, Liam. Wirklich.« Die Verbindung wurde geschaltet, und Hennessy wartete darauf, daß der Chinese sich meldete.

»Mr. Hennessy?« sagte Nguyen, der offenbar nicht genau wußte, ob er durchgestellt worden war.

»Was wollen Sie?« fragte Hennessy.

»Mr. Hennessy, Sie wissen, was ich will. Ich rufe an, um zu hören, ob Sie Ihre Meinung geändert haben.«

»Warum sollte ich meine Meinung geändert haben?« fragte Hennessy leise.

»Sie wissen warum.«

Hennessy atmete tief durch. »Vielleicht wäre es eine gute Idee, wenn wir uns über diese Sache noch einmal unterhielten. Vielleicht können wir uns einigen. Kommen Sie zurück, und wir reden miteinander.«

Nguyen lachte spöttisch. »Lieber nicht«, sagte er. »Sie werden mich überhaupt nicht mehr sehen, Mr. Hennessy. Aber Sie werden von mir hören.«

»Es braucht schon etwas mehr als einen lauten Knall in meiner Toilette, um mich zu beeindrucken«, zischte Hennessy.

»So sei es«, sagte Nguyen und legte auf.

»Dieser Bastard!« knurrte Hennessy. »Für wen zum Teufel hält er sich eigentlich? Wagt es, mir zu drohen!« Er knallte den Hörer auf und starrte seine beiden Leibwächter grimmig an.

»Gebt seine Beschreibung an die Jungs durch«, sagte er. »Ich will, daß er gefunden wird.«

»Vielleicht wäre es gut, wenn wir Belfast für ein paar Tage verlassen würden«, schlug Kavanagh vor. »Nur für alle Fälle.«

»Wollt ihr mir etwa sagen, daß Ihr mich in meiner eigenen Stadt nicht beschützen könnt?« fragte Hennessy.

»Das habe ich nicht gemeint, aber es wäre leichter, wenn wir auf Ihren Bauernhof fahren würden, das ist alles.«

»Nein«, sagte Hennessy. »Er wird mich nicht aus meiner eigenen Stadt vertreiben. Ich werde nicht vor ihm davonlaufen wie ein verängstigter Hund. Gebt seine Beschreibung durch.«

Ungeduldig winkte er die Männer fort, ließ sich in seinen Sessel fallen und trank einen guten Schluck Whisky, dann noch einen zweiten. Er wußte, daß er die Beherrschung nicht hätte verlieren dürfen, aber der Anschlag hatte ihn tatsächlich schwer mitgenommen. Mit einem Mal war er wieder an die eigene Sterblichkeit erinnert worden, daran, daß er die durchschnittlichen 70 Jahre auch bald erreicht hatte. Daß ein rachedurstiger Chinese mit einer Flasche Frostschutzmittel ihm diese Jahre stehlen könnte, erfüllte ihn mit unbändigem Zorn. Und mit Angst. Der arrogante Inspektor hatte gesagt, es sei eine Warnung gewesen. Nun gut, als genau das würde er es auch auffassen.

Nguyen kehrte nicht sofort zu der Pension zurück. Nachdem er in seinen Wagen eingestiegen war, der auf dem Parkplatz in der Nähe der Gloucester Street stand, fuhr er die

Victoria Street in nördlicher Richtung entlang und bog dann in Richtung Westen ab, durch die Divis Street, vorbei an heruntergekommenen Wohnblocks, bis zur Kreuzung Falls Road. Es war nicht so, daß er Angst hatte, verfolgt zu werden. Er hatte sich genügend Zeit genommen, um den Donegal Square weit hinter sich zu lassen, bevor die Flaschen auf den Boden krachten. Er fuhr auch nicht aus reiner Freude am Autofahren durch die Gegend. Hinter dem Steuer zu sitzen, hatte er stets als äußerst nervenaufreibend empfunden, und er hatte den Tag herbeigesehnt, an dem seine Tochter den Führerschein machen und alle Einkäufe für das Restaurant übernehmen würde. Nein, er fuhr herum, um ein Gefühl für die Stadt und ihre Bewohner zu bekommen. Irgendwo in seinem Hinterkopf saß der Gedanke, daß er vielleicht begreifen würde, warum die IRA seine Familie umgebracht hatte, wenn es ihm gelang, die Menschen von Belfast zu verstehen. Das Stadtzentrum wirkte wohlhabend mit seinen prächtigen Schaufenstern und den sauberen Bürgersteigen. Die meisten Autos auf den Straßen waren neueren Datums und gepflegt, und es gab wenig Anzeichen dafür, daß sich diese Stadt unter den Klauen sektiererischer Gewalt wand. Auf der grünen Kuppel des Rathauses am Donegall Square hatte Nguyen ein Banner gesehen, auf dem »Belfast sagt Nein«, stand, aber er hatte keine Ahnung, wozu die Stadt denn »Nein« sagte. Zwar waren Polizei und Armee überall präsent, und einige Straßen waren mit Metallgeländern und Drehkreuzen abgesperrt, an denen bewaffnete Polizisten die Passanten nur einzeln durchließen, aber dennoch lag nicht das Gefühl von Spannung in der Luft; zumindest schien es Nguyen so. Neben ihm auf dem Beifahrersitz lag eine große Karte von Belfast und der näheren Umgebung, und als er an einer roten Ampel halten mußte, überflog Nguyen sie und versuchte die fremd klingenden Namen auszusprechen: Knochnagoney, Ballyhackamore, Cregagh, Skegoneill, Ligoniel, Ballynafeigh.

Hinter ihm ertönte eine Autohupe; die Ampel hatte auf Grün geschaltet. Als er anfahren wollte, schaltete er überhastet in den dritten Gang und würgte den Motor ab. Die

Hupe meldete sich erneut, und andere stimmten ein, bis es Nguyen gelungen war, den Motor wieder zu starten und ruckend wegzukommen.

Er fuhr die Falls Road entlang, vorbei am Royal Victoria Hospital zu seiner Rechten. Die Stadt änderte ihren Charakter und nahm eine dumpfe, bedrückende Atmosphäre an. In den Seitenstraßen sah er ausgebrannte Autos, verrostete Wracks, die offenbar schon seit Monaten herumstanden, wie die Skelette längst verwester Tiere. Überall waren Kinder; sie spielten Fußball auf dem Bürgersteig, spazierten neben ihren Eltern, saßen in Kinderwagen, standen an Straßenecken oder hingen vor Pubs herum. Kinder in schäbiger Kleidung, mit ungekämmtem Haar und laufenden Nasen. Nguyen fuhr an Backsteinhäusern vorbei, die irgendwann einmal ausgebrannt waren und die niemand wieder aufgebaut hatte, verlassene Ruinen, die wie verfaulte Stümpfe innerhalb einer Reihe schlechter Zähne aussahen. Dann und wann leuchteten Farbflecken im dumpfen Grau — ausladende Wandgemälde auf den Giebelenden der Häuserreihen, Portraits maskierter Männer mit Maschinenpistolen, reich verzierte Kreuze zur Erinnerung an Häftlinge, die beim Hungerstreik gestorben waren, und die Trikolore, die irische Flagge. Und dann gab es die Slogans, von denen Nguyen die meisten nicht verstand. Einige konnte er jedoch lesen: »Unterstützt die IRA«; »Truppen raus!« »Irland den Iren«. Er kam an einem Pub vorbei, dessen Fenster mit dickem Maschendraht geschützt waren. Zu beiden Seiten der schwarzen, hölzernen Eingangstür standen zwei Männer mit den Händen in den Hosentaschen, die den Lieferwagen mißtrauisch musterten. Wachtposten, dachte Nguyen. Er würde besser darauf achten müssen, wo er sich blicken ließ. Das Stadtzentrum hatte ihm ein trügerisches Bild von Sicherheit vorgegaukelt. Hier draußen, in den Stadtteilen der katholischen Arbeiterklasse, spürte er die Feindseligkeit, die wie die erstickende Feuchtigkeit des Morgennebels in der Luft lag. Als die beiden Männer erkannten, daß Nguyen Asiate war, ließ ihr Interesse an ihm sofort nach.

Die Straße schlängelte sich sanft, und zu seiner rechten

sah Nguyen jetzt einen riesigen Friedhof, der sich so weit erstreckte, wie das Auge reichte. Etwas später kam er an einem weiteren Friedhof vorbei, während er der Glen Road folgte und dann an einem Kreisverkehr links abbog und über den Kennedy Way in südöstliche Richtung weiterfuhr, durch den Stadtteil, den er auf der Straßenkarte als Andersonstown identifizierte. Er fuhr etwas langsamer und warf einen Blick auf die deprimierenden Wohnblöcke, den vorzeitig ergrauten Beton, auf die schmutzigen Fenster mit den nachlässig gestrichenen Rahmen. Der schlammige Grasstreifen, der die Häuser säumte, war mit Plastiktüten, zerrissenen Zeitungen, fettigen Fish and Chips-Verpackungen und zerbrochenen Flaschen verunreinigt, dem ganzen Treibgut des Lebens in den Wohnsilos. Nguyen konnte nicht verstehen, warum die Menschen, die hier wohnten, sich nicht besser um ihre Umgebung kümmerten. Wie konnten sie diesen Dreck nur ertragen? In Armut zu leben war nicht leicht, aber es war keine Entschuldigung dafür, zu leben wie die Tiere. Traurig schüttelte er den Kopf.

Er fuhr weiter nach Malone, und langsam änderte sich das Bild wieder. Die deprimierenden Elendsviertel wichen gepflegten Vorgärten und frischgestrichenen Häusern. Schließlich bog er links in die Malone Road ab und näherte sich erneut dem Stadtzentrum. Kurz bevor er den Botanischen Garten der Stadt erreicht hatte, hielt er sich links und kehrte nach Wellington Park zurück. Was er gesehen hatte, ging ihm nicht aus dem Kopf. Ihm wurde klar, daß die Menschen, die in den verkommenen Stadtteilen lebten, nicht viel zu verlieren hatten. Wenn sein Feind aus diesen abfallübersäten Slums, aus diesen Hochhausmonstrositäten kam, dann stellte das Gefängnis für diesen Feind keine besondere Bedrohung dar. Kinder, die dort aufwuchsen, mußten zäh und mitleidlos sein, loyal gegenüber ihresgleichen und angriffslustig gegen jeden Eindringling. Durch ihre Armut waren sie wie mit eisernen Ketten gefesselt. Nguyen würde es nicht nur mit ein paar Männern zu tun haben, er würde es mit der ganzen IRA aufnehmen müssen. Nachdenklich schaltete er den Motor ab und starrte wie blind durch die Windschutzscheibe. Es mußte getan werden, koste es, was es wolle. Er hatte keine andere Wahl. Er schuldete es seiner Frau und seinen Töchtern.

Liam Hennessy stand in seinem Garten und sah den felsigen Hügel hinauf, den jedermann »Napoleons Nase« nannte, auch wenn er weder die Form einer Nase noch die irgendeines anderen Körperteils Napoleons hatte. Jackie, Hennessys rothaariger Setter, stürmte aus dem Haus und kam über den Rasen auf ihn zugeschossen. Er beugte sich hinunter, kraulte die Hündin hinter den Ohren und ließ sich die Hände ablecken.

Zusammen mit dem Hund ging er durch den Garten und begutachtete die Bäume und Pflanzen. Er war ein leidenschaftlicher Gärtner, aber die Anwaltskanzlei und seine politischen Aktivitäten ließen ihm nur wenig Zeit, sich um die 2000 Quadratmeter Gartenfläche zu kümmern, die sein großes Haus in der Antrim Road umgab. Er beschäftigte tageweise einen pensionierten Gärtner des Botanischen Gartens, ließ es sich aber nicht nehmen, jeden Morgen dessen Arbeit zu überprüfen. Jetzt kniete er nieder und betrachtete einen mit Heidekraut bedeckten Steingarten. Sofort fuhr Jackie ihm mit ihrer langen Zunge über die Wangen. Lachend schubste er den Hund zur Seite.

»Sie will einen Spaziergang machen«, sagte seine Frau. Hennessy erhob sich, drehte sich um und klopfte sich die Hosen an den Knien ab.

»Ich glaube, dich würde selbst der Teufel nicht bemerken, wenn du dich anschleichst, Mary«, sagte er lachend. Sie reichte ihm einen Becher Tee.

»Dein Hund möchte spazierengehen«, wiederholte sie. Mary Hennessy war 46, sah aber ein gutes Stück jünger aus. Sie war groß, schlank und trug ihr dunkelbraunes, leicht gelocktes Haar in einem Pagenschnitt. Hennessy betrachtete sie bewundernd, während er den Becher entgegennahm. Sie sah nicht aus wie eine Frau, die zwei schon bald erwachsene Kinder hatte. Ihre Haut war glatt und leicht sonnengebräunt, und die paar Fältchen, die sie hatte, machten sie nur noch schöner. Noch immer drehten sich Männer nach ihr um, die halb so alt waren wie sie, und das wußte sie auch. Manchmal verspürte Hennessy eine so große Angst davor, sie zu verlieren, daß ihm fast flau im Magen wurde.

»Unser Hund«, berichtigte er sie.

Sie deutete auf den Setter, der zu Hennessys Füßen saß und mit unverhohlener Liebe zu ihm hinaufsah. »Unser Hund? Sieh ihn dir doch nur an!«

»Es gab mal eine Zeit, wo dieser Blick auch in deinen schönen Augen lag«, scherzte er, und sie lachte. Das Telefon klingelte, und sie rannte über den Rasen ins Haus. Mein Gott, dachte Hennessy, sie lacht so laut, und sie rennt wie ein aufgeregtes Kind. Er versuchte sich daran zu erinnern, wann er das letzte Mal laut aufgelacht hatte. Wahrscheinlich bei einem Fernsehinterview mit Ian Paisley, doch war auch das kein fröhliches, klingendes Lachen wie das Marys gewesen, sondern nur beißendes, sarkastisches Gelächter.

»Jackie«, sagte er, »ich werde alt.«

Der Setter sah zu ihm hinauf und bellte, als stimme er ihm zu. Hennessy streichelte der Hündin über den Kopf.

»Heute ist keine Zeit für einen Spaziergang, altes Mädchen. Der Wagen wird sicher gleich hier sein.«

Jim Kavanagh und Christy Murphy verbrachten den ganzen Tag und einen großen Teil des Abends an Hennessys Seite, aber zum Schlafen gingen sie nach Hause und wurden von zwei Männern ersetzt, die sich abwechselnd aus einem Kern von etwa zwölf Freiwilligen rekrutierten, die in ihren eigenen Wagen vor dem Haus in der Antrim Road Wache hielten. Jim McMohan fuhr mit dem schwarzen Jaguar zu seinem Haus im Norden Belfasts und holte Kavanagh und Murphy jeden Morgen ab. Hennessy sah auf seine Uhr. Sie waren noch nicht da.

Mary tauchte in der Hintertür auf und winkte ihm zu. »Es ist Christy!« rief sie.

Jackie spitzte die Ohren und trottete auf Mary zu, in dem Irrglauben, daß irgendeine Leckerei auf sie wartete. Hennessy folgte ihr so schnell er konnte, ohne Tee zu verschütten. Er fluchte leise. Der Jaguar war gerade erst für viel Geld repariert worden, und er hoffte, daß es keinen Unfall gegeben hatte.

Mary reichte ihm das Telefon. Murphy klang gehetzt. »Die Bastarde haben versucht, uns umzubringen«, sagte er.

»Wovon sprichst du?« fragte Hennessy.

»Die Bastarde haben versucht, uns in die Luft zu jagen.«

»Beruhige dich erst mal, Christy«, sagte Hennessy. »Erzähl mir, was passiert ist.«

Er hörte, wie Murphy tief Atem holte, bevor er wieder sprach. »Wir wollten den Jaguar aus Jims Garage holen. Er hatte sich schon hinters Steuer gesetzt, als wir das gottverdammte Ding bemerkten. Heilige Maria Mutter Gottes, wenn wir es nicht gesehen hätten, wären wir alle . . .«

»Und was war es?« unterbrach Hennessy ihn ungeduldig.

»Sie haben eine Blitzlichtbirne und ein paar Drähte benutzt.«

»Ein Blitzlicht?«

»Eine Blitzlichtbirne, mit irgendeinem roten Pulver drumherum. Ein hausgemachter Zünder. Sobald der Zündschlüssel herumgedreht worden wäre, hätte er das Benzin im Tank zum Explodieren gebracht.«

»Okay, Christy, wo bist du jetzt?«

»Wir sind alle in Jimmys Haus.«

Hennessy hörte im Hintergrund Stimmengemurmel und das Klirren von Gläsern. Die Jungs tranken offenbar einen kleinen Schluck zur Beruhigung, und er nahm es ihnen nicht übel. In nur zwei Tagen waren sie zweimal beinahe erwischt worden.

»Hör zu, Christy. Habt ihr es schon entfernt?«

»Sicher, wir haben es aus dem Tank gezogen, aber die Drähte sind noch dran.«

»Dann laßt es, wie es ist. Ruf Willie O'Hara an. Er soll es sich ansehen, er weiß, was zu tun ist. Er soll auch nochmal den ganzen Wagen inspizieren, von vorne bis hinten. Wenn er sagt, daß alles okay ist, kommst du mit Jim hierher. Und . . . Christy?«

»Ja?«

»Bleib ganz ruhig.«

Er legte den Hörer auf. Der Becher mit Tee war noch immer voll. Mit einer tiefen Sorgenfalte auf der Stirn trank er einen Schluck.

»Irgendwas nicht in Ordnung?« fragte Mary.

Er nickte. »Jemand hat versucht, den Wagen in die Luft zu jagen.«

Mary sah ihn mit großen Augen und geöffnetem Mund an. Er hatte ihr die Explosion in seinem Büro verschwiegen, weil er sie nicht beunruhigen wollte, aber jetzt führte er sie in die Küche, setzte sie auf einen Stuhl an dem Frühstückstisch aus Pinienholz und erzählte ihr, daß es seit gestern zwei Anschläge auf ihn gegeben habe, wenn auch offenbar nur halbherzige.

Es kratzte an der Tür, und Hennessy stand auf und ließ den Hund herein. Der Setter stürzte in die Küche und rollte sich unter dem Tisch zusammen. Plötzlich wurde Hennessy klar, wie ungeschützt er momentan war. Er ging durch den Flur, öffnete die Vordertür und winkte die beiden Männer zu sich, die in einem blauen Ford Escord neben seiner Einfahrt saßen. Nachdrücklich wies er sie an, besonders aufmerksam zu sein; einen der Männer schickte er als Wache an die Hintertür, zumindest solange, bis Murphy und Kavanagh auftauchen würden.

Dann ging er wieder in die Küche zurück, lächelte seine Frau an und setzte sich an den Tisch.

»Was glaubst du, wer dahintersteckt?« fragte Mary. »Die Ulster Defence Association?«

Hennessy zuckte mit den Schultern und schaute in seine Tasse. Auf dem Tee hatte sich mittlerweile ein bräunlicher Film gebildet, den er mit dem Finger zerstieß.

»Da war ein überschlauer Inspektor im Büro, der sagte, daß es sich um eine Warnung handeln könnte.«

»Eine Warnung?«

Hennessy sah auf und bemerkte mit Genugtuung die Besorgnis in ihren Augen. »Nun, die Bombe im Büro kann man kaum als solche bezeichnen. Es war eine selbstgebastelte Vorrichtung, die nur begrenzten Schaden anrichten konnte. Und nach dem, was ich bis jetzt von der Sache mit dem

Auto gehört habe, war auch das eher amateurhaft. Ich meine, man müßte schon verdammt blöd sein, wenn man nicht wüßte, daß wir den Wagen jeden Morgen gründlich untersuchen.«

»Aber wer sollte dich warnen wollen, Liam? Die UDA hält sich doch mit solchen Dingen nicht lange auf, oder?«

Sie hatte natürlich recht. In den vergangenen Jahren hatte es zwischen den verschiedenen politischen Gruppen die unausgesprochene Vereinbarung gegeben, keine Attentate auf die Mitglieder der allerobersten Ränge zu verüben. Die Führer sollten mit ihren Gegenspielern verhandeln können, ohne in ständiger Furcht vor einem Gewehrschuß durch den Briefkastenschlitz oder vor einer Pistole im Nacken leben zu müssen. Doch die Bombe von Brighton hatte gezeigt, daß niemand sicher war, selbst die Premierministerin nicht, und die ganze Welt hatte gesehen, wie der Präsident der USA von einem einsamen Gewehrschützen getötet worden war. Die Paisleys, die Adamses und die Hennessys würden keine Woche überleben, wenn sie einander zum Abschuß freigaben, aber im Moment konnten sie sich noch relativ sicher durch die Stadt bewegen. Sie hielten sich natürlich alle ihre Leibwächter und trauten der Opposition genausowenig wie der englischen Regierung, aber die schlechten alten Zeiten, in denen sein Leibwächter eine Kugel mit der Schulter aufhalten mußte, um Hennessy zu schützen, waren schon lange vorbei. Allerdings — war der Waffenstillstand eines Tages vorbei, dann gab es keine Warnung, man würde ihn einfach niedermähen, wenn er aus dem Wagen stieg. Sie würden sich nicht mit Do-it-yourself-Bomben abgeben. Nein, diese Anschläge waren nicht politisch motiviert. Aber was waren sie dann?

Er stand auf und legte seine Hände unter Marys Kinn; zärtlich hob er ihren Kopf etwas an. »Gestern ist ein Mann in mein Büro gekommen, ein Chinese. Seine Frau und seine Tochter sind bei einem der Anschläge in London getötet worden, und er glaubt, ich sei verantwortlich dafür.«

»Er hat den ganzen Weg hierher auf sich genommen, um mit dir zu sprechen?«

»Er will, daß ich ihm sage, wer hinter der Bombenserie steckt. Ich habe ihn rausgeworfen, und ein paar Minuten später flog unsere Toilette in die Luft. Und nun das.«

Sie entzog sich seinem Griff. »Warum hast du das nicht der Polizei gesagt?«

»Wir sind nicht ganz sicher, daß er es war. Außerdem regeln wir solche Dinge selbst.«

»Liam!« stieß Mary zornig hervor. »Du spielst hier mit unserem Leben!«

»Wenn er es ist, werden wir ihn bald stoppen, keine Sorge. Einen Chinesen wird man in Belfast schnell ausfindig machen.«

»Ich hoffe, du hast recht«, sagte sie. Die Besorgnis war aus ihrem Blick verschwunden und einem anderen Ausdruck gewichen, in dem Hennessy fast so etwas wie Verachtung erkannte. Es war ein Blick, mit dem seine Frau ihn seit geraumer Zeit immer häufiger bedachte, überlegte er betrübt. Nichts schien er mehr richtig machen zu können. Aber er versuchte gar nicht erst, sie auf seine Seite zu ziehen; er wußte, daß er das nicht konnte.

»Ich bin im Arbeitszimmer, wenn Jim und Christy kommen«, sagte er und stand auf. Jackie schoß unter dem Tisch hervor und folgte ihm ergeben. Ihre Klauen klickten auf dem gekachelten Fußboden.

Hennessy ging in sein Arbeitszimmer und schloß die Tür. Jackie trottete zu ihrem Weidenkorb neben der gläsernen Schiebetür, die in den kleinen Innenhof führte, und ließ sich mit einem tiefen und traurigen Seufzer auf die Decke fallen, so als wolle sie Hennessy ihr Mitleid ausdrücken, weil Mary so schroff mit ihm umging. Der Anwalt wußte, daß es ihr lieber gewesen wäre, wenn er eine härtere Gangart gegenüber den protestantischen Extremisten eingeschlagen hätte, und öfter als einmal hatte sie ihn bedrängt, eine Generaloffensive gegen die UDA zu führen. Seltsam, dachte er, daß er selbst in all diesen Jahren immer milder geworden war, während seine Frau immer heftiger für den bewaffneten Kampf plädierte. Je mehr er sie davon zu überzeugen versuchte, daß Verhandlungen der einzig mögliche Weg waren, desto mehr schien sie sich von ihm abzuwenden, sowohl emotional als auch körperlich. Aber er wußte, daß er recht hatte, daß sein Weg der einzige Weg nach vorne war. Alles andere würde in einem Blutbad enden. Aber deshalb fühlte er sich kein bißchen besser.

Hinter einer gerahmten Jagdszene über dem gußeisernen Kamin befand sich ein Safe, den Hennessy nun öffnete. Er nahm einen braunen DIN A4 Manila-Umschlag heraus. Während er zum Schreibtisch ging, bog er das offene Ende auseinander und zog einige Blätter hervor: die Berichte über die einzelnen Waffenlager; gegen Abend erwartete er noch weitere sechs. Er breitete die Bögen vor sich aus und verglich sie miteinander. Drei der Lager waren unerlaubterweise geöffnet worden. Insgesamt hatte man 15 Kilo Semtex entwendet, ein Dutzend Zünder, zwei Quecksilberkippschalter, zwei Pistolen und etwas Munition. Alles, was man sonst für den Bau einer Bombe benötigte — Drähte, Timer und Sender — konnte man problemlos kaufen. Hennessy war überzeugt davon, daß die abtrünnige IRA-Truppe das, was sie brauchte, aus den Waffenlagern gestohlen hatte, und er war ebenfalls davon überzeugt, daß es jemanden innerhalb der Organisation gab, der ihnen half. Das Dumme war nur, daß noch kein Muster erkennbar war, keine Verbindung zwischen den drei Verstecken. Vielleicht waren es doch drei verschiedene IRA-Zellen? Hennessy stöhnte und legte die Blätter zusammen. Jackie hob den Kopf und sah zu, wie er sie wieder in den Umschlag steckte.

»Vielleicht weiß ich nach den letzten Berichten mehr«, sagte er zu dem Setter, der zustimmend bellte.

Hennessy hörte das Auto vor dem Haus und das Knirschen von Schritten auf dem Kiesweg. Dann klingelte es. Er wartete, weil er annahm, das Mary die Tür öffnen würde, aber zu seiner Überraschung tat sie es nicht. Er ging nach vorne und ließ Kavanagh und Murphy herein, zusammen mit Willie O'Hara, einem kleinen Mann mit scharfgeschnittenen Gesichtszügen, grauen, wäßrigen Augen und einem struppigen Schnurrbart. Jimmy McMahon blieb draußen im Jaguar, den er am liebsten gar nicht mehr aus den Augen gelassen hätte. Willie trug wie üblich seinen weiten grauen Anzug, dessen Hose von einem speckigen braunen Ledergürtel gehalten wurde. Er hatte eine Papiertüte in der Hand. Hennessy führte die drei Männer in sein Arbeitszimmer. »Ist der Wagen jetzt sauber?« fragte er O'Hara.

»Jetzt, ja. Aber dies hier war drin«, entgegnete der kleine Mann und hielt die Papiertüte hoch. »Ja, das ist alles, aber es hätte auch gereicht.« Er griff in die Tüte und brachte ein Gewirr aus schwarzem Draht zum Vorschein, das er vor Hennessy ausbreitete. »Primitiv, aber es hätte seinen Zweck erfüllt.«

Auf dem Schreibtisch lagen zwei Stücke Draht, jedes etwa 30 Zentimeter lang, die an eine Blitzlichtbirne angelötet worden waren.

Hennessy deutete auf die Birne, die mit einem roten Pulver bedeckt war. »Was ist das?« fragte er.

O'Haras Augen glänzten. »Zerstoßene Streichholzköpfe«, antwortete er. »In der Hauptsache Kaliumchlorat. Nur, um dem Ganzen noch einen kleinen Kick zu geben. Wahrscheinlich wäre es gar nicht nötig gewesen, aber es ist ein hübscher Zusatz.«

»Und wie funktioniert das alles?«

»Wer immer es auch war, er hat den Tankdeckel abgeschraubt und die Blitzlichtbirne an den Drähten in den Tank geschoben, so daß sie über den Benzindämpfen baumelte. Man dreht den Zündschlüssel, und alles geht hoch.«

»Ganz sicher?«

O'Hara runzelte die Stirn. Er wußte nicht, worauf Hennessy hinauswollte. »Ziemlich sicher. Ich meine, es ist nicht die Art von Vorrichtung, die wir benutzen würden, weil immer die Gefahr besteht, daß die Blitzlichtbirne vorzeitig in das Benzin rutscht und dann nicht mehr zündet. Aber vor allen Dingen ist es viel zu leicht zu entdecken.«

»Also eine Warnung?«

O'Hara nickte eifrig. »Ja, genau das habe ich mir auch gedacht. Macht dir jemand Ärger?«

»Ich glaube, ich weiß, wer es sein könnte, ja, Willie. Danke für deine Hilfe.« Hennessy schüttelte ihm die Hand und brachte ihn nach draußen. Er wies Jimmy an, O'Hara nach Hause zu fahren.

Zurück im Arbeitszimmer, setzte er sich hinter seinen Schreibtisch und sagte Murphy und Kavanagh, daß sie es sich gemütlich machen sollten. Er bot ihnen Tee und Kaffee an, aber sie lehnten ab. Etwas Stärkeres wollte er nicht offerieren, da Kavanagh auch in Streßsituationen keinen Tropfen Alkohol anrührte und Murphy offenbar schon einen Schluck Whisky zu sich genommen hatte, wie man riechen konnte. Jetzt galt es, einen klaren Kopf zu behalten.

»Ich habe nochmal über das nachgedacht, was du gestern gesagt hast, Jim, und ich glaube, du hast recht«, sagte Hennessy zu Kavanagh.

»Der Bauernhof?«

Hennessy nickte. »Ich denke, es ist am besten so. Das Wochenende naht, und meine Geschäfte kann ich genauso gut von dort aus regeln, zumindest für eine gewisse Zeit. Mary und ich werden noch heute abend fahren. Jimmy und Christy kommen mit, und wir sollten vielleicht noch zwei andere Jungs mitnehmen, nur zur Sicherheit.«

»Ich soll hierbleiben?« fragte Kavanagh.

»Ich möchte, daß du die Suche nach diesem Chinesen organisierst. So schwer sollte er nicht zu finden sein, jedenfalls nicht in Belfast. So viele Chinesen gibt es hier nicht, und er kommt aus London, er ist fremd hier. Irgendwo wird er übernachten müssen.«

»Kein Problem«, meinte Kavanagh.

»Und ich hole Sean Morrison zurück«, verkündete Hennessy.

Die beiden Leibwächter sahen ihn erfreut an. Sie kannten Morrison gut und hatten schon oft mit ihm zusammengearbeitet.

»Ist er immer noch in New York?« fragte Murphy. Morrison hatte Belfast vor über zwei Jahren verlassen.

»Ja, er ist unser Verbindungsmann zu den verschiedenen Noraid-Gruppen in Nordamerika.« Morrison hatte Hennessy gebeten, für eine Weile aus Belfast verschwinden zu dürfen, aber abgesehen davon war es damals immer schwieriger geworden, in den USA Spendengelder für die Sache aufzutreiben. Morrison hatte sofort Erfolg gehabt, nicht zuletzt, weil er mit seinem breiten Akzent und seinem sympathischen irischen Gesicht bei den Amerikanern gut angekommen war. Er sah genauso aus, wie sie sich einen IRA-Aktivisten vorstellten — groß, breitschultrig, mit lockigem schwarzem Haar und durchdringenden blauen Augen. Er konnte die Ziele der Organisation gewandt und überzeugend vertreten und hatte die Noraid-Gruppen bald ganz auf seiner Seite. Morrison war auch zu einem großen Teil dafür verantwortlich, daß IRA-Mitglieder mit gefälschten Pässen und Visa unerkannt in die USA ein- oder ausreisen konnten. In letzter Zeit hatte er wertvolle Kontakte zu Waffenhändlern geknüpft. Er hatte sich als Volltreffer erwiesen, aber jetzt brauchte Hennessy jemanden, dem er vertrauen konnte, und er vertraute Morrison blind.

Er befahl Kavanagh, die Jagd auf den Chinesen unverzüglich zu eröffnen und wies Murphy an, die Sicherheitsvorkehrungen für das Haus zu verstärken. Als er allein war, nahm er den Hörer ab und wählte eine New Yorker Nummer.

Morrison meldete sich nach dem dritten Klingeln. Seine Stimme klang belegt und schläfrig.

»Guten Morgen, Sean. Wie spät ist es im Big Apple?«

Morrison ächzte. »Noch keine fünf«, sagte er. »Was ist passiert, Liam?«

»Ich brauche dich hier, Sean.«

»Wann?«

»Heute.«

Morrison ächzte ein zweites Mal. »Mehr verlangst du nicht, Liam?« Er fragte nicht nach dem Warum, da er wußte, daß die Sicherheitskräfte in Irland mitunter Hennessys Telefonleitung anzapften, ob es nun legal war oder nicht.

»Ich möchte, daß du direkt zu meinem Haus kommst«, fuhr Hennessy fort. »Dann erkläre ich dir alles. Wie lange wirst du brauchen?«

»Ich weiß nicht, Liam, das hängt davon ab, wie es mit den Abflugzeiten der direkten Flüge aussieht. Vielleicht zehn

Stunden.« Morrisons Stimme klang jetzt deutlicher. »Ich rufe dich an, wenn es irgendwelche Probleme gibt.«

Hennessy dankte ihm und legte auf. Er nahm die Drähte und das Blitzlicht, das Jimmy auf seinem Schreibtisch zurückgelassen hatte, in die Hände und strich gedankenverloren mit den Fingern darüber.

Nguyen fuhr zu einem chinesischen Take-Away-Restaurant und bestellte sechs Portionen einfachen gekochten Reis und je drei Portionen gebratenes Hühner- und Schweinefleisch. Er sagte dem Hongkong-Chinesen hinter der Theke, daß er nur das gebratene Fleisch wolle, keine Sauce. Das Essen kam in den gleichen Folienschüsseln mit den weißen Pappdeckeln aus der Küche, die Nguyen auch in seinem Geschäft in Clapham verwendet hatte. Er bat um eine Tragetasche, verstaute das Essen in seinem Lieferwagen und fuhr aus der Stadt hinaus, um in einem Pub Eis zu kaufen. Der Wirt des ersten Gasthauses teilte ihm unwirsch mit, daß er nicht einmal genug Eis für seinen eigenen Bedarf hätte und schon gar nicht für jemanden, den er noch nie in seinem Lokal gesehen habe. Der Mann hinter dem Tresen des zweiten Pubs war wesentlich mitfühlender, als Nguyen ihm die Geschichte von seiner Ehefrau erzählte, die Arthritis im Bein habe und der vom Arzt empfohlen worden sei, das Bein in Eiswasser zu kühlen. Er verkaufte Nguyen für wenig Geld drei Plastiktüten voller Eiswürfel, die er aus einer großen, klirrenden Eismaschine schaufelte, und Nguyen fuhr so schnell zu seiner Pension zurück, wie er nur wagen konnte. Er parkte vor dem Haus und verstaute die Tüten mit Eis und eine Packung Dünger in zwei Reisetaschen und trug sie hinein. Mrs. McAllister fegte den Flur. »Herrlicher Tag, nicht wahr?« sagte sie lächelnd.

Er erwiderte ihr Lächeln, nickte und schob sich an ihr vorbei. In seinem Zimmer angekommen, betrat er das Bad, legte dort den Dünger auf den Boden und stellte die Tüten mit den Eiswürfeln in die Duschkabine. Dann lauschte er an der Tür, bis er hörte, daß seine Pensionswirtin wieder in der Küche verschwunden war. Sofort schlich er sich wieder hinunter und packte die beiden Taschen ein zweites Mal voll. Er trug sie auf Zehenspitzen die Treppe hinauf, so leise wie möglich. Je weniger die Wirtin oder andere Pensionsgäste von ihm sahen, desto besser.

Als er wieder in seinem Zimmer war, sperrte er die Tür ab, bevor er die beiden Taschen auf dem Bett abstellte. Vorsichtig nahm er zwei Glasflaschen mit konzentrierter Säure heraus und trug sie nacheinander in das Badezimmer, wo er sie neben der Dusche auf den Boden stellte.

Er kippte den größten Teil der Eiswürfel auf dem Boden der Duschkabine aus. Dann holte er eine Packung Salz und streute ihren Inhalt über die Würfel. Schießlich stellte er die Flaschen zwischen die Kühlmischung.

Während die Säure kühlte, leerte er die Taschen auf dem Bett aus. Eine Flasche Glyzerin, eine Dose Motoröl, mehrere Schachteln Streichhölzer, eine Tube Klebstoff, Plastikrohre, kunststoffumhüllter Draht, eine Packung Backpulver, ein Paar Plastikhandschuhe, ein Thermometer, einen Pyrex-Meßbecher, zwei große Pyrex-Kochtöpfe und einen teflonbeschichteten Rührlöffel. Was er brauchte, schaffte er in das Badezimmer. Dort schaltete er den Ventilator ein. Die Säuredämpfe einzuatmen, war äußerst schmerzvoll.

Während des Krieges hatte Nguyen viel mit Sprengstoffen gearbeitet. Die Vietcong hatten zwar ständig Sprengstoffe gekauft, oder auch benutzt, was sie von den Amerikanern erbeutet hatten, aber oft war es schwer, etwas zu bekommen. Schließlich waren sie jedoch in der Lage, selbst Sprengstoff herzustellen — Gelantine, TNT, Plastik oder Nitroglyzerin. Die meisten der Grundstoffe konnte man ganz legal erwerben, obwohl gegen Ende des Krieges der Verkauf von elektrischen Timern eingeschränkt wurde. Aber ein ganz gewöhnlicher Wecker tat es auch.

Es dauerte fast eine halbe Stunde, bevor Nguyen die komplizierte und gefährliche Prozedur chemischer Reaktionen beendet hatte. Das Resultat war eine ölige weiße Masse, die auf dem Boden des Meßbechers eine milchige Schicht bildete.

Nguyen lehnte sich auf dem kalten Fußboden zurück und

stöhnte. Sein Kiefer tat ihm weh; vor Anspannung hatte er während seiner gefährlichen Arbeit mit den Zähnen geknirscht. Er spürte nahendes Kopfweh, ein durchdringender Schmerz hinter den Augen; sicher war die Anspannung daran schuld, wahrscheinlicher aber noch die Dämpfe. Als er sich mühsam erhob, knackten seine Kniegelenke. Etwas unsicher auf den Beinen, wanderte er in seinem Zimmer umher. Schließlich öffnete er das Fenster und setzte sich auf die Bettkante, wo er tief ein- und ausatmete, um den Kopf wieder freizubekommen.

Als er sich etwas besser fühlte, ging er zurück ins Bad und schlitzte den Sack mit Dünger auf. Er benutzte eine der Plastiktüten, in denen die Eiswürfel gewesen waren, als Unterlage, und häufte einige Hände voll Dünger darauf. Nun war es wichtig, die richtige Mischung aus Motoröl, Nitroglyzerin und Dünger herzustellen. Zuerst schüttete er etwas Öl über den Dünger und knetete die Masse wie Teig, bis das Öl aufgesogen war. Dann goß er vorsichtig Nitroglyzerin darüber, immer nur ganz wenig auf einmal, wobei er die Flasche zwischendurch immer wieder zwischen die Eiswürfel stellte. Nitroglyzerin war auch ohne Zusätze als Sprengstoff verwendbar, war aber viel zu empfindlich und konnte von selbst explodieren, wenn man es fallenließ oder dagegenstieß oder wenn es zu warm wurde. Vermischt mit dem Öl und dem Dünger war es harmlos, bis man es zündete, dann aber ebenso effektiv.

Nguyen arbeitete langsam und konzentriert; er brauchte fast eine Stunde, bevor er das Nitro unter die Mixtur gemischt hatte. Auf der Plastiktüte lag nun eine zähe, dunkelbraune Paste. Er streifte sich die Handschuhe ab, legte sie auf den Boden und ging in sein Zimmer zurück. Die Kopfschmerzen waren schlimmer geworden. Er schaute auf seine Armbanduhr. Sechs. Er hatte noch viel Zeit und legte sich aufs Bett, um etwas auszuruhen.

Zwei Stunden später wurde er aus dem Schlaf gerissen. Die Pensionswirtin klopfte an die Tür. »Wie wär's mit einer Tasse Tee, Mr. Minh?«

Nguyen lehnte dankend ab, und sie ging wieder hinunter.

Er richtete sich auf und rieb seine Augen. Die Vorhänge wehten in den Raum herein. Draußen wurde es langsam dunkel. Schnell schwang er sich aus dem Bett und schaltete das Licht an. Dann nahm er die Lampe, die auf dem Schminktisch stand, und stellte sie auf den Boden unter dem Fenster, nachdem er den Stecker aus der Steckdose gezogen hatte. Er breitete ein Stück Zeitung auf dem glänzenden Fußboden aus und legte dann das Löteisen, den Lötzinn, Blitzlichtbirnen und Draht darauf. Er schloß das Löteisen an, und während er darauf wartete, daß es heiß wurde, schnitt er mit seinem Schweizer Armeemesser zwölf Stücke Draht ab, jedes etwa 50 cm lang. An den Enden entfernte er jeweils ein paar Zentimeter der Plastikumhüllung. Er lötete einen Draht an die Unterseite einer Blitzlichtbirne, einen zweiten an die Seite. Mit einer Batterie testete er seine Vorrichtung, indem er die Enden der beiden Drähte an die Anschlußpole hielt. Ein weißer Blitz zuckte zischend auf und zerschmolz. Er warf die Birne auf das Bett und machte sich daran, Drähte an die anderen Birnen zu löten.

In Vietnam hatten sie stets ausreichende Vorräte an Sprengkapseln gehabt, aber in Friedenszeiten war schwer an sie heranzukommen. Sein hausgemachter Sprengstoff war zwar empfindlich genug, um durch das Blitzlicht gezündet werden zu können, aber Nguyen wollte ganz sicher gehen. Er leerte den Inhalt zweier Schachteln mit Streichhölzern auf der Zeitung aus. Dann brach er die roten Köpfe ab, bis mehrere Dutzend davon auf einem Haufen lagen. Einzeln zerstieß er ihre Beschichtung mit der Klinge seines Messers. Schließlich lag ein ordentlicher Haufen roten Pulvers vor ihm. Er strich Klebstoff über die Birnen und rollte sie dann durch das Pulver, bis sie vollkommen bedeckt waren. Während er die Plastikrohre vorbereitete, trockneten die Blitzlichtbirnen auf dem Zeitungspapier. Die Rohre waren von der Sorte, die man beim Bau billiger Häuser als Regenrohre verwendet. Mit einer kleinen Säge schnitt er sie in Segmente von ungefähr 30 cm Länge. Das eine Ende der Rohre verschloß er mit Isolierband, dann brachte er sie ins Badezimmer, wo er sich die Handschuhe wieder überstreifte und sie bis zur Hälfte mit dem Sprengstoff füllte. Anschließend holte er die Zünder, hielt die Drähte mit der linken Hand fest, pappte etwas von der klebrigen Masse auf die Birnen, zwei für jede Röhre, und preßte sie fest. Als er drei Rohre präpariert hatte, versiegelte er auch das andere Ende, so daß nur noch die Drähte herausbaumelten. Es sah plump und dilettantisch aus, aber Nguyen wußte, wie effektiv und tödlich diese primitiven Bomben waren. Wenn man sie geschickt plazierte, konnte man damit einen Wagen zerstören; der Krater, der zurückblieb, hätte einen Durchmesser von weit über einem Meter gehabt.

Er wickelte seine Bomben in Zeitungspapier und verstaute sie in der Reisetasche, packte noch die Werkzeuge hinein und zog den Reißverschluß zu. Alles andere warf er in einen schwarzen Müllsack. Er band ihn zusammen und hob ihn an. Als er spürte, daß das dünne Plastik zu zerreißen drohte, steckte er ihn in einen zweiten Sack, und dann noch in einen dritten, bevor er die offenen Enden zusammendrehte und mit Isolierband umwickelte.

Es war fast zehn Uhr. Nguyen legte sich noch einmal auf das Bett und betrachtete eine Weile das Portrait des amerikanischen Präsidenten. Er schloß die Augen und verließ sich darauf, daß seine innere Uhr ihn im Morgengrauen wecken würde, aber es fiel ihm schwer, Schlaf zu finden. Das Gesicht des Mannes, der als erster das US-Militär in die Pflicht genommen hatte, den Kommunismus im Norden zu bekämpfen, schwebte vor ihm, und eine Flut von Erinnerungen brach herein. Er versuchte, sie zu verdrängen, aber sie waren beharrlich, und schließlich gab er ihnen nach.

Nguyens Vater war ein fanatischer Kommunist gewesen, der aber durchaus den Wert des Geldes zu schätzen wußte. Als Nguyen neun Jahre alt war, schickte er ihn zu seinem Cousin in Hanoi, fast 400 Kilometer nörlich von ihrem Dorf. Der Cousin besaß eine kleine Reparaturwerkstatt in einer Seitenstraße. Hier lernte Nguyen den Umgang mit Autos. Jede Woche schickte er die Hälfte seines mageren Lohnes an seinen Vater. Nach der Arbeit ging er auf eine Abendschule, die von einem katholischen Priester aus der Nachbarschaft geleitet wurde. Er lernte Lesen und Schreiben und lernte auch, die kommunistischen Thesen seines Vaters anzuzweifeln.

An dem Tag, an dem Vietnam im Kampf um seine Unabhängigkeit gesiegt hatte, war er elf geworden, und als die Franzosen abzogen, feierte er mit seinen Freunden auf den Straßen die Rückkehr Ho Chi Minhs nach Hanoi. Aber es gab keinen Frieden, auch nicht, nachdem der letzte französische Soldat Vietnam verlassen hatte. Der Kampf eskalierte zu einer Schlacht zwischen dem Norden und dem Süden. Als der erste amerikanische Soldat in Vietnam starb, war Nguyen achtzehn und arbeitete in einer Waffenfabrik, in der Granatwerfer hergestellt wurden. Die Fabrik war nicht viel mehr als ein baufälliger Schuppen in einem der Vororte Hanois, in dem es lediglich ein paar Metalltische gab, eine Esse, deren Blasebalg von einem Fahrrad in Gang gehalten wurde, und eine Drehbank, der als Antrieb ein rostiger Citroën-Motor in einem schweren Holzrahmen diente. Er verbrachte vier Jahre dort, und in dieser Zeit heiratete er Xuang Phong und zeugte zwei Kinder. Beide Male waren es Mädchen. Es waren gute Jahre, die Arbeitsstelle schien weit genug von den Kämpfen im Süden entfernt zu sein, und obwohl die Arbeit hart war und er viele Stunden am Tag schuften mußte, hatten sie es doch immerhin zu einer kleinen Wohnung in einem der schöneren Teile Hanois gebracht. Dann und wann schickte ihnen sein Vater frisches Gemüse von seinem Bauernhof.

All das änderte sich im Jahr 1967, als regelmäßig amerikanische Bomben auf Hanoi fielen. Nguyen wurde in die Nordvietnamesische Armee eingezogen. Es gab keine Diskussionen, und es spielte auch keine Rolle, daß er eine Frau und zwei kleine Kinder hatte. Wenn er nicht in Hanoi von Nutzen für die Kriegsanstrengungen gewesen wäre, hieß es, hätte man ihn schon viel früher geholt. Jetzt wurden seine Fähigkeiten im Süden gebraucht. Nach zwei Wochen Grundausbildung wurde Nguyen als Soldat in den Stellungskrieg geschickt. Bevor er Hanoi verließ, sorgte er dafür, daß seine Familie bei seinem Vater unterkommen konnte. Der Bauernhof lag zwar viel näher am Kampfgebiet, aber Nguyen wußte, daß Hanoi unter noch schwereren Beschuß geraten würde und daß sich dort niemand um seine Frau und seine Töchter gekümmert hätte.

Nguyen und seine Kameraden wurden bis auf 30 Kilometer vor Saigon gebracht, ein Gebiet, das die Amerikaner »das eiserne Dreieck« nannten. Dort blieben sie sechs Monate und halfen dabei, ein Netzwerk von Tunneln zu bauen, das Hunderten von NVA- und Vietcong-Soldaten Unterschlupf bot. Tief unter der Erde gab es Krankenhäuser, Ausbildungsräume, Vorratslager und Munitionsfabriken. Manchmal sah Nguyen wochenlang keinen einzigen Sonnenstrahl. Danach wurde er mit der Aufgabe betraut, aus erbeuteten amerikanischen 105-Millimeter-Haubitzengranaten Minen herzustellen. Von diesen Granaten besaß die NVA einen schier unerschöpflichen Vorrat. Die Amerikaner waren bekannt dafür, äußerst sorglos mit ihrer Ausrüstung umzugehen, und Nguyen und sein Team hatten unzählige Kisten mit Material, das sie verarbeiten konnten.

Als er eines Tages eine neue Produktion von Minen begutachtete, kam ein Vietcong-Offizier in die Fabrikräume, der ihn eine Weile beobachtete und dann ansprach. Der Offizier war vor vielen Jahren auch Automechaniker gewesen, und es stellte sich heraus, daß er in einer Werkstatt in Hanoi gearbeitet hatte, die ganz in der Nähe jenes Reparaturbetriebes lag, in dem Nguyen sein Handwerk erlernt hatte. Der Mann lobte Nguyens Arbeit, sah ihm noch eine Weile zu und ging. Am nächsten Tag wurde Nguyen zu seinem Kommandeur gerufen, und man teilte ihm mit, daß er in eine Guerilla-Einheit des Vietcong versetzt wurde. Als Nguyen fragte, um was für eine Einheit es sich handelte, zuckte der Kommandeur lediglich mit den Schultern und meinte, das spiele keine Rolle. Nguyen fragte kein zweites Mal; er wußte, es war sinnlos. Es überraschte ihn nicht, daß er sich bei jenem Vietcong-Offizier melden sollte, der ihn bei der Arbeit beobachtet hatte. Und dann brachte man Nguyen bei, wie man kämpft und wie man tötet.

Schließlich sagte man ihm, daß er mit zwei anderen Soldaten ein Team bilden würde, das auf den von den Amerikanern benutzten Wegen Explosivfallen verstecken sollte. Man ersetzte seine graue nordvietnamesische Uniform durch eine schwarze. Sein AK-47-Gewehr durfte er jedoch behalten. Und das war es dann. Danach lebte Nguyen fast ein ganzes Jahr in ständiger Furcht. Bei Nacht kroch er aus Tunneln, legte Minen und Stolperdrähte und tat alles mögliche, um die Amerikaner zu entnerven. Er wurde Experte darin, sich nahezu lautlos durch den Dschungel zu bewegen, und er lernte schnell, sich so geschickt zu tarnen, daß er selbst auf wenige Meter Entfernung so gut wie unsichtbar blieb, sogar bei Tageslicht.

Nguyen kümmerte sich kaum um die politischen Hintergründe. Er war stolz darauf, für sein Land zu kämpfen. Wäre es ihm eingefallen, Vorbehalte gegen das zu äußern, was er tat, hätte er sowieso mit einem Genickschuß rechnen müssen. Aber all das zählte nicht mehr nach einer Nacht im Sommer 1968, als man ihn kurzfristig zu einem Ausbildungslager des Vietcong in der Nähe von Chap Lee abkommandiert hatte. Das Lager war nur 50 Kilometer von Dong Hoi entfernt, und Nguyen hoffte, daß man ihm Urlaub gewähren würde, damit er seine Familie auf dem Bauernhof seines Vaters besuchen konnte. Aber seine offizielle Bitte wurde ohne Begründung abgelehnt. Nguyen ging dennoch. Er lieh sich einen Vespa-Roller aus und fuhr durch die Nacht. Als er am Bauernhof ankam, empfingen ihn seine Frau und seine Töchter in Tränen aufgelöst und erzählten ihm, was geschehen war.

Drei Tage zuvor hatte ein Lastwagen voller Vietcong-Soldaten vor dem Hof gehalten. Sie hatten verlangt, daß man sie mit Nahrung und Vorräten versorgen sollte. Ohne eine Antwort abzuwarten, bedienten sie sich mit Reis aus den Vorratskammern und einem halben Dutzend Hühnern. Einer der Soldaten band eine blökende Ziege los und zog sie zum Lastwagen. Xuang Phoung hatte eingewandt, daß sie die Milch für ihre Kinder brauchte, aber der Soldat stieß sie beiseite. Als sie versuchte, die Ziege festzuhalten, stieß er ihr mit dem Gewehrkolben in den Magen. Nguyens Vater eilte herbei, um ihr aufzuhelfen, aber nun ging der Soldat auf ihn los und schlug ihm das Gewehr auf den Kopf. Die Soldaten zogen ihn zum Lastwagen, gemeinsam mit der Ziege, und fuhren davon. Sie brachten ihn zu einem nahegelegenen Weiler, banden ihn an einen Pfahl, riefen die Dorfbewohner zusammen und beschuldigten ihn, ein schlechter Kommunist zu sein und sich an einer Verschwörung gegen die Nationale Befreiungsfront beteiligt zu haben. Dann schlitzten sie ihm unter dem Gejohle der Menge den Bauch auf.

Der alte Mann war noch immer nicht tot, als Xuan Phoung endlich zu Fuß das Dorf erreicht hatte. Sie band ihn los und bettete seinen Kopf in ihren Schoß, wo er starb. Der Vietcong war verschwunden, und einer der mutigeren Dörfler half, ihn zu beerdigen. Es gab keine Begräbniszeremonie, denn das hätte den Vietcong aufgebracht und weitere Hinrichtungen bedeutet.

Xuan Phoung führte Nguyen zu dem namenlosen Grab und stand schweigend an seiner Seite, während ihm die Tränen die Wangen hinunterliefen. In diesem Augenblick, vor der feuchten Erde auf seines Vaters Grab, hatte er eine Entscheidung getroffen. Wenige Stunden später saßen Nguyen und Xuang Phoung, der es irgendwie gelang, ihre beiden Töchter festzuhalten, auf dem Roller und fuhren nach Süden. Als sie sich dem Gebiet näherten, das die südvietnamesischen Streitkräfte kontrollierten, führte er seine Familie in den Dschungel. Sie bewegten sich nur des Nachts und mieden alle Patrouillen, egal ob Amerikaner, Südvietnamesen oder Vietcong, bis sie ein südvietnamesisches Lager bei Hue am Ufer des Songka erreicht hatten.

Dort ergab er sich der Armee Südvietnams und bewarb sich um die Teilnahme am »Chieu Hoi«-Programm, dem »Aufruf zur Rückkehr«. Er hatte davon im Dschungel gelesen, nachdem ein niedrig fliegender Hubschrauber Propagandaflugblätter abgeworfen hatte. Der Vietcong sammelte sie und benutzte sie als Toilettenpapier und um Feuer zu machen.

Seine Frau und seine Kinder wurden in ein sicheres Dorf

südlich von Saigon gebracht, während man Nguyen in ein Umerziehungslager steckte. Er blieb nicht lange dort, denn er war nie ein überzeugter Kommunist gewesen, und die Armee erkannte bald, wie nützlich Nguyen für sie sein konnte. Als er die Fronten gewechselt hatte, war er nicht der Meinung gewesen, daß er nun für den Süden kämpfen müsse. Er hatte die vage Hoffnung gehabt, daß man ihm einfach erlauben würde, wieder das zu tun, was früher sein Leben ausgemacht hatte: in einer Autowerkstatt zu arbeiten und die Abende mit seiner Frau und seinen Kindern zu verbringen. Aber er hatte sich geirrt. Der Süden war vom Vietcong infiltriert, und wenn Nguyen und seine Familie nicht in einem sicheren Dorf versteckt worden wären, hätte man sie innerhalb weniger Wochen getötet. Ihr Überleben hing vom guten Willen der südvietnamesischen Regierung ab. Und das hatte seinen Preis: Nguyen mußte ihr auf bestmögliche Weise helfen.

Nachdem er die neuen Herren davon überzeugt hatte, daß er kein Agent des Vietcong war, schickte man ihn zur Recondo-Schule, die von der Fünften Spezialeinheit auf dem Nha Trang Flugfeld in der Nähe Saigons eingerichtet worden war. Hier bildete die amerikanische Armee die Männer für ihre Spähtrupps aus. Die Spähtrupps arbeiteten in Sechs-Mann-Teams. Sie drangen tief in Feindesgebiet vor, als Augen und Ohren der Armee, und oft auch als deren Attentäter.

Den Ausbildern wurde recht schnell klar, daß sie Nguyen nichts mehr beibringen konnten. Nach zwei Tagen war er es, der sie über die Explosivfallen des Vietcong und über Tarntechniken belehrte. Schließlich drang die Kunde von seinen Fähigkeiten bis in die obersten Ränge vor, und einen Monat später wurde Nguyen zu einem Spähtrupp am Rande des Eisernen Dreiecks versetzt.

Immer und immer wieder wurde Nguyen in Feindesgebiet geschickt, entlang jener Pfade, die er schon als Vietcong gegangen war. Er kannte viele der Verstecke und der Vorratslöcher; vor allem aber verfügte er über einen sechsten Sinn zum Entdecken der Stolperdrähte und der Minen des Vietcong.

Er durfte seine Frau und seine Töchter regelmäßig besuchen, und da er den gleichen Sold wie ein amerikanischer Soldat bekam, war es gut, für die Amerikaner zu kämpfen. Aber dann wurde langsam klar, daß die Nordvietnamesen den Süden überrennen würden. Nguyen begann sich besorgt zu fragen, was passieren würde, wenn die Amerikaner abziehen sollten, aber man versicherte ihm immer wieder, daß Amerika ihm und seiner Familie später eine Zuflucht anbieten könne. Man würde sich um sie kümmern. Und er hatte ihnen geglaubt.

Nguyen wälzte sich unruhig auf dem Bett umher. Schweißperlen glänzten auf seiner Stirn. Sein Atem ging stoßweise, während er im Traum noch einmal durchlebte, was seiner Frau und seinen drei Töchtern angetan worden war, wie sie ums Leben gekommen waren und wie hilflos er hatte zusehen müssen.

Mary Hennessy saß allein im Wohnzimmer und sah fern, als es an der Tür klingelte. Sie stand auf und strich ihr Kleid glatt, bevor sie in den Flur trat. Aber Murphy war schon vor ihr an der Vordertür. Neben der Tür standen vier Koffer, die hauptsächlich die Kleidung enthielten, die Mary mit auf den Hof nehmen wollte. Liam hatte zwar gesagt, daß sie nur übers Wochenende bleiben würden, aber sie spürte, daß er etwas vor ihr verbarg. Ihr wurde klar, wie sehr ihn die beiden Anschläge schockiert hatten. Wahrscheinlich würden sie so lange auf dem Bauernhof wohnen, bis alles geklärt war.

Es war schon fast zehn Uhr, aber Liam hatte gesagt, daß er noch jemanden erwartete, bevor sie fuhren, und es war eher die Neugier im Hinblick auf den geheimnisvollen Besucher als die Höflichkeit, die Mary auf den Flur getrieben hatte. Der Mann wurde noch von der Tür verdeckt, alles was sie sah war ein Arm, der sich ausstreckte, um Murphy die Hand zu schütteln. Aber als sie die Stimme des Besuchers erkannte, schlug sie vor Überraschung die Finger vor den Mund. Die Tür öffnete sich ganz, und Morrison kam herein. Er stellte seine blaue Reisetasche neben die Koffer, und erst als er sich wieder aufrichtete, sah er sie. Er lächelte, und seine Augen weiteten sich.

»Mary«, sagte er auf eine Weise, die alles mögliche bedeuten konnte. Er schien unsicher zu sein, wie er sie begrüßen sollte. Zunächst trat er einen Schritt vor, als ob er sie auf die Wange küssen wolle, aber dann hielt er sich zurück und reichte ihr statt dessen seine Hand. Tat er dies, weil Murphy sie beobachtete, weil er wußte, daß Liam in der Nähe war, oder hatte es einen anderen Grund? Es war zwei Jahre her, seit sie Morrison das letzte Mal gesehen hatte, und sie konnte ihn nicht mehr so mühelos einschätzen wie früher. Seine Hand fühlte sich kräftig und trocken an, und sie preßte ihre Finger gegen seine Handfläche, etwas länger als nötig gewesen wäre. Auch er drückte ihre Hand fest und schien sie nicht wieder loslassen zu wollen. Jedenfalls redete sie sich das ein. Sie freute sich nachträglich, daß sie das blaue Kleid angezogen hatte, in dem ihre Figur so gut zur Geltung kam, besonders um die Taille. Sie wollte schön für ihn sein. Er selbst sah prächtig aus. Seine Haare waren vielleicht etwas länger geworden, aber ansonsten hatte er sich nicht verändert. Alles war wie früher; die strahlenden blauen Augen, der Mund, der immer so aussah, als würde er ein wenig lächeln, und die Figur eines Tänzers.

»Gut, dich wiederzusehen, Sean«, sagte sie. »Was macht New York?«

»Es ist hektisch«, entgegnete er. »Ganz anders als Belfast, soviel steht fest.«

»Kommst du, um mit Liam zu reden?«

»Ja, ist er in seinem Arbeitszimmer?«

Sie wollte ihn noch im Flur festhalten, wollte mit ihm sprechen und von ihm erfahren, warum er zurückgekommen war, aber sie wußte, daß sie ihn schon zu lange angestarrt hatte. Wenn sie damit nicht aufhörte, würde Murphy mißtrauisch werden. Mary lächelte in sich hinein. Natürlich gab es keinen Grund für Mißtrauen. Zwischen ihr und Sean war gar nichts. Es war jetzt über zwei Jahre her, aber als er ihre Hand berührt hatte, war ihr klar geworden, daß die elektrische Spannung zwischen ihnen noch immer Funken schlug.

»Er wartet auf dich«, sagte sie. »Vielleicht sehe ich dich später noch.«

Sie blickte für einen kurzen Moment in seine Augen, drehte sich um und ging zurück ins Wohnzimmer. Dort schenkte sie sich einen Brandy ein, hielt den Schwenker zwischen den Händen und sog das kräftige Bouquet ein. »Willkommen daheim, Sean Morrison«, sagte sie leise und lächelte.

Im Arbeitszimmer schüttelte Morrison die Hand Hennessys und ließ sich in einen der Sessel vor dem Schreibtisch fallen. »Die Jungs scheinen nervös zu sein«, meinte er, und Hennessy erklärte ihm knapp, was geschehen war — die Anrufe aus London, der Besuch des Chinesen, die Explosion in seinem Büro und der Versuch, seinen Wagen in die Luft zu sprengen. Morrison hörte schweigend zu, aber als Hennessy geendet hatte, schien er sich zu fragen, was er eigentlich machen sollte.

»Du hast mich zurückgeholt, damit ich mich um diesen Chinesen kümmere?« fragte er stirnrunzelnd.

Hennessy schüttelte den Kopf. »Nein, nein, das übernehmen wir schon. Nein, Sean, ich brauche deine Hilfe, um diese Bombenserie auf dem Festland zu beenden.« Er berichtete Morrison von seiner Besorgnis wegen der abtrünnigen IRA-Gruppe und des gestohlenen Sprengstoffes.

»Das erklärt einiges«, meinte Morrison. »Zunächst hielt man diese Anschläge auch in den USA für eine gute Sache, und die Spenden strömten nur so herein, aber die letzten Bomben haben sich eher gegen uns gerichtet. Die U-Bahn-Bombe ganz besonders. Die amerikanischen Iren wollen uns unterstützen, aber Massaker wie dieses . . . Ich muß dir sagen, Liam, ich bin furchtbar erleichtert zu hören, daß du das Ganze nicht sanktioniert hast. Wie kann ich dir helfen?«

Hennessy unterhielt sich noch eine weitere Viertelstunde mit Morrison, bevor der jüngere Mann zum Flughafen aufbrach, um den letzten Flug nach Heathrow zu erwischen.

Mary Hennessy schaute auf, als ihr Mann das Wohnzimmer betrat. Als sie sah, daß er allein war, fiel es ihr schwer, ihre Enttäuschung zu verbergen.

»Es ist lange her, seit Sean Morrison das letzte Mal in Belfast war«, sagte sie. Hennessy ging zur Hausbar und schenkte sich einen doppelten Whisky ein.

»Ich brauche seine Hilfe«, sagte er.

»Um den Chinesen zu schnappen?«

Hennessy schwenkte den Whisky in seinem Glas und schüttelte den Kopf. »Es geht um etwas anderes. Ich brauche jemanden, dem ich vertrauen kann, jemanden, der nicht nur sein persönliches Interesse verfolgt. Er ist zwei Jahre fort gewesen, er ist, wie soll ich sagen, noch unverdorben. Ja, das ist das Wort, nach dem ich gesucht habe: unverdorben.«

»Kommt er mit auf den Bauernhof?« fragte sie.

»Nein, ich brauche ihn in London.« Er sah an ihrem Gesichtsausdruck, daß sie nicht wußte, wovon er sprach, und lächelte sie an. »Ich brauche seine Hilfe, um den Bombenanschlägen auf den Grund zu gehen. Egal, was im Moment auch geschieht, das ist das wichtigere Problem.«

Mary sah ihn aufmerksam an. »Du hast einen Plan?«

»So kann man es nennen.« Er leerte sein Glas und stellte es auf den Tisch. »Hast du alles gepackt?«

Sie nickte, und gemeinsam gingen sie zum Wagen. Jimmy Mahone öffnete die Türen für sie und verstaute das Gepäck im Kofferraum. Das Ehepaar setzte sich nach hinten, während Murphy auf dem Beifahrersitz Platz nahm. Jackie quetschte sich unter Hennessys Beine und knurrte leise vor sich hin. Neben der Auffahrt wartete mit laufendem Motor ein Ford Sierra, in dem drei junge Männer saßen. Vier weitere, bullige Männer stiegen in einen braunen Range-Rover und folgten dem Jaguar. Sie fuhren in einer Kolonne, zuerst der Sierra, dann der Jaguar, und am Schluß der Rover. Es ging die Antrim Road entlang, durch das Stadtzentrum und dann auf die A 1, die Autobahn in Richtung Süden.

Das Heulen einer fernen Sirene schreckte Nguyen aus dem Schlaf. Eine Weile blieb er auf dem Bett liegen, starrte an die Decke und versuchte, ruhiger zu atmen. Er war regelrecht naßgeschwitzt, schweißüberströmt. Auf diese Weise erwachte er jedes Mal aus seinen Alpträumen. Die Bilder waren stets die gleichen: ein kleines Boot, das auf dem Südchinesischen Meer trieb. Seine Töchter, die um Hilfe schrien. Die Hilflosigkeit. Der Zorn.

Er konzentrierte sich darauf, was er als nächstes zu tun hatte, versuchte alle anderen trüben Gedanken zu verbannen. Allmählich wurde sein Atem ruhiger. Langsam richtete er sich auf und sah sich im Zimmer um, als nähme er es das erste Mal richtig wahr. Er sah auf seine Uhr. Es war sechs Uhr morgens. Zeit zu gehen.

Das Eis in der Duschkabine war jetzt geschmolzen, und Nguyen stellte sich unter die Brause und wusch sich gründlich, ohne Seife oder Shampoo zu benutzen. Anhaltenden Parfümgeruch an seinem Körper konnte er nicht brauchen. Als er fertig war, trocknete er sich ab, zog locker sitzende Jeans an, ein verwaschenes graues Sweatshirt, ein Paar schwarze Sportschuhe. Seine restlichen Sachen packte er in den Koffer. Er sah noch einmal überall nach, um sicherzugehen, daß er nichts vergessen hatte, warf dann die Reisetasche mit ihrem tödlichen Inhalt über die Schulter und trug sie zusammen mit dem schwarzen Müllbeutel die Treppe hinunter.

Unten legte er seinen Zimmerschlüssel und eine Zehn-Pfund-Note neben das Telefon. Leise drückte er die Klinke der Haustür herunter und schloß letztere ebenso leise hinter sich. Den schwarzen Plastikbeutel preßte er in die Mülltonne an der Seite des Hauses. Der Koffer wurde im Lieferwagen verstaut, die Reisetasche zwängte er unter den Beifahrersitz.

Der Lieferwagen sprang sofort an, und Nguyen fuhr langsam um Wellington Park entlang, um dann links in die Lisbourne Road einzubiegen, die zur A 1 führte. Auf dem Beifahrersitz lagen mehrere Straßenkarten, die er in einem Schreibwarengeschäft im Stadtzentrum gekauft hatte. Von Ian Wood hatte er erfahren, daß Hennessy eine Farm besaß, zwischen den Dörfern Castlewellan und Haltown im County Down, etwa 60 Kilometer südlich von Belfast. Wood hatte ihm nicht genau sagen können, wo das Anwesen lag, aber Nguyen glaubte nicht, daß es schwer sein würde, es zu finden. Laut der Aufschrift des Lieferwagens war er ein Landschaftsgärtner, und wenn er die Leute fragen würde und behauptete, Hennessys Adresse verlegt zu haben, dann konnte ihm sicher jemand den richtigen Weg weisen.

Da Sean Morrison am späten Freitag abend im Strand Palace Hotel abgestiegen war, rief er die Anti-Terror-Abteilung erst am nächsten Morgen an. Er fragte nach Detective Chief Inspector Bromley und war nicht allzu erstaunt, daß er nicht zu erreichen war. Immerhin war es Samstag. Trotzdem erkundigte er sich bei dem wachhabenden Beamten, ob Bromley zu Hause sei oder vielleicht Urlaub mache. Montag morgen, teilte man ihm mit, sei der Inspektor wieder in seinem Büro. »Könnten Sie ihm eine Nachricht von mir zukommen lassen?« fragte Morrison.

Der Polizist war freundlich und entgegenkommend, wahrscheinlich auch wegen Morrisons irischem Akzent, und wollte gerne eine Nachricht entgegennehmen.

»Sagen Sie ihm bitte, daß Sean Morrison ihn sprechen möchte.«

»Würden Sie mir bitte Ihre Telefonnummer geben, Sir?« bat ihn der Beamte.

Netter Versuch, dachte Morrison. Entweder war der Mann extrem naiv, oder er hatte einen besonders trockenen Humor.

»Sagen Sie ihm nur, daß Sean Morrison ihn dringend sprechen muß. Ich rufe gegen Mittag zurück. Wenn er nicht in seinem Büro ist, dann soll er Ihnen eine Nummer geben, unter der ich ihn erreichen kann. Haben Sie das verstanden?«

»Ja, Sir.« Morrison legte den Hörer auf.

Danach wählte er Hennessys Nummer. Eine weibliche Stimme meldete sich.

»Mary?«

»Sean! Wo bist du?«

»In London«, antwortete er. Er wußte nicht, was er zu ihr sagen sollte. Zwei Jahre waren eine lange Zeit.

»Willst du mit Liam sprechen?« fragte sie, und er spürte am Klang ihrer Stimme, daß ihr Mann mit im Zimmer sein mußte. Sogleich fühlte er sich erleichtert. Hennessys Anwesenheit löste das Problem der Konversation.

»Ja«, sagte er.

Morrison hörte, wie das Telefon weitergereicht wurde. »Alles in Ordnung?« fragte Hennessy.

»Alles klar. Ich rufe nur an, um dir mitzuteilen, wo ich bin. Ich wohne im Strand Palace . . .« Hennessy unterbrach ihn und bat ihn zu warten, während er etwas zu schreiben holte. »Okay, ich höre«, meldete er sich wieder.

»Ich bin im Strand Palace Hotel«, sagte Morrison. Er gab Hennessy seine Telefonnummer durch, die dieser wiederholte, bevor er auflegte.

Jim Kavanagh hatte ein Dutzend IRA-Männer zwangsrekrutiert, die ihm bei der Suche nach dem Chinesen halfen. Die meisten waren noch Teenager, aber ihr Mangel an Erfahrung spielte keine allzu große Rolle, da sie ihre Erkundigungen telefonisch einholen sollten. Sie hatten sich in Hennessys Büro versammelt, wo die Luft noch immer nach den Explosionsdämpfen roch. Kavanagh teilte die Helfer in sechs Paare ein und verteilte Ausgaben der Branchen-Verzeichnisse und Stadtführer, die er sich in der Touristen-Information in der High Street besorgt hatte. Der Chinese war aus London gekommen. Wenn er keine Verwandten oder Freunde in der Stadt hatte, mußte er in einem Hotel oder einer Pension abgestiegen sein. Telefonnummern dieser Häuser gab er den Zweiergruppen; der eine rief an, während der andere alles aufschrieb. Es gab genügend Telefonapparate für alle, und Kavanagh hoffte auf raschen Erfolg, denn ansonsten würde man jede asiatische Familie in Belfast überprüfen müssen, und das konnte verdammt lange dauern.

Er kochte sich einen Kaffee, ließ sich auf dem Sofa im Vorzimmer nieder und machte sich gerade auf eine lange Wartezeit gefaßt, als ein schlaksiger, rotgelockter Jüngling aufgeregt in das Zimmer stürmte.

»Ich glaube, wir haben ihn!« stieß er hervor.

Sein Partner, einen Kopf kleiner, mit schulterlangem braunem Haar, kam hinter ihm hergelaufen und wedelte mit einem Notizbuch. »Eine Pension in Wellington Park. Die Wirtin ist eine Mrs. McAllister. Sie sagt, daß ein Asiate zwei Tage bei ihr gewohnt hat.«

Kavandagh fuhr hoch. »Ist er noch da?« fragte er.

»Sie sagt, er sei heute morgen abgereist.«

»Dieser Hurensohn!« fluchte Kavanagh. Er rief zwei Männer, die älter und kräftiger waren als die beiden jungen Helfer, und fuhr mit ihnen in seinem Wagen nach Wellington Park.

Mrs. McAllister führte sie in ihre gute Stube, einen pedantisch gepflegten Raum. In einer Ecke hing eine Marienfigur, auf der Kaminumrandung standen Dutzende kleiner Glastiere und über den Rückenlehnen der Sessel lagen Spitzendeckchen. Sie war eine Katholikin, eine gute noch dazu, und auch wenn sie keine große Sympathien für die IRA hegte, so hatte sie auch keineswegs vor, sie zu verärgern. Kavanagh bat sie, ihren Pensionsgast zu beschreiben, und sie gab sich alle Mühe, aber viel brachte sie nicht zustande: nicht sehr groß, schwarzes Haar, braune Augen, rauhe Haut. Seine Kleidung konnte sie genauer beschreiben, und Kavanagh wußte nun, daß es sich um den gleichen Mann handelte, den er in Hennessys Büro gesehen hatte.

»Ist er mit einem Auto gekommen?« fragte er.

»Er hatte ein großes Auto, weiß. So eine Art Lieferwagen, mit einer Aufschrift an der Seite.«

»Wissen Sie noch, was für eine Aufschrift das war?«

Sie schüttelte den Kopf. »Nein, tut mir leid, ich habe sie nicht richtig lesen können.«

»Kein Problem, Mrs. McAllister. Würden Sie mir sein Zimmer zeigen?«

Sie nahm ihn mit nach oben, während O'Donnel und O'Donoghue mit sichtlichem Unbehagen im Wohnzimmer sitzen blieben.

»Sie führen ein sehr reinliches Haus, Mrs. McAllister«, säuselte Kavanagh, als sie die Zimmertür aufschloß. Während er den Raum untersuchte, wartete sie draußen. Unter dem Bett und in den Schubladen war nichts. Er ging ins Badezimmer, aber auch hier war alles peinlich sauber und roch stark nach Putzmitteln. Kavanagh rief die Wirtin herein.

»Sie haben hier wohl schon saubergemacht, was?« fragte er.

»Aber natürlich. Ich habe heute morgen Staub gewischt und bin mit dem Staubsauger über den Teppich gegangen. Aber der Chinese war sehr ordentlich, das muß ich sagen. Das Zimmer sah fast so aus, als hätte hier überhaupt niemand geschlafen. Da war nur dieser eigenartige Geruch im Badezimmer. Wie Essig oder so etwas. Ich mußte sogar Raumspray benutzen.«

»Essig?«

»So etwas ähnliches, ein furchtbar scharfer Geruch.«

Kavanagh sah sich noch einmal in dem glänzenden Badezimmer um, ohne genau zu wissen, wonach er suchte.

»Ich nehme an, daß er nichts hiergelassen hat, Mrs. McAllister?«

»Nein, nichts. Er hat sogar sein Bett gemacht, bevor er abgereist ist. Ganz früh heute morgen, noch bevor ich auf war. Er hatte die Rechnung schon im voraus bezahlt, aber er hat mir noch ein Trinkgeld dagelassen.« Sie brannte vor Neugier, aber sie wußte, daß es keinen Zweck hatte zu fragen, warum sie den Chinesen suchten. Wenn sie gewollt hätten, daß sie es wußte, hätten sie es ihr gesagt.

»Und Sie haben keine Ahnung, wo er hingefahren sein könnte? Er hat Sie nie nach irgendwelchen Straßen oder Orten gefragt?«

Die Wirtin schüttelte den Kopf. »Ich habe kaum ein Wort mit ihm gewechselt.«

Kavanagh fluchte insgeheim und überlegte, was er als nächstes tun sollte. Der Lieferwagen war eine Möglichkeit, aber die Farbe Weiß und eine unbekannte Aufschrift waren etwas zu wenig. Andererseits hatte der Wagen sicherlich englische Nummernschilder. Vielleicht war er doch nicht so schwer zu finden. »Okay, Mrs. McAllister, vielen Dank für Ihre Hilfe. Tut mir leid, daß wir Sie gestört haben.«

Sie gingen wieder nach unten, wo O'Donnell und O'Donoghue schon erwartungsvoll im Flur standen. Mrs. McAllister machte ihnen die Haustür auf und sah ihnen nach. Plötzlich fiel ihr noch etwas ein, und sie rief Kavanagh zu: »Hören Sie! Sehen Sie doch mal im Mülleimer um die Ecke nach. Als ich den Staubsauger ausgeleert habe, fiel mir eine schwarze Mülltüte darin auf. Die muß von dem Chinesen sein.«

Kavanagh schöpfte wieder Hoffnung und rante beinahe zum Haus zurück, dort wo zwei Mülltonnen nebeneinander standen. Die erste, in die er hineinschaute, enthielt lediglich Küchenabfälle, aber im zweiten Behälter lag unter einer Schicht aus Staub und Schmutzflocken der schwarze Müllbeutel, oben zusammengeknotet und mit Isolierband überklebt. Er zog ihn aus der Tonne, ohne auf die Staubwolke zu achten, die sich auf seine Hosen senkte. Vorsichtig öffnete er den Sack, schaute hinein und runzelte die Stirn.

O'Donnel tauchte neben ihm auf. »Irgendwas gefunden?« fragte er.

»Ich glaube schon«, meinte Kavanagh. »O'Hara sollte sich das hier mal ansehen.«

Kavanagh verstaute den Beutel im Kofferraum des Wagens. Die drei Männer fuhren zu O'Haras Haus, das in einer terrassenförmig angelegten Reihe in der Springfield Road lag. Seine Frau führte sie in die Küche, wo O'Hara gerade Eier mit Schinken verspeiste. Seine wachsamen Augen fixierten sofort den Plastiksack in Kavanaghs Hand.

»Was hast du denn da mitgebracht, Jim?« fragte er, während er mit einem Stück Weißbrot Ei auftunkte und es sich in den Mund schob.

»Ich hoffe, daß du mir das sagen kannst, Willie. Natürlich erst, wenn du mit dem Frühstück fertig bist.«

O'Hara verstand den Wink und legte Messer und Gabel beiseite. Seine Frau stellte den Rest seiner Mahlzeit im Herd warm und ging dann hinaus. Sie wußte, daß es sich um IRA-Geschäfte handelte und daß die Männer alleingelassen werden wollten. O'Hara wischte seine fettigen Hände an den grauen Hosen ab und räumte weg, was noch auf dem Tisch stand, eine Pfanne aus rostfreiem Stahl, eine Flasche Heinz-Ketchup und die Morgenzeitung.

Kavandagh drapierte den Beutel auf dem Tisch, und O'Hara öffnete ihn vorsichtig. Nacheinander entnahm er den Inhalt: die Düngertüte, die Pyrex-Töpfe, leere Flaschen, den Meßbecher, Streichholzschachteln, etwas Draht, eine Blitzlichtbirne. Jedes Teil untersuchte er sorgfältig, bevor er sich dem nächsten zuwandte. Dabei wirkte er wie ein Schuljunge, der seine Weihnachtsgeschenke auspackt und darauf hofft, daß das nächste noch besser wird als das davor. Als der schwarze Beutel schließlich leer war und sein Inhalt aufgereiht auf dem Tisch lag, betrachtete O'Hara Kavanagh mit einem tückischen Grinsen in seinem Wieselgesicht.

»Das Zeug hier ist von dem kleinen Arschloch, das versucht hat, Liams Wagen in die Luft zu sprengen, nicht wahr?« fragte er.

Die Erkenntnis des kleinen Mannes konnte Kavanagh nicht sonderlich beeindrucken — das Blitzlicht war eindeutig von demselben Typ wie das, das man im Benzintank des Jaguars gefunden hatte. »Als er heute morgen die Pension verlassen hat, ließ er dieses Zeug zurück. Was hältst du davon?«

O'Hara fuhr mit der Hand durch das Sammelsurium vor ihm. »Das hier bedeutet auf alle Fälle Ärger«, sagte er. »Großen Ärger.«

Wieder sah Morrison auf seine Armbanduhr und rief die Anti-Terror-Abteilung an. Dieses Mal war Bromley am Apparat. »Tut mir leid, Sie zu belästigen«, sagte Morrison.

»Ich bin immer froh, mit Bürgern zu sprechen, denen das Wohl ihrer Mitmenschen am Herzen liegt, Mr. Morrison«, entgegnete Bromley sarkastisch. »Nach dem letzten FBI-Report, der über meinen Schreibtisch gewandert ist, saßen Sie wohlauf und munter in New York. Was hat Sie denn wieder in unser schönes Land zurückgebracht?«

»Ich muß mit Ihnen sprechen«, entgegnete Morrison.

»Sie haben doch nicht etwa vor, die Fronten zu wechseln und fortan auf der Seite von Recht und Ordnung zu kämpfen, oder?«

»Sagen wir lieber, daß ich Ihnen ein Angebot machen möchte, das sie nicht abschlagen können.«

»Worum geht es?« Bromleys Stimme klang plötzlich ernst.

»Nicht am Telefon. Ich muß mit Ihnen persönlich reden.«

Bromley schnaubte verächtlich. »Wahrscheinlich in einer dunklen Gasse. Jetzt machen Sie mal halblang, Morrison. Warum zum Teufel sollte ich mich so einem Risiko aussetzen? Haben Sie in New York keine Zeitungen gelesen? Die IRA hat hier die Jagdsaison auf uns eröffnet. Wenn Sie mit mir sprechen wollen, dann sollten Sie in mein Büro kommen.«

»Und was glauben Sie, wie lange ich überleben würde, wenn mich jemand dabei beobachtet, wie ich Ihnen einen Besuch abstatte? Ich bin auch nicht so wild auf eine Kugel in den Kopf.«

»Also halten wir gebührenden Abstand voneinander.«

»Vielleicht geht es aber doch. Sie können einen Treffpunkt bestimmen, vorausgesetzt, Sie kommen allein. Ich dachte da an irgendeinen belebten Platz, an dem Sie sich sicher genug fühlen und wo ich mich unter die Leute mischen kann. Es sollte laut dort sein, damit ich weiß, daß sie meine Stimme nicht aufnehmen können.«

»Wann?«

»Heute nachmittag.«

Bromley überdachte das Angebot einige Sekunden lang. »Heute geht es auf keinen Fall. Wenn, dann morgen. Auf dem Trafalgar Square. Seien Sie gegen vier an der Nelson-Säule.«

»Sie müssen unbedingt allein kommen«, sagte Morrison. »Setzen Sie mich nicht unter Druck. Ich werde nicht von der Polizei gesucht, und Sie können mir auch nichts anhängen. Ich will nur reden.«

»Das sagten Sie bereits.«

»Eines noch — ich weiß nicht, wie Sie aussehen. Woran werde ich Sie erkennen?«

»Keine Sorge, Mr. Morrison. Ich habe bereits einige Fotos von Ihnen gesehen. Ich werde mich bei Ihnen vorstellen.«

»Na schön, aber schleichen Sie sich nicht von hinten an mich heran. Ich bin sehr schreckhaft.«

»Ich verstehe. Dann bis morgen um vier.«

Morrison legte auf. Jetzt konnte er nur noch warten. Er schaltete den Fernseher ein, rief den Zimmerservice an und bestellte Kaffee und ein Club-Sandwich.

Hennessy ging mit Jackie über die Felder von Three Acre Pasture, als er den schrillen Pfeifton vernahm, zwei durchdringende Signale, die den Hund herumfahren ließen. Hennessy blinzelte und sah, wie Murphy an der Küchentür stand und winkte. Als Murphy erkannte, daß Hennessy ihn bemerkt hatte, hielt er die Hand an sein Ohr. Das Telefon.

Nach einem schnellen Marsch zurück zur Farm stand Hennessy, leicht außer Atem, in der kühlen Eichenholzküche. Murphy hielt ihm den Hörer hin. Es war Kavanagh, der ihm von dem Besuch in der Pension und dem Fund in der Mülltonne berichtete.

»Und was hat O'Hara gesagt?« fragte Hennessy.

»Nitroglyzerin«, antwortete Kavanagh. »Der Chinese hat im Badezimmer Nitroglyzerin hergestellt. Willie glaubt, daß er das Zeug mit Unkrautvernichter gemischt und es in Plastikrohre gefüllt hat. Wahrscheinlich wird er auch wieder Blitzlichtbirnen verwenden, so wie die im Tank des Jaguars.«

»Wieviel Schaden kann er damit anrichten?«

»Willie meint, nach dem Inhalt des Müllbeutels zu urteilen, hat der Chinese drei oder vier Bomben gebastelt, von denen jede groß genug ist, um ein Auto in die Luft zu jagen. Es ist schwer zu sagen, weil viel davon abhängt, wie rein das Nitro war, das er benutzt hat, aber Willie meint, daß der Mann etwas davon versteht.«

Hennessy fühlte, wie ihm ein kalter Schauer den Rücken hinunterlief. Die Bomben, von denen Kavanagh sprach, klangen nicht mehr nach einer Warnung. Es sah so aus, als erhöhe der Chinese den Einsatz. »Was hast du als nächstes vor, Jim?« fragte er.

»Ich denke, wir halten uns an den Lieferwagen. Die Pensionswirtin hat erzählt, daß er einen weißen Lieferwagen mit einer schwarzen Aufschrift fährt. Unsere Männer durchkämmen die Stadt. Ein Chinese in einem weißen Lieferwagen mit englischem Nummernschild dürfte nicht allzu schwer zu finden sein. Wir kriegen ihn, Liam, keine Sorge.« Kavanagh gab sich alle Mühe, optimistisch zu klingen, wahrscheinlich auch weil er spürte, wie besorgt sein Boss war.

»Okay, bleib dran, Jim. Und sag mir Bescheid, sobald du irgend etwas Neues weißt.«

»Wird gemacht«, verabschiedete sich Kavanagh.

Als Hennessy den Hörer auflegte, kam Mary in die Küche und fragte, ob er einen Kaffee haben wolle. Er antwortete, daß ihm im Moment nach etwas Stärkerem zumute wäre. Mary rümpfte die Nase und sah ihn mißbilligend an. Sie trug enge Levis-Jeans, Cowboystiefel und einen weiten, rosafarbenen Pullover, den zuletzt eine seiner Töchter getragen hatte. Er nahm eine Flasche Whisky von der Anrichte und schenkte sich einen ordentlichen Schluck ein.

»Ich fahre ins Dorf, Brot kaufen«, sagte Mary. »Kann ich dir irgendwas mitbringen?«

Er setzte sich in einen alten Schaukelstuhl und begann, hin und her zu wippen, das Glas am Mund. »Ich habe alles«, sagte er.

Sie wandte sich ihm zu, die Hände in die Hüften gestützt. »Ich finde nicht, daß du hier rumsitzen und Trübsal blasen solltest, Liam«, sagte sie.

»Ich blase keine Trübsal, ich denke nach. Und du benimmst dich wie meine Mutter.«

»Und du, Liam Hennessy, benimmst dich wie mein Großvater. Reiß dich endlich zusammen und hör auf, dich zu bemitleiden.« Sie drehte sich auf dem Absatz um und knallte die Küchentür hinter sich zu. Er hörte, wie der Wagen angelassen wurde und davonfuhr und fragte sich, warum sie sich so aufregte.

Seit er sie kannte, hatte er Marys Temperament und ihre Launen als ihre Pluspunkte empfunden. Sie forderte ihn heraus, mit ihr gab es Spaß, es war niemals langweilig. Nach der Geburt der Kinder war sie ruhiger geworden, aber jetzt, wo die beiden Mädchen schon die Universität besuchten, benahm sie sich immer öfter wie die temperamentvolle junge Frau, die sie früher gewesen war. An manchen Tagen konnte sie so sanft und liebevoll sein, daß es ihm den Atem verschlug, an anderen war sie so kalt und abweisend, daß er sicher war, daß sie ihn verlassen würde. Auch sexuell hielt sie ihn in einem ständigen Zustand der Verwirrung. Als sie geheiratet hatten, kam es ihm so vor, als würden sie ihre ganze Zeit im Bett verbringen, und es hatte ihn nicht überrascht, daß sie so schnell zwei Kinder bekamen. Er hatte sich noch mehr gewünscht, aber sie meinte, zwei seien genug. Doch auch dann schliefen sie regelmäßig miteinander und hatten Spaß daran, auch wenn er mit der Zeit bedächtiger und ruhiger wurde. Es begann, als die Kinder vierzehn, fünfzehn Jahre alt waren; langsam zog Mary sich von ihm zurück. Es gab sogar eine Phase, in der sie in einem der Gästezimmer schlief, angeblich, weil sie nicht einschlafen konnte. Wenn er sich ihr näherte, blieb sie freundlich, aber bestimmt: sie wollte nicht, daß er sie anfaßte. Schließlich kehrte sie in das gemeinsame Schlafzimmer zurück. Er fand nie den Grund dafür heraus, aber selbst wenn sie in seinem Bett lag, erlaubte sie ihm nur selten, mit ihr zu schlafen; tat sie es doch einmal, dann war es meist schnell vorbei und ohne Leidenschaft.

Manchmal jedoch verhielt sie sich völlig anders. Sie wartete, bis er das Licht gelöscht und sich ins Bett gelegt hatte. Dann streichelte sie ihn, und es war wie in den alten Tagen. Sie schmiegte sich an ihn, biß in seine Schulter und bat ihn, sich auf den Rücken zu legen, um dann auf ihn zu steigen und ihn zu reiten. Dabei waren das die schlimmsten Nächte, denn wenn sie mit geschlossenen Augen auf ihm stöhnte und japste, spürte er tief im Inneren, daß sie an einen anderen dachte und daß er nur benutzt wurde. Doch war ihm das während des Aktes egal, denn sie war so sinnlich und aufregend, daß er dafür auch gestorben wäre. Nur hinterher, wenn sie sich auf die Laken fallen ließ und sich schnell zur Seite rollte, erst dann überkam ihn ein Gefühl des Abscheus. Mit Tränen in den Augen lag er hellwach neben ihr, voller Selbsthaß, und schwor sich, sie beim nächsten Mal, wenn sie ihre Arme nach ihm ausstreckte, abzuweisen und ihr deutlich zu sagen, daß sie mit ihm schlafen und ihn nicht als Teil irgendeines Wunschbildes benutzen sollte. Natürlich wies er sie niemals ab.

Marys Verhalten im Bett stürzte Hennessy in völlige Verwirrung, denn ansonsten benahm sie sich wie die perfekte Ehefrau und Mutter. Sie führte den Haushalt, wie man es sich nur wünschen konnte, die Töchter waren intelligent, hübsch und ausgeglichen, sie interessierte sich für seine Arbeit und seine Politik, sie lachte über seine Witze, bewirtete die gemeinsamen Freunde und schien sich in seiner Gesellschaft wohlzufühlen. Jeder, der sie kannte, sagte, sie wären das perfekte Paar, und wenn sie mit Freunden ihres Alters zusammensaßen, erfüllten ihn ihre Vitalität und ihre Jugendlichkeit jedesmal mit besonderem Stolz. Sie sah blendend aus, und während ihre Freundinnen zugenommen hatten, Dauerwellen trugen und sich so kleideten wie ihre Mütter, hatte Mary ihre Figur behalten. Trug sie die passenden Sachen, ging sie sogar noch ohne BH. Im Laufe der Jahre hatte Hennessy sich eingeredet, seine Frau so akzeptieren zu können, wie sie war. Die Schwierigkeiten beim Sex waren eben der kleine Preis, den er dafür bezahlen mußte, sie an seiner Seite zu haben. Manchmal glaubte er sogar daran. Langsam schaukelte er vor sich hin und schloß die Augen. Die Bewegung beruhigte ihn.

Die Fahrt von Belfast zur B 8 zwischen Castlewellan und Haltown dauerte etwa anderthalb Stunden, aber weitere drei Stunden vergingen, ehe Nguyen Hennessys Farm gefunden hatte. Die beiden Dörfer waren ungefähr 13 Kilometer voneinander entfernt, und in dem Flickwerk aus Feldern und Hügeln verbargen sich eine ganze Reihe von Anwesen. Schließlich wies ein bärtiger Riese auf einem Traktor Nguyen den richtigen Weg, nördlich der B 8, weiter weg von der Grenze. Kurze Zeit später traf er einen Briefträger in einem schrottreifen alten Postauto, der auf eine Ansammlung verwitterter Steinhäuser und moderner Scheunen deutete.

Nguyen widmete sich intensiv dem Studium der Landkarten, die er mitgebracht hatte, und kreiste den Punkt ein, an dem sich die Farm befand. Im Osten lag der Tollymore Forest

Park, in südöstlicher Richtung ein Gebirgskamm, die Mourne Mountains. Im Süden lag ein Ort namens Warrenpoint. Der Name kam ihm irgendwie bekannt vor, aber er wußte nicht mehr genau warum. Es hatte irgend etwas mit einem Unglück zu tun, das dort in der Vergangenheit geschehen war, eine Explosion oder ein Massaker. Er war sich sicher, den Namen in den Fernsehnachrichten gehört zu haben. Die Nachrichten hatte er stets mit seiner Tochter angesehen, um ihr dabei zu helfen, ihr Englisch zu verbessern.

Etwa einen Kilometer hinter der Farm befand sich ein bewaldeter Hügel, und nach der Landkarte würde er ganz in seine Nähe gelangen, wenn er die Straße nahm, die zu dem Dorf Rathfriland führte. Als er sich dem Hügel auf ein paar hundert Meter genähert hatte, parkte er den Wagen auf einem Rastplatz, hängte sich das Fernglas um den Hals, nahm den Kompaß aus dem Handschuhfach, steckte die Karte ein und schritt energisch auf den Hügel zu, einen steinigen Pfad entlang, der im Zickzack durch das übrige Gras führte. Offenbar war es der Trampelpfad eines Schäfers, der seine Herde hier manchmal zusammentrieb. An einigen Stellen lag Hundekot, und man konnte die Stiefelabdrücke eines Mannes erkennen, der einen Stock bei sich gehabt haben mußte. Überall sah man Schafe und Lämmer.

Er erreichte die Spitze des Hügels und legte sich ins Gras. Durch das starke Fernglas beobachtete er das Farmland und den Hof. Das Haupthaus bestand aus einem L-förmigen Gebäude aus Stein mit einem steilen grauen Schieferdach. Von Nguyens Standpunkt aus konnte man auf die Rückseite des Hauses blicken; er erkannte eine Hintertür, die wohl zur Küche führte. Das Gebäude hatte zwei Stockwerke, aber der kürzere Teil des L war einstöckig und schien Nebenräume zu beinhalten. Die Fenster waren völlig verschmutzt. Innerhalb des L's lag ein rechteckiger geteerter Innenhof, auf dem mehrere Autos parkten: ein Range Rover, ein Jaguar, zwei Landrover und ein Ford Sierra. Nguyen erkannte den Jaguar und lächelte zufrieden. Er hatte gar nicht damit gerechnet, daß Hennessy hier sein würde. Das war ein Extrabonus. An der Seite des Hofes, direkt gegenüber dem Nebengebäude, sah man ein weiteres einstöckiges Gebäude, hinter dem sich eine Koppel befand, auf der dicht beieinander zwei Pferde standen. Im rechten Winkel zu den Ställen erhob sich ein zweistöckiges Cottage, das auf dieselbe solide Weise gebaut war wie das Haupthaus; wie Nguen annahm, wohnte dort wahrscheinlich der Verwalter der Farm.

Vor dem Cottage war ein Gemüsegarten angelegt worden. In ordentlichen Reihen wuchsen Kohl und anderes Gemüse. Dahinter erstreckte sich ein kleiner Obstgarten, in dem mehrere Bäume standen. Eine Kiesauffahrt führte vom Innenhof zwischen dem Farmhaus und den Ställen in einem Bogen zur Vorderseite des Anwesens. Die vierte Seite des Innenhofes wurde von zwei offenen Scheunen begrenzt. In der einen stapelten sich Heuballen, in der anderen waren an der Seite Säcke aufgetürmt. Auf der anderen Seite erkannte Nguyen Werkzeuge und Gegenstände, die man auf einer Farm benötigte; hinter den Scheunen ragten drei glänzende weiße Silos wie Raketen, die zum Start bereitstanden, gen Himmel.

Die Auffahrt führte zu einer einspurigen Straße, die sich durch die Felder wand und mehrere Farmen miteinander verband, bevor sie verschwand und sich, der Landkarte folgend, im Norden mit der B 7 vereinte. Alle paar hundert Meter gab es Ausweichbuchten, beide Seiten der Straße wurden von Hecken gesäumt. Die Felder dienten meistens der Rinder- und Schafzucht, aber es gab auch bebaute Flächen. Einige der flickwerkartig angelegten Vierecke leuchteten gelb mit Raps, und auf einem Feld hinter den Scheunen wuchs etwas Grünes, vielleicht Kartoffeln oder Steckrüben. Die Landschaft hob und senkte sich wie eine nachlässig auf ein Bett geworfene Daunendecke. Die Flecken, die zu steil und schwer zugänglich waren, hatte man bewaldet gelassen.

Nguyen legte die Landkarte ins Gras und nahm mit dem Kompaß eine Peilung vor. Mit einem Bleistift trug er verschiedene Wege zu Hennessys Farm in die Karte ein, von der B 180, der B 8, der B 25 und der B 7, wobei er möglichst Routen durch bewaldetes Gebiet wählte. Wo es den Schutz der Bäume nicht gab, mußten Gräben oder Hecken genügen. Durch Hennessys Land schlängelte sich ein Bächlein, das zu klein war, als daß man es auf der Karte eingezeichnet hätte. Sorgfältig trug Nguyen mit einem dünnen Strich den Lauf des Gewässers ein. Er fertigte auch eine Art Grundriß des gesamten Anwesens an, wobei er besonderen Wert auf die Lage der Gebäude legte. Schließlich zeichnete er auch noch eine Skizze des Haupthauses, einschließlich der Außenrohre. Das Regenabflußrohr befand sich neben dem mittleren der oberen fünf Fenster. Die untere Hälfte dieses Fensters bestand aus Milchglas, und im Raum selbst konnte man einen runden Ventilator erkennen. Wahrscheinlich das Bad, dachte Nguyen, und trug es in seiner Skizze ein. In der Ferne flog ein zweirotoriger Hubschrauber, ein Chinook, nahe über dem Boden und steuerte auf das Grenzland zu. Nguyen wartete, bis er aus seinem Sichtfeld verschwunden war, bevor er den Hügel wieder hinabstieg.

Zunächst mußte er unbedingt den Lieferwagen verstecken, denn wenn er noch öfter in der Nähe der Farm herumfuhr, würde man ihn bald entdeckt haben. In dieser Gegend gab es nur wenig Verkehr, und fast alle Fahrzeuge, denen man begegnete, waren entweder Traktoren oder Armee-Landrover. Sowohl Farmer als auch Soldaten sahen Nguyen neugierig an, aber niemand schien ihn als Bedrohung zu betrachten. Alle lasen natürlich die Aufschrift an seinem Lieferwagen, und ihm war klar, daß sich jeder an den asiatischen Landschaftsgärtner erinnern würde. Es hatte keinen Sinn, den Renault in einem der nahegelegenen Dörfer zu parken, denn so dicht an der Grenze achtete man besonders auf unbekannte Fahrzeuge. Er mußte den Wagen in einiger Entfernung von der Farm abstellen, aber auch noch nah genug, um in ein paar Stunden hin und wieder zurück zu kommen. Sieben oder acht Kilometer dürften die richtige Entfernung sein, und das auf einem Weg, der ihn vor den Patrouillen der Armee schützte und ihn auch vor den Hubschraubern verbarg, die immer wieder durch die Luft brummten. Er studierte die Landkarte, entschied sich für den Tollymore Forest Park, fuhr die B 8 entlang und bog dann auf die B 180 ab, die mitten durch den Wald nach Maghera führte. Langsam fuhr Nguyen die Straße entlang und sah sich links und rechts nach geeigneten Abzweigungen um. Er merkte sich mehrere Stellen, und als er den Wald verlassen hatte, wendete er an einer Ausweichbucht und fuhr wieder in Richtung Haltown zurück. Die ersten drei Abzweigungen waren zu leicht von der Straße aus einzusehen. Der Pfad, den er dann nehmen wollte, führte zwar tief in den Wald hinein, aber die Reifenspuren im Lehm waren zu frisch, und es gab zu viele davon. Offenbar benutzten Waldarbeiter diesen Weg, oder vielleicht auch die Armee. Nguyen setzte wieder zurück auf die Straße. Die zweite Abzweigung schien so zu sein, wie er gehofft hatte, ein schmaler Weg, der von Farnen und Sträuchern fast zugewachsen war. Er fuhr den Wagen weit genug in den Wald hinein, so daß er von der Straße aus nicht mehr zu sehen war. Dann stieg er aus und untersuchte die vorhandenen Reifenspuren und die überhängenden Zweige. Die Abdrücke waren alt und undeutlich; aus der trockenen Erde schoß das Unkraut. Farne, die sich über den Pfad geneigt hatten, waren nicht geknickt und trugen keine Spuren von Schmutz oder Öl. Es war mindestens eine Woche her, daß jemand hier entlang gefahren war, wahrscheinlich noch viel länger, und die Trittspuren, die er sah, waren nicht die von Menschen. Füchse und Hasen hatten diesen Weg gekreuzt, das war alles.

Zufrieden stieg Nguyen wieder ein und fuhr noch tiefer in den Wald. Der Lieferwagen holperte über die unebenen Stellen wie ein bockiges Pferd, und Nguyen mußte das Lenkrad fest umklammern. Nachdem er noch hundert Meter weiter gefahren war, suchte er sich eine Stelle aus, wo er gefahrlos den Pfad verlassen konnte, und lenkte den Wagen vorsichtig zwischen die Bäume. Erst als er sicher war, daß man auch vom Pfad aus nichts erkennen konnte, stellte er den Motor ab.

Die nächste Stunde verbrachte er damit, den Weg vom Auto über den Pfad bis zur Straße zurückzugehen. Er verwischte seine Spuren, so gut er konnte. Natürlich konnte er niemanden täuschen, der nach ihm suchte, aber einem zufällig Vorbeikommenden würde sicher nicht auffallen, daß hier ein Wagen abgebogen war. Er sammelte Farnzweige und Unterholz und bedeckte damit das Dach des Lieferwagens. Schließlich gab es hier genug Hubschrauber; er mußte das Risiko einkalkulieren, von oben entdeckt zu werden. Feuchte Erde schmierte er über die Seiten des Wagens, bis sich der weiße Anstrich in ein schmutziges Weißbraun verwandelt hatte. Zum Schluß sammelte er noch mehr Zweige, die er als zusätzliche Tarnung an alle Seiten des Autos lehnte.

Er sah auf seine Armbanduhr. Noch zwei Stunden, bis es dunkel wurde. Im Wagen sitzend nahm er eine Portion Reis und eine Portion Schweinefleisch aus der Plastiktüte. Nguyen aß langsam und kaute jeden Bissen sorgfältig, bevor er ihn hinunterschluckte. Das Essen war weder appetitlich noch schmackhaft, aber er wußte, daß es ihm die Energie geben würde, die er benötigte. Als er zu Ende gegessen hatte, lehnte er sich in seinen Sitz zurück und versuchte, etwas zu schlafen, um Kräfte für die kommende Nacht zu sammeln. In der Ferne hörte er das flatternde Geräusch eines einrotorigen Hubschraubers, der langsam und tief flog. Nguyen schlief ein.

Die Luft vibrierte vom Dröhnen der Helikopter. Es war 1975. Nguyen hastete mit seiner Frau und seinen Töchtern durch die überfüllten Straßen Saigons. Hitze und Angst trieben ihnen den Schweiß auf die Stirn. Überall Gesichter voller Panik. Junge und Alte, Familien und Einzelpersonen, sie alle rannten auf die Botschaft der USA zu und auf die dort wartenden Helikopter. Fast jeder trug etwas bei sich, einen Koffer, einen Weidenkorb. Andere schoben Fahrräder, die mit Kleidern oder Elektrogeräten beladen waren. Kinder, die kaum gehen konnten, drückten Beutel an ihre Brust, alte Frauen keuchten und wankten unter dem Gewicht der Taschen und Säcke, die sie an die Enden von Bambusstangen gehängt hatten. Nguyen hatte seiner Frau gesagt, daß sie nur eine Tasche packen solle. Diese Tasche trug er nun, während seine Frau die beiden Kinder an der Hand hielt. Sie weinte, während sie die Straße entlangtrottete. Die Gesichter der Kinder waren verschlossen und verängstigt. Nguyen wirkte kalt und unbeteiligt, aber in seinem Kopf rasten die Gedanken.

Er und seine Familie waren nach Saigon gezogen, weil es auf dem Land zu unsicher wurde. Die NVA überrannte den Süden förmlich, und im Februar hörte Nguyen Gerüchte, die besagten, daß eine Hubschrauberevakuierung Saigons geplant sei. Hue fiel am 24. März, und weniger als eine Woche später stürmte die NVA Da Nang. Die Südvietnamesen versuchten verzweifelt, eine Verteidigungslinie nördlich von Saigon zu halten. Das Büro des Verteidigungsattachés stellte eine Liste von etwa 7000 Personen auf, die für eine Evakuierung in Frage kamen, während die ARVN bei Xuan Loc, nur 40 Kilometer östlich von Saigon, einen letzten Kampf führte. Der Raketenlärm ließ Nguyens Kinder nachts nicht mehr zur Ruhe kommen. Nguyen führte ein Gespräch mit seinem Kommandeur, der ihm versicherte, daß er und seine Familie zusammen mit den amerikanischen Streitkräften ausgeflogen würden, falls Saigon fallen sollte.

Am 28. April teilte man ihm mit, daß er sich am nächsten Tag für eine Evakuierung bereit halten müsse. Die NVA griff den Flughafen von Tan Son Nhut an und verhinderte so, daß Privatmaschinen mit Flüchtlingen starten konnten. Daraufhin beschloß man, die amerikanischen Soldaten und ihre Helfer mit Hubschraubern auf die vor der Küste wartenden Schiffe zu transportieren. Nguyen wurde, wie Tausenden anderer Vietnamesen, die in der US-Army gedient hatten, gesagt, er solle in seinem Haus warten, bis Sonderbusse sie abholen können. Sie warteten, aber die Busse kamen nicht. Nguyen rief alle 15 Minuten bei der amerikanischen Botschaft an, bekam aber immer die gleiche Antwort. »Warten Sie.« Er hörte, wie Hubschrauber in Richtung der Botschaft flogen und wartete. Er hörte das Donnern der Geschütze bei Bien Hoa und wartete. Erst als er das Knattern von Handfeuerwaffen vernahm, faßte er seine Frau und seine Kinder bei der Hand und rannte mit ihnen auf die Straße. Es war halb zehn Uhr abends. Die Laternen brannten.

Nguyen ließ die schwere Tasche einfach auf der Straße stehen und nahm seiner Frau eine der beiden Töchter ab. Er hob sie hoch und setzte sie auf seine Schultern. Das Mädchen kicherte und spielte mit seinen Haaren. Seine Frau nahm die andere Tochter auf den Arm. Die Zeit lief ihnen davon. Über der Botschaft kreisten nur noch wenige Hubschrauber. Die Straßen waren völlig verstopft. Überall Autos, Lastwagen, Fahrräder und Fußgänger, und alle schienen sie zur Botschaft zu strömen. Die Menge lief immer schneller, und man mußte aufpassen, um nicht über eines der zurückgelassenen Gepäckstücke zu stolpern, während die Menschen sich durch die Thong Nhat Avenue wälzten. In der Ferne sahen sie den weißen Betonblock, der die amerikanische Botschaft beherbergte; über ihnen kreisten Hubschrauber. Als sie die Botschaft endlich erreicht hatten, stand die Menge schon so dicht gedrängt, daß Nguyen nicht näher als bis auf 30 Meter an die drei Meter hohe Mauer herankam, welche die Botschaft umgab. Die Mauern waren mit Stacheldraht gesichert und wurden von Marines mit Maschinenpistolen bewacht. Es gab nur einen Weg in die Botschaft: den durch das Tor, und dieses Tor wurde nur geöffnet, wenn man die richtigen Papiere vorzeigen konnte und das Codewort kannte. Nguyens Töchter weinten. Es wurde Mitternacht. Die donnernden Explosionen, die vom Flughafen her zu vernehmen waren, verebbten langsam. Immer noch flogen Hubschrauber heran und nahmen die Glücklichen an Bord, die es bis auf die Landefläche auf dem Dach des Botschaftsgebäudes geschafft hatten. Als der Morgen dämmerte, war Nguyens Familie immer noch weit vom Tor entfernt, eingekeilt in eine feste Menschenmasse. Seine Frau brach vor Erschöpfung fast zusammen, und nur der Druck der Menschen um sie herum hielt sie so lange aufrecht, bis es Nguyen gelang, einen Arm um ihre Hüfte zu legen und sie zu stützen. Sie sah ihn mit einem flehenden Blick an, aber es gab nichts, was er tun konnte. In seiner Jackentasche waren die richtigen Papiere, aber sie nutzten ihnen nichts, solange sie nicht bis an das Tor der Botschaft gelangten. Es war hoffnungslos. Plötzlich ging ein Aufschrei durch die Menge, und Nguyen sah, wie ein Hubschrauber vom Dach abhob und auf die See hinaus flog, dort wo die Siebte Flotte wartete. Der Helikopter schwebte einsam am Himmel, und Nguyen wurde klar, daß es der letzte war. Die Wachen auf den Mauern und auf dem Botschaftsdach waren verschwunden; die Amerikaner waren fort. Xuang Phoung weinte leise. Die Menge löste sich nun rasch auf. Jeder wußte, daß die T-54-Panzer der nordvietnamesischen Armee bald durch die Straßen rollen würden. Überall lagen zurückgelassene Uniformen und Ausrüstungsstücke der ARVN herum.

Nguyen ging mit seiner Familie wieder in ihre Wohnung zurück, wo er Xuan Phoung half, die völlig erschöpften Kinder ins Bett zu bringen. Er hielt seine Frau fest in den Armen und küßte sie, und sie nahm ihn bei der Hand und führte ihn in ihr winziges Schlafzimmer, wo er sie liebte, verzweifelt und mit mehr Leidenschaft als je zuvor. In dieser Nacht wurde Kieu Trinh gezeugt.

Nguyen fuhr hoch. Sein Gesicht war schweißüberströmt. Es war dunkel, und er saß eine Weile ruhig da und zwang sich dazu, sich zu entspannen. Mühsam füllte er seinen Geist mit dem Bild des buddhistischen Schreins, der in seiner Wohnung stand — seiner ehemaligen Wohnung, erinnerte er sich. Er stieg über die Sitzlehnen in den hinteren Teil des Lieferwagens und packte drei der Röhrenbomben in den Rucksack. Dann folgten die gefüllten Wasserflaschen und die Reste seiner Mahlzeit, zusammen mit sechs Rollen kunststoffumhüllten Drahtes, zwei Weckern und ein paar Werkzeugen, die er vielleicht brauchen würde. Die Batterien, mit denen er die Bomben zünden wollte, steckten in den Reißverschlußtaschen seiner Tarnjacke. Er nahm auch das Fernglas und die Karte mit.

Dann legte er seine Kleider bis auf Unterhose und Strümpfe ab und streifte sich die Tarnjacke und die Tarnhose über. Er zog ein paar dicke Wollsocken über die Strümpfe und stieg in seine alten, bequemen Stiefel. Das rechte Hosenbein rollte er hoch und band sich das Halfter eines seiner Wurfmesser an die Wade. Das andere Messer befestigte er an einem der Rucksackriemen, so daß es mit dem Griff nach unten zeigte. Bei Gefahr konnte er es so am schnellsten ziehen. Mit dem großen Jagdmesser machte er es genauso.

Nachdem er seine Vorbereitungen beendet hatte, kletterte er wieder nach vorne und stieg durch die Fahrertür aus dem Wagen. Während er die Tür öffnete und wieder zumachte, hielt er die Augen fest geschlossen, damit die Helligkeit der Innenbeleuchtung ihm nicht die Nachtsicht verdarb. Abzuschließen brauchte er den Wagen nicht, denn wenn man ihn entdecken sollte, wäre sowieso alles vorbei, aber er ließ die Schlüssel nicht stecken, sondern legte sie unter eine Baumwurzel, die er bei seiner Rückkehr wiedererkennen würde.

Er lehnte Zweige gegen die Tür und verharrte ungefähr eine Minute, während er mit dem Kompaß die Richtung anpeilte. Am wolkenlosen Himmel war eine dünne Mondsichel zu sehen, und das Licht der Sterne war hell genug. In westlicher Richtung ging er dann durch den Wald, parallel zur B 180. Obwohl er ein rasches Tempo einschlug, kostete ihn der Wald mit seinen Bäumen und dem Buschwerk einige Zeit, und als er ihn endlich verließ, hatte er fast zwei Stunden gebraucht, um vier Kilometer zurückzulegen. Er ging weitere drei Kilometer in Richtung Westen, wobei er stets den Schutz der Felder und der Hecken suchte, bis er an die B 8 kam. Nach einem erneuten Blick auf den Kompaß setzte er seinen Marsch in Richtung Nord-West fort. Zweimal mußte er einen Umweg machen, um nicht zu nahe an anderen Farmen vorbeizukommen. Jedesmal, wenn er das Geräusch eines Hubschraubers hörte, warf er sich zu Boden. Schließlich erreichte er Hennessys Anwesen. Hinter den Gebäuden ragte drohend die schwarze Silhouette des Hügels auf, von dem aus er am Tag zuvor die Farm beobachtet hatte.

Fast eine halbe Stunde wartete er liegend in dem süßlich riechenden Gras, so lange, bis er sicher war, daß jeder im Haus schlief. Dann kroch er langsam auf das Hauptgebäude zu. Er wagte es nicht, die Straße zu überqueren, die zur Farm führte, selbst in der Dunkelheit nicht, und schlug stattdessen einen Haken um die Ställe, das Cottage des Verwalters und die Scheunen, bis er die Nebengebäude erreicht hatte. Von dort kroch er zur Steinmauer, richtete sich langsam auf und schlich auf Zehenspitzen durch die Lücke zwischen Mauer und Scheune, jedes Geräusch vermeidend.

Als er den Innenhof und die dort geparkten Wagen erreicht hatte, suchte er mit weitgeöffneten Augen jeden Zentimeter seiner Umgebung ab. Erst als er ganz sicher gehen konnte, daß nirgendwo ein Wachtposten stand, schob er sich an der rauhen Mauer entlang auf das Farmhaus zu. Er kam an einem großen Fenster mit schmutzigen Scheiben und Holzrahmen vorbei, warf einen Blick hinein und sah Metallfässer, die aufeinander gestapelt waren, klobige Holzbänke und eine Ansammlung von Farmwerkzeug. Vorsichtig schob er sich an dem Fenster vorbei, bis er an eine Holztür mit reichverzierten Metallscharnieren gelangte. Die Tür besaß ein altertümliches Schlüsselloch und zwei Riegel, von denen der eine rechts oben und der andere rechts unten angebracht waren. Vorsichtig schob er den oberen Riegel zur Seite und atmete erleichtert aus, als er sich geräuschlos und glatt bewegen ließ. Obwohl die Tür alt und verwittert war, schien sie regelmäßig benützt zu werden. Der zweite Riegel ließ sich ebenso mühelos zur Seite schieben. Nguyen hielt den Atem an und drückte die eiserne Türklinke herunter. Sie gab ein leises, kaum hörbares Ächzen von sich. Er drückte gegen die Tür, die nicht abgeschlossen war und sich mit leichtem Knarren öffnete, Nguyen schlüpfte in das Gebäude und schloß die Tür hinter sich.

Innen roch es nach Staub und Verwesung, und ein bitterer chemischer Geruch lag in der Luft. Nguyen ging zu den Fässern hinüber. Die meisten waren gefüllt und enthielten laut den Beschriftungen Unkrautvernichter. Er war ganz froh darüber, daß hier keine Benzinfässer lagerten, denn er hatte noch nicht vor, das Haus niederzubrennen. Hennessy sollte lediglich spüren, wie ernst er es meinte.

Auf dem Zementboden niederkniend, setzte er den Rucksack ab und holte eine der Röhrenbomben heraus, einen Wecker und die beiden kleinsten Drahtrollen. Den Glasdeckel des Weckers hatte er bereits entfernt, so daß die Zeiger offenlagen. Nguyen befestigte das eine Ende des Drahtes am Stundenzeiger, wickelte den Draht dreimal herum und breitete die Kupferstränge fächerartig aus. Mit dem anderen Stück Draht und dem Minutenzeiger verfuhr er genauso. Er schnitt den Draht in der Mitte entzwei und legte das Kupfer an den Schnittstellen frei. Als nächstes nahm er eine der Batterien aus seiner Tasche und verband den Draht vom Minutenzeiger mit einem der Batteriepole, das lose Stück Draht mit dem anderen, bevor er den Wecker auf 25 Minuten vor fünf Uhr einstellte. Er überzeugte sich noch einmal davon, daß der Wecker auch aufgezogen war. Jetzt würde es noch ungefähr 50 Minuten dauern, bevor die beiden Drähte sich berührten. Die Röhre mit dem Sprengstoff legte er unter die Fenster an die Wand und verband die beiden Drähte, die von dem Wecker ausgingen, mit den Drahtenden der Röhre. Wenn der Minutenzeiger so weit herumgekrochen war, daß er den Stundenzeiger passierte, dann würden sich die blanken Drahtenden berühren und den Schaltkreis zwischen der Batterie und dem Blitzlichtzünder schließen, der die Bombe zum Explodieren bringen sollte.

Er packte alles, was er wieder mitnehmen wollte, in seinen Rucksack und streifte ihn über, bevor er sachte vier Fässer mit Unkrautvernichter an die Wand rollte und sie in einem Halbkreis um die Bombe plazierte. Auf diese Weise würde die Explosion noch konzentrierter gegen die Mauer gerichtet sein, wo sie auch den meisten Schaden anrichten konnte. Die Zeiger des Weckers waren noch 40 Minuten voneinander entfernt, als er lautlos durch die Tür glitt und die Riegel wieder vorschob.

Nguyen nahm den gleichen Weg zurück, den er gekommen war, aber diesmal kroch er nicht, sondern rannte gebückt um die Scheunen herum und ließ sich erst fallen, als er in Hörweite des Cottage war. Als er es hinter sich gelassen hatte, richtete er sich wieder auf und eilte an den Ställen vorbei. Die Pferde, die dort eingesperrt waren, schnaubten verhalten, aber keines schreckte auf. Als er einen Punkt auf den Feldern erreicht hatte, von dem aus er die ganze Farm überblicken konnte, ließ er sich ins Gras fallen. Er nahm das Fernglas aus dem Rucksack, legte es vor sich und sah auf seine Armbanduhr. Noch acht Minuten.

Nguyen vernahm die Geräusche der Nacht: den Schrei einer Eule, das Bellen eines Fuchses in weiter Ferne, das Dröhnen eines Armeehubschraubers. Er stellte sich vor, wie die Sekunden auf dem Wecker verrannen und konzentrierte sich so intensiv, daß er fast hören konnte, wie das metallische Ticken aus dem Lagerraum drang, wie es lauter und lauter wurde — bis die Erde von dem Schlag vibrieren würde, der jeden in der näheren Umgebung aus dem Schlaf reißen mußte.

Als die Bombe dann explodierte, schreckte er zusammen, auch wenn er darauf gewartet hatte. Von seinem Blickpunkt aus konnte er die eigentliche Detonation nicht sehen, aber er beobachtete, wie das Farmhaus für einen Augenblick von dem Detonationsblitz als Silhouette in der Nacht beleuchtet wurde. Den Bruchteil einer Sekunde später zitterte die Erde. Ein donnerndes Brüllen erfüllte die Nacht.

Er setzte das Fernglas an die Augen und beobachtete, was geschah. Nach wenigen Sekunden ging in einem der oberen Räume ein Licht an, und eine Gestalt erschien am Fenster. Nguyen erkannte den Mann, es war einer der beiden, die ihn in Hennessys Büro durchsucht hatten. Ansonsten blieb das Haus dunkel. Nguyen erhob sich und schlich wieder hinter die Ställe. Er bewegte sich vorsichtig, aber natürlich würden sich jetzt alle Augen auf das zerstörte Nebengebäude richten, das jetzt in hellen Flammen stand. Er hörte, wie die Pferde in ihren Ställen wieherten und mit den Hufen scharrten. Sicher würde jemand kommen, um die Tiere zu beruhigen, also ließ sich Nguyen wieder fallen und kroch weiter, am Cottage vorbei bis zum Obstgarten. Hier versteckte er sich hinter einem Apfelbaum und beobachtete die oberen Zimmer des Farmhauses. Die Haustür des Cottages wurde aufgerissen, und ein Mann mittleren Alters in einem gestreiften Morgenrock kam schreiend herausgelaufen, gefolgt von drei jungen Männern in Unterhemden. Nguyen sah, daß sie Gewehre trugen.

In dem Zimmer an der rechten Seite des Hauses, bei den Nebengebäuden, ging ein Licht an, und auch in den beiden Räumen zur Linken wurden Lampen eingeschaltet. Nguyen sah, wie eine Frau ans Fenster trat und es öffnete. Sie war schlank und dunkelhaarig. Dann gingen unten Lichter an, die Tür wurde geöffnet, und zwei Männer kamen aus dem Haus. Einer der beiden war der Mann, den er am anderen Ende des Gebäudes gesehen hatte, der andere war Hennessy. Sie liefen auf das Feuer zu. Eine junge Frau kam aus dem Cottage gerannt, und der Begleiter Hennessys rief ihr etwas zu. Sie wandte sich um und lief zu den Ställen.

Vier weitere Männer eilten aus dem Farmhaus. Nguyen hatte keinen von ihnen je gesehen. Einer trug einen Feuerlöscher, während die anderen Gewehre schußbereit hielten. Die Flammen schlugen aus einem zackenförmigen Loch in der Wand, wo zuvor Fenster und Tür gewesen waren. Ein Großteil der Dachschindeln war in die Luft gesprengt worden und lag nun auf dem Hof verstreut oder war auf den Dächern der Autos gelandet. Der Feuerlöscher begann, seinen Inhalt auszuspucken, und der Mann spritzte den Schaum in die Flammen. Das Mädchen, das zu den Ställen gelaufen war, kam mit einem zweiten Feuerlöscher zurück, den es dem Mann im Morgenmantel reichte, der dem anderen beim Bekämpfen des Feuers half. Die Frau am Fenster rief etwas herunter, und Hennessy winkte zu ihr hinauf und schrie zurück. Wahrscheinlich seine Frau, dachte Nguyen. Einer der Männer lief in das Farmhaus zurück und kam mit einem weiteren Feuerlöscher wieder. Bald hatten die drei Schaumfontänen die Flammen unter Kontrolle gebracht. Nguyen fand, daß er genug gesehen hatte und kroch auf dem Bauch davon, weg von der Farm, in die Dunkelheit hinein. In etwa einem Kilometer Entfernung befand sich ein keilförmiges Wäldchen, das er zuvor dazu auserkoren hatte, ihm tagsüber als Unterschlupf zu dienen. Von dort aus konnte er die Farm weiterhin beobachten.

Vorsichtig stiegen Murphy und Hennessy über das zerstörte Mauerwerk und warfen einen Blick in die rauchende Ruine des Nebengebäudes. Die Explosion hatte die Stahlfässer zerfetzt, und die Männer mußten sich vorsehen, nicht auf eines der scharfen Metallteile zu treten, die überall herumlagen.

Auch die schweren Holzbänke waren in Stücke gerissen; das Holz lag zwischen den Resten verformter Werkzeuge.

Ein Schieferziegel löste sich aus dem zerstörten Dach und krachte auf den Boden. Murphy zog Hennessy zurück. »Sei vorsichtig, Liam«, sagte er. »Wir warten besser, bis es hell wird, bevor wir uns hier umsehen.«

Hennessy nickte und folgte Murphy in den Innenhof.

»Jesus, Maria und Josef, was geht hier eigentlich vor?« fragte Joe Ryan, der mit einem leeren Feuerlöscher vor ihnen stand. Der Morgenrock flatterte ihm um die Beine. Ryan war seit über 20 Jahren der Verwalter von Hennessys Farm. Er war nicht wenig überrascht gewesen, als Hennessy plötzlich eingetroffen war, mit Mary und in der Begleitung von Murphy, McMahon und sieben anderen Männern aus Belfast, die jetzt im Innenhof herumstanden und alle möglichen Waffen in den Händen hielten, mit denen sie sicherlich nicht auf Hasenjagd gehen wollten. Aber Hennessy hatte ihm keine Erklärung angeboten, und Joe Ryan hatte nicht danach gefragt.

Jetzt ging Hennessy auf seinen Verwalter zu und legte ihm beruhigend den Arm um die Schultern. »Es ist mein Fehler, Joe, ich hätte es dir schon früher sagen sollen. Aber ich hatte keine Ahnung, daß er mir hierher folgen würde.« Während sie auf die Küche des Farmhauses zugingen, berichtete er von dem Chinesen.

Mary wartete in einem grünen Morgenrock und Slippern in der Küche. Sie hatte eine große Kanne Kaffee gekocht und für die Männer eine Flasche irischen Whisky und ein Dutzend Gläser auf den Tisch gestellt. In eines der Gläser füllte sie einen ordentlichen Schluck und reichte es ihrem Mann. Sie wies Murphy an, die restlichen Gläser für die Männer zu füllen, die nun einer nach dem anderen in die Küche kamen. »Bist du in Ordnung?« fragte sie Hennessy und strich ihm über die Schulter. Offenbar hatte sie sich ernste Sorgen um ihn gemacht.

»Mir geht's soweit gut«, antwortete er.

»Noch eine Warnung?« fragte sie. Hennessy war sich nicht sicher, ob sie es sarkastisch meinte oder nicht.

»Er hat nicht beabsichtigt, jemanden umzubringen, wenn du das meinst, Mary«, entgegnete er und trank einen Schluck des weichen Whiskys.

Dann wandte er sich an Murphy. »Beordre sofort Kavanagh hierher«, sagte er. »Sag ihm, daß er den Chinesen nicht länger in Belfast zu suchen braucht. Und sag ihm, er soll ein Dutzend seiner Männer mitbringen. Und Willie O'Hara.«

Murphy knurrte zustimmend und ging zum Telefon im Flur.

Ryan zog einen Stuhl hinter dem Tisch hervor und setzte sich, nachdem er sich einen Becher Kaffee eingeschenkt hatte.

»Hat dieser Chinese Handgranaten oder sowas, Liam?« fragte er.

»Nitroglyzerin«, antwortete Hennessy. »Er hat in Belfast sein eigenes Nitroglyzerin hergestellt.« Die Küche war nun voller Männer, die standen oder saßen. Einige husteten noch, weil sie Rauch eingeatmet hatten. Ryans Tochter Sarah stand hinter ihrem Vater und streichelte ihm übers Haar, mehr um damit ihre eigenen zitternden Hände zu beruhigen.

Hennessy stand an die Spüle gelehnt und räusperte sich laut. »Jeder von uns muß ab jetzt vollkommen wachsam sein«, sagte er. »Ich habe diesen Chinesen unterschätzt, bis heute, und das war ein Fehler, den ich nicht mehr wiederholen werde. Für den Rest der Nacht werden sechs von euch draußen Wache halten.« Er deutete auf die Männer, die er ausgewählt hatte, oder nickte ihnen zu. »Jimmy McMahon kann in der Küche schlafen. Christy Murphy bewacht die Vordertür. Joe, du und Sarah, ihr solltet euch im Cottage einschließen. Tommy soll mit euch gehen. Die anderen können versuchen, etwas zu schlafen. Morgen werde ich euch dann mitteilen, wie wir weiter vorgehen.«

Die Männer, die für die Wache eingeteilt worden waren, tranken ihren Whisky aus, prüften ihre Waffen und gingen hinaus. Ryan und seine Tochter folgten mit Tommy O'Donoghue im Schlepptau.

Murphy kam in die Küche zurück. »Jim ist schon so gut wie unterwegs.«

»Gut«, sagte Hennessy. »Mary und ich werden jetzt zu Bett gehen. Jimmy schläft heute nacht hier. Kannst du im Flur bleiben? Wenn morgen Jim hier ist, stellen wir einen genauen Wachtplan auf.«

»In Ordnung«, meinte Murphy.

Hennessy und Mary stiegen gemeinsam die Treppe hinauf. Sie hielt einen gelben Becher mit Kaffee in beiden Händen. Hennessy schien es, als habe sie der Zwischenfall eher verärgert als erschreckt. Im Schlafzimmer stellte sie den Becher auf ihren Nachttisch und begann, sich mit kurzen, aggressiven Strichen das Haar zu bürsten.

»Ich glaube, daß es besser wäre, wenn du nicht hierbleibst, bei all dem, was hier passiert«, sagte Hennessy, der jetzt seinen Morgenmantel auszog und ihn an einen Haken an der Tür hängte.

»Daran habe ich auch schon gedacht«, pflichtete sie ihm bei. Sie beobachtete ihn in ihrem Schminkspiegel, während sie ihre Haare bürstete. Er trat zum offenen Fenster und sah in den Innenhof. Zwei seiner Männer standen dort unten, der eine hielt ein Gewehr in der Hand. Sie winkten hinauf, und er winkte zurück, bevor er das Fenster schloß, um den Rauchgeruch draußen zu halten. Energisch zog er die Vorhänge zu.

»Das Haus in der Stadt halte ich ebenfalls nicht für sicher, auch wenn der Chinese jetzt hier ist«, sagte er. »Am besten gehst du ins Ausland, solange, bis wir dieses Problem gelöst haben.«

»Dieses Problem!« spottete sie lachend mit ironiedurchtränkter Stimme. »Dieses Problem, wie du es nennst, Liam, schleicht sich auf unserer Farm herum und zündet Nitroglyzerinbomben gegen Gott weiß wen. Und das nennst du ›dieses Problem‹? Liam, Liam, manchmal kannst du derartig schwülstig sein!« Sie schüttelte traurig den Kopf. Hennessy stand verwirrt vor ihr und wußte nicht, was er sagen sollte. Sie sprach an seiner Stelle. »Ich habe mir überlegt, daß ich bei Marie wohnen könnte.« Marie, ihre Tochter, studierte in

London Soziologie, und bis zu den Sommerferien vergingen noch etliche Wochen. Sie hatten ihr ein Appartement in Earl's Court gemietet, wo Mary schon öfter zu Besuch gewesen war.

»Mir wäre es lieber, wenn du wirklich weit weg wärst, in Amerika oder der Karibik. London ist immer noch ziemlich nah«, drängte er.

Sie drehte sich um, während sie noch immer ihr Haar bürstete. »Liam, in London bin ich vollkommen sicher«, sagte sie frostig. »Erstens wird er von Maries Appartement überhaupt nichts wissen, und zweitens ist er ja hinter dir her und nicht hinter mir.«

Darauf wußte Hennessy keine Antwort. Zögerlich stimmte er Mary zu.

»Außerdem werde ich auf dem Flug nach London ganz genau darauf achten, ob irgendwelche Chinesen mitfliegen. Wenn, dann rufe ich dich sofort an«, sagte sie. Damit legte sie die Bürste beiseite und löschte das Licht. Er hörte, wie die Seide auf ihrer Haut raschelte, als sie unter die Decke schlüpfte. Hennessy legte sich auf seine Seite des Bettes.

»Gute Nacht«, sagte er. Er spürte einen flüchtigen Kuß auf der Wange. Mary drehte sich sofort um und lag mit angezogenen Beinen auf der Seite. Hennessy streckte sich mit fest geschlossenen Augen auf dem Rücken aus.

Die Flügeltür stand weit offen und ließ zusammen mit der Morgensonne eine frische Brise vom Fluß herein. Denis Fisher saß auf dem weißen Kunststoffstuhl, einen Stapel Sonntagszeitungen auf dem runden weißen Tisch vor sich ausgebreitet. Er trug ein weißes T-Shirt, verwaschene blaue Levis und eine Sonnenbrille. Seine Füße ruhten auf einem zweiten Stuhl, neben ihm stand eine Tasse mit starkem Kaffee, und er sah aus wie ein Mann, der mit sich und der Welt im reinen ist. Er fuhr sich mit den Fingern durch das blonde Haar und reckte die Arme.

»Wie läuft's?« rief er ins Wohnzimmer.

McDermont, der Bombenmacher, saß am Eßtisch. Vor ihm lag eine Sammlung elektronischer Teile sowie Drähte, Batterien und Timer. Er sah auf das Innenleben eines Laptop-Computers hinab.

»Prima. Hier ist massenhaft Platz. Mehr als genug. Ich versuche, die eingebaute Uhr des Computers als Timer zu benutzen und den Zünder mit der internen Batterie zu koppeln. Wenn das klappt, haben wir verdammt viel Gewicht eingespart. Alles, was dann noch hineinkommt, ist der Sprengstoff, der Zünder und ein paar Zentimeter Draht.«

Neben dem Computer lag ein rechteckiger Klumpen, der wie ein Stück Marzipan aussah, das von einer Kunststoffolie überzogen wurde. Das Stück war weniger als drei Zentimeter dick, aber fast 25 Zentimeter breit und 30 Zentimeter lang. Unter der Plastikhülle befand sich ein weißes Papieretikett mit schwarzem Rand: PLASTIKSPRENGSTOFF SEMTEX-H.

Der Sprengstoff hatte einen weiten Weg hinter sich. Er war vor Jahren in der Semtex-Fabrik tief in den Wäldern im Westen der Tschechoslowakei hergestellt worden, damals, als es noch den Eisernen Vorhang gab. 1980 wurde die Produktion des Hochleistungssprengstoffes für das Militär eingestellt, aber zwischen 1975 und 1981 verkauften die Tschechen 960 Tonnen Semtex an Libyen, im Gesamtwert von sechs Millionen Dollar. Das Geschäft war über die Omnipol Handelsagentur abgewickelt worden. Später gelangten dann einige Tonnen in die Hände der IRA. Der libyische Führer Gaddafi hatte sechs Lagerhäuser ein paar Kilometer außerhalb von Tripolis mit Kisten des hochexplosiven Materials gefüllt. Gaddafi hatte die IRA schon in den frühen Siebzigern massiv unterstützt, aber nach der Belagerung der libyschen Botschaft in London im Sommer 1985 kam zu der Hilfe noch der Rachegedanke hinzu. Der Oberst wollte es der britischen Regierung heimzahlen.

Im Oktober 1986, sechs Monate, nachdem Präsident Reagan einen Luftangriff auf Tripolis befohlen hatte, fuhr ein umgebautes Sicherheitsschiff der Ölindustrie in libysche Gewässer und nahm im Verlauf von zwei Tagen 80 Tonnen Waffen an Bord, darunter auch eine Tonne Semtex. Der Sprengstoff wurde an einem schmalen Strand im Südosten

Irlands entladen, und in den nächsten Monaten schaffte man einen großen Teil davon heimlich zu Waffendepots in England. Die beiden Pakete auf dem Tisch stammten aus dieser Lieferung von 1986.

Fisher legte die Sonntagsausgabe des *Independent* zur Seite und ging ins Wohnzimmer, wo er dem Bombenmacher über die Schulter sah.

»Das sieht ja höllisch kompliziert aus«, meinte er.

»Es ist das erste Mal, daß ich so etwas mache«, sagte MacDermot. »Ich teste das Ganze mit dieser Taschenlampenbirne, bis ich sicher bin, daß es funktioniert. Es kommt auf das Timen an. Wir benutzen so wenig Sprengstoff, daß er keinen großen Schaden anrichtet, wenn er zur falschen Zeit am falschen Ort explodiert.«

»Wieviel nimmst du?« fragte Fisher.

»Zweihundert Gramm reichen bei weitem, um ein Loch in den Rumpf zu reißen und einen plötzlichen Druckabfall zu erzeugen. Die PanAm-Maschine bei Lockerbie ist durch dreihundert Gramm runtergegangen. Aber natürlich macht es gerade das Lockerbie-Fiasko so schwer für uns.«

»Was meinst du?«

»Erinnerst du dich an den Arzt, dessen Tochter in der PanAm gestorben ist? Er hat eine Bombenattrappe in eine British Airways-Maschine nach New York geschmuggelt, um zu beweisen, wie nachlässig die Sicherheitskontrollen waren. Alles, was er dabei hatte, war ein Radio, in dem sich Marzipan und eine Batterie befanden. Aber er hatte bewiesen, was er beweisen wollte, und seitdem überprüfen alle Fluggesellschaften die mitgeführten elektrischen Geräte.«

»Heißt das, daß sie den Laptop auseinandernehmen?« fragte Fisher stirnrunzelnd.

»Das nicht, aber sie wollen ihn in Betrieb sehen und werfen einen Blick durch sämtliche Lücken und Gitter. Und durchleuchten ihn natürlich. Bis zum Sommer 1990 konnte man die Sachen mit an Bord nehmen, ohne daß sie einen Röntgenapparat passieren mußten, aber der Verkehrsminister hat die Gesetze geändert.«

»Wird man den Sprengstoff dann nicht entdecken?«

»Mit den neuesten Geräten soll das angeblich möglich sein, aber ich werde den Transformer aushöhlen, den modernen Schaltkreis herausnehmen und das meiste dort verstecken. Sie werden nichts erkennen, egal wie gut ihre Ausrüstung ist, keine Sorge. So ein Laptop ist genau das, was eine Menge Leute mit an Bord nehmen, und wenn er funktioniert und die richtige Person ihn bei sich hat, dann werden sie keinen Verdacht schöpfen. Und daß der Computer einigermaßen funktioniert, dafür sorge ich schon.«

Fisher legte seine Hand auf McDermots Schulter. »Wenn einer es schafft, dann du. Was macht die Ascot-Bombe?«

Der Bombenmacher wandte den Kopf zu einem Kamerakoffer aus Metall, der auf dem Boden stand. »Verglichen mit dem Computer ist das ein Kinderspiel. Heute abend bin ich damit fertig.«

Fisher lächelte zufrieden.

»Hast du dir schon überlegt, welches Flugzeug?« fragte MacDermott.

Fisher schüttelte den Kopf. »Wir müssen vorsichtig sein, verdammt vorsichtig«, sagte er. »Ein Flug, auf dem sich Iren, Amerikaner oder Kinder befinden, kommt nicht in Frage. Am besten wäre eine Maschine des Königshauses oder eine, in der der Premierminister sitzt oder irgendein anderer dieser Regierungsbastarde. Eine Militärmaschine wäre auch gut. Ich will nur, daß die Bombe bereit ist, wenn sich eine Möglichkeit bietet. Natürlich brauchen wir einen Maulesel, jemanden, der die Bombe an Bord bringt. Jemanden, der nicht auffällt, ein Pilot, ein Journalist oder ein Polizist.«

»Ist es nicht riskant, solche Leute einzusetzen, wenn wir so unauffällig wie möglich bleiben wollen?«

Fisher grinste. »Ich weiß, daß es riskant ist, aber denke an den Gewinn. Stell es dir nur vor — ein zweites Brighton wird es werden . . .«

Das Telefon klingelte, und O'Reilly legte die Pistole, die er gerade reinigte, auf den Couchtisch, eine Smith & Wesson 9-Millimeter Automatik.

»Soll ich rangehen?« fragte er, aber Fisher hatte den Hörer schon in der Hand.

»Ja, ja. Verstehe. Ja«, sagte Fisher in den Hörer und legte auf.

»Interessant«, sagte er und rieb sich das Kinn. O'Reilly und der Bombenmacher sahen ihn gespannt an. »Das Codewort ist geändert worden«, erklärte Fisher. »Von heute nacht an.«

»Schön von ihnen, es uns wissen zu lassen«, meinte O'Reilly lächelnd; er hatte die Pistole wieder in die Hand genommen und begann, sie zu zerlegen. »Die Bullen würden uns sicher nicht ernstnehmen, wenn wir ihnen ein falsches Codewort gäben.«

Als Hennessy erwachte, lag er allein in dem großen Bett aus Kiefernholz. Er duschte, zog sich an und ging hinunter in die Küche, wo seine Frau Eier mit Schinken briet und Toast grillte. Jim Kavanagh, Willie O'Hara, Christy Murphy und Jimmy McMahon saßen am Tisch und tranken Kaffee.

Trotz der Bombe, die sie aus dem Schlaf gerissen hatte, wirkte Mary frisch und munter und schien ihre Rolle als Kantinenwirtin zu genießen.

»Also, Christy, jetzt bist du dran«, flötete sie, während sie einen Teller mit Schinken und Eiern vor ihm plazierte. Willie O'Hara hatte sein Frühstück schon fast beendet; mit einem Stück Toast wischte er Eigelb vom Teller. Kavanagh war schon fertig und bestrich eine Scheibe Toast mit Butter. Liam hatte gehört, wie er am frühen Morgen angekommen war, und auch er sah nicht aus, als habe er viel geschlafen. Mary schlug zwei Eier in die Pfanne und stellte sie auf die Herdplatte, nahm vier Scheiben Toast aus dem Grill und stellte sie in den Toastständer auf dem Tisch.

»Guten Morgen, Liam«, sagte sie fröhlich und goß ihm ein Glas Orangensaft ein. »Was möchtest du zum Frühstück haben?«

»Nur Toast«, antwortete er. Ein großer Esser war er ohnehin nie gewesen, und er bezweifelte, daß er heute viel hinunterbringen würde, bei all dem Streß. »Danke, daß du so schnell gekommen bist, Jim«, sagte er zu Kavanagh.

»Ich bin nur sauer, daß ich ihn in Belfast nicht mehr erwischt habe. Dann wäre das hier nicht passiert.«

»Wo sind die Männer, die mit dir gekommen sind?«

»Sie haben die Jungs abgelöst, die letzte Nacht Wache hatten, und die frühstücken jetzt im Cottage. Wir wollten deiner lieben Gattin nicht die ganze Arbeit aufhalsen.«

»Unsinn«, meinte Mary. Sie kam mit einem weiteren Teller an den Tisch. »So, Jimmy, hier ist dein Frühstück.«

Hennessy zog einen Stuhl unter dem Tisch hervor und setzte sich. »Wie viele Männer haben wir jetzt hier?« fragte er Kavanagh.

»Da sind die sechs, die mit mir gekommen sind, und die sieben, die mit dir und Murphy fuhren. Dann haben wir noch drei Farmarbeiter, die wir einsetzen können, falls es nötig ist. Mr. Ryan und seine Tochter haben ebenfalls ihre Hilfe angeboten. Ich glaube, ihnen gefällt der Gedanke nicht besonders, die Farm zu bewirtschaften, während da draußen ein Chinese Amok läuft.«

Hennessy nickte nachdenklich und trank einen Schluck Saft. »Die Farmarbeiter und die Ryans müssen wir aus dem Spiel lassen. Wenn wir noch mehr Männer brauchen sollten, müssen wir sie aus Belfast holen. Also reden wir im Moment von vierzehn Männern. Und dazu kommt ihr vier natürlich.« Er sah den Ausdruck des Schreckens auf O'Haras Gesicht, dessen Schnurrbart mit Eigelb verklebt war. »Keine Bange, Willie, du brauchst keine Pistole anzufassen.« Es war allgemein bekannt, daß O'Hara eine Riesenangst vor Schußwaffen hatte, obwohl er einer der besten Sprengstoffexperten der Organisation war. »Christy, du bringst Mary nachher nach London.«

»Ach, Liam, er braucht mich doch nicht den ganzen Weg bis London zu begleiten«, warf Mary ein, die immer noch Eier briet.

»Bis London«, beharrte Hennessy. Murphy nickte. »Jimmy, du wirst sie zum Flughafen fahren.« McMahon bejahte mit vollem Mund.

Hennessy fragte Kavanagh, wie viele Männer man brauchte, um die Farm völlig abzusichern.

»Völlig absichern kannst du hier nichts, Liam«, antwortete Kavanagh. »Man könnte hier hundert Männer postieren, aber ein geschickter Mann käme immer noch durch.« Als er sah, daß Hennessy mit dieser Antwort keineswegs zufrieden war, fügte er rasch hinzu: »Den Innenhof könnten drei Mann absichern, aber er könnte eine Bombe durch die Fenster an der Vorderseite werfen oder sich zu den Ställen durchschlagen. Also braucht man einen Mann für die Scheunen, zwei bei den Ställen, einen im Innenhof und drei an der Vorderseite.«

»Insgesamt sieben.«

»Nachts schon. Tagsüber sollten vier reichen, denn hier sind nur Felder, und man würde ihn schon aus ein paar Kilometern Entfernung bemerken.«

»Das sind immer noch elf Männer rund um die Uhr.«

»Richtig. Du brauchst also mindestens zweiundzwanzig, und wenn sich diese Sache hinzieht, dann brauchst du sogar doppelt so viele, weil die Männer mit der Zeit nachlässig und unaufmerksam werden.«

Hennessy ließ die Faust auf die Tischplatte krachen. Die Frühstücksteller klirrten. »Dieser verdammte Mistkerl!« fluchte er.

Mary stellte einen vollen Teller vor Kavanagh, und er dankte ihr. »Bist du sicher, daß du Toast willst, Liam?« fragte sie ihn. Als er mit dem Kopf schüttelte, nahm sie die Schürze ab und hängte sie über eine Stuhllehne. Sie trug enge Skihosen und einen blauen Pullover, und Hennessy bemerkte, wie O'Haras und McMahons Augen ihrem Hüftschwung folgten, während sie zur Tür hinausging. War ihr bewußt, wie sehr die Männer es liebten, ihr hinterherzusehen? Hennessy war überzeugt davon, daß sie es wußte. Auch wenn er stolz darauf war, solch eine attraktive Frau zu haben, wünschte er sich doch oft, daß sie wenigstens ein bißchen schneller altern würde, daß sie etwas weniger attraktiv aussähe, damit die Männer sie nicht mehr so begehrlich betrachten würden. Er wünschte sich auch, daß sie, wie er selbst, gesetzter wäre und nicht so wie ein Teenager. Vielleicht hätte sie dann mehr für ihn übrig.

»Christy, du steigst mit ihr ins Flugzeug und bringst sie bis zur Wohnung meiner Tochter. Wenn du zu irgendeinem

Zeitpunkt auch nur den geringsten Verdacht hast, daß der Chinese in der Nähe ist, dann rufe sofort von einem sicheren Ort aus an, um Hilfe zu bekommen. Geh kein Risiko ein. Dieser Mistkerl will mir an den Kragen, und vielleicht kommt er auf die Idee, mich durch meine Familie zu treffen.«

Murphy legte sein Messer und seine Gabel nebeneinander auf den Teller. »Bei mir ist sie sicher, Liam, das schwöre ich dir.«

McMahon trank seinen Kaffee aus und stand auf. »Ich werde besser mit dem Wagen zur Tankstelle im Dorf fahren und volltanken, damit wir unterwegs nicht anhalten müssen. Haben die am Sonntag auf?«

»Das ›Geschlossen‹-Schild hängt mit Sicherheit draußen, aber wenn du hupst, kommt der alte Hanratty auf alle Fälle raus, um dich zu bedienen«, sagte Hennessy.

McMahon wischte sich die Hände an den Hosen ab und ging hinaus in den Innenhof. Sie hörten, wie der Wagen ansprang und die Auffahrt entlangrollte.

»Willie, ich möchte, daß du dir genau ansiehst, was vom Nebengebäude übriggeblieben ist, und ob es wirklich eine dieser selbstgebastelten Bomben war, von denen du gesprochen hast. Danach sollten wir dann ein . . .«

Seine Worte wurden von dem hallenden Donner einer Explosion in der Ferne unterbrochen, es klang, als ob ein riesiger Klumpen Erde aus großer Höhe herabgestürzt wäre.

Kavanagh sprang als erster auf, und die anderen folgten ihm durch die Küche und den Flur zur Vordertür hinaus.

Ungefähr fünfzig Meter bevor der Weg die Straße erreichte, lag der Jaguar im Feld, auf der Seite. Durch die aufgeplatzte Motorhaube drangen Dampfwolken. Der Motor lief auf Hochtouren. Zwei der IRA-Posten rannten bereits hin, zwei weitere kamen von den Ställen, Gewehre im Anschlag. Einer von ihnen griff durch das Seitenfenster und schaltete den Motor aus.

»O Gott, Jimmy«, flüsterte Hennessy und begann ebenfalls zu laufen. Zusammen mit O'Hara zog er McMahon aus dem Wagen und legte ihn auf das Gras. Sein Gesicht war an mehreren Stellen zerschnitten, sein Hemd blutverklebt. Er murmelte unzusammenhängende Worte. Hennessy kniete sich neben ihn und hielt seine blutige Hand.

»Hol ein Auto, wir müssen ihn sofort ins Krankenhaus bringen«, sagte er zu Michael O'Faolain, dem schlaksigen rothaarigen Jungen, der mit ihm aus Belfast gekommen war. »Wir können nicht warten, bis ein Krankenwagen kommt.« O'Faolain rannte zur Farm zurück. »Willie, sieh nach, was zum Teufel hier passiert ist«, sagte Hennessy zu O'Hara, aber als der sich gerade umdrehte, hatte er selbst den Krater auf dem Weg entdeckt und wußte sofort, was das bedeutete. »Der verdammte Chinese«, zischte er.

McMahon stöhnte, aber seine Augen blieben geschlossen. Seine Hose war versengt und zerfetzt, und durch die Risse konnte Hennessy sehen, wie das Blut aus den Wunden lief.

O'Hara tauchte neben ihm auf. »Sieht nach einer Nitro-Bombe aus, Liam, ungefähr fünfzig Zentimeter tief in die Erde gegraben. Über einen Draht gezündet.«

»Das heißt, er war in der Nähe.«

»Ich denke, daß er es immer noch ist. Hängt davon ab, wie lang seine Drähte sind.« Er deutete über das Feld zu einem nahen Wäldchen. »Die Drähte laufen in diese Richtung. Wenn wir uns beeilen . . .«

»Verdammt, wo hatte ich nur meine Gedanken!« stieß Hennessy hervor. »Wir sollten schon längst hinter ihm her sein.« Er rief Kavanagh und wies ihn an, mit allen Männern, bis auf drei, den Drähten zu folgen und Jagd auf den Chinesen zu machen. Aber dann befahl er auch Murphy, zurückzubleiben. Nach dem, was geschehen war, lag ihm noch mehr daran, Mary so schnell wie möglich in Sicherheit zu wissen.

O'Faolain kam mit dem Range Rover, und Hennessy, Murphy und O'Hara hoben McMahon vorsichtig auf die Rückbank. Im Wagen lag eine große Decke mit Schottenmuster, die sie um ihn wickelten. Hennessy wies einen der jungen Männer an, sich neben McMahon zu setzen und darauf zu achten, daß er auf der Fahrt zum Krankenhaus nicht zu sehr durchgeschüttelt wurde. Der Range Rover brauste davon.

Hennessy beschattete seine Augen mit der Hand und sah den Männern nach, die über das Feld liefen und sich fächerförmig voneinander entfernten. Weit und breit keine Spur von dem Chinesen, aber irgendwo dort draußen mußte er sein.

Sobald Nguyen die Röhrenbombe gezündet hatte, war er durch das Gras davongekrochen. Die Drähte waren fast 50 Meter lang gewesen, so daß er sich ungefähr in der Mitte des Feldes befand, aber er konnte noch immer sehr schnell robben, und als die Vordertür des Farmhauses aufgerissen wurde, hatte er schon die relative Sicherheit einer Hecke erreicht, die ein anderes Feld abgrenzte, auf dem Schafe und Lämmer grasten.

Er hatte die Bombe in den frühen Morgenstunden gelegt, noch bevor der Himmel sich rot färbte und die ersten Sonnenstrahlen zum Vorschein kamen. Zunächst hatte er geplant, ein Loch in den Weg zu buddeln, aber das hatte sich als unnötig herausgestellt. Der Weg durch die Felder wurde zu beiden Seiten von schmalen Gräben begrenzt, so konnte bei schlechtem Wetter der Regen abfließen. An einigen Stellen war die Erde an der Seite des Weges abgebröckelt, und Nguyen fand einen Platz, wo er die Erde mit bloßen Händen mühelos abtragen konnte, bis die Bombe in die Höhlung paßte. Dann führte er die Drähte durch den Graben und durch das Feld, so lang sie reichten. Das Gras war zwar kaum hoch genug, um ihn zu verbergen, aber der Boden war uneben, so daß Nguyen wußte, daß er unbemerkt bleiben konnte, wenn er kroch. Sechs Stunden lang hatte er flach auf dem Boden gelegen, ohne sich zu bewegen. Er hatte die Sonne aufgehen sehen, hatte gehört, wie die Vögel ihren morgendlichen Chorgesang anstimmten und hatte ein halbes Dutzend vorbeifliegender Helikopter gezählt, bevor der Jaguar auf dem Weg auftauchte.

Nachdem er die Bombe gezündet und ungefähr 200 Meter zurückgelegt hatte, spähte er durch die Hecke. Er sah, wie Hennessy auf dem Boden kniete und den Fahrer in den Armen hielt. Nguyen bezweifelte, daß seine Verletzungen sehr schwer waren; dazu war die Bombe zu tief im Erdreich vergraben gewesen. Er hatte auch darauf geachtet, sie genau in dem Augenblick zu zünden, als sich der vordere Teil des Wagens darüber befand, nicht so weit vorne, daß dem Fahrer durch die Explosion die Splitter der Windschutzscheibe ins Gesicht geschleudert worden wären, und nicht so weit hinten, daß der Benzintank sich entzündet hätte. Nguyen wollte nicht töten, wenn es nicht unbedingt nötig war. Er hoffte noch immer, seine Ziele dadurch zu erreichen, daß er Hennessy unter Druck setzte und einschüchterte. Wenn das nicht funktionieren sollte, würde er seine Strategie überdenken müssen.

Ein kleiner Mann mit einem schmalen Gesicht beugte sich über den Krater auf dem Weg. Er kniete nieder, hob etwas hoch, betrachtete es genau und ging dann zu dem Wagen, wo er den Schaden an der Unterseite begutachtete, um dann wieder zum Krater zurückzugehen. Danach spähte er in den Graben, sprang darüber und begann, das Gras abzusuchen. Nguyen wußte, daß er die Drähte finden würde, wandte sich um und lief davon. Der Rucksack auf seinem Rücken hüpfte auf und ab. Nach kurzer Zeit sprang er über einen kleinen Bach und schwang sich über ein Gatter, hinter dem ein Dutzend weißbrauner Rinder graste. Keuchend lief er weiter, ein solch schnelles Tempo war er nicht mehr gewohnt. Er erreichte den Rand des Wäldchens, in dem er sich in der vergangenen Nacht versteckt hatte, und duckte sich in das kühle Unterholz, bevor er zurückblickte. Niemand war auf dem Feld direkt vor ihm, und auch auf dem Feld dahinter war keine Menschenseele zu sehen, aber sie würden bald kommen. Nicht, daß Nguyen sich große Sorgen machte. Er hatte zehn Männer gezählt, die sich im Innenhof um das Feuer der letzten Nacht gekümmert hatten, und er bezweifelte, daß Hennessy sie alle über Felder und Wiesen stolpern lassen würde, ohne den Schutz des Anwesens zu bedenken. Fünf, vielleicht sechs, mehr würden es nicht sein, und Nguyen wußte, daß er ohne Schwierigkeiten mit ihnen fertigwerden konnte, zumal sie weit voneinander entfernt sein würden.

Das Wäldchen erstreckte sich über mehrere Morgen Land, das offenbar zu feucht war, um Schafe oder Rinder dort weiden zu lassen. Er hatte sich stundenlang mit dem Gebiet beschäftigt, konnte sich gut darin orientieren und wußte, wo die besten Verstecke und die besten Angriffspunkte lagen. Der Wald bestand aus Eichen, Roßkastanien und Buchen, allesamt alt; die moosbedeckten Stämme waren von Büschen und Sträuchern umsäumt. Das Blätterdach ließ nur wenig Sonnenlicht hindurch, und die Luft war vom Gezwitscher der Vögel erfüllt, die um ihre Reviere stritten. Nguyen bahnte sich einen Weg in die Mitte des Waldes und achtete darauf, keine Zweige zu zerbrechen oder andere auffällige Spuren zu hinterlassen. In der Ferne hörte er Schreie. Sie waren den Drähten bis zu der Stelle gefolgt, wo er im Gras gelegen hatte und würden schlußfolgern können, daß er bis zur Hecke gekrochen war. Aber wenn nicht ein ausgezeichneter Spurenleser unter ihnen war, dann würden sie kaum feststellen können, welche Richtung er von dort aus genommen hatte. Natürlich sahen sie den Wald, konnten aber nicht sicher sein, ob er sich dort verbarg, ob er daran vorbeigelaufen war oder eine andere Richtung eingeschlagen hatte. Also würden sie sich wahrscheinlich aufteilen. Zwei, vielleicht drei. Das würde leicht werden.

Ein raschelndes Geräusch neben ihm veranlaßte ihn, in die Hocke zu gehen. Angespannt blickte er um sich. Ein graues Eichhörnchen schnellte hinter einem Busch hervor. Sein Schwanz bewegte sich wie ein Banner durch die Luft, während es mit der Beute, die es zwischen den Zähnen trug, einen Baum hinaufeilte. Nguyen entspannte sich, aber dann hörte er erneut Schreie. Jetzt kamen sie näher. Der Wald wurde durch einen geschlängelten Pfad in zwei Hälften geteilt, ein Pfad, der nicht mehr war als niedergetrampelter Boden, dort wo unzählige Generationen eine Abkürzung durch den Wald gesucht hatten. Nguyen hatte einen Baum ausgewählt, der direkt an diesem Pfad stand, eine riesige Eiche, Jahrhunderte alt, zernarbt und vom Alter gezeichnet. Der Baumstamm hatte unten sicherlich einen Durchmesser von gut drei Metern, und die oberirdischen

Wurzeln waren so dick wie Männerarme. Auf der Rückseite des Stammes befand sich ein tiefer Riß. Hier hatte sich das Holz gespalten und wurde fast gänzlich von einem Brombeerbusch mit spitzen Dornen umklammert. Ein gutes Versteck, denn wenn seine Verfolger den Wald durchquerten, würden auch sie sicherlich den bequemsten Weg, den Trampelpfad wählen. In einiger Entfernung hatte er kleine trockene Zweige auf den Pfad verstreut, die brechen und knistern würden, wenn man auf sie trat. So konnte er seine Feinde hören, auch wenn sie sich noch so vorsichtig bewegten. An schmaleren Stellen des Pfades hatte er einige Fallen präpariert, nichts Ausgefallenes, dazu fehlte ihm die Zeit. Er hatte lediglich Löcher in den Boden gegraben, ungefähr dreißig Zentimeter tief, und zugespitzte Pflöcke, deren Spitzen er in seine eigenen Exkremente getaucht hatte, in den Boden geschlagen. Die Löcher hatte er mit Blättern, Zweigen und Erde bedeckt, und über Nacht hatte sich der Belag so perfekt der Vegetation angepaßt, daß selbst Nguyen kaum mehr erkennen konnte, wo sich die Fallen befanden.

Er schlüpfte an den Dornen vorbei und zwängte sich in den Baumspalt, nachdem er seinen Rucksack abgestreift hatte, um nirgendwo hängenzubleiben. Langsam und gleichmäßig atmend, zog er sein Messer und hielt es fest in der Hand. Zu seiner Linken, außerhalb des Waldes, hörte er weitere Rufe und dann einen lauten Schrei zu seiner Rechten. Dann noch mehr Stimmen, näher, leiser. Er hörte, wie sich jemand einen Weg durch das Unterholz bahnte, aber in eine andere Richtung, und dann ein ähnliches Geräusch links von ihm, das sich aber ebenfalls entfernte. Die Rufe in der Ferne erklangen noch immer. Er hatte recht gehabt — einige der Männer waren am Wald vorbeigegangen und suchten wahrscheinlich immer noch die Felder und Hecken ab.

Nguyen entspannte sich so vollkommen, daß er sich ganz auf die Geräusche seiner Verfolger konzentrieren konnte. Sie bewegten sich durch den Wald wie große Tiere, brachen Zweige ab, die sie behinderten, und kümmerten sich nicht darum, wohin sie traten. Es war leicht, ihre Position festzustellen. Er schloß die Augen und ließ seinen Geist durch den

Wald wandern. Das trockene Knacken eines Zweiges drang an sein Ohr. Er stellte sich auf den Klang ein, der zehn, vielleicht fünfzehn Meter von ihm entfernt war. Hier kam jemand, der sich langsam und vorsichtig bewegte, jemand der darauf achtete, wie und wohin er ging. Zehn Sekunden lang herrschte absolute Stille, dann ein zweites Geräusch — das Rascheln eines Zweiges.

Nguyen leerte seinen Geist von allen überflüssigen Gedanken und konzentrierte sich ausschließlich auf den näherkommenden Mann. Er versuchte, sich unsichtbar zu machen. Nguyen hatte einmal seinen Instruktoren von der Fünften Spezialeinheit an der Recondo-Schule bei Saigon vergeblich zu erklären versucht, wie sein sechster Sinn funktionierte; daß er seine Gedanken völlig vor einem Verfolger abblenden und auf diese Weise mit dem Dschungel verschmelzen konnte, so daß man seine Anwesenheit weder spüren noch wahrnehmen würde. Seine Lehrer hatten gelacht und das Ganze für eine Art Zauber oder Voodoo gehalten, aber Nguyen hatte es ernst gemeint. Diese Gabe hatte ihm schon oft das Leben gerettet, und das Leben seiner Männer dazu. Es hatte nichts mit Hören oder Riechen zu tun, wenn auch die Sinne daran beteiligt waren . . . Nguyen wußte selbst nicht genau, wie es funktionierte. Es war, als könne er sich in das elektrische Feld einschleichen, das einen Menschen oder ein Tier umgibt, als könne er aus der Ferne ihre Aura spüren. Er war davon überzeugt, daß diese Gabe auch umgekehrt funktionierte, daß er seine eigene Aura so unterdrücken mußte, daß ein potentieller Feind ihn nicht mehr wahrnehmen konnte.

Jetzt hörte er ein leises Geräusch und wußte, daß der Mann neben dem Baum stand und den Pfad hinunterstarrte. Nguyens Geist war völlig leer, wie ein friedlicher Teich, dessen glatte Oberfläche nicht von der kleinsten Welle bewegt wurde. Er nahm das schwere Messer in seiner Hand kaum noch wahr, spürte nicht den Druck auf sein Knie, als er sich duckte. Er war unsichtbar. Wie ein leiser Windhauch schlüpfte er aus dem Spalt. Die Dornenzweige glitten lautlos zur Seite. Nguyens Schritte waren kurz, nur seine Fußballen berührten den Boden, während er sich geduckt auf den Mann zubewegte, der etwas größer war als er selbst. Sein Verfolger stand mit dem Rücken zu ihm. Er trug Jeans und eine dunkelblaue Bomberjacke. In der rechten Hand hielt er eine Pistole. Nguyen hatte geplant, ihm mit der linken Hand den Mund zuzuhalten und ihn durch einen Schlag mit dem Messergriff auf die Schläfe zu betäuben, aber das konnte er jetzt nicht mehr riskieren. Der Finger des Mannes würde sich unwillkürlich krümmen, und die Pistole würde losgehen. Während er weiterging, steckte er das Messer wieder ein und stand schließlich mit ausgebreiteten Armen hinter dem Mann. Als der Verfolger schließlich etwas bemerkte und sich umdrehen wollte, war Nguyen bereit. Seine rechte Hand zuckte herab und griff nach der Pistole, so geschickt, daß er verhindern konnte, daß ein Schuß abgefeuert wurde. Gleichzeitig umklammerte er mit seiner Linken die Nase und den Mund seines Gegners. Er drückte die Nase mit Daumen und Zeigefinger zu, während er mit der Handfläche und den anderen Fingern den Kiefer wie mit einem Schraubstock umschloß. Der Mann versuchte, mit der linken Hand nach hinten zu schlagen, aber Nguyen wich ihm mühelos aus. Er wußte aus Erfahrung, daß es zwei Minuten dauern konnte, bis sein Gegner das Bewußtsein verlor, also verstärkte er seinen Griff so lange, bis der andere zusammensackte und die Pistole aus seiner leblosen Hand fiel. Nguyen steckte sie in eine seiner Jackentaschen und holte das Messer hervor. Er ließ den Mann zu Boden sinken. Es wäre ein leichtes gewesen, ihn zu töten. Ein rascher Schnitt durch Kehle und Halsschlagader, und nach zwölf Sekunden wäre alles vorbei; wenn er die Schlüsselbeinader durchtrennte, würde es sogar nur drei Sekunden dauern. Aber Nguyen wußte, daß es nicht immer die beste Lösung war, den Feind zu töten, nicht, wenn man gegen mehr als einen kämpfte. Einen toten Kamerad konnte man liegenlassen, solange der Kampf andauerte, ein verletzter wurde meist zu einer Last. Er mußte versorgt und aus dem Gefahrengebiet transportiert werden; hinzu kam der psychologische Nachteil, den der Verwundete für die Gesunden darstellte. Im Dschungel hatte Nguyen das immer wieder erlebt. Eine Gruppe Amerikaner auf Patrouille, der Mann an der Spitze tritt auf eine versteckte Mine, die ihm den Fuß abreißt, oder auf einen vergifteten Pflock. Seine Schreie und das Blut versetzen die Kameraden in Furcht und Schrecken. Nicht nur, daß die Soldaten aufgehalten wurden, bis der Hubschrauber kam und den Mann zur Basis zurückbrachte. Die nächste Patrouille würde doppelt so vorsichtig und doppelt so langsam den Pfad abgehen.

Er hörte einen Schrei von links und die Antwort darauf von rechts. Schnell kniete er sich neben den bewußtlosen Mann und stach ihn zweimal in den Oberschenkel. Nicht tief genug, um eine Ader zu durchtrennen, aber die Wunde würde beträchtlich bluten.

Die Rufe kamen näher, und Nguyen duckte sich hinter den Baum, wo er seinen Rucksack überstreifte. Dann rannte er gebeugt den Pfad entlang. Hinter ihm krachte ein Gewehrschuß. Was ihn veranlaßte, noch schneller zu laufen. Zweimal sprang er im letzten Moment über seine eigenen Fallen. Der Mann, den er überwältigt hatte, mußte das Bewußtsein wiedererlangt haben, denn er hörte wilde Schreie. Jetzt würden auch die anderen Männer in den Wald gerannt kommen, aber Nguyen behielt die Ruhe. Er hatte eine Reihe weiterer Verstecke vorbereitet. Ein Dutzend Männer bräuchte mehrere Tage, um den Wald zu durchkämmen, wobei sie nicht einmal wußten, ob er sich noch dort versteckte oder nicht schon längst verschwunden war. Folgten sie ihm auf dem Pfad, standen die Chancen nicht schlecht, daß einer von ihnen in eine der Fallen treten würde. Alles verlief nach Plan.

Liam Hennessy kam es vor, als hätte man sein Leben auf den Kopf gestellt. Mary hatte in einem der Landrover mit Christy Murphy die Farm verlassen. Sie waren ungefähr einen Kilometer über die Felder gefahren, bevor sie auf die Straße bogen, für den Fall, daß der Chinese noch weitere Bomben eingegraben hatte. In wenigen Stunden würde sie in London sein, wo sie zumindest in Sicherheit war. Jimmy

McMahon befand sich im Krankenhaus. Die Ärzte sagten, daß sein Zustand den Umständen entsprechend gut sei. Man hatte ihnen erzählt, daß ein defekter Generator explodiert wäre. Hennessy wollte auf keinen Fall, daß die Polizei bei ihm herumschnüffelte. Der Mann, der im Wald niedergestochen worden war, hatte trotz all seines Gebrülls nur oberflächliche Wunden davongetragen. Sie hatten ihn zusammengeflickt und zur Behandlung nach Belfast gefahren, zusammen mit dem jungen Mann, der sich sechs hölzerne Pflöcke, die anscheinend mit Kot beschmiert worden waren, durch die Schuhsohle getreten hatte. Er konnte nicht mehr richtig gehen und die Wunden mußten schnellstens mit Antibiotika behandelt werden, bevor sie sich entzündeten.

Innerhalb einer Stunde waren drei seiner Männer verwundet worden, und alles, was sie vorzuweisen hatten, war die Beschreibung eines kleinen Asiaten in Tarnuniform und einem Rucksack auf dem Rücken. Und falls er nicht schon vorher bewaffnet gewesen war, dann besaß er jetzt auf alle Fälle eine Pistole.

Hennessy hatte vier Wachen um die Farm herum aufgestellt. Der Rest hielt sich im Haupthaus auf. Joe Ryan und Sarah blieben in ihrem Cottage. Jetzt, wo drei Mann verletzt worden waren, einer den Wagen nach Belfast fuhr und Murphy mit Mary nach London unterwegs war, blieben außer Hennessy nur noch Jim Kavanagh und Willie O'Hara. Die beiden saßen am Küchentisch, während ihr Boss O'Hara und sich einen Whisky einschenkte. »Und was willst du, Jim?« fragte er.

»Ich koch mir einen Tee, wenn's recht ist«, antwortete Kavanagh. Er ging zum Herd und setzte Wasser im Kessel auf.

»Wir brauchen mehr Leute«, meinte Hennessy. Kavanagh zuckte mit den Schultern, sagte aber nichts, sondern beschäftigte sich intensiv damit, die Teekanne auszuwaschen und eine Tasse zu spülen. »Kannst du dafür sorgen, daß ein halbes Dutzend Männer aus Belfast kommt?« fragte Hennessy.

»Ich weiß nicht, ob das eine so gute Idee ist, Liam«, entgegnete Kavanagh ruhig.

»Was soll das heißen?« fragte Hennessy erstaunt. O'Hara leerte sein Glas, murmelte etwas davon, daß er sich nochmal das zerbombte Nebengebäude ansehen wolle und verschwand durch die Hintertür. »Was soll das heißen, Jim?« wiederholte Hennessy.

Kavanagh drehte sich um, während er seine Tasse mit einem großen weißen Geschirrhandtuch abtrocknete. »Ich bin nicht sicher, daß wir das Problem lösen können, indem wir einfach immer mehr Männer hierher holen, das ist alles. Wir hatten letzte Nacht ein Dutzend hier, und sie haben ihn nicht aufgehalten.«

»Sie waren nicht vorbereitet«, sagte Hennessy.

»Als sie in den Wald gingen, waren sie vorbereitet«, entgegnete Kavanagh. Er stellte die Tasse ab und legte das Handtuch beiseite. Dann setzte er sich zu seinem Boss und sagte ernst: »Schau, Liam, du weißt, daß ich alles tun würde, um dich zu beschützen, aber dies hier ist keine Frage der Quantität, sondern der Qualität. Du könntest hundert Männer hierherbringen, aber sie alle kennen nur die Städte, nicht die Wälder. Sie kämpfen auf den Straßen, nicht im Gelände.«

»Also holen wir Männer von den Farmen. Komm schon, Jim, was macht dir wirklich Sorgen? Spuck es aus.«

Kavanagh sah ihn unbehaglich an, so als könne er Hennessy mit dem, was er sagen wollte, beleidigen. Hennessy empfand das Zögern seines Leibwächters als peinlich, er war immer davon ausgegangen, daß zwischen ihnen stillschweigendes Verständnis herrschte.

»Was ist los, Jim?« drängte er.

Kavanagh lehnte sich zurück, so als wolle er eine möglichst große Distanz zwischen sich und Hennessy schaffen. »Für diesen Mann, diesen Chinesen, ist es eine persönliche Angelegenheit. Er will nur dich, nicht die Organisation. Und deshalb glaube ich, daß es dir schaden könnte, wenn du zu viele Männer aus der Organisation abziehst.«

Hennessy nickte. Kavanagh hatte es richtig erkannt. Es gab einige in Belfast und Dublin, die nur auf einen Grund warteten, ihn zu diskreditieren. Sie waren gegen die Abkehr von der Gewalt und machten Hennessy für den Wandel der IRA-Politik verantwortlich.

»Außerdem glaube ich wirklich nicht, daß uns mit mehr Leuten gedient wäre. Eines mußt du bedenken — in wenigen Stunden könnte der Chinese eine Strecke von, sagen wir, fünfzehn Kilometern mühelos zurücklegen. Und ein Radius von fünfzehn Kilometern bedeutet ungefähr vierhundert Quadratkilometer — das beinhaltet Castlewellan, Warrenpoint und einen großen Teil der Mourne Mountains. In ganz Belfast gibt es nicht genug Männer, um eine solche Fläche abzudecken.«

»Aber selbst wenn wir ihm nicht hinterherlaufen, brauche ich hier meine Wachtposten. Ich kann ja nicht schutzlos herumsitzen und darauf warten, daß er wieder angreift.«

»Aber wie lange willst du die Wachtposten hierbehalten, Liam? Eine Woche? Einen Monat? Rund-um-die-Uhr-Schutz wegen eines einzigen Mannes? Bedenke, wie sehr das die Kräfte der Organisation belasten würde. Und wie würde das aussehen? Ich sage dir das als Freund, Liam — das verstehst du doch? Ich spiele hier nur den Teufelsanwalt.«

Hennessy nickte. »Ich weiß, Jim, ich weiß. Ich habe deine Loyalität niemals angezweifelt.« Er drückte Kavanaghs Arm. »Ich schulde dir schon mein Leben, also brauchst du mir gar nichts mehr zu beweisen. Ich weiß, daß du das Beste für mich willst. Aber was soll ich deiner Meinung nach tun? Er meint es offensichtlich ernst.«

»Wenn du meine Meinung hören willst — es war ein Fehler, hierherzukommen. Hier ist es zu unübersichtlich, es gibt zu viele Verstecke.«

»Sieht so aus, als hättest du einen Sinneswandel durchgemacht, Jim. Ich meine mich erinnern zu können, daß du derjenige warst, der mir geraten hat, Belfast zu verlassen.« Hennessy bemühte sich, gelassen zu klingen. Er wollte Kavanagh nicht beleidigen.

»Das war ein Fehler«, gab Kavanagh zu. »Ich hielt es für eine gute Idee, weil ich dachte, er wisse gar nichts von der Farm. Aber jetzt sollten wir trotzdem nach Belfast zurückkehren. Dort brauchst du nur Christy und mich, ab und an ein oder zwei andere Männer. Jetzt, wo wir wissen, wer er ist, wird er nicht mehr so nahe an uns herankommen. In Belfast wird er auffallen wie ein bunter Hund.« Er hob die Hände. »Ich weiß, was du sagen willst, Liam. Ja, er hat die Toilette in die Luft gejagt, und wir waren dabei. Aber damals wußten wir nicht, was für eine Gefahr er darstellt. Es wird nicht wieder vorkommen.«

Nachdenklich nahm Hennessy einen großen Schluck aus seinem Glas.

»Ich weiß nicht, Jim. Schließlich ist er auch an den Wagen herangekommen. Und offensichtlich ist er ein geduldiger Bastard. Er wartet solange, bis sich eine neue Gelegenheit bietet, ganz gewiß.«

»Ja, aber er muß in Belfast warten. Dort kann er sich nicht hinter einem Busch verstecken. In der Stadt können wir ihn suchen, ohne dauernd aufpassen zu müssen, wohin wir treten.«

Die beiden Männer saßen eine Weile schweigend nebeneinander, während Hennessy seine Möglichkeiten überdachte. Er wußte, daß Kavanaghs Argumente stichhaltig waren, aber er wußte auch, daß es Vorteile hatte, den Chinesen von Belfast fernzuhalten. Es konnte seinem Ansehen schweren Schaden zufügen, wenn bekannt wurde, daß ihn ein Verrückter mit selbstgebastelten Bomben verfolgte. Die Presse würde vor Freude in die Hände klatschen, genauso wie seine Gegner innerhalb der Organisation. Zur Hölle mit diesem Chinesen, dachte er.

»Es gibt noch etwas, das du beachten solltest«, unterbrach Kavanagh seine Gedanken. Hennessy sah ihn fragend an. »Er ist hinter dir her«, sagte der Leibwächter, »weil er die Namen der Männer haben will, die in London Bomben legen.«

»Wir kennen sie nicht.«

»Nein, noch nicht. Aber früher oder später wirst du sie herausfinden, sie können nicht ewig unentdeckt bleiben. Entweder kriegen wir heraus, wer sie sind, oder sie machen einen Fehler, und die verdammten Briten schnappen sie sich. Wir müssen den Chinesen also lediglich so lange von dir fernhalten, bis es vorbei ist. Ich weiß, daß du die Sache persönlich regelst, aber wie nahe bist du an ihnen dran?«

Hennessy sah Kavanagh an. Er vertraute dem Mann, der vor ihm saß, aber es war entscheidend, daß nur Morrison von seinem Plan wußte. »Im Moment bin ich nicht näher dran als vor einer Woche«, sagte er. »Aber wenn alles glatt geht, dann sollte es nicht mehr lange dauern. Eher Tage als Wochen. Mehr kann ich dazu nicht sagen.«

»Das genügt mir völlig, Liam«, entgegnete Kavanagh. Der Kessel begann zu pfeifen, und er stand auf und goß heißes Wasser in die Teekanne. »Bis dahin hängen wir uns an dich wie die Kletten. Wann kommt Christy zurück?«

»Ich habe ihm gesagt, daß er Mary bis nach London bringen und sich eine Weile dort umsehen soll, um sicherzugehen, daß ihr niemand folgt. Er dürfte morgen abend wieder hier sein.«

An der Tür ertönte ein Kratzen, und Jackie kam hereingestürzt, mit hängender Zunge und feuchtem Fell. Sie rutschte auf Hennessy zu und legte ihre Schnauze in seinen Schoß. Er streichelte sie abwesend.

»Ich denke drüber nach«, meinte Hennessy. »Warten wir, bis Christy zurückkommt. Dann entscheiden wir, was zu tun ist.«

»Du hast das Sagen, Liam. Aber wenn du mehr Männer hierher holen willst, dann sollten sie nicht aus Belfast kommen, sondern aus dieser Gegend, Arbeiter von den Farmen in der Nachbarschaft, Burschen, denen du vertrauen kannst. Sie haben Erfahrung im Umgang mit Wilderern, und zumindest achten sie besser darauf, wohin sie treten.«

»Das ist eine gute Idee, Jim. Ich werde ein paar Anrufe machen. Das sollte kein Problem sein.«

Jackie knurrte leise. Sie fühlte sich nicht genügend beachtet.

Woody hatte die Mutter aller Kater. Sein Kopf fühlte sich an, als sei er auf doppelte Größe angeschwollen; er spürte einen trockenen, bitteren Geschmack im Mund, und jedesmal, wenn er sich bewegte, wurde sein Magen nervös. Es kostete ihn einige Anstrengung, sich nicht übergeben zu müssen. Abgesehen davon war es ein ganz normaler Sonntagmorgen. Samstag war in der Redaktion immer am meisten los, aber sobald die Druckmaschinen liefen und die Journalisten sich davon überzeugt hatten, daß die Konkurrenzblätter keine welterschütternden Exklusivstories brachten, ging es so schnell wie möglich in den Pub. Die Samstagnacht-Konferenzen im »King's Head« waren legendär, aber Woody ging nicht nur wegen der Drinks und der Unterhaltung dorthin. Er besuchte das Lokal vor allem deshalb, weil er sich mit der Nachrichtenredaktion und den Obersten der Zeitung gut stellen wollte. Wie die meisten anderen Fleet Street-Blätter hatte auch die *Sunday World* enorme Einsparungen vorgenommen, die Spesen waren radikal gekürzt worden, und wer nicht fest angestellt war, mußte bangen. Es war wie eine Art »Reise nach Jerusalem«, und Woody kämpfte verzweifelt darum, auf einem freien Stuhl, oder besser gesagt an einem Schreibtisch zu sitzen, wenn die Musik aufhörte. Dafür war der Kater nur ein kleiner Preis.

Er hörte, wie das Telefon ein Stockwerk tiefer klingelte. Einer der anderen Mieter nahm den Hörer ab, und dann rief jemand Woodys Namen.

Stöhnend zog er sich das Kissen über den Kopf. Fußschritte stolperten die Treppe herauf, jemand hämmerte gegen seine Tür, und dann brüllte der Student, der im Appartement unter ihm wohnte, daß Woodys Büro angerufen habe. Normalerweise hätte Woody nicht die Tortur auf sich genommen, völlig wach zu werden, aber ein Anruf von der Zeitung bedeutete wahrscheinlich Arbeit. Hustend richtete er sich auf, während Wellen der Übelkeit seinen Magen durchspülten. Er holte tief Luft und zog sich mühsam seine Jeans an, bevor er die Treppe hinunterwankte, den Kopf in den Händen haltend.

Der Telefonhörer hing am Kabel herunter. Woody ergriff ihn und preßte ihn ans Ohr. Der Flur verschwamm, und er schloß die Augen.

»Ian Wood«, sagte er und zuckte fast zusammen, als die Worte in seinem Kopf echoten.

»Woody«, hörte er eine männliche Stimme.

»Ja?«

»Woody, hier ist Pat, Pat Quigley. Ich hab' dich doch nicht aus dem Bett geholt, oder?«

Woody ächzte und lehnte sich gegen die Wand. »Was zum Teufel willst du, Pat?«

»Mein Gott, Woody, du klingst schrecklich. Bist du krank oder sowas?«

»Pat, du hast genau zehn Sekunden, bevor ich wieder in die Falle krieche. Es ist Sonntag morgen, du solltest in der Kirche sein, und ich im Bett.«

»Alles klar, Woody. Okay, hör zu. Erinnerst du dich an diese Sinn Fein-Leute, nach denen du mich vor ein paar Wochen gefragt hast?« Woody brummelte nur etwas Unverständliches. Quigley sprach weiter. »Also, hier geht etwas ganz Merkwürdiges vor. Man hat mir gesagt, daß jemand eine Art Vendetta gegen einen dieser Männer gestartet hat, gegen Liam Hennessy. Er ist einer der wichtigsten Berater von Sinn Fein und ein angesehener Rechtsanwalt.«

»Eine Vendetta? Wovon zum Teufel redest du eigentlich?«

»Jemand hat in seinem Büro eine Bombe gezündet. Nur eine kleine Bombe, eine chemische, nichts Hochexplosives. Vielleicht eine Warnung. Niemand wurde verletzt. Aber es ist doch ein komischer Zufall, daß wir vor kurzem über diesen Mann gesprochen haben, Woody, das ist alles.«

»Ich weiß immer noch nicht, was du von mir willst, Pat.« Auch wenn er sich ahnungslos gab, wußte Woody ziemlich gut, was los war. Er arbeitete nicht für die *Sunday World*, sondern schrieb auch Berichte für eine der großen Tageszeitungen, und da sich nachrichtenmäßig in dieser Woche nicht allzuviel getan hatte, würden sie ihn wahrscheinlich zu einer Montagsstory drängen.

»Ich habe nur gedacht, daß du Hennessys Namen vielleicht an jemanden weitergegeben hast, jemanden, der ihn möglicherweise unter Druck setzen will. Ich meine, der Anschlag kam nicht aus den eigenen Reihen, dazu war er zu amateurhaft. Sag schon, Woody, was ist da los?«

»Auf Teufel komm raus, Pat, ich weiß es nicht. Ehrlich. Ich

kann jetzt eh nichts machen, meine Notizbücher sind alle im Büro. Aber du setzt bestimmt auf das falsche Pferd, Pat. Es war nur ein Leser, der in Kontakt mit der Sinn Fein treten wollte, mehr war da nicht.«

»Okay, Woody. Ich dachte, es sei einen Versuch wert. Vielleicht rufe ich dich während der Woche nochmal im Büro an.« Er klang enttäuscht, aber Woody hatte nicht vor, ihm zu helfen, nicht in seinem momentanen Zustand, der nicht der beste war. Außerdem roch Woody, daß hier eine Story drin war. Wie hatte der Chinese noch geheißen? Es fiel ihm nicht ein, also gab er das Nachdenken auf und konzentrierte sich darauf, wieder in sein Zimmer zu gelangen, ohne auf den verschlissenen Teppich zu kotzen.

Der Taxifahrer setzte Morrison in der Nähe der Südafrikanischen Botschaft am Trafalgar Square ab. Ein halbes Dutzend Demonstranten hatte sich vor dem Gebäude versammelt. Sie sahen wie Studenten aus — blasse Mädchen mit strähnigem Haar, junge Männer mit Bärten und Nickelbrillen, die wie Doppelgänger von John Lennon wirkten. Eine der Frauen hatte ein Megaphon in der Hand und schleuderte den beiden Polizisten, die den Eingang der Botschaft bewachten, leidenschaftliche Worte entgegen. »Schluß mit der Apartheid! Jetzt!« schrie sie, und das elektronisch verstärkte Geschrei hallte von den Steinmauern des Gebäudes zurück. Morrison fragte sich, was das Ganze sollte. Man änderte nichts, indem man mit selbstbemalten Fahnen an Ecken stand und Parolen grölte. Man änderte die Dinge, indem man handelte, indem man den Machthabern schadete, um dann aus einer Position der Stärke heraus zu agieren. Die Anti-Apartheid-Bewegung in England hatte diese Lektion nie gelernt, hauptsächlich deshalb, weil sie nie unter der Diskriminierung hatte leiden müssen, gegen die sie protestierte. Fast alle kamen aus einem behaglichen Elternhaus der Mittelschicht oder waren junge Arbeiter, die Randale wollten. Die meisten waren noch nicht einmal schwarz. Sie würden erheblich mehr Kraft entwickeln, wenn sie nicht arbeiten oder studieren könnten, weil sie die falsche Religion hätten, wenn sie ihr Leben nicht selbst bestimmen dürften, wenn sie und ihre Freunde und ihre Familie von den Soldaten eines totalitären Regimes geschlagen und gefoltert würden. Die IRA war schlagkräftig, weil ihre Mitglieder es ernst meinten und weil sie alle davon profitieren würden, wenn sie den letzten Sieg errungen hätten und die britischen Truppen aus Irland abzögen.

Morrison überquerte die Straße und kam an einem der riesigen, majestätischen Löwen vorbei. Eine Gruppe asiatischer Touristen mit teuren Kameras und exklusiven Reisetaschen stand davor. Ein paar Schritte weiter folgte eine Schlange skandinavischer Urlauber ihrem Reiseleiter. Morrison blieb stehen, um sie vorbeizulassen. Überall flatterten Tauben durch die Luft, hockten auf den Brunnen oder watschelten über den Boden. Sie waren fett und träge geworden und zeigten keine Scheu vor Menschen, im Gegenteil, sie scharten sich in lärmenden Haufen um die Touristen, die kleine Tüten mit Vogelfutter gekauft hatten, und setzten sich auf deren Arme und Hände, während sie gefüttert wurden.

Morrison schaute über den Platz. Normalerweise hatte er ein Gespür für Polizisten oder Soldaten in Zivil, ein sechster Sinn, den viele Jahre Überlebenskampf in Belfast entwickelt hatten. Ein Mann in den Vierzigern in einer braunen Lederjacke schien in Frage zu kommen, ebenso ein Mann mit Glatze in einem beigen Mantel, aber beide verließen nach einiger Zeit den Platz.

Bromley war nur wenige Schritte von ihm entfernt, bevor Morrison erkannte, daß dies der Polizist war, mit dem er sich treffen wollte. Der großgewachsene Inspektor wirkte mit seinem gepflegten schwarzen Bart und der Brille mit Horngestell eher wie ein Geschichtsprofessor als ein Detective Chief Inspector bei der Anti-Terror-Abteilung. Er trug ein grünliches Jackett aus einem unbestimmbaren Stoff, weite Kordhosen, einen braunen Wollschlips und rauchte Pfeife. Morrison glaubte einen Moment, daß die Pfeife Tarnung sein könnte, da sie noch brandneu aussah, aber der Mann schien ein geübter Raucher zu sein und blies bräunliche Rauchwölkchen in die Luft, während er näher kam.

»Detective Chief Inspektor Bromley, nehme ich an«, sagte Morrison. Er machte keine Anstalten, dem Polizisten die Hand zu schütteln, genausowenig wie Bromley selbst. Keiner wollte dem anderen so recht trauen. Möglicherweise wurden sie beobachtet, und während man ein heimliches Treffen sicherlich irgendwie rechtfertigen konnte, wäre ein Händedruck oder ein anderes Zeichen von Vertraulichkeit vernichtend gewesen. Und was Morrison anbetraf, wahrscheinlich tödlich.

»Wie kann ich Ihnen helfen, Mr. Morrison?« fragte Bromley übertrieben höflich.

Morrison begann langsam um den Platz herumzugehen. »Es geht um die Bomben, die Bomben hier in England«, sagte er. »Wir sind nicht dafür verantwortlich.«

»Wen meinen Sie genau mit ›wir‹?«

»Die Organisation.«

»Nun, Mr. Morrison, gestatten Sie, daß ich das doch etwas verwirrend finde. Unsere forensischen Untersuchungen haben ergeben, daß die Bomben denen der sonst von der IRA verwendeten entsprechen. Außerdem wurde jedesmal das korrekte Codewort genannt, wenn ein Bekenneranruf eintraf. Können Sie mir das erklären?« Bromley sah Morrison fragend an und zog an seiner Pfeife.

»Wir glauben, daß eine abtrünnige Gruppe dahinter steckt, aber wir wissen noch nicht, wer es ist.«

»Wollen Sie mir erzählen, daß eine aktive Einheit innerhalb Ihrer Reihen durchdreht und daß Sie nicht einmal ihre Namen kennen? Wo bekommen Sie denn den Sprengstoff her?«

»Sie haben mehrere unserer Waffenlager in und bei London aufgebrochen und verfügen über Sprengstoff, Zünder und Schußwaffen. Aber ihre Taten sind nicht von uns sanktioniert worden. Wir sind genauso darauf bedacht wie Sie, ihnen das Handwerk zu legen.«

»Und die Codewörter?«

Morrison nickte. »Wir glauben, daß ihnen jemand aus den oberen Reihen hilft, in Dublin oder Belfast. Aber auch hier wissen wir nichts Genaues.«

Bromley vergrub die Hände tief in den Taschen seiner Kordhosen und betrachtete gedankenverloren den Boden, während sie um den Platz schlenderten. »Sie wissen, daß sie Sprengstoff gestohlen haben, aber Sie wissen trotzdem nicht, wer sie sind?«

»Wir haben alle unsere Waffenlager überprüft, aber weit gekommen sind wir noch nicht.« Morrison zögerte, er wollte nicht mehr an Informationen weitergeben, als unbedingt nötig war. Wenn alles vorbei sein würde, befand sich die IRA noch immer im Krieg mit der britischen Regierung.

»Können Sie nicht einfach feststellen, welche IRA-Mitglieder untergetaucht sind?«

»Wir sind eine große Organisation. Aber daran arbeiten wir.«

»Sicher sind Sie eine große Organisation, doch auch bei Ihnen wird es nicht so viele Bombenbastler geben.«

»Sie wären überrascht«, meinte Morrison. »Aber so wie die Organisation heute strukturiert ist, wird es immer schwerer, an die einzelnen Leute heranzukommen. Das sollten Sie am besten wissen.«

Bromley brummte etwas durch seine Pfeife. Er wußte, wovon Morrison sprach. Nach einigen spektakulären Aktionen des Geheimdienstes Ende der Siebziger hatte die IRA ihre Struktur einer grundlegenden Wandlung unterzogen. Das alte Kommandosystem der Brigaden wurde abgeschafft und durch ein komplexes Netzwerk von Zellen ersetzt, von denen jede eigenständig war, deren Funktionen sich aber überschnitten. Die meisten der Einheiten in Nordirland unterstanden dem Oberkommando in Belfast, aber in der Provinz war die Befehlskette weitaus flexibler, schwerer zu kontrollieren. Die Zellen waren in vier Ebenen unterteilt. Die wichtigsten waren die aktiven Einheiten, die für Spendengelder, Überfälle, Attentate, Bombenanschläge und das Waffenarsenal verantwortlich waren. Ungefähr hundert der vertrauenswürdigsten Männer der Organisation waren in diesen Zellen tatig, und es konnte vorkommen, daß etwa die Hälfte davon gleichzeitig in den H-Blocks des Gefängnisses von Long Kesh saß.

Die zweite Ebene bestand aus ungefähr 350 Männern und Frauen, die man in kleine Einheiten aufgeteilt hatte. Sie waren ausgebildet und bereit, in den aktiven Dienst zu wechseln und bildeten solange eine Reserve, bis sie gebraucht wurden. Den Sicherheitskräften waren sie im allgemeinen weniger bekannt, und oft schickte man Mitglieder dieser zweiten Ebene zu Einsätzen nach England oder den Kontinent.

Die dritte Ebene vereinte eine kleine Anzahl von Zellen, in denen hauptsächlich ehemalige Terroristen aus der Gegend um Dublin tätig waren, die sich nach ihrer aktiven Zeit in den Sechzigern von der politischen Bühne verabschiedet hatten und in den aktuellen Akten kaum noch erwähnt wurden.

Die vierte Ebene bildeten die, wie Morrison sie nannte, enthusiastischen Amateure, die aus jungen Belfastern Straßenschlägern oder katholischen Bauernjungen, deren Familien beim Schmuggelgeschäft halfen, rekrutiert wurden. Man konnte sie als Kuriere oder zum Schmierestehen einsetzen, oder um einen Aufruhr anzustiften, aber für ernstere Jobs waren sie nicht geeignet. Die meisten dieser jungen Leute waren austauschbar und würden immer auf der untersten Ebene bleiben.

Diese Struktur hatte den Vorteil, daß bei der Aufdeckung einer einzelnen Zelle der Schaden für den Rest der Organisation minimal blieb. Das System machte die IRA viel sicherer, aber es erschwerte auch die Kontrolle der einzelnen Gruppen. Jede Zelle mußte einzeln angesprochen werden, und das brauchte seine Zeit. Und dann gab es da noch IRA-Mitglieder wie Morrison, die gar keiner Zelle angehörten, sondern allein arbeiteten.

»Also, was schlagen Sie vor, Mr. Morrison?«

»Wir haben einen Plan«, antwortete Morrison ruhig.

»Wir?«

Das, erkannte Morrison, war das Problem. »Wir« hieß lediglich Hennessy und er und sonst niemand. Es würde also schwer werden, Bromley zu überzeugen. Die Tatsache, daß auch der Polizist sich verpflichten mußte, absolutes Stillschweigen zu bewahren, machte das Ganze noch schwerer. Von welcher Seite man es auch betrachtete, es war eine zerbrechliche Allianz.

»Die IRA ist für die Bombenanschläge nicht verantwortlich, das kann ich Ihnen versichern. Die Täter benutzen unsere Ausrüstung und unsere Codewörter, aber sie handeln ohne offiziellen Auftrag. Wir planen, das Codewort zu ändern, aber jedem Mitglied des Oberkommandos ein anderes Wort zu übermitteln. Wenn jemand nach dem nächsten Anschlag die Verantwortung übernimmt, dann wissen wir, wer der Verbindungsmann ist.«

Bromley biß skeptisch auf seiner Pfeife herum. »Das heißt, Sie wollen, daß die Polizei Ihnen das Codewort nennt, das wir erhalten werden?«

Morrison nickte. »Das ist alles. Sie nennen uns das Wort, wir erledigen den Rest.«

»Das ist alles!« schnaubte der Polizist. »Alles, was ich tun soll, ist, mit der IRA zusammenzuarbeiten! Können Sie sich vorstellen, was passieren würde, wenn das je herauskäme?«

Morrison blieb stehen und sah dem Polizisten in die Augen. »Und können Sie sich vorstellen, Detective Chief Inspector Bromley, wie lange ich noch zu leben hätte, wenn jemand aus der Organisation wüßte, was ich Ihnen hier vorschlage? Mein Leben steht auf dem Spiel, also jammern Sie nicht um Ihren guten Ruf.«

»Sie wollen, daß ich mit Ihnen zusammenarbeite, wo es um Bombenanschläge geht! Sie wollen, daß ich vertrauliche Ergebnisse der Ermittlungen an Sie weitergebe!« Eine Taube flatterte geräuschvoll heran, sah, daß hier kein Futter zu holen war und flog wieder davon.

»Die nächste Bombe wird so und so hochgehen, Bromley, ob sie sich nun entschließen zu helfen oder nicht. Ich weiß nicht wann, und ich weiß nicht wo, aber es wird eine nächste Bombe geben, und sehr wahrscheinlich werden wieder Menschen sterben. Das können wir nicht mehr verhindern, aber vielleicht können wir verhindern, daß es danach noch weitere Opfer gibt.«

Bromley sah Morrison durchdringend an.

»Wer noch, Mr. Morrison? Wer ist noch beteiligt?«

Morrison mußte schlucken. Er hatte gehofft, den Polizisten überzeugen zu können, ohne Hennessys Namen ins Spiel zu bringen, aber er sah ein, daß das unmöglich war. Bromley würde den Vorschlag nicht ernst nehmen, solange er nicht wußte, wer dahinterstand. »Liam Hennessy«, sagte Morrison leise. Immerhin wurde er dadurch belohnt, daß sich die Augen des Polizisten erstaunt weiteten.

Bromley ging weiter, und Morrison folgte ihm. Sie kamen an einer Schlange von Touristen vorbei, die nach Vogelfutter anstanden. Keiner der beiden sagte ein Wort. Zwei uniformierte Polizistinnen, die eine blond, die andere brünett, kreuzten ihren Weg, und Morrison fragte sich, wie sie wohl reagieren würden, wenn sie wüßten, daß nicht weit von ihnen gerade ein Mitglied der IRA und ein Polizeibeamter der Anti-Terror-Einheit eine gemeinsame Zusammenarbeit besprachen. Bromley wartete, bis die Polizistinnen weit genug entfernt waren.

»Wann wollen Sie das Codewort ändern?« fragte er dann.

»Das ist schon geschehen«, antwortete Morrison. »Hennessy hat es gestern getan. Persönlich. Nur er allein weiß, wer welches Wort bekommen hat. Selbst ich weiß es nicht.«

Bromley kannte Hennessy und wußte von seiner Rolle als Sinn Fein-Berater des Belfaster IRA-Rates. Man hörte ihm jedoch nicht nur in Belfast zu, sondern auch in den Hauptquartieren in ganz Irland, wo die Männer saßen, die für die aktiven Einheiten in Europa verantwortlich waren.

Natürlich hätte Bromley die Liste mit den Namen der Männer im Oberkommando und den dazugehörigen Codewörtern gerne gehabt, aber er wußte, daß er eine solche Information niemals bekommen würde. Er mußte sich an die Regeln halten, die Morrison ihm vorschlug, oder dem Spiel von außen zusehen. Konnte er es riskieren? Konnte er es sich leisten, nein zu sagen? Morrison hatte ihn nicht gefragt, wie weit die Behörden in ihren Ermittlungen gekommen waren. Er brauchte es auch nicht. Sie waren nicht näher an den Bombenlegern als an dem Tag, an dem der erste Anschlag stattgefunden hatte. Dabei war es nicht so, als habe man nicht genug Kräfte auf die Jagd nach den Attentätern konzentriert. Mehrere Einheiten waren mit ihren vereinten Bemühungen daran beteiligt: Bromleys eigene Anti-Terror-Abteilung, der MI 5, die Metropolitan Police, eine Sondereinheit, der Geheimdienst, die SAS und der militärische Geheimdienst, ganz zu schweigen von der Polizei in Nordirland. Aber vereinte Bemühungen, ging es Bromley durch den Kopf, war nicht der treffende Ausdruck, da jede der verschiedenen Abteilungen lieber für sich arbeitete und eifersüchtig über die Informationen wachte, die sie gesammelt hatte.

»Was geschieht, wenn ich Ihnen das Codewort gegeben habe?« fragte Bromley.

Morrison war die Formulierung der Frage nicht entgangen. Die Entscheidung war gefallen. »Wir verfolgen die Spur zurück und verhören den Informanten«, antwortete er.

»Und das bringt Sie zu den Attentätern?«

»Wenn Hennessy recht hat, ja.«

»Und dann?«

»Dann?« Morrison war verwirrt.

»Ich glaube, Sie haben das nicht ganz durchdacht. Wie wollen Sie die Gruppe ausschalten, die die Bomben legt? Sie können wohl kaum eine zweite IRA-Einheit nach London schicken, um die erste zu erledigen, oder? Aber vielleicht glauben Sie das wirklich.« Bromley dachte eine Weile nach. »Woher weiß ich, daß dieser Plan wirklich von Hennessy stammt?« fragte er plötzlich.

Morrison zuckte mit den Schultern. »Das müssen Sie mir einfach glauben. Um nichts in der Welt darf er mit Ihnen gesehen werden. Man würde ihm nie wieder vertrauen. Aber wahrscheinlich würde man ihn sowieso gleich ermorden.«

Bromley schwieg erneut und zog an seiner Pfeife. »Also gut, ich mache mit. Nach dem nächsten Anschlag teile ich Ihnen mit, welches Codewort wir erhalten haben. Aber es gibt zwei Bedingungen, und die stehen nicht zur Verhandlung.«

Morrison hob fragend die Augenbrauen.

»Wenn Sie herausgefunden haben, wo die Attentäter sich

aufhalten, dann sagen Sie es mir. Sie überlassen den Behörden die Arbeit.«

»Den Behörden?«

»Wer immer es übernimmt — die Polizei, die SAS. Wer auch immer. Anders geht es nicht. Sie können die Sache nicht selbst übernehmen, nicht hier in London.«

Morrison nicke. Hennessy hatte von Anfang an beabsichtigt, daß die Briten den Dreck beiseite räumen sollten. Wenn je bekannt würde, daß die IRA ihre eigenen Mitglieder verraten hatte, würde die Organisation auseinanderbrechen. Es hatte Jahre der Verhandlungen und der Kompromisse gebraucht, um die verschiedenen Fraktionen zusammenzuschweißen, und nur wegen einer Handvoll Wahnsinniger wollte Hennessy all das nicht zerstören.

»Und die zweite Bedingung?« fragte Morrison.

»Sie geben mir eine Telefonnummer, unter der ich Hennessy erreichen kann. Ich werde das Codewort nur ihm persönlich nennen. Wir teilen das Risiko.«

Schweigend gingen sie nebeneinander her, bis Morrison sich entschieden hatte. »Okay«, sagte er nur. Er gab dem Polizisten die Nummer von Hennessys Farm, die Bromley in ein kleines, ledergebundenes Notizbuch eintrug.

»Ich hoffe, daß ich nie dort anrufen muß«, sagte Bromley.

»Das hoffe ich auch«, erwiderte Morrison. »Aber Sie werden es tun.«

Grußlos trennten sie sich voneinander.

Oft ging Woody an einem Montag nicht in die Redaktion, da die freien Journalisten meistens nur am Wochenende arbeiteten, wenn es bei den Zeitungen am hektischsten zuging, aber Quigleys Anruf hatte ihm keine Ruhe gelassen. Der Wachmann nickte ihm über den Rand seiner Ausgabe der *Sun* grüßend zu. Er war daran gewöhnt, die Journalisten zu den ungewöhnlichsten Zeiten kommen und gehen zu sehen.

Woody zog sich einen Plastikbecher mit Kaffee aus dem Automaten und begann die Schublade des Aktenschranks zu durchforsten, wo er seine alten Notizbücher aufbewahrte. Bald hatte er dasjenige gefunden, das er beim Anruf des Chinesen benutzt hatte. Aufgeregt blätterte er es durch. Unter seiner krakeligen Kurzschrift stand das Wort »Chinese« und eine Telefonnummer. Eine Adresse fand er nicht, auch sonst nichts, was ihn auf den Namen hätte bringen können. Ein anderer Name tauchte aber zwischen all den Hieroglyphen auf — S.J. Brown oder Browning, Woody konnte es nicht entziffern.

Während er die Nummer wählte, durchstöberte er sein Gedächtnis. Nachdem er fast zehnmal geklingelt hatte, meldete sich eine verschlafene Männerstimme. »Double Happiness Take Away.« Woody kritzelte den Namen nieder.

»Mein Name ist Ian Wood«, sagte er. »Spreche ich mit dem Herrn, der wegen einer Belohnung zur *Sunday World* gekommen ist?«

»Nein«, erwiderte der Mann und legte auf.

»Na prima«, murmelte Woody. Er schnappte sich das Telefonbuch. Es gab nur ein Double-Happiness-Take-Away-Restaurant, in Clapham. Die Nummer stimmte auch. Jetzt brauchte er nur noch den Namen des Chinesen. Er rief im Archiv an, aber dort meldete sich niemand, also ging er selbst hinunter und zog die Akte über den Bombenanschlag in Knightsbridge heraus. Unter den Toten befanden sich zwei mit ausländischen Namen: Nguyen Xuang Phoung und Nguyen Kieu Trinh. Woody schrieb die Namen in sein Notizbuch und unterstrich Nguyen.

Morrison zuckte zusammen, als es an der Tür klopfte. Er hatte nichts beim Zimmerservice bestellt und erwartete auch keinen Besuch. Mit hinter dem Kopf verschränkten Händen lag er in einem weißen Bademantel auf dem Bett. Er richtete sich auf und sah auf seine Uhr. Zehn. Mit dem Anziehen hatte er es nicht eilig gehabt, da er noch immer auf Anweisungen von Hennessy wartete. Gestern hatte Morrison ihn zweimal angerufen. Beim ersten Mal hatte niemand geantwortet, und beim zweiten Mal klang Hennessy gestreßt; man konnte hören, daß er nicht allein war. Er hatte Morrison gesagt, daß er in Wartestellung bleiben solle und daß er ihn am Montag anrufen würde. Irgend etwas stimmte nicht, aber Morrison spürte, daß er nur warten konnte, bis Hennessy ihn informierte. Es klopfte erneut an der Tür, dieses Mal lauter und schneller, so als verliere der Besucher langsam die Geduld. Eine Welle der Furcht schwappte über Morrison. Vielleicht die Polizei? Oder sogar ein Killerkommando der Protestanten? Doch ebenso schnell wie es gekommen war, verebbte das Gefühl der Angst auch wieder. Niemand außer Hennessy wußte, wo er war. Dennoch glitt er leise vom Bett und ging vorsichtig auf die Tür zu. Er preßte seine Hände gegen die Wand zu beiden Seiten der Tür und blickte durch den Spion. Auch durch die verzerrende Linse erkannte er sie sofort. Sie klopfte noch einmal, und er öffnete die Tür, legte jedoch sofort seinen Arm quer vor den Türspalt, so als wolle er ihr den Weg versperren.

»Sean Morrison«, sagte sie spitzbübisch lächelnd.

»Mary Hennessy.« Er war sich nicht klar darüber, was er fühlte, während sie vor ihm stand. Er freute sich, aber andererseits war er auch beunruhigt. Beunruhigt, wie sie hierher gekommen war. Er empfand auch Schuld, tiefe Schuld. Und Sehnsucht. Stete Sehnsucht. Nicht ein einziges Mal hatte er Mary Hennessy ansehen können, ohne erregt zu werden und sich zu wünschen, sie zu besitzen. Er empfand noch vieles mehr — Bedauern, Furcht, Traurigkeit, eine ganze Mixtur von Gefühlen.

»Willst du mich nicht hereinlassen?« fragte sie.

Er trat zur Seite, um sie vorbei zu lassen, und schloß die Tür. Sie hielt einen weißen Trenchcoat im Arm, den sie über eine Stuhllehne warf, bevor sie sich ihm zuwandte, die Hände in die Hüften gestemmt. Mary trug eine weiße Bluse mit hochgeschlagenem Kragen und einen Rock mit großen gelben Blumen. Ihr braunes Haar wurde von einer kleinen schwarzen Schleife geschmückt. Sie legte den Kopf etwas zur Seite und sah Morrison mit einem hintergründigen Lächeln an. Zwei Jahre, dachte er. Sie waren so schnell vergangen, daß sie sich kein bißchen verändert hatte. Er wußte nicht einmal, wie alt sie eigentlich war, weil es ihn nie interessiert hatte. Er wußte, daß sie mindestens zehn Jahre älter war als er, aber das hatte er vor zwei Jahren nicht bemerkt, und er bemerkte es auch jetzt nicht. Manchmal hatte er gehofft, daß er sie nicht mehr so attraktiv fände, wenn er nach Jahren wieder zurückkehren würde, daß mit zunehmendem Alter die Sehnsucht und das Verlangen geringer würden. Marys braune Augen leuchteten, als könne sie seine Gedanken lesen. Sie ging langsam auf ihn zu, die Hände noch immer auf den Hüften. Auch mit den hohen Absätzen, die sie trug, mußte sie ihren Kopf zurücklegen, um ihm in die Augen sehen zu können. Sie stand ganz dicht vor ihm, so nahe, daß er den Duft ihres Haares einatmen konnte.

»Es ist lange her, Sean«, sagte sie sanft und legte ihre Hand auf seine Schulter.

»Ich glaube nicht, daß du hier sein solltest«, entgegnete er mit einer Stimme, die ihm selber fremd vorkam. Sie klang belegt und verkrampft.

Sie zog die Augenbrauen hoch. »Wirklich?« fragte sie, hob sich auf die Zehenspitzen und berührte mit ihren Lippen fast seinen Mund. Es war kein Kuß, aber er spürte ihren warmen Atem. Morrison mußte schlucken. Ihre Haut war noch immer glatt und weich. Die einzigen Zeichen des Alters waren die Lachfältchen um ihre Augen herum, die sie nur schöner machten. »Wirklich?« wiederholte sie und bewegte ihren Kopf etwas nach vorne, so daß ihre Lippen die seinen berührten. Sie öffnete sie leicht, tat aber sonst nichts. Sie bedrängte ihn nicht, sie wollte, daß er zeigte, wie sehr er sie begehrte, wollte, daß er die Initiative ergriff. Ein Teil von ihm, die Stimme der Schuld in seinem Kopf, diejenige, die ihn dazu gebracht hatte, nach New York zu gehen, riet ihm zu widerstehen, aber er wußte bereits, daß er keine Wahl mehr hatte. Auch seine Lippen öffneten sich, und seine Hände schienen ihm nicht mehr zu gehorchen und umschlossen bereits ihre schlanke Taille. Immer noch stand sie auf den Zehenspitzen und wartete darauf, wie er sich entschied. Er gab ihr einen kurzen, heftigen Kuß, sah ihr in die Augen, zog sie dann stürmisch an sich und küßte sie ein zweites Mal. Leidenschaftlich fuhr er mit seiner Zunge in ihren warmen, feuchten Mund. Mary blieb ein paar Sekunden wie regungslos, bevor sie seinen Kuß erwiderte. Er stöhnte und schloß die Augen. Der Wunsch, sie zu besitzen, schwappte wie eine Welle über ihn. Langsam stellte Mary sich wieder auf die Fersen, so daß er sich herabbeugen mußte, um sie zu küssen. Plötzlich versuchte sie, sich von ihm loszumachen, aber er preßte seinen Arm auf ihren Rücken und zog ihren Kopf zu sich heran.

Sie stieß sich mit beiden Händen von seinen Schultern ab. Eine Haarsträhne hatte sich gelöst und hing über ihrem linken Auge, aber sie schien es gar nicht zu bemerken. Den Oberkörper nach hinten gebeugt, preßte sie sich gegen seinen Unterleib. Morrison hatte das Gefühl, als ob es zwischen seinen Beinen brannte. Ihre Augen blitzten auf. »Sag mir, daß du mich willst«, keuchte sie.

»Du weißt, daß ich dich will«, antwortete er und wollte sie erneut küssen, aber sie bog ihren Kopf zur Seite und preßte ihre Schenkel noch fester an die seinen.

»Sag mir, daß du mich willst«, wiederholte sie. Sie nahm ihre rechte Hand von seiner Schulter und fuhr mit den Fingern langsam über die Haare auf seiner Brust. Er zuckte zusammen, als ihre scharfen Fingernägel über seine Rippen glitten. Sein Bademantel öffnete sich, als sie mit der Hand über seinen Bauch fuhr und dann noch tiefer glitt.

»Sag es mir«, flüsterte sie und nahm seinen Penis in ihre Hand. Sie streichelte ihn sanft, und Morrison stöhnte laut und gab auf.

»Ich will dich, Mary«, stieß er hervor. Sie streifte ihm den Bademantel von den Schultern, so daß er nackt vor ihr stand, griff in seine Haare und zog seinen Kopf zu ihr herunter, so fest, daß es weh tat. Mit aller Kraft preßte sie sich an ihn. Er hob sie hoch, und sie umschlang seine Hüften mit ihren Beinen. In seinem Kopf war nur noch ein Gedanke. Sie.

Nguyen lag bewegungslos da und lauschte den Vögeln, die in den Wipfeln über ihm sangen. Im Schutz der Dunkelheit war er in den Tollymore Forest zurückgekehrt und hatte seinen Lieferwagen so wiedergefunden, wie er ihn verlassen hatte. Er benötigte ein paar Dinge aus dem Wagen, unter anderem eine rote Dose mit Benzin, die er in seinen Rucksack packte. Schlafen wollte er im Lieferwagen lieber nicht, falls Hennessy einen Suchtrupp in den Wald schicken sollte. Das war zwar recht unwahrscheinlich, aber wenn sie ihn doch im Wagen überraschen würden, gäbe es kein Entrinnen mehr.

In einiger Entfernung fand er ein sicheres Versteck, wo er sich bis zum Vormittag ausruhte. Als er erwachte, richtete er sich auf und lehnte sich an eine große Buche. Die Luft war schwer vom Duft des Waldes. Um Nguyen herum blühten Hunderte von Glockenblumen, die träge im Wind schaukelten. Er verbrachte eine Stunde damit, die Köpfe der Streichhölzer von drei Schacheln zu einem roten Puder zu zermahlen, den er vorsichtig in eine der Schachteln schüttete. Dann nahm er zwei Stück des kunststoffumhüllten Drahtes, bohrte mit der Spitze seines Messers zwei Löcher in die Längsseiten der Streichholzschachtel, zog die blanken Drahtenden durch die Löcher und verband sie mit einer seiner vorher präparierten Blitzlichtbirnen, die er zu dem Pulver in die Schachtel gelegt hatte.

Anschließend entfernte er das Glas von einem der Wecker und packte ihn zusammen mit der verdrahteten Streichholzschachtel in seinen Rucksack. Der Wecker, die Streichholzschachtel und eine Batterie in einem einfachen Schaltkreis ergaben einen simplen Zeitzünder, der einen Kanister mit Benzin auf jeden Fall entzünden würde.

Die Pistole, die er dem Mann im Wald entwendet hatte, war eine Browning HiPower Automatik. Sie wog ungefähr zwei Pfund. Nguyen nahm das Magazin heraus und zählte die Patronen. Dreizehn. Eine Unglückszahl für die Weißen, nicht jedoch für einen Vietnamesen. Er nahm die Pistole auseinander, reinigte sie und überprüfte, ob sie einwandfrei funktionierte. Sie war in Ordnung. Es war eine solide Waffe, zu schwer, um sie lange in der Jackentasche zu tragen. Auch sie kam in den Rucksack. Der Geruch von geröstetem Schweinefleisch erinnerte ihn daran, wie lange er nichts mehr gegessen hatte, also nahm er einen Behälter mit

Fleisch und einen mit Reis heraus und aß mit den Fingern. Nguyen konnte sich kaum daran erinnern, wann er das letzte Mal im Freien gegessen hatte. Die Weißen hatten ein Wort dafür, das er in einem der Englischbücher Kieu Trinhs gelesen hatte. Picknick, so nannten sie es.

Während er aß, überlegte er seinen nächsten Schritt. Eines war sicher, er mußte ein letztes Mal mit Hennessy sprechen, bevor er seine Aktionen verschärfte, und deshalb mußte er noch einmal zur Farm zurück. Jetzt, da Hennessy gesehen hatte, wieviel Schaden Nguyen anrichten konnte, würde er sicherlich kooperativer sein. Wenn man jemanden unter Druck setzte, dann beugte er sich. Vielleicht zerbrach er nicht, aber er beugte sich.

Nguyen seufzte und streckte sich auf dem weichen Waldboden aus. Was er tat, bereitete ihm kein Vergnügen. Als er Vietnam verlassen hatte, glaubte er, daß die Tage des Kämpfens und Tötens vorbei seien, daß ihm von nun an vergönnt sei, mit seiner Familie in Ruhe und Frieden zu leben. Auch nachdem der letzte Hubschrauber vom Dach der amerikanischen Botschaft in Saigon gestartet war, glaubte Nguyen immer noch daran, aus Nordvietnam entkommen und eines Tages in den Vereinigten Staaten leben zu können. Er hatte an der Seite der Amerikaner gekämpft, und er hatte miterlebt, wie hunderte junger Amerikaner in dem Kampf um ein freies Vietnam gefallen waren. Daß man ihn zurückgelassen hatte, mußte ein Versehen sein. Es war schwierig für die Amerikaner, sich mit all ihrer Ausrüstung und ihren Leuten abzusetzen, und Nguyen war nicht der einzige, der zurückgeblieben war. Erst später, nach dem Tod von Thi Manh und Mai Phoung, brach seine Enttäuschung auf wie eine entzündete Wunde, und er schwor, niemals in den Vereinigten Staaten um Asyl zu bitten. Im Flüchtlingslager in Hongkong hatte er alle überrascht, als er verkündete, daß er in jedes Land der Welt gehen würde, nur nicht nach Amerika. Beamte der Flüchtlingskommission oder Vereinten Nationen hatten ihn viele Male befragt und ihm immer wieder erklärt, daß ihn die USA wegen seiner Verdienste im Krieg mit offenen Armen aufnehmen würde, aber er hatte sich beharrlich geweigert, die Gründe für seine Ablehnung zu nennen. Er hatte nur berichtet, daß zwei seiner Töchter auf dem Weg über das Südchinesische Meer umgekommen seien, ohne jedoch Einzelheiten zu nennen. Nguyen war der Meinung, daß es niemanden etwas anging. Wie schön sie gewesen waren, seine Töchter, und auch jetzt, nachdem mehr als zehn Jahre vergangen waren, sah er sie deutlich vor sich — die pechschwarzen Haare, die hohen Wangenknochen, die strahlenden Augen und das offene Lächeln. Auch ihre Mutter war einmal so schön gewesen, aber dann hatten die harten Jahre ihren Tribut gefordert. Es war der Gedanke an seine wunderbaren Kinder gewesen, der Nguyen die drei Jahre in den sogenannten Umerziehungslagern hatte überstehen lassen, wo er bei einer Verpflegung, die den Namen nicht verdiente, fünfzehn Stunden am Tag arbeiten mußte, bis die Nordvietnamesen der Meinung waren, daß er wieder ein guter Kommunist sei.

Nguyen hatte nicht daran gezweifelt, daß die Nordvietnamesen ihn bestrafen würden, aber ihm war nicht klar gewesen, wie hart diese Strafe sein würde. Am Morgen des 30. April 1975 war er leise aus dem Bett gekrochen, ohne Xuang Phoung zu wecken, die ein Kissen umklammert hielt, und hatte fast eine Stunde in der Tür gestanden, die zu dem kleinen Zimmer führte, wo seine Töchter gemeinsam in einem Einzelbett schliefen. Ihre Köpfe berührten sich, und sie sahen aus wie siamesische Zwillinge, Nguyen versuchte sich das Bild für immer einzuprägen. Er war davon überzeugt, seine Töchter zum letzten Mal zu sehen. Der Lärm der Straße hatte sich gewandelt. Die Hubschraubergeräusche waren verschwunden, statt dessen hörte man, wie in der Ferne die Lastwagen knatterten, die die nordvietnamesischen Truppen und ihren Nachschub nach Saigon brachten, und wie die Massen den »bo doi« — den Soldaten des Volkes — zujubelten. In den frühen Morgenstunden, nachdem er und seine Frau sich geliebt hatten, war gelegentliches Maschinengewehrfeuer und das Rattern von Panzern in den Straßen zu hören gewesen, aber ob die Nordvietnamesen dabei waren,

Widerstandsnester auszuheben oder ob die Schüsse nur Ausdruck der Freude bei den siegreichen Streitkräften waren, konnte er nicht sagen.

Er zog sich an, unauffällige ausgewaschene Baumwollhosen, ein verblichenes kariertes Hemd und alte Sandalen. Seine US-Uniform hatte er auf der Straße liegenlassen und jeden Hinweis auf eine Verbindung zu den Amerikanern in seiner Wohnung beseitigt. Nguyen hatte schon lange vor dem Abzug der Amerikaner vorgesorgt, als es langsam deutlich wurde, daß der Süden den Krieg niemals gewinnen konnte. Die Familie hatte ihr Bankkonto aufgelöst und für ihr ganzes Vermögen Gold gekauft. Nguyen wußte, daß nach dem Fall Saigons Papiergeld praktisch wertlos sein würde. Sie hatten das Gold in einem Schließfach deponiert, zusammen mit einigen goldenen Rolex-Uhren und Schmuckstücken, die sie von Nguyens Lohn auf dem Schwarzmarkt hatten kaufen können. Zwei Wochen, bevor der Vietcong an den Außenbezirken Saigons auftauchte, hatten sie alles aus den Schließfächern herausgeholt und bereits beschlossen, daß Nguyen gehen müsse. Es war die einzige Möglichkeit, die Familie zu retten.

Xuan Phoung besaß Freunde, die ihr eine Stelle als Küchenhelferin besorgen würden. Sie sollte das Vermögen der Familie unter den Dielenbrettern verstecken, bis Nguyen zurückkehren durfte oder bis sie eine Möglichkeit fand, mit den Kindern zu fliehen. Bevor er ging, nahm Nguyen ein Photo aus seiner Brieftasche und legte es aufs Bett. Es war eine Aufnahme von Xuang Phoung und den beiden Mädchen, die er während des ganzen Krieges bei sich getragen hatte. Aber wenn man ihn gefangennahm, würde das Bild sie nur verraten. Er nahm auch sämtliche Papiere aus der Brieftasche und ließ nur etwas Papiergeld darin. Es würde nicht lange dauern, bis man einen dreißigjährigen Mann, der allein durch die Straßen lief, verhaften und verhören würde. Den Inhalt seiner Taschen würde man ihm als erstes fortnehmen, also legte Nguyen seinen Ehering, seine Uhr und sein Special Forces-Feuerzeug neben das Foto aufs Bett. Er gab seiner Frau einen Kuß auf die Wange und eilte die Treppe hinunter, bevor er es sich anders überlegen konnte.

Die Straßen Saigons waren noch genauso überfüllt wie in der Nacht zuvor, aber jetzt galt es nicht mehr, mit den Amerikanern zu fliehen, nein, jetzt mußte man die NVA begrüßen. Die Kinder wedelten mit NVA-Fahnen — rot und blau mit einem goldenen Stern —, und es schien, als habe jeder Ladenbesitzer in der Stadt das Portrait eines ernst blickenden Ho Chi Minh ins Schaufenster gehängt. Arg mitgenommene LKWs, die von einer dicken roten Lehmschicht bedeckt waren, fuhren vorbei. Sie brachten Soldaten in die Stadt, junge Männer in ausgebeulten olivgrünen Uniformen und Plastiksandalen, die Freudenschreie ausstießen und den Jubel sichtlich genossen.

Gegen Mittag wurde Nguyen von einer Gruppe von fünf blutjungen Soldaten aufgegriffen, die ihn mit ihren Gewehren herumstießen und seine Papiere verlangten. Als er ihnen erzählte, daß er vor zwei Tagen ausgeraubt worden sei, schlugen sie ihm ins Gesicht und bezeichneten ihn als Lügner. Er mußte sich auf den Boden knien, und sie banden ihm ein Tuch um den Kopf, fesselten ihm die Hände mit Handschellen auf den Rücken und warfen ihn auf einen Lastwagen.

Im Verlauf des Tages landeten immer mehr Männer in dem LKW. Alle waren gefesselt, allen waren die Augen verbunden, und man sagte ihnen, daß man sie erschießen würde, wenn sie miteinander redeten. Als der Lastwagen voll war, begann eine dreitägige Reise, auf der sie nichts als ein paar Handvoll ekelhaft riechenden Reises vorgesetzt bekamen, den sie wie die Tiere vom Boden essen mußten, weil ihre Wärter sich weigerten, ihre Handschellen zu öffnen. Nguyen nahm an, daß man sie in den Norden brachte und wunderte sich, warum man sich solche Mühe machte, wo doch die Kommunisten nun das ganze Land kontrollierten. Einen verrückten Augenblick lang versuchte er sich sogar einzureden, daß die NVA fürchtete, die Amerikaner könnten zurückkommen, aber im Grunde wußte er, daß dies eine Illusion war. Die Evakuierung der Botschaft hätte nicht stattgefunden, wenn die Armee ihre Rückkehr plante.

Er fand nie heraus, wie der Ort, an den man sie brachte, eigentlich hieß, aber daß es ein Gefängnis war, und zwar schon lange, daran bestand kein Zweifel. Er wurde in eine winzige Zelle geworfen, in der nur eine Holzpritsche und ein Eimer standen. Sie nahmen ihm die Augenbinde ab, und er sah, daß von den Körpern, die im Laufe der Jahre auf der Pritsche geschlafen hatten, das Holz glatt gerieben worden war. Wahrscheinlich hatten schon die Franzosen hier ihre vietnamesischen Gefangenen eingesperrt. Die Pritsche neigte sich leicht nach vorn, so daß Flüssigkeit ablaufen konnte. In einer Ecke befand sich ein kleines Einschußloch auf dem Boden. Die Zelle hatte kein Fenster, das einzige Licht drang aus dem Korridor durch die offene Tür. Jedesmal, wenn sie aufging, flüchteten Kakerlaken in die dunklen Ecken. Nguyen mußte sich auf die Bank legen. Seine Beine wurden in Fußeisen geschlossen, die an der Wand befestigt waren. Sie stellten den Eimer in seine Reichweite, nahmen ihm die Handschellen ab und verschwanden wortlos, nachdem sie die Tür verriegelt hatten. Zwei Wochen lang ließen sie ihn dort. Einmal am Tag wurde die Zellentür geöffnet, und man brachte ihm eine Handvoll Reis auf einem Bananenblatt und ein Stück trockenes Brot. In der Zelle wurde es erstickend heiß, und Nguyen verspürte ständig Durst, aber es gab nur einen Krug Wasser am Tag, zusammen mit dem Essen. Die Zelle stank nach Urin, Schweiß und Verwesung. Kakerlaken machten ihm nicht viel aus, selbst wenn sie über seinen Körper liefen, aber es gab auch Moskitos, und bald war er von juckenden Stichen übersät, die ihn rasend machten. Die Eisenketten scheuerten die Haut an seinen Knöcheln auf und bereiteten ihm große Schmerzen.

Nach zwei Wochen Einzelhaft schleppten sie ihn aus der Zelle in ein Zimmer, wo er durch ein trübes Dachfenster zum ersten Mal wieder einen Sonnenstrahl sah. Neben dem Fenster hing ein großer rostiger Fleischerhaken von der Decke herab. Die NVA-Offiziere verhörten ihn eine Stunde lang. Danach gab es für ihn wieder die Fußeisen und die

Finsternis seiner Zelle. Eine Woche später wurde er erneut in dem gleichen Raum verhört. Er wurde weder geschlagen noch bedroht, es wurden nur Fragen gestellt, fast identisch mit denen des ersten Verhörs, und er war sicher, sie genau so beantwortet zu haben wie zuvor. Mit den gleichen Lügen. Er war Mechaniker, nie in der Armee gewesen. Er hatte keine Familie. Seine Papiere hatte er verloren. Von den ausdruckslosen Gesichtern seiner Befrager konnte er nicht ablesen, ob sie ihm glaubten oder nicht. Außerdem konnte er sie kaum erkennen, da nach den Tagen der Dunkelheit selbst das schwache Sonnenlicht, das durch das dreckverkrustete Dachfenster drang, ihn blendete und er seine Bewacher nur mit blinzelnden Augen anstarren konnte.

Sie brachten ihn wieder in seine Zelle. Dieses Mal wurde er schon nach drei Tagen wieder in den Verhörraum gebracht. Er konnte kaum noch gehen, und als Folge der Unterernährung hatte sein Gaumen zu bluten begonnen. Außerdem hatte er Durchfall, und seine Beine und sein Rücken waren eine einzige wunde Stelle. Der ältere der beiden Soldaten, die ihn verhörten, ein gütig aussehender weißhaariger Major, teilte ihm mit, daß sie seine Geschichte nicht glaubten und daß sie dankbar wären, wenn er ihnen die Wahrheit erzählen würde. Er beharrte auf seinen Angaben, und sie nickten, beinahe traurig. Vier NVA-Soldaten kamen mit Bambusstöcken in den Raum und schlugen ihn bewußtlos. Dann schütteten sie einen Eimer Wasser über ihn, um ihn wieder zu Bewußtsein zu bringen, bevor sie erneut so lange auf ihn einschlugen, bis er ohnmächtig wurde; schließlich schleppten sie ihn in seine Zelle zurück.

Sechs Tage lang wurde dieser Vorgang wiederholt. Sie fragten ihn nach der Wahrheit, er blieb bei seiner Geschichte, die Soldaten schlugen ihn zusammen.

Am siebten Tag änderten sie ihre Taktik. Die Soldaten hatten ihm drei Zähne ausgeschlagen und vier Rippen gebrochen. Dieses Mal banden sie ihm mit einem langen Seil die Hände hinter dem Rücken zusammen und wickelten es so fest wie möglich um seine Arme, bevor sie ihn damit an den Fleischerhaken hängten. Es war seltsam, aber er konnte sich später kaum noch an diese Tage der Folter erinnern. Er wußte noch, daß er nie zuvor in seinem Leben so große Schmerzen verspürt hatte, und er erinnerte sich daran, daß er seine Peiniger eines Tages angefleht hatte, ihn lieber schnell zu töten; aber jetzt, da er auf dem Waldboden lag und durch das Blätterdach in den strahlend blauen Himmel blickte, kam es ihm vor, als sei all das jemand anderem passiert und als wären seine Erinnerungen nur geliehen. Eines allein hatte ihn damals am Leben erhalten — das Bild seiner Frau und seiner beiden Kopf an Kopf schlafenden Töchter. Von allen Bildern in seinem Geist waren sie am deutlichsten gewesen, und während der Folter konzentrierte er sich ganz darauf. Sie waren der Grund, weshalb seine Wärter ihn nicht zerbrechen konnten.

Er erfuhr nie, ob sie ihm letzten Endes glaubten oder ob sie einfach die Lust daran verloren, ihn zu quälen; irgendwann hörten sie auf, ihn zu foltern, und er wurde in ein Umerziehungslager überwiesen, wo er 15 Stunden am Tag auf dem Feld arbeiten mußte, aber zumindest gab es Nahrung.

Immer wieder mußte er endlose Selbstbeschuldigungen verfassen, die ordentlich abgeheftet wurden, und jeden Tag saß er zwei Stunden im Schneidersitz auf dem Boden, während man ihm und seinen Mitgefangenen Vorlesungen über die Verdienste und Ideale des Kommunismus hielt. Wenn jemand einnickte, wurde er mit einem Stock geschlagen.

Es gab noch andere Strafen, die wegen der lächerlichsten Vergehen ausgesprochen wurden. Man hängte Männer mit den Füßen nach oben auf und ließ sie tagelang so baumeln, bis ihre Beine zu faulen begannen; manche wurden auch in kleine Stahlkästen gesperrt, die in der prallen Sonne standen, oder bis zum Hals in die Erde eingegraben. Nguyen blieb drei Jahre dort, drei entsetzliche vergeudete Jahre.

Als er schließlich zu einem guten Kommunisten erklärt und auf Bewährung entlassen wurde, wies man ihm eine Arbeit bei einem Bewässerungsprojekt westlich von Hanoi zu. Dreimal in der Woche mußte er sich bei einem Politoffizier melden, wo man ihn weiterhin indoktrinierte. Er wußte, daß er noch Glück gehabt hatte. Zehntausende Vietnamesen verbrachten weitaus mehr als drei Jahre in den Lagern.

Eines Nachts floh Nguyen und schlug sich nach Hanoi durch, wo es ihm gelang, einen Ausweis und Geld zu stehlen. Er machte sich auf den Weg nach Saigon und trieb sich mehrere Wochen in der Stadt herum, bevor er es wagte, sich seiner Familie zu nähern. Es war schon spät, als er an Xuang Phoungs Tür klopfte, und als er ihren verwirrten Blick sah, wurde ihm klar, daß sie ihn nicht mehr erkannte. Aber Nguyen war nicht verwundert, denn er hatte sehr viel an Gewicht verloren und sah zehn Jahre älter aus als er war. Doch schließlich schloß sie ihn in ihre Arme und begann leise zu schluchzen. Sie schob ihn in das Zimmer, setzte ihn auf einen Stuhl, kniete vor ihm nieder und umklammerte seine Beine, während sie weinte und immer wieder seinen Namen flüsterte. Nguyen erkannte, daß seine Frau wahrscheinlich mehr gelitten hatte als er selbst, was immer er auch durchgemacht hatte. Ihm war stets die Hoffnung geblieben, eines Tages zu ihr und den Kindern zurückzukehren, sie aber hatte nicht einmal gewußt, ob er überhaupt noch lebte.

Sie kochte ihm grünen Tee, und als er trank, ging sie in das Schlafzimmer und kam mit einem kleinen Kind zurück. Ein Mädchen, die Tochter, die er noch nie gesehen hatte, die in der Nacht gezeugt worden war, als die Amerikaner Saigon aufgegeben hatten. Die Kleine war nun fast drei Jahre alt.

»Sie heißt Kieu Trinh«, sagte seine Frau. »Aber wir können sie auch anders nennen, wenn dir der Name nicht gefällt.«

»Er ist wunderbar«, sagte Nguyen und nahm seine Tochter in den Arm. Seine Frau weckte Thi Manh und Mai Phoung und stellte sie dem Vater vor, an den sie sich kaum noch erinnerten. Nguyen konnte vor Glück kaum sprechen, wortlos drückte er sie alle an sich. Seine Familie.

Bevor er danach fragen konnte, sagte Xuang Phoung: »Das Gold ist noch immer hier, und ich kenne auch jemanden, der uns hier rausbringen kann.«

»Wir müssen uns beeilen«, entgegnete er mit belegter Stimme.

»Ich weiß«, flüsterte sie. »Wir haben nur auf dich gewartet.«

Noch in dieser Nacht reisten Nguyen, seine Frau und seine Kinder zu einem Fischerhafen in der Provinz Kien Giang. Ihre Wertgegenstände und ihre Papiere steckten in zwei Leinensäcken. Sie hatten einem Mittelsmann in Saigon eine Vorauszahlung in Gold gegeben, der ihnen gesagt hatte, wann und wo sie den Rest bezahlen sollten.

Die Familie mußte in einer schmutzigen, nach Fisch stinkenden Hütte übernachten, wo sie mit zwei anderen Familien, die ebenfalls auf ein Boot warteten, auf winzigen Liegen schliefen. Nach einigen Stunden begann die kleine Kieu Trinh heftig zu husten, und als Xuang Phoung dem Kind die Hand auf die Stirn legte, spürte sie, daß es Fieber hatte. Im Laufe der Nacht wurde der Husten schlimmer. Niemand konnte mehr schlafen. Nguyen wachte an ihrer Seite, wischte ihr die Stirn mit einem in Wasser getauchten Lappen ab und fächelte ihr mit einem Stück Karton Luft zu. Aber während des Tages verschlechterte sich ihr Zustand zusehends. Xuan Phoung sprach es als erste aus, obwohl auch Nguyen den Ernst der Lage erkannt hatte: Das Kind würde eine lange Seereise nicht überstehen, schon gar nicht auf einem schmutzigen Boot, das bis zum Rand mit Flüchtlingen vollgestopft war. Sie schlug vor, im Dorf zu warten, bis das Kind wieder kräftig genug sei, um zu reisen, aber Nguyen gab zu bedenken, daß dann ihre Vorauszahlung verfallen würde, die einen beträchtlichen Teil ihrer sauer verdienten Ersparnisse darstellte.

»Dann mußt du mit Thi Manh und Mai Phoung vorausfahren«, sagte Xuan Phoung. »Wir treffen uns in Hongkong.«

Zuerst weigerte Nguyen sich, aber dann sah er ein, daß sie recht hatte. Wenn er mit den beiden Mädchen an Bord ging, konnte er den Kapitän sicherlich dazu überreden, die Vorauszahlung für fünf Personen als Gesamtfahrkosten für drei zu akzeptieren. Auf diese Weise hätte seine Frau noch mehr als genug Geld, um die Überfahrt für sich zu bezahlen, wenn Kieu Trinh wieder gesund wäre. Als der Kapitän abends kam, um sie abzuholen, erklärte Nguyen ihm die

Situation, und er akzeptierte das Angebot, bestand aber auf einer zusätzlichen Unze Gold als kleine Entschädigung. Für eine weitere Unze erklärte er sich bereit, einen Arzt zu besorgen, der sich um das Kind kümmern würde.

Als Nguyen die Barkasse erblickte, die sie über das Südchinesische Meer nach Hongkong bringen sollte, war er nahe daran, sich die Sache anders zu überlegen. Das Boot war nur ungefähr 15 Meter lang, der Rumpf sah verrottet aus und war an vielen Stellen ausgebessert. Auf dem Deck saßen oder hockten schon über 30 Flüchtlinge, und Nguyen, seine beiden Kinder und die beiden Familien, mit denen sie die Hütte geteilt hatten, mußten sich zwischen die anderen quetschen. Das Boot lag besorgniserregend tief im Wasser.

Der Kapitän verfügte über eine Besatzung von drei jungen Männern in zerrissenen T-Shirts und abgeschnittenen Hosen. Es dauerte eine halbe Stunde, bevor sie den Motor zum Laufen gebracht hatten. Stotternd setzte er sich in Gang, und die Barkasse fuhr auf See hinaus, während die Sonne am Horizont in einem riesigen orangefarbenen Ball unterging.

An Deck gelangte man über eine Treppe in einen Laderaum, in dem ein Dutzend Liegen standen. Hier konnten die Flüchtlinge abwechselnd schlafen. Es gab auch einen kleinen Ofen, auf dem die Frauen das wenige an Nahrung zubereiteten, das die Crew mitgebracht hatte – etwas Reis, Streifen getrockneten Fisch und ein Sack mit Gemüse. Einige Männer knüpften Angelschnüre und fingen dann und wann einen Fisch, um den mageren Speisezettel aufzubessern, angelten aber vorwiegend aus Langeweile. Den größten Teil des Tages hockten sie an Deck, beobachteten den Horizont und hofften, daß ihr Schiff nicht unterging.

Das Wasser war rationiert. Nur alle paar Stunden teilte ein Besatzungsmitglied den Passagieren einen Schluck in fleckigen Blechtassen zu. Man hatte eine Decke an einem Mast befestigt, die sowohl Schutz vor der gleißenden Sonne als auch vor den gelegentlichen Regenstürmen bieten mußte. Die Umstände waren derartig primitiv, daß Nguyen froh war, seine Tochter nicht mitgenommen zu haben.

Drei Tage, nachdem sie Vietnam verlassen hatten, trafen sie auf die Fischerboote. Es waren drei, alle waren in der gleichen Weise angemalt worden, so als gehörten sie zu einer Flotte. Die Decks, auf denen sich Plastiktonnen und zusammengerollte Seile stapelten, leuchteten rot, die Ruderhäuser waren weiß, der Rumpf hellgrün, und am Bug hatte man weiße Buchstaben in Thai aufgepinselt. Die Fischer schienen freundlich zu sein, sie lachten und winkten, und als sie näher kamen, riefen sie dem Kapitän des Flüchtlingsschiffes zu, daß sie Wasser und Eis zu verkaufen hätten. Der Kapitän winkte ab, aber einige der Flüchtlinge riefen ihm zu, daß sie selbst bezahlen würden. Nguyen sah, daß der Kapitän den Flüchtlingen bedeutete, ruhig zu sein, weil es mit den Thais Ärger geben könne, aber sie ignorierten ihn und riefen ihrerseits die Fischer heran. Der Kapitän schien äußerst besorgt. Er gab dem Steuermann einen Befehl, und das alte Boot begann abzudrehen, aber selbst Nguyen, der über wenig seemännische Erfahrung verfügte, war klar, daß sie den Fischerbooten niemals entkommen würden, sollten sie die Verfolgung aufnehmen. Er stand auf und sah, wie einer der Thais plötzlich ein Gewehr hervorholte und anlegte. Nguyen stieß einen Warnschrei aus, aber es war zu spät. Man hörte einen lauten Knall, und der Kapitän des Flüchtlingsbootes brach zusammen, von der Kugel in die Brust getroffen. Die Thais hatten jetzt alle Gewehre in den Händen. Ihre Kugeln zersiebten das Ruderhaus förmlich und töteten die beiden Matrosen, die am Ruder standen. Schreiend mußten die Flüchtlinge mitansehen, wie das Boot führerlos dahintrieb. Verzweifelt suchte Nguyen nach einer Waffe, konnte aber nichts entdecken. Eines der Thai-Boote tauchte neben ihnen auf. Mit langen Stangen zogen die Thais die Boote Bord an Bord.

Die Flüchtlinge wichen auf die andere Seite des Decks zurück, wie Vieh, das vor einer Schlange zurückschreckt, und das Boot neigte sich beängstigend. Die Frauen und Kinder weinten, die Männer schrien. Sie hätten gerne gekämpft, wußten jedoch nicht wie. Mit bloßen Fäusten standen sie den Thais gegenüber, die Gewehre, Beile und Messer in den

Händen hielten. Nguyen und seine Töchter wurden in dem Durcheinander getrennt, und es gelang ihm nicht, wieder näher an sie heranzukommen.

Ein zweites Boot tauchte vor ihrem Bug auf, und ein halbes Dutzend finster aussehender Thais sprang an Bord, kräftige, untersetzte Männer, von vielen Jahren auf See hart gemacht. Die Sonne hatte ihre Gesichter und Körper dunkel gefärbt, sie waren mit Narben übersät, die von Kämpfen und Unfällen mit Netzen oder Seilen stammten.

Brutal trieben sie die Flüchtlinge auseinander, trennten die Männer von den Frauen und Kindern und töteten jeden, der protestierte oder gar versuchte, sie aufzuhalten. Einer der Thais, ein fast schwarzer, stämmiger Mann mit einer riesigen Tätowierung auf der Brust, die einen Tiger zeigte, spähte durch die Ladeluke hinunter. Er rief in gebrochenem Vietnamesisch, daß alle Frauen und Kinder an Deck kommen sollten. Von unten hörte man Schreie und Schluchzen, aber niemand kam nach oben. Einer der Fischer, der noch auf einem Boot an der Seite gestanden hatte, sprang mit seinem Gewehr über die Reling und feuerte zweimal in die Luke. Die Schreie von unten wurden lauter, aber dann kletterten drei Frauen und ein junges Mädchen an Deck. Eine der Frauen war um die 60 Jahre alt. Der Fischer stieß einen Fluch auf vietnamesisch aus, bohrte ihr ein Messer in den Bauch und drehte die Klinge nach links und rechts, bevor er sie herauszog und die Frau mit dem Fuß die Luke wieder hinunterstieß.

Die Flüchtlinge an Deck schrien auf und drängten vor, aber eine Gewehrsalve krachte, und vier Männer wälzten sich vor Schmerzen schreiend auf den Planken. Die Thais begannen damit, die Flüchtlinge zu durchsuchen. Sie nahmen ihnen Uhren, Schmuck und alle anderen Wertgegenstände ab und stießen sie dann in den Laderaum hinunter. Wer sich wehrte, wurde sofort getötet und über Bord geworfen. Einige der jüngeren Frauen wurden gepackt und schreiend zu den Thai-Booten gebracht, wo sie die Fischer mit ausgestrecken Armen empfingen. Entsetzt mußte Nguyen mitansehen, wie sie den Frauen die Kleider vom Leib rissen, sie schlugen und ohrfeigten, wenn sie sich zu sehr wehrten, und sie schließlich zu Boden warfen und vergewaltigten. Er sah ein Mädchen, das nicht älter als fünfzehn Jahre sein konnte, das von zwei Männern festgehalten wurde, während sich ein dritter über sie hermachte. Ihr Schrei ließ ihn erschaudern, aber dann hörte er, wie seine eigene Tochter, Mai Phoung, seinen Namen rief. Zwei Thais hatten sie gepackt und schleppten sie zum Bug des Bootes, wo andere gierig warteten.

»Sie ist erst dreizehn!« schrie Nguyen.

»Die jüngste Frucht ist die süßeste«, lachte einer der Thais und rammte Nguyen den Kolben seines Gewehres in den Magen. Nguyen stürzte zu Boden und schnappte nach Luft. Nur durch einen roten Schleier sah er, wie Thi Manh auf die Männer zustürzte, um ihre Schwester zu beschützen. Die Thais lachten, und einer der Männer packte sie und riß ihre Bluse auf. Die Knöpfe sprangen ab und enthüllten ihre zarte Haut und ihre kleinen Brüste. Zwei andere Männer schnitten mit großen Fischermessern den Rest ihrer Kleidung auf. Thi Manh schrie voller Angst und flehte Nguyen an, ihr zu helfen. Er richtete sich mühsam auf und stolperte durch die kleiner gewordene Gruppe der Flüchtlinge. Mai Phoung war in der Zwischenzeit auf das Thai-Boot geworfen worden, wo sie von drei Männern ausgezogen und geschlagen wurde; die Geräusche, die sie dabei von sich gaben, erinnerten Nguyen an wilde Hunde. Auch Mai Phoung rief nach ihrem Vater. Nguyen taumelte auf die Männer zu, die Thi Manh hielten, aber dann stand ein Thai mit einem Gewehr vor ihm. Es war auf seine Brust gerichtet. Der Mann lachte, sein Finger umklammerte den Abzug, und er drückte ab, als Nguyen über Bord sprang; der Vietnamese spürte, wie ein heißer Feuerstoß an seiner Schläfe vorbeistrich. Dann war er plötzlich unter Wasser. Er tauchte auf, hustend und nach Luft schnappend. Sein Mund war voller Blut, in seinem Kopf wühlte ein durchdringender Schmerz. Er spuckte Salzwasser, und als seine Augen wieder klar wurden, sah er, wie die Thais das Flüchtlingsboot in Brand steckten und auf ihre Fischerboote zurückkehrten.

Nguyen paddelte im Wasser und versuchte, bei Bewußtsein zu bleiben. Die Schreckensschreie, die aus dem Laderaum drangen, sollte er nie mehr vergessen, genauso wenig wie die Schreie der Frauen auf den Thai-Booten. Seine Töchter sah er nie mehr wieder. Etwas in ihm sehnte den Tod herbei, aber dann siegte sein Überlebensinstinkt. Um Nguyen herum trieben Holzplanken des zerstörten Ruderhauses, und er benutzte seinen Gürtel, um zwei von ihnen zusammenzubinden. Mehr als fünfzehn Stunden klammerte er sich an dieses elende Floß, bevor er von einem britischen Frachter auf dem Weg nach Hongkong aus dem Wasser gezogen wurde.

Die Seeleute sagten ihm, was für ein Glück es gewesen sei, daß man ihn bemerkt habe, aber Nguyen verspürte kein Glücksgefühl. Er schämte sich, weil er wußte, daß er seine Töchter im Stich gelassen hatte. Wenn er sie schon nicht hätte retten können, hätte er es doch versuchen müssen, selbst wenn er dabei gestorben wäre. Die Schuld jenes Tages lebte in ihm weiter. Er hatte instinktiv reagiert, ohne nachzudenken, und es gab keine Stunde, keine Minute, in der die Ereignisse auf dem Flüchtlingsdampfer nicht an ihm vorüberzogen.

Nguyen öffnete die Augen und blinzelte durch die Zweige über ihm. Seine Arme zitterten, und sein Atem ging stoßweise. Hätte er die Zeit doch zurückdrehen können! Er wollte noch einmal auf dem Boot sein, denn dieses Mal, das wußte er, würde er die richtige Entscheidung treffen. Er würde nicht über Bord springen, sondern bei dem Versuch, das Leben seiner Töchter zu retten, sterben.

Dieses Mal wollte er nicht versagen.

Mary Hennessy hatte ihren Kopf auf Morrisons Schulter gelegt und malte mit ihrem Zeigefinger kleine Kreise auf seine Brust. Er küßte sie auf die Haare, und sie schaute zu ihm auf und lächelte ihn an.

»Es war lange her, Sean Morrison«, sagte sie.

»Das war es, Mary Hennessy«, entgegnete er schläfrig. Er sah auf seine Uhr. Elf.

»Meine Zeit ist doch noch nicht rum, oder?« fragte sie. Langsam fuhr sie mit der Hand über seine Brust. »Ich wette, ich kann . . .«

Lachend griff Morrison nach ihrer vorsichtig tiefer wandernden Hand. »Mary, selbst du kannst die Toten nicht zum Leben erwecken.«

Sie kicherte. »Er ist nicht tot, er schläft nur«, sagte sie, legte ihre Hand aber wieder auf seine Brust. »Du schmeißt mich doch nicht raus, oder?«

»Ich warte auf einen Anruf«, sagte er.

»Von einem Mädchen?«

»Es gibt kein Mädchen, Mary Hennessy.«

Schweigend lagen sie eine Weile nebeneinander und genossen die Wärme des anderen.

»Du hättest mich nicht verlassen dürfen, Sean«, sagte Mary schließlich, so leise, daß Morrison fast dachte, sie rede im Schlaf. »Es gab keinen Grund für dich zu gehen.«

Er seufzte. »Es gab genug Gründe.«

»War es wegen Liam?«

»Es war wegen uns. Was wir taten, war falsch.«

Sie lachte herb. »Sieh dir die Welt an! Und du machst dir Sorgen darüber, was zwischen einem Mann und einer Frau falsch oder richtig ist? Manchmal verblüffst du mich wirklich.«

»Und du, Mary Hennessy, verblüffst mich eigentlich ständig.«

»Ich wußte nicht einmal, wie ich dich in New York erreichen konnte.«

»Das war die Absicht«, sagte er. »Aus den Augen, aus dem Sinn.«

Sie schüttelte den Kopf. »Die Liebe aus der Ferne ist die beständigste«, entgegnete sie lächelnd.

»Du warst diejenige, die ihren Mann nicht verlassen wollte«, sagte Morrison. »Du warst diejenige, die gesagt hat, daß eine Affäre in Ordnung sei, daß es aber nicht weiter gehen dürfte.«

»Ich bin schon lange verheiratet, Sean. Sehr lange.«

»Ich weiß, ich weiß.«

Sie seufzte, und er spürte ihren warmen Atem auf seiner Brust. »Du weißt genau, wenn ich frei wäre, würde ich nur mit dir zusammensein. Falls du mich wolltest.«

»Falls?« sagte er ungläubig.

»Ich bin viel älter als du, Sean.«

Er drückte sie an sich und streichelte ihr übers Haar. »Das hat damals keine Rolle gespielt, und das spielt heute keine Rolle.«

»Aber vielleicht morgen. Irgendwann.«

Morrison schloß die Augen. Dieses Gespräch hatten sie schon unzählige Male geführt. Bevor er nach New York gegangen war, hatte er manchmal das Gefühl gehabt, sie würden mehr über ihre Beziehung sprechen als sie einfach zu führen.

»Wenn Liam dir doch ähnlicher wäre«, flüsterte Mary.

»Was meinst du damit?«

»Stärker, härter.«

Er lachte, und sie schlug ihm auf die Brust. »Das ist nicht das, was ich meine, du Idiot. Er hat sich verändert, er ist weich geworden. Auch was die Sache betrifft. Früher war ich so stolz auf ihn, er hatte die Macht, und er fürchtete sich nicht, sie zu benutzen. Jetzt will er nur noch reden und verhandeln. Er benimmt sich wie ein Greis, der seinen Frieden mit der Welt schließen will.« Ihre Stimme war immer bitterer geworden, und bei den letzten Worten fauchte sie wie eine Wildkatze. Morrison wußte nicht, was er sagen sollte. Schweigend lag er neben ihr und streichelte ihr Haar. So konnte er sie vielleicht eher beruhigen als durch Worte.

»Weißt du, ich habe ihm die Sache mit Gerry nie verziehen«, sagte sie. Ihr Bruder war vor drei Jahren von einem protestantischen Killerkommando erschossen worden. Vier Männer in Strumpfmasken waren am Heiligabend in sein Haus eingedrungen und hatten ihn vor den Augen seiner Frau und seiner drei Kinder getötet. Auch Mary war dort gewesen, um Weihnachtsgeschenke abzuliefern, und das Blut ihres Bruders hatte sie bespritzt. Einige Stunden später hatte Morrison sie im städtischen Krankenhaus getroffen. Sie stand mit Liam auf dem weißgekachelten Flur, Blutflecken auf ihrem Kleid, ein roter Streifen über der Wange und vom Weinen geschwollenen Augen. Schon in diesem Augenblick, so erkannte Morrison jetzt, hatte er sich in sie verliebt.

»Du weißt, daß er herausgefunden hat, wer es war?« fragte Mary.

»Ich weiß.«

»Diese dummen Bastarde haben einen Monat später einen Farmer an der Grenze umgebracht und sich dabei erwischen lassen. Ich habe Liam angefleht, sie zu töten, bevor sie vor Gericht kommen, aber er sagte Nein. Jetzt sitzen sie alle vier in Long Kesh, aber er will trotzdem nichts unternehmen. Einer von ihnen studiert Soziologie an der Offenen Universität, Sean, kannst du dir das vorstellen? Gerry liegt unter der Erde, und einer von denen macht sein beschissenes Diplom! Und Liam sagt, daß der Gerechtigkeit genüge getan würde und daß die Zeit der Rache vorbei sei, oder ähnlichen philosophischen Mist. In ihm brennt kein Feuer mehr, ausgerechnet jetzt, wo es am wichtigsten wäre.«

Morrison fühlte, wie ihr Herz gegen seine Brust klopfte. Zärtlich küßte er ihre Haare.

»Deshalb bin ich hier«, sagte sie. »In London. Weil er vor einem lächerlichen Chinesen davonrennt. Ein einziger Mann, und er versteckt sich wie ein verängstigtes Kind. Und ich soll mich auch verstecken.«

»Was meinst du damit?«

Mary richtete sich auf. »Davon weißt du nichts? Dieser Chinese ist uns zur Farm gefolgt und hat eines der Nebengebäude und den Jaguar in die Luft gejagt. Jimmy liegt im Krankenhaus.«

»Ist er schwer verletzt?«

»Ich weiß nicht, ich bin sofort weggefahren, nachdem der Chinese den Wagen in die Luft gejagt hatte. Liam hielt es für sicherer, wenn ich nach London ginge. Ich habe nicht protestiert, denn so konnte ich dich ja sehen.« Sie strich ihm über die Beine, küßte ihn, rollte sich aus dem Bett und verschwand im Badezimmer. Er hörte, wie die Dusche angestellt wurde.

Das Telefon klingelte, und Morrison zuckte zusammen.

Schuldgefühle? Wahrscheinlich. Er griff nach dem Hörer. Es war Hennessy.

Er berichtete Morrison von der Autobombe und dem völlig mißglückten Versuch, den Chinesen im Wald zu fassen. Morrison gab sich überrascht und fragte sogar, ob jemand verletzt worden sei.

Während er sprach, kam Mary aus dem Bad. Sie trug einen Bademantel, der viel zu groß für sie war, und trocknete sich mit einem Handtuch die Haare. Morrison kam sich plötzlich sehr schäbig vor und drehte sich zur Seite, um ihr nicht in die Augen sehen zu müssen.

»Wir haben es offenbar mit einem Mann zu tun, der das Kämpfen gewöhnt ist. Vielleicht hat er Erfahrung im Dschungelkrieg, in Malaysia oder so«, sagte Morrison. Marys Haar war trocken, und sie bürstete es mit langsamen Strichen, während sie Morrison im Schminkspiegel beobachtete.

»Das Gebiet um die Farm herum ist nicht gerade ein Dschungel«, sagte Hennessy.

»Es ist kein Dschungel, sicherlich nicht, aber es gibt mehrere Morgen Waldgebiet und unzählige Verstecke. Ein Mann, der weiß, was er tut, kann sich dort Wochen aufhalten. Er kann sich von dem ernähren, was die Natur ihm bietet, und sich bei Tag verstecken. Nachts macht er dann nichts als Ärger. Und je mehr Männer du auf die Farm schickst, desto mehr Schaden wird er anrichten.«

»Jim Kavanagh hat mir ungefähr das gleiche erzählt. Er sagte, ich solle nach Belfast zurückgehen. Dort könnte man mich leichter schützen.«

»Er hat recht. Allerdings — zumindest wißt ihr im Moment, wo sich der Chinese aufhält. Auf dem Land kannst du versuchen, mit ihm fertig zu werden, ohne daß allzu viel nach außen dringt. Außerdem könnte es in Belfast leicht ein Blutbad geben.« Mary hörte auf, ihr Haar zu bürsten und sah Morrison aufmerksam an.

»Hast du einen Vorschlag?«

»Ein Dieb kann einen Dieb fangen. Wir sollten einen Mann schicken, der Experte im Spurenlesen ist und der es allein mit ihm aufnehmen kann. Keine Treibjagd, unser Mann muß Geduld haben und ihn aufspüren.«

»Hör auf, Sean, wo sollten wir einen solchen Mann herbekommen?«

»Ich dachte an Micky Geraghty.«

»Nicht mehr aktiv«, entgegnete Hennessy.

»Dann mußt du ihn eben reaktivieren«, meinte Morrison ungeduldig. »Er ist unser Mann. Du weißt, daß er Förster war, genau wie sein Vater, und der war einer der besten in ganz England.« Die Försterei war nicht das einzige Talent, über das Geraghty verfügte, aber seine Fertigkeiten als Attentäter für die IRA waren nicht unbedingt ein Gesprächsthema am Telefon. Morrison wußte von mindestens drei Anschlägen, die Geraghty erfolgreich durchgeführt hatte. Zweimal hatte er aus der Ferne mit einem Gewehr sein Ziel getroffen. Beim dritten Mal war es aus nächster Nähe gewesen, ein Polizeibeamter, der bei einem besonderes brutalen Verhör einen jungen Katholiken so geschlagen hatte, daß der Mann erblindete. Geraghty war mit dem jungen Mann entfernt verwandt und hatte um den Auftrag gebeten. Es war eine persönliche Angelegenheit gewesen, aber Geraghty hatte sie professionell erledigt. Wenn er sich wirklich zurückgezogen hatte, war das ein großer Verlust für die Sache. »Arbeitet er nicht als Jagdführer in Schottland?«

»Er ist nicht mehr aktiv«, wiederholte Hennessy. Mary stand auf und kam auf Morrison zu. Er sah lächelnd zu ihr auf, und sie streifte den Bademantel ab und stand nackt vor ihm. In Morrisons Kopf begann sich etwas zu drehen, und er versuchte, ruhig zu bleiben. Hennessy könnte spüren, daß etwas nicht in Ordnung war.

»Ein Mann mit seinen Fähigkeiten verlernt so schnell nichts.« Morrison meinte nicht nur die Försterei, und Hennessy wußte das.

»Ich meine nicht, daß er nicht mehr arbeitet, Sean. Ich meine, daß er nicht mehr für die Sache arbeitet.«

»Man hört nie auf, für die Sache zu arbeiten«, erwiderte Morrison. Mary schob ihn etwas nach hinten und öffnete seinen Bademantel. Er schloß die Augen und mußte fast nach Luft schnappen, als er spürte, wie sie seinen Penis in den Mund nahm. Ihr weiches Haar fächelte über seine Leisten, und während sie ihn mit ihrem Mund liebkoste, fuhr sie mit der Hand über seine Brust und kratzte ihn ganz vorsichtig. Sie stöhnte leise, und Morrison fürchtete, daß Hennessy etwas hören konnte.

»Bei ihm war es anders«, sagte Hennessy. »Vor fünf Jahren ist seine Frau gestorben. Sie hatte Krebs, eine ganz furchtbare Sache. Damals hat er einen Knacks bekommen. Er konnte uns nicht mehr nützlich sein.«

»Und wer hat entschieden, daß er sich zurückziehen durfte?«

Hennessy schwieg, und Morrison wußte die Antwort. »Du warst es selbst, Liam, nicht wahr?« Hennessy sagte noch immer nichts. »Wenn du es warst, dann schuldet er dir einen Gefallen. Du brauchst es nur auf eine persönliche Ebene zu bringen. Und nichts ist wohl persönlicher als die Sache, mit der wir es hier zu tun haben.« Mary bewegte ihren Kopf auf und nieder und wurde mit der Zunge aktiv. Er wollte, daß sie aufhörte, aber gleichzeitig wollte er es nicht. Seine Verwirrung wurde durch das überwältigende Gefühl der Schuld verstärkt, mit Hennessy zu sprechen, während dessen Frau nackt vor ihm kniete.

»Vielleicht hilft er dabei, den Mann aufzuspüren, aber weiter würde er nicht gehen.«

»Das ist doch schon ein Anfang. Laß mich wenigstens mit ihm sprechen. Vielleicht freut er sich über die Gelegenheit, einem alten Freund helfen zu können.« Plötzlich kam Morrison ein Gedanke. Die Lösung. »Am besten wäre es, wenn ich mit ihm ginge. Er findet den Mann, ich erledige den Rest.«

Hennessy dachte ein paar Sekunden nach und stimmte dann zu. Er bat Morrison zu warten, während er seinen Schreibtisch durchstöberte, um nach einem alten Adressbuch zu suchen. Morrison spürte, daß er gleich kommen würde, streichelte Mary übers Haar und stieß sie sanft nach hinten. Sie ließ ihn aus ihrem Mund gleiten und schob sich über ihn. Ihre Augen funkelten, und sie leckte sich die Lippen wie eine zufriedene Katze. Er wußte, was sie vorhatte und versuchte, sich kopfschüttelnd zur Seite zu drehen, aber sie ließ nicht nach, bis ihre Schenkel auf beiden Seiten seiner Hüften ruhten. Offensichtlich schien sie seine Lage zu genießen. Während er telefonierte, konnte er sich nicht allzu heftig wehren, und Mary wußte, daß er sich eigentlich auch gar nicht wehren wollte, daß er sie genauso wollte wie sie ihn. Sie nahm seinen Penis in ihre Hand, rutschte genau darüber, rieb damit über ihren Körper, schob ihn kurz in sich und wich dann wieder zur Seite. Dabei sah sie ihn die ganze Zeit an. Hennessy meldete sich wieder.

»Er arbeitet noch immer als Jagdführer, hauptsächlich für japanische Touristen, aber außerdem leitet er noch eine Überlebensschule für Manager in der Nähe von Thurso«, sagte er.

»Thurso?« wiederholte Morrison, und im gleichen Moment senkte sich Mary etwas tiefer, so daß er nun ganz in ihr war. Unwillkürlich holte er tief Luft. Langsam bewegte sie sich auf und nieder, ihre Augen waren halb geschlossen, ihr Mund geöffnet. Sie atmete schwer.

»Es liegt am nördlichsten Ende Schottlands, noch weiter nördlich, und man landet im Meer«, sagte Hennessy. Er nannte Morrison die Adresse und eine Telefonnummer, und er entgegnete, daß er sich erst etwas zu schreiben holen müsse.

Mary hörte auf, sich zu bewegen, und ohne von ihm herabzusteigen beugte sie sich zur Seite und nahm einen schwarzen Kugelschreiber und den Hotelnotizblock vom Nachttisch. Morrison bat Hennessy, alles zu wiederholen und notierte sich die Adresse und die Zahlen. Er war heilfroh, daß Mary aufgehört hatte, sich zu bewegen, denn er stand kurz davor, zu explodieren.

»Und, Sean, dränge ihn bitte nicht. Wenn er nicht will, dann vergiß es.«

»Okay, Liam«, sagte Morrison. Mary straffte ihre Muskeln und begann wieder, auf ihm zu reiten. Sie warf den Kopf nach hinten und umklammerte ihn fest mit ihren Schenkeln.

»Wie ist dein Gespräch mit Bromley gelaufen?« fragte Hennessy.

»Gut«, antwortete Morrison mit geschlossenen Augen. Er konzentrierte sich auf seine Atmung und versuchte mit aller Selbstbeherrschung, noch nicht zu kommen. »Aber wenn er das Codewort hat, wird er dich persönlich anrufen. Darauf hat er bestanden.«

»Das ist in Ordnung.«

»Bei dir ist alles bereit?«

»Ja. Ich habe die Codeworte verteilt. Jetzt können wir nur noch auf die nächste Bombe warten. Bis bald, Sean.«

»Bis bald, Liam. Paß auf dich auf.« Nachdem er den Hörer aufgelegt hatte, stieß er das Telefon zur Seite und streichelte Marys Brüste. Sie nahm seine Hand und steckte sich zwei seiner Finger in den Mund, an denen sie leckte und saugte, während sie ihn ritt.

»Du bist eine Hexe, Mary Hennessy. Eine gefährliche, sadistische, wunderbare Hexe.« Sie lachte kehlig und ritt umso wilder auf ihm.

Bald danach lag sie zusammengerollt mit dem Rücken zu ihm auf dem Bett. Ihre Haut war mit einem dünnen Schweißfilm bedeckt. Morrison fuhr mit der Zunge über ihre Schultern und genoß den salzigen Geschmack.

»Das ist schön«, flüsterte sie.

»Ich wünschte, du könntest mit mir nach New York kommen«, sagte er.

Sie seufzte und rückte näher an ihn heran. »Hör auf, Sean«, ermahnte sie ihn. »Genießen wir einfach die Zeit, die wir zusammen haben. Du hast schon mehr von mir als sonst jemand auf der Welt.«

»Außer deinem Mann.«

»Glaube mir, du solltest dir nicht wünschen, mit ihm tauschen zu wollen.«

Morrison wußte, daß sie Sätze wie diese schon oft genug gewechselt hatten, damals, bevor er nach Amerika gegangen war. Trotzdem konnte er nicht anders. Es war so, als würde man über den Schorf einer alten Wunde kratzen.

»Wie klang Liam?« wechselte sie das Thema.

»Besorgt, sehr besorgt.«

»Wegen des Chinesen?«

»Ja, und wegen der Bomben in London. Ich weiß nicht, was ihm mehr Sorgen macht.

»Glaubst du, daß er herausfinden wird, wer die Bomben legt?« Sie griff hinter sich und begann, mit der Hand über seine Schenkel zu streicheln.

»Es ist die einzige Chance, die wir haben.«

»Das sagt Liam auch. Aber glaubst du wirklich, daß sein Plan funktioniert?«

»Wenn es eine nächste Bombe gibt, und wenn die Attentäter das Codewort nennen, wenn sie sich verantwortlich erklären, dann führt uns das direkt zu demjenigen, der hinter all dem steckt. Haben wir nur ein wenig Glück, dann klappt es.«

»Hoffentlich«, seufzte sie.

Sie streichelte ihn intensiver, aber Morrison rollte sich zur Seite. »Ich muß verreisen«, sagte er.

»Wohin?«

»Nach Schottland. Ich werde dort mit einem Mann sprechen, der für uns den Chinesen aufspüren soll. Was wirst du machen?«

»Ich muß in London bleiben, bis Liam meint, daß es sicher genug ist, nach Belfast zurückzukehren. Und wenn du nicht hier bist, muß ich mich wohl allein amüsieren.«

Morrison ging ins Badezimmer, wo er duschte und sich rasierte. Als er wieder herauskam, hatte Mary sich angezogen und kämmte sich die Haare. Sie stellte sich auf die Zehenspitzen und küßte ihn auf den Mund. »Es ist gut, dich wieder hier zu haben«, sagte sie. »Bleib das nächste Mal nicht so lange fort.« Sie nahm ihren Trenchcoat und hauchte ihm einen Kuß zu, bevor sie die Tür hinter sich schloß.

Morrison schüttelte den Kopf, um sie aus seinen Gedanken zu verbannen. Zwei Jahre, und es kam ihm vor, als sei er niemals fortgewesen. Wenn das möglich war, dann begehrte er sie heute noch mehr als früher. Aber nun mußte er sich auf seine Aufgabe konzentrieren. Er fragte sich, warum der sonst so selbstsichere Hennessy derartig empfindlich auf den Namen Geraghty reagiert hatte und ob es tatsächlich der schmerzliche Tod von dessen Frau gewesen war, der Geraghty ins schottische Exil geführt hatte. Er blickte auf seine Uhr. Zwei. Morrison hatte keinen Schimmer, wie er nach Thurso kommen sollte oder wie lange es dauern würde, aber er wußte, daß er mit Geraghty persönlich sprechen mußte. Am Telefon würde es dem ehemaligen IRA-Mann zu leichtfallen, nein zu sagen. Er rief die Rezeption an und teilte mit, daß er abreisen wolle. Dann fragte er, ob man die günstigste Verbindung nach Thurso für ihn herausfinden könnte.

»Ist das in Cornwall?« fragte das Mädchen und sagte dann, daß sie sich mit einem Reisebüro in Verbindung setzen und zurückrufen würde. Morrison begann, seinen Koffer zu packen. Er war fast fertig, als das Mädchen sich meldete und sagte, daß er mit dem Zug fahren könne, dann aber nicht vor dem Morgen in Thurso eintreffen würde. Am schnellsten sei es, nach Inverness zu fliegen und dort in einen Zug zu steigen oder sich ein Auto zu mieten. Morrison sagte ihr, daß er fliegen wolle und bat um ein Taxi zum Flughafen.

Woody war wie üblich knapp bei Kasse und mußte mit der U-Bahn nach Clapham fahren.

Hinter der Theke des Double Happiness Take-Away stand eine mürrische asiatische Frau mittleren Alters. Als Woody an der Reihe war, bestellte er Schweinefleisch süß-sauer und Pommes frites. »Ist der Besitzer da?« fragte er.

»He?« meinte die Frau mit offenem Mund.

»Der Besitzer. Kann ich den Besitzer sprechen?«

»In der Küche.«

»Ja, sicher . . . ich meine, können Sie ihn fragen, ob er herauskommt? Sagen Sie ihm, Ian Wood ist hier, von der Zeitung.«

»Ian Wood. Zeitung«, wiederholte sie. Sie steckte den Kopf durch die Anreiche und rief etwas, das Woody nicht verstand. Die Antwort klang gleichermaßen rauh, und sie drehte sich wieder zu Woody um.

»Er hat zu tun«, sagte die Frau.

»Ich weiß, er macht mein Essen«, entgegnete Woody. »Wissen Sie, er kennt mich.«

»Er sagt, er kennt sie nicht«, erklärte sie bestimmt und verschränkte die Arme vor der Brust.

Woody wartete, bis seine Bestellung fertig war und die Plastiktüte vor ihm auf der Theke stand. Er bezahlte und fragte noch einmal nach dem Besitzer. Die Frau warf ihm einen mißtrauischen Blick zu, bevor sie erneut etwas in die Küche rief.

Dieses Mal kam ein glatzköpfiger, riesiger Asiate durch die Tür neben der Anreiche, der ein großes Küchenmesser in der Hand hielt. Er stellte sich neben die Frau und bellte: »Was wollen Sie?«

Woody sah das Paar verwirrt an. »Verzeihung, Sie sind nicht der Mann, den ich sprechen wollte. Ich suche Mr. Nguyen.« Er hatte angenommen, daß der Chinese der Besitzer des Take-Aways sein müsse, nachdem er dessen Tüte mit Bargeld gesehen hatte, aber vielleicht war er doch nur dort angestellt. »Arbeitet Mr. Nguyen hier?« fragte Woody.

»Nein«, sagte der Mann.

»Wissen Sie, wo er ist?«

»Nein.«

Woody war verblüfft. Er holte sein Notizbuch hervor und warf einen Blick auf die Telefonnummer, die Nguyen ihm gegeben hatte. Dann verglich er sie mit der Nummer, die auf der Speisekarte, die auf der Theke lag, angegeben war. Die Nummern stimmten überein. Er zeigte dem Asiaten sein Notizbuch. »Sehen Sie, ich habe mit Mr. Nguyen unter dieser Nummer telefoniert. Ihre Nummer.«

Der Mann ignorierte das Notizbuch. »Mir gehört Double Happiness jetzt«, sagte er.

»Also war Mr. Nguyen der vorige Besitzer?«

»Er Besitzer von Double Happiness vorher. Er verkauft mir.«

Endlich begriff Woody. »Aber wissen Sie nicht, wohin er gegangen ist?«

Der Mann schüttelte den Kopf.

»Was mit seiner Familie geschehen ist, hat ihn sehr mitgenommen«, sagte Woody. »Ist er vielleicht deswegen weggegangen?«

»Nein.«

»Ist er aus einem anderen Grund verschwunden oder wissen Sie nicht, warum er gegangen ist?«

»Weiß nicht«, sagte der Mann. »Ich muß arbeiten. Sie gehen jetzt.« Er machte sich wieder auf den Weg in die Küche.

»Haben Sie ein Foto von ihm?« fragte Woody schnell.

Der Mann kniff die Augen zusammen. »Was meinen Sie?«

Woody zeichnete mit den Händen ein Viereck in die Luft. »Foto. Ein Bild. Klick, klick!« Er tat so, als würde er fotografieren.

Der Mann nickte enthusiastisch. »Ah! Foto!« sagte er.

»Ja. Haben Sie eins?« fragte Woody eifrig.

»Nein.« Der Asiate schüttelte den Kopf.

Woody sah die Treppe, die neben der Theke nach oben führte. »Hat er oben gewohnt?« fragte er und deutete hinauf.

»Mein Haus jetzt«, sagte der Mann bestimmt.

»Kann ich mal reinschauen?« fragte Woody.

»Nein.«

»Ich bezahle auch«, sagte Woody und wollte schon den Durchgang der Theke anheben.

Der Mann hob das Küchenmesser, das im Neonlicht glitzerte. »Das ist jetzt mein Haus. Mein Restaurant. Mein Haus. Sie gehen jetzt.«

Woody hob die Hände und gab seine Niederlage zu. Er nahm die Tüte und verließ das Geschäft. Auf der Straße überlegte er kurz, ob er das Schweinefleisch süß-sauer essen sollte; auf dem Weg zur U-Bahn warf er es dann in einen Abfalleimer.

Hennessy saß am Küchentisch, auf dem ein Haufen maschinenbeschriebener Blätter lag. Zu seinen Füßen hatte Jackie es sich bequem gemacht. Jim Kavanagh hielt sich im Zimmer nebenan auf, während Willie O'Hara nach oben gegangen war, um ein paar Stunden Schlaf nachzuholen, nachdem er sich freiwillig für die Nachtwache gemeldet hatte.

Auf den Blättern, die Hennessy verglich, waren die Munitionsbestände aufgelistet, die in England lagerten. Insgesamt waren bis jetzt sechzehn Listen eingegangen. Die meisten waren schon eingereicht worden, als er noch in Belfast gewesen war, und er hatte angeordnet, daß die noch fehlenden Listen zur Farm geschickt werden sollten. Von den sechzehn Verstecken waren fünf aufgebrochen worden. 35 Pfund Semtex fehlten. Darüber hinaus waren Zünder und etwas Munition gestohlen worden. Hennessy konnte keinen gemeinsamen Nenner finden, der die ausgeraubten Verstecke miteinander in Verbindung brachte, weder geographisch noch was die Personen anbetraf, die Zugang zu ihnen hatten. Er begann zu befürchten, daß mehrere Personen beteiligt waren oder daß es mit der Sicherheit in den Reihen der obersten IRA-Funktionäre nicht so weit her war, wie man erwarten sollte. Eine Schwierigkeit kam noch hinzu: Wenn jemand, der mit den Bombenanschlägen zu tun hatte, die Liste für sein eigenes Lager aufstellte, dann gab es nichts einfacheres für ihn, als falsche Angaben zu machen. In ohnmächtigem Zorn schlug Hennessy mit der Faust auf die Tischplatte. Jackie schreckte mit angelegten Ohren hoch. »All diese Mühen für nichts und wieder nichts«, fluchte Hennessy. Jackie legte ihren Kopf in seinen Schoß und heischte winselnd um Aufmerksamkeit. Hennessy strich ihr über die Flanken.

Kavanagh erschien in der Tür. »Da kommt jemand«, sagte er.

Hennessy stapelte die Blätter aufeinander und legte sie in die Schublade des Küchenschranks. »Sieht nach Hugh McGrath aus. Zumindest ist es sein Auto.«

Hennessy ging mit Kavanagh durch die Diele zur Vordertür. Zwei der Wachen hatten den blauen Volvo ungefähr 50 Meter vor dem Haus angehalten. Einschließlich des Fahrers saßen vier Männer darin. Hennessy hielt sich die Hand über die Augen und erkannte die kantigen Züge und das graue, zurückgekämmte Haar von Hugh McGrath. Er trug die getönte Brille, mit der er, wie Mary oft gemeint hatte, aussah wie Clint Eastwood. McGrath besaß eine Farm im Südwesten mit mehreren hundert Morgen Land, aber nur wenig bebauten Feldern oder Weideflächen. Statt dessen machte er ein Vermögen, indem er die Preisunterschiede zwischen dem Norden und dem Süden zu seinem Vorteil ausnutzte. So hätte er es zumindest selbst ausgedrückt. Hennessy nannte die Dinge beim Namen — McGrath war ein Schmuggler.

Die verschiedenen Preise im geteilten Irland bedeuteten, daß McGrath immer irgendwo ein Geschäft machen konnte — sei es bei Weizen, Schweinen, Milch oder Benzin, sei es, indem er Verhütungsmittel in den Süden oder Antibiotika in den Norden schmuggelte.

Hennessy hatten die Aktivitäten McGraths nie gefallen, aber innerhalb der Organisation war der Schmuggler ein mächtiger Mann und hatte viele Anhänger. Seine Rolle als Verbindungsoffizier zu Libyen war ebenfalls äußerst wichtig für die IRA; er war einer der wenigen Männer, die persönlich mit Oberst Gaddafi zusammengetroffen waren. McGrath kannte seinen eigenen Marktwert, und er schlug Profit daraus.

Der Volvo hielt vor dem Farmhaus, und McGrath schälte seine eckige Figur aus der Hinterbank. Er war gut einen Kopf größer als Hennessy, trotz seiner stets leicht gebeugten Körperhaltung. Er streckte seine Hand aus. Sein Griff war fest und selbstbewußt.

»Liam«, sagte er, »wie geht es dir an diesem herrlichen Nachmittag?«

»Gut«, meinte Hennessy. »Komm nur herein.« McGraths Fahrer und seine beiden Leibwächter warteten im Auto. Hennessy führte seinen Gast ins Wohnzimmer und bot ihm einen Platz auf dem blumengemusterten Sofa vor dem Kamin an, in dem an diesem Nachmittag kein Feuer brannte.

»Was zu trinken?« fragte er. McGrath bat um einen Whisky, und Hennessy füllte zwei Kristallgläser bis zur Hälfte, bevor er sich in einen ledernen Ohrensessel gegenüber dem Sofa setzte. Jackie stieß mit der Nase die Tür auf und legte sich zu Hennessys Füßen auf den Boden, nachdem sie zunächst an McGraths Beinen geschnüffelt und einen Klaps auf den Rücken akzeptiert hatte.

»Wie läuft's denn so?« fragte McGrath.

»Gut.«

»Du hast meine Waffenlager überprüfen lassen?« McGrath hatte die Verantwortung für drei Verstecke in der Nähe von London, und nach den Berichten, die Hennessy erhalten hatte, fehlten aus einem der Lager zwei Pakete Semtex.

Hennessy nickte und erzählte McGrath, was seine Sucher gefunden hatten, oder, besser gesagt, was sie nicht gefunden hatten.

»Unglaublich, daß sich jemand an meine Lager wagt. Hast du irgendeine Ahnung, wer dahintersteckt, Liam?«

»Bis jetzt nicht, nein.«

»Auf alle Fälle wirft es kein gutes Licht auf unsere Sicherheitsvorkehrungen. Ich weiß, daß wir diese Bombenserie auf dem Festland etwas unterschiedlich beurteilen, aber die Plünderung unserer Lager ist eine andere Sache. Wir müssen wissen, wem wir vertrauen können, Liam. Unsere Organisation hängt davon ab.«

Vertrauen und Furcht, dachte Hennessy. Normalerweise gleich verteilt, auch wenn es in McGraths Fall hauptsächlich Furcht war. Er stammte aus einer alten Familie katholischer Landbesitzer. Sein Vater war einer der Drahtzieher hinter der Vertreibung vieler protestantischer Bauern aus dem Grenzgebiet gewesen und hatte sich dazu einer Methode bedient, die ebenso simpel wie brutal war. Er hatte alle Farmen in der Gegend ins Visier genommen, auf denen es nur einen einzigen Sohn gab — und den ließ er dann ermorden. Wurden die Eltern zu alt, um die Farm zu bewirtschaften, und kam die Farm zur Versteigerung, hatte McGraths Vater dafür gesorgt, daß es keine Gebote von Protestanten gab. Die Farmen, auf denen es mehrere Erben gab, wurden durch Brandstiftung und Giftanschläge gegen das Vieh ruiniert, und auch sie landeten schließlich bei katholischen Käufern. McGraths eigene Farm hatte einst einer protestantischen Familie gehört, bevor der einzige Sohn eines Tages eine Kugel in den Kopf bekam, während er auf dem Traktor saß und sein Mittagsmahl einnahm. Ein Jahr später wurde die Farm versteigert. Erwartungsgemäß war das Gebot von McGraths

Vater das höchste. Ironischerweise war McGrath selbst ein einziger Sohn, es gab noch drei Schwestern, aber in seinem Fall war das nur von Vorteil gewesen — und nicht sein Todesurteil.

»Man hört, daß du ein bißchen Ärger hast«, sagte McGrath und streckte seine langen Beine aus.

»Nichts, womit ich nicht fertig werde.«

»Eine Explosion in deinem Büro, ein Bombenanschlag auf deine Farm und deinen Wagen, Mary in London, und jetzt sucht Jim Kavanagh auf den Höfen nach Männern, die dich des Nachts beschützen sollen? Ich bezweifle nicht, daß du damit fertig wirst, aber ich dachte, daß ich dir vielleicht trotzdem irgendwie helfen kann.«

»Ich arbeite an der Sache«, sagte Hennessy. Er wollte sich vor McGrath, der einer der politisch einflußreichsten und skrupellosesten Männer der Organisation war, keine Blöße geben. McGrath trieb seine Schulden stets ein, und sich von ihm helfen zu lassen, kam einem Pakt mit dem Teufel gleich.

»Willst du mir die Geschichte erzählen?« fragte McGrath.

Hennessy wußte, daß er nichts dadurch gewinnen konnte, wenn er schwieg. McGrath verfügte über ein geheimdienstliches Netz ohnegleichen. Also erzählte Hennessy von Nguyen, wie die Fragen des Chinesen sich in Drohungen gewandelt hatten und wie er seine Drohungen wahr gemacht hatte. McGrath hörte ihm zu.

»Soll ich dir ein paar von meinen Männern schicken?« fragte er.

Hennessy schüttelte den Kopf. »Danke, Hugh, nicht nötig. Jim Kavanagh trommelt einige Bauernburschen zusammen. Ich hoffe auch, daß mir Micky Geraghty hilft. Er kann diesen Bastard bestimmt aufspüren.«

»Geraghty kommt zurück?«

»Hoffentlich. Ich denke, daß er mehr erreichen kann als eine Horde Städter, die über die Felder stapft.«

»Vielleicht klappt es. Aber laß mich wissen, wenn du Hilfe brauchst, okay?«

»Das werde ich, Hugh, ganz bestimmt.«

McGrath nahm einen Schluck Whisky. Hennessy spürte, daß er noch etwas auf dem Herzen hatte.

»Gibt's sonst noch etwas, Hugh?« fragte er.

»Ich weiß nicht, Liam . . . diese ganze Sache mit den Bombenanschlägen in England. Vielleicht gehen wir falsch vor. Vielleicht sollten wir gerade jetzt mehr Druck ausüben und nicht zurückschalten. Jetzt wäre es an der Zeit, unsere Stärke zu zeigen, deutlich zu machen, daß wir es ernst meinen. Und den Briten einen Schluck ihrer eigenen Medizin zu verabreichen.«

Hennessy sah ihn skeptisch an. »Was willst du damit sagen?«

»Nun, sollen Sie Straßensperren errichten, sollen sie bewaffnete Truppen in ihren Städten dulden und sich durchsuchen lassen müssen, bevor sie einkaufen gehen. Dann spüren sie selbst einmal, wie es ist, unter einem Unrechtsregime zu leben.«

»Ich bezweifle nicht, daß die Bomben eine Überreaktion der Regierung auslösen werden, Hugh, und ich weiß, daß sich die öffentliche Meinung dann ändern wird. Aber was ist mit dem Schaden, den die Bomben unserem Image zufügen? Sie töten Zivilisten, ohne Vorwarnung. Und das sind keine legitimen Ziele. Du weißt genauso gut wie ich, was in dem *Grünen Buch* steht, das wir unseren Freiwilligen geben. Die einzigen legitimen zivilen Attentatsziele sind Mitglieder des Establishments, die ein begründetes Interesse daran haben, daß der Status quo in Irland erhalten bleibt: Politiker, die Medien, die Justiz, Geschäftsleute und die britische Kriegsmaschinerie. Das ist beinahe wörtlich zitiert.«

McGrath schüttelte den Kopf. »Es gibt keine Ziele erster und zweiter Klasse. Nur Ziele. Die Briten wählen ihre Regierung selbst, also sind sie voll für alles verantwortlich. Sie sind alle legitime Ziele, genauso legitim wie die in Ulster.«

»Und keine Warnungen?«

»Das macht die Attentate doch so effektiv. Du solltest dich über diese Bombenleger freuen, Liam. Du solltest dankbar dafür sein, daß sie die Wichtigkeit unseres Anliegens über die ganze Welt verbreiten.«

Liam sah ihn ungläubig an. »Indem sie Zivilisten töten?« stieß er hervor. »Und was bedeutet das für unseren Ruf?«

McGrath hob die Hand, wie um ein ungeduldiges Kind zu beruhigen. »Nichts, Liam. Es ist völlig egal. Das ist der große Fehler, den alle machen. Sie glauben, wenn man Zivilisten tötet, dann wenden sich alle gegen uns. Aber es geschieht nicht. Wir töten versehentlich einen Touristen, ein Kind kommt bei einer Explosion ums Leben, wir erschießen eine alte Frau — und es hat keine Folgen. Es hat keine Auswirkungen auf unsere Stimmenzahl bei den Wahlen, wir kriegen genauso viel Gelder zusammen wie vorher. Du weißt genau, daß es tatsächlich so ist, daß eine Bombe in England, egal ob gegen die Armee oder gegen Zivilisten, dazu führt, daß mehr Geld aus den Vereinigten Staaten hereinströmt, und nicht etwa weniger. Es zeigt ihnen, daß wir es ernst meinen, daß wir bereit sind, für das zu kämpfen, woran wir glauben.«

Er schüttelte traurig den Kopf. »Liam, ich kann kaum fassen, daß wir so ein Gespräch führen, wirklich nicht. Du warst doch derjenige, der diese Energie, diesen Willen besaß. Du hast doch das Feuer in den Jungs geweckt. Hast du alles vergessen? Aldershot 1962. Die Bombe auf der M 62, 1974? Die Bomben auf die Pubs in Guildford im gleichen Jahr? Die Hilton-Bombe 1975? Damals warst du dabei, Liam, du warst derjenige, der die Kampagne verschärfen wollte.«

»Das war damals. Die Dinge haben sich geändert«, entgegnete Hennessy. »Es gibt eine Zeit für Gewalt, und es gibt eine Zeit für Verhandlungen.« Er klang müde.

»1982, die Bombe bei der Truppenparade im Regent's Park? 1984, die Bombe von Brighton? Hast du vergessen, daß du mitgemacht hast, daß du darauf gedrängt hattest? Weißt du noch, was du gesagt hast, als Margaret Thatcher so knapp entkommen war? Sie hatten Glück, hast du gesagt. Sie müssen jedesmal Glück haben, nicht nur einmal. Mein Gott, Liam, du wußtest, wovon du sprachst. Und das gleiche gilt heute noch immer.«

Hennessy schwieg, und McGrath fuhr fort. »Sieh dir an, was der ANC in Südafrika erreicht hat — nur durch Gewalt.

Sieh dir Israel an, ein ganzer Staat, der nicht zur Ruhe kommt.«

Hennessy stand auf und ging zum Fenster. McGraths Leibwächter und sein Fahrer warteten geduldig im Volvo. Einer von ihnen schaute auf, als er die Bewegung am Fenster wahrnahm.

»Du hast doch nicht etwa vergessen, wofür wir kämpfen, Liam?« fragte McGrath ruhig.

Hennessy wirbelte herum und zeigte mit dem Finger auf McGrath. »Jetzt reicht es!« rief er. »Du wirst meine Loyalität nicht in Frage stellen! Nicht jetzt und niemals! Es gibt niemanden, der mehr für die Sache getan hätte als ich und meine Familie. Es ist nicht einmal drei Jahre her, seit ich meinen Schwager beerdigt habe, genauso wie zuvor meinen Vater und zwei Vettern. Meine Familie hat wahrlich genug Blutopfer gebracht.« Er ging auf McGrath zu, als wolle er ihm an die Kehle springen. »Und meine Familie, sollte ich noch hinzufügen, hat sich an der Grenze nicht bereichert. Wir haben im Kampf um ein vereintes Irland unser Leben gegeben und nicht daran gedacht, verdammten Profit daraus zu schlagen. Also frag mich nie mehr, nie mehr, ob ich vergessen habe, wofür wir kämpfen!« Hennessy hatte sich vor McGrath aufgebaut, sein Gesicht war gerötet, und aus seinem Mund sprühte Speichel. Die Fäuste waren geballt, und seine Schultern zitterten vor Anspannung.

McGrath blickte ihn entgeistert an. Er öffnete den Mund, um etwas zu sagen, besann sich aber eines Besseren und schwieg.

»Verdammt nochmal, McGrath!« schrie Hennessy weiter. »Raus mit dir aus meinem verdammten Haus! Jetzt!« Er starrte den Mann, der vor ihm saß, düster an und stürmte dann abrupt aus dem Zimmer.

Bis er hörte, wie McGrath das Haus verließ und der Volvo die Auffahrt hinunterfuhr, stand er in der Küche über der Spüle. Seine zitternden Hände waren auf die Abtropffläche gestützt. Er spürte den bitteren Geschmack von Erbrochenem in seiner Kehle und würgte ein paar Mal, aber sein Magen gab nichts her. Hennessy schenkte sich ein Glas Wasser ein und trank in hastigen Zügen, als Kavanagh die Küche betrat.

»Geht's dir gut?« fragte er seinen Boss.

»Ein kleiner Wortwechsel mit Mr. McGrath. Ich habe nur ein bißchen die Selbstbeherrschung verloren.« Hennessy versuchte, seinen Kopf wieder klar zu bekommen. Was hatte ihn so sehr aufgeregt? Sicherlich McGraths Unwillen, seine Sicht der Dinge auch nur in Erwägung zu ziehen, und sicherlich auch die fast unmenschliche Gelassenheit, mit der sein Gegenüber den Mord an Unschuldigen guthieß. Da waren die bitteren Erinnerungen an Freunde und Verwandte, die gestorben waren und deren Tod er nie verwunden hatte, wie den von Marys Bruder Gerry. Plötzlich wurde Hennessy klar, daß es noch einen weiteren Grund für den brennenden Zorn gab, der ihn überwältigt hatte. Mary.

»Jim, hat jemand mit McGrath gesprochen, als er hereinkam?«

»Nur einer der Wachposten. Er hat ihn sofort erkannt und durchgelassen.«

»Sonst niemand? Hast du etwas zu ihm gesagt, Jim?«

Kavanagh sah ihn verblüfft an. »Nein, Liam, aber ich werde die anderen fragen. Was ist denn los? Was soll denn gesagt worden sein?«

Hennessy trank einen Schluck Wasser und spülte den Mund aus, bevor er es in die Spüle spuckte. Der saure Geschmack war immer noch da, und er würde sich auch nicht wegwaschen lassen.

»Er wußte, daß Mary in London ist«, sagte er leise. »Und ich will wissen, von wem.«

Obwohl er von Hennessy die Adresse bekommen hatte, fiel es Morrison nicht leicht, Geraghtys Haus zu finden. Das Dorf, in desen Nähe es stand, war eher eine zufällige Ansammlung von Steinkaten in einem Tal, das vor den beißenden Winden der Nordsee geschützt war. Keine der Straßen schien einen Namen zu tragen. Geraghty wohnte auf der Garryowen Farm, aber ein solcher Name tauchte auf keiner der Karten auf, die Morrison in Inverness gekauft hatte. Es war schon dunkel, und Regentropfen klatschten auf die Windschutzscheibe. Morrison beschloß, im Dorfpub zu fragen, einem alten Steinhaus mit Bleifenstern, die gelb in der Finsternis leuchteten, wie die Augen eines wilden Tieres. Er parkte seinen gemieteten Rover neben einer Reihe schlammbespritzter Farmfahrzeuge und machte sich nicht die Mühe, ihn abzuschließen. Über ihm knarrte das Wirtshausschild im Wind — es zeigte einen Fuchs, der ein totes Huhn davonschleppte. Als er die verwitterte Eichentür öffnete, strömte ihm das gelbe Licht entgegen, und mit ihm der Schwall der Kneipengespräche, rauhe, männliche Stimmen, die über die Schafpreise und Fußball redeten. Bei seinem Eintreten wurde mit einem Male alles still. Es war genau wie in den Vampirfilmen, schoß es Morrison durch den Kopf, wenn der Fremde nach dem Weg zu Draculas Schloß fragen will. An einem Tisch neben einem schulterhohen Regal hatten vier alte Männer in Tweedjacken Karten gespielt. Auch sie hielten inne und sahen ihn neugierig an. Unter dem Tisch lag ein Hirtenhund mit schwarz-weißem Fell und schnüffelte mit aufgerichteten Ohren in Morrisons Richtung. Die vier jüngeren Männer, die mit einem Pint Bier an der Bar standen, drehten gleichzeitig die Köpfe zu ihm hin, und selbst die Barfrau, blond und mit rosigen Wangen, schaute auf, während sie ein weiteres Pint zapfte.

Morrison lächelte in die Runde und schloß die Tür. Er stand auf einer dicken Matte und wischte sorgsam seine Schuhsohlen ab.

Das Kartenspiel wurde wieder aufgenommen, und der Hund ließ mit einem Seufzer seinen Kopf auf die Vorderpfoten sinken. Morrison ging zur Bar und legte die Straßenkarte auf der Theke ab.

»Guten Abend«, sagte die Bedienung. Sie hatte das Bier fertig und reichte es einem alten Mann, der eine schmutzige Kappe mit Schottenmuster trug. »Auf dein Wohl, Archie«, murmelte sie.

Der Pub war typisch für die Wirtshäuser in den ländlichen Gemeinden in ganz Schottland und Irland, die Art von Pub, wo jeder jeden kennt und wo Fremde mit einem Mißtrauen bedacht werden, das an Ablehnung grenzt. Es gab einen großen Raum, an dessen Außenwand eine Reihe von Holztischen standen, die das Alter poliert hatte. Bänke befanden sich an den Seiten des Kamins, auf dem ein paar rauhe Holzscheite auf dem geschwärzten Eisengitter lagen, die jedoch nicht brannten. Die Bar verlief auf der ganzen Länge des Raumes parallel zur Mauer. Dahinter sah man eine Tür, die offenbar zu den Privaträumen des Wirtes führte. Die Wände waren wohl einmal weiß gewesen, aber Zigaretten- und Pfeifenqualm sowie der Rauch des Kaminfeuers hatten sie gelblich gefärbt. Auf dem Steinboden lag ein großer, rechteckiger Teppich mit einem schon lange verblichenen rotblauen Muster. Das Flaschenbord hinter der Bar wies eine eindrucksvolle Sammlung von Malzwhiskys auf. Viel Flaschen trugen lediglich schwarze Etiketten, auf denen in weißer Schrift die Namen der Destillerien standen, aus denen sie kamen.

»Was hätten Sie gerne?« fragte die Barfrau, und Morison zeigte auf einen der Islay-Whiskys.

Er genoß den Duft der dunklen, bernsteinfarbenen Flüssigkeit, bevor er einen Schluck trank.

»Gut?« fragte die Barfrau, die ein paar Gläser mit einem weißen Handtuch abtrocknete.

»Wunderbar«, antwortete er. »Können Sie mir vielleicht helfen? Ich suche das Haus von Micky Geraghty. Wissen Sie vielleicht, wie ich dorthin komme?«

»Aber sicher«, meinte sie und legte das Handtuch beiseite. Sie nahm die Karte in die Hand, sah sie sich sorgfältig an, schaute etwas verwirrt drein und kicherte schließlich: »Tut mir leid, daraus werde ich nicht schlau.« Sie hielt die Karte einem der Männer an der Bar hin. »Scott, kannst du dem Herrn zeigen, wo Micky Geraghtys Haus ist?«

Der Mann sah sich die Karte an und nickte. Er legte sie auf die Bar, und Morrison folgte der dünnen schwarzen Linie, die der Mann mit dem Finger entlangfuhr.

»Folgen Sie der Straße draußen ungefähr zwei Kilometer, bis sie an diese Kreuzung kommen. Dann biegen Sie links ab, und dann nochmal links, bis sich die Straße gabelt, hier.

Ungefähr nach zweihundert Metern geht ein einzelner Weg rechts ab. Sie erkennen ihn an den zwei weißen Pfosten zu beiden Seiten. Nach ungefähr einem Kilometer kommen Sie zu Mickys Haus.«

»Kein Wunder, daß ich es nicht finden konnte«, sagte Morrison und trank einen Schluck Whisky. Er lud den Mann zu einem Drink ein und dachte schnell genug daran, auch die drei alten Männer an der Bar zu beteiligen.

»Kennen Sie Micky?« fragte er den Mann, der ihm den Weg gezeigt hatte.

»Sicher, er kommt öfter hierher. Ab und an finden auch seine Flüchtlinge den Weg hierher.«

»Flüchtlinge?«

Der Mann lachte. »Er führt eines dieser Trainingscamps für gestreßte Manager, bringt ihnen Überlebenstechniken, Bergsteigen, Segeln und so etwas bei. Manchmal läßt er sie ein- oder zwei Nächte auf einer der Inseln verbringen oder setzt sie irgendwo in der Wildnis ab, mit nichts als einem Kompaß und einer Schachtel Pfefferminzkeks. Wer Glück hat, schafft es bis hierher und fleht Bess um einen Drink an, wenn er hereingestolpert kommt.«

Die Frau kicherte. »Sie haben ja nie Geld dabei, aber wir geben ihnen immer Kredit. Und alle kommen sie zurück und begleichen die Rechnung. Sie sind uns ja so dankbar, die Ärmsten.«

Morrison trank seinen Whisky aus und verabschiedete sich. Er folgte den Anweisungen des Mannes, und zwanzig Minuten später stand er vor einem zweistöckigen grauen Steinhaus mit einem steil abfallenden Schieferdach. Vor dem Haus parkten vier Wagen. Langsam fuhr Morrison an ihnen vorbei.

Der Weg führte um das Haus herum zu einer großen steinernen Scheune, die in ein Wohngebäude umgebaut worden war. Daneben standen noch einige kleine Katen. Hier parkten weitere Autos, alles teure Modelle. Morrison schätzte, daß Geraghty gerade wieder eine neue Gruppe Manager unter seine Fittiche genommen hatte.

Er fand einen freien Parkplatz neben einem weißen BMW,

ging zur Vordertür des Hauses zurück und drückte auf den Klingelknopf.

Die Tür öffnete sich, und ein Mädchen mit haselnußbraunem Haar in engen Jeans und einem grün-weiß karierten Hemd sah ihn mit großen blauen Augen an.

»Ist Mr. Geraghty zu Hause?« fragte Morrison.

»Ja, kommen Sie nur rein«, antwortete sie und ließ ihn eintreten. Dann führte sie ihn durch einen holzgetäfelten Flur. »Mein Vater ist im Arbeitszimmer«, sagte sie über die Schulter. »Wen soll ich anmelden?« Sie hatte einen Nord-Belfaster Akzent, soweit Morrison das feststellen konnte, aber weicher und singender.

»Morrison. Sean Morrison.«

»Aus Belfast?«

»Genau.« Er wunderte sich etwas, daß sie einen Fremden so ohne weiteres ins Haus ließ, besonders einen Fremden, der über das Wasser gekommen war. Sie kannte doch sicherlich die Vergangenheit ihres Vaters und mußte wissen, daß protestantische Extremisten immer gefährlich werden konnten. Sie öffnete eine Tür. Hinter einem Schreibtisch saß ein grauhaariger Mann mit von Wind und Wetter gegerbten Gesichtszügen und telefonierte. Das Mädchen bedeutete Morrison einzutreten.

»Ich lasse Sie jetzt allein«, sagte sie. Sie ließ die Tür offen stehen und ging den Flur hinunter. Irgendwo im Haus hörte er Stimmen aus einem Fernseher.

Geraghty winkte Morrison mit seiner freien Hand heran und wies auf einen Ledersessel neben dem Schreibtisch. Morrison nahm Platz.

»Bis Ende August bin ich so gut wie ausgebucht«, sagte Geraghty in den Hörer. Er lauschte, runzelte die Stirn und blickte in den großen Terminkalender, der vor ihm lag. »Vom Achtundzwanzigsten an? Ja, das ginge. Bis zum Elften? Okay, ich trage ihre Gruppe für diesen Termin ein. Würden Sie mir eine Bestätigung schicken? Danke, also gut, ich freue mich schon. Bis bald.« Er legte den Hörer auf.

»Sie müssen Sean Morrison sein«, sagte er dann. Morrison sah ihn mißtrauisch an, aber Geraghty schien das Unbehagen seines Gastes Spaß zu bereiten. »Liam hat mich angerufen und mir gesagt, daß ich mir keine Sorgen machen solle, wenn heute ein Fremder vor meiner Türschwelle auftauchen sollte. Wahrscheinlich wollte er verhindern, daß ich Ihnen mit einem Zwölfer-Kaliber den Kopf wegpuste. Auf alle Fälle, schön, Sie kennenzulernen, Sean. Neben ihnen steht eine Flasche auf dem Tisch. Gießen Sie sich doch ein Glas ein, und für mich gleich eins mit.«

Morrison schüttete etwas irischen Whisky in die Gläser. »Seltsam, daß wir uns nie in Belfast getroffen haben«, sagte er.

»Ich habe immer ein wenig im Verborgenen gearbeitet«, entgegnete Geraghty lachend. »Immer mehr im Hintergrund.«

»Ich weiß natürlich, was sie für die Organisation getan haben. Sie waren einer meiner Helden.«

»Ich bin sicher, daß Sie längst nicht alles wissen«, entgegnete Geraghty und hob sein Glas. »Trotzdem, vielen Dank.«

Sie nahmen gemeinsam einen Schluck. Das Arbeitszimmer gehörte ganz offensichtlich einem Mann. An einer Wand standen Bücherregale, die vom Boden bis zur Decke reichten und bis auf den letzten Zentimeter mit Taschenbüchern, ledergebundenen Klassikern und Nachschlagewerken über Tiere und Natur vollgepackt waren. Die drei anderen Wände waren holzgetäfelt, ähnlich wie der Flur. Drucke, die Jagdhunde zeigten, hingen daran. Das Mobiliar war robust, altes Leder und Holz, das seinen Glanz schon lange verloren hatte, gemütliche Sessel, ein ausladender Schreibtisch mit einer kupfernen Leselampe und drei kleine runde Tische. Es war ein Zimmer, in dem Morrison sich sofort sicher fühlte. Rechts neben dem Schreibtisch befand sich ein kleines Fenster, von dem aus man einen Blick auf die Cottages hatte. Ein Licht erlosch, und Morrison stellte sich vor, wie ein völlig erschöpfter Manager in sein Bett fiel.

Gab Morrison das Arbeitszimmer ein Gefühl der Sicherheit, so strahlte Micky Geraghty ruhiges Selbstvertrauen aus. Er wirkte wie ein Mann, der sein Wort hielt, jemand, den man beim Kampf gerne neben sich wußte. Er schien

Anfang fünfzig zu sein, hatte breite Schultern und starke Arme. Sein Haar war grau, aber dicht und gesund. Die Falten in seinem Gesicht hatte wohl eher rauhes Wetter gezogen als das Alter. Die Nase zwischen seinen blauen Augen war schon einige Male gebrochen worden. Es war ein kräftiges, gut aussehendes Gesicht, das, und davon war Morrison überzeugt, auch bei den japanischen Touristen gut ankommen würde, die ein Geweih mit nach Hause bringen wollten.

»Hat Liam Ihnen gesagt, warum ich komme?« fragte Morrison. Geraghty nickte.

»Sie sollen ihn finden, Micky. Den Rest erledige ich.« So wie es aussah, waren Hennessys Zweifel unbegründet gewesen. Geraghty schien durchaus bereit zu sein, mitzumachen. Morrison lehnte sich entspannt zurück und nahm einen Schluck Whisky.

Geraghty lächelte mit blitzenden Augen. »Ich würde Ihnen nur zu gerne helfen, Sean, und weiß Gott, ich schulde Liam ein oder zwei Gefallen, aber auf mich können Sie leider nicht zählen.«

Morrison sah ihn überrascht an. »Ich verstehe nicht — wo liegt das Problem?«

Geraghty streckte sich in seinem Sessel und schwang das linke Bein auf den Schreibtisch. Es steckte von den Zehen bis unterhalb des Knies in hellgrauem Gips. Er schlug auf den Verband und verzog das Gesicht. »Hier liegt mein Problem«, sagte er bedauernd. »Vor zwei Wochen habe ich mir das Bein gebrochen. Der Arzt sagt, daß es noch zwei Monate dauern wird, bevor der Gips runter kommt. Bis dahin ...« Er zuckte mit den Schultern.

Morrisons Hoffnungen sanken. Einen verrückten Augenblick lang glaubte er, Geraghty täusche das alles nur vor, der Gips sei ein Schwindel, den er als Entschuldigung benutzte, um sich drücken zu können, aber Geraghtys Bedauern schien echt, genau wie der Gips. Er war mit verschiedenen Unterschriften bemalt worden und bröckelte zwischen den Zehen etwas ab.

»Wie ist das passiert?« fragte Morrison.

»Ich brachte einer Gruppe Handelsvertreter das Klettern bei und stieg eine Felswand hinauf, um ein paar Sicherheitshaken einzuschlagen. Da verlor der Mann, der das Seil nachlassen sollte, die Konzentration. Ich rutschte aus, und er ließ mich ungefähr zehn Meter tiefer fallen, als er hätte tun sollen. Das Problem war, daß ich nur neun Meter über dem Boden gestanden hatte. Es war ihm sehr unangenehm.«

»Das glaube ich«, sagte Morrison. »Und wer hält hier alles am Laufen, solange Sie außer Gefecht sind?«

»Die Verwaltung und die Vorträge kann ich ja selbst erledigen. Ich habe auch noch zwei Ausbilder, die mir helfen. Und meine Tochter Kerry, das Mädchen, das Ihnen die Tür geöffnet hat, kann genausoviel wie ich.«

Geraghty bemerkte den Ausdruck auf Morrisons Gesicht und lächelte. »Ich hoffe, daß es kein chauvinistischer Kommentar war, der sich da auf Ihren Lippen formen wollte«, meinte er. »Kerry weiß über Tracking wirklich soviel wie ich; sie macht seit fünf Jahren mit mir gemeinsam die Überlebenskurse. Um die Wahrheit zu sagen, sie ist viel fiter als ich, und zwar auch dann, wenn ich keinen Gips trage.«

»Aber Dad, das hast du mir ja noch nie gesagt«, ertönte eine Stimme hinter Morrison. Er drehte sich um und sah Kerry in der Tür stehen.

»Wie lange stehst du da schon, Mädchen?« fragte Geraghty. Er wirkte keinesfalls verärgert. Von seinem Schreibtisch aus konnte er die ganze Länge des Flurs übersehen und hatte wahrscheinlich bemerkt, daß sie sich herangeschlichen hatte. Vielleicht hatte er das Kompliment gerade deswegen gemacht, weil er ahnte, daß sie in Hörweite war. Morrison fragte sich, wieviel sie über die Vergangenheit ihres Vaters wußte.

»Ich wollte nur fragen, ob einer von euch eine Tasse Tee oder sonst etwas haben möchte. Lauschen wollte ich bestimmt nicht.« Dabei schüttelte sie sich das Haar aus dem Gesicht und schob es hinter ein Ohr. Sie hatte die gleichen Augen wie ihr Vater und die gleiche selbstbewußte Art, das Kinn ganz leicht anzuheben. Ihre Haut war frisch und zeigte einen leichten Bronzeton. Sie trug nur ganz wenig Make-up, nur einen Hauch blauer Lidschatten und Maskara. Morrison schätzte sie auf fünfundzwanzig. Geraghty hatte recht, sie sah wirkich fit aus. Kerry merkte, wie er sie betrachtete und lächelte ihn an. Eilig wandte er sich wieder ihrem Vater zu.

Geraghty hielt sein Whiskyglas hoch. »Danke, wir kommen zurecht«, sagte er.

»Und ich«, erklärte Morrison, erhob sich und stellte sein Glas auf den Tisch, »muß mich langsam verabschieden.«

»Ich bring Sie raus«, sagte Kerry. Morrison schüttelte Geraghty die Hand, der ihm alles Gute wünschte, und folgte Kerry den Flur entlang. Sie trug keine Schuhe, und ihre nackten Füße streiften über den Teppich. »Onkel Liam wollte, daß mein Dad etwas für ihn tut, stimmt's?« fragte sie.

»So etwas in der Richtung.«

Sie blieb stehen und drehte sich um, so plötzlich, daß er fast mit ihr zusammengestoßen wäre. Ihre klaren blauen Augen sahen ihn ernst an. »Was sollte er tun? Es muß etwas Wichtiges gewesen sein, sonst hätten Sie nicht den weiten Weg gemacht. Wichtig für die Sache?«

Morrison sah sie unsicher an. Er wußte nicht, wie er reagieren sollte. Sie hatte Hennessy »Onkel« genannt und war unzweifelhaft die Tochter ihres Vaters, aber er kannte sie nicht gut genug, um IRA-Geschäfte mit ihr zu besprechen.

»Wir brauchten seine Hilfe, aber das hat sich durch den Beinbruch erledigt.«

Ihre Augen funkelten, und sie ergriff seinen Arm. »Gehen Sie nicht«, flüsterte sie. »Kommen Sie mit.« Sie führte ihn an der Haustür vorbei in ein gemütlich eingerichtetes Wohnzimmer. Der Fernseher lief. Sie deutete auf ein ausladendes Polstersofa. »Warten Sie bitte hier«, sagte sie. »Ich muß mit meinem Vater reden. Okay?«

»Okay«, antwortete Morrison erstaunt. Er setzte sich und schlug die Beine übereinander. Was zum Teufel hatte sie vor?

Kerry ging ins Arbeitszimmer zurück. Ihr Vater hatte das eingegipste Bein noch immer auf den Schreibtisch gelegt und versuchte, mit einer Stricknadel unter den Gipsverband zu fahren, um sich an einer juckenden Stelle zu kratzen. Jetzt grinste er Kerry schuldbewußt an. Sie warnte ihn ständig, daß Kratzen alles nur noch schlimmer mache.

Kerry lehnte sich an den Türrahmen und verschränkte die Arme über der Brust.

»Onkel Liam braucht unsere Hilfe, nicht wahr?« Liam Hennessy war kein Blutsverwandter, aber er stand der Familie mindestens genauso nahe. Er war ihr Taufpate, und als sie noch in Irland gelebt hatte, war kein Monat vergangen, in dem sie ihn nicht sah. Er hatte ihr auf seiner Farm das Reiten beigebracht, hatte sie damit beauftragt, seine chaotische Bibliothek zu ordnen und hatte stundenlange Gespräche mit ihr geführt, als ihre Mutter im Krankenhaus lag und jeden Tag ein wenig mehr starb. Kerry liebte Liam Hennessy von ganzem Herzen und hätte alles getan, um ihn zu beschützen.

»Er braucht meine Hilfe«, sagte Geraghty.

»Es ist fünf Jahre her, seit wir Irland verlassen haben, also muß es etwas sein, das du besser kannst als alle anderen, wenn nicht dein Bein gebrochen wäre. Hat es etwas mit Spurensuchen zu tun?«

Geraghty seufzte. »Warum fragst du mich nicht einfach, was sie wollen, Kerry? Dadurch würdest du uns beiden viel Zeit sparen.«

»Würdest du es mir denn sagen?« fragte sie verblüfft.

»Teste mich«, entgegnete ihr Vater.

»Wozu braucht dich Onkel Liam?«

Geraghty erzählte ihr von dem Chinesen und davon, daß Liam auf seiner Farm festsaß. »Er wollte, daß ich mit Morrison losziehe und den Chinesen aus den Wäldern treibe.«

»Und dann?«

Geraghty sah seine Tochter so kalt und hart an wie schon lange nicht mehr. »Wenn der Mann Glück hat, übergibt Liam ihn der Polizei. Wenn nicht – nun, du weißt, daß einige von Liams Freunden sehr unangenehm werden können.«

»Aber er versucht, Onkel Liam zu töten. Also ist er selber schuld.«

»Wie auch immer. Aber all das ist irrelevant, weil ich es

nicht tun kann. Sie werden sich einen anderen suchen müssen.«

Kerry kam auf den Schreibtisch zu und beugte sich vor. Das Haar fiel ihr ins Gesicht.

»Nein!« donnerte Garagthty, bevor sie etwas sagen konnte.

»Aber ich wäre ideal dafür«, entgegnete sie hastig. »Du hast mir alles beigebracht, was man über Spurensuche wissen muß, aber du erlaubst mir nie zu beweisen, wie gut ich bin. Nie darf ich die Jagdpartien allein führen.«

»Du weißt, warum. Die Deutschen und die Japaner sind einfach versessen darauf, von einem richtigen altmodischen Highland-Wildhüter geführt zu werden, Tweedjacke und Schirmmütze inbegriffen. Das gehört für sie zum Vergnügen, und es würde ihnen den Spaß verderben, wenn sie von einer Frau geführt würden, die ihre Tochter sein könnte.«

Kerry ließ sich nicht ablenken.

»Ich kann Spuren lesen, und ich kenne die Gegend um Onkel Liams Farm wahrscheinlich besser als du. Dort bin ich über jeden Grashalm gelaufen oder geritten und kenne jedes Versteck.«

»Es sind mehrere hundert Morgen, mein Kind. Ich bezweifle wirklich, daß du jeden Fleck dort kennst.«

»324 Morgen, Dad, und ich kenne sie so gut wie meine eigene Hand.«

»Es wird gefährlich werden«, warnte er. Jetzt ging es schon nicht mehr darum, ob sie die Fähigkeiten hatte oder nicht.

»Dad, wer von uns beiden ist der bessere Schütze?«

»Ich weiß, daß du dein Ziel kaum einmal verfehlst, Kerry, aber ich werde nicht zulassen, daß du mit einem Jagdgewehr durch das irische Grenzland ziehst. Die Gegend ist praktisch Kriegsgebiet.«

»Also schön, ich lasse mein Gewehr hier. Aber dieser Mann ist hinter Onkel Liam her, nicht hinter mir«, beharrte sie. »Er konzentriert sich auf ihn, nicht auf mich.« Sie deutete auf die Bücher in den Regalen. »Ich habe alle diese Bücher übers Fallenstellen und Spurensuchen gelesen, und zwar noch bevor ich zur Schule ging.«

Geraghty nickte. Schon als kleines Kind hatten diese Bücher sie fasziniert. Sie hatte schnell gelernt, einfache Fallen und Schlingen zu bauen und konnte die Spuren und Fährten in der Natur bald anhand der Abbildungen bestimmen. Auf den Regalen standen auch noch andere Werke, Handbücher über Kriegsführung, Minen und Sprengstoffe. Einige davon hatte er aus Interesse gekauft, andere waren praktisch Fachliteratur für seine Arbeit bei der IRA. Kerry hatte auch diese Bücher verschlungen. Aber anders als ihr Vater wußte sie über versteckte Bomben nur theoretisch Bescheid.

Kerry merkte, daß ihr Vater schwankte. Sie erhöhte den Einsatz.

»Es geht nicht nur darum, Onkel Liam zu helfen«, sagte sie. »Ich möchte auch etwas für unsere Sache tun. Ich habe nicht mit dir gestritten, als du nach Mutters Tod Irland verlassen wolltest, aber du weißt, daß ich lieber in Belfast geblieben wäre und dir geholfen hätte, wie auch immer. Genauso wie du will ich, daß die Engländer endlich aus Irland verschwinden, und das weißt du auch.« Geraghty spürte, wie intensiv ihre Gefühle und ihre Überzeugungen waren. Er erinnerte sich daran, daß er selbst, vor Jahren, die gleiche Sehnsucht nach einem vereinten Irland in sich getragen hatte. »Laß es mich für unsere Sache tun, wenn schon nicht für Onkel Liam. Hier könnte ich wirklich etwas machen, das verdammt viel konstruktiver wäre als Benzinbomben auf Soldaten oder die Polizei zu werfen.«

Geraghty schloß die Augen und rieb mit den Handrücken darüber. Er seufzte tief, und Kerry wußte, daß sie fast gewonnen hatte. Jetzt war es an der Zeit, ihre Trumpfkarte auszuspielen. Sie setzte sich auf den Stuhl, schob ihn näher an den Schreibtisch heran und stützte ihre Ellbogen darauf, so daß sie ihrem Vater genau in die Augen sah. »Und«, fuhr sie nachdenklich fort, »ich würde eine Weile von hier wegkommen.« Sie hielt kurz inne, um die Worte wirken zu lassen. »Weg von ihm«, fügte sie schließlich hinzu, nur für den Fall, daß er die Botschaft nicht ganz mitbekommen hatte.

»Du triffst dich immer noch nicht mit ihm?« fragte Geraghty.

»Ich versuche, es zu vermeiden.« Fast ein Jahr lang hatte

sie eine Affäre mit einem Ingenieur der Telecom gehabt, der in der Nähe wohnte. Er war verheiratet, konnte sich aber nicht entscheiden, ob er seine Frau verlassen oder die Beziehung zu Kerry abbrechen sollte. Zwar hatte er geschworen, seine Frau seit Jahren nicht mehr angerührt zu haben, aber dann beichtete er Kerry plötzlich, daß seine Frau schwanger sei und daß er sie jetzt nicht im Stich lassen könne. »Das wird dann sicher eine verdammte Jungfrauengeburt!« hatte Kerry geschrien und ihm einen Aschenbecher an den Kopf geworfen, aber eine Woche später hatte sie ihn wieder angerufen, und als sie erneut miteinander schliefen, war es besser als je zuvor gewesen.

Geraghty hatte seine Mißbilligung offen ausgedrückt, aber er lehnte es ab, sich einzumischen. Er wußte, daß seine Tochter alt genug war, um ihre eigenen Fehler zu machen und glaubte, daß sie irgendwann erkennen würde, in was für eine aussichtslose Situation sie geraten war. Früher oder später mußte sie zur Vernunft kommen. Damit hatte er recht behalten. Es war jetzt zwei Monate her, daß sie den Mann gesehen hatte, obwohl sie sich noch immer zwingen mußte, ihn nicht anzurufen und jedesmal hochfuhr, wenn das Telefon klingelte. Gerathy spürte, wie angespannt sie war. Vielleicht war es gut, wenn sie eine Zeitlang nach Irland ging und dort den Mann ein für alle Mal vergaß.

»Wenn du gehst, mußt du vorsichtig sein«, sagte er.

»Das werde ich«, versprach sie ernst.

»Ich meine, sehr vorsichtig«, sagte er. »Da draußen findet kein Spiel statt, weißt du. Es ist nahe an der Grenze. Dort herrscht Krieg. Du spürst den Mann auf. Das ist alles. Auf keinen Fall gehst du ein Risiko ein — verstanden?«

Sie nickte eifrig. »Ich verspreche es dir. Darf ich gehen?«

Geraghtys Lächeln wirkte halbherzig. »Ja«, sagte er. »Du darfst gehen.«

Kerry stieß einen Freudenschrei aus, streckte ihre Arme über den Schreibtisch und küßte ihren Vater.

»Hol bitte Morrison«, sagte er. »Ich muß ein paar Worte mit ihm reden.«

Geraghty sah ihr nach, während sie durch den Flur eilte.

Er war nicht überrascht, wie sehr sie nach Irland zurück wollte, um der IRA zu helfen. Sie hatte sich heftig gewehrt, als er Irland verlassen wollte, und beinahe wäre sie dageblieben. Kerry hatte eine störrische Ader, die sie wahrscheinlich von ihm geerbt hatte. Sie hatte auch eine Ader für Gewalt, eine gewisse Freude daran, die über die Hingabe für die Sache hinausging. In Belfast hatte er manchmal das Gefühl gehabt, als mache es ihr tatsächlich Spaß, sich mit der Armee und der Polizei anzulegen, als verschaffe ihr die Gefahr eine Art Kick. Trotz seiner Zusage sah er es aber nur ungern, daß sie nach Belfast und der Atmosphäre der Gewalt zurückkehren wollte; andrerseits schuldete er Liam Hennessy viel. Tatsächlich eine ganze Menge. Und wenn sie es sich wirklich in den Kopf gesetzt hatte zu gehen, dann würde er sie sowieso nicht mehr aufhalten können. Er kannte seine Tochter und wußte, daß sie es fertigbringen würde, selbst bei Hennessy anzurufen und ihm ihre Hilfe anzubieten. Und wenn die Dinge wirklich so schlecht standen, wie es sich anhörte, dann bezweifelte er, daß Hennessy dieses Angebot ablehnen würde. Bat Liam ihn dann um seine Einwilligung, konnte er etwa nein sagen? Konnte er dem Mann, in dessen Händen sein Leben lag, überhaupt etwas abschlagen? Nein, er konnte es nicht. Und das wußte seine liebe Tochter. Sie wußte es nur allzu gut.

Morrison schaute in den Fernseher, als Kerry das Wohnzimmer betrat. »Dad möchte mit Ihnen sprechen«, sagte sie. »Er sagt, daß ich mit Ihnen kommen kann.«

»Sie?« fragte Morrison verblüfft.

»Um den Mann aufzuspüren, der Onkel Liam bedroht.«

Ein recht verwirrter Morrison folgte ihr in Geraghtys Arbeitszimmer.

»Laß uns allein, Kerry, und mach diesmal die Tür zu«, sagte Garaghty. Er wartete, bis sie gegangen war, bevor er weitersprach. »Sie möchte euch helfen, Sean.«

»Kann Sie es denn?« fragte Morrison.

»O ja, sie ist eine erstklassige Spurenleserin. Ich habe ihr alles beigebracht, was ich weiß. Sie zieht oft mit mir auf Jagd durch die Moore und ist auch eine hervorragende Schützin

Darüber will ich mit Ihnen sprechen. Ich will unter keinen Umständen, daß sie dort draußen ein Gewehr mit sich herumträgt. Ich will sie nicht unnötig in Gefahr bringen.«

»Ich passe auf sie auf. Das verspreche ich.«

»Es gibt noch etwas anderes.« Garaghty kratzte sich am Kinn und sah Morrison eindringlich an. »Ich weiß nicht, wie ich es Ihnen klarmachen kann, Sean, aber Kerry kann manchmal etwas — hm, allzu enthusiastisch sein. Wissen Sie, was ich meine?«

Morrison schüttelte ratlos den Kopf.

»Liam ist immer eine Art Idol für sie gewesen; schon als Kind hat sie am Rande der Organisation mitgearbeitet, Botengänge, Nachrichten übermitteln, was wir als junge Burschen so alles gemacht haben. Steine auf Soldaten werfen, der Polizei Ärger machen. Aber ich wollte nie, daß sie in die wirklich harten Sachen hineingezogen wurde, die Art von Dingen, die ich getan habe. Ich meine, sie weiß einigermaßen über meine Aktivitäten Bescheid, und ich glaube, sie würde mir nacheifern wollen.«

Morrison lachte. »Mein Gott, Micky, Ihre Vergangenheit ist kaum ein Geheimnis, nicht wahr? Es gibt keinen Pub in Derry, in dem Samstagabend, wenn das Bier in Strömen fließt, nicht ein paar Lieder gesungen werden, in denen sie vorkommen.«

»Zugegeben, Sean. Und ich schäme mich auch nicht für das, was ich getan habe, im Gegenteil. Wir befinden uns im Krieg mit den verdammten Engländern, und ich würde alles noch einmal genauso machen, auch die Morde und all das. Aber meine Familie hat genug gegeben. Ich will nicht, daß Kerry richtig einsteigt, wollte es damals nicht und heute auch nicht. Ich habe meiner Frau — sie ruhe in Frieden — vor ihrem Tod versprochen, daß ich mit Kerry aus Belfast fortgehe, bevor sie zu tief hineingezogen wird. Und ich will nicht, daß sie dorthin zurückgeht.«

»Wollen Sie es ihr verbieten?« fragte Morrison.

»Nein, nein, ich kann es ihr gar nicht verbieten, aber Sie müssen ihr klarmachen, daß dies hier eine Ausnahme ist. Romantisieren Sie die Sache nicht, locken Sie sie bitte nicht zurück. Nur dieses eine Mal, dann schicken Sie Kerry wieder zu mir.«

»Ich habe verstanden«, sagte Morrison.

»Dann viel Glück, und Gott schütze euch. Passen Sie auf sie auf. Mehr Familie habe ich nicht.« Er schwang sein Gipsbein vom Schreibtisch und ließ es auf den Boden fallen. »Es ist schon spät. Sie sollten hier übernachten und morgen früh aufbrechen. Ich sage Kerry, daß sie uns etwas zu essen machen soll. Vielleicht wollen Sie Liam anrufen und ihm mitteilen, wie die Dinge stehen, wenn Kerry das nicht schon getan hat.« Er griff nach den Metallkrücken, die an der Wand lehnten, und humpelte damit aus dem Zimmer.

Maggie hakte sich bei Woody unter, als sie aus dem Kino kamen.

»Nicht schlecht, der Film«, meinte sie. »Ein bißchen brutal, aber ganz unterhaltsam.«

»Naja, ich hatte schon immer was für ein bißchen sinnlose Gewalt übrig«, sagte Woody lachend. »Hast du Hunger?«

»Und wie.«

»Wie wär's mit einem Italiener?«

»Ein Italiener wäre großartig.«

Woody schlug ein Restaurant in Covent Garden vor, und sie gingen über den Leicester Square dorthin. Maggie fragte ihn nach seinem Job, und Woody erzählte ihr von den Stories, an denen er gerade arbeitete. Sie interessierte sich sehr dafür, was er für die Zeitung schrieb und war für jede Neuigkeit dankbar. Er hatte ihr von dem Anruf Pat Quigleys berichtet und von dem mysteriösen Chinesen. Als sie von der Einkaufstüte voller Geld hörte, hob sie erstaunt die Augenbrauen.

»Was glaubst du, was da vorgeht?« fragte sie.

Woody zuckte mit den Schultern. »Vielleicht hat dieser Chinese jemand angeheuert, um an Hennessy heranzukommen, vielleicht sogar einen Killer.«

»Das ist ja irre«, sagte sie.

»Ja, irre ist genau das Wort. Es wäre eine irre Story, wenn ich sie zusammenbrächte.«

Sie warteten an der Bordsteinkante auf eine Lücke im Verkehr und liefen dann schnell auf die andere Seite.

»Und wo liegt das Problem?« fragte sie.

»Er ist weg. Verschwunden. Ich bin zu seinem Haus gefahren. Er ist ausgezogen. Keine neue Adresse. Ich weiß nicht einmal seinen vollständigen Namen.«

»Glaubst du nicht, daß er selbst nach Irland gegangen sein könnte?«

»Ziemlich unwahrscheinlich, oder? Ich meine — ein Chinese in Belfast auf den Fersen eines IRA-Führers? Das klingt wirklich zu weit hergeholt, selbst für unsere Zeitung.«

»Naja, sicher.«

Eine Weile gingen sie schweigend durch die abendlichen Passantenströme, bis sie an einem Mann in einem Clownskostüm vorbeikamen, der mit fünf brennenden Fackeln jonglierte.

»Schreibst du viel über die IRA?« fragte sie.

»Kommt darauf an«, sagte Woody. »Ich habe zum Beispiel über die Bombe in Knightsbridge berichtet, erinnerst du dich? An dem Abend, an dem ich dich getroffen habe. Kommt ganz darauf an, wann etwas passiert.«

»Die *Sunday World* vertritt normalerweise immer die Regierungsmeinung, nicht wahr?«

Woody nickte. »Ja, meistens stehen wir etwas rechts von Attila dem Hunnen.«

»Und du? Was ist deine Meinung?«

»Ach zum Teufel, Maggie, ich weiß es nicht. Ich bin Reporter, kein Journalist.« Der Jongleur hatte unter spärlichem Applaus seine Nummer beendet und präsentierte sich nun als Feuerschlucker. »Aber im Grunde bin ich schon der Meinung, daß die Engländer die Truppen abziehen und die Iren ihre Probleme selbst regeln sollten. Schließlich sind die Truppen ursprünglich nach Nordirland gekommen, um die Katholiken vor den Protestanten zu schützen. Und jetzt ist es die katholische IRA, die sie raushaben will. Das ist doch absurd. Eines weiß ich genau: die britische Regierung wird das Problem nicht lösen. Das ist eine irische Angelegenheit. Was meinst du?«

»Du hast wahrscheinlich recht. Letzten Endes spielt es keine Rolle, was die Abgeordneten in Westminster sagen. Vielleicht sollte deine Zeitung das mal schreiben.«

Woody lachte. »Ich glaube nicht, daß viele Abgeordnete davon Notiz nehmen, was in der *Sunday World* steht. Ja, wenn es die *Times* wäre oder der *Telegraph* . . .« Plötzlich meldete sich eine leise Stimme in Woodys Kopf, die etwas von einem Abgeordneten erzählte. Er sah zu, wie der Clown brennende Flüssigkeit in den Abendhimmel blies, ein glühender bläulicher Strom, der in Orange und Gelb überging. Natürlich, dachte Woody, S.J. Brownlow, der Name in seinem Notizbuch. Sir John Brownlow, der Abgeordnete des Chinesen. Er hatte erzählt, daß er an seinen Parlamentsvertreter geschrieben und mit ihm gesprochen habe. Wenn Woody etwas Glück hatte, dann war der Brief des Chinesen noch in Sir Johns Akten.

»Warum grinst du?« fragte Maggie.

»Nur so«, sagte er. »Komm, wir gehen essen. Ich verhungere.«

Als die Dunkelheit durch den Wald zu kriechen begann, machte Nguyen eine Schachtel mit gebratenem Fleisch auf und aß es langsam zusammen mit einer Portion Reis. Nachdem er fertig war, vergrub er die Behälter im Waldboden und legte einige Blätter über die Erde. Er nahm einen Schluck Wasser aus einer der Feldflaschen und steckte sie zu den Teilen seines Bombenzünders und zu der Pistole in den Rucksack. Der Benzinkanister paßte nicht mehr hinein, also mußte Nguyen ihn gesondert tragen. Er wartete, bis die Sonne untergegangen war und begann dann, sich durch den Wald zu schleichen. Der Kanister verlangsamte sein Vorwärtskommen, nicht weil er so schwer gewesen wäre, sondern weil er unhandlich war und dauernd im Unterholz hängenblieb. Aber nachdem er den Wald verlassen und die offenen Felder erreicht hatte, kam er wieder schneller voran.

Dieses Mal veränderte er seine Route etwas, durchquerte andere Felder und ging an einer nördlicheren Stelle über die B 9 als in der Nacht zuvor. Einmal geriet er beinahe in Kontakt mit einer Armee-Patrouille, einem halben Dutzend junger Soldaten, die eine schmale Landstraße entlanggingen. Ihre Gesichter waren geschwärzt, und die Gummisohlen ihrer Stiefel verursachten kaum ein Geräusch. Sie waren über 50 Meter verteilt und gingen in zwei Reihen. Nguyen suchte gerade eine Lücke in der Hecke am Straßenrand, als einer der Männer niesen mußte; er fuhr zusammen und hörte, wie das Benzin gegen die Innenwand des Kanisters schwappte. Das Feld, auf dem er stand, war erst vor kurzem gepflügt worden und bot wenig Schutz, aber ihm blieb keine andere Wahl als sich fallen zu lassen und in eine tiefe Furche zu rollen, wo er sich auf die Erde preßte. Jetzt war er unsichtbar, und die Soldaten gingen vorbei. Ein zweites Niesen ertönte, Nguyen blieb volle 30 Minuten in der Furche liegen, bis er sicher sein konnte, daß sie nicht zurückkamen.

Als er schließlich den Hügel erreichte, von dem aus man Hennessys Farm überblicken konnte, war es nach Mitternacht. Er legte sich in der Nähe des höchstes Punktes auf die Lauer, achtete aber darauf, daß er sich nicht gegen den nächtlichen Himmel abzeichnete. Eine ganze Stunde lang beobachtete er die Gebäude durch sein Fernglas, so lange, bis er jeden einzelnen Wachtposten ausgemacht hatte. Das Licht der Sterne war nicht sehr hell, aber er konnte erkennen, daß alle Männer Gewehre trugen. Ein Wachtposten stand vor dem Cottage, ein anderer an der Lücke zwischen den Scheunen und den Ställen. Drei weitere hielten sich um das Hauptgebäude herum auf. Einer der Männer rauchte eine Zigarette; Nguyen konnte den kleinen roten Punkt sehen, der sich durch die Luft bewegte. Er sog die Luft ein, roch aber nichts. Früher, erinnerte er sich, konnte er ein Lagerfeuer riechen, das zwei Tagesmärsche entfernt im Dschungel brannte, oder die Zahnpasta, den Kaugummi oder den Tabak eines Amerikaners, der vor drei Stunden an einer bestimmten Stelle vorbeigekommen war. Aber damals war er jünger und seine Sinne geschärfter gewesen.

Während der Stunde, in der Nguyen sie beoachtete, gingen die Männer auf und ab und wechselten ein paar Worte miteinander, machten sich aber nicht die Mühe, in einer Art

Vorpostenlinie um die Farm herum zu patrouillieren. Wachen, die sich so verhalten, dachte Nguyen, sind am einfachsten zu überwinden.

Er bewegte sich langsam den Hügel hinunter und kroch durch die Felder auf die Scheunen zu, wobei er einen weiten Bogen um die Ställe und das Cottage machte. Ungefähr hundert Meter vor den Scheunen hielt er inne und überzeugte sich noch einmal davon, daß er keinen Posten übersehen hatte. Erst dann kroch er weiter. Er bewegte immer nur einen Teil des Körpers, linker Arm, rechtes Bein, rechter Arm, linkes Bein und hielt sich dabei ein wenig über dem Boden, um so leise und so unauffällig wie möglich vorwärts zu kommen. Für die hundert Meter bis zur ersten Scheune brauchte er fast eine halbe Stunde. Er schmiegte sich an die Wand und glitt hinein, dort, wo die Traktoren standen. Diese Scheune war am weitesten vom Hauptgebäude entfernt, aber Nguyen hätte sie in jedem Fall ausgesucht, weil in den anderen nur Heu lagerte. Schließlich wollte er die Männer auf der Farm nur ablenken und keine Feuersbrunst legen, die die Feuerwehr der nächstgelegenen Stadt herbeilocken würde.

Er stellte den Benzinkanister unter einen blauen Traktor und streifte den Rucksack ab. Dann kniete er sich hin und nahm vorsichtig die Uhr und die Streichholzschachtel mit dem Draht heraus. Anschließend holte er die Batterie aus seiner Jackentasche und befestigte kurze Drahtstücke an den Uhrzeigern, die er auf viertel vor und viertel nach zwölf stellte. Zuletzt verband er die Batterie mit der Streichholzschachtel, dem Zünder und dem Wecker, schraubte den Verschluß des Kanisters auf, goß die Hälfte des Benzins unter den Traktor und stellte ihn dann unter die Fahrerkabine. Die Streichholzschachteln ließ er in den Kanister hinab, so daß sie kurz über der Flüssigkeit hing. Es war wichtig, daß sich das Pulver in den Benzindämpfen entzündete und nicht schon vorher vom Benzin durchnäßt wurde. Dann würde es keine Explosion geben. Er wickelte den Draht um den Griff des Kanisters, damit die Schachtel nicht zufällig tiefer rutschen konnte. Jetzt blieben ihm noch 30 Minuten, um in Position zu gehen. Eine Menge Zeit. Er zog den Rucksack wieder an, schlich sich aus der Scheune und lief geduckt den gleichen Weg zurück, den er gekommen war. Dann kroch er im Uhrzeigersinn um die Scheunen herum, bis er die Seite des Haupthauses und die Lücke sehen konnte, die in den Innenhof führte.

Er wartete. Die Benzinbombe explodierte mit einem zischenden Knall, dem das Knistern und Knacken des brennenden Traktors folgte. Schreie ertönten, die Männer an der Vorderseite des Farmhauses rannten auf die Scheune zu. Die Lichter gingen an, und die Tür des Cottage wurde aufgerissen. Nachdem die Wachen in den Innenhof gelaufen waren, schlich sich Nguyen zu den Nebengebäuden und duckte sich in die Schatten. Hennessy kam mit zwei anderen Männern durch die Hintertür, er in seinem Morgenmantel, sie in Jeans und Pullover und mit Gewehren in den Händen. Eigentlich hatte Nguyen vorgehabt, das Regenrohr hinaufzuklettern und durch das Badezimmerfenster einzusteigen, aber nun sah er, daß Hennessy die Hintertür offengelassen hatte. Das Licht in der Küche war nicht angemacht worden, so daß die Tür im Dunkeln lag. Er wartete, bis er sicher war, daß niemand mehr aus dem Haus kommen würde, robbte sich an der Wand entlang wie eine Küchenschabe, die die Dunkelheit liebt, und schob sich durch die Tür in die Küche. Aufmerksam lauschend blieb er einen Moment stehen.

Geduckt schlich er dann weiter, stets bereit zu reagieren, wenn es sein mußte, aber alles blieb still. Er schlich sich durch den Flur die Stufen hinauf. Die Treppe wandte sich nach links. Nguyen orientierte sich am Bauplan des Hauses, den er im Kopf hatte, und als er den Flur des ersten Stockwerks erreichte, wußte er genau, daß hinter dem Bad Hennessys Schlafzimmer lag. Er zog das Jagdmesser aus der Scheide an seinem Rucksack und hielt die Klinge in die Höhe, während er sein Ohr an das warme Holz der Schlafzimmertür preßte. Er hatte nicht gesehen, daß die Frau das Haus verlassen hatte. Vielleicht war sie im Verlauf des Tages weggefahren, aber vielleicht war sie auch noch im Zimmer. Langsam und vorsichtig drehte er den Türknauf und stieß sachte die Tür auf. Das Licht brannte, das Bett war leer, und er trat in den Raum. Dann sah er den braunen Hund, der neben seinem Bastkorb am Fußende des Bettes stand. Das Tier knurrte ihn an und begann zu bellen. Nguyen schloß die Tür. Der Hund kam auf ihn zu, bellend und schnappend, mit gesenktem Schwanz und aufgerichtetem Nackenfell.

»Guter Hund«, sagte Nguyen und umklammerte das Messer.

Hennessy beboachtete, wie zwei seiner Männer den Traktor mit Löschschaum einsprühten, der auf dem heißen Metall zischte und Blasen warf. Joe Ryan hatte einen Wasserschlauch von den Ställen herangeschleppt und rief seiner Tochter zu, das Wasser aufzudrehen. Der Schlauch zuckte und wand sich, bevor das Wasser hervorschoß und von Ryan über die Wände der Scheune verteilt wurde.

Der Rest der Männer war damit beschäftigt, Gegenstände aus der Nähe des Feuers zu schaffen, entweder auf die andere Seite der Scheune oder in den Innenhof hinaus. Kavanagh stand neben Hennessy. Jackie bellte im Haus. »Glaubst du immer noch, ich hätte genug Wachen, Jim?« fragte Hennessy. Der Leibwächter schwieg, da er nicht genau wußte, ob Hennessys Frage als Vorwurf gemeint war oder nicht. »Irgendeine Ahnung, wie das hier passiert ist?« fuhr Hennessy fort.

»Unter dem Traktor liegt ein Kanister und etwas geschmolzenes Plastik. Auf jeden Fall der Chinese. Wir haben Glück gehabt, daß der Kanister nicht explodiert ist, das hätte sehr viel schlimmer werden können. So wie es aussieht, sind die Flammen wie ein Düsenstrahl aus dem Kanister geschossen, haben sich über die Wände verteilt und die Reifen des Traktors in Brand gesetzt. Es ist nicht so schlimm, wie es aussieht.«

»Er hat es vermasselt?«

»Sieht ganz so aus.«

»Gott sein Dank, daß er nicht eine der anderen Scheunen angesteckt hat. Ein solches Feuer hätten wir allein nie unter Kontrolle bekommen.«

Die Wachtposten hatten inzwischen das Feuer am Traktor gelöscht und halfen Ryan, die Flammen an der Wand der Scheune zu bekämpfen. Die Reifen des Traktors waren geschmolzen und verformt, die Maschine selbst schwarz verbrannt und mit blasigem weißem Schaum bedeckt. Der Geruch des verbrannten Gummis kratzte Hennessy und Kavanagh im Hals. Sie gingen in den Innenhof hinaus. Hennessy sah zu seinem Schlafzimmer hinauf. Jackie hatte aufgehört zu bellen. »Denkst du immer noch, daß wir nach Belfast zurück sollten?« fragte Hennessy.

»Keine Frage, Liam.«

»Und wenn er dort mein Haus anzündet? Könnt ihr das auch verhindern?«

Kavanagh merkte, daß er momentan nur das Falsche sagen konnte; also schwieg er und sah gemeinsam mit Hennessy zu, wie die Männer die letzten Flammen löschten.

»Morrison kommt morgen zurück«, sagte Hennessy schließlich. »Er bringt jemanden mit, der uns vielleicht helfen kann. Kerry Geraghty.«

»Micky Geraghtys Tochter?«

»Ja. Sie wird den Chinesen für uns aufspüren. Micky hat ein gebrochenes Bein, er fällt aus, aber nach dem, was Sean mir erzählt hat, ist sie genauso gut wie ihr Vater. Soll sie es versuchen. Solange muß ich natürlich hierbleiben, weil der Chinese sonst ebenfalls verschwinden wird. Wenn es nicht funktioniert, gehen wir nach Belfast zurück und regeln die Sache in der Stadt, okay?«

»Du hast das Sagen, Liam«, antwortete Kavanagh.

»Du meinst, er ist schließlich hinter mir her, nicht wahr?« sagte Hennessy. Er lächelte zaghaft. »Und du hast natürlich recht. Also, hier können wir nichts mehr tun. Ich gehe wieder ins Bett und schlage vor, daß du das gleiche machst. Heute nacht wird er sicher nichts mehr unternehmen, und in der Dunkelheit finden wir sowieso nichts.«

»Ich bleibe hier, bis die Männer fertig sind«, sagte Kavanagh. Als Hennessy zum Haus zurückging, rief ihm Kavanagh noch nach: »Das Ganze tut mir wirklich leid, Liam!«

»Du kannst nichts dafür, Jim«, entgegnete Hennessy. »Und

was ich vorher gesagt habe, sollte wirklich nicht so klingen. Ich bin nur etwas angespannt, das ist alles. Dieser Chinese liegt mir schwer im Magen. Morgen besprechen wir alles weitere.«

Hennessy ging in die Küche, wo er das Licht anknipste und sich einen doppelten Whisky einschenkte, den er mit nach oben ins Schlafzimmer nahm. Er hängte den Morgenmantel an den Türhaken und stellte das Glas auf den Nachttisch. Jackie lag auf der anderen Seite des Bettes auf dem Boden. Hennessy wunderte sich ein wenig, daß sie ihn nicht mit dem üblichen Schwanzwedeln und Ablecken begrüßte. Vielleicht schmollte sie, weil er sie im Zimmer zurückgelassen hatte? »Na komm schon, Jackie«, sagte er und klopfte auf das Bett. Mary erlaubte es nicht, daß sich der Hund im Schlafzimmer aufhielt und schon gar nicht im Bett, aber wenn sie weg war, konnte Hennessy Jackie etwas verwöhnen. Er klopfte noch einmal auf das Bett und schnalzte mit der Zunge, aber sie ignorierte ihn noch immer. Er ging hinüber und kniete sich neben sie. »Komm schon, Jackie, altes Mädchen«, sagte er und streichelte über ihr Fell, doch als die Hündin keinerlei Reaktion zeigte, überfiel Hennessy plötzlich Panik. Er sprang auf, und jetzt erst sah er die Blutlache am Hals des Hundes. »O Gott, nein«, stöhnte er. Er beugte sich zu dem Hund herab — doch dann spürte er plötzlich, daß er nicht allein im Zimmer war. Zwischen dem großen Eichenschrank und der Wand sah er Beine, die in einer Tarnhose steckten. Entsetzt blickte Hennessy auf.

»Sie!«

Nguyen trat aus dem Schatten hervor. In seiner linken Hand hielt er eine Pistole, mit der er auf den Kopf des knienden Mannes zielte. In seiner Rechten befanden sich zwei Drähte, und um seinen Hals hing eine Art grauer Röhre. Er hatte sie mit Isolierband an seinem Bauch befestigt. Auf die Röhre selbst hatte er mit dem gleichen Band Nägel und Schrauben geklebt. Hennessy schien es, als habe sich der Mann in eine andere Person verwandelt. Es war nicht nur seine Kleidung, obwohl die Tarnuniform und die Pistole einen Soldaten aus ihm machten, der mit dem niedergeschlagenen Asiaten, der ihn in seinem Büro besucht hatte, nichts mehr gemeinsam zu haben schien. Vor allem war es Nguyens Auftreten, die Art, wie er vor Hennessy stand. Der Mann strahlte ein solch kaltes Selbstvertrauen aus, daß der Anwalt zum ersten Mal wirkliche Angst verspürte. Er blickte auf Jackie hinab und fuhr mit der Hand durch ihr Fell.

»Jackie mußten Sie nicht umbringen!« sagte er und schüttelte traurig den Kopf.

»Er hat gebellt.«

»Sie, nicht er. Es ist eine Hündin. Und Sie mußten sie trotzdem nicht umbringen.«

»Es tut mir leid«, sagte Nguyen. Er ging zur Tür und verriegelte sie. »Bitte setzen Sie sich.« Er deutete auf einen rosafarbenen Sessel in einer Ecke. Die Vorhänge des Fensters waren zwar zugezogen, aber Nguyen wollte nicht, daß man irgendwelche Schatten vom Hof aus erkennen konnte. Hennessy erhob sich langsam und setzte sich in den Sessel. Von seinem Platz aus konnte er Jackies Kopf sehen. Ihre Augen waren nur noch milchige Kugeln, ihre Zunge hing auf groteske Weise aus dem Maul.

»Kann ich sie zudecken?« fragte Hennessy. Nguyen nahm den Morgenmantel vom Haken und legte ihn über den toten Hund.

»Was wollen Sie?« fragte Hennessy, der nur mit dem Pyjama bekleidet im Sessel saß und sich beinahe nackt vorkam.

»Sie müssen leiser sprechen«, sagte Nguyen. Er neigte den Kopf zu der Röhre auf seiner Brust und hielt die beiden Drähte hoch. »Dies ist eine Bombe, die gleiche, mit der ich ihr Auto zerstört habe. Wenn jemand in dieses Zimmer kommt, brauche ich nur die beiden Drähte aneinanderzuhalten. Dann werden wir alle sterben.« Er hielt die Pistole hoch. »Und ich habe das hier. Aber wenn wir leise sprechen, wird uns niemand hören. Verstehen Sie das?«

»Ja«, seufzte Hennessy. »Ich verstehe. Worüber wollen Sie reden?«

»Die Namen. Ich will die Namen.«

»Ich kann Ihnen nicht helfen.«

»Sie wissen, daß ich es ernst meine. Sie haben gesehen, was ich tun kann.«

»Ja.« Hennessy blickte auf Jackie hinab. »Ja, ich weiß jetzt, was Sie können.«

»Sie wissen, daß ich Sie töten kann? Daß ich Sie töten werde?«

»Mich zu töten, würde gar nichts ändern, überhaupt nichts. Glauben Sie mir, ich weiß wirklich nicht, wer hinter den Londoner Bomben steckt.«

Nguyen sah ihn zweifelnd an. »Sie sind aber in der IRA?«

»Vielleicht.«

»Ich verstehe nicht.«

Hennessy seufzte, nicht zuletzt, weil er es letzten Endes selbst nicht verstand. »Ich will versuchen, es zu erklären«, flüsterte er. »Die Bombenleger sagen, daß sie in der IRA sind, aber ich weiß nicht, wer sie sind. Niemand in der offiziellen IRA weiß, wer sie sind. Sie müssen mir glauben — ich will auch nicht, daß unschuldige Bürger getötet werden, und ich tue alles, um herauszufinden, wer verantwortlich ist.«

Nguyen ging um das Bett herum und setzte sich darauf, genau gegenüber Hennessy. Hennessy sah den glänzenden Schweiß, der die Hände des anderen bedeckte. Die Drähte, die das tödliche Paket zünden würden, waren nur wenige Zentimeter voneinander entfernt. Nguyen folgte Hennessys Blick und lächelte. »Keine Sorge«, sagte er. »Es wird nur explodieren, wenn ich will, daß es explodiert.«

»Wenn Sie mich töten, bekommen Sie dadurch Ihre Familie auch nicht zurück«, entgegnete Hennessy leise.

»Ich will Sie nicht töten, Mr. Hennessy. Aber die Männer müssen bestraft werden.«

»So kommen wir nicht weiter«, seufzte Hennessy.

»Der Sprengstoff, den die Männer benutzen, machen sie ihn selbst?«

Hennessy schüttelte den Kopf. »Sie verwenden unseren. Wir haben ihn an mehreren Stellen in England versteckt, aber es sieht so aus, als hätten sie unsere Lager ausgeraubt.«

»Semtex?«

»Ja.«

»Welche Sorte? Semtex-H?«

»Ja.«

»Das dachte ich mir«, sagte Nguyen. »Alles bewegt sich im Kreis.«

»Sie kennen sich mit Semtex aus?«

Nguyen lächelte bitter. »Ja, ich kenne mich mit Semtex aus«, sagte er. »Das H steht für das Hexagen, das hinzugegeben wird. Ein sehr stabiler Sprengstoff, und sehr wirkungsvoll, besser noch als TNT.«

Hennessy starrte ihn staunend an. »Woher wissen Sie so viel über Semtex-H?«

»Ich habe es oft in Vietnam benutzt.«

»In Vietnam?«

»Sie kennen die Geschichte nicht, Mr. Hennessy. Semtex-H wurde während des Krieges für die Vietnamesen hergestellt. Es ist unser Sprengstoff. Sie haben ihn für uns gemacht, die Tschachen.«

»Tschechen, sie meinen die Tschechen. Es wurde in der Tschechoslowakei hergestellt?«

»Ja, die Tschechen, sie waren es. Davor, als die Franzosen in Vietnam waren, haben wir einen französischen Sprengstoff benutzt. Nachdem die Franzosen abgezogen waren, baten wir die Tschechen, uns etwas Gleiches zu liefern. Sie machten Semtex-H. Sehr gut für Bomben. Viele Amerikaner sind durch Semtex-H getötet worden. Jetzt benutzt die IRA Semtex, um meine Familie zu töten. Das ist, wie sagt man, ein Witz des Schicksals.«

»Die Ironie«, sagte Hennessy. »Die Ironie des Schicksals.«

»Ja, das ist Ironie. Vietnamesischer Sprengstoff tötet vietnamesische Familie.«

»Was Ihrer Familie geschehen ist, tut mir leid. Aber ich kann nichts dafür.«

Nguyen hielt Hennessy die Pistole an den Hals. »Sie werden mir sagen, wer meine Familie getötet hat. Sie werden es mir sagen oder sterben. Nach Ihrem Tod werde ich jemand anderen fragen. Irgendwann werde ich die Wahrheit finden.« Er sprach mit einer kalten, flachen Stimme, und Hennessy spürte, daß er es ernst meinte. Die Pistole war entsichert und schußbereit. Hennessy sah, wie Nguyens Finger sich um den Abzug krümmte. Er hob die Hände, als wolle er die Kugel abwehren.«

»Nein!«

»Dann sagen Sie es mir!« zischte Nguyen.

»Ich weiß es nicht.«

»Dann werden Sie sterben«, sagte Nguyen.

Hennessy schloß die Augen und drehte den Kopf zur Seite. »Ich weiß es nicht, aber ich versuche, es herauszufinden«, keuchte er mit vor Angst zitternder Stimme.

»Was meinen Sie damit?«

»Ich habe ihnen eine Falle gestellt. Wenn es klappt, werde ich wissen, wer sie sind.«

»Wann?«

Hennessy wandte den Blick wieder Nguyen zu. Der Mann schien ihm zu glauben. Vielleicht hatte er doch noch eine Chance? »Wenn die nächste Bombe hochgeht.«

»Was ist Ihr Plan?«

»Wenn sie nach dem nächsten Anschlag die Verantwortung übernehmen, nennen sie der Polizei ein Codewort, das beweist, daß sie zur IRA gehören. Ich habe das Codewort geändert, und wenn sie uns dasjenige nennen, das sie erhalten haben, wissen wir, wer ihnen hilft.«

»Und dann?«

»Dann geben wir ihre Namen an die Polizei weiter, die allem ein Ende bereiten wird.«

Nguyen dachte über das nach, was Hennessy eben gesagt hatte, ohne jedoch die Pistole zu senken. Schließlich nickte er nachdenklich, als hätte er eine Entscheidung getroffen. »Also gut«, sagte er. »Ich gebe Ihnen drei Tage. Dann komme ich zurück. Wenn Sie bis dahin nicht die Namen haben, werde ich Sie töten.«

»Aber was ist, wenn sie bis dahin keine Bombe gezündet haben?« protestierte Hennessy.

»Ihr Problem«, meinte Nguyen kurz.

»Das ist nicht fair!«

»Fair? Nichts, was bis jetzt geschehen ist, war fair, Mr.

Hennessy.« Nguyen stand auf und ging rückwärts zur Tür. Er löschte das Licht.

»Warum machen Sie all das?« fragte Hennessy.

»Sie haben meine Familie getötet.«

»Es muß noch etwas anderes geben, etwas, das Sie mir nicht sagen wollen.«

Nguyen ging lautlos zum Fenster und schob die Vorhänge etwas zur Seite. Im Innenhof waren nur noch zwei Männer zu sehen. Der eine trug die Feuerlöscher, der andere rollte den Schlauch zusammen. Er hörte, wie die Hintertür des Farmhauses zugeschlossen wurde. Die beiden Männer im Hof gingen auf das Cottage zu. Nguyen ließ den Vorhang wieder los.

»Auch ich habe schon Verwandte durch Gewalt verloren«, flüsterte Hennessy. »Es ist noch nicht allzu lange her, daß mein Schwager getötet wurde. Fast jeder, den ich kenne, hat jemanden, der getötet oder verstümmelt worden ist, aber ich habe noch nie einen Menschen getroffen, der es so . . . persönlich genommen hat wie Sie.«

»Vielleicht würde der Krieg in Irland nicht so lange dauern, wenn Sie es auch persönlich nehmen würden.«

»Was meinen Sie damit?«

»Wofür kämpfen Sie?«

»Wir wollen die Engländer aus Irland vertreiben. Damit wir unser eigenes Leben leben dürfen, ohne Vorurteile und Unterdrückung.«

»Warum greift dann Ihr Volk nicht zu den Waffen und treibt die Engländer aus dem Land?«

»Viele tun das.«

»Aber nicht genug. Viele Leute kümmert es nicht. Zu wenige nehmen es persönlich. Die Vietnamesen haben gegen die Franzosen gekämpft, bis sie das Land verlassen mußten. Die Kommunisten haben gegen die Amerikaner und den Süden gekämpft, bis die Amerikaner gingen. Sie haben gewonnen, weil ihre Sehnsucht nach einem vereinten Land so stark war. Ich glaube, daß Sie die Engländer nie aus Irland vertreiben werden. Es kümmert zu wenig Leute. Sie spielen nur Krieg.«

»Und Sie? Warum tun Sie das hier?«

Nguyen ignorierte ihn. Er preßte das Ohr an die Tür und lauschte. Als er nichts hörte, wandte er sich wieder an Hennessy. »Ich werde jetzt gehen. Schreien Sie nicht nach Hilfe. Ich habe die Bombe, und ich werde jeden töten, der mir folgt. In drei Tagen komme ich wieder.« Er schob den Riegel zurück und öffnete die Tür, sah links und rechts den Flur hinunter und schlich dann mit dem Rücken an der Wand aus dem Schlafzimmer. Leise ging er ins Badezimmer, steckte die Pistole in den Rucksack und löste die Drähte, bevor er auf den Toilettendeckel stieg und durchs Fenster kletterte. Er ließ sich am Regenrohr herunter, wobei er darauf achtete, nicht mit den Schuhen an der Mauer entlangzuschaben. Als er unten angekommen war, drückte er sich gegen das Haus und suchte die Umgebung ab. Ein Geruch von verbranntem Holz und heißem Metall hing in der Luft, aber er hörte keine verdächtigen Geräusche. Zwischen den Wagen entlang kroch er bis zu den Ställen. Die Pferde schnaubten, und Nguyen fragte sich, ob sie seine Gegenwart spürten. Als er Fußschritte in der Nähe des Cottage hörte, eilte er in entgegengesetzter Richtung weiter und verließ den Innenhof zwischen den Ställen und dem äußersten Ende des Farmhauses.

Hennessy saß vornüber gebeugt in seinem Sessel, den Kopf in die Hände gestützt. Er hatte daran gedacht, sofort Alarm zu schlagen, aber er wußte, daß der Chinese meinte, was er sagte. Er würde die Pistole benutzen und letzten Endes auch die Bombe zünden — und wer weiß wieviele Männer töten. Hennessy gab ihm fünf Minuten, bevor er das Licht anschaltete und hinunter zu Kavanagh ging, der auf dem Sofa im Wohnzimmer schlief. Als sie die Wachtposten alarmierten, war Nguyen schon lange fort. Lautlos wie eine Schlange bewegte er sich durch die Felder.

O'Reilly nahm den Zug, der um 10 Uhr 33 Waterloo Station verließ. Er fand einen Sitzplatz ziemlich weit vorne, in einem Wagen voller Männer in Cutaways und Frauen in langen Kleidern und teuren Hüten. Die beiden Paare in seinem

Abteil reisten offenbar gemeinsam. Einer der Männer holte eine Flasche Champagner und vier Gläser hervor und machte aus dem Öffnen der Flasche eine große Vorstellung. Der Champagner schäumte über, und ein paar Tropfen fielen auf O'Reillys Kamerakoffer aus Aluminium.

»Tut mir leid, mein Bester«, meinte der Rennbesucher.

»Kein Problem«, entgegnete O'Reilly. Er blickte aus dem Fenster, während der Zug aus dem Bahnhof hinausfuhr. Die Fahrt nach Ascot dauerte 40 Minuten, also lehnte er sich zurück und ließ seine Gedanken treiben. In der Innentasche seines Blazers steckte ein Ticket, das ihm den Zutritt zu den für die Mitglieder des Rennvereins reservierten Sitzen ermöglichte. Er hatte es eine Woche zuvor bei einem Kartenservice erworben. Da er für den Damentag am Dienstag kein Ticket mehr bekommen konnte, hatte er sich für den Donnerstag entschieden. Dienstag oder Donnerstag, es spielte kaum eine Rolle: eine Bombe beim Königlichen Pferderennen von Ascot würde weltweite Schlagzeilen liefern.

Der Kamerakoffer zu seinen Füßen war von der Sorte, den professionelle Fotografen benutzten, etwa 60 Zentimeter lang, 30 Zentimeter breit und 50 Zentimeter tief, mit einem Trageriemen aus Plastik. Der Bombenmacher hatte das Futter des Koffers herausgetrennt und an den Seiten und auf dem Boden insgesamt zehn Pfund Semtex untergebracht. Die Bombe hatte zwei Zünder, die beide mit einem Timer verbunden waren, der urspünglich ein kleiner elektronischer Reisewecker gewesen war. Der Timer war auf 2 Uhr nachmittags eingestellt, die Bombe war scharfgemacht. O'Reilly fühlte sich angespannt, aber nicht übernervös. Er hatte schon früher scharfe Bomben transportiert und besaß vollstes Vertrauen in den Bombenmacher. Das Kofferfutter war über den Sprengstoff genäht worden, und nach einigen Umbauten enthielt der Koffer nun zwei Kameras, eine Anzahl von Objektiven, einen Beleuchtungsmesser und Filme. Um den Hals trug O'Reilly eine Nikon mit einem Teleobjektiv und ein Fernglas in einer Lederhülle. Am Riemen des Fernglases klebten einige Anstecker von früheren Rennen, die O'Reilly zusammen mit dem Trilby-Hut als erfahrenen

Rennbesucher auswiesen. Niemand würde ihn für einen ahnungslosen Touristen halten, der in Ascot nur berühmte Gesichter fotografieren wollte.

Der Zug traf um 11 Uhr 15 in Ascot ein. O'Reilly mischte sich unter die Leute, die auf die Rennstrecke stömten. Überall waren Polizisten zu sehen. Die meisten trugen gelbe, reflektierende Jacken und regelten mit schmerzenden Armen den Verkehr. O'Reilly stand in einer Gruppe, die darauf wartete, die Straße überqueren zu dürfen. Ein Mann mittleren Alters in einem Cutaway erspähte eine Lücke im Verkehr und lief auf die Straße, aber sofort pfiff ihn ein junger Constable zurück. »Arschloch«, murmelte der Mann im Cut. Er war mindestens doppelt so alt wie der Constable, hatte ein kantiges Gesicht und Schultern, die seinen Anzug fast zu sprengen schienen.

Der Polizist winkte die Autos weiter und kam auf den Mann zu. »Haben Sie ein Problem?« fragte er mit vorgestrecktem Kinn und sich rötenden Wangen. Er hatte einen dünnen Schnurrbart und das Benehmen eines jungen Beamten, der sich etwas beweisen will.

»Ich glaube, ich bin alt genug, über die Straße gehen zu können«, sagte der Besucher mit kaum verhohlenem Zorn. Er sah aus wie jemand, der bei einer Schlägerei gut auf sich allein aufpassen konnte. Der Polizist wirkte neben ihm recht schmächtig.

»Danach habe ich Sie nicht gefragt. Ich möchte wissen, was Sie eben gesagt haben.« Der Constable starrte den Mann an. Er hatte die Zähne zusammengebissen, und an seiner Schläfe trat langsam eine Ader hervor. O'Reilly fragte sich, was sein eigenes Problem sein mochte, da seine Reaktion dem kleinen Zwischenfall in keiner Weise angemessen war.

»Nichts«, preßte der Mann hervor. »Ich habe gar nichts gesagt.«

Der Polizist starrte ihn noch einige Sekunden an und nickte dann langsam, als sei er erst jetzt zufriedengestellt. »Gut«, sagte er und ging wieder in die Mitte der Straße, um den Verkehr zu regeln. Der Mann im Cut erntete einige mitfühlende Blicke der anderen Rennbesucher und schüttelte frustriert den Kopf. Der großartige britische Bobby, dachte O'Reilly. Ein junger Kerl im Bewußtsein seiner Autorität, mit der er nicht umgehen konnte. Mit so etwas war er aufgewachsen, in Irland, wo die protestantische Polizei und die jungen britischen Soldaten die Macht ihrer Uniform nur so zum Spaß benutzten, nur so. Oft genug hatten ihn Polizisten angehalten und ihn schikaniert. Sie hatten darauf verzichtet, ihn mit »Sir« anzureden und sich nicht die Mühe gemacht, die Verachtung, die im Klang ihrer Stimme lag, zu verbergen. Selbst als Schuljunge war er von Kaugummi kauenden Soldaten in Tarnuniform gegen Mauern gestoßen und durchsucht worden. Der Mißbrauch von Autorität war nichts Neues für O'Reilly, und er sah nicht ohne verstohlene Freude, daß dies offenbar auch in England immer sichtbarer wurde.

Schließlich hob der Polizist die Hand, um den Verkehr anzuhalten, und erlaubte ihnen, die Straße zu überqueren. Er schien sie alle mißmutig anzustarren, so als seien sie schuld daran, daß er den Verkehrspolizisten spielen mußte.

Trotz der starken Polizeipräsenz — es mußten Hunderte von Beamten sein, die den stetigen Verkehrsfluß regelten — sah O'Reilly keine Spürhunde am Eingang. Dort standen zwar zwei Polizisten, aber sie schienen vor allem damit beschäftigt, zwei Blondinen in weißen, figurbetonten Kleidern und riesigen Hüten hinterherzuschauen. Die Mädchen waren Zwillinge, beide braungebrannt und mit goldfarbenen Tüchern. Einer der Polizisten grinste und tippte grüßend an seinen Helm. Die Mädchen lächelten kichernd zurück, und auf dem Weg zur Haupttribüne sah sich eine der beiden noch einmal winkend um.

Ein Ordner mit einem Bowler sah O'Reillys Aufkleber und winkte ihn durch das Tor, wo ein zweiter Ordner, der mindestens 70 Jahre alt sein mußte, ihn bat, seinen Koffer zu öffnen. Die Polizisten sahen noch immer den Zwillingen hinterher, die ihre langen, schlanken Beine mindestens ebenso elegant bewegten wie die rassigen Rennpferde.

»Wegen der Sicherheit, Sie verstehen«, sagte der alte Mann entschuldigend.

Zwei ältere Damen kontrollierten die Handtaschen der Frauen, aber die Überprüfungen waren nicht mehr als ein flüchtiger Blick. O'Reilly fragte sich, was zum Teufel sie auf diese Weise finden wollten — vielleicht eine schwarze Kugel mit der Aufschrift »Bombe« und einer brennenden Zündschnur? O'Reilly legte den Koffer vor dem Ordner auf den Boden und ließ die Schlösser aufschnappen. Der alte Mann blickte hinunter.

»Ganz nette Ausrüstung«, sagte er anerkennend. Er sah O'Reilly mit wäßrigen Augen an. »Bin selbst ein ganz guter Fotograf.«

»Ein herrliches Hobby«, meinte O'Reilly. Er nahm eine der Kameras aus dem Koffer und zeigte sie dem Ordner. »Ich schwöre auf Nikon«, sagte er. »Wie steht's mit ihnen.«

Der alte Mann schien hocherfreut zu sein, daß jemand seine Meinung hören wollte. »Canon«, entgegnete er und gab O'Reilly die Kamera zurück. »Viel Spaß heute«, meinte er.

»Irgendwelche heißen Tips?« fragte O'Reilly. Er legte die Kamera wieder in den Koffer, und nach einem Moment des Zögerns verstaute er auch die Kamera darin, die um seinen Hals gehangen hatte. Ächzend hob er den Koffer an.

»Mit Eddery im dritten Rennen können Sie wenig falsch machen«, sagte der Ordner. Schade, dachte O'Reilly, der nicht vorhatte, beim dritten Rennen noch auf dem Rennplatz zu sein. Wenn alles so lief, wie Fisher es geplant hatte, würde es außerdem gar kein drittes Rennen mehr geben.

Er kaufte sich eine Rennzeitung und spazierte eine Weile in der Menge herum, zwischen dem mädchenhaften Gekicher und den hochnäsigen Stimmen. Der Spielplatz der reichen Müßiggänger, dachte er. Wer sonst konnte es sich leisten, mitten in der Woche in Garderobe und Juwelen herumzulaufen, die mehrere tausend Pfund wert waren? Überall knallten die Champagnerkorken, und an jeder Frau, die er sah, glitzerte etwas Goldenes, sei es um den Hals oder um das Handgelenk. Einige der Frauen sahen überwältigend aus, so wie die beiden Zwillinge, die er am Eingang gesehen hatte, aber die meisten waren zu pompös gekleidet, zu dick und zu aufdringlich geschminkt. Sie standen in

Grüppchen zusammen, beäugten abschätzig die Konkurrenz und kannten die Preise der Kostüme ebensogut wie die Firmennamen. Verängstigt sehen sie aus, dachte O'Reilly. Es war wohl die Angst, ihr ganzes Geld zu verlieren.

Er nahm seinen Platz auf der Haupttribüne ein, betrachtete die Massen durch sein Fernglas und erkannte ein paar halbwegs bekannte Schauspielerinnen, die erheblich mehr trugen als in ihren Filmen, und einige Wirtschaftskapitäne, die offensichtlich ihre Büroarbeit schon erledigt hatten. Einige der unteren Vertreter der Königlichen Familie waren ebenfalls anwesend, aber von den ganz Großen war niemand zu sehen. Er überlegte kurz, wie die Chancen standen, daß jemand von den Royals erwischt würde, aber die Wahrscheinlichkeit war sehr gering. So wichtig war das auch gar nicht, die bloße Tatsache, daß die Bombe bei einer Veranstaltung hochging, an der die Königliche Familie offiziell teilnahm, garantierte weltweites Interesse. Schließlich warf er einen Blick auf die Positionen der Fernsehkameras, die sowohl die Pferde als auch die Besucher filmen sollten. Sie standen günstig genug, um die Explosion und das, was danach kam, einzufangen.

Eine Weile studierte er die Rennzeitung, auch wenn er nicht die Absicht hatte, irgendwelche Wetten abzugeben. Aber der Mann am Eingang schien recht gehabt zu haben, Eddery sah im dritten Rennen wie ein sicherer Sieger aus. Der Aluminiumkoffer, in dem die Sekunden davontickten, lag unter O'Reillys Sitz. Am liebsten wäre er jetzt aufgestanden und gegangen, um so weit wie möglich von der Bombe wegzukommen, bevor sich der Schaltkreis schloß, aber er wußte genau, daß ein Koffer, der für längere Zeit unbeaufsichtigt herumstand, auffallen würde. Fisher hatte einen genauen Zeitplan aufgestellt, und McCormick würde erst um exakt fünf Minuten vor Zwei draußen auf ihn warten. Erneut las er in der Rennzeitung und beobachtete die Leute, alles, um seine Gedanken von der Bombe abzulenken. Ein- oder zweimal hätte ihn das Gespräch der Menschen um ihn herum fast aus seiner Konzentration gerissen, aber schließlich machte er sich davon los. Die Leute neben ihm würden im Zentrum der Explosion stehen, und er wollte nichts von ihnen wissen. Nur nicht persönlich werden.

Der Minutenzeiger seiner Armbanduhr war langsam auf Zehn vorgekrochen. Er stand auf, streckte sich und stellte den Koffer auf seinen Sitz. Dann nahm er den Hut ab und legte ihn auf den Deckel, bevor er sich durch die Reihe schob. Dabei entschuldigte er sich höflich und wirkte nicht anders als die anderen Rennbahnbesucher, die schnell noch die Toilette aufsuchen oder eine Wette abgeben wollten. Er trat auf den Mittelgang, ging an der Bar vorbei und nahm den Fahrstuhl zum Erdgeschoß hinunter. Langsam schlenderte er über das Gras auf einen vorher abgesprochenen Ausgang zu, wo ihn die Ordner nicht wiedererkennen würden. Vor dem Tor strömten noch immer Massen von Besuchern über die Bürgersteige und warteten darauf, eingelassen zu werden. Entschuldigend lächelnd zwängte sich O'Reilly an ihnen vorbei.

Die grün-weiße Yahama 750 rollte schnurrend an den Bordstein. McCormick trug einen schwarzen Lederanzug und einen weißen Helm mit getöntem Visier. An der Seite des Motorrades war ein zweiter Helm befestigt, den McCormick nun löste und O'Reilly reichte. Er setzte ihn auf und zog den Kinnriemen fest, während er auf den Rücksitz rutschte und die Fußstützen ertastete. McCormick gab Gas. Die Straßen, die von Ascot nach London führten, waren leer, aber wegen der vielen Polizisten beachtete McCormick die Geschwindigkeitsbegrenzungen genau. Auch so waren sie schon sechs Kilometer von der Rennbahn entfernt, als die Bombe explodierte.

Woody war schon früh im Büro, damit er das Telefon benutzen konnte, bevor Simpson und die Kollegen aus der Nachrichtenredaktion eintrafen. Es überraschte ihn nicht, daß er nicht bis zu Sir John Brownslow durchkam. Die *Sunday World* stand normalerweise nicht an erster Stelle, wenn es darum ging, mit Mitgliedern des Parlaments zu sprechen. Aber Woody hatte trotzdem Glück. Er wurde mit Sir Johns Assistentin verbunden, einer Frau namens Ellen mit einer sehr angenehmen Stimme. Sie erinnerte sich, daß ein Chinese ihren Chef aufgesucht hatte, aber wie Woody selbst hatte auch sie seinen Namen vergessen. Er sagte ihr, daß sein Familienname wahrscheinlich Nguyen wäre und sie versprach ihm, die Korrespondenz Sir Johns durchzusetzen. Ein paar Minuten später rief sie zurück.

»Sein voller Name lautet Nguyen Ngoc Minh«, sagte sie. »Ich habe seinen Brief hier.« Sie las die Adresse vor, die mit der des Double Happiness-Restaurants übereinstimmte. Woody bat Ellen, ihm den Brief vorzulesen, in dem ungefähr das gleiche stand, was der Chinese Woody bei seinem Besuch erzählt hatte; er enthielt keine weiteren Informationen, die Woody helfen würden, ihn aufzuspüren.

»Können Sie sich an irgend etwas im Zusammenhang mit diesem Chinesen erinnern?« fragte Woody. »Egal, was es ist.«

»Nun, zunächst einmal ist er kein Chinese«, sagte Ellen. »Er ist Vietnamese, das hat er zumindest Sir John erklärt. Ich weiß nicht mehr, ob er gesagt hat, daß er aus dem Süden oder dem Norden kommt, aber ich bin mir sicher, daß er ein Flüchtling war. Sie wissen schon, einer von diesen Boat People. Er ist aber britischer Staatsbürger.«

»Sonst noch etwas?«

»Tut mir leid, an mehr kann ich mich nicht erinnern«, sagte sie. »Aber warten Sie mal, warum versuchen Sie es nicht beim Innenministerium?«

»Beim Innenministerium?«

»Sicher. Wenn er Flüchtling war, dann gibt es dort eine Akte über ihn, egal, ob er nun Chinese, Vietnamese oder sonstwas ist. Man muß eine Menge Formalitäten erledigen, um die Staatsbürgerschaft zu erhalten.«

Woody dankte ihr überschwenglich und befragte sein Adressbuch. Er hatte vor längerer Zeit eine Mitarbeiterin des Informationsbüros des Innenministeriums kennengelernt, als er an einer Geschichte über Einwanderer gearbeitet hatte, und sich mit ein oder zwei feuchtfröhlichen Einladungen zum Mittagessen bei ihr bedankt. Ihr Name war unter »Innenministerium« eingetragen. Annie Byrne, er erinnerte sich wieder. Als er anrief, war sie nicht zu erreichen, aber nachdem er bei einer Tasse Kaffee die Morgenzeitungen studiert hatte, rief sie schon zurück.

»Woody, lange nichts mehr von dir gehört«, meldete sie sich. Sie schien ehrlich erfreut, und Woody fragte sich, warum er den Kontakt mit ihr überhaupt abgebrochen hatte. Er erklärte ihr, daß er Informationen über einen Flüchtling brauchte, ohne jedoch die IRA-Verbindung zu erwähnen. Gab es irgendeinen Weg, die Akte des Mannes einzusehen?

»Offiziell natürlich nicht«, antwortete sie, schlug ihm aber vor, gegen Mittag in ihrem Büro vorbeizuschauen, was Woody als ermutigendes Zeichen wertete.

Während er mit ihr telefonierte, trafen langsam die Mitarbeiter der Nachrichtenredaktion ein. Als er auflegte, winkte Simpson ihn zu sich.

»Du bist früh dran, Woody«, sagte er. »Viel zu tun?«

»Ein oder zwei Sachen. Ich laß es dich wissen, wenn sich etwas ergibt.«

»Okay. Ich habe hier etwas für dich, etwas für einen Mann mit Talent.«

Woody witterte eine Falle.

»Sieh mich nicht so nervös an. Es wird dir gefallen. Ich brauche fünfzig Orte, an denen man die Sommerferien mit seinen Kindern verbringen kann, so eine Art Führer für die kleinen Scheusale, den die Eltern ausschneiden können.«

»Vielen Dank.«

»Komm, Woody, mach nicht so ein Gesicht. Eine Schicht ist eine Schicht, am Ende gibt es Geld.«

»Ja, ja«, meinte Woody und schlich zu seinem Schreibtisch zurück.

Kurz vor zwölf verließ er das Büro und nahm die U-Bahn bis St. James' Park. Er nahm an, daß Annie nach einem kleinen Mittagsschluck und dem neuesten Klatsch aus Fleet Street dürstete, und so war er angenehm überrascht, als er in ihr Büro geführt wurde. Sie war eine kleine, lebhafte Frau mit einem festen Händedruck, die wie eine Klassensprecherin redete und viel lachte. Woody fragte sich, wie lange es wohl dauern würde, bis sie einem der Überflieger aus dem

Ministerium auffiel, der sie heiraten und in ein Landhaus setzen würde, wo sie dann Kinder und Pferde aufzog. Sie war ein sehr attraktives Mädchen, aber Woody war wieder eingefallen, warum er sich nicht mehr mit ihr getroffen hatte. Sie spielte, hatte er etwas wehmütig erkennen müssen, was Sex betraf, in einer ganz anderen Liga.

Auf ihrem Schreibtisch lag eine blaue Akte, auf die sie mit ihrer linken Hand tippte. Woody sah erst jetzt den schweren diamantenen Verlobungsring, der an ihrem Finger glänzte. Sie hatte es also schon geschafft. »Nguyen Ngoc Minh«, sagte sie. »Unter uns, Woody, das ist eine verdammt interessante Akte. Schade nur, daß ich sie dir nicht zeigen darf. Die Bestimmungen, du verstehst. Das könnte mich meinen Job kosten, und du weißt, wie viel mir mein Job bedeutet.« Sie lächelte und sah auf ihre Armbanduhr. »O mein Gott, schon so spät. Woody, ich muß leider zu einer Besprechung. Kannst du dir solange die Zeit vertreiben? In einer halben Stunde bin ich wieder zurück, okay?«

»Soll ich draußen warten?« fragte Woody vorsichtig.

Anne kam um ihren Schreibtisch herum und klopfte ihm im Vorbeigehen auf die Schulter. »Nein, nein, Woody, bleib nur, wo du bist. Bis gleich.«

Sie schloß die Tür hinter sich. Woody beugte sich vor und nahm die Akte vom Schreibtisch. Es war sicher nicht das erste Mal, daß ein Beamter oder ein Polizist auf diese Weise Informationen weitergegeben hatte, und es würde nicht das letzte Mal sein. Er wußte, daß er sich irgendwann einmal vielleicht bei Anne revanchieren mußte. Andererseits hatte sie die Akte bestimmt schon daraufhin geprüft, ob sie nicht tatsächlich Geheimmaterial oder etwas für die Regierung Unangenehmes enthielt. Er öffnete sie und begann mit wachsendem Erstaunen, die Formulare und Berichte durchzublättern.

Es gab Berichte vom Flüchtlingskommissar der Vereinten Nationen in Hongkong und von der Sicherheitsabteilung der Hongkong-Regierung, Dokumente des amerikanischen Konsulats, Fotokopien der Militärakten und unterschriebene Berichte von Nguyens Vorgesetzten über seine Zeit in der

US-Armee. Ein Blatt zeigte eine Fotokopie von Nguyens britischem Paß mit seinem Bild, zwei weitere Kopien Auszeichnungen, die er bei seiner Einheit in Vietnam erhalten hatte. Ein Verdienstkreuz und eine Ehrenmedaille der Republik Vietnam waren ihm verliehen worden. In einem Schreiben eines amerikanischen Offiziers wurde erwähnt, daß Nguyens Einheit während des ersten Halbjahres 1973 die höchste Abschußrate in Vietnam erzielt hatte. Als Woody die Akte zu Ende gelesen hatte, schüttelte er erneut den Kopf. Der Mann war ein verdammter Kriegsheld, ein ausgebildeter Attentäter und ein Experte im Dschungelkrieg.

Er blätterte die Akte wieder durch und schrieb Daten und Zitate aus den Berichten ab. Das war es. Eine unglaubliche Geschichte. Diese Akte allein war schon einen Journalistenpreis wert. Wenn Nguyen wirklich Jagd auf die IRA machte, war diese Story Dynamit.

Die Akte des Vietnamesen war äußerst umfangreich. Selbst zu Beginn der Achtziger, als Nguyen in einem Flüchtlingslager in Hongkong gewesen war, wurden alle Bootsflüchtlinge gründlich unter die Lupe genommen, um sicherzugehen, daß sie keine kommunistischen Spione oder auch nur entflohene Kriminelle waren. Nguyens Geschichte war so verworren und, wie Woody gestehen mußte, so unglaublich, daß man ihn viele Male verhört hatte. Beamte der Flüchtlingskommission und der Sicherheitsabteilung in Hongkong hatten seine Geschichte immer wieder überprüft und endlose Überkreuzreferenzen und Querverweise erforscht, um ihn bei einer Lüge zu ertappen. Schließlich gaben sie auf.

Woody schrieb einige Details aus der Zeit von Nguyens Wechsel zu den Südvietnamesen und seinem Dienst bei einem Spähtrupp auf. In den nüchternen Berichten fand sich viel über die Tatsache, daß Nguyen von den Amerikanern zurückgelassen worden war, sowie über seine Gefangenschaft und den Aufenthalt in den Umerziehungslagern. Woody konnte nur erahnen, welche Qualen der Mann durchgemacht haben mußte, bevor es ihm gelungen war zu fliehen. Über die eigentliche Überfahrt nach Hongkong gab es nur wenige Einzelheiten, aber offensichtlich waren seine beiden Töchter dabei ums Leben gekommen. Nguyen hatte sich geweigert, Näheres zu erzählen. Nach dem Bericht eines Psychiaters hatte er wohl allzu schmerzhafte Erinnerungen aus seinem Gedächtnis streichen wollen.

Woody schrieb, so schnell er konnte. Als Anne die Tür zu ihrem Büro öffnete, lag die Akte auf ihrem Schreibtisch und Woody saß auf einem Stuhl und ging seine Notizen durch.

»Tut mir leid, daß ich weg mußte, Woody.«

»Kein Problem«, sagte er lächelnd.

»Ich hoffe, du hast dich nicht allzu sehr gelangweilt. Also, wie wär's, lädst du mich zum Lunch ein?«

Morrison und Kerry trafen am späten Nachmittag auf dem Flughafen von Belfast ein, wo Willie O'Hara sie mit dem Range Rover erwartete. Morrison setzte sich neben ihn nach vorne, während Kerry hinten Platz nahm. Sie bemerkte den großen dunklen Fleck auf dem Polster, und O'Hara erklärte ihr, daß sie Jimmy McMahon mit diesem Wagen zum Krankenhaus gefahren hätten.

»Wie geht es ihm?« fragte Morrison.

»Besser, Gott sei Dank. Wenn die Bombe nur eine Sekunde später hochgegangen wäre, hätte es ihm die Beine abgerissen. Aber jetzt sieht es so aus, als würde er wieder okay. Dieser verdammte Chinese macht Riesenärger, das kann ich euch sagen. Letzte Nacht war er schon wieder da.«

»Was?«

»Ja, er hat eine der Scheunen in Brand gesteckt. Und er hat Hennessys Hund getötet.«

Kerry beugte sich vor. »Jackie? Er hat Jackie getötet?«

O'Hara nickte. »Hat ihr die Kehle durchgeschnitten.«

Kerry ließ sich auf den Rücksitz fallen und hielt sich die Hand vor den Mund. Morrison kam es so vor, als habe sie der Tod des Hundes mehr mitgenommen als McMahones Verletzung. Schweigend fuhren sie die M 2 in Stadtrichtung entlang. Als sie am Fährhafen vorbeikamen, beugte sich Kerry wieder nach vorne. »Ich brauche ein paar Sachen. Können wir in die Stadt fahren?«

»Natürlich«, sagte Morrison. O'Hara bog von der Autobahn ab und steuerte den Wagen in das Zentrum von Belfast. Als hinter ihnen ein Löschzug der Feuerwehr mit heulenden Sirenen und Warnlichtern auftauchte, fuhr O'Hara zur Seite. Den Feuerwehrautos folgten zwei gepanzerte Landrover der Polizei. Ein paar Straßen weiter parkten sie den Wagen und gingen zu einem Einkaufszentrum, einer Fußgängerzone, die an beiden Enden durch einen Metallzaun abgegrenzt war. Sie mußten ein Drehkreuz passieren, an dem zwei mürrisch dreinblickende Polizisten Kerrys Handtasche kontrollierten und Morrison und O'Hara durchsuchten. Kerry wollte in ein Sportgeschäft, in dem man auch Skiausrüstung bekam. O'Hara kannte eines und brachte sie dorthin.

»Um ehrlich zu sein, Kerry, um diese Jahreszeit wirst du im County Down nicht allzu viel Schnee vorfinden«, meinte Morrison, als das Mädchen eine Auswahl von Skistöcken begutachtete. Einen nahm sie vom Ständer und balancierte ihn in der Hand, war aber offenbar unzufrieden damit und probierte einen anderen, etwas längeren Stock aus.

»Wir brauchen Stöcke zum Spurenlesen«, erklärte Kerry. »Spazierstöcke tun es auch, aber Skistöcke eigenen sich am besten. Man kann damit Äste oder Zweige zur Seite schieben, und sie sind einfach handlicher. Suchen Sie sich auch einen aus. Er soll stabil sein, aber nicht schwer. Dieser hier ist genau richtig für mich.«

Morrison folgte ihrem Rat, während Kerry auf ein Regal mit amerikanischen Baseballkappen zuging. Als er sich einen Stock ausgesucht hatte, sah sie sich gerade im Spiegel an, eine blaue Kappe auf dem Kopf.

»Süß«, sagte Morrison.

»Man braucht etwas, um die Sonne abzuhalten. So kann man bei Sonnenschein besser den Spuren folgen. Sie sollten auch eine nehmen.«

»Was immer Sie sagen, Boß.«

Als er eine Mütze gefunden hatte, die paßte, sah er, wie Kerry einen schwarzen Squashschläger in den Händen hielt. »Sagen Sie nichts«, meinte er. »Sie brauchen das, um die Erde zu filtern und Spuren darin zu erkennen.«

Lachend schüttelte sie den Kopf und stellte den Schläger wieder zurück. »Kommen Sie. Wir haben alles. Es sei denn, sie wollen den Vorrat an Skimasken für die Jungs auffrischen.«

Morrison bezahlte die Rechnung und ging hinter ihr aus dem Geschäft.

»Sonst noch was?« fragte er.

Sie nickte. »Elastikbänder, ein Bandmaß, ein paar Notizbücher und Kugelschreiber. Und Taschenlampen.«

»Ich frage lieber nicht wofür«, meinte er.

Nachdem sie alles eingekauft hatten, was Kerry haben wollte, kehrten sie zum Wagen zurück und setzten ihre Reise in Richtung Süden fort.

Fisher und McCormick saßen auf dem ledernen Chesterfield-Sofa. Der Fernseher lief. O'Reilly nahm ein Sonnenbad auf dem Balkon. Dann kamen die Nachrichten. Bei einem Bombenanschlag in Ascot, sagte der Sprecher, waren acht Menschen getötet und fünfzehn verletzt worden, sechs davon schwer. McCormick stieß einen Jubelschrei aus, und O'Reilly kam vom Balkon ins Wohnzimmer. Es gab Aufnahmen von den Toten und den Verwundeten, die in Krankenwagen geschafft wurden. Eine Aufnahme von einem Hubschrauber aus zeigte das ganze Ausmaß des Schadens, der auf der Haupttribüne entstanden war. Fisher und McCormick stießen mit ihren Bierdosen mit O'Reilly an.

»Große Sache«, meinte Fisher. »Diese Bilder gehen um die ganze Welt.«

Ein Polizeisprecher mit einer dem Vorfall entsprechenden Miene wurde interviewt. Nein, die IRA habe sich noch nicht verantwortlich erklärt, aber es gäbe Ähnlichkeiten zwischen diesem und den vorhergehenden Anschlägen.

»Allerdings«, meinte O'Reilly. »Wann rufen wir an?«

»Von mir aus jetzt gleich«, sagte Fisher. »Aber dieses Mal nennst du kein Codewort. Sag ihnen nur, daß es eine aktive Kampfeinheit der IRA war und wie und wann die Bombe plaziert wurde. Du kannst auch erwähnen, wieviel Sprengstoff wir verwendet haben.«

»Zehn Pfund«, warf der Bombenmacher ein, der am Eßtisch saß und den Laptop-Computer mit einem Voltmesser überprüfte.

»Also sag ihnen zehn Pfund Semtex«, meinte Fisher. »Und sag ihnen auch, daß Bomben explodieren werden, bis die britische Regierung ihre bewaffneten Truppen aus Ulster abzieht. Sie werden dir schon glauben.«

O'Reilly runzelte die Stirn. »Warum sagen wir ihnen nicht einfach das Codewort?«

Fisher schwenkte seine Dose Guiness durch die Luft. »Änderung der Strategie«, meinte er. »Während du weg warst, habe ich einen Anruf aus Irland erhalten. Ab jetzt keine Codewörter mehr.«

»Haben sie gesagt warum?«

»Spielt es eine Rolle?« fragte Fisher.

O'Reilly grinste. »Eigentlich nicht.« Er schlug den Londoner Straßenatlas auf. »Von wo soll ich diesmal anrufen? Wie wär's mit Barking? Ich war noch nie in Barking.«

Fisher schüttelte den Kopf. »Weißt du, O'Reilly, manchmal frage ich mich wirklich, ob du ganz richtig im Kopf bist.«

Hennessy hörte die Reifen des Rover vor dem Haus knirschen und ging zur Vordertür, um Kerry und Morrison zu begrüßen. Aber er kam zu spät, der Wagen hatte schon einen Bogen um das Gebäude gemacht, um im Innenhof zu parken, und Hennessy ging wieder zurück und betrat den Hof durch die Küchentür. Als er auf den Rover zuging, sprang Kerry heraus, lief auf ihn zu und umarmte ihn.

»Onkel Liam!« rief sie und drückte ihn fest an sich.

»Danke, daß du gekommen bist, Kerry.« Er begrüßte Morrison über ihre Schulter hinweg. »Wie war euer Flug?« fragte er Kerry.

Sie trat einen Schritt zurück, hielt ihn jedoch noch an den Armen fest. »Onkel Liam, es tut mir so leid wegen Jackie. Sie war ein wunderbarer Hund.«

»Das war sie«, pflichtete Hennessy ihr bei, der Jackie selbst auf einem Streifen unbebauten Lands hinter dem Gemüsegarten begraben hatte. Er half Kerry mit ihrer Tasche, während Morrison seine aus dem Wagen holte und O'Hara die Skistöcke trug. Morrison bemerkte Hennessys verwunderten Blick und zuckte mit den Schultern. »Frag mich nicht«, sagte er.

Hennessy brachte Kerry nach oben und zeigte ihr das Zimmer, das er für sie vorbereitet hatte. Sie hatte schon oft darin übernachtet, als sie noch jünger gewesen war. Es war ein kleines, hübsches Zimmer mit rosa Vorhängen und Buchenmöbeln. Sie stellte ihre Tasche vor dem Bett ab und blickte aus dem winzigen Fenster. »Ist Tante Mary auch hier?« fragte sie.

»Nein, sie besucht Marie in London.«

»Schade.«

»Wir hielten es für das beste. Warum machst du dich nicht etwas frisch und kommst dann runter zu Sean und mir?« schlug Hennessy vor. »Im Badezimmer sind frische Handtücher, und ansonsten weißt du ja, wo alles ist.«

Er ging hinunter. Morrison hatte seine Tasche im Flur abgestellt.

»Oben ist auch für dich ein Zimmer fertig, Sean«, sagte Hennessy. »Wenn du raufkommst, das zweite links.«

»Danke, Liam.«

»Weißt du schon, daß es einen neuen Bombenanschlag gegeben hat?«

»Ja, Willie hat uns auf der Herfahrt davon erzählt. Deine Scheune hat gebrannt, sagte er.«

Hennessy setzte sich. »Nein, das meine ich nicht – eine weitere Bombe in England. In Ascot. Heute. Acht Tote.«

»Hat Bromley schon angerufen?« fragte Morrison und ließ sich in einen Sessel gegenüber von Hennessy fallen.

»Noch nicht.«

»Ich frage mich, was er für ein Spiel treibt.«

»Er hat dir doch definitiv zugesagt?«

»Ohne Zweifel.«

»Dann müssen wir eben warten.«

»Ja. Ich habe gehört, daß der Chinese letzte Nacht sogar hier im Haus war. Willie hat gesagt, er sei mit einer Bombe in dein Zimmer eingedrungen.«

»Unglaublich, nicht wahr? Er ist gekommen und gegangen, ohne daß ihn jemand gesehen hätte.«

»Also sollte euch das Feuer in der Scheune nur ablenken?«

»Auf alle Fälle. Er wollte mit mir reden.«

»Und?«

»Er hat mir eine Frist von drei Tagen gegeben, um herauszufinden, wer hinter den Anschlägen steckt. Ansonsten will er mich töten.« Die nüchterne Art, mit der Hennessy die Drohung wiedergab, verbarg seine wahren Gefühle. »Willst du einen Drink?«

Morrison schüttelte den Kopf. »Nein, danke. Kerry hat gesagt, sie wolle sich schon mal draußen umsehen, solange es noch hell genug ist. Ich bleibe besser nüchtern.«

Kerry trat in die Tür, und die beiden Männer erhoben sich. Sie hatte Jeans und ein dunkelblaues Sweatshirt angezogen. »Willst du schon los?« fragte Hennessy. »Iß doch wenigstens einen Happen.«

»Es ist das Licht, Onkel Liam. Die besten Zeiten, Spuren zu lesen, sind der frühe Morgen und der Spätnachmittag, wegen der Sonne und der Schatten, die sie wirft. Wir haben nur noch etwa eine Stunde. Gibt es jemanden, der mir zeigen kann, wo der Mann gesehen worden ist?«

»Jim Kavanagh weiß, wo die Autobombe hochgegangen ist. Er kann dir auch zeigen, wo einer unserer Männer angegriffen wurde.«

»Also gut«, sagte sie und rieb die Hände aneinander. »Fangen wir an, Sean, wo sind die Stöcke und das andere Zeug?«

»Willie hat es in die Küche gebracht.«

»Schön.« Kerry lief in die Küche. Die beiden Männer grinsten einander an.

»Sieht so aus, als habe sie das Kommando übernommen«, meinte Hennessy. »Du solltest gut auf dich aufpassen.«

Sie folgten Kerry in die Küche, wo sie dabei war, die Scheiben vom Ende der Skistöcke zu entfernen. »Hast du ein Fernglas, Onkel Liam?« fragte sie. Hennessy ging in den Flur und kam mit einem Fernglas in einem alten Lederetui zurück. Kerry öffnete das Etui und schob ein Notizbuch, einen Kugelschreiber und das Bandmaß hinein. Sie nahm eine der

Taschenlampen und reichte die andere zusammen mit einem weiteren Notizbuch und einem Stift Morrison. »Also«, sagte sie, »gehen wir.«

Morrison fand Kavanagh an der Vorderseite des Hauses und fragte ihn, wo der Chinese gewesen war, als die Autobombe explodierte.

Der Jaguar war längst von Ryan mit einem Traktor in eine der Scheunen geschleppt worden, damit er nicht etwa von einer Armeepatrouille oder einem tieffliegenden Helikopter bemerkt wurde. Den Bombentrichter hatte man mit Erde aufgefüllt, aber noch immer wirkte die Stelle wie eine schlecht verheilte Wunde.

»Deine Kappe«, sagte Kerry und hielt Morrison die Baseballmütze hin, während sie den Weg entlanggingen. Er setzte sie auf.

»Süß«, meinte sie.

»Das ist kein Wort, mit dem wir Sean Morrison normalerweise beschreiben«, warf Kavanagh grinsend ein. »Aber du hast recht, er sieht wirklich süß aus.«

»Danke, Leute«, entgegnete Morrison trocken. »Vielleicht fangen wir jetzt langsam mit den wichtigeren Sachen an?«

Kavanagh führte sie an dem aufgefüllten Trichter vorbei durch das Gras. Es war an mehreren Stellen niedergetrampelt, und selbst dem ungeübten Auge Morrisons war klar, daß hier mehrere Männer vorbeigelaufen sein mußten, wahrscheinlich bei der Jagd auf den Chinesen. Für Morrison war er noch immer der Chinese, auch wenn er mittlerweile wußte, daß er aus Vietnam kam.

»Hier haben wir eine Batterie gefunden«, sagte Kavanagh und deutete auf ein flachgetretenes Stück Gras. »Und hier hörten die Drähte auf. Da hat er wohl gelegen und gewartet, bis der Wagen über die Bombe fuhr, dann hat er sie gezündet und ist davongerannt, in diese Richtung.« Er deutete auf die Hecke.

»Gerannt?« fragte Kerry. »Hast du ihn gesehen?«

»Na gut, wahrscheinlich gekrochen. Wir haben ihn nicht gesehen, hier noch nicht, wir waren zu sehr damit beschäftigt, Jimmy aus dem Wrack zu ziehen. Dann sahen wir die

Drähte und nahmen an, daß er in diese Richtung abgehauen ist.«

»Und wo hast du ihn das erste Mal gesehen?«

»Ich habe ihn gar nicht gesehen. Wir fanden ein paar Spuren, die zu dem Wald dort führten.« Er streckte seinen Arm aus. »Aber wir wußten nicht, ob er sich wirklich dort verstecken oder ihn nur durchqueren und über die Felder weiter wollte. Also haben wir uns aufgeteilt; ich bin außen rum, und drei von uns sind in den Wald gegangen. Einen der Männer hat er angegriffen und ihm die Pistole abgenommen, die beiden anderen haben ihn zwar gesehen, aber er ist entkommen.«

»Okay, zeig mir den Weg, den er genommen hat.«

Kavanagh ging voran, er folgte der Spur des zertrampelten Grases bis zur Hecke und zeigte ihr die Lücke. Sie untersuchte die zerbrochenen Zweige und den Lehm an den Wurzeln der Hecke. »Sieht aus, als sei hier eine Armee vorbeigezogen«, sagte sie. »Ihr habt alle Spuren verwischt, die vielleicht einmal hier zu finden waren.«

»He, wir haben den Bastard gejagt und kein Seminar in Spurenlesen abgehalten«, sagte Kavanagh zornig. »Wir hatten gerade gesehen, wie es Jimmy ergangen war und hatten keine Zeit darauf zu achten, wohin wir unsere Füße setzen sollten.«

Morrison legte seine Hand auf Kavanaghs Schulter. »Okay, Jim, beruhige dich. Sie wollte dich nicht angreifen, sie will uns ja nur helfen.«

»Ich wollte nur sagen, daß es einfacher ist, wenn man nur eine einzelne Spur vor sich hat, Jim«, beschwichtigte Kerry ihn.

Kavanagh schüttelte Morrisons Hand ab. »Ja, schon gut, tut mir leid, daß ich dich so angefahren habe. Wir stehen alle ein bißchen unter Druck — und wir haben letzte Nacht nicht viel Schlaf gekriegt.«

»Vergiß es«, sagte Morrison. »Zeig uns, wohin er von hier aus gegangen ist.«

Kavanagh führte sie durch ein anderes Feld, hin zu dem Wald, auf den er gezeigt hatte. »Ich bin daran vorbeigegangen, aber drei von uns sollten den Wald durchsuchen.« Er bahnte sich einen Weg durch einige hüfthohe Büsche, bis sie auf dem Trampelpfad standen, der sich durch die Bäume schlängelte. »So wie sie es mir erzählt haben, sind zwei von ihnen nach links und rechts gegangen. Der dritte, der angegriffen wurde, ging diesen Pfad entlang.«

Kerry kniete nieder und betrachtete den Boden. Er war mit einem Muster aus den verschiedensten Fußspuren bedeckt, aber sie sagte nichts.

»Und wo hat der Chinese ihn verletzt?« fragte Morrison.

»Er hat ihn ins Bein gestochen«, sagte Kavanagh.

Morrison lachte. »Ich meine, wo im Wald wurde er angegriffen?«

»Oh, ja, das meinst du. Hier entlang.« Er ging den Pfad voraus und zeigte ihnen die Stelle. Der Boden war flachgetrampelt und zeigte eine rostbraune Verfärbung. Getrocknetes Blut, dachte Morrison.

»Also«, sagte Kerry. »Würden die beiden Herren so nett sein und nicht noch mehr plattwalzen?«

Morrison und Kavanagh traten einige Schritte beiseite, und sie untersuchte die Spuren, ging dann den Pfad ein paar Schritte zurück, hockte sich hin und begutachtete mit zusammengekniffenen Augen alle Fußabdrücke. Schließlich knipste sie die Taschenlampe an und leuchtete den Pfad damit aus. Manchmal änderte sie den Winkel, während sie das Licht über den Boden spielen ließ.

»Taugen sie was?« fragte Morrison.

Sie schüttelte den Kopf und stand auf. »Was ist dann passiert?« fragte sie Kavanagh.

Er deutete den Pfad hinab. »Er ist dort lang. Einer der beiden anderen hat ihn gesehen und zwei Schüsse abgefeuert, aber nicht getroffen. Sie liefen ihm hinterher, bis einer der Männer in die Falle getreten ist.«

»Was für eine Falle?«

»Ein Loch im Boden mit spitzen Pflöcken drin. Mit Scheiße beschmiert, ob ihr es glaubt oder nicht.«

»Wie weit von hier?«

»Ungefähr hundert Meter. Aber paß auf, da könnten noch

andere sein. Es ist nicht sehr schön, seinen Fuß durchlöchert zu bekommen.«

Sie bat die beiden Männer zurückzubleiben und ging den Pfad entlang. Mit dem Stock tastete sie vorsichtig den Boden vor ihren Füßen ab, und als sie auf eine der anderen Fallen Nguyens stieß, untersuchte sie noch einmal die Abdrücke auf der Erde. Noch immer waren es zu viele Fußspuren, um zu sagen, welche davon der Chinese verursacht hatte. Auch weiter den Pfad entlang fand sie nichts, was ihr weiterhelfen konnte. Sie entdeckte lediglich eine weitere Falle, die sie zerstörte, damit niemand hineintreten würde.

Kerry kehrte zu den beiden Männern zurück und untersuchte die Vegetation zu beiden Seiten des Pfades. Den Skistock benutzte sie, um die Dornen der Brombeersträucher zur Seite zu drücken. »Wenn er euren Mann so überraschen konnte, muß er sich irgendwo versteckt haben«, murmelte sie. »Ein Versteck, in dem er unsichtbar blieb, von dem aus er aber schnellstens auf dem Pfad sein konnte — und zwar leise.«

»Wonach suchst du?« fragte Morrison.

»Geknickte Stämme, abgeschabte Baumrinde, Steine, die bewegt worden sind. Schwer zu sagen, manchmal weiß ich es erst, wenn ich es sehe. Das Problem ist, daß es zwei Tage her ist, seit er hier war, viele Spuren sind schon verschwunden. Wir haben Glück, daß es nicht geregnet hat, aber der Wind verweht viele Zeichen, und die Erde ist ausgetrocknet.«

Sie beugte sich hinunter und sah in die Brombeerbüsche. »Komm schon, Chinese, wo hast du dich versteckt? Wo konntest du dich sicher fühlen?« Sie sprach mit sich selbst, und Morrison verstand nur die Hälfte. Nach einiger Zeit drehte sie sich um und begann, auf der anderen Seite des Pfades zu suchen. Vor ihr stand eine ausladende Eiche. Kerry warf einen Blick zwischen die Dornsträucher, die direkt neben dem Baum wuchsen.

»Sean, komm und sieh dir das an.«

Er stand schon neben ihr und blickte auf ein Gewirr dorniger Zweige.

»Und was sehe ich da?«

»Siehst du diesen Zweig dort, der unter den anderen steckt?« fragte sie und deutete mit ihrem Stock auf die Stelle.

»Ja«, entgegnete er zögernd, ohne zu wissen, worauf sie hinauswollte.

»Nun, er steht unter Spannung«, erklärte sie. »Er ist leicht gekrümmt, offenbar ist er in diese Lage geschoben worden. Die Dornen der anderen Zweige halten ihn fest.«

»Und das bedeutet was?«

Sie seufzte und bedachte ihn mit einem mitleidigen Blick. »Es bedeutet, Sean, daß jemand diesen Zweig absichtlich beiseite geschoben hat. Paß auf.« Sie zog den Zweig mit dem Skistock aus dem Gestrüpp, und er schnellte nach oben und zitterte in der Luft wie der Fühler eines riesigen Insekts. Kerry schob noch mehr Buschwerk zur Seite. »Hilf mir, Sean«, sagte sie.

Gemeinsam bogen sie einen Teil der Sträucher weg. »Da! Siehst du?« sagte sie. Auf dem Boden waren zwei Abdrücke zu erkennen. »Er ist auf den Fußballen gegangen.« Sie hielt die Taschenlampe nach unten und richtete den Lichtkegel in einem bestimmten Winkel auf den Abdruck, so daß die Schatten ihn genauer modellierten.

»Ja, jetzt sehe ich es. Du hast recht. Er muß sich hinter dem Baum versteckt haben und hat dann unseren Mann von hinten angegriffen.«

»Laß uns in die andere Richtung um den Baum herumgehen. Vielleicht gibt es dort noch bessere Abdrücke.«

Sie drückten die Dornenzweige beiseite und gingen um den Baum herum. Kerry entdeckte den Spalt im Stamm und zeigte ihn Morrison. In der weichen Erde waren deutliche Zeichen dafür zu sehen, daß der Chinese hier gewartet hatte, ein paar Fußabdrücke und zwei runde Vertiefungen, die, wie Kerry erklärte, von den Knien des Mannes stammten. Sie zeigte ihm Stellen in der Spalte, wo er mit seinem Körper einige kleine Teilchen der Rinde abgewetzt hatte. Dann deutete sie mit ihrem Stock auf den deutlichsten Fußabdruck. »Jetzt brauchen wir unsere Notizbücher«, sagte sie und öffnete das Fernglasetui. Sie zog Notizbuch und Bleistift heraus und begann, eine peinlich genaue Zeichnung des Abdrucks anzufertigen, wobei sie das Maßband benutzte, um einen genauen Maßstab einzuhalten. Morrison tat das gleiche, und Kerry korrigierte ihn bei der Form des Absatzes und dem Muster der Schuhsohle. »Von nun an können wir sehr schnell feststellen, ob es sein Fußabdruck ist, den wir vor uns auf dem Boden sehen«, erklärte sie. »Was wir jetzt brauchen, ist noch eine Zeichnung seines Fußabdrucks, wenn er auf den Ballen geht.«

Als sie die Zeichnungen zu Kerrys Zufriedenheit fertiggestellt hatten, ging sie mit den Männern weiter den Pfad entlang, vorbei an den beiden freigelegten Fallen. Dann, nach ungefähr hundert Metern, lichteten sich die Bäume, und sie standen auf einem großen, üppigen Feld, dessen grünes Gras mit Gänseblümchen und Löwenzahn gesprenkelt war.

»Die Frage lautet nun: In welche Richtung ist er gegangen, als er aus dem Wald kam?« überlegte sie laut. Sie zog den Schirm ihrer Kappe etwas tiefer und suchte den Horizont ab. »Also, Chinese, welchen Weg hast du genommen? Auf dem Feld könnte man dich ziemlich leicht entdecken, nicht wahr, selbst wenn du bis zur Dunkelheit warten würdest. Also mußtest du dir ein Versteck suchen, wie?« Sie wandte sich wieder an Kavanagh. »Sind deine Männer ihm über das Feld gefolgt?«

»Nein, wir dachten, daß er sich irgendwo im Wald versteckt, konnten ihn aber nicht finden. Wir hatten zu wenig Leute.«

»Habt ihr irgendwelche Tiere auf dem Feld gesehen?«

Kavanagh kratzte sich am Hinterkopf. »Nicht, daß ich wüßte.«

Kerry ging in die Hocke und ließ ihren Blick langsam hin und her über das Feld streifen.

»Was suchst du?« fragte Morrison neugierig. Sie bewegte noch immer ihren Kopf, als sie antwortete. »Farbveränderungen«, sagte sie. »Sie sind leichter zu erkennen, wenn der Blick wandert. Wenn er durch das Gras gegangen ist, hat er die Lage der Halme verändert. Die Unterseite eines Grashalmes ist etwas heller als der Teil, der der Sonne ausgesetzt ist. Bei einigen wenigen Halmen fällt es nicht auf, aber wenn es eine richtige Spur gibt, kann man es erkennen. Auf diese Art spüren wir auch Wild auf. Aber wenn das Gras nicht zu stark beschädigt ist, richtet es sich nach ein paar Stunden wieder auf. Hängt ganz davon ab, wie lang die Halme sind. Diese hier sind ziemlich hoch, also könnte es eine Weile dauern, bis sie ihre alte Stellung wieder eingenommen haben. Verdammt, ich kann nichts erkennen. Gehen wir mal da drüben hin.«

Sie gingen ein paar Schritte nach links, und sie versuchte es noch einmal. Nach einiger Zeit schlug sie frustriert mit der Faust auf ihr Bein. »Verdammter Mist«, fluchte sie, erhob sich und beugte sich nach hinten, die Arme auf die Hüften gestützt. »Es wird schon zu dunkel«, sagte sie. »Ich will nur noch den Rand des Waldes untersuchen, dann sollten wir es für heute gut sein lassen.«

Langsam ging sie an den Bäumen entlang, während Morrison und Kavanagh ihr folgten. Sie betrachtete den Boden und die Büsche, die über das Gras hingen. Manchmal kniete sie nieder, um ein herabgefallenes Blatt oder einen Zweig zu untersuchen, fand aber nichts, was darauf schließen ließ, daß der Chinese diesen Weg genommen hatte. Die beiden Männer blieben dicht hinter ihr. Als sie gerade aufgeben wollte, fiel ihr plötzlich ein großes Blatt auf, das in den Boden gedrückt worden war. Sie hob es auf und zeigte es Morrison. »Hier!« rief sie. »Siehst du, wie es zerdrückt worden ist, hier in der Mitte? Ein sicheres Zeichen dafür, daß jemand draufgetreten ist.« Sie drehte das Blatt herum. Auf der Unterseite klebten einige Körnchen Erde. »Siehst du? Daran kannst du erkennen, daß dieses Blatt erst vor ein oder zwei Tagen in den Boden gedrückt wurde. Es ist noch ziemlich frisch.«

Morrison nickte. »Aber könnte das nicht auch ein Tier gewesen sein?«

»Dann wäre das aber ein ziemlich großes Tier gewesen. Ich meine, ein Hase oder ein Fuchs kann ein Blatt nicht so zerdrücken. Nein, ich bin sicher, daß der Chinese hier aus dem Wald gekommen ist. Und dann? Ist er von hier aus über das Feld gelaufen oder hat er sich am Waldrand bis zur Hecke geschlichen?« Noch einmal suchte sie das Feld mit diesem eigentümlichen Blick ab. »Da lang ist er nicht«, murmelte sie. Sie ging weiter am Rand des Waldes entlang und schob hier und dort die Büsche mit ihrem Stock zur Seite.

»Erwischt!« rief sie plötzlich und winkte die beiden Männer herbei. Grinsend deutete sie auf den Boden. An dieser Stelle hatte man einmal einen Baumstumpf mit Giftlösung besprüht, um seine Wurzeln zu töten, und die Erde um diesen Fleck herum war kahl. Dort konnte man zwei Abdrücke erkennen, ein linker und ein rechter Fuß, weniger als einen Meter voneinander entfernt. Kerry nahm ihr Notizbuch und verglich die Abdrücke mit ihrer Zeichnung. Sie waren identisch.

Nun wickelte sie zwei Elastikbänder fest um den Skistock und hielt ihn dann waagerecht über die Abdrücke, ein paar Zentimter über dem Boden. Sie legte die Spitze des Stockes über den vorderen Abdruck und verschob eines der Bänder, um die Position der Zehenspitze des hinteren Abdrucks zu markieren. Morrison beobachtete sie fasziniert. Kerry verlagerte den Stock, so daß er mitten über dem hinteren Abdruck lag und verschob das zweite Elastikband nach unten, um die Stelle zu bezeichnen, die dem Absatz entsprach. Auf diese Weise hatte sie die Länge des Schritts an ihrem Stock markiert. Sie stand auf und zeigte ihn Morrison. »Hast du's verstanden?« fragte sie, und er nickte. »Also, dann mach es jetzt du.« Während er die beiden Bänder an seinem Stock in die richtige Distanz zueinander brachte, sah sie ihm über die Schulter.

»Willst du mir nicht erklären, was wir damit anfangen können?« fragte er, nachdem er fertig war.

»Jetzt haben wir die Länge seines Schritts und die Länge seines Fußabdrucks. Mit dem Stock kann man herausfinden, wo der nächste Fußabdruck sein müßte, wenn man eine Spur verfolgt. Das zeige ich dir morgen.«

»Hast du das alles bei der Großwildjagd in den Highlands gelernt?« fragte er.

»Nein, aus einem Buch. Es ist von einem Autor namens Jack Kearney und steht in der Bibliothek meines Vaters.«

»Und woher hat Jack diesen Trick?«

»Er war Grenzpolizist in Südkalifornien. Über zwanzig Jahre hat er Mexikaner gejagt, die illegal über die Grenze nach Amerika kommen wollten, und er hat auch dabei geholfen, vermißte Kinder zu suchen und solche Dinge. Aber kommt, ich will nur noch feststellen, welchen Weg er nach der Hecke eingeschlagen hat. Ich tippe, daß er nach rechts gegangen ist, nach Osten.« Sie hatte recht. Als sie die Hecke erreicht hatten, folgten sie ihr und entdeckten schließlich einen weiteren Fußabdruck. »Paß auf, ich kann dir auch jetzt schon zeigen, wie man den Stock benutzt«, sagte sie und legte ihn über den Abdruck. Die beiden Bänder markierten die genaue Schrittweite. »Daran, daß der Absatz etwas tiefer eingedrückt ist als die Sohle, kann man erkennen, daß er ging und nicht rannte. Wenn wir jetzt also die Markierung für die Zehen an die Spitze des Abdrucks anlegen, dann müßte der nächste Fersenabdruck an der zweiten Markierung liegen. Siehst du? Da ist er schon.«

Morrison erkannte den runden Abdruck eines Absatzes im Boden, nicht so deutlich wie der erste, aber zweifellos, er war da.

Etwas weiter fiel der Boden steil ab. Kerry hob die Hand, damit die Männer stehenblieben, und nahm sich viel Zeit, den Abhang zu untersuchen.

»Das ist interessant«, sagte sie und deutete auf eine Glockenblume, die in das Gras gepreßt worden war.

»Er ist in diese Richtung gegangen?« fragte Morrison.

»Schau dir an, auf welche Weise sie niedergedrückt ist«, sagte Kerry. Morrison kniete neben ihr ins Gras.

»Ich kann dir nicht ganz folgen«, sagte er.

»Die Blüte der Glockenblume liegt zur Spitze des Abhangs hin. Das heißt, wer immer sie niedergetrampelt hat, ist den Abhang hinaufgegangen und nicht hinunter. Dann wäre es nämlich genau umgekehrt. Wenn es der Chinese war, dann ist er nicht in diese Richtung gegangen, sondern aus dieser Richtung gekommen.«

»War es denn der Chinese?« fragte Morrison.

»Das kann ich nicht genau sagen. Das Gras ist zu dick und zu elastisch, es gibt hier keine Fußspuren. Aber wenn er es ist, dann ist er den gleichen Weg zurückgegangen, den er gekommen ist. Das heißt, er läuft nicht einfach davon, sondern hat irgendwo eine Art Stützpunkt.« Kerry blickte in den dunkler werdenden Himmel. »Vielleicht sollten wir nach Hause gehen«, sagte sie. »Wir wollen morgen früh raus.« Morrison erhob sich und half Kerry hoch.

»Sollten wir nicht weitersuchen?« fragte Kavanagh.

»Wir brauchen besseres Licht«, meinte Kerry. »Sonst übersehen wir etwas. Wir wissen jetzt, in welche Richtung er gegangen ist und können mit den ersten Sonnenstrahlen seine Spur aufnehmen.«

Gemeinsam gingen die drei zur Farm zurück. Hennessy erwartete sie in der Küche. Sarah Ryan war auch da, stürzte sich auf Kerry, umarmte sie und küßte sie auf beide Wangen.

»Liam hat mir gar nicht gesagt, daß du kommst!« rief sie. Sarah war zwei Jahre jünger als Kerry, und als Teenager hatten sie in den Schulferien viel Zeit miteinander verbracht, waren zusammen ausgeritten und hatten Picknicks veranstaltet.

»Gott, das ist so lange her«, sagte Kerry.

»Ich habe schon ein paar Falten«, lachte Sarah.

»Zweiundzwanzig und denkt schon an Falten. Warte ab, bis du mal vierundzwanzig bist!« Lachend umarmten sie sich ein zweites Mal.

»Wollt ihr Sandwiches und Kaffee?« fragte Sarah, und Morrison und Kerry bejahten dankbar.

Während Sarah die Sandwiches machte, kam O'Hara aus dem Flur herein. »Glück gehabt?« fragte er.

»Mehr als ich für möglich gehalten hätte«, sagte Morrison, der seinen Stock neben den Kerrys an den Küchenschrank gelehnt hatte. Er zeigte O'Hara sein Notizbuch.

»Sehr schön«, meinte O'Hara. »Eine Zeichnung des vierjährigen Sean Morrison.«

»Das ist eine Zeichnung von dem Fußabdruck des Chinesen, du Idiot«, sagte Morrison lachend. Er reichte Hennessy das Notizbuch. »Kerry hat die Stelle gefunden, wo er sich im Wald versteckt hatte. Und wir glauben zu wissen, welchen Weg er genommen hat.« Er nahm seine Baseballkappe ab und legte sie auf den Tisch.

»Onkel Liam, hast du eine Karte dieser Gegend, eine im großen Maßstab?« fragte Kerry.

»Ich glaube schon.« Hennessy verließ die Küche und kam kurze Zeit später mit mehreren Landkarten wieder. Eine besonders große steckte in einer Pappröhre, deren Deckel er hochstemmte, bevor er die Karte auf dem Küchentisch ausbreitete. Morrison stellte auf die oberen Ecken jeweils einen Salz- und einen Pfefferstreuer, während Kerry die unteren Ecken mit zwei Küchenmessern beschwerte.

Sie setzte sich vor die Karte; Hennessy und Morrison blickten ihr über die Schulter. Langsam zeichnete sie die Route des Chinesen mit dem Finger nach – den Weg hinunter, über das Feld in den Wald, am Waldrand entlang bis zur Hecke. »Soweit sind wir gekommen«, sagte Kerry und tippte mit dem Finger auf den Punkt. »Aber dann wurde es immer dunkler, und ich wollte keine Fehler machen. Wir gehen morgen ganz früh los. Das Interessante war, Onkel Liam, daß er wahrscheinlich den gleichen Weg zurückgegangen ist, den er kam, so als hätte er irgendwo einen Stützpunkt, weißt du?«

»Das ist ein guter Gedanke«, meinte Hennessy, »irgendwo muß er sich aufhalten. Ich habe einfach angenommen, daß er im Freien haust.«

»Und sein Lieferwagen?« fragte Kavanagh. »Er braucht einen Platz, an dem er die Bestandteile seiner Bomben aufbewahren kann. Die Pensionswirtin in Belfast hat ihn in seinem Lieferwagen wegfahren sehen.«

Kerry schlug eine der Landkarten mit kleinerem Maßstab auf. Sie zeichnete mit dem Bleistift eine Linie ein. »In diese Richtung ist er gegangen«, sagte sie. Die Linie schnitt die B 8 und die B 180 und Dundrum Bay. »Das ist die allgemeine Richtung, und wenn wir ungefähr 20 Grad dazugeben, dann hätten wir dieses Gebiet.« Sie zeichnete zwei weitere Linien rechts und links neben die erste.

»Das ist noch immer verdammt viel Land«, meinte Kavanagh skeptisch.

»Sicher, aber allzu weit wird er bei Nacht auch nicht kommen. Sagen wir, er geht zwei Stunden, das sind höchstens acht Kilometer. Das würde es auf dieses Gebiet beschränken.« Sie verband die drei Linien mit einer waagerechten vierten.

»Das ist noch immer ein Teil der Mourne Mountains. Und eine ganze Anzahl von verstreuten Dörfern«, meinte Kavanagh.

»Er wird seinen Lieferwagen nicht dort parken, wo man ihn sehen kann«, sagte Morrison. »So dumm ist er nicht. Er weiß, daß überall Soldaten sind, die fremde Fahrzeuge überhaupt nicht mögen.«

»Der Lieferwagen ist der Schlüssel«, stimmte Kerry zu. »Angenommen, er hat den Wagen noch, dann muß er ihn zu einem Versteck gefahren haben, das heißt, daß es nicht allzu weit von einer Straße entfernt sein kann. Dann kommen die Berge auch kaum in Betracht. Wir sollten uns auf ein bewaldetes Gebiet mit einer Straße konzentrieren. Ich denke, man sollte es hier versuchen.« Sie deutete auf den Tollymore Forest Park.

Sarah stellte Becher mit Kaffee auf den Tisch und sagte leicht beleidigt: »Also bis morgen« zu Kerry, bevor sie aus der Küche verschwand. Kavanagh betrachtete die Landkarte und kratzte sich am Kopf.

»Ihr setzt da eine ganze Menge voraus«, meinte er. »Vielleicht hat er auch kehrtgemacht und ist nach Westen, nicht nach Osten gegangen. Oder vielleicht hat er den Lieferwagen gar nicht mehr. Er könnte sich auch einen Kilometer von hier verstecken, er könnte im Wald sein. Möglicherweise beobachtet er uns gerade jetzt!«

»Bist du immer so verdammt optimistisch?« fuhr Kerry ihn zur Überraschung aller an. Als sie merkte, daß ihr Temperamentsausbruch einen kleinen Schock ausgelöst hatte, lächelte sie Kavanagh entschuldigend an. »Natürlich hast du recht«, sagte sie. »Aber den Westen halte ich nicht für wahrscheinlich. Erstens weil er in die entgegengesetzte Richtung gegangen ist, und zweitens müßte er dann über den Fluß. Er könnte zwar über die Brücke gehen, würde dann aber riskieren, gesehen zu werden — oder er könnte schwimmen. Das wäre zwar möglich, aber für ihn sehr unangenehm.«

»Nun, er hat gesagt, daß er in drei Tagen wieder hierher kommt«, sagte Hennessy.

»In drei Tagen?« fragte Kerry.

»Er erklärte, ich hätte drei Tage Zeit, um ihm zu sagen, wer hinter den Bombenanschlägen in England steckt. Wenn ich bis dahin die Namen nicht habe, will er mich töten.«

»O Gott, Onkel Liam, das ist ja furchtbar.«

Hennessy zuckte mit den Schultern. »Keine Sorge, Kerry. Denk nicht darüber nach. Aber die Tatsache, daß er diese Frist gesetzt hat, bedeutet, daß er sich nicht in der Nähe aufzuhalten braucht. Ich glaube auch nicht, daß er den Wagen losgeworden ist. Wie soll er von hier wegkommen, wenn alles vorbei ist? Meiner Meinung nach hast du recht — er könnte im Tollymore Forest sein. Vielleicht auch noch Castlewellan Forest Park, aber das ist schon wieder einen oder zwei Kilometer weiter weg.

»Was schlägst du eigentlich vor, Kerry?« fragte Morrison. »Ich dachte, wir wollten den Chinesen zu zweit aufspüren.«

Sie nickte rasch. »Ja, aber ein Angriff von zwei Seiten verdoppelt unsere Chancen. Wir beide folgen seiner Spur, so gut wir können. Trotzdem sollte man Männer nach Tollymore schicken, die den Wald absuchen und sich von hinten an ihn heranmachen.«

»Aber das sind viele Quadratkilometer«, protestierte O'Hara. »Das dauert ewig.«

Kerry schüttelte den Kopf. »Du vergißt den Lieferwagen. Wenn wir recht haben und wenn er den Wagen irgendwo zwischen den Bäumen versteckt, dann muß er von der Straße abgebogen sein. Man braucht also nur langsam die Straße entlangzufahren und auf mögliche Abzweigungen achten. Ihr müßt wie euer Gegner denken — versetzt euch in seine Lage. Vielleicht kommt nichts dabei raus, aber einen Versuch ist es wert. Und welche Alternativen haben wir?«

»Sie hat recht«, entschied Hennessy. »Jim, nimm dir morgen drei von den Jungs mit. Fahrt mit zwei Wagen und seht euch mal im Wald um. Nehmt außer Schrotflinten keine Schußwaffen mit, falls ihr kontrolliert werden solltet. Für die Flinten haben wir Lizenzen.«

»Sicher, Liam, wie du willst.« Kavanagh klang noch immer ausgesprochen unüberzeugt.

Kerry trank einen Schluck Kaffee. »Also, mehr kann ich heute nicht mehr machen«, sagte sie. »Ich werde früh schlafen gehen.«

»Aber es ist erst neun, Kerry«, wandte Hennessy erstaunt ein.

»Als ich sagte, daß wir früh losgehen, meinte ich auch früh«, entgegnete sie. »Wir stehen um fünf Uhr auf.«

»Um fünf?« echote Morrison entsetzt.

Kerry erhob sich und grinste ihn an. »Sag Gute Nacht, Sean«, meinte sie und gab Hennessy einen Kuß auf die Stirn. »Gute Nacht, Onkel Liam.«

Hennessy reichte ihr die Hand. »Gute Nacht, Kerry, und vielen Dank. Für alles.«

»Noch habe ich ja nichts gemacht«, sagte sie. »Aber es kommt alles in Ordnung, das verspreche ich dir.«

Die vier Männer sahen ihr nach.

»Das ist wirklich ein Klassemädchen«, murmelte Morrison.

»Sie ist tatsächlich die Tochter ihres Vaters«, meinte Hennessy. »Es muß in den Genen liegen.«

Kavanagh sah Kerrys schwingenden Hüften bis zur Treppe nach. »Bei ihr liegt es auch noch woanders«, sagte er.

»Jim, du bist ein sexistisches Schwein.«

»Wir haben alle unsere Fehler, Sean.«

»Wenn ihr beide euch wie die Kinder streiten wollt, dann will ich euch nicht stören«, erklärte Hennessy lachend und faltete die Landkarten zusammen. Die anderen drei blieben noch in der Küche sitzen, tranken Kaffee und sprachen über die guten alten Tage.

Der Duft von frischem Kaffee weckte Morrison. Er bekam irgendwie seine Augen auf und blinzelte Kerry an, die mit einem dampfenden Becher auf seiner Bettkante hockte.

»Der frühe Vogel fängt den Wurm«, sagte sie und wartete, bis er sich aufgesetzt hatte, bevor sie ihm den Becher reichte. Dann zog sie die Vorhänge zur Seite. Der Himmel war von einem schmutzigen Grau.

»Wie spät ist es?« fragte er.

»Halb fünf«, antwortete sie.

Morrison stöhnte. Er stürzte seinen Kaffee hinunter und reichte ihr den leeren Becher. »Wieso siehst du so munter aus?« fragte er.

»Ich bin das frühe Aufstehen gewohnt. Wenn wir die Kurse für die Manager veranstalten, läßt Dad mich immer die Nachtmärsche und solche Sachen durchführen. Es macht wirklich Spaß — wir schicken sie um Mitternacht ins Bett, wecken sie um drei Uhr morgens wieder auf und gehen mit ihnen auf einen Acht-Kilometer-Marsch. Wenn sie zurückkommen, sehen sie aus wie tot.«

Kerry sah keineswegs tot aus, dachte Morrison. Ihre blauen Augen strahlten, und sie schien vor Energie zu bersten. Ihr haselnußbraunes Haar war noch feucht von der Dusche, und sie hatte sogar etwas Make-up aufgetragen, einen Hauch von Maskara und ganz wenig Lippenstift. Morrison nahm nicht an, daß sie dem Chinesen gefallen wollte, falls sie ihn fanden, und der Gedanke, daß sie es vielleicht für ihn getan hatte, bereitete ihm einiges Vergnügen.

»Woran denkst du?« fragte sie. »Du hast so etwas Sehnsüchtiges im Blick.«

»Ich dachte daran, wie hundemüde ich noch bin«, log er. »Also schön, raus aus meinem Zimmer, damit ich mich waschen kann. Ich bin in fünf Minuten unten.«

»Willst du frühstücken?« fragte sie.

Der bloße Gedanke an Essen um diese Stunde ließ Morrisons Magen zusammenzucken. Er lehnte dankend ab und sagte, ein zweiter Kaffee wäre genug.

Als er in die Küche kam und sich mit einem blauen Handtuch die Haare abtrocknete, stand der Becher schon auf dem Tisch. Kavanagh war auch schon aufgestanden, zusammen mit den drei Männern, die er mit in den Wald nehmen wollte. Roy O'Donnell, Tommy O'Donoghue und Michael O'Faolain. Alle drei sahen völlig verschlafen aus. Hennessy saß ebenfalls in der Küche. Auf dem Tisch hatte er eine Sammlung von Schußwaffen und Walkie-Talkies aufgebaut. Während Morrison seinen Kaffee trank, reichte ihm Hennessy eine der Pistolen, eine kleine Automatik. »Sei vorsichtig«, warnte Hennessy. »Beim kleinsten Anzeichen von Armee mußt du sie irgendwo verstecken.«

Morrison nickte und betrachtete interessiert die beiden anderen Pistolen auf dem Tisch. Sie hatten kurze, dicke Läufe und sahen aus, als könne man damit nur einen Schuß abfeuern. Kurz bevor Hennessy wieder das Wort an ihn richtete, fiel es ihm ein: es waren Leuchtpistolen. Hennessy war ein begeisterter Segler, und diese Pistolen gehörten wahrscheinlich zur Ausrüstung seines Bootes.

»Ich möchte, daß du eine davon mitnimmst und sie abfeuerst, wenn ihr den Chinesen gefunden habt und Hilfe braucht. Am besten ihr meldet euch über das Walkie-Talkie und feuert dann das Leuchtsignal ab. Ich gebe dir sechs Patronen mit.«

»Nehmen wir die andere?« fragte Kavanagh.

»Nein. Ich habe nur die beiden. Eine brauche ich hier, um Sean und Kerry ein Signal geben zu können.«

»Aber wir haben doch das Walkie-Talkie«, sagte Morrison.

»Ja, aber nur, um mich zu rufen. Ihr könnt es nicht auf Empfang schalten, wenn ihr in der Nähe des Chinesen seid. Er könnte euch dann hören. Wenn ich mit euch in Verbindung treten will, dann schieße ich eine Leuchtkugel ab, und ihr könnt euch über Funk melden, wenn es sicher genug ist. Ihr werdet das Walkie-Talkie also nur benutzen, wenn ich ein Signal gebe oder wenn ihr mit dem Chinesen fertig seid.«

»Fertig seid?« fragte Kerry.

»Wenn ihr ihn gefangen habt«, berichtigte sich Hennessy. »Oder was immer.« Er reichte zwei der Walkie-Talkies Kavanagh. »Ihr nehmt diese hier, Jim, für jeden Wagen eins. Falls ihr den Chinesen erwischt, verständigt ihr mich, und ich benachrichtige Sean und Kerry. Alles klar?«

»Es hört sich verdammt umständlich an«, sagte Morrison.

»Aber Onkel Liam hat recht«, meinte Kerry. »Auf dem Land wird jeder Laut besonders schnell weitergetragen, besonders elektronische Geräusche.«

»Und vergeßt nicht, daß die Armee alle Funkfrequenzen überwacht. Wir müssen die Meldungen also auf ein Minimum beschränken«, fügte Hennessy hinzu. Er gab Morrison eine Provianttasche aus Leinen. »Für die Signalpistole und das Funkgerät.«

Kerry griff nach den Skistöcken vor dem Küchenschrank und ging zur Tür.

»Was ist mit Essen und Wasser?« fragte Morrison.

Kerry deutete auf den kleinen Rucksack, den sie über der Schulter trug. »Hier«, sagte sie, »ist alles drin. Auch die Karten und die Taschenlampen. Komm, Sean, es wird Zeit, in den Sattel zu steigen.«

»Jawohl, Sheriff«, sagte er lachend, packte das Walkie-Talkie und die Signalpistole in die Leinentasche und steckte die Automatik in die Innentasche seiner Bomberjacke. Die Pistole war schwer und beulte die Jacke aus.

»Das ist vielleicht bequemer«, sagte Hennessy und schob ein Ansteckhalfter über den Tisch. Morrison schob die Pistole in das Halfter und klemmte es hinten an seinen Gürtel. »Besser?« fragte Hennessy.

»Viel besser«, antwortete Morrison. »Auf gute Jagd, okay?«

Kavanagh zielte mit der Hand auf Morrison, als er mit Kerry die Küche verließ.

»Ihr seid besser auch verdammt vorsichtig, Jungs«, warnte Hennessy. »Wir haben Lizenzen für diese Schrotflinten, aber fuchtelt um Himmels willen nicht damit herum, wenn Engländer in der Nähe sind. Das Letzte, das wir im Augnblick brauchen, ist Ärger mit der Armee.«

»Keine Sorge, Liam, wir benehmen uns schon«, sagte Kavanagh. »Aber jetzt sollten wir auch verschwinden.« Er ging mit den drei Männern in den Innenhof, und kurze Zeit später hörte Hennessy, wie die beiden Landrover ansprangen und losfuhren. Willie O'Hara stolperte mit zerzaustem Haar und triefäugig in die Küche und ließ sich auf einen Stuhl fallen.

»Was ist das für ein Lärm, Liam?«

»Die Jungs sind gerade weggefahren, auf die Jagd nach dem Chinesen. Willst du einen Kaffee?«

»Ehrlich gesagt würde mir jetzt ein Whisky gut bekommen.«

»Aber ja. Ich glaube, ich leiste dir Gesellschaft.«

Als Hennessy gerade den Whisky in die Gläser goß, gingen Morrison und Kerry über das Feld auf den Wald zu. Das Gras war noch mit Morgentau bedeckt und glänzte im frühen Sonnenlicht. Dieses Mal gab es keinen Grund, durch den Wald zu gehen, und so führte Kerry sie um die Bäume herum und die Hecke entlang. Als sie an den Abhang kamen, an dem Kerry am Abend zuvor die Glockenblumen untersucht hatte, verlangsamte sie ihren Schritt. Ihre Augen suchten den Boden links und rechts von ihr ab wie die eines Kampfpiloten den Himmel. Morrison blieb links hinter ihr.

»Wonach suchen wir genau?« fragte er.

»Wenn wir Glück haben, finden wir ein deutliches Zeichen, einen Fußabdruck, so wie gestern, oder niedergetrampelte Vegetation. Aber solche Zeichen werden wir nicht oft entdecken. Manchmal sind es nur kleine Veränderungen, die einem auffallen . . . Es ist schwer zu erklären — manchmal ist es auch nur das Gefühl, daß etwas nicht stimmt.«

»Was für Veränderungen?«

Kerry fuhr mit ihrem Stock über den Boden und kniete nieder, um das Gras näher zu betrachten. »Änderungen in der Farbe oder der Textur der Vegetation, irgendwelche regelmäßigen Spuren auf dem Boden, die nicht natürlich sind, flachgetretene Blätter oder Erde, Zweige oder Steine, die bewegt wurden. Vielleicht hat er etwas fallengelassen. Für sich allein zeigt uns keiner dieser Hinweise, welchen Weg er gegangen ist, aber zusammen ergeben sie eine Spur.« Sie drehte sich um und zeigte in die Richtung, aus der sie gekommen waren. »Man kann nicht über ein Feld gehen, ohne Spuren zu hinterlassen«, sagte sie.

Morrison blickte zurück. So weit er sehen konnte, führten zwei schmale Reihen mit Fußabdrücken durch das feuchte Gras.

»Die offensichtlichen Zeichen verschwinden, sobald die Sonne den Tau zerstäubt hat, aber du weißt jetzt, was ich meine.« Sie ging weiter. »Das Wichtigste ist, wie der Gegner zu denken«, sagte sie. »Wenn man an ein Hindernis kommt, wie eine Hecke oder einen Fluß, dann muß man in der Lage sein, sich vorstellen zu können, was er wohl tun würde — ob er nach links oder rechts geht, ob er durch einen Wald schleicht oder ihn vermeidet, was er macht, wenn er auf ein Cottage oder eine Farm stößt. Einem Menschen kann man leichter folgen als einem Wild. Ein Mensch hat normalerweise einen Grund, aus dem heraus er eine bestimmte Richtung wählt, es sei denn, er hat sich verirrt, und dann ist es ihm natürlich recht, gefunden zu werden. Ein Wild versucht, die Menschen zu vermeiden; meistens äst es nur, und seine Bewegungen sind nicht vorhersehbar.«

»Hast du schon einmal einen Menschen gejagt?«

Kerry lachte. »Nicht mit einer Pistole, nein.«

»Okay, jagen war das falsche Wort. Dann eben aufspüren.«

»Ab und zu verirrt sich ein Tourist in den Bergen. Die Rettungswacht ruft dann meinen Dad an und bittet ihn um Hilfe. Ich bin ein paarmal mit ihm gegangen. Aber wie ich schon sagte, es ist etwas anderes, jemanden aufzuspüren, der gefunden werden will, als jemanden, der sich verstecken möchte. Und der Chinese versteckt sich bestimmt irgendwo. Immerhin scheint das Wetter gut zu werden. Ich nehme an, daß du weißt, wie die Schwarzfuß-Indianer das Wetter vorhergesagt haben?«

»Leider nein.«

»Die Wetterkarte auf Indianerart? Ich zeige es dir.« Sie bückte sich, nahm einen kleinen Stein und wickelte ein Stück Gras darum, so daß der Stein wie an einem Faden hing.

»Das ist alles?« fragte Morrison verblüfft.

»Das ist alles«, sagte sie. »Du hältst ihn einfach vor dich hin und beobachtest ihn. Hier, nimm.«

Morrison betrachtete den Stein aufmerksam. »Und jetzt?« fragte er.

»Nun, zunächst einmal berührst du ihn. Ist der Stein trokken, ist das Wetter gut. Ist er warm, ist es ein heißer Tag. Wenn er weiß wird, schneit es. Ist er naß, regnet es. Und jetzt sieh ihn dir an. Wenn er hin und her schwankt, ist es windig.«

Morrison, der merkte, wie er auf den Arm genommen worden war, begann zu lachen.

»Und, Sean . . .«

»Ja?« fragte er vorsichtig.

»Wenn du ihn gar nicht siehst, ist es unwahrscheinlich neblig.« Ihr Lachen klang über das Feld.

Das Telefon im Flur klingelte. »Ich gehe ran«, sagte O'Hara, der näher an der Tür saß als Hennessy. Er nahm den Hörer ab und legte kurz darauf seine Hand auf die Sprechmuschel. »Es ist für dich!« rief er. »Will seinen Namen nicht nennen.«

Hennessy kam in den Flur und nahm O'Hara den Hörer aus der Hand. »Liam Hennessy«, meldete er sich.

»Hier ist Bromley«, sagte eine barsche Stimme. Hennesy langte hinter sich und schloß die Küchentür. Willie O'Hara sollte das Gespräch nicht mithören.

»Haben sie angerufen?« fragte Hennessy.

»Sie haben angerufen, aber sie nannten kein Codewort. Was geht hier vor, Hennessy?«

Hennessy legte verwirrt die Hand an die Stirn. »Bromley, wenn sie Ihnen nicht das Codewort genannt haben, dann waren sie es vielleicht gar nicht.«

»Sie waren es auf alle Fälle. Der Anruf ging letzte Nacht bei der Presseagentur ein. Ein Mann mit einem irischen Akzent, der gesagt hat, daß es von nun an keine Zusammenarbeit mehr mit den britischen Sicherheitskräften geben würde und daß das Codewortsystem nicht mehr existiere.«

»Und woher wissen Sie, daß der Anruf keine Finte war?«

»Der Mann wußte genau, wo die Bombe plaziert worden war und wieviel Sprengstoff sie enthielt. Und wie bei all den anderen Bomben haben sie sich innerhalb von 24 Stunden verantwortlich erklärt. Wir hatten natürlich auch die üblichen Schwindler am Telefon, aber dieser Anruf enthielt Details, die nur die wahren Attentäter kennen konnten.«

Hennessy schloß die Augen. Damit hatte er keinesfalls gerechnet.

»Jemand hat geplaudert«, sagte Bromley.

»Das ist unmöglich«, entgegnete Hennessy. »Nur zwei Personen wußten, was geplant war. Ich und der Mann, mit dem Sie in London gesprochen haben, Sean Morrison.«

»Nun, einem dieser beiden kann man offenbar nicht vertrauen, und nur Sie wissen, wer das ist.«

»Ich habe Morrison extra für diesen Job aus den USA zurückgeholt. Er war zwei Jahre fort, es ist unmöglich, daß er etwas mit diesen Bombenlegern zu tun haben könnte.«

»Vielleicht sprechen Sie im Schlaf«, entgegnete Bromley voller Sarkasmus.

»Diese Bemerkung hätten Sie sich ruhig sparen können«, entgegnete Hennessy. Plötzlich lief ihm etwas Kaltes das Rückgrat hinunter und sammelte sich als Klumpen in seinem Magen.

»Also, was ist schiefgelaufen? Glauben Sie, daß es Zufall war, daß sie einfach so beschlossen haben, das Codewort so kurz nach der Änderung nicht zu benutzen?«

»Nein. Wir haben es in diesem Jahr schon zweimal geändert, und jedesmal haben sie es sofort benutzt. Nein, Sie haben recht, irgend jemand muß sie gewarnt haben. Nur habe ich im Moment keine Ahnung, wer. Geben Sie mir eine Nummer, unter der ich sie erreichen kann. Ich muß eine Weile nachdenken.« Bromley nannte ihm eine Nummer, die Hennessy niederschrieb. »Kann ich Sie dort Tag und Nacht erreichen?« fragte er.

»Wenn ich nicht dort bin, wird man mich benachrichtigen.«

»Sobald ich herausgefunden habe, was geschehen ist, rufe ich Sie an.«

»Ich hoffe, daß es dann nicht zu spät für Sie ist«, sagte Bromley.

»Was meinen Sie damit?«

Er hörte, wie Bromley nachdenklich mit der Zunge schnalzte. Als er sprach, klang seine Stimme zögernd. »Hier wechselt das Klima, Hennessy. Diese Anschläge sind so bösartig, daß sich die öffentliche Meinung auf eine Weise gegen die IRA wendet, wie ich es noch nie erlebt habe. Ich spreche nicht von rechten Abgeordneten, die nach der Todesstrafe schreien oder die SAS schicken wollen. Teilweise ist dieser Meinungswechsel durch das völlige Fehlen einer Warnung entstanden, aber hauptsächlich wegen der Auswahl der Opfer. Als die IRA Abgeordnete wie Airey Neave oder Ian Gowe getötet hat, da konnte man das noch als politische Morde rechtfertigen, und auch die Börse und der Carlton Club konnten noch als Symbole des Establishments bezeichnet werden — aber diese Scheußlichkeiten . . . Ich meine, eine U-Bahn-Station, um Himmels willen. Und jetzt Ascot. Eines sage ich Ihnen, Hennessy, wenn das so weitergeht, dann werden die Spielregeln schleunigst geändert.«

»Welche Spielregeln?«

»Nun, egal was Sie darüber denken mögen, aber in der jüngeren Vergangenheit ist die Regierung mit der IRA nicht allzu hart umgesprungen.«

Hennessy schnaubte verächtlich. »Was für ein Unsinn. Mit den Katholiken in Nordirland ist schon immer hart . . .«

»Wir reden hier nicht von den Katholiken, sondern von der IRA«, unterbrach ihn Bromley. »Alles, was ich sage, ist folgendes: Wenn Sie und Ihre Freunde es ernst meinen, dann müßt ihr in Dublin bald etwas unternehmen, um diese Bombenserie zu stoppen, sonst wird Ihnen bald der Wind ins Gesicht wehen wie noch nie.«

»Ich verstehe, was Sie meinen, Bromley. Gut, ich habe Ihre Nummer.« Bromley legte auf. Hennessy ging in die Küche zurück. Willie O'Hara saß am Tisch und löffelte Corn Flakes.

»Ärger?« fragte er, als er den verstörten Ausdruck auf Hennessys Gesicht bemerkte.

»Alles okay, Willie. Nichts, womit ich nicht fertig werde.« Ach ja? hörte er eine Stimme in seinem Kopf sagen, die beängstigend wie die von Mary klang.

Christy Murphy erreichte die Farm kurz vor zehn Uhr. Hennessy kochte sich in der Küche einen Kaffee, als einer der Wachtposten an die Hintertür klopfte und meldete, daß sich jemand der Farm nähere. Kurze Zeit später hielt ein Wagen knirschend auf dem Innenhof, und Murphy betrat gleich darauf die Küche.

»Christy, gerade rechtzeitig für einen Kaffee«, sagte Hennessy und bot dem großen Mann einen Stuhl an. »Komm, setz dich. Wie geht's meiner Frau?«

Murphy war stehengeblieben und knetete seine Hände wie ein Preisboxer vor dem Kampf. Sein großes viereckiges Gesicht war von Sorgenfalten durchzogen. Einen Moment lang fürchtete Hennessy, Mary sei etwas zugestoßen.

»Mary geht es doch gut, Christy?«

»Es geht ihr gut, Liam, aber . . .« Seine Stimme schien zu versagen.

Hennessy schob seine Tasse zur Seite. »Was ist los, Christy? Hast du dir auf die Zunge gebissen?«

Christy schien nach Worten zu ringen, aber obwohl er auch ansonsten nicht viel sagte, war dies hier etwas anderes. Er benahm sich wie ein Schuljunge, der beichten wollte, ein Fenster eingeworfen zu haben, sich aber davor fürchtete, bestraft zu werden.«

»Kann ich mit dir reden, Liam? Privat?«

»Natürlich, Christy. Wir gehen ins Wohnzimmer.« Hennessy stand auf und führte seinen Leibwächter den Flur entlang.

Während die Morgensonne immer höher stieg, fiel es Kerry zunehmend schwerer, der Spur des Chinesen zu folgen. Morrison brauchte nicht nach dem Grund zu fragen, er wußte mittlerweile, wie wichtig der Einfallswinkel des Sonnenlichts für das Finden von Fußspuren war. Schließlich ordnete sie eine Pause an, nachdem sie fast eine Stunde für eine Strecke von ungefähr hundert Metern gebraucht hatten.

»Ich glaube, wir sollten uns eine Weile ausruhen«, sagte sie und deutete auf eine schattige Birke, die mitten in einer Hecke wuchs. »Setzen wir uns dorthin«, schlug sie vor. Sie ließen sich in das kühle Gras fallen. Kerry öffnete ihren Rucksack und holte zwei Sandwiches und zwei Dosen Ingwerbier heraus. »Ich wußte, daß es ziemlich lange dauern wird«, sagte sie.

»Was glaubst du, wie lange?« fragte er und nahm sich ein Sandwich.

»Die Spur ist kalt«, räumte sie ein. »Aber es sieht immer noch so aus, als ginge er auf den Wald zu, und zwischen den Bäumen haben wir eine bessere Chance, ihn zu finden. Im Wald hinterläßt man mehr Spuren.«

»Könnten wir nicht einfach direkt nach Tollymore gehen?«

Kerry zuckte mit den Schultern. »Das könnten wir, aber es ist natürlich riskant. Möglich, daß er doch nach Norden oder Süden abgebogen ist, aber selbst wenn er sich im Wald aufhält, wüßten wir nicht, wo wir seine Spur wieder aufnehmen könnten. Abkürzungen gibt es leider nicht, Sean. Wenn wir falsch raten, verlieren wir Stunden.« Sie riß die Dose Ingwerbier auf.

»Du mußt es wissen«, sagte er. Er hielt sein Sandwich hoch. »Die sind gut«, meinte er. »Hast du sie gemacht?«

»Ja, ich hatte ja genügend Zeit, während du noch geschlummert hast.«

Schweigend aßen sie und genossen den frischen Sommerwind auf ihren Gesichtern.

»Du lebst jetzt in New York?« fragte Kerry und wischte sich ein paar Krümel von der Hose.

Morrison nickte. »Ja, ich sammle Spendengelder und halte die Fahne hoch. Außerdem erzähle ich den Yankees, was mit ihrem Geld geschieht.«

»Vermißt du nichts?«

»Was sollte ich vermissen?«

»Den Kitzel. In Belfast zu sein, dort, wo alles passiert. Du weißt bestimmt, was ich meine. Der Kampf findet in Nordirland statt, nicht in den USA und bestimmt auch nicht in Schottland.« Wieder lag dieser intensive Ausdruck in ihren Augen.

»Es gibt verschiedene Wege, sich nützlich zu machen«, entgegnete er ruhig. Er hatte noch nicht vergessen, wie schnell ihr Temperament überschäumen konnte, wie sie im Farmhaus Kavanagh angefahren hatte.

»Wie mein Vater, meinst du! Indem er sich in Schottland versteckt und mich dort festhält.«

»Das kannst du nicht sagen, Kerry. Ich glaube, dein Vater hat zu oft gehört, wie es klingt, wenn eine Schaufel Erde auf einen Sargdeckel geworfen wird, um solche Worte zu verdienen. Kaum einer hat mehr für die IRA getan als Micky Geraghty, das solltest du nie vergessen.«

Sie schüttelte den Kopf. »Ich weiß, so habe ich es auch nicht gemeint. Es geht nicht so sehr darum, daß er nicht mehr aktiv ist, aber er hindert auch mich daran einzusteigen. Er ist so verdammt beschützend.«

Morrison sah sie an und fühlte, wie sein eigener Beschützerinstinkt wach wurde. Ihre Wangen waren gerötet, sie hielt den Kopf hoch, und ihre Augen blitzten. Jetzt sah sie aus, als würde sie es mit der ganzen Welt aufnehmen — und das wollte sie auch, daran gab es keinen Zweifel. Doch waren die Friedhöfe voll von Männern, die nicht gelernt hatten, ihren Enthusiasmus mit Weisheit abzukühlen. »Du solltest froh sein, daß du nicht richtig drinsteckst«, sagte er leise.

»Ich werde nie froh sein, bevor die Briten aus Irland verschwunden sind. Es ist unser Land, Sean, unser Land und unsere Religion. Du weißt, was ich meine. Du fühlst das gleiche wie ich, wenn du diese Bastarde in ihren Bowlerhüten durch die Straßen schwanken siehst, diese Schweine mit ihren Schärpen, ihren Flöten und Trommeln, die uns ihre Religion aufzwingen wollen! Ist dir das nie passiert, Sean? Haben dich die beschissenen Bullen nie gepackt und dich gezwungen zu sagen: ›Ich scheiße auf den Papst‹, oder: ›Alle Katholiken sind Scheiße.‹ Sag mir nicht, daß dir das nie passiert ist! Sag mir nicht, daß dich nicht die Wut packt, wenn du eine englische Parade siehst.«

Morrison entgegnete nichts, weil er ihr rechtgeben mußte.

»Ich will diesen Chinesen«, sagte sie. »Ich will Onkel Liam zeigen, was ich kann. Wenn ich mich dieses Mal hervortue, dann wird er mich noch mehr für die Sache arbeiten lassen, und dann ist es egal, was mein Dad davon hält.«

In der Ferne stieg ein weißer Stern in den Himmel, der

einen graublauen zuckenden Schweif hinter sich her zog. Der Stern zerplatzte mit dem Knall eines Luftballons.

»Das ist Onkel Liam!« rief Kerry.

Morrison nahm das Walkie-Talkie aus der Provianttasche und schaltete es ein. »Bist du da?« fragte er. Namen wurden wegen der ständig die Frequenzen abhörenden Armee nicht genannt.

»Ich will, daß du zurückkommst«, sagte Hennessy. »Sofort.«

»Okay, wir machen uns auf den Weg. Habt ihr ihn gefunden?«

»Nein, ich möchte nur, daß du zurückkommst.«

»Verstanden.« Er schaltete das Gerät aus.

Kerry beugte sich vor. »Was kann da passiert sein?« fragte sie.

»Keine Ahnung«, sagte Morrison.

»Sean, ich glaube, ich sollte hierbleiben. Onkel Liam hat gesagt, daß sie den Chinesen noch nicht gefunden haben. Und du siehst ja, wie langsam es vorangeht. Ich will dranbleiben, und du kommst zurück, wenn du rausgefunden hast, was Onkel Liam will.«

»Aber wie soll ich wissen, wo du bist?« fragte er. »Du bist hier der Spurenleser, nicht ich.«

»Ich werde nicht sehr rasch vorwärtskommen«, sagte sie und brach einen langen Zweig aus der Hecke. »Ich werde alle hundert Meter solche Zweige in den Boden stecken und auf erdigem Boden den Stock hinter mir herschleifen. So hast du keine Schwierigkeiten, mich zu finden. Und so schnell werde ich schon nicht über ihn stolpern. Wie gesagt, die Spur ist eiskalt. Das kostet Zeit.«

»Ich muß es mit ihm besprechen«, sagte Sean und schaltete das Walkie-Talkie wieder ein. »Bist du da?« fragte er.

Es dauerte eine kleine Weile, bevor Hennessys Antwort kam. »Ich bin hier.«

»Ich komme allein«, sagte Morrison.

»Ist das klug?«

»Es würde später Zeit sparen, und wir sind ziemlich sicher, daß noch keine Gefahr besteht.«

Hennessy schwieg eine Weile. Offenbar dachte er über Morrisons Vorschlag nach. »Sag ihr, sie soll vorsichtig sein«, sagte er schließlich.

»Ja«, entgegnete Kerry.

»Wenn irgendwelche Zweifel bestehen, kommt ihr beide zurück«, sagte Hennessy noch.

»Verstanden«, antwortete er und schaltete das Funkgerät wieder aus.

»Wie er schon sagte, sei vorsichtig«, bat Morrison. Er öffnete die Provianttasche, nahm die Signalpistole und die Patronen heraus und gab sie ihr zusammen mit dem Walkie-Talkie.

»Was ist mit der Automatik?« fragte sie.

Morrison schüttelte vehement den Kopf. »Nein, keine Schußwaffe«, sagte er. »Das haben dein Vater und Liam ziemlich deutlich gemacht. Und wenn du glaubst, daß du in seiner Nähe bist und daß er dich vielleicht entdecken könnte, dann zieh dich zurück und ruf mich.« Er nickte zum Walkie-Talkie hin. »Ich komme sofort zurück, wenn ich weiß, was er will.«

»Es muß etwas Wichtiges sein, sonst hätte er dir am Funkgerät gesagt, worum es geht.«

Morrison dachte darüber nach, während er zur Farm zurücklief. Obwohl sie mehr als fünf Stunden unterwegs gewesen waren, hatten sie nur fünf Kilometer zurückgelegt. In 40 Minuten war er da.

Er war in guter Form und schwitzte kaum, als er den Innenhof betrat, wo O'Hara mit zwei Männern stand, die Schrotflinten trugen. Die Läufe waren heruntergeklappt, und Morrison konnte in den offenen Verschlüssen die Patronen erkennen.

»Liam ist im Wohnzimmer«, sagte O'Hara.

»Alles okay?« fragte Morrison, in der Hoffnung, irgendeinen Hinweis darauf zu erhalten, was geschehen war.

»Hol mich der Teufel, wenn ich was weiß«, meinte O'Hara. Die beiden Männer mit den Flinten verabschiedeten sich von O'Hara und gingen zum Cottage zurück. Morrison spürte, wie er erleichtert aufatmete. Für einen bösen Moment hatte er geglaubt, daß sie auf ihn gewartet hätten. Eine bewaffnete Eskorte.

Sorgfältig wischte er sich die Schuhe auf der Matte vor der Küchentür ab und ging zum Wohnzimmer. Die Tür war halb geöffnet. Hennessy saß in einem der Sessel am Kamin. Er stand nicht auf, als Morrison den Raum betrat. »Setz dich, Sean«, sagte er. Er wirkte abwesend, fast wie unter Schock, und der erste Gedanke, der Morrison kam, war, daß es eine weitere Bombe gegeben hatte. Erst als er auf das Sofa zuging, bemerkte er, daß sich noch jemand in dem Zimmer aufhielt. Christy Murphy stand nahe der Tür.

»Christy!« sagte er überrascht. »Seit wann bist du zurück?«

Murphy wich Morrisons Blick aus und schien sich unbehaglich zu fühlen.

»Christy, du kannst draußen warten«, sagte Hennessy. Murphy lief fast zur Tür hinaus, so froh schien er zu sein, aus Morrisons Gegenwart zu verschwinden. Hennessy betrachtete Morrison mit kühlen Augen, und Morrison fühlte Furcht in sich aufsteigen, aber es war eine formlose, namenlose Furcht, die umso schlimmer war, weil er sie nicht benennen konnte. Er wollte etwas sagen, fragen, was nicht in Ordnung sei, aber das hätte Hennessy als schlechtes Gewissen auslegen können. Am besten war es, zu schweigen. Er spürte, wie sich Schweiß auf seinen Handflächen sammelte, widerstand aber der Versuchung, sie sich an den Hosen abzuwischen. Liam mochte aussehen wie ein freundlicher Großvater, aber er besaß Macht über Leben und Tod und würde keinerlei Skrupel haben, jemanden zu töten, der ihn hintergangen hatte. Bilder von Mary Hennessy zuckten durch seinen Kopf, und er spürte, wie er rot wurde.

»Die Bombenleger haben die Verantwortung für die Ascot-Bombe übernommen«, sagte Hennessy tonlos.

Morrison runzelte die Stirn, denn das sollte eigentlich eine gute Nachricht sein, auch wenn Hennessy klang, als verkünde er den Tod eines nahen Verwandten. »Und?« fragte Morrison.

»Und sie haben das Codewort nicht benutzt. Sie haben sogar gesagt, daß sie nicht mehr mit den Behörden zusammenarbeiten würden und daß das Codewortsystem für sie nicht mehr gelte.«

Hennessy sah Morrison mit kalten, ruhigen Augen an, und der junge Mann bemühte sich, dem Blick des älteren nicht auszuweichen, nicht die Kontrolle zu verlieren. Aber schließlich wandte er den Kopf und schaute aus dem Fenster. Die beiden Männer mit den Schrotgewehren waren wieder aufgetaucht. Er sah Hennessy an.

»Das heißt, daß ihnen jemand einen Tip gegeben hat«, sagte Hennessy. Er blickte Morrison noch immer unverwandt an, und erneut mußte der Jüngere seinen Blick abwenden. »Das Problem ist, daß nur zwei Leute wußten, warum die Codeworte geändert wurden. Du und ich.«

Morrison hob seine Hand. »Ich weiß nicht, was du denkst, aber ich habe nichts gesagt, Liam, ich wußte, wie wichtig es war. Ich habe mit Bromley über die Sache gesprochen und mit sonst niemandem. Ich schwöre es dir, bei meiner Mutter, ich schwöre es.«

Hennessy stützte sein Kinn auf die Faust und betrachtete Morrison wie ein Geschworener, der sich noch nicht entschieden hat.

»Du mußt irgend etwas zu irgend jemandem gesagt haben, Sean. Denk nach.«

Die beiden Männer saßen sich schweigend gegenüber. Die Stille wurde nur vom Ticken der Wanduhr in der Ecke unterbrochen. Morrison war völlig verwirrt, weil er wußte, daß er Hennessys Vertrauen nicht mißbraucht hatte. Er war sich seiner sicher. Und dennoch schien Hennessy im Zweifel.

Morrison schüttelte den Kopf. Er wußte nicht, was Hennessy hören wollte.

»Würde es dich irritieren, wenn ich dir sagen würde, daß ich Christy angewiesen hatte, Mary in London zu beschatten?«

Morrison kam es vor, als hätte ihm jemand einen Schlag in den Magen versetzt. Er hätte es wahrscheinlich besser ertragen, wenn Hennessy ihn angebrüllt, mit der Faust gedroht oder etwas nach ihm geworfen hätte, aber er tat nichts dergleichen, er saß nur in seinem Sessel und wartete auf eine Antwort. Es war dieses ruhige Hinnehmen der Tatsachen, ein Hinnehmen, das schon fast wie Gleichgültigkeit wirkte, das den Mann umso bedrohlicher erscheinen ließ. Morrison fragte sich, ob er bald sterben würde, mit einer Kugel im Kopf, weil er mit der Frau eines anderen Mannes geschlafen hatte. Er dachte daran zu lügen, zu behaupten, daß sie nur kurz, als zufällige Besucherin, bei ihm vorbeigeschaut habe, aber das würde nicht funktionieren. Murphy war nicht dumm, er hatte bestimmt herausgefunden, daß sie zu seinem Zimmer gegangen war, und er würde auch wissen, wie lange sie geblieben war.

»Liam, es tut mir leid . . .«, begann er, aber Hennessy brachte ihn mit erhobener Hand zum Schweigen.

»Ich will keine Entschuldigungen, ich will noch nicht einmal wissen, was in deinem Hotelzimmer passiert ist. Das verschieben wir auf ein anderes Mal. Aber jetzt muß ich herausfinden, was schiefgegangen ist, wie sie erfahren haben, was wir vorhatten. Ich weiß, daß Mary am Montagmorgen in deinem Zimmer war, aber ich weiß nicht, was du ihr gesagt hast. Worüber habt ihr gesprochen?«

»Du verdächtigst doch nicht etwa Mary?« fragte Morrison.

»Im Augenblick weiß ich nicht mehr so recht, wem ich trauen kann. Du bist doch ein gutes Beispiel dafür, daß ich wenig Menschenkenntnis besitze«, entgegnete Hennessy bitter. »Also, Sean, hast du mit Mary über unseren Plan gesprochen oder nicht?«

»Nein«, antwortete Morrison sofort. »Das heißt, irgendwie schon. Sie schien aber bereits zu wissen, was du vorhattest.«

»Das wußte sie nicht«, entgegnete Hennessy. »Ich habe niemandem etwas gesagt. Niemandem.«

»Aber ich bin sicher . . .« Morrison verstummte, während er sich daran zu erinnern versuchte, was sie gesagt hatte, als sie in seinen Armen lag, nachdem sie sich geliebt hatten. »Sie schien Bescheid zu wissen.«

»Denk genau darüber nach, was sie gesagt hat. Wir haben telefoniert. Konnte Sie vielleicht mithören, worüber wir geredet haben?«

Jetzt kam die Erinnerung in einer großen Welle zurück. Er

hatte auf dem Rücken gelegen und mit Hennessy gesprochen, während Mary auf ihm saß. »Ja, sie konnte uns hören«, sagte er. Seine Stimme kam ihm vor, als sei sie Tausende von Kilometern entfernt. Er fragte sich, ob Hennessy in ihn hineinsehen konnte, ob er genau wußte, wie er betrogen worden war. »Und du hast recht, danach wurde dann das Codewort erwähnt.«

»Sie hat das Gespräch mit dir in die richtige Bahn gelenkt?«

Morrison nickte. »Es hörte sich die ganze Zeit so an, als hättest du ihr erzählt, was geplant sei. Ich habe eigentlich nur immer bestätigt, was sie gesagt hat.

»Sie ist gut darin, die Menschen zu manipulieren«, sagte Hennessy mit einer Stimme voller Traurigkeit. Plötzlich tat er Morrison sehr leid. Er selbst fühlte sich schuldig. Und er hatte Angst.

»Glaubst du, daß Mary die Bombenleger gewarnt hat?« fragte er Hennessy. Es schien unvorstellbar, fast schon lächerlich.

»Nicht direkt, nein. Aber nachdem sie durch dich herausgefunden hatte, was wir planten, hat sie die Informationen an einen anderen weitergegeben — das vermute ich jedenfalls.«

»An wen?«

Hennessy verfiel erneut in Schweigen. Er beugte sich vor, die Ellenbogen auf den Knien. Dann nahm er ein Taschentuch aus seiner Hemdtasche und wischte sich über die Stirn. »Soll ich dir vertrauen, Sean? Kann ich dir vertrauen, nachdem du mich so betrogen hast?«

»Mein Einsatz für die Sache stand niemals in Frage, Liam. Die Sache mit Mary, das ist etwas anderes. Ich wollte dich nie verletzen, du solltest es nie erfahren. Wir waren immer sehr vorsichtig.«

»Du hast mich belogen, du hast mich hintergangen. Und jetzt soll ich dir vertrauen?«

»Liam, es tut mir leid. Das war einer der Gründe, warum ich in die USA gegangen bin. Ich wollte viel Raum zwischen Mary und mich bringen. Um es zu beenden.«

»Du willst also sagen, daß sie die Affäre fortsetzen wollte?« Hennessy klang verletzt und beleidigt.

Morrison erkannte, daß er alles noch schlimmer machte, wenn er darüber sprach. Vielleicht hatte Hennessy noch nicht einmal daran geacht, daß die Affäre schon begonnen hatte, bevor Morrison nach New York gegangen war. »Wir dachten, es wäre zu Ende«, log Morrison. »Liam, was immer auch geschehen ist, was jetzt zählt ist nur, daß wir diese Bastarde kriegen und die Anschläge beenden müssen. Unser Plan muß zu Ende gebracht werden. Persönliche Probleme können wir danach regeln.«

Hennessy nickte und lehnte sich wieder zurück. »Vielleicht hast du recht, Sean. Gut, vergessen wir es einstweilen. Jetzt müssen wir Schadensbegrenzung betreiben, aber möglicherweise können wir sogar einen Vorteil daraus ziehen.«

»Was meinst du?«

»Ich hatte einen Besucher, bevor du mit Kerry hier eingetroffen bist. Hugh McGrath. Er wußte, daß Mary in London ist, obwohl er es gar nicht hätte wissen können.«

»Außer sie hat es ihm selbst gesagt?«

»Genau«, sagte Hennessy. »Sie hat dir die Informationen entlockt, und dann hat sie ihn angerufen.« Hennessy wartete, bis der Dolch getroffen hatte, und drehte die Klinge dann in der Wunde um. »Sie hat dich benutzt, Sean.« Seine Stimme klang bitter, sie hatte etwas Scharfes und Gehässiges, das durch Morrison hindurchfuhr, als sei er aus Wachs. Er fragte sich, ob Hennessy wirklich in der Lage war, die Angelegenheit zu vergessen, solange sie mit den Bombenlegern beschäftigt waren. Aber er wußte, daß Hennessy recht hatte. Mary hatte ihn ins Bett gelockt und ihn benutzt. Danach hatte sie es kaum abwarten können, McGrath anzurufen. Ein weiterer Gedanke bohrte sich wie ein Pfeil in seinen Kopf. Vielleicht schlief sie auch mit McGrath? Vielleicht sagte sie McGrath die gleichen Dinge, die sie ihm gesagt hatte, schenkte ihm ihre Küsse, ihre Leidenschaft, ihre Energie, die Dinge, von denen er geglaubt hatte, daß Mary sie für ihn aufsparen würde. Er sah sie auf McGrath sitzen, seine Hände auf ihren Brüsten, und sie ritt ihn, bis er kam ... Zorn brannte in ihm. Zum ersten Mal wurde ihm klar, wie verbittert und betrogen Hennessy sich fühlen mußte.

»Ich weiß, daß sie unzufrieden war, aber ich hätte nie gedacht, daß sie so weit geht«, sagte Hennessy, fast so als spräche er mit sich selbst oder lade die Last seiner Sünden im Beichtstuhl ab. Morrison wußte, daß alles, was er sagen konnte, Hennessy nur provozieren würde; also schwieg er. »Mary hat mir nie verziehen, daß ich die Männer, die ihren Bruder ermordeten, nicht zur Rechenschaft gezogen habe.«

»Sie sitzen alle in Long Kesh, oder?«

»Du weißt genausogut wie ich, daß wir an sie rankommen könnten, Sicherheitstrakt oder nicht. Sie wußte es ebenfalls. Und sie hat es mich nie vergessen lassen. Wir haben uns Monate darüber gestritten, Jahre.«

»Wieso gestritten?«

»Mary steht voll und ganz hinter der Organisation, viel leidenschaftlicher als die meisten Leute ahnen. Wir haben die schärfsten Diskussionen darüber geführt, sie konnte nie begreifen, warum ich eine ausgleichendere Haltung gegenüber den Protestanten einnehmen wollte. Sie hat mich immer bedrängt, die Zahl der Anschläge zu erhöhen, die Schraube anzuziehen, die Briten aus Irland zu vertreiben. Und das war vor Gerrys Ermordung. Sein Tod hat sie endgültig radikalisiert. Ich hätte es erkennen müssen, ich hätte mehr mit ihr reden müssen. Aber ich glaube, damals hatten wir schon aufgehört, miteinander zu reden. Wirklich zu reden – du weißt, was ich meine?«

Morrison nickte. Er fürchtete sich davor, in die Rolle des Beichtvaters gedrängt zu werden. Hennessy war ein Mann, der seine Geheimnisse eifersüchtig bewachte.

»McGrath kommt tatsächlich in Frage«, fuhr Hennessy fort. »Er holt mehr Geld aus seiner Position an der Grenze heraus als sonst jemand in der Organisation, und er hat Verbindungen zu Gaddafi. Das erklärt auch, warum wir den Bombenmacher der Einheit in London nicht ausfindig machen konnten. Es könnte ein völliger Außenseiter sein, jemand, den McGrath ohne unser Wissen zur Ausbildung nach Libyen geschickt hat.«

»Ist das möglich?« fragte Morrison, der froh war, daß Hennessy nicht mehr von Mary sprach.

»Natürlich. Wir haben ihm immer große Freiheiten gelassen, wenn es um unsere Geschäfte mit Libyen ging.«

»Aber warum stiehlt er Sprengstoff aus unseren Lagern? Wäre es nicht einfacher für ihn, seine eigenen Bestände ins Land zu bringen?«

»Nicht in so großen Mengen. Er müßte unsere etablierten Routen benutzen, um etwas ins Land zu schaffen, und das könnte er nicht ohne unser Wissen. Und wenn wir ihn dabei erwischen würden, heimliche Lieferungen zu organisieren, dann wüßten wir sofort, was er im Schilde führt. Dieses Risiko wollte er nicht eingehen. Es war tatsächlich sicherer, das, was die Bombenleger brauchten, aus bereits bestehenden Lagern zu entwenden, sogar aus seinen eigenen.«

»Okay, angenommen, es ist McGrath, was tun wir als nächstes?«

»Er muß uns sagen, wo sich die Attentäter aufhalten«, meinte Hennessy. »Wir bringen ihn hierher und holen die Namen aus ihm heraus.«

»Er ist ein mächtiger Mann, Liam. In Dublin verfügt er über fast genauso viel Einfluß wie du und hält sich auf seiner Farm eine kleine Privatarmee. Wir können da nicht einfach hineinspazieren und ihn bitten mitzukommen.«

»Ich weiß, ich weiß. Deswegen werde ich jetzt mit Dublin sprechen. Und McGrath wird zu uns kommen. Ich möchte, daß du ihn anrufst und ihm mitteilst, daß ich eine Sondersitzung unserer obersten Leute hier auf der Farm anberaumt habe. Sag ihm, daß es um einen Wechsel in unserer Bombenstrategie geht, dann kommt er mit Sicherheit angelaufen. Und sag ihm, daß die Jungs aus Belfast kommen und daß die Versammlung um zwölf Uhr mittags beginnt.«

»Gut«, sagte Morrison. Jetzt, da sich Hennessy auf McGrath konzentrierte, fühlte er sich etwas erleichtert, aber er wußte, daß es unter Hennessys scheinbar gelassener Oberfläche brodeln mußte. Liam Hennessy war dafür bekannt, daß er auch vor Gericht seine Emotionen im Griff hatte. Seine Gegner wußten nie, was er dachte. Er war schwer zu durchschauen, aber wie ruhig er auch wirken mochte, die Geschichte mit Mary würde an ihm nagen und eines Tages eine Reaktion hervorrufen. Morrison mußte vorsichtig sein, äußerst vorsichtig. Einer der Männer mit den Schrotflinten sah durch das Fenster, und sein Blick traf mit dem Morrisons zusammen. Der Mann zwinkerte ihm zu, aber Morrison war schwer aufzuheitern.

Fisher stand an der Balkonbrüstung; auf dem Tisch neben ihm lag ein halber Laib altes Brot. Fisher pickte ein paar Krumen heraus und warf sie in die Luft. Ein Schwarm Seemöwen, die sich auf einer Barke am Fluß aufgehalten hatten, kam kreischend herübergeflogen und umkreiste Fisher mit flatternden Flügeln. Fisher warf eine ganze Handvoll Brotkrumen in die Höhe.

»Weißt du, was ich gerne hätte?« sagte McCormick hinter ihm.

»Was denn?« Zwei der schwarzköpfigen Möwen prallten in der Luft zusammen. Es hörte sich an, als würde man eine Bettdecke klopfen.

»Eine großkalibrige Schrotflinte«, sagte McCormick. »Dann hätten wir wirklich etwas Spaß.«

»McCormick, deine Seele ist pechschwarz.« Fisher warf den Rest der Brotkrumen in die Luft, und von allen Seiten flogen die Vögel mit aufgerissenen Schnäbeln und schlagenden Flügeln herbei. Dann ging er wieder in die Wohnung.

»Fertig«, sagte der Bombenmacher.

Fisher setzte sich und betrachtete den Laptop-Computer. »Sieht so harmlos aus, nicht wahr?« sagte er und ließ seine Hand über den glatten Kunststoff gleiten.

»Und er funktioniert genau wie vorher?«

»Sicher. Es gibt keine Möglichkeit festzustellen, daß er verändert ist, wenn man ihn nicht auseinandernimmt. Und das werden sie nicht tun.«

»Ausgezeichnet«, sagte Fisher.

»Ich habe es sogar so hingekriegt, daß man die Zeit mit

dem Keyboard einstellt. Die Libyer haben mir diesen Trick beigebracht, es ist ein relativ einfaches Programm, das in das Arbeitssystem des Computers integriert ist. Wenn wir wissen, wann die Bombe hochgehen soll, rufe ich das Programm ab und gebe die Zeit ein. Der Computer erledigt den Rest.«

Fisher grinste. »Ich bin beeindruckt«, sagte er. »Und das Ding kommt auch durch die Röntgenkontrolle?«

»Selbst durch die neuesten Modelle. Der einzige Nachteil ist, daß für einen Barometerzünder kein Platz war. Wir können die Bombe also nicht in einer bestimmten Höhe zünden. Deshalb muß die Zeit ganz genau stimmen.«

Fisher nickte. »Das sollte kein Problem sein, so lange wir einen Linienflug aussuchen. Wie steht's mit dem Packesel?«

»Ich habe zwei in der engeren Auswahl. Einen Journalisten und einen Kameramann bei Thames TV. Und du?«

»Ein Mädchen, eine Finanzberaterin, die nächste Woche nach Paris will. Sie fliegt nur mit British Airways, sagt sie. Ich denke, diesen Flug sollten wir uns bestätigen lassen, einverstanden?«

»Von mir aus gerne«, sagte der Bombenmacher. »Wenn mir nicht noch etwas anderes einfällt.«

Woody arbeitete wie wild, um den Bericht über die Kinderferien fertig zu bekommen, weil er nicht genau wußte, ob man ihn sonst für die Samstagsschicht einteilen würde. Die Redaktion war über seine dreistündige Mittagspause mit Annie nicht sehr erfreut gewesen. Er wollte nicht noch einmal unangenehm auffallen, zumindest so lange nicht, bis der Schichtplan für das Wochenende feststand. Aber er litt. Er war nicht seit zwanzig Jahren Journalist, um solchen Mist zu schreiben, doch wie gewöhnlich brauchte er das Geld. In zwei Pubs hatte er Schecks zu Bargeld gemacht und versprochen, am Ende der kommenden Woche genug Geld auf dem Konto zu haben, um sie auch decken zu können. Zwei Jahre lang kämpfte er nun darum, sich finanziell über Wasser zu halten, aber er kam einfach nicht weiter. Er brauchte eine feste Anstellung, aber Woody war Realist. Sein Alter und seine Akte sprachen gegen ihn. Was er brauchte, war die große Story, die er für viel Geld verkaufen konnte und die seine angeschlagene Reputation wiederherstellen würde. Ja, dachte er, träum nur weiter. Mit seiner Liste war er bis Punkt 48 gekommen. »Gehen Sie mit den Kindern in den Zoo. Und werfen Sie sie den Löwen zum Fraß vor«, tippte er in seinen Computer, um es sofort wieder zu löschen. Das würde ihm gerade noch fehlen, wenn so etwas in die Zeitung gelangte.

Schließlich hatte er den Artikel fertig. Als er ihn in die Nachrichtenredaktion geschickt hatte, klingelte das Telefon auf seinem Schreibtisch. Es war Pat Quigley aus Belfast.

»Hi, Woody, ich wußte nicht, ob ich dich so früh in der Woche im Büro erreiche, aber ich kann mich erinnern, daß du zu Hause nicht gerne gestört wirst.«

Woody lehnte sich in seinen Drehstuhl zurück und legte die Beine auf den Schreibtisch. »Den Sarkasmus kannst du dir sparen, Kumpel. Du hast mich neulich zu einer ungünstigen Zeit erwischt. Und wie läuft's denn so?«

»Nicht schlecht, Woody. Ich rufe wegen der Hennessy-Geschichte an.«

»Ja?« meinte Woody in gelangweiltem Ton und versuchte, seine Aufregung zu verbergen.

»Sein Fahrer ist im Krankenhaus. Jemand hat seinen Wagen in die Luft gejagt. Aus der gleichen zuverlässigen Quelle habe ich erfahren, daß das alles auf seiner Farm geschehen ist. Ich habe mich ein bißchen umgehört, und es scheint, daß noch zwei weitere seiner Männer hier in Belfast im Krankenhaus liegen. Der eine hat eine Stichwunde, der andere irgendeine seltsame Verletzung am Fuß. Das ist alles sehr merkwürdig, Woody, besonders nach dem Anschlag in Hennessys Büro. Hast du irgendeine Ahnung, was da vor sich geht?«

»Klingt auch für mich verdammt geheimnisvoll, Pat. Bist du sicher, daß es nicht die Protestanten sind?«

»Eigentlich ja. Zwischen den Topleuten hat es in letzter Zeit kaum Krach gegeben. Sicher kann da immer etwas aufflammen, aber irgendwie klingt es nicht danach. Es hat auch keine anderen Angriffe gegeben, scheint sich alles um Hennessy herum zu konzentrieren.«

»Tja, Pat, ich weiß auch nicht, wie ich dir helfen kann.«

»Du sagtest, daß du mir den Namen des Lesers nennen wolltest, der dich nach Hennessy gefragt hat.«

»Er hat mich nicht nach Hennessy gefragt, er wollte nur an irgendwelche Sinn Fein-Vertreter schreiben. Ich glaube wirklich nicht, daß er dein Mann ist.«

»Naja, vielleicht nicht, aber seinen Namen kannst du doch trotzdem für mich ausgraben, oder?«

»Ich hab's versucht, aber ich kann ihn in keinem meiner Notizbücher finden. Ich habe gesucht, Pat, ehrlich. Leider nichts zu machen.«

»Okay, Woody, nichts für ungut. Ich hab's einfach mal versucht.«

Woody hörte deutlich, daß Pat nicht zufrieden war, aber was sollte er tun. Genau wie Woody war er freier Mitarbeiter, der von der Gnade der Zeitung abhing. Er konnte es sich nicht leisten, jemanden zu beleidigen, nicht mal einen anderen freien Mitarbeiter, besonders dann nicht, wenn der regelmäßig Schichten im Hauptbüro bekam. Quigley verabschiedete sich.

Als Woody zum Schreibtisch des Redakteurs hinüberging, saß Simpson in seinem Sessel, die makellosen Schuhe auf dem Schreibtisch.

»Guter Artikel, Woody, ein echter Klassiker!« rief er Woody zu und hielt den Daumen hoch.

Woody verneigte sich übertrieben und strich sich die Haare aus der Stirn, bevor er Simpson ansprach. »Es geht um die Idee für eine Story«, sagte Woody.

»Was hast du zu bieten?« fragte Simpson und schob ihm einen Stuhl zu.

Woody setzte sich. »Erinnerst du dich an den Mann, der ins Büro kam und wegen der Knightsbridge-Bombe eine Belohnung aussetzen wollte?«

Simpson verzog das Gesicht. »Der Chinese?«

»Ja, der Chinese. Aber ich habe inzwischen herausgefunden, daß dieser Chinese in Wahrheit Vietnamese ist. Seine

Frau und seine Tochter wurden bei dem Anschlag getötet, und er wollte die Männer, die dafür verantwortlich waren.«

»Ein paar Tausend Pfund in einer Plastiktüte, stimmt's?«

»Genau. Etwas später rief er bei mir an und sagte, er wolle direkt mit der IRA sprechen. Er wollte Namen von führenden Mitgliedern der Organisation.«

»Und du hast sie ihm gegeben?«

»Genau. Nicht direkt von der IRA — du weißt, was die mit ihm gemacht hätten, sondern ein paar Namen aus der Sinn Fein-Spitze. Und jetzt führt jemand einen persönlichen Rachefeldzug gegen einen dieser Männer — gegen Liam Hennessy. In seinem Büro wurde eine Bombe gezündet, auch unter seinem Auto, und drei seiner Männer liegen verwundet im Krankenhaus. Und der Mann mit der Plastiktüte ist verschwunden.«

»Verschwunden?«

»Er war Besitzer eines Take-Away-Restaurants in Clapham. Dann hat er alles verkauft und ist verschwunden.«

»Und du glaubst, er ist in Belfast?«

Woody nickte. »Wenn er so verrückt war, eine Belohnung anzubieten, dann ist er auch verrückt genug, die Sache selbst in die Hand zu nehmen.«

»Aber du hast von einer Bombe in Hennessys Büro gesprochen. Woher soll dieser Chinese Bomben haben?«

Woody beugte sich mit funkelnden Augen vor. »Das ist ja gerade der Knüller! Er war beim Vietcong! Dieser Hurensohn kann mit den Händen töten, er kann Bomben bauen, Sprengfallen, was du willst . . . Er hat alles drauf.«

»Woody, da hat dir jemand einen Bären aufgebunden!«

Woody berichtete von der Akte im Innenministerium und schilderte kurz Nguyens Lebensgeschichte. Als er fertig war, nahm Simpson das Ende eines Bleistiftes in den Mund und begann darauf herumzukauen. »Also, was schlägst du vor?«

»Laß mich nach Belfast fahren und dort etwas herumschnüffeln.«

»Ziemlich teuer«, sagte Simpson.

»Wenn die Zeitung meinen Flug und meine Unkosten bezahlt, dann akzeptiere ich Zeilenhonorar. Keine Story, kein

Geld.« Simpson nickte zustimmend. »Aber wenn ich einen echten Knüller lande, dann will ich auch echtes Geld sehen. Dafür bekommt ihr die beste Exklusivstory des Jahres.«

»Wenn du richtig liegst.«

»Wenn ich richtig liege. Abgemacht?«

»Ich habe eine bessere Idee«, sagte Simpson.

»Was denn?« fragte Woody mißtrauisch.

Simpson griff nach einem Brief, der auf seinem Schreibtisch lag, und reichte ihn Woody. »Wir sind zu einer Konferenz in Rom eingeladen worden. Eine Sicherheitskonferenz. Alle Top-Leute werden da sein, unter anderem auch George Churchill-Coleman, der Leiter der Anti-Terror-Abteilung von Scotland Yard, und ein paar Abgeordnete. Einige der führenden Terrorismusexperten Europas werden sprechen. Es soll um computerisierte nachrichtendienstliche Systeme gehen, aber wir haben den Tip erhalten, daß sie eine neue internationale Datenbank zur weltweiten Bekämpfung des Terrorismus aus der Taufe heben wollen.«

»Von der Regierung?« fragte Woody.

Simpson grinste. »Von wem sonst? Wir zeigen zwar eine ganze Menge Titten und Ärsche, aber politisch stehen wir voll hinter der Regierungslinie — und wir haben ein paar Millionen Leser. Die Regierung will aus dieser Konferenz eine große Show machen, also sind auch einige ausgewählte Blätter eingeladen worden. Sie haben angeboten, uns in einem Charterflug mit allen Referenten rüberzufliegen. Wir müssen nur unsere Spesen selbst bezahlen.«

»Und regierungstreu berichten.«

»Die Hand, die einen füttert, beißt man nicht, Woody«, entgegnete Simpson.

»Natürlich nicht«, sagte Woody. Er wedelte mit dem Brief in der Luft herum. »Und ich soll von dort berichten? Du weißt, das Flugzeug geht heute abend.«

»Ich weiß. Wir haben darauf rumgesessen, aber nach dem, was in Ascot passiert ist, wäre es Blödheit, niemanden hinzuschicken. Ich wollte zuerst Williams nehmen, aber der hat die Grippe. Du erhältst mit der Konferenz eine verdammt gute Story und kannst bestimmt hinter den Kulissen noch ein paar heiße Sachen mitkriegen. Und du kannst dich umhorchen, was da in Belfast passiert. Ich würde mich sehr wundern, wenn sie nichts gehört hätten.«

Woody nickte versonnen. Es schien keine schlechte Idee. »Und was ist mit mir und Belfast?«

»Wenn die Konferenz in Rom beendet ist, nimmst du einen Direktflug nach Belfast. Wir erledigen das mit dem Ticket für dich. Kann man überhaupt direkt fliegen?«

»Keine Ahnung, ich kümmere mich drum. Also abgemacht?«

»Abgemacht, Woody. Nur eins noch.«

»Was?«

»Finger weg von der Flasche.«

»Du kennst mich doch!« rief Woody, der schon auf dem Weg zu seinem Schreibtisch war.

»Ja«, murmelte Simpson. »Nur zu gut.«

Woody kam gerade rechtzeitig an seinen Tisch, um den Hörer abzunehmen. Es war Maggie. »Hallo, Woody. Wie wär's morgen mit einem Drink?« fragte sie.

»Tut mir leid, ich kann nicht. Ich fliege heute abend nach Rom. Hab's gerade erst erfahren. Hast du übersinnliche Fähigkeiten?«

»Wann geht dein Flugzeug?«

Er sah auf den Brief. »Halb neun, also werde ich so gegen sieben auf dem Flughafen sein. Und danach fliege ich nach Belfast.«

»Belfast?« fragte sie, und Woody erzählte ihr von dem Gespräch mit Pat Quigley.

»Also machst du dich auf die Suche nach dem Chinesen? Weißt du, falls du Hilfe brauchst, solltest du meinen Cousin anrufen. Er arbeitet als freier Journalist in Belfast. Was für ein Zufall, vor zwei Wochen war er in London.«

»Wie heißt er?«

»Eammon McCormick. Kennst du ihn?«

»Nein, aber vielleicht wäre es ganz nützlich, ihn kennenzulernen. Ich werde dort drüben Hilfe gebrauchen können, und dieses Mal werde ich sogar etwas Geld dafür übrig haben.« Pat Quigley wollte er in Belfast lieber aus dem

Weg gehen, und ein anderer Kontakt kam Woody sehr gelegen.

»Großartig. Übrigens hat er eine Kleinigkeit bei mir vergessen. Vielleicht könntest du sie mitnehmen und ihm persönlich geben. Er ist wirklich ein netter Bursche, er wird dir gefallen. Am besten ist, ich komme heute abend kurz vorbei und bringe es dir.«

»Lunch wäre besser«, sagte Woody und sah auf seine Uhr. Es war 11 Uhr 30.

»Ich kann nicht. Ich komme einfach bei dir vorbei, später. Wie ist die Adresse?«

Woody gab ihr die Adresse des Hauses in Fullham.

»Wann, hast du gesagt, geht der Flug?«

»Um halb neun. Es ist ein Regierungsflug, höchste Sicherheitsstufe und so weiter. Ich muß pünktlich sein. Ich denke, daß ich die Wohnung gegen halb sechs verlassen muß, um ganz sicher zu gehen.«

»Okay, dann komme ich gegen halb vier oder fünf vorbei.«

»Mußt du nicht arbeiten?« fragte er.

»Offiziell besuche ich Klienten, also muß ich dir vielleicht eine Lebensversicherung verkaufen.«

»Bei meinem Lebensstil könnte ich mir wahrscheinlich nicht mal die Prämien leisten«, entgegnete er lachend, bevor sie Auf Wiedersehen sagten. Maggie war eine tolle Frau, und er freute sich darauf, sie wiederzusehen, auch wenn es nur ein Kurzbesuch werden würde. Zwar war er noch nicht über das Kuß-auf-die-Wange-Stadium hinausgekommen, aber man sollte die Hoffnung nie aufgeben.

Morrison stand am Fenster eines der nach vorne gelegenen Schlafzimmer und beobachtete den Weg, der zur Straße führte. Es war kurz vor zwölf, als er McGraths Volvo erspähte, in dem vier Männer saßen, und zur Tür rannte. »Er kommt!« rief er hinunter und eilte wieder zu seinem Beobachtungsposten.

Zwei von Hennessys Männern gingen auf den Wagen zu und hielten ihn an. Sie überprüften die Insassen. Morrison sah, wie die hintere Seitenscheibe heruntergekurbelt wurde.

McGraths getönte Brille blitzte im Sonnenlicht. Morrison spürte, daß sein Herz schneller schlug und sein Mund austrocknete, sichere Zeichen dafür, daß sich sein Körper auf die kommende Gewalt einstellte. Es war vier Jahr her, daß Morrison jemanden getötet hatte, und das war in der Hitze eines Feuergefechts an der Grenze bei Crossmaglen gewesen. Die Toten, die er zu verantworten hatte, kosteten ihn nicht eine Nacht Schlaf, und er war durchaus bereit, wieder zu töten. Diesen Schalter in seinem Kopf hatte er schon vor vielen Jahren betätigt, hatte die Werte, die ihm seine Lehrer und die Priester zu vermitteln gesucht hatten, abgestreift und das Glaubensbekenntnis eines politischen Terroristen angenommen: Gewalt als Mittel beim Kampf um Selbstbestimmung war gerechtfertigt. Wenn Morrison irgendwann einmal vor seinen Schöpfer treten sollte, so würde er das mit einem reinen Gewissen und mit unbefleckter Seele tun, dessen war er sich sicher. Der Tod McGraths, sollte Hennessy ihn befehlen, wäre außerdem eine Genugtuung und würde das Feuer der Eifersucht, das in seinem Kopf loderte, hoffentlich ersticken. Während er beobachtete, wie der Volvo den Weg entlangfuhr und langsam um den aufgefüllten Bombentrichter kurvte, füllten die Bilder von McGrath und Mary erneut seinen Kopf — die beiden zusammen, nackt, stöhnend, sie mit gekrümmtem Rücken, seinen Namen flüsternd.

»Bist du okay?« fragte eine Stimme hinter ihm. Als er sich umdrehte, sah er Murphy an der Tür. Er hielt eine große Automatik in der Hand.

»Mir geht's gut«, sagte Morrison. Er wußte nicht genau, wie er sich Murphy gegenüber verhalten sollte. Sie hatten sich nie besonders nahegestanden. Obwohl sie ungefähr gleichaltrig waren, hatte Morrison eine steile Karriere in der Organisation gemacht und schon in jungen Jahren viel Verantwortung übernommen, während Murphy ein Leibwächter mit ein paar Sonderaufgaben geblieben war. Morrison hatte oft gedacht, daß Murphy ihn um sein Verhältnis zu Hennessy und anderen ranghohen IRA-Offiziellen beneidete . . . Und nun hatte er etwas gegen Morrison in der Hand.

Er würde ihm nie verzeihen, daß er Hennessy hintergangen hatte. Solange Murphy in der Nähe war, würde Morrison sich vorsehen müssen.

Jetzt blickte Murphy ihn ein oder zwei Sekunden mit kalten Augen an, bevor er kurz nickte. »Liam möchte, daß wir runterkommen, ins Wohnzimmer«, sagte er.

Morrison folgte ihm die Stufen hinunter, wo Hennessy auf sie wartete. Er führte sie ins Wohnzimmer und zeigte ihnen, wo sie stehen sollten, genau neben der Tür. Das Licht brannte. Hennessy hatte die Vorhänge zugezogen, damit niemand vom Innenhof hereinschauen konnte.

»Ich führe ihn herein, ihr schließt hinter ihm die Tür«, sagte Hennessy. »Normalerweise trägt er keine Schußwaffe, aber ich möchte, daß ihr ihn trotzdem durchsucht. Packt ihn ruhig etwas härter an. Ich will ihn verwirren, aus der Fassung bringen. Okay?«

Die beiden Männer nickten.

»Wenn ich sage, schlagt ihn, dann schlagt ihr ihn. Wenn ich sage, schießt ihn ins Knie, dann schießt ihr. Ohne Zögern, ohne Einwände. Er muß wissen, daß es mir todernst ist und daß er getötet wird, wenn er nicht zur Mitarbeit bereit ist.«

»Wirklich?« fragte Morrison.

»O ja, Sean, auf jeden Fall. Aber wir beide wissen ja, daß man früher oder später jeden zum Sprechen bringen kann. Jeder Mann hat den Punkt, an dem er zerbricht. McGrath ist es gewohnt, Schmerzen zuzufügen, nicht, sie selbst zu empfinden. Ich denke, daß schon die leiseste Androhung von Gewalt genügen wird, aber wenn nicht, darf er keinen Zweifel dran haben, daß ich meine, was ich sage.«

Sie hörten, wie der Volvo auf den Innenhof einbog. »Also gut, ich hole ihn«, sagte Hennessy und ließ die beiden Männer allein. Sie vermieden es, einander anzusehen, und Morrison fragte sich, ob Murphy auch schon Anweisungen für ihn, Morrison, erhalten habe und ob dabei auch die Kugel in den Kopf erwähnt worden war. Dann versuchte er, die bösen Gedanken abzuschütteln; schließlich hatte es keinen Sinn, sich an ihnen festzubeißen. Was immer sein Schicksal war, es gab keinen Ort, an dem er sich verstecken konnte. Hennessy hatte die volle Unterstützung des Oberkommandos der IRA. Morrison war nur ein einzelner Mann. Dieser Gedanke brachte ihn auf den Chinesen — ebenfalls nur ein einzelner Mann, der es mit der ganzen Organisation aufgenommen hatte und der bislang nach Punkten führte. Er fragte sich, wie Kerry vorankam. Im Flur ertönten Stimmen, und dann betrat McGrath den Raum, Hennessy dicht hinter ihm.

»Das war verdammt kurzfristig, Liam. Wann werden die anderen eintreffen?« fragte McGrath, als Hennessy die Tür schloß.

Morrison trat hinter McGrath und drückte den Lauf seiner Pistole in den Nacken des Mannes.

»Keinen Ton, Hugh. Sag kein einziges Wort.«

Morrison ging um McGrath herum. Die Pistole wanderte mit um den Hals des Mannes und drückte schließlich gegen seine Kehle, so fest, daß er den Kopf nach hinten beugte. Murphy stellte sich hinter McGrath, trat ihm die Beine auseinander und durchsuchte ihn grob. Er ging alle Taschen durch, und tastete Arme und Beine ab.

»Er ist sauber«, sagte er schließlich.

»Jetzt hör mir zu, Hugh McGrath, hör mir gut zu. Wir gehen jetzt in die Küche und stellen uns an die Hintertür. Du wirst deinen Männern sagen, daß du hier übernachtest und morgen mit mir nach Belfast fährst. Dann gehen du und ich zurück und unterhalten uns ein wenig. Wenn du versuchst, sie zu warnen, werden sie erschossen. Wenn du versuchst, davonzurennen, schießen wir dich in die Beine, bringen dich zurück und unterhalten uns trotzdem; aber es wird dann noch etwas mehr weh tun. Was immer du machst, das Ende ist stets das gleiche. Verstehst du, worauf ich hinauswill?«

»Hast du den Verstand verloren?« zischte McGrath.

»Nein«, sagte Hennessy gleichmütig. »Ich habe meine Frau verloren.«

»Geht es darum? Um Mary? Ich glaube es nicht, verdammt nochmal. Ich weiß nicht, was das hier soll, aber du wirst teuer dafür bezahlen müssen, wenn Dublin davon erfährt.«

Morrison preßte den Lauf der Pistole so hart gegen McGraths Kehle, daß er aufstöhnte.

»Wenn deine Männer fort sind, kannst du Dublin anrufen und sprechen, mit wem immer du willst. Aber du solltest eigentlich schon gemerkt haben, daß ich nichts ohne die vorherige Einwilligung der richtigen Leute tue. Ich warne dich besser jetzt, Hugh, sie haben mir *carte blanche* gegeben. Bist du bereit, mit deinen Männern zu sprechen?«

McGrath starrte Hennessy an, als wolle er sich weigern, aber dann sackte er in sich zusammen und stimmte zu.

Morrison schob seine Pistole in die Tasche seiner Bomberjacke, den Lauf nach vorn, wobei er darauf achtete, daß McGrath sah, was er tat. Hennessy öffnete die Tür und ging voran. Morrison stieß McGrath vorwärts, während Murphy zurückblieb, die Pistole hinter dem Rücken. Hintereinander gingen sie in die Küche, Hennessy öffnete die Küchentür. McGraths Fahrer und seine beiden Leibwächter saßen lachend im Volvo. Hinter dem Auto standen zwei von Hennessys Männern mit nach unten geklappten Schrotgewehren.

McGrath ging mit Hennessy zum Wagen, während Morrison und Murphy unter der Tür warteten. Das Seitenfenster wurde heruntergekurbelt, und McGrath legte eine Hand auf das Dach und neigte den Kopf.

»Ich übernachte heute hier bei Liam und fahre morgen mit ihm nach Belfast. Ihr Jungs könnt wieder zur Farm, ich melde mich, wenn ich zurückkomme.« Hennessy fand, daß seine Stimme klang, als würde sie jeden Moment versagen, aber den Männern schien nicht aufzufallen, daß irgend etwas nicht in Ordnung war. Sie fragten, ob er sicher sei, und nachdem McGrath bejaht hatte, starteten sie den Wagen und fuhren davon. Morrison ging auf McGrath zu und führte ihn wieder in das Haus. Murphy nahm ihm die getönte Brille ab, warf sie auf den Boden und zertrat sie mit seinen schweren Stiefeln, bevor er ihm durch den Flur folgte und ihm dabei einige rauhe Stöße in den Rücken versetzte.

McGrath versuchte, das Wort an Hennessy zu richten, während sie wieder das Wohnzimmer betraten, aber er wurde ignoriert. Morrison kannte die Methode — so untergrub man das Selbstvertrauen eines Mannes, um ihn im Verhör gefügiger zu machen. Er holte einen Holzstuhl aus der Küche und stellte ihn vor den Kamin, genau vor Hennessys bevorzugten Sessel. Zusammen mit Murphy stieß er McGrath auf den Stuhl. Dann stellten sich die beiden Männer dahinter. McGrath drehte den Kopf zur Seite, und sofort verpaßte ihm Murphy einen schnellen Schlag mit dem Lauf seiner Pistole. McGrath zuckte zusammen und legte die Hand an die Schläfe. Als er sie wieder fortnahm, war sie rot von Blut.

»Liam, was zum Teufel willst du?« Er blinzelte mit zusammengekniffenen Augen zu Liam hinüber. Die getönten Gläser waren nicht nur Show. McGrath war tatsächlich kurzsichtig.

Hennessy ignorierte ihn und ging zum Fenster. Er riß zwei dicke Kordeln los, mit denen die Vorhänge gehalten wurden, und warf sie Morrison zu. »Binde ihm die Arme auf den Rücken und die Beine am Stuhl fest«, sagte er. Während Morrison den Befehl ausführte, hielt Murphy McGrath die Pistole an den Hinterkopf. Hennessy nahm im Sessel Platz.

»Ist es wegen Mary?« fragte McGrath. »Hast du das gemeint, als du gesagt hast, du hättest deine Frau verloren? Du verlierst sie nicht, Liam. Sie wird dich nie verlassen, das hat sie von Anfang an gesagt.

Die Wut flammte in Morrison auf. Er trat vor und schlug McGrath mit seiner Pistole ins Gesicht. Das Metall riß McGraths Wange auf, und Blut spritzte auf den Teppich, als Morrison ein zweites Mal ausholte.

»Nein!« rief Hennessy. »Laß ihn.«

Morrison ließ die Waffe sinken. Er atmete schwer, sein Herzschlag klopfte in den Ohren.

»Wir wissen alle, worüber du so verdammt wütend bist, Morrison, nicht wahr?« höhnte McGrath keuchend. Morrison fuhr herum und schlug ihm erneut so hart ins Gesicht, daß McGrath mit dem Stuhl nach hinten kippte und hart auf dem Boden aufschlug.

»Sean!« sagte Hennessy. »Wenn du noch ein einziges Mal

so etwas tust, wird es dich teuer zu stehen kommen. Richte ihn wieder auf.«

Morrison hob McGrath mitsamt dem Stuhl an. McGrath war benommen und spuckte Blut auf den Boden. Er stöhnte und schüttelte den Kopf.

Hennessy wartete, bis sein Gegenüber sich einigermaßen erholt zu haben schien. »Es geht nicht um Mary, Hugh, zumindest nicht so, wie du denkst. Es geht um die Bombenanschläge in London.«

»Ich weiß nicht, wovon du sprichst«, sagte McGrath.

»Schlag zu«, befahl Hennessy Murphy, der sofort seine Pistole über McGraths Schädel zog.

»Jetzt frage ich dich noch sehr nett«, sagte Hennessy. »Bald werde ich aufhören, so nett zu sein. Sean wird dir dann eine deiner Kniescheiben zerschießen. Darin ist er sehr gut, unser Sean. Er hat in der Vergangenheit eine Menge Kniescheiben zerschossen, obwohl ich manchmal den Eindruck habe, daß er nicht mehr weiß, wo er herkommt. Aber mit dem Schießen ist es wie mit dem Fahrradfahren. Man verlernt es eigentlich nie. Und ich denke, Sean könnte ein paar ganz private Gründe haben, dir ein oder zwei Kugeln zu verpassen. Ich werde wohl sehr darauf achten müssen, daß er nicht zu hoch zielt. Verstehst du mich, Hugh?«

»Ja, Liam, ich verstehe dich«, murmelte McGrath. Es schien ihm schwerzufallen, die Lippen zu bewegen, von seinem Kinn tropfte Blut. Morrison erkannte, was für ein verschlagener, hinterhältiger Hundesohn Hennessy war. McGrath hatte Angst, nicht nur, weil man ihm Folter androhte, sondern weil er in den Händen des Mannes war, der sich noch mehr betrogen fühlte als Hennessy, des Mannes, der ihn mit bloßen Händen umbringen, der ihn in Stücke reißen und sein rohes Fleisch essen würde. McGrath sah die Mordlust in Morrisons Augen, die unendlich viel erschreckender war als Hennessys Drohungen. Hennessy benutzte Morrison fast ebenso zynisch, wie Mary ihn benutzt hatte. Er wußte es, aber gleichzeitig war es ihm egal. Er wollte nur McGrath leiden sehen und hoffte fast, daß er Hennessys Fragen nicht beantworten würde.

»Was willst du wissen?« fragte McGrath leise.

»Du steckst hinter den Anschlägen?«

»Ja.«

»Warum?«

»Weil ich glaube, daß es der einzige Weg ist, die Briten zu besiegen.«

»Da muß noch mehr dahinterstecken.«

McGrath schüttelte den Kopf.

»Und woher hast du die Leute?«

»Ein paar aus Schottland, zwei aus Südirland. Ich habe sie angesprochen, bevor sie in die Organisation eingetreten sind, ich habe ihnen gesagt, daß sie der Sache besser dienen könnten, wenn sie direkt für mich arbeiteten. Ich habe sie zur Ausbildung nach Libyen geschickt. Als sie zurückkamen, sind sie nach London gezogen und haben Zeit bekommen, um Geschichten zu erfinden und sich unter die Leute zu mischen.«

»Woher ist das Geld gekommen? Auf IRA-Fonds konntest du nicht unbemerkt zurückgreifen.«

»Ich habe mein eigenes Geld benutzt.«

»Wie nobel von dir. Schlag zu, Christy.« Die Pistole krachte erneut auf McGraths Hinterkopf, und er schrie auf und sackte im Stuhl zusammen. Murphy packte ihn bei den Haaren und zog ihn wieder hoch. »Woher kommt das Geld, Hugh?« fragte Hennessy. »Ich glaube, ich werde nicht mehr lange nett zu dir sein.«

»Einiges kommt aus Libyen«, stieß McGrath hervor. »Aber das meiste haben die Iraker gegeben. Sie haben das Geld durch Libyen geschleust.«

»Du hast Geld von den verdammten Irakern genommen?«

»Es zählt nicht, woher das Geld kommt, nur das, was man damit macht. Das weißt du selbst.«

»Wie viel haben sie dir bezahlt?« fragte Hennessy.

»Ich weiß es nicht, es war . . .«

»Du kannst jetzt schießen, Sean«, sagte Hennessy gleichgültig.

»Nein!« schrie McGrath auf. »Um Himmels willen, nein! Zwei Millionen, es waren zwei Millionen Pfund.« Morrison kniete nieder und drückte seine Pistole an McGraths linke Kniescheibe. »Sag ihm, er soll weggehen! Um Himmels willen, schick ihn weg!« brüllte McGrath schluchzend. Er zerrte an seinen Fesseln.

»Wo ist das Geld?«

»Auf einem Schweizer Konto. Es gehört dir, Liam, ich schwöre es dir. Du kannst alles haben. Sag ihm nur, daß er weggehen soll, halt ihn mir vom Leib!«

Hennessy winkte Morrison beiseite, der zögernd die Pistole senkte. Hennessy nahm einen Notizblock und einen Stift. »Ich will die Kontonummer und die Namen und die Adressen der Bombenleger.«

»Und dann?« fragte McGrath. »Ich gebe dir die Namen, und was dann?«

»Ich werde dich nicht töten«, sagte Hennessy. »Du gibst mir die Namen. Ich bringe dich nach Dublin, wo du deinen Fall vor dem Oberkommando verteidigen kannst. Das ist das einzige Geschäft, das ich dir anbieten werde. Bekomme ich jetzt die Namen?«

McGrath schluckte und hustete. Blutiger Speichel floß ihm aus dem Mund. »Du bekommst die Namen«, sagte er.

Auch wenn die Sonne nun direkt über ihr stand, kam Kerry schneller voran. Dabei half ihr, daß der Chinese sich ziemlich geradlinig in Richtung Osten bewegte und wann immer möglich im Schutz der Hecken vorwärts schlich. Wenn er über die Felder gegangen wäre, wo das Gras kurz und elastisch war, hätte man ihm schwerer folgen können. Aber so fand sie an schlammigen Stellen hinter der Hecke, dort wo das Wasser in die Gräben lief, immer wieder gute Spuren.

Es war viertel nach Zwölf, als sie die B 180 und den dahinter liegenden Tollymore Forest Park erreicht hatte. Sie brach einen Zweig ab und steckte ihn wie einen Bonsai-Baum in den Boden, so wie sie es auch schon vorher getan hatte, als Zeichen für Sean. Dann holte sie die Plastikflasche mit Wasser aus ihrem Rucksack und nahm einen kräftigen Schluck, während sie ihren nächsten Schritt überlegte. Am besten wäre es, sofort auf der anderen Straßenseite weiterzusuchen. Auf dem Waldboden und an den Bäumen würden sich leichter Spuren finden lassen als auf den Feldern.

»Sean Morrison, wo zum Teufel bleibst du?« sagte sie zu sich selbst. Eigentlich wollte sie sofort in den Wald, jetzt, wo sie wußte, daß er sich irgendwo dort versteckte. Das gleiche Gefühl stieg in ihr hoch, das sie hatte, wenn sie in Schußweite eines stundenlang verfolgten Wildes gekommen war. Adrenalin strömte durch ihre Adern, und der Wunsch loszulegen wurde so stark, daß ihr Mund trocken wurde. Nur eines hielt sie noch zurück. Wenn sie erst einmal in den Wäldern war, würde sie ein eventuelles Leuchtsignal nicht mehr erkennen. Das Funkgerät konnte sie auch nicht einschalten, für den Fall, daß sie näher an dem Chinesen dran war als sie glaubte. Hinsetzen und warten wäre vielleicht richtig gewesen, aber das wollte sie nicht. Sie nahm das Walkie-Talkie heraus, schaltete es ein und drückte die Sprechtaste.

»Könnt ihr mich hören?« fragte sie. Gemäß Seans Anweisungen nannte sie keine Namen. Keine Antwort, nur Rauschen. »Ist da irgend jemand?« Als auch auf ihren dritten Versuch hin niemand reagierte, nahm sie das als Zeichen dafür, daß sie nun auf sich allein gestellt war und daß Sean Morrison selbst schuld war, wenn er sie nicht finden konnte. Sie packte die Wasserflasche und das Walkie-Talkie wieder in den Rucksack, wartete, bis weit und breit kein Auto zu sehen war und lief dann los, in die grüne, alles umhüllende Kühle des Waldes.

Hennessy ließ Morrison und Murphy im Wohnzimmer zurück und ging zum Telefon. Er schlug sein Notizbuch auf und wählte. Bromley meldete sich persönlich.

»Hier ist Liam Hennessy.«

»Ja«, sagte Bromley. Hennessy hörte, wie eine Pfeife gegen einen Aschenbecher geschlagen wurde. Plötzlich kam ihm der Gedanke, daß Bromley alle seine Gespräche aufzeichnen ließ, aber jetzt war er schon zu weit gegangen, um sich darüber noch Sorgen zu machen. Er las die Namen vor, die McGrath ihm genannt hatte, und gab Bromley die Adresse in Wapping, wo man die Männer nach McGraths Angaben finden würde. Bromley wiederholte die Namen und die Adresse und fragte, ob es sonst noch etwas gäbe.

»Was zum Beispiel?« fragte Hennessy.

»Den Namen des Mannes aus Ihrer Organisation, der die Sache geleitet hat.«

»Diesen Teil müssen Sie uns überlassen, Bromley. Wir waschen unsere eigene schmutzige Wäsche.«

»Sie wollen mir nicht einmal die Genugtuung verschaffen zu wissen, wer es ist?«

Hennessy lachte rauh. »Nein, ich fürchte nicht. Aber seien Sie versichert, daß wir uns darum kümmern.«

»Auf Dauer?«

»Sie haben, was Sie wollten, Bromley. Jetzt tun Sie Ihre Pflicht.« Er legte auf und ging wieder ins Wohnzimmer zurück.

»Was hast du jetzt vor?« fragte McGrath und blinzelte zu Hennessy hinauf.

»Kneble ihn«, befahl Hennessy, an Murphy gewandt.

»Um Himmels willen, Liam, ein Knebel ist wirklich nicht nötig«, sagte McGrath mit angsterfüllter Stimme.

»Knebeln«, wiederholte Hennessy. Murphy holte ein großes grünes Taschentuch aus seiner Hosentasche und schob es McGrath zwischen die Zähne, bevor er es am Hinterkopf zusammenband. McGrath wand sich und stöhnte, brachte aber keinen verständlichen Laut hervor. Seine Augen weiteten sich vor Schrecken, doch Hennessy achtete nicht darauf.

»Christy, bring ihn raus und erschieße ihn.«

Murphy zeigte weder Überraschung noch Ablehnung, er hatte schon zuvor auf Hennessys Befehl getötet, stets ohne zu fragen. Sofort begann er, McGrath vom Stuhl loszubinden, aber der Mann verlor die Beherrschung, zuckte wie ein Verrückter und versuchte, durch den Knebel zu brüllen. Gelassen schlug ihm Murphy mit dem Griff seiner Pistole gegen die Schläfe, und er sank bewußtlos in sich zusammen.

»Laß mich dir helfen«, sagte Morrison, als sich Murphy den ohnmächtigen Mann über die Schulter warf.

»Nein, Sean, du bleibst hier«, sagte Hennessy. »Mach es in

der Scheune, Christy. Heute nacht kannst du ihn auf einem der Felder begraben.«

Hennessy wartete, bis Murphy McGrath hinausgetragen hatte. »Ich möchte dir erklären, warum ich McGrath töten lasse. Nur damit du keine falsche Vorstellung bekommst«, sagte er leise.

»Warum?«

»Dublin hat sich ziemlich eindeutig geäußert. Sie wollten, daß die Anschläge aufhören und wollten den Mann, der dahintersteckt, aus dem Weg haben. Als ich ihnen erklärte, daß es McGrath sei, sagten sie, daß das keinen Unterschied mache.«

»Aber du hast ihm doch gesagt, daß er die Chance bekommt, um Gnade zu bitten.«

»Das habe ich nur gesagt, um ihn zum Sprechen zu bringen, um ihn zu ermutigen. Sie hatten mir eindeutig erklärt, daß ich ihn sofort erledigen solle, wenn die Vorwürfe sich als richtig erwiesen. Keine Berufung, keine Verhandlung, keine Publicity. Keine Leiche.«

»Warum hat er es getan?«

Hennessy zuckte mit den Schultern. »Geld hat wahrscheinlich auch eine Rolle gespielt. Gaddafi und Hussein haben mit der britischen Regierung noch alte Rechnungen zu begleichen, und jemand wie McGrath kam ihnen wie gerufen. McGrath hat durch seine Schmuggelaktionen ein kleines Vermögen verdient, die Grenze hat eine Zeitlang praktisch ihm gehört. Aber mit dem einheitlichen EG-Markt fällt vieles davon weg, und in letzter Zeit mußte er sich immer mehr auf seine anderen Einnahmequellen verlassen, die wiederum in großem Maße davon abhängig sind, wieviel Ärger es gibt. Er steckt hinter einer Reihe von Schutzgelderpressungen. Das meiste Geld fließt in IRA-Kassen, aber ich bezweifle, ob er wirklich alles weitergeleitet hat. Ich würde mich sehr wundern, wenn einiges davon nicht auf seinem Schweizer Konto gelandet wäre, zusammen mit dem Geld der Libyer und der Iraker.«

»Seine Männer werden nicht froh darüber sein.«

»Dublin wird sich um sie kümmern. Aber darum geht es

gar nicht. Was ich sagen will, ist folgendes: McGrath wird getötet, weil er die Sache und die IRA verraten hat, nicht wegen dieser Geschichte mit Mary.«

In der Ferne erklang ein gedämpfter Pistolenschuß, aber keiner der beiden Männer reagierte auf das Geräusch.

»Ich liebe Mary«, sagte Hennessy. »Trotz allem. Wir sind schon lange Zeit zusammen, und manchmal glaube ich, daß ich sie besser kenne als sie sich selbst. Ich bin der Stein, an dem sie sich bricht, wenn du weißt, was ich meine. Ich gebe ihr Stabilität, eine Grundlage, Sicherheit — aber sie hat immer mehr mehr gebraucht als das, mehr als ich ihr geben kann.« Seine Stimme schien zu versagen. »Ich kann mich nicht sehr gut ausdrücken«, murmelte er.

Morrison fühlte sich mehr als unbehaglich. Es geschah nicht oft, daß Hennessy die Worte ausgingen, seine rhetorischen Fähigkeiten waren in den Belfaster Gerichtssälen schon legendär. Er wußte nicht, was er sagen sollte, schaute aus dem Fenster und wünschte sich, daß Hennessy aufhören würde und daß er so schnell wie möglich zu Kerry zurückkäme, um die Jagd auf den Chinesen fortzusetzen. So hatte er wenigstens etwas zu tun.

»Was ich dir noch sagen will, Sean, du brauchst dir keine Sorgen zu machen. Ich bin wütend, sicherlich, aber nicht so, daß ich Christy befehlen würde, dich auch zur Scheune zu bringen. Ich bin auch wütend auf Mary, aber das ist etwas, womit ich selbst fertig werden muß. Du hast mir weh getan, Sean, aber das ist schon öfter passiert. Ich werde darüber hinwegkommen. Deine Loyalität stand niemals zur Debatte. Komischerweise auch die Marys nicht. McGrath hat es vielleicht auch wegen des Geldes gemacht, aber ich glaube, Mary hat es für unsere Sache getan. Vielleicht auch aus Rache. Deshalb muß ich sie beschützen, auch wenn es nicht leicht werden wird.«

Er sah Morrison ernst an, aber in seinen Augen lag kein Haß, nur Traurigkeit. Auf gewisse Weise, dachte Morrison, hätte er mit Haß leichter umgehen können. Mitleid und Verständnis verstärkten seine Schuldgefühle nur noch.

»Eines noch«, fügte Hennessy hinzu. »Wenn alles hier vorbei ist, wäre es mir lieber, wenn du wieder nach New York zurückgingst, aber ich denke, das hast du sowieso vor.«

Morrison nickte. »Liam, ich . . .«

»Sag's nicht«, unterbrach ihn Hennessy. »Ich will dein Mitgefühl nicht. Hilf mir nur noch, den Chinesen loszuwerden, und geh dann wieder in die USA.«

Morrison erkannte, daß es nichts mehr zu sagen gab und ging in die Küche. Hennessys Walkie-Talkie lag auf dem Küchentisch. Er versuchte Kerry zu erreichen, erhielt aber keine Antwort. Besorgt griff er nach seinem Stock und der Provianttasche, überprüfte die Pistole und ging auf den Innenhof hinaus. Murphy kam aus der Scheune herüber. Er wirkte völlig gelassen, nichts an ihm verriet, daß er gerade einem Menschen das Leben genommen hatte.

»Du gehst?« erkundigte er sich mit kalter Stimme.

Morrison fragte sich, was Murphy dachte und wie er wohl reagiert hätte, wenn Hennessy ihm befohlen hätte, Morrison zur Scheune zu bringen und ihm eine Kugel in den Kopf zu schießen. Er fragte sich auch, ob er Hennessy wirklich vertrauen konnte und was geschehen würde, wenn er mit dem Chinesen fertig war. Er mußte sehr, sehr vorsichtig sein.

»Ja, ich muß dem Mädchen helfen.«

»Sei vorsichtig«, sagte Murphy. Morrison lächelte, aber noch während er das tat, wurde ihm klar, daß er keinesfalls wußte, ob Murphy das als Aufmunterung oder als Drohung gemeint hatte.

Roy O'Donnell fuhr einen der Landrover. Auf dem Beifahrersitz suchte Kavanagh nach einer Abzweigung. Der Wagen mit Tommy O'Donoghue und Michael O'Faolain war ungefähr einen halben Kilometer hinter ihnen. Sie fuhren langsam, und mehrmals hatten ungeduldige Autofahrer hinter ihnen gehupt, bis sie sie vorbeiwinkten. Als ein Armeekonvoi hinter ihnen auftauchte, mußten sie schneller fahren, um keine Aufmerksamkeit zu erregen. Ein Lynx-Helikopter flog tief über der Armeepatrouille und hielt Ausschau. Es hatte sie eine halbe Stunde gekostet, bevor sie endlich abbiegen konnten. Sie warteten, bis der Konvoi außer Sichtweite war, bevor sie zurückfuhren und die Suche an der alten Stelle wieder aufnahmen.

Jetzt hatten sie selbst einmal guten Grund, langsam zu fahren. Vor ihnen rumpelte ein roter, schlammbedeckter Traktor die Straße entlang. Kavanagh suchte nach Lücken zwischen den gelben Ginsterbüschen und den Bäumen, nach einem schmalen Pfad, den ein Lieferwagen befahren konnte. Sie hielten ein halbes Dutzend Mal auf der rechten Seite und drangen so weit wie möglich in den Wald vor, fanden aber nichts. Kavanagh wollte bis ans Ende des Forstes fahren, dort umkehren und auf der Rückfahrt die linke Seite der Straße absuchen.

»Langsamer«, sagte er zu O'Donnell. »Mist, schon vorbei. Wende und fahr zurück.« O'Donnell blinkte und wendete. Der Landrover hinter ihnen tat das gleiche. »Da.« Kavanagh deutete in die Büsche.

»Ich sehe nichts«, meinte O'Donnell und kniff die Augen zusammen. »Was soll da sein?«

»Da ist eine Spur. Sieh doch.« Sie fuhren an einer Lücke zwischen den Bäumen vorbei.

»Könnte sein«, sagte O'Donnell. »Sollen wir mal nachsehen?«

»Das sollten wir«, sagte Kavanagh. Sie wendeten erneut, und als sie sich diesmal der Lücke näherten, blinkte O'Donnell links und fuhr langsam zwischen den Bäumen hindurch. Nachdem beide Landrover die Hauptstraße verlassen hatten, sagte Kavanagh zu O'Donnell, daß er anhalten und aussteigen solle. Er winkte O'Donoghue und O'Faolain zu sich. Die vier Männer standen mit ihren Gewehren auf dem Pfad wie eine Gruppe Farmer, die Hasen schießen wollten. Kavanagh betrachtete den lehmigen Boden, ohne genau zu wissen, wonach er eigentlich suchte. Auf dem Boden erkannte er einige Reifenspuren, aber er wußte weder wie alt sie waren, noch welches Fahrzeug sie hinerlassen hatte.

»Wir lassen die Wagen hier stehen«, sagte er. »Verteilt euch und haltet die Augen offen.

*

Nguyen hörte sie schon aus weiter Ferne. Er saß neben einem dichten Ginsterbusch, der inmitten von Glockenblumen stand, und aß mit den Fingern Reis und Huhn. Das erste, was er hörte, war ein Vogelschwarm, der mit flatternden Flügeln aus den Bäumen aufstieg. Er stellte die Kartons mit Essen beiseite und stand auf. Sorgfältig lauschend wandte er seinen Kopf hin und her, um herauszufinden, aus welcher Richtung sie kamen. Schließlich hörte er, wie ein Zweig unter einem Stiefel knackte und ein Niesen, das vom Pfad herkam. Er konnte nicht genau sagen, wie viele es waren, aber es mußten mindestens zwei Mann sein. Er tat die Deckel auf die Folienbehälter und steckte sie in den Rucksack zu der Röhrenbombe. Die Bombe einzusetzen hatte keinen Sinn, da sie nur in einem geschlossenen Raum effektiv war. Die Pistole eignete sich besser. Er überprüfte das Magazin, bevor er sich den Rucksack überstreifte, und schlich langsam durch das Unterholz auf den Pfad zu. In blinder Hast davonzurennen, kam nicht in Frage; zunächst mußte er sehen, wer da kam. Vielleicht waren es nur harmlose Forstarbeiter.

Er bewegt sich parallel zum Pfad und setzte jeden Fuß sorgsam auf, um jedes Geräusch zu vermeiden. Alle paar Schritte blieb er stehen und lauschte. Schließlich versteckte er sich hinter einem laubreichen Kastanienbaum und wartete, bis sie neben ihm auftauchten. Es waren insgesamt vier, drei stämmige Männer und ein dürrer Jüngling. Alle trugen Gewehre. Er erkannte einen von ihnen. Sie bewegten sich langsam vorwärts und beobachteten den Boden genauer als den Wald. Nguyen glaubte nicht, daß sie am Lieferwagen vorbeilaufen würden, obwohl er die Reifenspuren so mühsam verwischt hatte. Keiner der Männer sagte etwas. Sie gaben sich offensichtliche Mühe, so leise wie möglich zu gehen, aber Nguyens Meinung nach bewegten sie sich so grazil wie Wasserbüffel. Ihre Stiefel traten auf knackende Zweige, raschelten durch die Blätter und klatschten mit saugendem Geräusch in Schlammpfützen. Nguyen hätte ihnen mit geschlossenen Augen folgen können.

Er kroch von Baum zu Baum, huschte wie ein Schatten

von Deckung zu Deckung. Die Männer kamen an die Stelle, wo er den Pfad mit dem Lieferwagen verlassen hatte, und einen Augenblick lang durfte er hoffen, daß sie nichts bemerkt hatten, aber dann hob der Mann, der offenbar der Führer der Gruppe war, die Hand, und die Männer blieben stehen. Der Anführer kniete nieder und betrachtete den Boden, bevor er seine Helfer um sich versammelte. Er flüsterte angestrengt auf sie ein und gestikulierte. Nguyen war zu weit entfernt, um zu verstehen, was er sagte, aber es bestand kein Zweifel daran, daß er sie anwies auszuschwärmen und zwischen den Bäumen weiterzugehen.

Nguyen wußte, daß er nun eine Entscheidung treffen mußte. Er konnte den Lieferwagen aufgeben und sich im Wald verstecken, bis die Zeit gekommen war, Hennessy erneut einen Besuch abzustatten, aber das bedeutete, daß er nicht mehr aus dem Land herauskommen würde, wenn alles vorbei war. Er hätte dann nur noch das, was er am Leib trug, und den Inhalt seines Rucksacks. Für ein Leben in der Wildnis ideal, aber schwer zu erklären, wenn er eine Fähre oder ein Flugzeug nehmen wollte. Andrerseits: Tötete er die Männer, würde Hennessy bald einen Suchtrupp loschicken, und er bezweifelte, daß er vier Leichen mitsamt den zwei Autos, in denen sie wahrscheinlich gekommen waren, so gut verstecken konnte, daß sie bei einem gründlichen Durchkämmen des Waldes nicht gefunden würden. Die dritte Möglichkeit wäre, sie zu töten und seinen Plan schneller zu beenden. Das würde heißen, sofort danach zu einer letzten Konfrontation zu Hennessys Farm zu fahren. Aber vielleicht wußte Hennessy noch nichts Neues. Sollte Nguyen ihn dann töten und mit einem der anderen Sinn Fein-Mitglieder, deren Namen ihm der Londoner Journalist genannt hatte, das gleiche Spiel noch einmal von vorne beginnen? Am besten wäre es wohl, den Lieferwagen in ein neues Versteck zu bringen. Das war möglich, dachte er. Ein aufgeregter Schrei sagte ihm, daß sie den Lieferwagen gefunden hatten. Er entsicherte die Browning und schlich auf die Männer zu. Der Anführer stand vor dem Wagen und entfernte die Zweige und Farne, mit denen Nguyen den Renault getarnt hatte. Der rothaarige Jüngling half ihm. Dann kamen die beiden Schwergewichtler durch das Unterholz getrampelt und räumten alles weg, womit der Wagen bedeckt gewesen war. Nguyen schlich sich so nahe wie möglich heran. Er versteckte sich hinter einem Busch ein halbes Dutzend Schritte von der Hintertür des Lieferwagens entfernt.

»Mach' die Motorhaube auf, Tommy«, hörte er jemanden sagen. »Und du, Michael, siehst nach, was hinten ist.«

Der schlaksige junge Mann ging um den Wagen herum zur Hintertür. Er wechselte sein Gewehr in die linke Hand und versuchte mit der rechten, den Türgriff zu drehen. Die Tür würde nicht nachgeben, da Nguyen sie abgeschlossen hatte. Der Chinese sicherte die Pistole und steckte sie in den Elastikbund seiner Hose. Statt dessen zog er das Jagdmesser aus der Scheide am Rucksack. Er zögerte, die Pistole zu benutzen, da er vier Gegener vor sich hatte, und selbst wenn er den ersten erschoß, würden die drei anderen sofort auf ihn feuern.

Die linke Hand hielt er hoch, die rechte war bereit zuzustechen. Ein Stich ging immer tiefer als ein Hieb. Geduckt machte er drei schnelle Schritte vorwärts.

»Die Tür ist abgeschlossen!« rief der junge Mann.

»Dann brech sie auf!« rief der Anführer zurück. »Bist du blöd oder was?« Glas zersplitterte, als einer der Männer mit dem Gewehrkolben das Fenster der Fahrertür einschlug.

Nguyen sprang vor, drückte dem jungen Mann mit der linken Hand die Kehle zu und stieß ihm gleichzeitig mit der linken das Messer waagerecht in die Niere. Er drehte die Klinge herum, um ihre schreckliche Wirkung zu beschleunigen. Die Hand an der Kehle erstickte jedes Geräusch. Nguyen spürte, wie der Körper zuckte, sich versteifte und wieder entspannte, als er tot zu Boden sank. Nguyen schob das Messer wieder zurück in die Scheide.

Der Mann, der das Fenster eingeschlagen hatte, war in den Wagen gestiegen und suchte den Hebel zum Öffnen der Motorhaube. Nguyen nahm eines seiner Wurfmesser in die Hand und schlich auf die rechte Seite des Renault. Er wagte einen schnellen Blick und sah, daß der Mann ihm den Rücken zukehrte. Nguyen duckte sich, nahm die Pistole in die linke Hand und entsicherte sie erneut.

Es gab ein klickendes Geräusch, und der Mann rief: »Das war's!« Nguyen trat hinter dem Wagen hervor. Er hielt die Klinge an der Spitze, den Griff nach oben gerichtet. Der Mann schloß die Tür des Lieferwagens. In diesem Augenblick hatte Nguyen freie Sicht auf den Hals des Mannes und warf das Messer mit aller Kraft. Die Klinge drang in die Kehle, Blut spritzte über seine Brust. Nguyen schnellte sich vorwärts. Der Mund des Mannes ging lautlos auf und wieder zu; die Klinge hatte seinen Adamsapfel durchbohrt. Nguyen nahm die Pistole in die rechte Hand und schlich um die Rückseite des Lieferwagens herum nach links. Die beiden anderen hatten die Motorhaube hochgeklappt und beugten sich über die Maschine. »Am besten, wir schrauben die Zündkerzen raus«, sagte der eine.

»Ja. Und laß die Luft aus den Reifen. Dann sitzt der Bastard fest.«

Der Mann mit dem Messer in der Kehle fiel mit einem dumpfen Geräusch auf den Waldboden. Sein Gewehr scharrte über die Seite des Wagens.

»Was ist los, Tommy?« fragte einer der Männer.

Nguyen schlich geduckt nach vorne. Die beiden Männer würden durch das Geräusch des fallenden Körpers abgelenkt sein.

»Tommy?« sagte der Mann. Dann folgte ein Fluch. Als Nguyen vorsprang, standen die beiden Männer mit dem Rücken zu ihm und beugten sich über ihren sterbenden Freund. Nguyen hielt die Pistole an den Kopf des Mannes, der am nächsten vor ihm stand, und drückte ab. Die Kugel durchschlug den Schädel; eine rötliche Fontäne sprudelte aus dem Ausschuß im Gesicht. Der andere Mann wirbelte herum, aber bevor er seine Schrotflinte abfeuern konnte, schoß Nguyen ein zweites Mal und traf ihn mitten in die Brust. Mit einem erstaunten Blick fiel er nach hinten. Auf seinem Hemd breitete sich ein riesiger Blutfleck aus, und das Gewehr fiel aus den leblosen Händen.

Es hatte weniger als eine Minute gedauert, aber alle vier waren tot. Nguyen war nicht stolz auf seine Leistung. Als er nach Irland gekommen war, hatte er gehofft, sein Ziel erreichen zu können, ohne jemanden töten zu müssen. Zwar wußte er, daß er ein paar Leute verletzen mußte, bevor man ihn ernst nahm, aber er hatte in den Dschungeln von Vietnam genug Menschen getötet und wollte dieser Liste keine weiteren Namen hinzufügen. Sie hatten ihn dazu gezwungen, dachte er. Es war ihr eigener Fehler.

Er stand über die Leiche des letzten Mannes gebeugt, den er getötet hatte, und lauschte. Der Wald war still geworden, aber langsam setzten die Vogelstimmen und die Geräusche der Insekten wieder ein. Als er sich davon überzeugt hatte, daß niemand in der Nähe war, wandte er sich den Leichen zu.

Kerry hörte zwei Schüsse, der zweite lauter und deutlicher als der erste. Es klang, als kämen sie aus zwei verschiedenen Pistolen. Sie war ungefähr einen Kilometer tief in den Wald vorgedrungen und kam gut, wenn auch langsam voran. Vorher hatte sie die Stelle gefunden, an der Nguyen den Wald betreten hatte, seine Spur aber bald verloren und mehr als eine Stunde gebraucht, um zunächst zurückzugehen und dann in allen Richtungen zu suchen, bis sie sie wieder aufgenommen hatte. Es gab keinen erkennbaren Pfad, den der Chinese hätte nehmen können, und sie mußte ständig die Richtung ändern oder große Bäume und Büsche umgehen. Ihre Aufgabe wurde dadurch noch erschwert, daß Nguyen die gleiche Strecke hin und zurück gegangen war. Die Hälfte der Spuren, die sie fand, hatte der Chinese auf seinem Weg zur Farm hinterlassen, nicht auf seinem Weg in den Wald hinein.

Die Schüsse waren aus östlicher Richtung gekommen, aber sie konnte nicht sagen, wie weit entfernt sie abgefeuert worden waren, geschweige denn, ob Nguyen sie abgegeben oder ob jemand auf ihn geschossen hatte. Wenn man Nguyen nur aufgescheucht hatte, würde er wahrscheinlich in entgegengesetzter Richtung fliehen und noch mehr Distanz zwischen sich und Kerry bringen. Behielt sie ihre Schnekkengeschwindigkeit jetzt also bei, konnte sie ihn nicht mehr einholen. Rannte sie aber in die Richtung der Schüsse, um dann feststellen zu müssen, daß es sich lediglich um ein paar Wilderer handelte oder daß Onkel Liams Männer aus Versehen geschossen hatten, ohne daß Nguyen in der Nähe war, lief sie Gefahr, seine Spur wieder zu verlieren.

Sie überlegte, was ihr Vater jetzt wohl tun würde. Bei der Spur bleiben oder in die Richtung laufen, aus der die Schüsse gekommen waren? Sie dachte an die Jagdexpeditionen mit ihrem Vater, bei denen sie meistens reiche Deutsche oder Japaner in die Highlands führten. Sie folgten der Fährte, bis sie das Wild vor der Flinte hatten. Aber manchmal hatte ihr Vater auch Abkürzungen genommen oder die Spuren ignoriert, weil er instinktiv spürte, wo sich die Jagdbeute befand. So fühlte Kerry sich jetzt. Irgendwie wußte sie, daß Nguyen geschossen hatte, sie spürte es im Inneren. Und sie begann, westwärts zu laufen.

Auch Sean Morrison hatte die Schüsse gehört. Er war noch über einen Kilometer vom Wald entfernt und war genau den Spuren gefolgt, die Kerry für ihn gelegt hatte. Auch er erkannte sofort, daß die Schüsse aus einer Pistole und nicht aus einem Gewehr abgefeuert worden waren. Das mußte Nguyen gewesen sein. Kavanagh und die Jungs hatten Schrotflinten dabei, und ein Wilderer oder ein Farmer würde auf der Jagd keine Pistole benutzen.

Er rannte auf die Bäume zu. Einen Zweig, den Kerry zwischen zwei Ahornbäumen plaziert hatte, ignorierte er und entschied sich für den geradesten Weg mitten durch das Unterholz. Man konnte immer schwer abschätzen, in welcher Entfernung ein Schuß abgefeuert worden war, aber Sean war sich sicher, daß es nicht mehr als drei Kilometer gewesen waren, wahrscheinlich weniger. Er rannte, so schnell er konnte, denn es waren nur zwei Schüsse gefallen, und Kerry war unbewaffnet.

Nguyen zog die Leichen an den Armen in das Unterholz. Ihre Fersen schabten über den Boden. Es hatte keinen Sinn,

Gruben für sie auszuheben, denn einem Suchtrupp würde die frisch umgegrabene Erde sofort auffallen. Also begnügte er sich damit, die Körper unter Brombeersträuchern zu verbergen und sie mit Farnzweigen zu bedecken. Als er fertig war, wiesen acht Schleiflinien auf das Grab unter den Büschen hin. Mit einem großen Zweig verwischte Nguyen die Spuren.

Er lief den Pfad hinunter, um festzustellen, mit welchen Fahrzeugen Hennessys Männer gekommen waren, und stieß bald auf die beiden Landrover. Sie blockierten den Pfad, und anstatt sie nachher eilig zur Seite zu fahren, wenn er mit seinem Lieferwagen in Hast aufbrechen mußte, entschied er sich dafür, sie lieber sofort tiefer in den Wald zu fahren.

Beide Zündschlüssel steckten noch. Er stieg in den ersten Wagen und ließ den Motor an. Plötzlich begann er zu zittern und umklammerte das Lenkrad mit Händen, an denen vor Anspannung die Adern hervortraten. Er versuchte, sich zu beruhigen, ohne zu wissen, was die nervöse Reaktion ausgelöst hatte. Vielleicht ein verzögerter Schock? Aber das war ihm damals im Dschungelkrieg noch nie passiert, und er schämte sich seiner Tat auch nicht. Zweifellos hätten die Männer ihn, ohne lange nachzudenken, getötet. Was war es also? Er schloß die Augen und spürte, wie sich die Vibrationen des Dieselmotors auf seine Arme übertrugen. Es war notwendig, die Selbstbeherrschung zu bewahren, das war er seiner Familie schuldig.

Kerry hörte, wie ein Motor ansprang und ein Wagen durch den Wald brummte. Sie lief auf den Lärm zu und sah den Landrover, an dessen Steuer ein kleiner Asiate in einem Tarnanzug saß.

»Der Chinese!« sagte sie laut. Sie kroch vorwärts und versteckte sich hinter einem Ahornbaum. Nguyen hatte den Wagen unter einer ausladenden Roßkastanie am Rande einer Lichtung geparkt und stieg aus. Er ging in den Wald und kam ein paar Minuten später mit einem Arm voller Farnzweige wieder, die er über das Dach, die Motorhaube und die Reifen drapierte, anschließend lehnte er Zweige gegen die Seiten des Autos und trat zurück, um seine Arbeit zu überprüfen. Auf dem Rücken trug er einen kleinen Rucksack, ganz ähnlich dem, in dem Kerry ihre Ausrüstung transportierte. Im Elastikbund seiner Hose steckte eine große Pistole, deren Anblick sie daran erinnerte, daß sie unbewaffnet war. Dieser verdammte Sean Morrison, dachte sie. Warum hatte er seine Pistole mitgenommen? Ein Schuß, und alles wäre vorüber gewesen.

Nguyen ging wieder in den Wald. Dieses Mal folgte Kerry ihm. Sie wollte ihm nicht zu nahe kommen, denn sie wußte, daß sie im dichten Unterholz auf jeden Fall Geräusche verursachen würde, ganz gleich, wie vorsichtig sie war. Kurz verlor sie ihn aus den Augen, hörte aber bald, wie ein weiterer Wagen anfuhr und sah, daß er einen zweiten Rover über den Pfad steuerte. Kerry fragte sich mit wachsender Furcht, was aus den Männern geworden war, die mit den Rovern hierher gekommen waren. Der Chinese konnte sie doch kaum alle getötet haben? Außerdem waren nur zwei Schüsse gefallen.

Dieses Mal kroch sie ruhiger von Baum zu Baum, denn sie wußte, wohin sie ging. Als sie ihn wieder sehen konnte, war er gerade dabei, den zweiten Rover mit Farnen zu bedecken. Sie kniete sich hinter einen Busch. Nguyen verschwand wieder zwischen den Bäumen, wahrscheinlich um noch mehr Zweige zu sammeln.

Sie sah auf ihre Uhr und fragte sich, wo zum Teufel Sean Morrison blieb. Plötzlich fiel ihr ein, daß sie keine Zeichen mehr für ihn zurückgelassen hatte. War er clever genug, um zu sehen, wo sie durch den Wald gerannt war? Hatte sie ihm in der kurzen Zeit genug beigebracht? Sie hatte nur die Signalpistole, um ihm ihren Standort kenntlich zu machen, aber dazu war es jetzt zu spät. Bei dem Gedanken an die Signalpistole ging ihr Atem schneller. Was, wenn sie den Chinesen selbst überwältigte? Die Signalpistole würde ebenso bedrohlich sein wie irgendeine andere Schußwaffe. Sie streifte den Rucksack ab und öffnete ihn. Als sie ihre Hand hineinsteckte, um die Signalpistole herauszuholen, hörte sie ein Klicken hinter sich und starrte plötzlich in die Mündung einer Pistole.

»Stehen Sie auf, langsam«, sagte Nguyen. Er hielt die Pistole auf sie gerichtet, während Kerry aufstand. Den Rucksack drückte sie an die Brust, als wäre es ein Baby. »Wer sind Sie?« fragte Nguyen.

Sie überlegte krampfhaft. »Ich . . . ich . . . bin . . . ich . . . beobachte Vögel«, stammelte sie schließlich. »Hier ist mein Fernglas.«

Sie griff in den Rucksack und umklammerte den Griff der Signalpistole, als ihr einfiel, daß sie gar nicht geladen war. Die Patronen lagen lose daneben.

Nguyen streckte die Hand aus. »Geben Sie her.«

Sie reichte ihm den Sack. »Lassen Sie den Stock fallen und gehen Sie auf die Lichtung«, sagte er und deutete mit der Pistole dorthin. Sie traten aus dem Schatten der Bäume, und er bedeutete ihr, sich neben einen der Rover zu stellen.

»Wie alt sind Sie?« fragte Nguyen.

»Vierundzwanzig«, antwortete sie.

»Ich hatte eine Tochter, die jetzt auch so alt wäre«, sagte Nguyen. Er trat zurück, stellte den Rucksack auf den Boden und kniete sich daneben. Eine Sekunde dachte sie daran, sich auf ihn zu stürzen, aber er ließ sie nicht aus den Augen, während er den Rucksack mit einer Hand durchsuchte. Er zog das Etui mit dem Fernglas heraus und öffnete es.

»Ich beobachte Vögel«, wiederholte Kerry, so als könne sie den Chinesen dadurch überzeugen. Sie konnte kaum atmen, ihr Mund war ausgetrocknet.

Nguyen nickte, legte das Etui auf den Boden und fuhr fort, den Inhalt des Rucksacks auszupacken. Er nahm das Walkie-Talkie heraus, untersuchte es und legte es neben das Fernglas. Wieder wanderte seine Hand in den Rucksack, wie ein Zauberer, der das weiße Kaninchen hervorholt, doch dieses Mal war es Kerrys Notizbuch.

Kerry stammelte, daß sie es brauche, um Zeichnungen von den Vögeln anzufertigen, die sie beobachtete, doch er hörte ihr gar nicht zu und wandte langsam die Seiten um. Als er auf die Zeichnung stieß, die sie von seinem Fußabdruck gemacht hatte, nickte er bedächtig. »Vögel beobachten?« Er sah sie an.

Plötzlich hörten sie Knacken aus der Tiefe des Waldes, die Geräusche, die ein rennender Mann verursacht. Nguyen blickte über die Schulter und sah dann erneut Kerry an. Offenbar war er unschlüssig, was er tun sollte. Kerry ahnte, daß der Chinese überlegte, ob er sie erschießen oder mit dem großen Jagdmesser, das er bei sich trug, töten sollte. Ihr Magen begann zu rebellieren.

Die Geräusche wurden lauter. Nguyen trat ein paar Schritte zurück, wahrscheinlich hielt er Kerry für die kleinere Gefahr. Geduckt rannte er mit der Pistole im Anschlag zum Rand der Lichtung. Sofort griff Kerry nach dem Rucksack und holte die Signalpistole und eine Patrone heraus. Ihre Hände zitterten, und erst nach mehreren Versuchen gelang es ihr, den Verschluß der Pistole zu öffnen und die Patrone hineinzuschieben.

Der Chinese stand etwa 20 Meter vor ihr. Als Morrison zwischen den Bäumen auftauchte, hob er seine Pistole. Morrisons schwarze Haare wehten im Wind, die Provianttasche schlug beim Laufen gegen seine Hüfte. Nguyen duckte sich hinter einen Baum, und Kerry ging auf ihn zu. Sie hielt die Signalpistole mit beiden Händen umklammert und zielte auf seinen Rücken.

Morrison hatte sie gesehen und ruderte schreiend mit den Armen.

»Sean, paß auf!« schrie sie, als Nguyen hinter dem Baum hervortrat und seine Pistole auf Morrison richtete.

»Nguyen, es ist alles vorbei, keine Sorge!« rief Morrison, und der Chinese ließ die Pistole sinken. In diesem Moment drückte Kerry ab.

»Kerry, nein! Nicht!« schrie Morrison.

Die Pistole zuckte in ihrer Hand, und dann ertönte ein Knall und ein zischendes Geräusch, als die Leuchtkugel aus dem Lauf schoß und mit einem Schweif aus weißem Rauch durch die Luft sauste. Sie krachte in Nguyens Rucksack, und er wirbelte herum und zielte auf Kerry, die die Hände vors Gesicht schlug. Aus dieser Entfernung würde er sie nicht verfehlen. Nguyens Finger krümmte sich um den Abzug, aber er konnte nicht abdrücken, er brachte es nicht über sich, sie zu erschießen. Kein Mädchen. Er roch die brennende Leuchtkugel, in seinen Ohren zischte das schmelzende Nylon, und er wußte, daß sie ihn töten würde, daß es nur noch Sekunden dauern konnte, bevor die Hitze die Bombe in seinem Rucksack zur Detonation brachte. Er ließ die Browning fallen und kämpfte mit dem Rucksack, während er ihr zurief, wegzulaufen.

Morrison stürmte auf die Lichtung und sah Kerry, die auf dem Boden kniete und den Kopf in den Händen vergraben hatte. Einen Augenblick lang dachte er, daß sie getroffen wäre, sah aber kein Blut und hatte auch nicht gehört, daß der Chinese einen Schuß abgegeben hatte.

»Lauft weg, lauft weg!« schrie der Chinese. »Die Bombe, die Bombe!«

Mit einem Mal wurde Morrison klar, was geschehen war, warum der Chinese die Pistole weggeworfen hatte und warum er verzweifelt an den Riemen seines Rucksacks zerrte. Morrison rannte auf ihn zu, erwischte einen der Riemen und zog ihn dem Chinesen über die Schulter. Nguyen rang nach Atem und wand sich hin und her, um das tödliche Paket von seinem Rücken zu bekommen. Die Hitze der Leuchtkugel versengte die Haare auf Morrisons Händen. In diesem Augenblick zuckte der weiße Signalblitz der sich entzündenden Leuchtkugel auf. Morrison schrie vor Schmerz; geblendet von dem weißen Licht schloß er die Augen, aber endlich gelang es ihm, Nguyen von dem brennenden Bündel auf seinem Rücken zu befreien. Der Chinese sank zu Boden. Morrison schwang das weißblitzende Ding hin und her und warf es mit aller Kraft in die Luft. Zischend und spuckend landete es zwischen den Bäumen. Sofort stürzte sich Morrison auf Kerry, riß sie zu Boden, legte sich schützend über sie und rief ihr zu, die Augen zu schließen und die Hände vors Gesicht zu halten.

Sekunden später explodierte die Bombe. Der Knall war ohrenbetäubend und erschütterte den Waldboden wie ein kleines Erdbeben. Kurz danach ergoß sich ein Regen aus

Zweigen und Erdklumpen über sie, der ebenso schnell endete, wie er begonnen hatte. Der Wald war stumm, als hätte die Bombe alles Leben im Umkreis von Kilometern vernichtet. Morrison rollte zur Seite und half Kerry auf die Beine. In der Ferne begann ein Vogel zu zwitschern, ein zweiter antwortete ihm. Kurze, nervöse Rufe, so als trauten sie der Stille noch nicht. Nachdem Morrison sich davon überzeugt hatte, daß Kerry nicht verletzt war, ging er zu dem Chinesen hinüber, der sich hustend und würgend die Augen rieb.

»Danke«, sagte er und überraschte Morrison damit, der auf eine solche Höflichkeit nicht gefaßt war.

Morrison hörte ein metallisches Klicken, und als er sich umdrehte, sah er Kerry, deren Hände um den Griff der Browning geradezu winzig wirkten.

»Geh zur Seite, Sean«, sagte sie ruhig. »Ich habe den Bastard im Visier.«

»Ganz ruhig, Kerry«, sagte Morrison. »Leg die Pistole hin. Er wird niemandem etwas tun.« Nguyen zeigte keine Furcht. Er sah Kerry ausdruckslos an.

»Ich werde ihn töten«, sagte Kerry mit einer seltsam flach wirkenden Stimme. Morrison fragte sich, ob sie vielleicht einen Schock hatte. Ihre Augen waren kalt, fast leer, so als würde sie schlafwandeln, aber ihre Hände waren ruhig genug, um die Browning genau auf die Brust des Chinesen zu richten.

»Es ist vorbei«, sagte Morrison und streckte seine Hand nach der Waffe aus. »Wir wissen jetzt, wer die Bombenleger sind. Wir wissen, wer sie unterstützt hat. Es ist vorbei. Wir können alle nach Hause gehen!«

»Es ist nicht vorbei!« zischte sie. »Es ist erst vorbei, wenn er tot ist.«

Morrison sah den Chinesen an. Seine Hände baumelten an den Seiten herab, sein Kopf war leicht geneigt, aber er sah Kerry in die Augen, als wolle er sie dazu bringen zu schießen und alles zu beenden. In seinen Augen lag eine Traurigkeit, die zum Ausdruck brachte, daß es nichts mehr gab, was man ihm noch antun konnte. Morrison richtete seinen Blick wieder auf Kerry. Seine Hand war noch immer ausgestreckt.

»Kerry, er hätte dich erschießen können. Er hat es nicht getan. Du kannst ihn nicht töten. Er ist unbewaffnet, er bedeutet keine Gefahr mehr.« Langsam ging er auf sie zu, und sie trat einen halben Schritt zurück. »Er hat eine Abmachung mit Liam, und wir halten uns daran. Es ist vorbei. Gib mir die Pistole, damit wir nach Hause gehen können.«

Ihr Finger krümmte sich um den Abzug, und Morrison wußte, daß sie kurz davor stand abzudrücken. Nguyen schien auf seinem Platz festgenagelt. »Kerry, wenn du das tust, dann tust du es aus den falschen Gründen. Du tust es nicht für Onkel Liam oder für deinen Vater oder die IRA«, sagte Morrison und trat einen weiteren Schritt vor. »Du tust es für dich!« Noch ein Schritt. Die Pistole war fast in Reichweite. »Es würde für immer auf deinem Gewissen lasten. Es lohnt sich nicht. Glaub mir, ich weiß es. Es lohnt sich nicht.« Er machte einen letzten Schritt nach vorne, bog ihren Arm mit der Pistole zur Seite, weg von Nguyen, und riß ihr dann die Waffe aus der Hand. Sie versuchte, wieder an die Pistole zu kommen, doch er hielt sie so, daß sie vergeblich danach griff. Schließlich stieß sie einen Wutschrei aus und schlug ihm mit der Hand ins Gesicht. Dann begann sie, zu schluchzen, und er nahm sie in den Arm, ohne die Pistole zu vergessen, die er immer noch außerhalb ihrer Reichweite hielt. Sie legte ihren Kopf an seine Schulter, und er spürte, wie ihr Körper zitterte. Langsam drehte Morrison sich mit ihr um, so als bildeten sie eine Tanzfigur, bis er dem Chinesen gegenüberstand.

»Gehen Sie«, sagte Morrison.

»Sie sagten, sie haben die Namen?«

Morrison nannte ihm die Namen der Bombenleger und die Adresse ihrer Wohnung in Wapping, von der aus sie ihre Anschläge geplant hatten. Nguyen wiederholte die Namen laut und brannte sie in sein Gedächtnis ein.

»Danke«, sagte er erneut.

»Danken Sie mir nicht. Gehen Sie einfach.«

Nguyen drehte sich um ging in den Wald zurück. Morrison und Kerry standen allein auf der Lichtung. Sie hatte aufgehört zu weinen, und Morrison spürte, wie sich ihre Brust beim Atmen hob und senkte. »Es tut mir leid, Sean«, flüsterte sie. »Es tut mir so leid.«

Er streichelte ihr übers Haar und küßte sie auf den Kopf.

»Ist schon gut«, sagte er. »Manchmal überkommt es einen. Die Gewalt, sie packt dich, ohne daß du es merkst. Es ist wie eine Droge, es zieht dich mit . . .«

Sie hob den Kopf und drückte ihre Lippen auf seine, gab ihm einen heftigen Kuß und umschlang seinen Hals. Ihre Baseballkappe rutschte vom Kopf, ihr Haar fiel herab, und ihre Tränen benetzten seine Wangen, während sie sich küßten. Noch fester preßte sie sich an ihn, bis er die Pistole fallen ließ, sie mit beiden Armen festhielt, streichelte und liebkoste, bis ihre Zunge den Weg in seinen Mund fand und alle Gedanken an den Chinesen verflogen und nur noch sie existierte, ihre Haut, ihr Haar, ihr Geruch, ihr Körper. Sie zog ihn auf den Boden, und ihre Hände griffen nach seinem Gürtel. Ihr Atem ging stoßweise, während sie immer wieder seinen Namen flüsterte. Dann liebten sie sich, rasch, und doch zärtlich — dort im Gras unter den Bäumen, neben der Pistole des Chinesen.

Nguyen konnte nicht glauben, daß der Mann ihn hatte gehen lassen. Er war davon überzeugt, daß Morrison ihn erschießen würde, wenn er die Lichtung verließ, aber er hörte keinen Schuß, spürte keinen Schlag im Rücken und ging schließlich einfach weiter. Erst als er sicher war, daß man ihn nicht töten wollte, begann er zu seinem Wagen zu rennen. Es war nur noch eine Frage der Zeit, bis man die vier Leichen entdeckt hatte, und er bezweifelte, daß sich Hennessy dann genauso großzügig wie sein Freund verhalten würde. Nguyen war nicht überrascht darüber, wie leicht es ihm gefallen war, die Männer zu töten, er hatte es immer gekonnt. Die Hauptsache war der Schalter im Kopf. Als alles begonnen hatte, war er sich nicht sicher gewesen, aber nun, da er getötet hatte, wußte er, daß er bis zum Ende gehen wollte. Er würde seine Familie rächen, diese Gewißheit hatte er nun. Er würde das Notwendige tun, ohne Reue, ohne Schuldgefühle. Danach, wenn alles vorbei war, konnte er über seine eigene Zukunft nachdenken, aber jetzt gab es für ihn nur die Adresse in Wapping und die Attentäter der IRA.

Er öffnete die hintere Tür des Lieferwagens und warf seine gesamte Ausrüstung hinaus. Dann streifte er sich die Tarnuniform ab und zog wieder Jeans und Pullover an. Nachdem er sich davon überzeugt hatte, daß sein Geld und sein Paß noch unter dem Fahrersitz lagen, steuerte er den Wagen wieder auf den Pfad und schließlich auf die Hauptstraße in Richtung Flughafen.

Die drei Range Rover und die Motorradeskorte der Polizei jagten mit über 140 Stundenkilometern auf der Überholspur der M 40 entlang. Das Blaulicht und die Sirenen schlugen eine Schneise durch den nachmittäglichen Verkehr der Autobahn, auch wenn es hier und da gereizte Blicke der Manager in ihren Sierras und Escorts gab, wenn die Männer in den Rovern ohne Kennzeichen an ihnen vorbeifuhren. Für Feuerwehrautos und Krankenwagen an die Seite zu fahren, war selbstverständlich, aber niemand verließ gerne die Überholspur ohne zu wissen warum, und es gab keinerlei Hinweise an den Fahrzeugen, daß die Insassen zur Spezialeinheit der SAS gehörten.

In jedem Wagen saßen vier verwegen aussehende Männer mit breiten Schultern, aber während sie in Richtung London fuhren, lachten und witzelten sie und wirkten nicht gefährlicher als eine Gruppe Bergarbeiter auf einem Ausflug ans Meer. Mike »Joker« Cramer saß auf der Vorderbank des ersten Range Rover und amüsierte sich über einen besonders zotigen Witz, den der Fahrer Pete Jackson auf den letzten drei Kilometern ausgewalzt hatte. Die Männer standen vor jedem Einsatz unter Hochspannung, aber ein paar Witze hielten sie davon ab, ins Grübeln zu geraten.

Auf der Rückbank lehnten Sam »Bunny« Warren und Rob »Ginge« MacDonald. Bunny trommelte mit den Fingern gegen die Seitenscheibe und stimmte etwas zögerlicher als die anderen in das Gelächter über Jackos Witz ein.

Joker, der Führer des Sonderkommandos, war der sehnigste der Männer, weit über eins achtzig groß, mit einem schmalen Gesicht, das immer etwas hohlwangig aussah, egal wie lange er geschlafen hatte. Er blickte über die Schulter zu Bunny zurück, einem untersetzten, bulligen Mann mit stechenden grünen Augen. »Ist das das Morsealphabet, oder was, Bunny?«

Bunny hörte auf zu trommeln. »Tut mir leid, Joker, Gewohnheit.«

»Willst du einen Kaugummi?« fragte Joker und hielt ihm ein Päckchen Wrigley's hin, die er immer bei sich trug, seit er das Rauchen aufgegeben hatte.

»Danke«, sagte Bunny und nahm sich einen Streifen. »Sind wir bald da?«

»Ist nicht mehr weit«, sagte Joker. Er beugte sich nach vorne und griff nach einer Straßenkarte von London. Der Colonel hatte aus London angerufen und ihnen eine Adresse in der Rotherhite Street genannt, an der Themse, wo man sich treffen würde. Der Konvoi verließ die A 40, und sie fuhren die Marylebone Road entlang, über die Euston Road an King's Cross vorbei und dann die City Road hinunter zur Themse. Die Motorradeskorte fuhr voran, um den Verkehr zu stoppen, wenn die Ampel auf Rot zeigte, ließ die Rover vorbei und folgte ihnen danach wie Pilotfische, die um auf Beute ausgehende Haie herumwimmeln. Als sie den Fluß erreicht hatten, drehten die Motorräder wie vereinbart ab. Die drei Range Rover rasten nun ohne Begleitung über die London Bridge nach Bermondsey und dann links die Jamaica Road entlang nach Rotherhithe.

Vorbei an den neuen Uferwohnungen im Lagerhausstil kamen sie zu dem Gebäude, das der Colonel als Treffpunkt genannt hatte.

»Hier ist es«, sagte Joker. Die drei Fahrzeuge fuhren an die Seite, Joker stieg aus und sah sich um. Es gab keinerlei Hinweise darauf, daß hier bald eine Polizeiaktion stattfinden würde, keine Polizeiautos, keine Krankenwagen, nichts, nur das Plätschern der Themsewellen, die gegen das Ufer schlugen.

Die Männer, die aus den Wagen gestiegen waren und jetzt auf dem Bürgersteig standen, bildeten, wie selbst Joker sich eingestand, einen ziemlich bunten Haufen. Eines jedoch hatten sie alle gemeinsam: Sie waren in bester Kondition und zum Töten ausgebildet. »Ich weiß nicht, was sie mit dem Feind machen werden, aber mir jagen sie eine höllische Angst ein«, ging es Joker durch den Kopf. Wer hatte das noch über seine Soldaten gesagt, war es Wellington oder Napoleon gewesen? Wer auch immer, genau dieses Gefühl beschlich Joker, während die elf Männer ihre Seesäcke aus den Kofferräumen holten.

»Wo müssen wir hin?« fragte Reg Lawrence, ebenfalls Führer eines Einsatzteams.

»Fünfzehn B«, antwortete der Joker. »Dieses hier.«

Er drückte die Klingel des Hauses, und ein Licht ging an. Hinter einer Glasscheibe befand sich eine Fernsehkamera, über der eine rote Lampe leuchtete. Kurz darauf hörten sie die Stimme des Colonel, der sie bat, hereinzukommen. Die Klingelanlage summte, und Joker schob die Tür auf. Die Gruppe folgte ihm die Treppen hinauf bis zu einer Wohnung im dritten Stock.

Ein Offizier des Geheimdienstes mit dem unverkennbaren grünen Beret auf dem Kopf öffnete ihnen die Tür.

»Der grüne Schleim ist ausnahmsweise mal als erster da«, höhnte jemand von hinten, aber als Joker sich umdrehte, blickte er ausnahmslos in unschuldig dreinblickende Gesichter.

Die Wohnung war geräumig, mit weißen Decken und Wänden und glänzendem Parkett, einer komplett eingerichteten Küche, aber ansonsten unmöbliert. In einem der Fenster des zur Straße hin gelegenen Schlafzimmers hing ein Schild mit der Aufschrift »Zu verkaufen«.

Der Colonel stand im Wohnzimmer und blickte durch ein starkes Fernglas, das auf einem Ständer montiert war. An der Wand lehnte eine große Schiefertafel. Als die Männer sich versammelt hatten, begann ein zweiter Geheimdienstoffizier damit, einen Lageplan der Wohnung zu zeichnen, die unter Beobachtung stand. Der Colonel blickte auf und nickte Joker zu. »Wollen Sie mal einen Blick wagen?« fragte er.

Das Fernglas war auf eine moderne Wohnanlage auf der Nordseite des Flusses gerichtet. Joker sah eine lange Fensterfront und das rechteckige Wohnzimmer, in dem drei Männer saßen. Der Fernseher leuchtete, aber Joker konnte nicht erkennen, was für ein Programm gerade lief. Vor dem Fenster war ein Balkon, ungefähr drei Meter lang, auf dem zwei weiße Stühle und ein runder Tisch standen. Joker bewegte das Fernglas etwas zur Seite. Es handelte sich um ein ziemlich unauffälliges Gebäude mit Doppelglasfenstern, aber nach der Hälfte des Baus hatte sich der Architekt offenbar entschieden, etwas Abwechslung in das Ganze zu bringen und hatte die Wohnungen versetzt angeordnet, so daß die Wohnung links neben der beobachteten ungefähr drei Meter weiter nach hinten lag, während die rechte um die gleiche Entfernung zum Fluß hin versetzt war. Das lockerte zwar den Eindruck des Gebäudes auf, machte es aber gleichzeitig unmöglich, von den Seiten her auf den Balkon zu gelangen. Über der observierten Wohnung befand sich keine andere mehr, doch der Architekt hatte ein Penthouse auf die rechte Oberseite des Hauses gebaut. Dieses Penthouse verfügte über einen besonders großen Balkon, und Joker war auf den ersten Blick klar, daß der Weg in die Wohnung über diesen Balkon führen mußte. Man konnte sogar, ohne sich abzuseilen, direkt auf den Balkon darunter springen.

Der Türsummer ertönte im Flur, und der Geheimdienstoffizier öffnete die Tür, um die beiden Männer von D 11, dem Scharfschützenteam der Metropolitan Police, einzulassen. Sie gesellten sich mit ihren über den Rücken gehängten Gewehren zu den Männern des Einsatzkommandos. Der Colonel nickte ihnen zu und ging mit einem Stück Kreide in der Hand zur Tafel.

Woody geriet in Panik, als er die Tür zu seinem Appartement öffnete. Überall lagen Kleidungsstücke auf dem Boden verstreut, die Zeitungen einer Woche stapelten sich unter dem Fenster, neben dem Bett lag eine Sammlung leerer Bier dosen und eine fast leere Flasche Bell's. Es sah aus, als hätte ein Einbrecher, aus Wut darüber, nichts Brauchbares gefunden zu haben, seine Wut an der Wohnung ausgelassen. Dabei war alles genau so, wie Woody es am Morgen zurückgelassen hatte. Hektisch klaubte er ein paar Sachen zusammen, warf die leeren Dosen und die Zeitungen in eine Plastiktüte und wollte sie gerade nach unten bringen, als es klopfte. Fluchend stopfte er die Tüte unter das Bett. Das Klopfen wiederholte sich, und Woody hastete zu der kleinen Nische, wo über einem Waschbecken ein Spiegel hing. Nachdem er kurz mit dem Kamm durch seine Haare gefahren war, öffnete er die Tür. Vor ihm stand Maggie in einem dunkelgrünen Kleid. Ihr rotes Haar war zu einem Pferdeschwanz gebunden. Sie trug eine Aktentasche aus schwarzem Leder bei sich und sah in der Tat so aus wie jemand, der Versicherungspolicen verkauft — nur ihr Lächeln war alles andere als geschäftsmäßig und kündigte durchaus nicht an, daß sie genau die richtige Versicherung für ihn habe. Es war warm und ehrlich.

Er trat zur Seite und bat sie herein. »Viel ist es nicht«, meinte er entschuldigend.

Sie blickte sich um und nickte. »Da hast du recht«, sagte sie.

»Es ist nur für kurze Zeit.«

»Hoffentlich«, entgegnete sie lachend. »Gibt's hier eine Bar?«

Woody lachte mit ihr. »Ja, irgendwo muß noch Whisky sein. Ich spüle schnell zwei Gläser.« Ein Glas stand auf dem Tisch, und er nahm es mit in die Nische. Auf dem Regal unter dem Spiegel stand sein Zahnputzglas mitsamt Zahnbürste und einer kleinen Tube Zahnpasta. Woody nahm die Utensilien heraus und wusch beide Gläser. Dann brachte er sie wieder zurück und goß etwas Whisky hinein.

Sie stießen mit den Gläsern an. »Setz dich«, sagte Woody.

Maggie sah sich in dem winzigen Appartement um. »Wohin?« fragte sie. Es gab nur einen Stuhl, auf dem Jeans und ein paar schmutzige Hemden lagen.

»Ich fürchte, da bleibt nur das Bett übrig«, sagte Woody.

Sie lächelte und setzte sich auf die Bettkante. Woody nahm neben ihr Platz.

»Also Rom und dann Belfast. Du kommst ganz schön rum.«

»Ja, schade nur, daß es so kurzfristig ist.«

»Eine Sicherheitskonferenz, hast du gesagt?«

»Ja, mit einer Reihe von Topleuten. Mit etwas Glück wird das eine große Story.«

»Ich freue mich für dich, du hast es wirklich verdient. Warum ist es so heiß hier?«

»Das habe ich dir doch erzählt.« Er klopfte an die Wand hinter ihnen. »Hier ist der Heizungstank. Im Winter ist es richtig gemütlich.«

»Bestimmt, Woody, aber wir haben Sommer.«

»Zieh doch deine Jacke aus«, meinte er und half ihr, sie abzustreifen. Sie öffnete den obersten Knopf ihrer Bluse und zog den Stoff vor und zurück, um sich etwas abzukühlen. Als sie aufsah, bemerkte sie Woodys Blick, sagte aber nichts. Er beugte sich vor und küßte sie auf die linke Wange, neben den Mund.

»Woody, nein«, flüsterte sie, ohne jedoch von ihm wegzurutschen. Woody küßte sie erneut auf die Wange, streichelte ihre Brüste und wollte sie auf den Mund küssen, doch sie drehte ihren Kopf zur Seite, und seine Lippen fuhren über ihr Haar.

»Nicht, Woody«, sagte sie, dabei fiel ihre Hand aber in seinen Schoß und blieb dort liegen. Ihr Atem ging schwer. Er streichelte ihre vollen Brüste durch den dünnen Stoff der Bluse und spürte, wie ihre Brustwarzen hart wurden. Als er sie dieses Mal küssen wollte, trafen sich ihre Lippen.

Vorsichtig knöpfte er ihre Bluse auf. Der Verschluß ihres BH war vorne, und nach dem zweiten Versuch hatte Woody ihn geöffnet. Ihre Brüste drängten sich vor, und er beugte sich hinunter, um sie zu küssen, während sie seinen Kopf streichelte.

»Wir haben keine Zeit, Woody«, sagte sie, während sie mit den Fingern durch sein Haar fuhr.

Er legte ihr die Hand auf die Lippen. »Psst«, flüsterte er

und küßte sie erneut. Dabei zog er ihr die Bluse über die Schultern. Sie streifte die Ärmel über ihre Handgelenke und half ihm dabei, sein Hemd auszuziehen, bis sie küssend und sich umarmend nebeneinander lagen. Woody machte sich los, zog Schuhe, Strümpfe und seine Hose aus und legte sich auf sie.

»Woody, es geht nicht«, flüsterte Maggie, als er begann, ihr den Rock über die Hüften zu ziehen, hob aber ihren Po etwas an, damit es einfacher ging. Mit seinem Fuß schob Woody den Rock ganz an Maggies Beinen herunter.

»Ist ja alles gut«, murmelte er, küßte sie und strich ihr mit der Hand über die Schenkel. Ihre Nylonstrümpfe knisterten unter seinen Fingern. Er schob eine Hand in ihren Slip.

»Nein, ist es nicht«, sagte sie. »Ich kann nicht mit dir schlafen.«

Er zog seine Hand zurück und stützte sich auf einen Ellbogen auf. »Du bist doch nicht etwa noch Jungfrau?« fragte er.

Sie brach in Gelächter aus. »Das ist sehr schmeichelhaft, Woody, aber ich bin wirklich keine mehr.« Sie umarmte ihn und zog ihn zu sich heran. »Es ist einfach die falsche Zeit im Monat«, flüsterte sie in sein Ohr. »Tut mir wirklich leid.«

Sicher nicht halb so leid wie mir, dachte Woody. »Ist schon in Ordnung«, sagte er, hörte aber die Enttäuschung in der eigenen Stimme.

Maggie schlang ihre Beine um ihn und drückte ihn an sich. Sie küßte ihn heftig, fuhr mit ihrer Zunge tief in seinen Mund hinein. »Leg dich auf den Rücken«, sagte sie leise. Als er sich umgedreht hatte, fuhr ihre Hand langsam zwischen seine Beine. Er stöhnte, und sie schob sich etwas höher, so daß er mit seinem Mund ihre Brüste berühren konnte. »Küß Sie«, sagte sie, während ihre Hand sich immer schneller auf und ab bewegte. »Küß sie, bis ich dich soweit habe . . .«

Die Stewardeß der British Airways Maschine trat zur Seite, um die Passagiere der Clubklasse mit ihren Aktenkoffern und ihrem aufgesetzten Lächeln aussteigen zu lassen; dann zog sie den Vorhang zurück, um die Herde der übrigen Reisenden von Bord zu dirigieren. Sie lächelte und verabschiedete sich von einem kleinen Asiaten in einem Dufflecoat, aber der Mann schien glatt durch sie hindurchzublicken. Er hatte kein Handgepäck dabei und trug eine schäbige Jeans und einen Pullover unter dem Mantel. Sein Gesicht war schmutzig, als habe er sich nicht richtig gewaschen, und um all dem noch die Krone aufzusetzen, roch er äußerst unangenehm. Der Passagier neben ihm hatte darum gebeten, woanders Platz nehmen zu dürfen, und die Stewardeß hatte seinen Wunsch völlig verstanden. Der Asiate stank förmlich, es war der säuerliche Geruch von Haut, die lange Zeit weder Wasser noch Seife gesehen hatte. Offenbar war er sehr hungrig gewesen, denn er hatte den Imbiß mit Sandwiches und Kuchen förmlich verschlungen. Seinen Mantel ließ er während des ganzen Fluges bis zum Hals zugeknöpft. Sie machte den Obersteward auf den Mann aufmerksam, aber der sagte nur, sie solle sich keine Sorgen machen, die Sicherheitsprüfungen auf Flügen zwischen Belfast und London seien so gründlich wie nirgendwo sonst. Der Asiate sehe eher aus wie jemand, der zum ersten Mal fliege, und nicht wie ein potentieller Entführer. Der Geruch? Nun, das sei unangenehm, aber was könne man schon erwarten. Nguyen ging eilig von Bord. Er mußte in der City sein, bevor die Geschäfte schlossen.

Woody streckte sich und sah auf seine Uhr. »Mein Gott, ist das schon so spät?« fragte er.

»Wie spät ist es denn?« entgegnete Maggie. Sie lag mit dem Rücken zu Woody, ihren Kopf auf seinem Arm.

»Sechs Uhr. Ich muß schleunigst los.« Er zog seinen Arm unter ihrem Kopf hervor und küßte sie auf den Nacken. Sie drehte sich um und küßte ihn ebenfalls. Seine Hände wanderten wieder über ihre Brüste, und er legte sich auf sie und seufzte. »Ich hätte zu gerne mit dir geschlafen«, sagte er.

»Das wirst du schon noch«, meinte sie. Sie hatte ihm zwar nicht erlaubt, ihr den Slip oder die Strümpfe auszuziehen, aber ihre Hände hatten ihn auch so zum Schreien gebracht und seine Lust so ausgedehnt, bis er erschöpft war. Er fragte sie, ob er sie nicht auch glücklich machen könne, aber sie lehnte ab und sagte, daß sie lieber warten wolle, bis sie sich richtig lieben könnten. »Wenn du aus Belfast zurück bist«, versprach sie.

Woody zog sich Strümpfe und eine Hose an. Maggie sah ihm zu, wie er zu seinem Kleiderschrank ging und ein sauberes Hemd herausnahm. Sie machte sich nicht die Mühe, sich zuzudecken, und Woody drehte sich herum und bewunderte ihren Busen, während er sein Hemd zuknöpfte und sich einen Schlips umband. Lachend griff sie nach ihrem Aktenkoffer, öffnete ihn und nahm ein Stück Papier heraus.

»Hier ist die Adresse und die Telefonnummer meines Cousins. Ich habe ihn heute nachmittag angerufen und ihm gesagt, daß du kommst und dich bei ihm melden würdest.«

Woody ging zum Tisch, aber als er nach dem Blatt Papier greifen wollte, zog sie es fort und brachte ihn fast aus dem Gleichgewicht. »Du mußt bitte sagen«, forderte sie. Er beugte sich herab und gab ihr einen Kuß. Sie umarmte ihn und zog ihn auf das Bett, aber Woody machte sich los. Jetzt ließ sie ihn das Papier einstecken. »Kannst du mir noch einen Gefallen tun und das hier für ihn mitnehmen?« fragte sie, griff in den Aktenkoffer, holte einen Laptop-Computer hervor und legte ihn neben sich auf das Bett. »Mein Cousin hat mich gebeten, ihn reparieren zu lassen. Er hat ihn letztes Jahr in London gekauft und niemanden in Belfast gefunden, der ihn in Ordnung bringen könnte. Jetzt ist er wieder O.K. Macht es dir was aus? Ich weiß, daß du ihn den ganzen Weg nach Rom und dann nach Belfast mit dir rumschleppen mußt, aber ich mißtraue der Post.«

»Natürlich macht es mir nichts aus«, sagte er und steckte den Laptop in seine Reisetasche, zusammen mit ein paar Sachen zum Wechseln und seinem Waschbeutel. Maggie machte keine Anstalten aufzustehen, und Woody fragte sich, was sie vorhatte.

»Kann ich nicht einfach noch ein bißchen hierbleiben?« erkundigte sie sich. »Ich mache auch die Tür zu, wenn ich gehe.«

»Klar kannst du bleiben«, sagte Woody und schaute auf

seine Uhr. »Verdammt, ich muß mich beeilen. Ich rufe dich aus Rom an. Wie ist deine Privatnummer?«

Sie verzog das Gesicht. »Mein Telefon ist kaputt. Ich rufe dich von einer Telefonzelle aus an. In welchem Hotel wohnst du?«

»Mist, ich weiß es gar nicht. Ruf im Büro an, die werden es dir sagen.« Er nahm die Tasche und gab ihr einen Kuß. An der Tür hauchte er ihr einen weiteren Kuß zu und ging.

Erschöpft legte sie sich auf das Bett zurück und hielt die Hände über die Augen. Sie fühlte sich klebrig und schmutzig, nachdem sie es diesem verlotterten Kerl in seiner verlotterten Wohnung mit der Hand gemacht und auch noch so getan hatte, als habe es ihr Spaß gemacht. »Was ich alles für dich tue, Denis Fisher«, sagte sie laut.

Sie schlug die Decke zurück und ging zum Waschbecken, wo sie sich so gut säuberte, wie es nur ging. Als sie ihr Gesicht im Spiegel sah, streckte sie die Zunge heraus. »Hure«, sagte sie und lachte, trocknete sich ab und zog sich wieder an. Sauber fühlte sie sich noch immer nicht.

Mit dem Handtuch wischte sie sorgfältig über alle Stellen, die sie berührt hatte, und entfernte alle Spuren ihrer Fingerabdrücke. Erst als sie völlig zufrieden mit ihrer Arbeit war, nahm sie die Aktentasche und verließ das Appartement, nicht ohne auch noch den Türgriff abzuwischen.

Woody war frühzeitig am Flughafen. Er konnte kaum die Augen aufhalten, und das lag nicht an den Bieren und dem Whisky, die er letzte Nacht in sich geschüttet hatte. Maggie hatte ihm die Kraft ausgesaugt. Als er sie auf dem Bett geküßt hatte, war ihm keineswegs klar gewesen, wie leidenschaftlich sie sein konnte. Nun, er war überrascht und erfreut zugleich. Und kaputt.

Der Pressesprecher des Innenministeriums begrüßte ihn, ein Kollege von Annie, ein junger Mann, der für den *Daily Telegraph* gearbeitet hatte. Woody erinnerte sich vage daran, daß er ihm vor einigen Jahren mal vorgestellt worden war.

»Tut mir leid, Woody, es hat eine kleine Änderung gegeben. Unser Charterjet hat Probleme mit der Maschine, deshalb setzen wir alle auf Linienflüge. Ich habe Ihnen ein Ticket für einen Flug in 45 Minuten besorgt.« Er reichte Woody den Flugschein. »Leider nur Touristenklasse.«

»Kein Problem«, meinte Woody. »Nehmen Sie diese Maschine auch?«

Der Mann nickte. »Ich sehe Sie dann in Rom auf dem Flughafen.«

»Sitzen Sie nicht neben mir?«

Der Mann hatte zumindest soviel Stil, etwas zerknirscht dreinzublicken, als er gestand, daß er in der Businessklasse fliegen würde. Sie reihten sich in die Schlange ein, um ihre Reisetaschen röntgen zu lassen. Während sie warteten, sah Woody immer noch Maggie vor sich.

Als er an der Reihe war, reichte er seine Tasche einem uniformierten Sicherheitsbeamten, der sie auf das Fließband stellte. Während er am Metalldetektor vorbeiging, sah Woody, wie sie verschwand. Auf der anderen Seite wurde seine Tasche von einer stämmigen älteren Frau mit einem spitzen Kinn und flacher Brust herausgezogen und zusammen mit einem halben Dutzend anderer zur Seite gelegt. Es schien, als würde ein Drittel der Taschen zur Untersuchung per Hand ausgewählt; wahrscheinlich, dachte Woody, eine Reaktion auf die Bombenanschläge. Noch vor kurzem war es äußerst selten gewesen, daß einer der Sicherheitsbeamten Reisegepäck öffnete, meistens dann, wenn sie auf dem Scanner etwas gesehen hatten, das sie nicht identifizieren konnten.

Ein kurzgewachsener junger Mann mit einem bleistiftdünnen Schnurrbart und Koteletten lächelte ihn routiniert an und fragte ihn, was in seiner Tasche sei. Als Woody geantwortet hatte, stellte der junge Mann sie auf den Tisch vor sich und bat Woody, sie zu öffnen. Der Mann steckte seine Hände hinein, als sei er dabei, ein Baby auf die Welt zu bringen. Er zog Woodys Kulturbeutel hervor, öffnete den Reißverschluß und untersuchte die Dose mit Rasierschaum und die Zahnpastatube. Sorgfältig schob er Woodys Unterwäsche und seine Hemden zur Seite und nahm den Laptop heraus. Der junge Mann sah ihn sich von allen Seiten an, schaute durch die Belüftungsschlitze und schüttelte ihn. »Würden Sie das Gerät bitte anschalten, Sir?« fragte er.

Woody öffnete den Computer, und der Bildschirm und das Keyboard kamen zum Vorschein. Er griff nach hinten, dort wo sich bei fast allen Modellen der An/Aus-Schalter befand. Der Bildschirm flackerte und erwachte zum Leben. Woody hatte schon oft mit tragbaren Computern gearbeitet, und so fiel es ihm nicht schwer, das Inhaltsverzeichnis auf den Schirm zu bekommen. Der Sicherheitsbeamte warf einen Blick darauf und drückte dann wahllos einige Tasten.

»Alles in Ordnung, Sir«, sagte er schließlich. Woody durfte den Computer ausschalten und wieder in seiner Tasche verstauen, die er sich danach über die Schulter hing. »Haben wir noch Zeit für einen Drink, bevor wir an Bord gehen?« fragte Woody den Pressesprecher.

»Wahrscheinlich für mehrere.«

»Sie sprechen meine Sprache«, sagte Woody lachend.

Joker stand am Fenster und schaute über den Fluß zu dem Haus hinüber, in dem der Colonel wartete. Er konnte ihn natürlich nicht erkennen; wenn er so nahe am Fenster gestanden wäre, daß Joker ihn hätte sehen können, dann wäre das auch der IRA möglich gewesen.

Während er auf Befehle wartete, summte er vor sich hin. Sonst gab es nichts zu tun. Er nahm seine Heckler & Koch Neun-Millimeter-Maschinenpistole auseinander, das deutsche Modell, das die SAS bevorzugte, säuberte sie, setzte sie wieder zusammen und schob das Magazin mit seinen 30 Schuß an seinen Platz. Dann rückte er seine kugelsichere Weste zurecht, mehr aus Gewohnheit als aus Notwendigkeit, und entsicherte die Waffe. Neben ihm stand Ginge, hinter ihnen warteten Bunny und Jacko. Es konnten nur zwei Männer gleichzeitig auf den Balkon springen, also hatten sie beschlossen, daß Joker und Ginge als erste springen würden. Bunny und Jacko würden folgen und sie absichern.

Während des Briefings hatte sie der Colonel davon unterrichtet, daß nur vier Mann die Wohnung stürmen sollten, und Joker hatte den Atem angehalten, weil er fürchtete, wieder nach Hereford zurückfahren zu müssen, ohne etwas Action gesehen zu haben. Er hätte sich keine Sorgen machen müssen, denn der Colonel wußte genau, daß Jokers Team bei den Übungen die besten Werte erzielt hatte. Die beiden anderen Teams hatten etwas gemurrt, waren aber nicht so töricht gewesen, sich zu beschweren. Eines der Teams wartete in einem Rover in der nahegelegenen Wapping Lane und hörte über Funk die Anweisungen des Colonels. Wenn irgend etwas schieflief, sollten sie sofort eingreifen. Die anderen vier waren in Zivil, zwei auf der Wapping High Street, zwei am Fluß in der Nähe der Zielwohnung, ohne daß man sie von dort aus sehen konnte.

»Achtung.« Die Stimme des Colonels drang durch Jokers Ohrhörer. »Ich glaube, wir haben jetzt freie Schußbahn.« Die beiden Scharfschützen von der D 11 waren die einzigen Vertreter der Polizei, die Joker gesehen hatte. Zunächst hatte er angenommen, daß der Colonel die Operation so unauffällig wie möglich durchführen und die Terroristen nicht durch zuviel Aktivitäten warnen wollte. Während des Briefings wurde jedoch klar, daß es einen weiteren Grund für die geringe Polizeipräsenz gab. Der Colonel hatte betont, daß nicht geplant war, Gefangene zu machen. Das hieß töten — und verschwinden. Es sollten keine Märtyrer in den Gefängnissen Englands sitzen, die weitere terroristische Aktionen auslösen würden. Einen der Terroristen hätte man allerdings noch gerne verhört, um zu erfahren, ob irgendwo Bomben versteckt waren, die bald gezündet werden sollten. Der Colonel schlug vor, die Bombenmacherin am Leben zu lassen, aber letzten Endes hatte Joker zu entscheiden. Wenn sie bewaffnet war, mußte sie natürlich sofort ausgeschaltet werden.

»Sie haben gerade das Licht eingeschaltet. Im Wohnzimmer halten sich drei Männer auf«, meldete der Colonel in Jokers Ohr. »Einer sitzt am Tisch, einer auf dem Sofa, der dritte steht im Flur. Noch immer keine Sicht von der Frau.«

Eine andere Stimme unterbrach ihn. Sie kam aus dem Range Rover. »Sie kommt. Gerade hält ein Taxi vor dem Haus. Ja, sie ist es. Sie geht hinein.«

Eine Minute lang herrschte Funkstille. Dann meldete sich der Colonel. »Einer der Männer öffnet die Tür. Ja, sie ist es. Die beiden gehen in eins der Schlafzimmer. Okay, haltet euch noch zurück. Wir können nichts unternehmen, solange wir die beiden nicht sehen.«

Joker und Ginge gingen wieder in die Wohnung zurück und warteten.

Fisher nahm MacDermott in die Arme — den Bombenmacher, der eine Bombenmacherin war — und drückte sie an sich. »Hat alles geklappt?« flüsterte er.

»Es war furchtbar, ganz furchtbar. Ich will so etwas nie mehr wieder tun. Es war widerlich, Denis, er lag wie ein sabbernder Hund über mir.«

Er küßte sie aufs Ohr. »Schon gut, Kleine. Es mußte gemacht werden, das weißt du. Denk an den Preis. Wenn es stimmt, was er dir erzählt hat, dann wird das unser größter Coup. Und wir radieren einige unserer schlimmsten Feinde aus. Außerdem war er ja nicht verunstaltet oder so. Sah doch ganz gut aus.«

Sie riß sich los und starrte ihn wütend an. »Darum geht es nicht, verdammt nochmal. Ich mußte Wochen mit ihm verbringen, ihn abwehren, dann wieder anmachen, bis ich ihn endlich benutzten konnte. Ich komme mir schäbig und schmutzig vor, wirklich.«

Fisher hob beruhigend die Hände. »Okay, okay, es tut mir leid. Versteh mich nicht falsch. Wir sind alle sehr stolz auf dich. Und wir wissen, was du durchgemacht hast.«

»Wirklich, Denis? Weißt du das wirklich?« Sie schüttelte den Kopf. In ihren Augen glänzten Tränen. »Ich gehe duschen«, sagte sie und schob sich an ihm vorbei.

»Achtung«, sagte der Colonel. »Die Frau kommt aus dem Schlafzimmer. Sie geht ins Bad. Der Mann ist ebenfalls aus dem Schlafzimmer gekommen und geht ins Wohnzimmer. Jetzt haben wir alle drei Männer in Sicht. Wir warten, bis die Frau aus dem Bad kommt. Macht euch bereit, Joker.«

Einer der Männer in der Wapping Street meldete sich. »Jemand kommt die Straße herauf«, sagte er. »Ein Mann. Sieht ihn sonst noch jemand?«

»Wir sehen ihn«, meldete sich einer der Beobachter im Range Rover. »Er kommt auf die Häuser zu. Es scheint ein Bote zu sein. Er trägt eine Schachtel. Sieht aus wie ein Gelber. Ja, auf der Schachtel sind chinesische Schriftzeichen zu sehen. Sieht so aus, als hätte jemand ein chinesisches Essen bestellt. Kein Grund zur Besorgnis.«

»Unsere Ziele haben erst vor kurzem gegessen, für sie wird es kaum sein«, sagte der Colonel. »Behaltet ihn im Auge, für alle Fälle.«

»Er steht vor dem Haus«, sagte der Mann im Range Rover. »Jetzt geht er hinein.«

Nguyen klemmte die Schachtel unter den linken Arm und klingelte mit der rechten Hand. Auf dem Klingelschild standen mehr als zwanzig Namen, und Nguyen wollte gerade auf einige Knöpfe drücken, damit ihn jemand durch die Sicherheitstür ließe, als er einen Schatten im Treppenhaus sah. Einen Moment später ging die Tür auf, und ein älterer Mann, der einen kleinen Terrier trug, kam heraus. Nguyen hielt die Tür auf und schlüpfte hinein. Am Ende des Hausflurs war ein Aufzug. Links davon führte die Treppe nach oben. Er ging die Treppen hinauf, die Schachtel in beiden Händen, und suchte Wohnung Nr. 19. Da er nicht wußte, in welchem Stock sie lag, öffnete er an jedem Stock die Durchgangstür zum Flur und warf einen Blick auf die Wohnungsnummern. Im vierten Stock fand er die Tür mit der Nummer 19. Er war fast am Ziel. Bald würde alles vorbei sein.

»Macht euch fertig, Joker. Die Frau kommt aus dem Badezimmer. Sie trägt einen Bademantel, einen weißen Bademantel. Sie kommt ins Wohnzimmer. Jetzt könnte es soweit sein. Wo ist der Mann mit dem Terrier?«

»Weit genug weg«, meldete sich der Beobachter im Range Rover.

»Kein Zeichen von dem Boten?«

»Er ist immer noch drin.«

»Okay. Sie setzt sich jetzt in den Sessel neben dem Telefon. Moment mal, der Mann am Tisch hat anscheinend eine Pistole. Sie liegt vor ihm auf dem Tisch.«

Die vier Soldaten blickten auf die große Zeichnung zu ihrer Rechten, die der Colonel von dem Diagramm auf der Tafel kopiert hatte und die den Grundriß der Zielwohnung und die Anordnung der Möbel zeigte. Die Wohnung, in der sie sich jetzt befanden, hatte fast den gleichen Grundriß und war nur etwas kleiner. Joker deutete mit seiner Maschinenpistole auf die Stellen im Zimmer, an denen sich die einzelnen Terroristen befanden. Ginge nickte.

»Ich übernehme den Mann am Tisch und den Mann auf der Couch«, sagte Joker. »Der im Flur gehört dir. Vergeßt nicht, wir wollen die Frau möglichst lebend. Um ein paar Fragen an sie zu stellen.«

»Wir haben freie Schußbahn auf den Mann im Flur«, meldete sich der Colonel wieder. »Macht euch fertig.«

»Dann übernehme ich den am Tisch und du den auf der Couch«, korrigierte Joker.

»Alles klar«, sagte Ginge.

Joker spürte den Adrenalinstoß, während er sich auf seinen Einsatz vorbereitete. Ginge stand neben ihm und wartete auf das Kommando. Sie hatten ihre Maschinenpistolen entsichert, die Finger aber nicht am Abzug, damit sich beim Sprung nicht versehentlich ein Schuß löste. Die Brownings, die sie in den Halftern trugen, waren durchgeladen, aber noch gesichert. Beide trugen kugelsichere Sturmwesten, in deren Taschen Blendgranaten stecken, und darunter schwarze Overalls. Sie hatten sich für diese leichtere Ausführung der schützenden Körperpanzer entschieden, obwohl sie auch die schwerere Version mit der harten Keramiklegierung hätten anlegen können; zum einen, weil es nicht schien, als befinde sich etwas Größeres als eine Handfeuerwaffe in der Wohnung, zum anderen, weil sie bei ihrem Sprung nicht zu viel Gewicht am Körper haben wollten.

»Macht euch bereit zum Sprung«, sagte der Colonel. Die beiden SAS-Männer kletterten über das blaue Eisengeländer. Sie hielten sich mit einer Hand fest und beugten sich vor. Es ging etwa drei Meter hinab, was nicht allzu viel war, aber sie mußten in einem scharfen Winkel nach rechts springen und würden vielleicht bei der Landung Probleme mit dem Gleichgewicht bekommen. Joker würde neben dem weißen Tisch und den Stühlen landen, aber Ginge hinter ihm käme nicht so schnell in die Wohnung. Bunny und Jacko traten hinter ihnen auf den Balkon hinaus.

Nguyen stellte die Schachtel auf den Boden und kniete sich daneben. Er nahm die längst kaltgewordenen Behälter mit Essen heraus und stellte sie an die Wand. Auf dem Boden lag in Einzelteilen das Replikat einer Kalaschnikow AK-47. Er hatte das Geschäft kurz vor Ladenschluß erreicht, völlig außer Atem, weil er gelaufen war, und hatte in bar bezahlt. Die Waffe wirkte echt bis ins kleinste Detail, eine perfekte Kopie des russischen 7,62-Millimeter Automatikgewehrs, das er im Dschungel von Vietnam benutzt hatte. Es bereitete ihm keine Probleme, die AK-47 zusammenzusetzen, er hatte das schon oft getan und nicht vergessen, wie man es machte. Schnell schraubte er den hölzernen Schaft an und schob das Magazin ein. Das Gewicht schien nicht ganz zu stimmen, aber die Waffe sah täuschend echt aus, und die Männer, mit denen er es zu tun hatte, würden kaum auf die Idee kommen, daß es jemand wagen könnte, sie mit einer Attrappe zu bedrohen. Natürlich hätte er lieber die Browning benutzt, aber die hatte er im Wald zurückgelassen. Außerdem hätte er sie nicht durch die Sicherheitskontrollen am Flughafen bekommen. Es lag ja auch eine gewisse Ironie darin, eine AK-47 zu benutzen, und nicht zuletzt aus diesem Grund hatte er diese Waffe auch unter dem Angebot von Replikas ausgewählt. Zudem war er im Umgang mit der Waffe geübt, was seinen Auftritt noch realistischer machen würde. Solange er sich bewegte, solange er ihnen keine Zeit zum Überlegen ließ, würden sie nicht merken, daß die Waffe nicht echt war, daß man den Lauf mit Metall ausgegossen hatte und daß man mit diesem Gewehr niemand erschießen konnte. Im günstigsten Fall wären sie so verwirrt und schockiert, daß er sie schnellstens entwaffnen konnte. Sie hatten sicher Pistolen bei sich, und wenn er die erst einmal hatte, brauchte er sein Replikat nicht mehr. War in der ganzen Wohnung aber tatsächlich keine einzige Schußwaffe, dann würde er die Messer benutzen, die er zusammen mit der Kalaschnikow gekauft hatte.

Nguyen verschwendete keinen Gedanken mehr an die eigene Zukunft, an das, was geschehen würde, wenn er durchkam. Es war ihm mittlerweile egal. Er hatte die Hoffnung auf Gerechtigkeit schon lange aufgegeben, jetzt wollte er nur noch Rache, wollte nichts außer dem Tod der vier Bombenleger. Was danach kam, interessierte ihn nicht. Sein Leben war vorbei.

Als er die Waffe zusammengesetzt hatte, legte er die Kartons wieder in die Schachtel und stand auf. Er schob das Gewehr mit dem Lauf nach unten in seinen Mantel und drückte es mit dem rechten Arm an sich. Mit der linken Hand hob er die Schachtel hoch. Er fühlte sich unbeholfen, aber es war ja nur für kurze Zeit.

MacDermott fuhr mit einem Handtuch durch ihr rotes Haar. Die Dusche hatte ihr gut getan, sie war entspannter und fühlte sich durch das heiße Wasser sauberer, zumindest äußerlich. Als die Türklingel ertönte, zuckte sie zusammen. Fisher runzelte die Stirn. Es war nicht die Klingel unten an der Sicherheitstür, sondern die Wohnungsklingel. Wer immer auch klingelte, es war seltsam, daß er ins Haus gekommen war, ohne daß sie von oben die Tür geöffnet hatten. Während er auf die Tür zuging, bedeutete er McCormick, die Waffe auf dem Tisch bereit zu halten. McCormick nahm die Automatik in die Hand, entsicherte sie und hielt sie unter den Tisch.

Fisher ging auf Zehenspitzen durch den Flur. Er legte sein Auge an den Türspion und blickte in ein verzerrt grinsendes asiatisches Gesicht. Der Mann hielt eine Schachtel in der Hand, die so aussah wie diejenigen, in denen man chinesische Gerichte anlieferte.

»Was wollen Sie?« rief Fisher durch die Tür.«

»Sie haben chinesisches Essen bestellt?« fragte der Mann.

»Nein, Sie sind an der falschen Wohnung!« rief Fisher zurück.

»Ich höre Sie nicht«, sagte der Mann.

»Falsche Wohnung«, wiederholte Fisher, das Auge immer noch gegen den Spion gepreßt.

Er sah, wie der Asiate einen Schritt zurücktrat und verwirrt den Kopf schüttelte. »Ich Sie nicht verstehen«, sagte er.

Fisher griff nach dem Türschloß. »Alles in Ordnung«, rief er den anderen zu. »Nur ein Typ, der versucht, seine China-Gerichte loszuwerden. Er findet die richtige Wohnung nicht, das ist alles.« Er schloß die Tür auf und drehte den Griff. Im Wohnzimmer atmete McCormick auf und nahm den Finger vom Abzug. O'Reilly grinste und klopfte sich mit der flachen Hand auf den Bauch.

MacDermott fuhr fort, ihr Haar trocken zu reiben und blieb plötzlich abrupt stehen. Ihr Herz schlug wie wild, als die Erkenntnis sie traf wie ein Schlag in den Magen. Sie rang nach Atem, in ihrem Kopf wirbelte es, als stürze sie aus großer Höhe in die Tiefe. Die Bilder von Woodys Chinesen tauchten vor ihr auf, dem Mann auf der Spur der IRA. Sie wußte, daß dieser Mann jetzt vor der Tür stand, aber sie brachte kein einziges Wort hervor, keine Warnung. Alles, was sie schreien konnte, war: »Nein! Nein! Nein!« Die Schreie echoten durch den Raum und schreckten alle auf. McCormick zuckte zusammen und sprang von seinem Stuhl hoch, als Nguyen die halbgeöffnete Tür auftrat und Fisher durch den Flur geschleudert wurde.

Nguyen warf die Schachtel auf den Boden und griff nach der Kalaschnikow. Er hielt den Lauf in Hüfthöhe, waagerecht, trat in den Flur, versetzte Fisher einen Tritt und stieß ihn von der Tür weg. Hinter Fisher sah er einen Mann an einem Tisch, der sich aufrichtete und mit einer Pistole auf ihn zielte. »Laß die Pistole fallen!« rief Nguyen, richtete sein unbrauchbares Replikat auf die Brust des Mannes und sprang vor. Der Mann sah ihn verwirrt an und ließ seine Waffe langsam sinken.

»Wir haben ein weiteres Ziel in der Wohnung«, sagte die Stimme des Colonels in Jokers Ohr, völlig ruhig und beherrscht. »Ich wiederhole, jetzt sind fünf Personen in der Wohnung, zwei im Flur und drei im Wohnzimmer.« Nach einer kurzen Pause meldete er sich wieder. »Eines der Ziele im Flur hat ein Sturmgewehr. Okay, Joker, wir haben freie Schußbahn auf die Männer im Flur. Wir übernehmen sie von hier aus. Springt auf mein Kommando.« Eine weitere kurze Pause, genug für drei Herzschläge. »Los!« rief der Colonel. »Los! Los! Los!«

Joker und Ginge sprangen gemeinsam, und den Bruchteil einer Sekunde, nachdem sie das Geländer losgelassen hatten, zerrissen zwei Schüsse aus Präzisionsgewehren die Stille.

Joker kam es vor, als verlangsame sich die Zeit, nachdem sie sich abgestoßen hatten und durch die Luft wirbelten. Ihre Knie waren leicht angewinkelt, um den Aufschlag abzufedern. Sie landeten gleichzeitig und legten die Finger um den Abzug ihrer Maschinenpistolen. Sofort hatte Joker die Szene erfaßt. Zwei Männer und eine Frau standen mit den Rücken zu ihnen im Wohnzimmer. Der Mann auf dem Sofa hatte sich gerade aufgerichtet, die Frau hielt sich ein Handtuch vor den Mund. Der Mann am Tisch hielt eine Pistole in der Hand. Alle drei starrten in den Flur, wo ein blonder Mann an der Wand lehnte. Seine Hand lag auf der blutverschmierten Brust, seine Augen zeigten, daß er starb. Neben ihm stand ein Asiate mit etwas, das aussah wie eine Kalaschnikow in der Hand. Er blutete aus einer Schulterwunde. Der Mund des Mannes öffnete sich, und auf seinem Gesicht spiegelte sich ein Ausdruck grenzenlosen Erstaunens. Er sah Joker, sah die Gewehre der Männer und starrte auf sein eigenes Gewehr herab, als sähe er es zum ersten Mal. Joker feuerte instinktiv auf den Mann. Zwei Kugeln trafen Nguyen in die Brust, eine in den Kopf. Er stürzte nach hinten.

Der Mann am Tisch drehte sich um, aber bevor er seine Pistole auch nur heben konnte, hatte ihn Ginge viermal getroffen. Joker schoß auf den Mann vor der Couch, ohne daß er sich bewegt hatte. Er fiel zurück und starb, ohne zu wissen, was ihn getroffen hatte.

Joker stürzte als erster ins Zimmer. Ginge folgte ihm, und im gleichen Moment landeten Jacko und Bunny auf dem Balkon. Ginge stieß die Frau auf einen Stuhl. Sie schrie »ihr verdammten englischen Bastarde« und wollte wieder aufstehen, aber Ginge schlug ihr so hart ins Gesicht, daß sie fast zur Seite gekippt wäre. Ein dünner Faden Blut lief ihr Kinn hinab. Ihre Augen blitzten, und sie fuhr hoch; die Finger wie Klauen gekrümmt, holte sie nach Ginges Augen aus. Der Soldat wich ihrem Angriff mühelos aus, bevor er ihr den Lauf seiner MP in den Magen stieß. Sie krümmte sich zusammen, schnappte nach Luft und würgte. Ginge stieß sie wieder auf den Stuhl.

»Bleib wo du bist, du verdammte Hexe, oder du bist tot!« warnte er. Er hielt das Gewehr auf sie gerichtet, während Joker in den Flur ging, über die beiden Leichen trat, die dort lagen, und die Küche, das Badezimmer und die drei Schlafzimmer überprüfte. Sie waren ein aufeinander eingespieltes Team und hatten gemeinsam Hunderte von Trainingsstunden im »Haus des Todes« in Hereford verbracht, während sie Schuß auf Schuß auf die Pappfiguren russischer Soldaten abfeuerten. Im Vergleich mit ihrem Trainingsgebäude war dies eine leichte Übung gewesen.

»Alles klar«, sagte Joker, nachdem er alle Räume inspiziert hatte.

»Ihr habt die Frau?« fragte der Colonel.

»In unserem Gewahrsam!« antwortete Ginge.

Der Asiate stöhnte auf und murmelte etwas in einer Sprache, die niemand verstand. Dann verstummte er. Blut lief zwischen seinen Lippen hervor. Seine Brust war zerfetzt, Knochen zersplittert.

Jacko und Bunny beugten sich über die Leichen, während Joker den Raum schnell und effizient durchsuchte. Er fand das Semtex in einem Schrank unter einem Bücherbord im Wohnzimmer, zusammen mit Zündern und einigen Elektroweckern.

In einem weiteren Schrank im Flur entdeckte er eine leere

Verpackung, in der einmal ein Laptop-Computer gesteckt hatte. In dem Karton befand sich eine noch in Plastikfolie gehüllte Gebrauchsanweisung und einige Stücke kunststoffumhüllter Draht. Er nahm den Karton mit ins Wohnzimmer und warf ihn der Frau vor die Füße.

»Was ist das?« brüllte er sie an. »Ist das die nächste Bombe, du irische Nutte?« Seine Worte klangen kurz und abgehackt, wie Kugeln aus seinem Maschinengewehr.

Die Bombenmacherin wischte sich mit dem Handrücken über den Mund und verschmierte dabei das Blut wie das Make-up eines verrückten Clowns. »Verpiß dich«, sagte sie. »Und außerdem bin ich Schottin, du unbedarfter Bastard.« Joker trat ihr auf den Spann, und sie schrie laut auf. Als sie sich herabbeugte, um ihren Fuß zu reiben, schlug ihr Joker mit der Faust ins Gesicht, und sie wurde wieder hochgeschleudert. Tränen liefen über ihre Wangen. Sie hielt ihre Hände vor das Gesicht, doch Ginge packte sie bei den Haaren und zerrte ihren Kopf nach hinten.

Joker kam mit seinem Gesicht so nahe an das ihre heran, daß sie seinen Atem riechen konnte. »Hör zu, du Aas. Wir haben deine Freunde erledigt, und wenn du mir nichts erzählst, dann wirst du ihnen folgen.«

Er nickte Ginge zu, der sie an den Haaren in den Flur zog, wo Fishers Leiche in einer Blutlache lag. Ginge stieß sie zu dem Körper und drückte ihr Gesicht in das Blut. Joker kam dazu und trat ihr in den Rücken, in die Nierengegend, wo es unerträglich weh tat.

»Auf die Knie mit ihr«, sagte Joker, und Ginge zerrte sie an den Haaren hoch. »Ich werde ihr den verdammten Kopf wegpusten.« Ginge ließ ihr Haar los und ging zu Bunny und Jacko hinüber, die am Fenster standen.

»Niemand weiß, daß wir dich nicht getötet haben, als wir die Wohnung stürmten«, sagte er drohend. »Es gibt keine Zeugen.«

»Ihr kommt zu spät«, stieß sie hervor. »Sie geht in weniger als fünf Minuten hoch. In so kurzer Zeit können sie nirgendwo mehr landen.«

»Ein Flugzeug?«

»Was du nicht sagst, Sherlock Holmes.« Sie hustete und spuckte auf den Boden, nicht um ihn zu beleidigen, sondern weil sich ihr Mund mit Blut und Speichel füllte.

»Welches Flugzeug?«

Sie begann zu reden, weil es jetzt keine Rolle mehr spielte, was sie ihnen erzählte. Aber sie wollte, daß sie alles erfuhren und begriffen, daß sie nichts mehr tun konnten. Also berichtete sie Joker von dem Sonderflug nach Rom und von dem Journalisten Ian Wood, der die Bombe bei sich trug, und sagte, daß jeder an Bord so gut wie tot sei. Dann begann sie bitter zu lachen, bis Joker ihr den Griff seiner MP gegen den Kopf schlug und Ginge die Informationen an den Colonel weitergab.

Woody war bei seinem vierten Whisky, als das »Bitte anschnallen«-Signal aufleuchtete und die Spitze des Flugzeugs nach unten sackte.

»Meine Damen und Herren, hier spricht ihr Kapitän. Vor uns liegen einige Turbulenzen. Wir senken daher die Flughöhe. Bitte achten Sie darauf, daß ihr Sitz nach vorne geklappt ist und schnallen Sie sich an.«

Woody runzelte die Stirn. Er war oft genug geflogen, um zu wissen, daß man schlechtes Wetter normalerweise über- und nicht unterflog. Er schnallte sich an und trank hastig seinen Whisky aus, um das Risiko zu vermeiden, etwas davon zu verschütten.

»Der Passagier Ian Wood möchte sich bitte bei der Bordcrew melden«, sagte der Kapitän. Zunächst bekam Woody nicht einmal mit, daß sein Name genannt worden war, aber der Kapitän wiederholte die Mitteilung. Das Flugzeug hatte einen steilen Abwärtskurs genommen, und die Stewardessen gingen vorsichtig durch die Gänge und überzeugten sich davon, daß die Passagiere ihre Rückenlehnen hochgeklappt und sich angeschnallt hatten. Gleichzeitig achteten sie darauf, ob jemand auf die Mitteilung des Kapitäns reagierte. Woody winkte eine hübsche blonde Stewardeß herbei, die mit geweiteten Augen auf ihn zukam.

»Ich bin Ian Wood«, sagte er. Die Frau, die neben ihm saß,

hörte aufmerksam zu, voller Neugier, was er denn wohl getan habe.

»Mr. Wood, haben Sie Gepäck im Laderaum?« fragte die Stewardeß ihn energisch. Woody hörte am Klang ihrer Stimme, daß irgend etwas überhaupt nicht in Ordnung war, also antwortete er ohne Umschweife und verzichtete auf den Witz, der ihm auf der Zunge lag.

»Nein«, entgegnete er. Plötzlich verspürte er ein flaues Gefühl in der Magengegend.

»Würden Sie mir bitte ihr sämtliches Bordgepäck geben?« sagte sie. Sie lächelte, aber er sah, daß sie ihn nur beruhigen wollte, damit er keine Schwierigkeiten machte. Das Mädchen hatte eine Heidenangst. Genau wie Woody.

»O Gott, nein«, stöhnte er und griff nach der Tasche unter seinem Sitz.

Die Bombe explodierte.

Joker und Ginge bewachten Maggie, während sie auf die Anweisungen des Colonel warteten. Sie legten sie neben den toten Fisher mit dem Gesicht nach unten auf den blutdurchtränkten Teppich, die Hände hinter dem Nacken verschränkt. Sie hat eine gute Figur, dachte Joker, gute Beine, strammer Arsch, genau wie er es bei einer Frau mochte. Er sah auf seine Uhr.

Die Stimme des Colonels ertönte in seinem linken Ohr. »Das Flugzeug ist abgestürzt. Wir nehmen an, daß es keine Überlebenden gibt. Die Aktion wird beendet, aber es darf nichts liegenbleiben. Ich wiederhole. Es darf nichts liegenbleiben.«

Joker sah zu Ginge hinüber, um zu erfahren, ob er mitgehört hatte. Ginge nickte und machte eine kleine Bewegung mit seiner MP. Das war seine Art zu sagen, daß er Joker die Ehre überließ. Joker schoß Maggie in den Rücken, genau auf die Stelle, hinter der das Herz sitzt.

Sie starb nicht sofort, das tun die wenigsten. In Büchern hieß es oft, daß jemand tot war, noch bevor er den Boden berührte. Joker wußte, daß es nie so geschah. Er hatte schon viele Menschen getötet, in Belfast, auf den Falklands, im mittleren Osten und einmal auch in Spanien, und nie hatte er gesehen, daß jemand sofort tot war, egal wo sie getroffen wurden. Wenn die Kugel durch das Herz oder die Lungen ging, sendete das Gehirn noch sekunden- oder gar minutenlang Signale aus, bevor die Augen milchig wurden und der Tod eintrat. Schoß man die Opfer in den Kopf, dann schlug das Herz noch weiter, und die Glieder zuckten eine Zeitlang. So war es eben. Nicht viele Menschen kannten den Unterschied zwischen dem Tod in Büchern und Filmen und dem wirklichen Tod. Joker schon.

Als die Kugel ihren Rücken durchschlug und ein ausgefranstes Loch in ihren Brustkorb riß, flogen ihre Arme zur Seite, und sie gab einen keuchenden Ton von sich. Kurze Zeit später starb sie in einer großen Blutlache. Joker stand nicht bei ihr und sah zu, wie sie starb. Er stand mit dem Rücken zu ihr und blickte über den Fluß, während er darauf wartete, daß es zu Ende ging. Ein langsamer Tod war ihm immer noch unangenehm.

Jon Simpson blieb so lange im Büro, bis die zweiten Ausgaben der Tageszeitungen erschienen waren. Sein eigenes Blatt wurde erst in 72 Stunden gedruckt, aber er wollte sehen, was die Tageszeitungen über den Bombenanschlag auf das Flugzeug und die SAS-Operation gegen die Bombenleger berichteten. Die Nachricht von der Bombe war zu spät eingetroffen, um sie in den ersten Ausgaben bringen zu können, obwohl die meisten eine kurze Sondermeldung eingeschoben hatten.

Ein Botenjunge kam mit einem Stapel Zeitungen durch die Doppeltüren und legte ihn auf den Schreibtisch. Simpson suchte sich zuerst die Boulevardzeitungen heraus und ging sie durch: die *Sun*, der *Daily Mirror*, der *Daily Express*, der *Daily Star* und *Today*. Alle brachten Fotos von dem im Meer treibenden Flugzeugwrack und von den Leichen der Mitglieder der IRA-Truppe, die für das Attentat verantwortlich war. Das Bild der Frau, die die Bomben hergestellt hatte, wurde auf den Titelseiten groß herausgebracht, wie zu erwarten. *Express* und *Mail* hatten Woodys Bild auf der Titelseite, zusammen mit der Story, wie er dazu benutzt worden war, die Bombe an Bord des Flugzeugs zu schaffen.

Ja, dachte Simpson, so hätte er es auch gemacht. Die Bombe, die Opfer, die SAS-Operation auf der Titelseite zusammen mit einem Foto der Frau. Auf den Innenseiten Berichte über die Bombenserie und das Sonderkommando, Einzelheiten über die Terroristen und die Reaktionen der Politiker. Eine großartige Story, schade nur, daß sie nicht an einem Samstagabend passiert war. Woody sah ihn von den beiden Zeitungen an, und Simpson schüttelte traurig den Kopf. »Tja, Woody, jetzt hast du es endlich auf die Titelseite geschafft«, sagte er. Er legte die Zeitungen zusammen und nahm sie mit nach Hause, um sie dort genauer zu studieren.

Der Anruf mit der Aufforderung, an dem Treffen in Whitehall teilzunehmen, erreichte Bromley, als er an seinem Frühstückstisch die Morgenzeitungen las. Der Bombenanschlag bildete den Aufmacher jeder Titelseite, zusammen mit einer Beschreibung der SAS-Operation in Wapping. Aus den vielen Einzelheiten konnte man schließen, daß die Presseabteilung des Verteidigungsministeriums sich alle Mühe gegeben hatte, die Zeitungen auf der Regierungslinie zu halten. Der Chinese wurde in keinem der Artikel erwähnt. Sein Leben und sein Tod würden für immer ein Geheimnis bleiben. Eine weitere wichtige Tatsache blieb ebenfalls völlig unerwähnt. Nirgendwo stand zu lesen, wie es den Behörden gelungen war, die Bombenleger zu finden. Der Geheimdienst, wurde lapidar erklärt. Die Presseabteilung wußte offenbar, wie sie mit den Journalisten umzugehen hatte; sie fütterte sie mit mehr Informationen, als sie verdauen konnten, so daß sie die einfachsten Fragen ganz vergaßen.

Er zog sein Jackett an, gab seiner Frau einen Kuß auf die Wange und ging in die Garage, wo er zuerst die Unterseite seines Wagens überprüfte. Dann warf er einen Blick durch das Fahrerfenster. Die Warnanlage im Inneren zeigte an, daß niemand sich an dem Wagen zu schaffen gemacht hatte. Schließlich trat er einige Schritte zurück und startete den Motor mit einer Fernbedienung. Erst als er ganz sicher war, daß sich niemand an dem Wagen zu schaffen gemacht hatte, schloß er die Tür auf und setzte sich auf den Fahrersitz. Diese Sicherheitsvorkehrungen waren ihm in Fleisch und Blut übergegangen, und zwar schon lange bevor Airey News und Ian Gow durch Autobomben getötet worden waren.

Das frühe Klingeln des Telefons bedeutete, daß er seinen gesamten Tagesplan ändern mußte, aber ein Anruf vom Koordinator des Geheimdienstes und der inneren Sicherheit ging natürlich vor. Der Koordinator war nur zwei höheren Vorgesetzten verantwortlich — dem Premierminister und dem Ständigen Ministerrat für den Geheimdienst. Er mußte dafür sorgen, daß all die verschiedenen Nachrichten- und Geheimdienste zusammenarbeiteten — selbst unter besten Bedingungen eine Sisyphusarbeit.

Bromley war einer der letzten, die den Konferenzraum betraten, und ließ sich in einem leeren Sessel nieder. Der Raum wurde fast vollständig von einem ovalen, glänzenden Mahagonitisch ausgefüllt, um den herum viele bekannte Gesichter saßen, von denen einige Bromley zunickten. Die Einrichtung selbst war typisch für Whitehall — ein üppig verzierter Kaminsims, ein paar respektable Ölgemälde in vergoldeten Rahmen an den Wänden, und übertrieben gemusterte Teppiche. Der Mann, der am Ende des Tisches saß, war ebenfalls typisch für Whitehall. Nadelstreifenanzug, ein frisches, weißes Hemd, dunkelblaue Krawatte, perfekt gekämmtes Haar, das an den Schläfen langsam grau wurde, und ein kerzengerader Rücken; die Hände mit den makellos manikürten Fingernägeln vor sich gefaltet. Der Koordinator war ein karrierebewußter Staatsdiener, für den der Kampf gegen den Terrorismus nur ein weiterer Schritt auf dem Weg zum Adelsstand war, den er als Geburtsrecht betrachtete, aber er widmete sich seiner Aufgabe ebenso hingebungsvoll wie die Männer, die darauf warteten, daß er zu reden begann. Sie repräsentierten die Spitze der Anti-Terror-Behörden des Landes, obwohl Bromley doch überrascht war, nicht die Spitzenleute zu sehen. Alle waren nur die Nummer Zwei oder die persönlichen Assistenten der Bosse. Sie blickten düster in die Runde, denn viele von ihnen hatten auf dem todgeweihten Flug Kollegen oder Freunde verloren. Er erkannte Vertreter von MI 5 und MI 16, vom Nachrichtendienst des Verteidigungsministeriums sowie verschiedene Kollegen aus seiner eigenen Anti-Terror-Abteilung. Ein Teil der Männer war ihm unbekannt. Einige waren hochrangige Polizeibeamte, andere, so schloß er aus ihrem militärischen Haarschnitt und Auftreten, von der SAS oder dem SBS.

Es gab keine Namensschilder, die die Anwesenden identifiziert hätten, es lagen auch keine Unterlagen oder Schreibutensilien auf dem Tisch. Lediglich ein paar Karaffen mit Wasser und Gläser standen darauf — und nicht einmal Aschenbecher, wie Bromley betrübt feststellte.

Ein oder zwei Nachzügler eilten durch die Flügeltür und lächelten dem Koordinator entschuldigend zu. Nachdem sie ihre Plätze eingenommen hatten, standen zwei Männer in dunklen Anzügen auf und verließen den Saal.

»Meine Herren«, begann der Koordinator. »Zunächst einmal Dank für Ihr Erscheinen. Lassen Sie mich als erstes sagen, daß auf diesem Treffen keinerlei schriftliche Notizen angefertigt werden dürfen und daß es weder in Berichten noch in Rundschreiben Erwähnung finden darf. Sie sollten diese Zusammenkunft auch nicht in Tagebüchern oder Terminkalendern erwähnen. Dieses Treffen hat nie stattgefunden. Ist das verstanden worden?«

Er wartete, bis die Versammelten zustimmend genickt hatten.

»Danke. Dies gilt sowohl für die verschiedenen Sicherheits- und Nachrichtendienste als auch für jene Polizeibehörden, die das betrifft, worüber ich gleich sprechen werde. Sie können ihre Vorgesetzten von diesem Treffen unterrichten, aber es darf keine Verbreitung der Informationen nach unten geben. Wenn ich fertig bin, werden sie zugeben, daß das, was ich sage, nur eine kleine, ausgewählte Gruppe angeht.«

Er war sich nun der ungeteilten Aufmerksamkeit jedes einzelnen Mannes am Tisch bewußt. Niemand rutschte herum, niemand hustete, und alle sahen aufmerksam den Koordinator an.

»Sie alle haben von den tragischen Ereignissen des gestrigen Abends gehört. Tragisch, absolut tragisch. Immerhin ist es aber gelungen, die Terroreinheit, die hinter den jüngsten Grausamkeiten steckte, auszuschalten. Dafür sind wir alle der Sonderabteilung und dem SAS sehr dankbar.« Er nickte Vertretern beider Organisationen zu, unter anderem auch Bromley.

»Wie sie wissen, wurden bei dem Flugzeugabsturz 136 Menschen getötet, darunter zwölf Kinder und drei Nonnen, sowie die Parlamentsabgeordeten und Staatsbeamten, die sich in der Maschine befanden. Der Umschwung der öffentlichen Meinung gegen die IRA hat schon begonnen. Nicht nur in der Presse, obwohl natürlich die Zeitungen besonders laut danach schreien, daß etwas getan werden müsse, darunter auch die unsinnigen Rufe nach Wiedereinführung der Todesstrafe. Nein, es geht darüber hinaus. Dieses Mal ist die öffentliche Meinung zum ersten Mal geschlossen gegen die IRA, es herrscht das Gefühl, daß jetzt etwas getan werden müsse.«

Er hielt inne und blickte in die Runde, in der jeder Mann an seinen Lippen hing. »Meine Herren, wir haben hier eine einmalige Gelegenheit. Unsere Experten teilen uns mit, daß die Stimmung gegen die IRA in den nächsten zehn, vielleicht auch vierzehn Tagen auf dem Siedepunkt bleiben wird. Wenn die IRA unschuldige Bürger getötet hat, dann folgt sie normalerweise schnell mit einem spektakulären Attentat auf ein legitimes Ziel. Bis jetzt hat das immer wieder ihre Glaubwürdigkeit gerettet. Die öffentliche Meinung ist meist schwankend, aber dieses Mal sind sie zu weit gegangen. Wir an diesem Tisch wissen, daß es sich um eine abtrünnige IRA-Einheit gehandelt hat, die für die Bomben verantwortlich war, und daß die Aktionen weder von Belfast noch von Dublin sanktioniert wurden. Diese Information ist der Presse verschwiegen worden. Für die Öffentlichkeit war es eine offizielle IRA-Operation.

In der letzten Nacht wurde auf höchster Ebene die Entscheidung getroffen, endlich gegen führende Mitglieder von IRA und Sinn Fein vorzugehen. In den nächsten sieben Tagen sollen die führenden Leute der Organisation eliminiert werden, zu einer Zeit also, in er die öffentliche Meinung sich hundertprozentig gegen sie wenden wird. Das ist die Gelegenheit, von der ich gesprochen habe. Und das ist nicht, ich möchte das betonen, eine Todesschuß-Politik. Es ist eine Todesschuß-Operation. Und es gibt keine Ausnahme. Wir haben eine Liste der fünfundzwanzig Männer und Frauen aufgestellt, die wir als Schlüsselfiguren der IRA betrachten, ohne die unserer Meinung nach die IRA keine ernstzunehmende terroristische Kraft mehr darstellt. Eine vereinigte Sondertruppe von SAS und SBS wird unter strengster Geheimhaltung gegen sie vorgehen. Wann immer es möglich ist, soll es wie ein Unfall aussehen — ein Autounfall, eine Überdosis, ein Sturz die Treppe herunter. Wenn es nicht so sauber erledigt werden kann, wird es durch ein ganz einfaches Attentat geschehen, das wie die Tat protestantischer Extremisten erscheinen wird. Wenn die Operation beendet ist, wird die IRA keine ernsthafte Bedrohung mehr darstellen. Dann können wir wieder legitimere Methoden anwenden, darunter auch die Bildung einer neuen Anti-Terror-Spezial-Einheit, einer einheitlichen nationalen Sondertruppe gegen den Terrorismus. Das wird jedoch Thema kommender Besprechungen in diesem Monat sein. Gibt es irgendwelche Fragen?«

Die meisten Männer am Tisch schienen wirklich verblüfft, auch wenn Bromley wußte, daß sie den Plan des Koordinators voll und ganz unterstützen würden. Die meisten von ihnen hatten in privaten Gesprächen schon seit Jahren ein solches Vorgehen gefordert, davon überzeugt, daß man die IRA nur besiegen könne, wenn man genauso brutal vorging wie sie.

»Ich meine in der Tat Fragen und keine Kommentare«, ergänzte der Koordinator. »Dies ist kein Diskussionsforum, es wird über nichts abgestimmt, kein Konsens ist nötig. Die Entscheidung ist bereits gefallen, und zwar auf höchster Ebene.«

Einer der Polizeibeamten in Uniform hustete und hob die Hand. »Wann beginnt die Operation?« fragte er.

Der Koordinator blickte auf die schmale Golduhr an seinem Handgelenk. »Sie hat vor zehn Minuten begonnen«, sagte er ruhig.

Eine weitere Hand hob sich, einer der Vertreter des MI 5. »Dürfen wir erfahren, wer auf der Liste steht?« fragte er.

»Offiziell gibt es keine Liste«, antwortete der Koordinator. »Nichts ist schriftlich festgehalten worden, es wird auch keine schriftlichen Berichte geben. Ich bin jedoch in der Lage, ihnen die Namen der fünfundzwanzig IRA-Mitglieder zu nennen, die die Organisation am wenigsten entbehren kann.«

Die Namen waren den Männern, die um den Tisch herum saßen, allesamt bekannt. Es gab keine erstaunten Blicke, sondern lediglich hier und da ein zustimmendes Nicken. Bromley griff in die Jackentasche und holte seine Pfeife hervor. Er pochte mit dem Pfeifenstiel gegen seine Zähne, während die Namen in seinem Kopf widerhallten. Liam Hennessy kam irgendwann in der Mitte. Sean Morrison war der letzte Name, der genannt wurde.